Jo Nesbø
# Kongeriket

# Книги Ю Несбё

# Ю Несбё
# Королевство

Издательство "Иностранка"

Москва

УДК 821.135.5-312Несбё
ББК 84(4Нор)-44
    Н55

Jo Nesbø
KONGERIKET

*Перевод с норвежского* Анастасии Наумовой, Дарьи Гоголевой

*Оформление обложки* Михаила Левыкина

**Несбё Ю**
Н55    Королевство : роман / Ю Несбё ; пер. с норв. А. Наумовой, Д. Гоголевой. — М. : Иностранка, Азбука-Аттикус, 2021. — 592 с.
ISBN 978-5-389-19543-1

В норвежском городке, затерянном в горах, течет сонная, мирная жизнь. И она вполне устраивает Роя, который тут родился и вырос, но на его пороге появляется возмутитель спокойствия — младший брат Карл, успешный, предприимчивый, дерзкий. Он приехал со своей новой женой, довольно странной особой, — и с грандиозными планами строительства отеля в целях возрождения города. Но, во-первых, на поверку планы Карла оказались далеко не так благородны, во-вторых, Рой понимает, что его неудержимо тянет к жене брата, в-третьих, темные тайны прошлого, казалось похороненные навсегда, начинают всплывать на поверхность… Тихий мирок Роя рушится, и скоро ему придется выбирать между своей верностью семье и будущим, в которое он никогда не смел поверить.

УДК 821.135.5-312Несбё
ББК 84(4Нор)-44

ISBN 978-5-389-19543-1

# Пролог

Это случилось в тот день, когда умер Дог.

Мне было шестнадцать лет, Карлу — пятнадцать.

За несколько дней до этого папа показал мне охотничий нож, которым я потом и убил Дога. У ножа было широкое лезвие с насечками, блестевшее на солнце. Отец сказал: насечки для того, чтобы по ним стекала кровь, когда добычу разделываешь. Карл побледнел, и папа спросил, не укачало ли его опять. По-моему, именно в тот момент Карл вбил себе в голову, что ему непременно надо кого-нибудь подстрелить — все равно кого — и разделать, разрезать на отстойные мелкие кусочки, надо значит надо.

— А потом я его зажарю, и мы съедим, — сказал он, когда мы стояли возле амбара, а я ковырялся в двигателе папиного «кадиллака-девиль», — он, мама и мы с тобой. Ладно?

— Ладно. — Я повернул распределитель, стараясь отыскать точку завода.

— И Догу тоже дадим, — добавил он, — на всех хватит.

— Ясное дело, — поддакнул я.

По словам папы, он дал Догу такое имя, потому что в спешке не придумал ничего получше. Но мне кажется, это имя он просто обожал. Оно сообщает о своем владельце лишь самое необходимое и звучит так по-американски, как это бывает только с норвежскими именами. И в псине отец тоже души не чаял. Подозреваю, он охотнее бы с ней время проводил, чем с людьми.

Ферма наша в горах, может, и небогатая, но тут шикарные виды и природа — этого вполне достаточно, чтобы папа называл ее своим королевством. Копаясь день за днем в «кадиллаке», я наблюдал, как Карл бродит по округе, захватив с собой отцовскую собаку, отцовское ружье и отцовский нож. Я видел, как фигурка брата превращается в крапинку на заснеженном горном склоне. Вот только выстрелов никаких я не слышал. Вернувшись на ферму, Карл вечно говорил, что птиц не попадалось, я тоже помалкивал, хоть и видел, как там, где бродили Карл с Догом, одна за другой взлетают куропатки.

А потом в один прекрасный день выстрел все-таки прогремел.

Я вздрогнул так, что ударился башкой о крышку капота. Вытер машинное масло и взглянул на поросший вереском склон горы. Эхо покатилось дальше, будто гром, к деревне на берегу озера Будалсваннет. Минут через десять я увидел бегущего Карла. Приблизившись к дому на некоторое расстояние, он сбавил скорость — видимо, не хотел, чтобы его увидели мама с папой. Дога с ним не было. И ружья тоже. Догадываясь, что произошло, я двинулся ему навстречу, а он, заметив меня, развернулся и медленно побрел в обратном направлении. Когда я нагнал Карла, щеки у него были мокры от слез.

— Я попытался, — всхлипывал он, — они прямо перед нами взлетели, их так много было, и я прицелился, но не получалось, и все тут. Но я подумал: надо, чтоб вы услышали, что я, по крайней мере, попытался, поэтому я опустил ствол и выстрелил. Потом птицы разлетелись, я посмотрел вниз, а там Дог лежит.

— Он умер? — спросил я.

— Нет, — Карл заплакал сильнее, — но он... он умирает. У него из пасти кровь течет и глаза в кучку. Он скулит и трясется.

— Побежали, — сказал я.

Спустя несколько минут мы были на месте, и я увидел, как в кустах что-то дернулось. Хвост. Хвост Дога — пес нас учуял. Мы остановились рядом с ним. Глаза у собаки были похожи на раздавленные яичные желтки.

— Он не жилец, — заключил я. Ветеринар я не сказать чтоб особо прошаренный — до ковбоев в вестернах мне далеко, но даже если б Дог каким-то волшебным образом и выжил, то жизнь у слепой охотничьей такая, что не позавидуешь. — Придется тебе пристрелить его.

— Мне? — выкрикнул Карл, будто не понимая, как это я вообще додумался предложить, чтобы он, Карл, лишил кого-то жизни.

Я посмотрел на него. На моего младшего брата.

— Давай нож, — скомандовал я.

Он протянул мне отцовский охотничий нож.

Я положил руку Догу на голову, и тот лизнул меня в подмышку. Ухватив его за кожу на затылке, я полоснул ножом по горлу, но чересчур осторожно, поэтому ничего не произошло. Дог лишь дернулся. У меня получилось только с третьей попытки. Бывает, разрежешь пакет с соком слишком низко — и сок выплескивается наружу. Так было и сейчас:

кровь будто не могла дождаться, когда же ее выпустят.

— Ну вот...

Я разжал пальцы, и нож упал в вереск. Насечки были полны крови, и я подумал, что, может, брызги и на лицо мне попали, потому что по щекам текло что-то теплое.

— Ты плачешь, — сказал Карл.

— Отцу не рассказывай, — попросил я.

— Что ты плакал?

— Что ты не смог убить... не смог ему горло перерезать. Скажем, что решили мы вместе, но сделал это ты. Ладно?

Карл кивнул:

— Ладно.

Тело собаки я взвалил на плечо. Оно оказалось тяжелее, чем я думал, и все время сползало то назад, то вперед. Карл вызвался было мне помочь, но, когда я отказался, посмотрел на меня с явным облегчением.

Я опустил пса на землю перед дверью в амбар и, войдя в дом, позвал папу.

Пока мы шли к амбару, я выложил ему придуманную версию случившегося. Ничего не сказав, отец опустился на корточки возле своей собаки и кивнул, словно нечто подобное предвидел, вроде как он сам во всем и виноват. Потом он встал, поднял мертвого пса и забрал у Карла ружье.

— Пошли. — Он направился наверх, на сеновал.

Дога он положил на сено, встал на колени, наклонился и пробормотал что-то — было похоже на куплет из американского псалма. Я смотрел на отца. Я всю свою короткую жизнь смотрел на него, но таким никогда не видел. Разбитым всмятку. Да, так он и выглядел.

8

Он повернулся к нам, по-прежнему бледный, но губы больше не дрожали, а во взгляде было прежнее спокойствие.

— Вот мы и остались одни, — сказал он.

Так оно и было. Хотя папа никогда никого из нас не бил, Карл рядом со мной съежился. Отец погладил дуло ружья.

— Кто из вас... — Он умолк, подбирая слова, и все поглаживал дуло. — Кто из вас... перерезал глотку моей собаке?

Карл испуганно кивал, будто заведенный. А затем открыл рот.

— Карл, — ответил я, — но это я ему велел, я сказал, что он сам должен это сделать.

— Вон оно как... — Папа перевел взгляд с Карла на меня и обратно. — Знаете что? Сердце мое плачет. Оно плачет, и утешение у меня осталось лишь одно. Знаете какое?

Мы молчали, потому что, когда папа задает такие вопросы, ответа он не ждет.

— У меня двое сыновей, и сегодня они показали себя мужчинами — вот мое утешение. Они берут на себя ответственность и принимают решения. Муки выбора — известно вам, что это такое? Когда сам выбор причиняет тебе мучения, а не то, что выбираешь. Когда знаешь — что бы ты ни выбрал, потом все равно будешь ворочаться ночами и ломать голову, правильный ли выбор сделал. Вы могли бы ничего не решать, но вступили в схватку с выбором. Оставить Дога мучиться или позволить ему умереть и сделаться убийцами. Чтобы не спасовать перед таким выбором, нужно мужество, — он вытянул свои огромные руки и положил одну мне на плечо, а вторую — на плечо Карла; его голосу проповедник бы позавидовал, — и наша способность выбрать не путь безволия, а путь высшей морали как раз и отличает человека от животных. — В глазах у него блеснули слезы. — Да, я раздавлен, но вами, ребята, я горжусь.

Высказывание это было не только трогательным — я не мог припомнить, чтобы отец когда-нибудь был таким многословным. Карл захлюпал носом, да и у меня к горлу комок подкатил.

— А сейчас пойдемте расскажем обо всем маме.

Этого нам не хотелось. Когда отец забивал козу, мама надолго уходила и возвращалась всегда с покрасневшими глазами.

По дороге к дому папа приостановил меня, так что Карл оказался чуть впереди.

— Пока мы ей не рассказали, лучше тебе хорошенько руки вымыть, — сказал он.

Я поднял взгляд, готовый принять на себя удар, но лицо у отца было добрым и слегка отстраненным. А затем он погладил меня по голове. На моей памяти он никогда этого не делал. И позже не делал тоже.

— Мы с тобой, Рой, ты и я, мы похожи. Мы сильнее таких, как мама и Карл. Поэтому должны о них заботиться. Всегда. Понимаешь?

— Да.

— Мы семья. Больше нам никто не поможет. Ни друзья, ни любимые, ни соседи, ни односельчане, ни государство — все это обман, и, когда станет совсем туго, ни хрена они не сделают. Тогда мы окажемся против них. Мы против всех и каждого. Ясно?

— Да.

# Часть I

## 1

Я сперва услышал его и лишь потом увидел.

Карл вернулся. Не знаю, почему я вспомнил Дога, с тех пор двадцать лет прошло, но, возможно, я заподозрил, что внезапным возвращением Карла я обязан тому же, что и в тот раз. Что и всегда. Хочет, чтобы старший братец помог ему. Я стоял во дворе, поглядывая на часы. Половина третьего. Он прислал мне сообщение и этим ограничился, сказал, что подъедет к двум. Однако мой младший братишка всегда был оптимистом и обещал чуть больше, чем делал. Я обвел взглядом окрестности. Те, что не заволокло туманом. Горный склон по другую сторону долины словно высовывался из серого моря. Деревья там, наверху, уже становились по-осеннему красноватыми. Небо надо мной было синим и ясным, как взгляд невинной девушки. Воздух чистый и вкусный, и если я резко вдыхал его, то в легких покалывало. Казалось, будто, кроме меня, в мире никого нет и целый мир в моем распоряжении. Хотя скорее не вот прямо весь мир, а гора Арарат и ферма на ней. Порой туристы поднимаются по извилистой дороге из деревни, чтобы посмотреть, какой отсюда открывается вид, и тогда они рано или поздно оказываются у меня во дворе. И часто спрашивают, сажаю ли я что-нибудь в огороде. Придурки называют мою ферму огородом, потому что, видать, думают, что настоящая ферма — это такая, как в долинах, с огромными полями, амбарами-переростками и здоровенными, бросающимися в глаза домами. Они не представляют, во что буря в горах способна превратить излишне высокую крышу или чего стоит протопить просторное помещение, когда за окном минус тридцать и ветер. Они не соображают, чем возделываемая земля отличается от пастбища, не знают, что высокогорная ферма — это прежде всего пастбище для скота, настоящее пустынное королевство, намного более привольное, чем золотые от зерновых поля — предмет тщеславной гордости низинных фермеров.

Я пятнадцать лет жил тут один, но теперь моему одиночеству, получается, пришел конец. Внизу, в тумане, заревел восьмицилиндровый двигатель — довольно близко, значит, они уже проехали Японский поворот в середине дороги. Водитель давил на газ, потом резко сбавлял ход, поворачивал на следующий виток серпантина и снова давил на газ. Ближе и ближе. Было очевидно, что с этими поворотами он знаком. А сейчас, вслушиваясь в шум мотора, в глубокие вздохи, когда водитель газовал, низкое бурчание, свойственное лишь «кадиллакам», я узнавал «девиль». Такой же, как та здоровенная отцовская колымага. Ну, ясное дело.

Наконец из-за Козьего поворота показалась сердитая решетчатая морда «девиля». Черный, но модель поновее, по моим прикидкам — года 1985-го. А звук, ты глянь, такой же.

Машина остановилась около меня, и стекло возле водительского сиденья опустилось. Я надеялся, что мне удалось не подать виду, но сердце мое взволнованно отштамповывало ритм. Сколько за эти годы отправили мы друг дружке писем, эсэмэсок и мейлов? Сколько раз перезванивались? Немного. И тем не менее ни единого дня не проходило, чтобы я не думал о Карле. Так и есть. Но лучше уж тосковать по нему, чем разгребать Карловы проблемы. Он постарел — это первое, что бросилось мне в глаза.

— Прошу прощения, господин хороший, это ферма знаменитых братьев Опгард?

И он широко улыбнулся. Улыбнулся своей доброй, неотразимой улыбкой, которая словно стерла с его лица все эти годы, а календарь перелистнулся на пятнадцать лет назад. Вот только взгляд был каким-то выжидающим, как будто Карл проверял, стоит ли заходить в воду. Мне улыбаться не хотелось. Пока еще рано. Но удержаться не получилось.

Дверца распахнулась. Он раскинул руки и принял меня в свои объятия. Что-то подсказывало мне, что надо бы наоборот: это я, старший брат, должен распахнуть объятия тому, кто вернулся в родовое гнездо. Однако по пути наши с Карлом роли утратили ясность. Он вырос крупнее меня — и телом, и как личность, — по крайней мере, когда мы оказывались в компании других людей, тон задавал Карл. Я прикрыл глаза, вздрогнул и втянул носом воздух, запах осени, «кадиллака» и моего младшего братишки. От него пахло, как это называется, мужским парфюмом.

Пассажирская дверца открылась.

Карл выпустил меня из объятий и, обойдя длинный капот, подвел к девушке, вставшей лицом к долине.

— Здесь очень красиво, — проговорила она.

Фигурка маленькая и щуплая, зато голос низкий. Говорила она с акцентом и с интонацией ошиблась, ну хоть по-норвежски, и то ладно. Интересно, не по пути ли сюда она эту фразу отрепетировала — решила небось, что непременно ее произнесет, даже если думать будет иначе. Потом она повернулась ко мне и улыбнулась. Первое, что я увидел, — это белое лицо. Не бледное, а белое как снег, который отражает свет, так что контуры разглядеть сложновато. Второе — это веко. Веко на одном глазу было опущено, точно штора, как будто девушка наполовину спала. Но другая половина казалась вполне бодрой. Из-под коротенькой огненно-рыжей челки на меня смотрел живой карий глаз. На девушке было простое черное пальто, даже не приталенное, да и под пальто никаких особых форм не угадывалось. Из-под него выглядывал высокий воротник черного свитера. Если особо не вглядываться, то ни дать ни взять парнишка, сфотографированный на черно-белую пленку, только волосы потом раскрасили. Женщин себе Карл выбирал тщательно, поэтому я, честно сказать, слегка удивился. Не то чтобы она уродина была, нет, вполне себе миленькая, но красивой бабенкой, как у нас тут говорят, ее не назовешь. Она по-прежнему улыбалась, зубы на фоне кожи выделялись не очень, потому что тоже были белые. И Карл у нас белозубый, всегда такой был в отличие от меня. Он еще все юморил, мол, это потому, что он улыбчивый, вот зубы на солнце и выгорели. Может, эти двое и выбрали друг дружку благодаря зубам? Да и вообще они похожи были. Правда, Карл высокий и плотно сбитый, однако сходство я сразу углядел. В обоих было нечто — как там это называется — жизнеутверждающее. Нечто радостное, будто они жаждут видеть в окружающих и в самих себе только самое лучшее. Впрочем, чего это я разошелся, я же даже незнаком с этой девчонкой-то.

14

— Это... — начал Карл.

— Шеннон Аллейн, — прозвучал альт, и она протянула мне руку, такую крошечную, прямо как куриная лапка.

— Опгард, — гордо добавил Карл.

Шеннон Аллейн Опгард сжимала мою руку дольше, чем мне того хотелось. В этом я тоже узнал Карла. Некоторые желают нравиться другим.

— Джетлаг? — спросил я и сразу же пожалел, почувствовав себя идиотом. Не потому, что я не знаю, что такое джетлаг, просто Карлу-то известно, что я в других часовых поясах сроду не бывал, поэтому ответ для меня все равно прозвучит бессмысленно.

Карл покачал головой:

— Мы два дня назад приземлились. Машину ждали — она паромом пришла.

Я кивнул и взглянул на номера. МС. Монако. Экзотика, но не настолько, чтобы просить его отдать мне номерной знак, когда Карл решит перерегистрировать машину. На заправке, у меня в кабинете, висят старые автомобильные номера Французской Экваториальной Африки, Бирмы, Басутоленда, Британского Гондураса и Джохора. Не комар чихнул.

Шеннон перевела взгляд с Карла на меня и снова на Карла. Улыбнулась. Уж не знаю чему, может, ей просто приятно было, что Карл со своим старшим братом, единственным его близким родственником, смеются. И что едва заметное напряжение исчезло. Что его — что их — с радостью примут в родном доме.

— Покажешь Шеннон дом, пока я чемоданы вытащу? — спросил Карл и открыл, как папа называл его, *задок*.

— Пока вытаскиваешь, как раз весь дом и покажу, — пробормотал я, и Шеннон зашагала следом.

Мы обогнули дом с северной стороны и подошли к главному входу. Честно говоря, не знаю, почему папа не сделал дверь со стороны двора и дороги. Может, потому, что любил каждое утро смотреть на наши пастбища. Или потому, что лучше уж солнечной пусть будет кухня, а не коридор. Мы перешагнули через порог, и я открыл первую из трех дверей в коридоре.

— Кухня, — сказал я и заметил вдруг, как сильно тут пахнет прогорклым жиром. Неужто здесь всегда так?

— Чудесно! — восхитилась она.

Ну, вообще-то, я слегка прибрался и даже пол помыл, но «чудесно» от этого там не стало. Вытаращив глаза и, кажется, слегка встревоженно она оглядела трубу, которая тянулась от печки к выпиленной в потолке дыре и уходила на второй этаж. Вокруг трубы был оставлен зазор, чтобы доски не загорелись, причем отверстие было таким круглым, что папа называл его столярным шедевром. Шедевров таких на ферме три штуки — эта и еще две такие же круглые дыры в уличном сортире.

Я щелкнул выключателем — показать, что у нас тут, несмотря ни на что, имеется электричество.

— Кофе? — предложил я и открыл кран.

— Спасибо, лучше чуть позже.

По крайней мере, вежливые фразы освоила.

— Тогда для Карла сварю.

Я открыл дверцу шкафа, порылся внутри и вытащил кофейник. Я, между прочим, настоящий молотый кофе купил впервые за... за долгое время. Мне самому и растворимого хватало. Я сунул кофейник под кран и понял, что по привычке открыл горячую воду. Уши у меня запылали. Но кто, собственно, сказал, что растворимый кофе, залитый горячей водой из-под крана, — это тоска зеленая? Кофе — он и есть кофе, а вода — она и есть вода.

Я поставил кофейник на плиту, повернул выключатель и, сделав два шага, оказался в одной из двух комнат, между которыми воткнулась кухня. С западной стороны расположилась столовая, зимой запертая и таким образом защищавшая дом от западного ветра, так что ели мы в это время на кухне. На восточную сторону выходили окна гостиной, где у нас стояли шкафы с книгами, телевизор и еще одна печка. С юга же папа соорудил помещение, ставшее единственной в нашем доме изюминкой, — застекленную террасу, которую он сам называл балконом, а мама — зимним садом, хотя зимой, ясное дело, террасу запирали, а ставни там закрывали. Зато летом папа частенько сидел там, посасывая снюс «Берри» и выпивая пару «Будвайзеров» — иногда он и такую слабость себе позволял. За этим бесцветным американским пивом он ездил в город, а порционный жевательный «Берри» ему один наш американский родственник аж из-за океана присылал. Папа довольно рано объяснил мне, что, в отличие от шведского дерьмеца, американский снюс во время обработки проходит процесс брожения, поэтому и вкус чувствуется. «Это как бурбон», — говорил папа. По его словам, норвежцы употребляют шведское дерьмецо только оттого, что ничего не понимают. А вот я теперь понимаю, поэтому когда начал жевать снюс, то сразу «Берри». Мы с Карлом обычно подсчитывали пустые бутылки, которые папа ставил на подоконник. Мы знали, что выпей он больше четырех — вполне может зареветь, а видеть своего отца плачущим никому неохота. И если подумать, наверное, поэтому я редко выпиваю больше чем пару пива. Не хочу разреветься. Карл от спиртного делался веселым, поэтому ему ограничивать себя не приходилось.

Я думал об этом, пока мы поднимались по лестнице, но вслух ничего не сказал. Я показал Шеннон большую спальню, которую папа называл «the master bedroom»[1].

— Фантастика, — похвалила она.

Потом я продемонстрировал ей новую ванную, — вообще-то, она не особо новая, но в доме у меня ничего новее все равно нет. Расскажи я ей, что выросли мы без ванной, она, наверное, не поверила бы мне. А ведь мылись мы на кухне и воду грели на печке. Ванная появилась после того, как появилась дорога. Если написанное Карлом правда, что она родом с Барбадоса, из семьи, у которой хватило денег отправить ее в колледж в Канаде, ей, разумеется, будет сложно представить, каково это — зима, холодрыга, а вы с братом стоите над корытом и моетесь в одной воде одновременно. Зато у папы, как это ни удивительно, во дворе стоял «кадиллак-девиль», машина шикарная, даже чересчур.

Дверь в нашу с Карлом спальню, видать, рассохлась, и я с силой дернул за ручку. В нос нам ударил поселившийся в спертом воздухе запах воспоминаний, какой бывает в платяном шкафу со старой одеждой, о которой давным-давно позабыли. У одной стены стоял письменный стол, а с двух его сторон, друг против друга, два стула. У противоположной стены — двухъярусная кровать во всю стену, а ближе к изножью кровати из пола торчала труба — та, что тянулась из кухни.

— Вот тут мы с Карлом жили, — сказал я.

Шеннон кивнула на кровать:

— И кто спал наверху?

---

1 «Хозяйская спальня» (*англ.*).

— Я, — ответил я, — потому что я старший. — И провел пальцем по пыльной спинке стула. — Сегодня сюда перееду. А большая спальня тогда ваша.

Она испуганно уставилась на меня:

— Но, Рой, дорогой, мы же не хотели...

Я старался смотреть на ее открытый глаз. Карие глаза, когда у тебя рыжие волосы и белая кожа, — это как-то странновато, нет?

— Вас двое, а я один, так что все путем. Пойдет?

Шеннон снова обвела взглядом комнату.

— Спасибо, — поблагодарила она.

Я вышел и прошел вперед, в комнату мамы с папой. Тут я хорошенько проветрил. Как бы от людей замечательно ни пахло, мне такие запахи не нравятся. Кроме как у Карла. Запах у Карла если и не приятный, то правильный. От него пахнет мной. Нами. Зимой, когда Карл болел — а это то и дело случалось, — я ложился к нему под бок. И запах у него был такой же, как обычно, хоть кожа и была в засохшей испарине, а изо рта пахло рвотой. Я вдыхал запах Карла и, дрожа, прижимался к его раскаленному телу, восполняя тепло, которого моей собственной тушке так недоставало. Когда у одного жар, для другого это вроде печки-буржуйки.

Шеннон подошла к окну и посмотрела наружу. Пальто она не расстегивала — ей, видать, в доме было холодно. В сентябре. Чего же тогда зимой-то ждать? Я слышал, как Карл затаскивает чемоданы наверх по узенькой лестнице.

— Карл говорит, вы небогатые, — сказала она, — но все, что видно из окна, принадлежит тебе и ему.

— Так и есть. Но это ж все пастбище.

— Пастбище?

— Эта земля не обрабатывается, — на пороге, улыбаясь и отдуваясь, стоял Карл, — тут разве что овец с козами пасти можно. На горных фермах мало

19

чего вырастишь. Как видишь, тут и деревьев негусто. Но мы горизонт оживим. Что скажешь, Рой?

Я медленно кивнул. Медленно — так, как, помнится, кивали взрослые фермеры в моем детстве, и я еще думал, будто внутри, за их морщинистыми лбами, происходит столько всего сложного, что нашего убогого сельского языка просто не хватает, чтобы это выразить. К тому же казалось, что они друг дружку и без слов понимают, эти взрослые кивающие мужчины, иначе почему если один закивает, то вскоре и другой кивать принимается? А теперь я и сам так же медленно киваю. Вот только соображаю я не намного лучше, чем тогда.

Я, естественно, мог бы спросить Карла напрямую, но ответа все равно не дождался бы. Ответами он меня засыпал бы, но честного ответа я бы не получил. И возможно, мне он и не требовался, я был лишь рад, что Карл вернулся, и не собирался задалбывать его этим вопросом. С чего ему вообще вздумалось вернуться?

— Рой такой добрый, — сказала Шеннон, — поселил нас в этой комнате.

— Ты же вряд ли собирался жить в детской, — сказал я.

Карл кивнул. Медленно.

— У меня для тебя подарок не такой шикарный. — Он протянул мне здоровенную коробку.

Что в ней, я понял сразу. Американский порционный снюс.

— Черт, как же я рад тебя видеть, братишка...

Голос у Карла сорвался, а сам он подошел и обнял меня. На этот раз по-настоящему. Я тоже его обнял. Он стал мягче и рыхлее. Карл прижался ко мне щекой, слегка царапнув щетиной по коже, хотя он явно недавно брился. Пиджак шерстяной, на ощупь плотный и приятный. И рубашка — их он вообще прежде не носил. Даже речь изменилась, теперь он говорил как горожанин. Когда-то мы с ним, подражая маме, тоже пытались так говорить.

Но ничего страшного в этом не было. Пахло от него как прежде. Он пах Карлом. Отстранившись, он оглядел меня. В его по-девчоночьи красивых глазах блестели слезы. Черт, да у меня самого глаза тоже были на мокром месте.

— Я там кофе затеял, — сказал я, стараясь, чтобы мой голос не дрожал, и зашагал к лестнице.

Тем вечером, улегшись спать, я прислушивался. Сейчас, когда в доме опять люди, зазвучит ли он иначе? Но нет. Дом, как обычно, поскрипывал, покряхтывал и посвистывал. Еще я прислушивался к голосам в хозяйской спальне. Слышимость тут хорошая, поэтому, хотя между нашими комнатами и была ванная, голоса я все равно слышал. Говорили ли они обо мне? Всегда ли его брат такой молчун — не об этом ли спросила Шеннон у Карла? И, как ему показалось, — понравилось ли Рою приготовленное ею чили кон карне? И понравился ли этому молчуну подарок, который она с таким трудом достала через родственников, — старый автомобильный знак с Барбадоса? И она сама — неужто его брату она вообще не понравилась? И Карл отвечал, что Рой со всеми такой, ему лишь требуется время, чтобы привыкнуть. Она, как она сама сказала, думает, что Рой ревнует, он наверняка считает ее разлучницей, отнявшей у него единственную ценность — младшего брата. А Карл рассмеялся и, погладив ее по щеке, сказал, что она тут всего день, а для подобных подозрений этого недостаточно и что все пройдет. И она положила голову ему на плечо и сказала, что он наверняка прав, но хорошо, однако, что он, Карл, на брата не похож. Странно, что в такой стране, как Норвегия, где и преступности-то считай что нет, люди бывают такими подозрительными, словно боятся, что их со всех сторон облапошат.

А может, они трахались.

В маминой и папиной кровати.

Мне бы утром за завтраком спросить: «И кто был сверху? Небось тот, кто старше?» — и посмотреть, как они рот разинут. А потом выйти на улицу, на резкий утренний холод, сесть в машину, поднять ручной тормоз, взяться за руль и смотреть, как приближается Козий поворот.

Снаружи послышалась птичья трель, красивая и печальная. Ржанка. Одинокая горная птичка, маленькая и серьезная. Птичка, которая летит следом, присматривает за тобой, но всегда держится на безопасном расстоянии. Как будто боится подружиться с кем-то, но при этом ей нужен кто-то, кому можно будет спеть про одиночество.

## 2

На заправку я приехал в половине шестого, на полчаса раньше, чем обычно по понедельникам.

Эгиль стоял за стойкой. Судя по виду, он совсем вымотался.

— Здоро́во, начальник, — сказал он невыразительно. Эгиль — прямо как ржанка, у него все слова на одной ноте.

— Доброе утро. Тяжелая ночь?

— Нет.

Он как будто не понимал, что вопрос, как говорится, риторический. Я-то знал, что дачники разъезжаются в воскресенье вечером, а ночью бывает спокойно, и спросил я только потому, что пол возле бензоколонок был грязный. На круглосуточных заправках есть правило, согласно которому если дежурный один, то из здания он не выходит, но я терпеть не могу беспорядок и грязь, а тут есть кодла малолеток-лихачей — они у нас на заправке и хот-догами закидываются, и курят, и телочек клеят, так что после них и окурки валяются, и обертки, и даже на презервативы, бывает, наткнешься.

Впрочем, и хот-доги, и сигареты, и презервативы они на нашей же заправке и покупают, поэтому я малолеток не гоняю, пускай себе сидят в машинах и смотрят, как мир проносится мимо. Вместо этого я обязал ночную смену по возможности прибираться. В туалете для сотрудников я повесил плакат, в который утыкаешься, когда садишься на унитаз. СДЕЛАЙ ТО, ЧТО ДОЛЖЕН. ВСЕ ЗАВИСИТ ОТ ТЕБЯ. СДЕЛАЙ ЭТО СЕЙЧАС. Эгиль, видать, думает, что это про дерьмо, — мол, смой за собой, но я столько раз повторял про уборку и про ответственность, что он, скорее всего, мой намек про тяжелую ночь понял. Однако Эгиль мало того что устал — он обычный паренек лет двадцати, которого так часто шпыняют, что ему уже все по барабану. А когда хочешь, чтоб от тебя отвязались, то притвориться слегка тупоумным — тактика не самая глупая. Поэтому не исключено, что Эгиль не особо и тупой.

— Рано вы, начальник.

«Да уж, не успел ты возле колонок помыть, а теперь обмануть меня и сказать, что так всю ночь и было, не получится», — подумал я.

— Не спалось, — ответил я, после чего подошел к кассе и нажал кнопки учета выручки — так я закрыл кассовую смену. У меня в кабинете заработал принтер. — Иди домой отсыпаться.

— Спасибо.

Я прошел в кабинет и взглянул на вылезающий из принтера отчет. Неплохо. Похоже, работы в воскресенье было порядочно. Шоссе тут, может, и не самое оживленное в стране, но до следующей заправки по тридцать пять километров в любую сторону, поэтому мы — настоящий оазис для тех, кто мимо едет, особенно для возвращающихся домой дачников с детьми. Под березами, откуда открывался вид на озеро Будалсваннет, я поставил пару столов со скамейками, и дачники ели там бургеры и булочки, запивая их газировкой, — как говорится, за обе щеки уплетали. Вчера мы почти три сотни булочек продали. Мне за выбросы углекислого газа не так стыдно, как за весь тот глютен, что я скормил этому миру. Я пробежался глазами по чеку и заметил, что Эгиль выбросил довольно много хот-догов. Это нестрашно, но, если сравнить с количеством проданных, получалось многовато. Эгиль уже переоделся и направился к двери.

— Эгиль?

Он вздрогнул и замер:

— Да?

— Там около второй колонки кто-то салфеток накидал.

— Сейчас все приберу. — Он заулыбался и вышел.

Я вздохнул. Найти толковых работников в такой крошечной деревушке — дело непростое. Умные уезжают учиться в Осло или Берген, деловые — зарабатывать в Нотодден, Шиен или Конгсберг. А у тех, кто остается, таких как Эгиль, выбор небольшой. Выгони я его — и он сядет на пособие по безработице. Меньше хот-догов от этого он есть не станет, но ему придется за них платить. Говорят, что ожирение — проблема деревень. Оно и неудивительно — так и тянет утешить себя чем-нибудь съестным, когда топчешься на заправке, видишь тех, кто проезжает мимо, представляешь себе, в какие чудесные места они направляются, машины у них такие, на какие у тебя сроду денег не будет, а с такими девчонками, как у них, тебе и заговорить смелости не хватит, разве что на деревенских танцах, да и то если напьешься в дымину. И все же придется мне с Эгилем поговорить. В головном офисе на всяких Эгилей плевать, им выручку подавай. И ничего не поделаешь. В 1969-м в Норвегии было чуть больше миллиона автомобилей и тысячи четыре автозаправок. Сорок пять лет спустя количество машин выросло в пять раз, а число заправок сократилось больше чем вполовину. В те времена жилось нелегко, да и нам не проще. И статистику я видел: в Швеции и Дании половина заправок — тех, что выжили, — уже полностью автоматизированы, и персонала там нет. Норвегия заселена так, что мы пока держимся, но заправщики и тут раса вымирающая. Вообще-то, нас и так стало мало. Когда в последний раз кто-то из нас заправлял вам машину? Вместо этого мы впариваем вам хот-доги, колу, надувные мячики для плавания, уголь для гриля, жидкость для мытья стекол и воду в бутылках, которая ничем не лучше той, что течет из крана, но эту зато прислали сюда из-за границы, и стоит она дороже, чем видеофильмы у нас на распродаже. Но я не жалуюсь. Когда мне было двадцать три, я получил в наследство автомастерскую, а потом компания, владеющая сетью заправок, проявила к ней интерес — вовсе не потому, что у меня там две бензоколонки стояли, а благодаря расположению. Они сказали, что я молодец, долго продержался, все остальные автомастерские в окрестностях давно кони двинули. А после предложили мне работу начальника заправочной станции и кое-какую мелочовку за мастерскую. Наверное, можно было и побольше выручить, но мы, Опгарды, не торгуемся. Мне тогда еще и тридцати не было, а чувствовал я себя так, будто наконец в отставку ухожу. На деньги с продажи я оборудовал на ферме ванную и переехал обратно из крошечной квартирки, которую устроил прямо в здании мастерской. На территории возле мастерской места было достаточно, поэтому компания отстроила рядом автозаправку, а старую автомойку переделала в современную.

Дверь за Эгилем захлопнулась, и я вспомнил, что компания обещала мне установить автоматические двери. На следующей неделе поставят. Начальство нами довольно — они сами сказали. Директор по продажам каждые две недели приезжает, расплывается в улыбке, травит скверные анекдоты, время от времени кладет мне руку на плечо и вроде как доверительно говорит, что они мной довольны. Ясное дело, довольны. Они же на выручку смотрят. И видят, что мы успешно боремся за выживание. Несмотря на то, что в смену Эгиля возле бензоколонок и бывает намусорено.

Без пятнадцати шесть. Я смазал маслом булочки, которые за ночь оттаяли и поднялись, и вспомнил те счастливые годы, которые провел в смотровой яме, смазывая двигатели. К мойке подъехал трактор. Я знал, что, когда фермер помоет своего железного коня, наступит мой черед мыть на мойке пол. Будучи начальником, я отвечал за трудоустройство, бухгалтерию, беседы с работниками, безопасность и прочую муть, но угадайте-ка, на что начальник тратит больше всего времени? На уборку. А на втором месте — выпечка булочек.

Я прислушался к тишине. Хотя нет — полной тишины здесь никогда не бывает, вместо нее — тихая симфония звуков, которые стихают, лишь когда заканчиваются выходные, дачники разъезжаются и мы снова закрываем магазин на ночь. Музыканты в этой симфонии — кофеварки, грили, холодильники и морозильные установки. У каждого свое, непохожее на остальные, звучание, но самые необычные звуки издает печка, где мы разогреваем булочки для гамбургеров. Она добродушно ворчит, и если закрыть глаза и перенестись в прошлое, то кажется, будто слышишь ворчание хорошо смазанного двигателя. В прошлый раз, когда ко мне заглядывал директор по продажам, он предложил включать в магазине тихую музыку. Сослался на какое-то исследование, согласно которому правильно подобранные звуки стимулируют не только голод, но и желание покупать. Я медленно покивал, но ничего не сказал. Я люблю тишину. Вскоре дверь откроется — наверняка какой-нибудь работяга приедет заправиться или кофе взять. Они всегда успевают до семи.

Я видел, что фермер залил в трактор дизель — тот самый, который сборами не облагается. Я знал, что когда фермер вернется домой, то перельет чуток дизеля в свою легковушку, но с этим пускай полицейские разбираются, а мне недосуг.

Мой взгляд скользнул по колонкам, шоссе и велосипедной дорожке и уперся в один из ничем не примечательных деревянных домов. Трехэтажный, построен сразу после войны. Веранда выходит на озеро Будалсваннет, окна грязные от пыли, а на стене — здоровенный плакат с рекламой парикмахерской и солярия. Судя по этому плакату, тут тебя одновременно и стригут, и поджаривают. Причем прямо в гостиной. Я ни разу не видел, чтобы в этот салон заходил кто-нибудь, кроме местных, а в деревне все и так знали, где живет Грета, поэтому назначение этого плаката для меня так и осталось неясным.

Сейчас дрожащая Грета стояла на обочине, в кроксах и футболке. Наконец она посмотрела направо и налево и ринулась через дорогу в сторону моей заправки.

Всего полгода прошло с того дня, как один водила из Осло, утверждавший, будто не видел, что быстрее пятидесяти в час тут разгоняться нельзя, сбил нашего учителя норвежского. У заправки в деревне есть свои преимущества и недостатки. Преимущества заключаются в том, что местные ходят к тебе за продуктами и всякой мелочовкой и что благодаря ограничению скорости к тебе время от времени заворачивают и неместные. Когда у меня была мастерская, мы также укрепляли местную экономику, потому что те, чьей машине нужен был основательный ремонт, ели в нашем кафе и ночевали в кемпинге на берегу. Минус в том, что рано или поздно машин станет меньше. Водители любят прямые шоссе, на которых можно выжимать девяносто и не красться через каждую дурацкую деревушку, попадающуюся на пути. Проект нового скоростного шоссе за пределами Уса составили уже давно, но на выручку нам приходила география: пробивать туннель через местные горы — затея недешевая. Но туннель все-таки появится. Это так же точно, как тот факт, что через два миллиарда лет Солнце разнесет нашу Солнечную систему на кусочки, вот только у нас все произойдет существенно быстрее. Когда мы окажемся на отшибе, закроются не только те, кто живет за счет проезжающих мимо машин, — для всех в деревне последствия будут примерно такими же, как когда Солнце решит с нами расквитаться. Фермеры, разумеется, по-прежнему будут доить коров и выращивать то, что можно вырастить в горах, но остальным-то чем заняться, если шоссе тут не будет? Станем друг дружку стричь и загорать до черноты?

Дверь распахнулась. В юности Грета была мертвенно-бледной, с безжизненными жиденькими волосенками. Сейчас же на голове у нее перманент, из-за которого она, как по мне, выглядит жутковато. Быть красивым никто не обязан, это верно, вот только с Гретой Создатель и впрямь обошелся круговато. Спина, шея, колени — все какое-то скрюченное, даже огромный сгорбленный нос казался чужим, словно его прилепили к узенькому лицу с немалым трудом. Но если с носом Создатель не пожадничал, то всем остальным Грету обделил: брови, ресницы, грудь, задница, щеки, подбородок — ничего этого у нее не имелось. Губы тонкие и смахивают на червяков. В юности она мазала этих розоватых червяков толстым слоем ядрено-красной помады, и ее это даже красило. Но потом она вдруг краситься перестала — это случилось примерно в то время, когда Карл уехал из деревни.

Может, другие видели Грету Смитт иной, может, она по-своему даже и привлекательная, просто я, глядя на нее снаружи, сразу вспоминал, какая она внутри. Явно злой я ее не назову — уверен, у психиатров найдется какой-нибудь подходящий диагноз, как уж там это называется? Щадящий?

— Сегодня прямо ледяной он чего-то, — сказала Грета.

«Он» — это, видать, про северный ветер. Когда он налетал на долину, то всегда приносил с собой запах ледника и напоминание о том, что лето не вечно. Сама Грета выросла у нас в деревне, но заменять «ветер» на «он» явно научилась у родителей.

Те приехали из Северной Норвегии, и сперва у них тут был кемпинг, однако потом они разорились и получили пособие по инвалидности — это уже после того, как у обоих нашли редкую форму периферической нейропатии, возникшей из-за диабета. Насколько я понимаю, при ней возникает ощущение, будто ходишь по осколкам. Сосед Греты рассказывал мне, что такая нейропатия незаразна и что это, видно, статистическое чудо. Впрочем, статистические чудеса происходят на каждом шагу, и сейчас родители Греты живут на третьем этаже, прямо над плакатом «Парикмахерская и солярий у Греты», а на улицу выходят нечасто.

— Что, Карл вернулся?

— Да, — ответил я, понимая, что ответ тут предполагается не утвердительный и не отрицательный. Ее вопрос на самом деле представлял собой утверждение и просьбу выложить все, что мне известно. Но этого у меня и в мыслях не было. У Греты к Карлу и так какие-то нездоровые чувства. — Чего желаешь?

— Я думала, у него в Канаде дела отлично идут.

— Иногда люди возвращаются домой, даже если дела у них неплохи.

— Говорят, рынок недвижимости в тех краях очень непредсказуемый.

— Да, недвижимость там либо очень быстро дорожает, либо чуть медленнее. Кофе возьмешь? И булочку с кремом?

— Интересно, что привлекло такую важную птицу из Торонто в нашу-то деревню?

— Люди, — ответил я.

Она пристально вглядывалась в мое лицо, но я сделал морду кирпичом.

— Может, и так, — согласилась она, — но я слыхала, он с собой кубинку привез?

В этот момент Грету вроде как надо бы пожалеть. Родители-инвалиды, нос размером с метеорит, клиентов нету, ресниц тоже, ни мужа, ни Карла, и, похоже, ни о ком другом она не мечтает. Однако злоба в ней — как подводный камень, который замечаешь, лишь когда он пробьет твоей лодке дно. Может, это закон Ньютона, и каждое действие вызывает противодействие, а значит, все зло, какое причинили Грете, она причиняет другим. Если бы Карл в молодости не трахнул ее спьяну под деревом на каком-то сельском празднике, то она, возможно, такой не сделалась бы. А может, и сделалась.

— Кубинка... — я протер стойку, — прямо как сигара.

— Ага, так и есть! — Она склонилась над стойкой, будто собиралась сказать что-то противозаконное. — Коричневая, сама лезет в рот и...

Легко вспыхивает, — пришло мне в голову, хотя больше всего мне хотелось засунуть Грете в глотку булочку и заткнуть этот поток дерьма.

— ...вонючая, — проговорила Грета. Ее червеобразные губы скривились в усмешке. Метафорой она была явно довольна.

— Только она не с Кубы, — сказал я, — она с Барбадоса.

— Ну да, ну да, — подхватила Грета, — тайская шлюшка, русская жена. Наверняка послушная.

Я проиграл — скрывать, что ее слова меня задели, я больше не мог:

— Ну-ка повтори!

— Наверняка чудесная телочка, — торжествующе ухмыльнулась Грета.

Я переступил с ноги на ногу:

— Так чего тебе, Грета?

Грета окинула взглядом полки у меня за спиной:

— Мамаше нужны новые батарейки для пульта.

В этом я сомневался, потому что мамаша ее сама заходила за батарейками два дня назад и шагала так, будто под ногами у нее раскаленная лава. Я протянул Грете батарейки и пробил чек.

— Шеннон, — проговорила Грета, вытаскивая карточку, — я видела в «Инстаграме» фотки. С ней небось что-то не так, да?

— Не заметил, — сказал я.

— Да брось, если она с Барбадоса, то чего такая белая? И что у нее с глазом?

— Ну вот, пульт у твоей мамаши теперь хоть в космос полетит.

Грета вытащила карточку из считывающего устройства и сунула ее в кошелек.

— Увидимся, Рой.

Я медленно кивнул. Ясное дело, увидимся. Как и со всеми остальными в этой деревне. Однако Грета тем самым пыталась донести до меня еще кое-что, поэтому я кивнул так, будто все понял, — уж больно неохота было ее и дальше слушать.

Дверь за ней закрылась, но не до конца, хотя я уж и пружины подтягивал. Да, пора автоматические устанавливать.


В девять на смену заступил еще один заправщик, и у меня появилось время прибраться после фермера с трактором. Как я и ожидал, на полу валялись комки земли и глины. Я всегда держу при себе готовое средство для мытья пола, которое выводит почти любую грязь, а протирая пол, вспоминал те времена, когда мы были подростками и верили, будто жизнь в любой момент может перевернуться с ног на голову, да жизнь и правда каждый день переворачивалась вверх тормашками. Между лопатками у меня вдруг кольнуло. Типа лазерной указки, какая бывает у полицейских из группы захвата. Поэтому, когда сзади послышалось покашливание, я не удивился и не вздрогнул. Я обернулся.

— У тебя тут что, соревнования по борьбе в грязи проводились? — спросил ленсман.

— Трактор мылся, — объяснил я.

Он кивнул:

— Значит, твой брат вернулся?

Ленсман Курт Ольсен, худощавый, с впалыми щеками и загнутыми книзу усами, он ходил в тесных джинсах и древних сапогах с разводами, которые еще его отец носил. Курт вообще все больше походил на Сигмунда Ольсена, старого ленсмана, — тот тоже был длинноволосым блондином, а еще мне вспоминался Деннис Хоппер в «Беспечном ездоке». Ноги у Курта Ольсена колесом, как бывает у футболистов, а сам он на два года моложе меня и в свое время был капитаном местной четвертой лиги. Технически подкованный, отличный тактик, а бегать мог полтора часа без остановки. Все говорили, что Курту Ольсену надо бы играть в лигах повыше. Но тогда ему пришлось бы переехать в город побольше, где он вполне мог бы оказаться на скамье запасных. Кто согласится променять на это славу местного героя?

— Карл вчера приехал, — подтвердил я, — а ты откуда знаешь?

— Отсюда. — И он развернул передо мной какой-то плакат.

Я перекрыл шланг с водой. ДОБРО ПОЖАЛОВАТЬ В СКАЗКУ! — было написано сверху. А ниже — ВЫСОКОГОРНЫЙ СПА-ОТЕЛЬ. Я вглядывался в строчки под этими словами. Ленсман меня не торопил. Мы с ним почти ровесники, и он, возможно, помнил, как в школе классный руководитель говорил, будто у меня слабая форма дислексии. Когда классный руководитель сообщил об этом моим родителям и заодно упомянул, что дислексия передается по наследству, отец взвился: он что же, намекает, будто мальчишку на стороне нагуляли? Но тогда мама напомнила ему про одного из папиных двоюродных братьев, некоего Улава из Осло, страдавшего словесной слепотой, отчего судьба у него сложилась печально. Когда Карл узнал обо всем, то предложил стать моим, как он сам это назвал, учителем чтения. Намерения у него были самые добрые, это я знаю, и он и впрямь постарался бы. Однако я отказался. Кому охота учиться у младшего брата? Вместо этого моей учительницей стала моя тайная любовница, а школой — избушка на горном пастбище, но произошло это спустя много лет.

В плакате все желающие приглашались на собрание инвесторов в доме культуры в Ортуне. Присутствие ни к чему не обязывает, а всех пришедших ждет кофе с вафлями.

Я понял это, еще не дойдя до имени и подписи внизу плаката. Вот она — причина, по которой Карл вернулся домой.

После имени Карл Абель Опгард была указана степень. Master of Business. Ни больше ни меньше.

Что я точно знал, так это то, что мороки с этой затеей не оберешься.

— Это висит на всех автобусных остановках и на каждом столбе вдоль шоссе, — сказал ленсман.

Карл, видать, тоже рано встал.

Ленсман свернул плакат:

— А если у тебя нет разрешения, то это противоречит параграфу тридцать три Закона об автомобильных дорогах. Попросишь его снять плакаты, ладно?

— А сам ты чего не попросишь?

— У меня нет его номера, и... — сунув плакат под мышку, а большие пальцы за пояс, он посмотрел на север, — кататься туда лишний раз неохота. Так передашь?

Я медленно кивнул и взглянул туда, куда нашему ленсману неохота было лишний раз кататься. С заправки ферму Опгард не видно, только Козий поворот разглядеть можно и серую скалу у обрыва. Дома же, расположенного на плато, не видать. Хотя сегодня взгляд мой за что-то зацепился. Нечто красное. И до меня вдруг дошло, что это такое. Норвежский флаг. Ну охренеть — Карл поднял флаг в понедельник. Кажется, именно так поступает король, желая продемонстрировать, что он дома? Я едва не заржал.

— Он может оставить заявку, — ленсман посмотрел на часы, — и мы ее рассмотрим.

— Ну разумеется.

— Именно так. — Ленсман приложил два пальца к воображаемой ковбойской шляпе.

Мы оба знали, что снимут плакаты только в конце дня и к тому времени они уже свою службу сослужат. Даже если кто-то приглашения и не увидит, то уж наверняка про него услышит.

Я развернулся и снова пустил воду.

Вот только покалывание между лопатками никуда не делось. Оно оставалось там же, где было все эти годы. Подозрения Курта Ольсена прожигали на мне одежду и въедались в кожу, в плоть. Но натыкались на толстые кости. На волю и упрямство. На недостаток доказательств и фактов.

— Это что? — снова раздался голос Курта Ольсена.

Я обернулся и сделал вид, будто удивлен, что он еще не ушел. Он кивнул на металлическую решетку над стоком для воды. На лежавшие там комочки.

— Хм! — подал я голос.

Ленсман опустился на корточки.

— На них кровь, — сказал он, — это мясо.

— Да, пожалуй, — согласился я.

Он взглянул на меня.

— Лось, — объяснил я, — на дороге сбили. Мясо застряло в решетке. А потом они приехали сюда и смыли с себя эту дрянь.

— Ты же, Рой, вроде говорил, что тут трактор мылся.

— Думаю, это еще с ночи осталось, — сказал я, — если хочешь, могу Эгиля спросить — если желаешь провести... — я направил струю на решетку, ленсман отскочил, а кусочек мяса оторвало от решетки и отбросило в сторону, — ...расследование.

Глаза у Курта Ольсена сверкнули, он наклонился и отряхнул штанину, хоть та и была сухой. Не знаю, заподозрил ли он что-нибудь. И это ли слово сказал в тот раз. Расследование. Что необходимо провести расследование. Неприязни к Курту Ольсену я не питал — он обычный трудяга, который делает свою работу. А вот расследования его мне однозначно не нравятся. И не уверен, что он так зашустрил бы, будь на плакате вместо Опгарда какое-нибудь другое имя.

Когда я вернулся в магазинчик, там уже паслись две девчонки-подростка. Одна из них — Юлия — у меня работала и заступила на смену после Эгиля. Вторая девушка, покупательница, стояла ко мне спиной, повесив голову, и не думала поворачиваться, даже когда я хлопнул дверью. Однако я ее все равно узнал. Дочка жестянщика по фамилии Му. Наталия. Я иногда видел ее в компании отирающихся тут лихачей. Если Юлия была открытая, искренняя и, что называется, без претензий, то Наталия Му казалась чувствительной, но в то же время скрытной, словно боялась, что, покажи она свои чувства, их тотчас же растопчут или высмеют. Возраст, что поделаешь. Она, наверное, сейчас в старшем классе? К тому же, как я понял, ей было стыдно — и Юлия это подтвердила, потому что, поманив меня рукой, она одновременно кивнула в сторону полки с противозачаточными таблетками. Просто Юлии всего семнадцать, и поэтому продавать лекарства и табак она не имеет права.

Я прошел за стойку, стараясь побыстрее распрощаться с дочкой Му и не издеваться над беднягой.

— «Элла-один»? — спросил я и поставил перед ней белую коробочку.

— Чего? — переспросила Наталия Му.

— Противозачаточные твои, — безжалостно бросила Юлия.

Я провел покупку в кассе так, чтобы было понятно: продавец — человек взрослый и, очевидно, ответственный. Дочка Му скрылась за дверью.

— Она спит с Трондом Бертилем, — Юлия надула пузырь из жвачки, — ему за тридцатник, у него жена и дети.

— Молоденькая совсем, — сказал я.

— Для чего молоденькая? — Юлия уставилась на меня. Девчонка она довольно мелкая, но все в ней почему-то кажется несоразмерно большим. Кудрявые волосы, грубые руки, полная грудь и широкие плечи. Почти вульгарный рот. И глаза — крупные круглые гляделки, бесстрашно смотревшие на меня. — Для того, чтобы трахаться с тридцатилетним мужиком?

— Слишком молоденькая, чтобы самой принимать разумные решения, — ответил я, — возможно, еще научится.

Юлия фыркнула:

— Противозачаточные так называются не потому, что тот, кто трахается, в принципе против зачатия. А если девчонка молодая, это вовсе не означает, что она не знает, чего хочет.

— Может, ты и права.

— Но когда мы делаем вот такую невинную рожу, как у этой, вы, мужики, сразу думаете: вот бедняжечка! А нам только того и надо. — Она рассмеялась. — Какие ж вы примитивные!

Я надел перчатки и принялся смазывать маслом багеты.

— А у вас есть секретное общество? — поинтересовался я.

— Чего-о?

— Ну, женщины, которые считают, будто знают всех остальных женщин как облупленных. Вы друг дружке хоть рассказываете, как вы сами устроены, чтобы уж наверняка знать? Потому что я, например, про мужчин ни хрена не знаю. Каких только среди них не бывает. Мне кажется, будто я его насквозь вижу, а правдой оказывается всего процентов сорок, не больше, — я сунул в багет салями и яйца — все это доставляют уже нарезанным, — а ведь мы-то примитивными считаемся. Так что вам повезло — вы изучили половину человечества.

Юлия не ответила. Но я заметил, как она сглотнула. Сильно я, видать, не выспался, если вдруг взял и вот так набросился на девчонку, которая недавно из школы вылетела. Такие, как она, слишком рано берутся за плохое, а к хорошему идут долго. Но это вопрос времени. Она, как отец говорил, с головой. Бунтует, это да, но поддержка ей будет полезнее, чем тычки. Разумеется, и то и другое сгодится, но поддержка важнее.

— А ты, похоже, неплохо научилась резину-то менять, — сказал я.

Сейчас сентябрь, но те, у кого дачи на самой вершине, увидели снег еще на прошлой неделе. И хотя мы не продаем шины и не предлагаем свои услуги по их замене, горожане на своих кроссоверах, бывает, заглядывают к нам и умоляют помочь. И мужчины, и женщины. Они даже простейшие действия сами не способны осуществить. Если какая-нибудь солнечная буря выведет из строя электричество, то не пройдет и недели, как все эти бедолаги вымрут.

Юлия весело улыбнулась. Даже чересчур весело. Погода там, у нее в голове, переменчива.

— Эти городские думают, что сейчас скользко, — сказала Юлия, — а что же будет, когда настоящие холода стукнут — минус двадцать или тридцать.

— Тогда будет уже не так скользко, — возразил я.

Она удивленно посмотрела на меня.

— Чем ближе температура к точке таяния, тем сильнее гололед, — пояснил я. — Самая скользкая пора — это когда на улице примерно минус семь. Именно такую температуру стараются поддерживать на хоккейном поле. И субстанция, на которой мы поскальзываемся, — это вовсе не тонкий слой замерзшей воды под давлением, как считалось прежде, а газ, возникающий благодаря молекулам, освобождающимся при этой температуре.

Она посмотрела на меня глазами, полными восхищения:

— Откуда ты все это знаешь, а, Рой?

От этого я почувствовал себя одним из тех придурков, которых не выношу, — нахватаются по верхам, а потом блещут эрудицией.

— Мы же продаем журналы, в которых такого полно. — Я показал на полки, где рядом с журналами об автомобилях, лодках, охоте и рыбалке, детективными романами и парой глянцевых изданий, на которых директор по продажам особо настаивал, была выставлена и «Популярная наука».

Но Юлия не позволила мне отказаться от лавров героя:

— А по-моему, тридцатник — это немного. Уж всяко лучше, чем двадцатилетние сопляки. Думают, что, если на права сдали, значит, они взрослые.

— Юлия, мне давно не тридцать.

— Да ладно? А брату твоему сколько?

— Тридцать пять.

— Он вчера у нас заправлялся, — сообщила она.

— Так не твоя же смена была.

— А мы с подружками как раз в Кнертен ездили. Это он сам сказал, что твой брат. И знаешь, что мои подружки сказали? Что твой брат — ЯБВ.

Я промолчал.

— Но знаешь что? Мне кажется, что это ты ЯБВ.

Я смерил ее строгим взглядом, но она лишь ухмыльнулась, после чего едва заметно выпрямилась и расправила свои широкие плечи.

— ЯБВ означает...

— Спасибо, я знаю, что это означает, Юлия. Там доставка приехала — встретишь?

На заправку въехал грузовик с товарами. Минералка и сладости. Юлия наградила меня хорошо отрепетированным взглядом, в котором читалось «ох-я-сейчас-умру-со-скуки», и надула из жвачки пузырь, а когда он лопнул, тряхнула головой и вышла.

## 3

— Здесь? — Я недоверчиво оглядел пастбище.

— Здесь, — подтвердил Карл.

Поросшие вереском кочки. Гора с заснеженной вершиной. Вид сногсшибательный, не поспоришь, со всех сторон — синеватые горные вершины, а внизу, в озере, блестит солнце. И тем не менее.

— Сюда придется проложить дорогу, — сказал я, — провести водопровод. Канализацию. Электричество подключить.

— Ага, — рассмеялся Карл.

— И поддерживать порядок. Поддерживать порядок в зданиях, которые ты отстроишь на... на самой вершине этой чертовой горы!

— Это же необычно, верно?

— И красиво, — добавила Шеннон. Она стояла позади, скрестив на груди руки, и дрожала в своем черном пальто. — Это будет красиво.

Я вернулся домой пораньше и прямо с порога выругал Карла за плакаты.

— Ты почему мне ни слова не сказал? — спросил я. — Ты хоть представляешь, сколько народу меня сегодня вопросами замучило?

— И сколько же? А настроены люди хорошо? — Судя по тому, с каким интересом Карл спрашивал, плевать он хотел на мои чувства — подумаешь, отодвинул в сторону собственного брата!

— Да ты охренел, что ли? — возмутился я. — Ты почему мне не сказал, что за этим и вернулся?

Карл приобнял меня за плечи и улыбнулся своей дьявольски обаятельной улыбкой:

— Потому что не хотел, чтобы ты узнал только половину всей истории, Рой. Не хотел, чтобы ты ходил тут и придумывал всякие отмазки. Ты же вечно сомневаешься во всем, да ты и сам это понимаешь. Поэтому сейчас мы сядем ужинать, и ты все узнаешь. Идет?

И да — я, разумеется, размяк, но, может, еще и оттого, что сегодня, впервые с тех пор, как не стало мамы с папой, я вернулся домой к накрытому столу. Мы заправились едой, а затем Карл показал мне проект отеля. Если на Луне поставить юрту, получится точь-в-точь этот отель. Вот только по нашей луне бродят олени. Изображая окрестный пейзаж, архитектор ограничился этими оленями и кучками мха, в остальном же все выглядело пустовато и по-модернистски. Странновато, что мне понравилось, однако это, наверное, оттого, что больше было похоже на автозаправку где-нибудь на Марсе, а не на отель, в котором будут отдыхать всякие бездельники. По-моему, от подобных мест чаще всего ожидают красоты и уюта: национал-романтизм, намалеванные на стенах традиционные розочки, поросшая травой крыша, дома сказочных конунгов и хрен знает что еще.

После мы прошли с километр до клочка земли, где закатное солнце золотило вереск, а гранитные вершины вокруг казались до блеска отполированными.

— Смотри, как в пейзаж впишется. — Карл нарисовал пальцем в воздухе контуры отеля, который мы уже видели в нашей домашней столовой. — Решающие факторы — пейзаж и функциональность, а не сложившиеся представления о высокогорном отеле. Этот отель будет формировать восприятие архитектуры, а подражать мы никому не станем.

— Ясно. — В это слово я вложил все накопившееся во мне недоверие.

Карл объяснил, что в отеле предполагается двести номеров, общая площадь — одиннадцать тысяч квадратных метров, а готов он будет через два года после того, как в землю тут воткнут лопату. Или начнут взрывать — земли здесь негусто. По самым, как сказал Карл, пессимистичным подсчетам, обойдется все это в четыреста миллионов.

Пришел черед задать главный вопрос:

— Где ты собираешься взять четыреста миллионов?

Я еще не договорил, а у Карла уже готов был ответ:

— В банке.

— В местном? В Спар-банке Уса?

— Нет-нет, — он засмеялся, — этот слишком мелкий. Поедем в город, в DNB.

— И с какого это перепугу они дадут тебе кредит на четыреста миллионов на эту... — Я удержался и не сказал «херню», но, так как слова «отель» и «проект» мужского рода, все и так было ясно.

— С такого, что мы организуем не акционерное общество, а компанию с неограниченной имущественной ответственностью.

— С неограниченной имущественной ответственностью?

— У деревенских тут денег мало, но их фермы и земля — это их собственность. Чтобы войти в компанию с неограниченной имущественной ответственностью, им ни кроны не понадобится заплатить. И всем, кто захочет поучаствовать, будь ты тощий или толстый, достанутся одинаковые доли, и получат они тоже все поровну. Им останется только сидеть дома в кресле и бабло пересчитывать. Любой банк удавится ради возможности вложиться в такое дело. Их деньги будут обеспечены так, что надежнее и не придумаешь. Ведь в залог-то они получат целую деревню, причем в буквальном смысле.

Я почесал голову:

— Тебя послушать, так если все накроется, тогда...

— Тогда каждому пайщику придется выложить только свою долю. Если нас наберется сотня, а предприятие обанкротится, то общий долг составит сто тысяч и каждый из пайщиков раскошелится всего на тысячу. А не сможет кто-то выложить тысячу — это тоже проблема не твоя, а кредиторов.

— Ух ты!

— Элегантно, да? То есть чем больше народу в деле, тем меньше каждый рискует. Но естественно, тем меньше они будут зарабатывать, когда дело пойдет в гору.

Такое надо переварить. Модель общества, в котором с тебя ни единой кроны не требуют, зато если все идет как надо, то знай себе снимай урожай. А если все накроется медным тазом, то платишь лишь свою долю.

— Ладно. — Я пытался сообразить, в чем кроется подвох. — Тогда почему ты приглашаешь на собрание инвесторов, хотя никто ничего инвестировать не должен?

— Потому что инвестор звучит намного лучше, чем просто пайщик, ты разве не согласен? — Карл засунул большие пальцы за пояс и заговорил по-местному: — Да я ж не только фермер, я еще и в гостиничном бизнесе кручусь. — Он расхохотался. — Чистая психология. Когда половина деревни войдет в долю, вторая половина удавится от страха, что соседи начнут вдруг разъезжать на «ауди» и величать себя инвесторами. Они гораздо охотнее пару крон выложат, чтобы от соседей не отставать.

Я медленно кивнул. С психологией он, пожалуй, попал в точку.

— Проект шикарный, сложность в том, чтобы сдвинуть его с мертвой точки, — Карл топнул по скале под ногами, — привлечь на свою сторону тех, кто покажет остальным, что считает наш проект привлекательным. Если у нас получится, за ними пойдут и другие, а оставшиеся потянутся сами собой.

— Ясно. И чем ты собираешься заманить этих первых?

— Хочешь сказать, что раз уж мне собственного брата убедить не удается, что о других говорить? — Он улыбнулся, по-доброму, открыто, вот только в глазах оставалась грустинка. — Достаточно будет одного.

Моего ответа Карл дожидаться не стал.

— И это...

— Баран-вожак. Ос.

Естественно. Бывший мэр. Отец Мари. Он был мэром больше двадцати лет, твердой рукой управляя этим муниципалитетом, где основная часть населения поддерживает Рабочую партию в печали и радости, пока сам не решил, что пора и честь знать. Сейчас ему перевалило за семьдесят, и он в основном хозяйничал у себя на ферме. Однако время от времени старый Ос писал статейки в местную газету «Ус блад», и статейки эти пользовались популярностью. Даже те, чья точка зрения изначально не совпадала с мнением старика, рассматривали тему в новом свете. Свете, который загорался благодаря присущему старому мэру мастерству формулировок, мудрости и способности всегда принимать правильные решения. Местные на полном серьезе верили, что планы проложить дорогу в обход деревни сроду не осуществились бы, будь Ос по-прежнему мэром: уж он-то растолковал бы всем, каким образом подобная идея все разрушит, отняв у деревни жизненно важный приработок, который дают ей проезжающие автомобили, сотрут с карты наш небольшой поселок и превратят его в призрак, где выживут лишь несколько получающих государственную поддержку фермеров. И некоторые даже предлагали снарядить делегацию во главе с Осом — а не с новым мэром — и отправить ее в столицу, чтобы там толком обсудить все с министром транспорта.

Я плюнул. Да, чтоб вы знали: на языке наших деревенских пентюхов плевок, в противоположность медленному киванию, означает, что ты *не* согласен.

— Ты чего ж, думаешь, Ос спит и видит, как бы ему пожертвовать фермой и землей ради спа-отеля на голой скале? И он доверит свою судьбу типу, который изменил его дочери и свалил за границу?

Карл покачал головой:

— Ты не понимаешь, Рой. Осу я нравился. Для него я был не просто будущим зятем — я стал ему сыном, которого у него никогда не было.

— Карл, ты *всем* нравился. Но когда трахаешь лучшую подругу своей девушки... — Карл предостерегающе посмотрел на меня, и я удостоверился, что Шеннон, присев на корточки, рассматривает что-то на кустиках вереска и не слышит нас, — популярность рискуешь утратить.

— Ос ничего не знает про нас с Гретой, — сказал Карл, — он думает, что его дочь просто меня бросила.

— Вон оно что? — недоверчиво протянул я. Впрочем, не особо недоверчиво.

Мари, которая всегда казалась уверенной в себе, предпочитала официальную версию, по которой это она сама бросила первого парня на деревне, якобы потому, что сын горного фермера Опгарда — для нее сошка мелкая.

— Как только мы с Мари расстались, Ос пригласил меня к себе и сказал, что ему очень жаль, — признался Карл. — Да, мол, он знает, что между мной и Мари пробежала кошка, но не собираемся ли мы в скором времени помириться? Говорил, что у них с женой тоже бывали размолвки, а все же прожили они вместе больше сорока лет. Я ответил, что помириться хотел бы, однако прямо сейчас лучше мне ненадолго уехать. А он сказал, что понимает, и даже предложил кое-что. Оценки у меня в школе были хорошие, об этом он у Мари узнал, так, может, помочь мне со стипендией в каком-нибудь университете в Штатах?

— Значит, Миннесота — это все Ос устроил?

— У него имелись связи в тамошнем Норвежско-американском обществе.

— Ты никогда об этом не говорил.

Карл пожал плечами:

— Мне неловко было. Я сперва его дочке изменил, а потом еще и помощь от него принял. Но по-моему, он тоже неспроста все это придумал. Наверняка надеялся, что я вернусь с университетским дипломом и получу в награду принцессу и полцарства в придачу.

— И теперь ты хочешь, чтоб он тебя опять выручил?

— Не меня, — возразил Карл, — деревню.

— Естественно, — кивнул я, — деревню. И когда это ты воспылал к местным такой любовью?

— И когда это ты стал таким холодным циником?

Я улыбнулся. Дату я вполне мог ему назвать. «Ночь "Фритца"», — вот как окрестил я ее у себя в голове.

Карл вздохнул:

— Когда живешь на противоположном конце земли, с тобой что-то происходит. Начинаешь думать, кто ты на самом деле такой. Откуда ты родом. К какой общности принадлежишь. И кого можешь назвать своим.

— И до тебя, значит, дошло, что эти вот — свои? — Я кивнул в сторону деревни, раскинувшейся внизу, в километре от нас.

— В печали и радости, да. Это как наследство, от которого не можешь отказаться. Оно возвращается к тебе, хочешь ты того или нет.

— Это потому ты по-городскому заговорил? Не хочешь, видать, наследство-то получать.

— Такая речь досталась мне в наследство от мамы.

— Она говорила по-городскому, потому что слишком долго проработала в городе экономкой, а не потому, что говорила так с детства.

— Скажем так: я унаследовал от нее умение приспосабливаться, — выкрутился Карл. — В Миннесоте много норвежцев, и меня серьезнее воспринимали, особенно потенциальные инвесторы, если я говорил как образованный. — Последние слова он проговорил чуть в нос, по-маминому, с такой интонацией, какая бывает у жителей Западного Осло.

Мы рассмеялись.

— Со временем я опять заговорю как прежде, — сказал Карл, — я же из Уса. А если точнее, то из Опгарда. И свои для меня — это прежде всего ты, Рой. Если шоссе проложат в обход деревни и здесь не появится ничего, привлекающего сюда людей, то твоя автозаправка...

— Это не *моя* заправка, Карл. Я просто там работаю. А заправок повсюду полно, у этой компании пятьсот заправок, поэтому спасать меня вовсе не обязательно.

— Я перед тобой в долгу.

— Говорю же — мне ничего не надо...

— Надо. Еще как надо. Тебе нужна собственная заправка.

Я промолчал. Ладно. Тут он попал в точку. В конце концов, он мой брат, и лучше его меня никто не знает.

— А этот проект принесет тебе нужный капитал, Рой. Купишь себе заправку — хоть тут, хоть еще где-нибудь.

Я копил деньги. Откладывал каждую поганую крону, если та не уходила на оплату электричества — без электричества замороженную пиццу никак не разогреть, а именно ими я питался, когда ужинал дома, а не на заправке, — на бензин для старенького «вольво» и на то, чтобы поддерживать дом в мало-мальски жилом виде. Я обсуждал это с головным офисом, предлагал им подписать договор франшизы, и они даже не отказали — еще бы, теперь-то, когда автомобилей здесь скоро поубавится. Вот только я надеялся, что цену они назначат ниже, но я ошибся, а ведь это, как ни странно, по моей вине, потому что выручку мы им делали прямо-таки отличную.

— Допустим, я соглашусь заняться этим твоим отелем...

— Да! — заорал Карл, будто я уже был в деле.

Я сердито замотал головой:

— До того времени, когда отель твой откроется, еще два года. Да еще года два, пока он доход начнет приносить. Если он вообще медным тазом не накроется. А захоти я в это время купить заправку и взять под это дело кредит, банк мне, естественно, откажет, потому что у меня с этой твоей неограниченной имущественной ответственностью и так долгов будет по уши.

Карл даже не потрудился притвориться, будто верит моей болтовне. Пайщики или нет — ни один банк не даст кредит на покупку автозаправки с таким безнадежным будущим, какое нас ждет.

— Значит, ты в деле, Рой. А деньги на покупку заправки ты получишь до того, как мы вообще начнем строить отель.

Я уставился на него:

— Это еще что за херня?

— Общество с неограниченной имущественной ответственностью должно приобрести землю, на которой будет построен отель. А кто, по-твоему, владеет этой землей?

— Ты и я, — ответил я, — и что с того? С продажи голой скалы особо не разбогатеешь.

— Смотря кто будет назначать цену, — не согласился Карл.

В практичности и логике мне не откажешь, но, вынужден признать, доходило до меня несколько секунд.

То есть...

— То есть проект принадлежит мне, именно мне. Это означает, что статьи бюджета тоже определяю я. О чем я и сообщу на собрании инвесторов. Разумеется, завышать цену я не стану, но предлагаю запросить двадцать миллионов.

— Двадцать миллионов! — Я недоверчиво обвел рукой жалкие кустики вокруг. — Вот за это?

— В любом случае это довольно мало, если сравнить с общим капиталом в четыреста миллионов, так что стоимость земли можно разделить и включить в другие статьи бюджета. Одна статья — дорога и придорожная зона, другая — парковочная площадка, третья — непосредственно участок под строительство...

— А если кто-нибудь спросит про стоимость одного мола?[1]

— Спросят — ответим, мы же не бандиты.

— И кто же мы... — Я осекся. Мы? Как ему удалось втянуть меня в это? Хотя ладно, потом разберемся. — И кто же мы тогда?

_____

1 *Мол* — норвежская мера земельной площади, равная 1000 кв. м.

— Мы деловые люди, занимающиеся серьезным делом.

— Серьезным делом? Местные в подобных делах ничего не смыслят, Карл.

— Хочешь сказать, что тут сплошь легковерные простачки? Да-да, мы-то знаем, ведь мы тоже местные, — он сплюнул, — как в тот раз, когда папа купил «кадиллак». Народ тогда разволновался. — Карл криво улыбнулся. — Благодаря этому проекту цены на землю здесь взлетят до небес, Рой. А когда вложимся в отель, перейдем ко второму этапу. Горнолыжный склон, дачи и апартаменты. Вот где настоящая прибыль. Поэтому с какой стати нам продавать дешево, если мы знаем, что вскоре цены тут до небес взлетят? Мы сами об этом и позаботимся. Рой, мы никого не обманываем — просто вовсе не обязательно болтать, что братья Опгард первые миллионы прикарманили. Так что, — он посмотрел на меня, — нужны тебе деньги на заправку или нет?

Я задумался.

— Я пойду отолью, а ты решай пока, — сказал Карл.

Он развернулся и двинулся к валуну на вершине горы — видать, думал, что с другой стороны его ветер не достанет.

Значит, Карл считает, что за время, которое ему нужно, чтобы отлить, я должен решить, хочу ли продать имущество, находившееся в собственности нашей семьи на протяжении четырех поколений? По цене, которая при других обстоятельствах считалась бы грабительской. Чего тут думать-то? Класть я хотел на поколения, по крайней мере на моих предков-то уж точно. Эта земля не плодородная и никакой ценности не имеет — ни фактической, ни еще какой, разве что тут вдруг найдут месторождения каких-нибудь редких металлов. И если Карл прав и миллионы, которые мы можем получить, — это только верхушка кулича, который со временем укусят все наши деревенские, то мне в самый раз. Двадцать миллионов. Десять мне. За десять миллионов шикарную заправку можно отхватить. Высшего уровня, в отличном месте и без долгов. С полностью автоматизированной мойкой. И отдельной зоной для кафе.

— Рой?

Я обернулся. Из-за ветра я не слышал, как сзади подошла Шеннон. Она смотрела на меня.

— Она, похоже, заболела, — сказала Шеннон.

На секунду я решил было, что она о себе говорит: такой она казалась замерзшей и нахохлившейся, большие карие глаза выглядывали из-под старой вязаной шапки — эту шапку я еще мальчишкой носил. Но потом я заметил, что она держит что-то в руке. Она подошла поближе.

На ладони у нее лежала маленькая птичка. Черная шапочка на белой голове, светло-коричневое горлышко. Оперение неяркое, значит, скорее всего, самец. И похоже, не жилец.

— Хрустан, — сказал я. — Ты на гнездо наступила?

— На гнездо? Нет!

— Я спросил потому, что, когда кто-то подходит к гнезду, он не улетает. Он позволяет на себя наступить, но с яиц не поднимается.

— Он?

— Да, на яйцах сидит самец, и он же птенцов выкармливает, — я погладил птицу пальцем по груди и почувствовал быстрое сердцебиение, — притворяется мертвым. Отвлекает внимание от яиц.

Шеннон огляделась:

— Где они? И где самка?

— Самка мутит с другим самцом.

— Мутит?

— Спаривается. Занимается сексом.

— А-а... — Она, похоже, заподозрила, что я над ней подшучиваю.

— Это называется «полиандрия», — сказал я. А так как она мне, похоже, по-прежнему не верила, добавил: — Редко, но встречается.

— Самец, жертвующий собой ради детей, поддерживающий семью, когда мать неверна ему, — она погладила птичку пальцем, — и правда редко.

— Вообще-то, полиандрия не это означает, — сказал я, — это...

— ...форма супружества, позволяющая одной женщине иметь нескольких мужей, — договорила она за меня.

— А-а, — протянул я.

— Да. Встречается в разных странах, но особенно распространена в Индии и на Тибете.

— Надо же. А... — Я чуть не спросил, откуда она об этом знает, но передумал и вместо этого поинтересовался: — А зачем им это?

— Обычно братья женятся на одной женщине, чтобы не делить фамильную усадьбу.

— Этого я не знал.

Она чуть склонила голову:

— Ты, наверное, о птицах знаешь больше, чем о людях?

Я не ответил. Тогда она рассмеялась и подбросила птицу высоко в воздух. Хрустан расправил крылья и полетел прочь. Мы провожали его взглядом, пока я краем глаза не заметил какое-то движение внизу, на земле, и решил сперва, что это змея. Я обернулся и увидел, как по камням к нам ползет темная извилистая полоска. Подняв глаза, я увидел на вершине Карла — он напоминал статую Христа в Рио, только писающую. Я отступил и кашлянул, а Шеннон, увидев ручеек мочи, последовала моему примеру. Ручеек зажурчал дальше вниз, к деревне.

— Если мы продадим эту землю за двадцать миллионов крон — что скажешь? — спросил я.

— Кажется, это много. Как думаешь, где его гнездо?

— Это два с половиной миллиона американских долларов. Мы тут построим дом на двести кроватей.

Она улыбнулась, развернулась и пошла по тропинке, по которой мы пришли сюда.

— Это много. Но хрустан построился тут первым.

Я уже собирался ложиться спать, когда вырубился свет.

Я как раз сидел на кухне и изучал последние бухгалтерские отчеты. Подсчитывал, как будущий возможный доход может повлиять на цену, которую компания запросит за заправку. Я пришел к выводу, что десять миллионов мне хватит не только на десятилетнюю франшизу, но и на землю с постройками. И я стану *настоящим* владельцем.

Я поднялся и взглянул в окно. В деревне тоже ни единого огонька. Отлично, значит, это не у нас проблемы. Я сделал два шага до двери в гостиную, открыл ее и заглянул внутрь, в кромешную темноту.

— Эй, привет, — позвал я.

— Привет, — хором ответили Карл и Шеннон.

Я добрел до маминого кресла-качалки. И сел. Полозья скрипнули. Шеннон хихикнула. Они с Карлом чуток выпили.

— Простите, — сказал я, — это не у нас. Это... это у них.

— Ерунда, — откликнулась Шеннон, — когда я была маленькой, у нас то и дело свет отключался.

— Барбадос — бедная страна? — проговорил я в темноту.

— Нет, — ответила Шеннон, — это один из богатейших Карибских островов, — но там, где я выросла, многие занимались... хм, cable hooking — как это по-норвежски?

— По-моему, у нас и слова-то такого нет, — сказал Карл.

— Когда подключаются к основному кабелю и воруют электричество. От этого ток временами исчезал. Я привыкла. Просто живешь и знаешь, что все в любой момент может исчезнуть.

Мне отчего-то почудилось, что говорит она не только про электричество. Возможно, еще и про дом с семьей? Гнездо хрустана она все-таки нашла, а найдя, воткнула рядом палочку, чтобы мы нечаянно на него не наступили.

— Расскажи, — попросил я.

На несколько секунд в темноте повисла гробовая тишина.

Затем Шеннон рассмеялась — тихо, вроде как извиняясь:

— Давай лучше ты расскажешь, Рой?

Чудно́, но хотя в словах она никогда не ошибалась и предложения тоже строила правильно, акцент не позволял забыть, что она не отсюда. А может, это потому, что сегодня она приготовила какое-то карибское блюдо — *мофонго*, что ли.

— Да, пускай Рой расскажет, — согласился Карл, — он в темноте отлично рассказывает. Когда мне в детстве не спалось, он непременно мне что-нибудь рассказывал.

«Когда тебе не спалось, потому что ты плакал, — подумал я. — Когда я спускался вниз, ложился к тебе в кровать, обхватывал тебя руками, кожа у тебя еще была такой горячей, и я говорил: не думай об этом, вот я тебе сейчас расскажу кое-что, и ты уснешь». И едва я подумал об этом, как до меня дошло, что не в акценте дело и не в мофонго. Дело в самом ее присутствии здесь, в темноте, рядом со мной и с Карлом. В нашем темном доме, который принадлежал мне и ему — и никому больше.

## 4

Карл уже стоял на пороге, готовый приветствовать гостей. Мы слышали, как поднимаются к Козьему повороту первые машины. Сбрасывают ход. И еще. Шеннон держала чашу с пуншем и, когда я подлил туда спирта, вопросительно взглянула на меня.

— Спирт им больше по вкусу, чем фрукты, — объяснил я и посмотрел в окно.

Возле дома остановился «пассат», и из пятиместной машины вылезли шестеро. Все как обычно: они все вместе набиваются в машину, а за руль сажают женщин. Не знаю, почему мужики считают, будто имеют право напиться, и почему женщины подписываются их развозить, впрочем, женщин никто не спрашивает, просто так уж оно повелось. Мужики, неженатые или те, чьи жены остались присматривать за детьми, кидали жребий — вспоминали игру «камень-ножницы-бумага». Когда мы с Карлом были маленькими, многие садились за руль пьяными. Но теперь больше никто пьяным не водит. Жен они по-прежнему поколачивают, а вот пьяными — поди ж ты — за руль не садятся!

В гостиной висел плакат: ДОБРО ПОЖАЛОВАТЬ ДОМОЙ. По-моему, странновато как-то:

в Америке вроде праздник устраивают друзья и родственники, а не тот, кто вернулся домой. Но Шеннон лишь посмеялась и сказала, что, если никто больше этого не сделал, значит, придется самим подсуетиться.

— Давай я начну разносить пунш, — предложила Шеннон.

Я как раз наполнял бокалы смесью самогонки с фруктовым коктейлем. Шеннон оделась так же, как в день приезда, — черный свитер с высокой горловиной и черные брюки. То есть одежда была уже другая, но очень похожая. В тряпках я не спец, но у меня было такое чувство, что одевается она дорого, хоть и неброско.

— Спасибо, но я и сам могу разнести, — сказал я.

— Нет. — И эта пигалица оттолкнула меня в сторону. — Твое дело — беседовать со старыми друзьями, а я буду разливать пунш и постепенно знакомиться со всеми.

— Ладно, — согласился я. Объяснять, что это друзья Карла, а не мои, я не стал.

Впрочем, смотреть было приятно: все они обнимали Карла, хлопали его по спине, словно в горле у него что-то застряло, ухмылялись и выдавали какую-нибудь по-дружески грубоватую фразу, которую они придумали по дороге сюда. Взбудораженные, слегка смущенные и готовые выпить.

Мне они жали руку.

Мы с братом много в чем не похожи, но это различие, наверное, самое заметное. Карла деревенские пятнадцать лет не видали, а со мной каждый божий день на заправке виделись все эти годы. Теперь, когда я стоял и смотрел, как он тает от дружеского тепла и заботы — я же вечно был этим обделен, — завидовал ли я ему? Хм. Каждому из нас охота, чтоб его любили. Но готов ли я поменяться? Соглашусь ли я подпустить к себе людей так близко, как Карл? Ему это, судя по всему, ничего не стоит. Мне же обошлось дорого.

— Привет, Рой. Нечасто тебя с пивом увидишь.

Мари Ос. Выглядела она неплохо. Мари всегда хорошо выглядит, даже когда при ней коляска, в которой орут близнецы с коликами. И я знаю, что пара теток у нас в деревне от этого прямо из себя выходят: они-то надеялись, что Мисс Безупречность спустится с небес и примкнет к простым смертным. Девчонка, которой досталось все. Родилась в богатой семье, от природы сообразительная, поэтому и училась лучше других, носит фамилию Ос, благодаря которой ее особенно уважали, но мало этого: Господь ее еще и внешностью не обделил. От матери Мари Ос унаследовала смугловатый румянец и женственную фигуру, а от отца — светлые волосы и холодные голубые глаза, глаза волчицы. Возможно, из-за этих глаз, острого язычка и чуть высокомерной холодности парни держались от нее дальше, чем можно было ожидать.

— Мы так редко с тобой видимся — прямо удивительно, — сказала Мари. — Как у тебя вообще дела-то?

«Вообще» означает, что обычного «у меня все хорошо» ей недостаточно, Мари на меня не наплевать, и она хочет услышать все начистоту. И похоже, она интересовалась совершенно искренне. В глубине души Мари добрая и отзывчивая. Просто со стороны кажется, будто она смотрит на тебя слегка сверху вниз. Может, это, конечно, оттого, что росту в ней метр восемьдесят, однако помню, как однажды мы втроем возвращались с танцев — я за рулем, Карл в дымину пьяный, а Мари злая как черт, — и она тогда заявила: «Карл, я не могу

58

встречаться с парнем, который тянет меня вниз, на один уровень с деревенскими, ясно тебе?»

Впрочем, если местный уровень ее и не устраивал, уезжать отсюда она, судя по всему, не хотела. В школе она училась даже лучше Карла, но, в отличие от него, никогда не горела жаждой уехать и чего-нибудь добиться. Может, потому, что у нее все и так уже было и оставалось лишь наслаждаться жизнью. Поэтому ей и здесь было неплохо. Возможно, именно поэтому она, распрощавшись с Карлом, быстренько поступила на факультет политологии — или, как наши деревенские говорили, болтологии — и вернулась с кольцом на пальце, притащив с собой Дана Кране. Он тут устроился редактором в местную газету от Рабочей партии, а вот она, похоже, до сих пор писала диплом, а закончить что-то никак не могла.

— У меня все хорошо, — сказал я. — Ты одна приехала?

— Дан с мальчишками остался.

Я кивнул. Думаю, живущие по соседству бабушка с дедушкой наверняка с радостью посидели бы с внуками, однако Дан сам отказался ехать. Он заезжал к нам на заправку — подкачать колеса своего вызывающе дорогого велосипеда, на котором собирался проехать велогонку «Биркен», и я прекрасно помню его бесстрастное лицо — он делал вид, будто не знает, кто я такой, однако от него едва искры не летели, а все из-за того, что в ДНК у меня много общего с чуваком, который трахал его жену до того, как он сам получил на нее права. Нет, Дан вряд ли рвался праздновать возвращение блудного сына нашей деревни и бывшего парня своей жены.

— Вы с Шеннон уже познакомились? — спросил я.

— Нет. — Мари огляделась. Народу в гостиной уже набилось столько, что не протолкнуться, хотя мебель мы сдвинули в стороны. — Но Карл падок на внешность, а значит, я ее вряд ли прогляжу. — По тону Мари сразу становилось ясно, что именно она думает о разговорах про внешность.

На выпускном в школе Мари должна была выступать с речью от лица выпускников, и директриса имела неосторожность охарактеризовать Мари как «не только умницу, но и потрясающую красавицу». Свою речь Мари начала так: «Благодарю вас. Я хотела бы самым лучшим образом отозваться о поддержке, которую вы оказывали нам последние три года, но не знаю, какие слова подобрать, поэтому лучше скажу, что вам очень повезло с внешностью». В зале послышались смешки, но слабые, с сарказмом она переборщила, и никто так и не понял, комплимент это или как.

— Ты, должно быть, Мари.

Мари посмотрела направо-налево и лишь потом вниз. Там, на три головы ниже, она увидела бледное лицо Шеннон и ее белоснежную улыбку.

— Пунша?

Мари вздернула одну бровь — видать, думала, что Шеннон вызывает ее на боксерский поединок, но потом Шеннон подняла поднос повыше.

— Спасибо, — поблагодарила Мари, — но нет.

— О нет! Ты проиграла в «камень-ножницы-бумага»?

Мари растерянно смотрела на нее.

Я кашлянул:

— Я рассказал Шеннон про местный обычай, когда решают, кому за руль садиться...

— А, вон оно как, — Мари натянуто улыбнулась, — нет, мы с мужем не пьем.

60

— Ясно, — сказала Шеннон. — Потому, что вы завязавшие алкоголики, или потому, что это для здоровья вредно?

Лицо у Мари вытянулось.

— Мы не алкоголики, но от алкоголя ежегодно гибнет больше народу, чем от всех войн, убийств и наркотиков, вместе взятых.

— Что ж, спасибо, — заулыбалась Шеннон, — что избавляете нас от войн, убийств и наркотиков.

— Я просто хочу сказать, что спиртное употреблять не следует, — пробормотала Мари.

— Наверняка ты права, — согласилась Шеннон, — но благодаря ему те, кто сегодня приехал к нам, хоть разговорились толком. Ты на машине?

— Разумеется. Там, откуда ты родом, женщины не водят машину?

— Водят, но ездят по левой стороне.

Мари неуверенно посмотрела на меня, будто спрашивая, нет ли тут подвоха.

Я опять кашлянул:

— В Барбадосе правостороннее движение.

Шеннон громко рассмеялась, а Мари снисходительно улыбнулась, как будто услышала неуклюжую детскую шутку.

— Ты, наверное, много времени и сил потратила, чтобы выучить язык своего мужа, Шеннон. Вы с ним не обсуждали: может, лучше ему было твой выучить?

— Хороший вопрос, Мари, но на Барбадосе говорят по-английски. А мне, естественно, хочется понимать, о чем вы тут шепчетесь за моей спиной. — Шеннон опять засмеялась.

Что вы, женщины, хотите сказать, когда говорите, до меня иногда не доходит, но сейчас я понимал: передо мной что-то вроде петушиных боев, и мне лучше не влезать.

— К тому же норвежский мне нравится лучше английского. Английский — самый безнадежный язык в мире.

— То есть нравится *больше* английского, да?

— Идея латинского алфавита заключается в том, что графический символ передает определенный звук. Если, например, в норвежском, немецком, испанском, итальянском и других языках написать «а», то и читаться оно будет как «а». А вот в английском «а» может означать все, что угодно. Car, care, cat, call, ABC. Полная анархия. Эфраим Чемберс еще в восемнадцатом веке считал, что ни в одном языке нет настолько нелогичной орфографии, как в английском. А я, когда еще ни слова не знала по-норвежски, читала вслух Сигрид Унсет, и Карл все понимал! — Шеннон рассмеялась и посмотрела на меня. — Это норвежский следовало бы сделать языком международного общения, а не английский!

— Хм, — откликнулась Мари, — но если для тебя равноправие не пустой звук, зря ты Сигрид Унсет читаешь. Она — реакционная антифеминистка.

— О, а у меня сложилось впечатление, что Унсет — феминистка второй волны, как Эрика Лонг, но опередившая свое время. Спасибо за совет, но я стараюсь читать и тех авторов, с чьим пунктом зрения я не согласна.

— Точкой зрения, — снова поправила ее Мари. — На язык и литературу у тебя немало времени уходит — это я прекрасно понимаю, Шеннон. Тебе, наверное, лучше будет пообщаться с Ритой Виллумсен и нашим доктором Стэнли Спиндом.

— Лучше? Лучше, чем что?..

Мари ненатурально улыбнулась:

— Или, возможно, твой норвежский еще где-нибудь пригодится — например, работу найдешь. Вольешься в местное общество?

— К счастью, работу искать мне не понадобится.

— Да, пожалуй, ты права, — согласилась Мари, и я понял, что она опять готовится напасть. В ее взгляде читалось высокомерие и презрение — все то, что она так хорошо скрывала от односельчан. — У тебя же есть... муж.

Я посмотрел на Шеннон. Пока мы тут стояли, кто-то взял несколько бокалов у нее с подноса, и сейчас она переставляла оставшиеся, чтобы поднос не перевернулся.

— Мне не понадобится искать работу, потому что она у меня уже есть. Я могу работать дома.

Мари сперва удивилась, но потом удивление сменилось разочарованием.

— И что это за работа?

— Я рисую.

Мари снова просияла.

— Рисуешь! — повторила она с напускным воодушевлением, словно, если уж тебе настолько не повезло с профессией, тебя необходимо поддержать. — Ты художница, — с сочувствием в голосе заключила она.

— Не уверена. Возможно, в хорошие дни — да. А ты чем занимаешься, Мари?

Мари на секунду растерялась:

— Я политолог.

— Потрясающе! А здесь, в Усе, это востребованная профессия?

Мари улыбалась так, как улыбаются, когда что-то болит:

— Прямо сейчас я мама. У меня близнецы.

Шеннон недоверчиво ахнула:

— Неужели правда?!

— Да, я не вр...

— А фотографии?! Есть у тебя фотографии?

Мари искоса, сверху вниз взглянула на Шеннон. И замешкалась. Возможно, ее волчий взгляд оценивал, стоит ли отказать. Крошечная, похожая на птенца одноглазая женщина — насколько она опасна? Мари вытащила телефон, нажала пару кнопок и протянула его Шеннон, а та издала восхищенное «о-о-о» и всучила мне поднос с бокалами, чтобы взять телефон поудобнее и лучше разглядеть близнецов.

— А скажи, Мари, что надо сделать, чтобы родить вот таких?

Не знаю, искренне ли говорила Шеннон, но если и нет, то сыграла она первоклассно. По крайней мере достаточно хорошо, чтобы Мари Ос пошла на перемирие.

— А еще есть? — спросила Шеннон. — Можно полистать?

— Э-хм, да, пожалуйста.

— Обойдешь гостей, Рой? — попросила Шеннон, не сводя глаз с телефона.

Я обошел гостиную, проталкиваясь между гостями, но бокалы разбирали быстро, так что мне и беседовать ни с кем не пришлось.

Когда поднос опустел, я вернулся на кухню, где тоже топтался народ.

— Привет, Рой. Я у тебя там коробку со снюсом видел — возьму одну штучку, ладно?

Это был Эрик Нерелл. Зажав в руке бутылку пива, он привалился к холодильнику. Эрик тягал штангу, а его голова на толстой, накачанной шее была такой крошечной, что казалась каким-то шейным отростком, на котором торчал густой светлый ежик упругих, как спагетти, волос. Плечи плавно переходили в два словно наполненных воздухом бицепса. Эрик служил в парашютных войсках, а теперь владел единственным приличным заведением в деревне — «Свободное падение». В помещении, где раньше располагалась кофейня, он оборудовал бар с дискотекой и караоке, где по понедельникам играли в бинго, а по средам проводились викторины.

Вытащив из кармана коробочку «Берри», я протянул ее Эрику. Тот сунул пакетик под верхнюю губу.

— Просто интересно, какой у него вкус, — сказал он, — я американский снюс больше ни у кого не видел. Ты его где вообще берешь?

Я пожал плечами:

— Да много где. Если кто-то едет оттуда, прошу прихватить.

— Прикольная коробочка, — он вернул ее мне, — а сам ты в Штатах не бывал?

— Не-а.

— Я еще все хотел тебя спросить: почему ты кладешь снюс под нижнюю губу?

— The American way[1], — ответил я, — папа так делал. Он говорил, что под верхнюю губу снюс кладут только шведы, а каждому известно, что во время войны шведы в штаны наложили.

Эрик Нерелл засмеялся, отчего верхняя губа у него оттопырилась еще сильнее.

— Ну и телочку братец твой отхватил.

Я не ответил.

— И по-норвежски она так шпарит, что аж страшно.

— Ты что, разговаривал с ней?

— Спросил только, танцует ли она.

— Спросил, танцует ли она? С какой стати?

Эрик пожал плечами:

— Да она на балерину похожа. На такую фарфоровую — разве нет? И родом с Барбадоса. Калипсо, все дела… Как уж этот танец называется? Вспомнил — сока!

1 По-американски (*англ.*).

65

Видать, лицо у меня сделалось такое, что он заржал:

— Да ладно тебе, Рой, расслабься! Она не обиделась, сказала даже, что попозже нас научит. Ты видал, как соку танцуют? Сплошной секс!

— Ладно. — Я решил, что совет полезный. Надо и впрямь расслабиться.

Эрик отхлебнул пива и тихо рыгнул в кулак. Вот что брак с людьми творит.

— Не знаешь, сейчас камнепады в Хукене часто бывают?

— Без понятия, — ответил я, — а ты почему спрашиваешь?

— Тебе никто не сказал, что ли?

— О чем не сказал? — На меня дохнуло холодом, будто сквозь потемневшие оконные рамы в дом просочился ветер.

— Ленсман собирается запустить к стене дрон и рассмотреть получше. И если там все безопасно, то спустимся по веревке к обломкам. Пару лет назад я бы и глазом не моргнул, но сейчас Гру вот-вот родит, это наш первенец, так что я пас.

Нет, это не просто холодный сквозняк. Это ведро ледяной воды мне на голову. Обломки. «Кадиллак». Он там восемнадцать лет пролежал. Я покачал головой:

— Со стороны-то оно, может, все как надо, но я слыхал, там и камнепады случаются. Причем то и дело.

Эрик посмотрел на меня — и вроде как задумчиво. Не знаю уж, о чем он там думал — о камнепадах или правду ли я говорю, а может, обо всем сразу. Он ведь слыхал, что случилось, когда из Хукена доставали тела мамы с папой. Тогда вниз спустились двое альпинистов из службы спасения в горах и положили тела на носилки — носилки ударялись о скалу, но выдержали, все обошлось. Несчастье случилось, когда они сами вверх полезли. Тот, кто полез первым, расшатал камень, он упал вниз и раздробил плечевой сустав второму — тому, кто страховал. Мы с Карлом стояли на Козьем повороте, за врачами из скорой помощи, спасателями и ленсманом, и лучше всего мне запомнились крики. Самого альпиниста я не видел, а крики его в чистом, тихом вечернем воздухе слышно было хорошо. Медленные, размеренные, даже словно бы тихие по сравнению с болью, они отскакивали, пружиня, от скал там, внизу, похожие на деловитое карканье воронов.

— Охренеть, это ж он речь говорит! — ахнул Эрик.

В гостиной послышался голос Карла, и народ потянулся туда. Я нашел себе местечко в дверях. Хотя Карл был на голову выше остальных, он все равно встал на стул.

— Дорогие, дорогие друзья! — громко проговорил он. — Как же круто вас всех снова видеть. Пятнадцать лет... — Он умолк, чтоб все мы оценили услышанное. — Большинство из вас видели друг дружку каждый день, поэтому вы не замечали, как постепенно меняетесь. Как мы постарели. И скажу раз и навсегда: глядя на вас, ребята... — он перевел дыхание и весело оглядел собравшихся, — я понимаю, что сохранился намного лучше.

Смех и громкие возмущенные выкрики.

— Да-да! — заявил Карл. — И это вдвойне странно, если учесть, что я тут единственный, за чью внешность вообще стоило опасаться.

Снова смех, свист и выкрики. Кто-то попытался стащить его со стула.

— Но, — какая-то добрая душа помогла Карлу устоять на стуле, — с женщинами дело обстоит иначе. Сейчас вы намного краше, чем были.

Женщины ликуют и хлопают.

Мужской голос:

— Даже не думай, Карл!

Я обернулся и поискал глазами Мари — это вышло как-то машинально, по старой привычке. Шеннон уселась на кухонную стойку — иначе ей было не видно. Сидела она, чуть ссутулившись. Стоявший возле холодильника Эрик Нерелл внимательно разглядывал ее. Я вышел из гостиной, поднялся по лестнице в нашу детскую, прикрыл дверь и забрался на верхнюю койку. Благодаря печной трубе голос Карла здесь был прекрасно слышен. Некоторых слов я не разобрал, но общий смысл понял. Потом кто-то назвал мое имя. И все стихло.

Мужской голос:

— Да он, поди, в сортир пошел.

Смех.

Кто-то окликнул Шеннон. Я услышал ее низкий грудной голос. Воробушек с совиным клекотом. Несколько слов, а затем — вежливые хлопки.

Глядя в потолок, я отхлебнул пива. И закрыл глаза.

Когда я их снова открыл, было почти совсем тихо.

И я понял, что весь праздник продрых, а последние гости уже разъезжаются. Они рассаживались по машинам и заводили двигатели, под колесами шуршал гравий, и, когда автомобиль доезжал до Козьего поворота, на шторах плясал красный отсвет.

После все стихло. С кухни доносилось лишь шарканье ног и тихие голоса. Голоса взрослых, которые обсуждали повседневные заботы, переговаривались о мелочах. Под такие звуки я засыпал ребенком. Надежные. Надежность, которая, как тебе кажется, никуда не денется, такая правильная и неизменная.

Мне что-то приснилось. Машина, которая на секунду зависает в воздухе, словно вот-вот улетит прямо в космос. Но сила тяжести побеждает, и машина — ее передняя часть, капот, — медленно кренится вниз. В темноту. В Хукен. Раздается крик. Это кричит не папа. И не мама. И не альпинист. Это мой крик.

Из-за двери донеслось хихиканье. Шеннон.

— Нет! — прошептала она.

— Рою нравится. Я тебе сейчас покажу, как у нас все было устроено. — Это уже Карл, он явно хорошенько принял на грудь.

Я окаменел, хотя и понимал, что он не об этом. Как у нас на самом деле все было устроено, он ей показывать не станет.

Дверь открылась.

— Дрыхнешь, братишка?

В нос мне ударил запах перегара.

— Да, — ответил я.

— Пойдем, — шепнула Шеннон, но кровать качнулась — это Карл повалился на нижнюю койку и потянул за собой Шеннон.

— Нам тебя на празднике не хватало, — сказал Карл.

— Прости, — извинился я, — я решил отдохнуть чуток и заснул.

— Круто! Эти дрочилы там орали как резаные, а ты взял и отрубился.

— Да. — Другого ответа у меня не нашлось.

— Дрочилы — это кто? — спросила Шеннон.

— Шумные придурки с примитивными развлечениями, — пробормотал Карл, — они еще любят американские тачки и трейлеры, — он шумно отхлебнул чего-то из бутылки, — но те, кто сегодня к нам приходил, таким больше не занимаются — их телки им не разрешают. Впрочем, есть и продолжатели традиции — они обычно пасутся на заправке у Роя.

— Значит, дрочила — это... — недопоняла Шеннон.

— Свинья, — сказал я, — свинья-самец. Похотливый и опасный.

— Прямо-таки опасный?

— Ну, его можно кастрировать. Получится боров.

— Боров, — повторила она.

— Строго говоря, сегодня у нас тут как раз стадо боровов и пировало, — хохотнул Карл, — женатые, респектабельные и кастрированные. Но репродуктивная функция у них все равно работает.

— Это называется боров-производитель, — сообщил я, — кастрированный, но сам этого не понимает.

Карл громко рассмеялся.

— Боров-производитель, — повторила Шеннон. Подозреваю, что каждое сказанное нами слово отпечатывалось у нее в мозгу. — Ездят на американских тачках.

— Шеннон обожает американские машины, — сказал Карл, — она на собственном «бьюике» начала ездить, когда ей одиннадцать исполнилось. Ой!

Я услышал сердитый шепот Шеннон.

— «Бьюик», — удивился я, — неплохо.

— Он врет, сама я не водила, — возразила Шеннон, — просто бабушка давала мне порулить. И машина была древняя и ржавая, а бабушке досталась от ее брата, дяди Лео. Его убили на Кубе, где он воевал против Кастро и Батисты. Автомобиль прислали с Кубы по частям, и бабушка сама его собрала.

Карл засмеялся:

— Лео, значит, было уже не собрать?

— А это какой «бьюик» был? — заинтересовался я.

— «Роудмастер», модель пятьдесят четвертого года, — ответила Шеннон. — Когда я училась в университете, бабушка каждый день отвозила меня на нем в Бриджтаун.

Я, видать, сильно устал, а может, до сих пор похмелье не стряхнул после пунша с пивом, потому что сказал вдруг вслух, что «бьюик» этой модели — один из самых красивых автомобилей в мире.

— Жаль, что ты весь праздник проспал, Рой, — сказала Шеннон.

— О, да ему же лучше, — не согласился с ней Карл, — видишь ли, Рой особо людей не жалует. Ну, кроме меня.

— Рой, ты правда ему жизнь спас? — спросила Шеннон.

— Нет, — ответил я.

— А вот и да! — уперся Карл. — В тот раз, когда мы у Виллумсена купили подержанное снаряжение для дайвинга, а на курсы денег у нас не было, мы его просто напялили и полезли в воду, хотя ни хрена не знали.

— Это я виноват, — сказал я, — я думал, там все просто и достаточно головой подумать.

— У него-то все получилось, — не унимался Карл, — а когда очередь до меня дошла, я напустил в маску воды, труханул и выплюнул трубку. Если б не Рой...

— Да я-то чего, я ж только высунулся из лодки и вытащил тебя из воды.

— В тот же вечер я откупился от этих прибамбасов — мне на них даже смотреть тошно было. Сколько ты мне дал? Сотню крон?

Губы у меня сами собой растянулись в улыбке.

— Помню только, что ты в кои-то веки назначил честную цену.

— Зря ты эту сотню на него потратил! — воскликнула Шеннон. — А ты, Карл, отблагодарил брата за свое спасение?

— Нет, — признался Карл, — Рой — брат намного лучше, чем я.

Шеннон громко рассмеялась, — по-моему, Карл ее пощекотал, потому что даже кровать закачалась.

— Это правда? — спросила Шеннон.

Ответа не последовало, и я понял, что спрашивает она меня.

— Нет, — сказал я, — он врет.

— Вон оно что? И что же он для тебя сделал?

— Он проверял мои сочинения.

— А вот и нет! — возмутился Карл.

— Перед тем как мне надо было сдавать сочинение, он посреди ночи просыпался, крался к моему портфелю, доставал тетрадку, прятался в туалете и исправлял все ошибки. А потом клал тетрадку на место и опять ложился в кровать. И никогда ничего мне не говорил.

— Да это, наверное, один раз всего и было! — сказал Карл.

— Каждый раз это было. И я тоже молчал.

— А почему? — Шепот Шеннон будто сливался с темнотой.

— Не мог же я признаться, что позволяю своему младшему брату за мной дерьмо разгребать, — объяснил я, — а с другой стороны, хорошие оценки мне тоже нужны были.

— Ну ладно, раза два, — уступил Карл, — может, три.

Мы замолчали. Делили молчание на троих. Я прислушивался к дыханию Карла — такому знакомому, словно мое собственное. Но я слышал и дыхание еще одного человека. И ощутил укол ревности — не я сейчас лежу внизу и обнимаю его. Снаружи вдруг донесся леденящий крик. Кажется, кричали где-то на пустоши. Или в Хукене. Шеннон что-то пробормотала.

— Она спрашивает, что это за зверь, — сказал Карл, — ворон, верно ведь?

— Ага. — Я выждал еще пару секунд. Во́роны, по крайней мере местные, обычно кричат дважды. Но второго крика не последовало.

— Он предвещает опасность? — спросила Шеннон.

— Может, и так, — не стал возражать я, — а может, где-нибудь километрах в пяти отсюда сидит еще один ворон, которого мы не слышим, и эти двое просто переговариваются.

— И кричат они по-разному?

— Да, — сказал я, — если подойти близко к гнезду, то кричат они иначе. И самки в основном кричат чаще. Иногда так заведутся, хотя и повода-то нету.

Карл хохотнул. Обожаю, как он смеется. Смех у него теплый и добрый.

— Рой о птицах знает больше, чем обо всем остальном. Разве что о машинах столько же. И о заправках.

— Но не про людей, — добавила Шеннон.

По интонации я так и не понял, вопрос это или утверждение.

— Именно, — подхватил Карл, — поэтому он и давал людям названия птиц. Папа был рогатым жаворонком. А мама — каменкой. Дядя Бернард — болотной овсянкой, потому что сперва учился на священника и лишь потом передумал и стал автомехаником, а у болотных овсянок белый воротничок.

Шеннон засмеялась:

— А ты, дорогой, — ты кем был?

— Я был... Кем уж я был-то?

— Луговым коньком, — тихо проговорил я.

— Значит, луговой конек красивый, сильный и умный? — хихикнула Шеннон.

— Может, и так, — поддакнул я.

— Это потому, что он летает выше других, — объяснил Карл, — а еще он громкоголосый и совершает... как уж это называется?

— Вокальные полеты, — подсказал я.

— Вокальные полеты, — повторила Шеннон, — как красиво. А это что такое?

Я вздохнул, будто мне уже осточертело объяснять каждое слово.

— Взлетев как можно выше, он принимается петь, чтобы все видели, как высоко он взлетел, а потом расправляет крылья и опускается — медленно, чтобы лишний раз покрасоваться и показать, какие штуки он умеет.

— Выбитый Карл! — возликовала Шеннон.

— Вылитый, — поправил Карл.

— Вылитый, — повторила она.

— Но даже несмотря на то, что луговой конек любит покрасоваться, хитрецом его не назовешь, — добавил я, — а вот его самого обмануть проще простого. Поэтому его так кукушки и любят — именно в его гнездо они подкладывают свои яйца.

— Бедняжка Карл! — Судя по звуку, Шеннон наградила его смачным поцелуем. — А скажи, Рой, как по-твоему, я — какая птица?

Я задумался.

— Не знаю.

— Да ладно, — не поверил мне Карл.

— Честно, не знаю. Может, колибри? Я, вообще-то, только в горных птицах и разбираюсь.

74

— Не хочу быть колибри! — запротестовала Шеннон. — Мелкие, сладкоежки — ничего интересного. А можно, я буду та птица, которую я нашла? Как уж там — хрустан?

Я вспомнил белую головку хрустана. Темные глаза. Похожий на короткую стрижку хохолок.

— Ладно, — я не стал возражать, — будешь хрустаном.

— А ты, Рой, — ты сам-то кто?

— Я? Да никто.

— Каждый — какая-нибудь птица. Давай колись.

Я не ответил.

— Рой — рассказчик, который распределяет роли, — пришел мне на помощь Карл, — он никто и сразу все. Он безымянная горная птица.

— Одинокая горная птица без имени, — проговорила Шеннон. — А какие песни поют самцы таких безымянных птиц, когда подыскивают себе пару?

Карл рассмеялся:

— Да уж, Рой, пока ты душу наизнанку не вывернешь, эта девчонка не успокоится.

— Ладно, — уступил я, — главная особенность самца горной птицы в том, что он для самки не поет. Нечего попусту выделываться — так он считает, к тому же в горах и деревьев нет, на которые присесть можно. Так что вместо этого он, желая понравиться, строит гнезда.

— Отели? — поинтересовалась Шеннон. — Или автозаправки?

— Похоже, отели у него получаются лучше, — ответил я.

Они оба засмеялись.

— Ну что ж, пора нашему белозобому дрозду на боковую, — сказал Карл.

Они поднялись с кровати.

— Спокойной ночи. — Карл погладил меня по голове.

Дверь за ними захлопнулась, а я остался лежать, вслушиваясь в тишину.

Он запомнил. Однажды, давным-давно, я рассказал ему, что я — белозобый дрозд. Скромная и осторожная птица, которая прячется между камнями. Карл говорил, что это лишнее, что бояться мне в этом мире нечего. А я ответил, что знаю. Но что все равно боюсь.

Я уснул. Мне приснился прежний сон, его будто поставили на паузу, и он все время дожидался. Услышав крик альпиниста, я проснулся и понял, что кричала Шеннон. Она снова закричала. И еще раз. Карл хорошо ее трахает. Это он молодец. Только спать рядом с ними сложновато. Я прислушался. По-моему, ей уже было достаточно, но они не остановились. Я сунул голову под подушку. А спустя некоторое время вылез из-под нее. Все стихло. Похоже, уснули. Зато ко мне сон больше не шел. Я ворочался в скрипучей кровати и все раздумывал над словами Эрика Нерелла о том, что ленсман собирается снарядить альпинистов осмотреть «кадиллак».

А потом наконец раздался он.

Второй крик ворона.

И теперь я знал: он предвещает опасность. Не вот прямо сейчас — он скорее предсказывает судьбу. Которая ждала меня. И ждала давно. Она терпеливая. Но никогда не забывает. И она припасла для меня хлопоты.

# Часть II

## 5

Карл. Он присутствует почти во всех моих детских воспоминаниях. Карл лежит внизу на кровати. Карл, к которому я прижимаюсь, когда температура воздуха за окном в январе падает до минус пятнадцати, или в других случаях, если чувствую необходимость. Мой младший братишка Карл, с которым мы ссорились так, что он плакал от злости и кидался на меня с кулаками, но каждый раз это заканчивалось одинаково: повалив его на землю, я садился верхом и, удерживая его руки, награждал щелбанами. Вскоре он переставал сопротивляться, но его слабость и податливость вызывали во мне раздражение. Однако стоило ему посмотреть на меня жалобно-беспомощным взглядом младшего брата, как горло у меня вдруг перехватывало, я ослаблял хватку, обнимал его за плечи и давал очередное обещание. Но комок в горле и муки совести оставались со мной еще долго после того, как у Карла высыхали слезы. Однажды папа увидел, как мы деремся. Он ни слова не сказал и встревать не стал — так мы, жители гор, позволяем природе вершить свое жестокое дело и не вмешиваемся, пока наших собственных коз природа не трогает. Драка закончилась тем, что мы с Карлом уселись на диван, я обнял братишку за плечи и мы оба захлюпали носами. Тогда отец удрученно покачал головой и вышел из комнаты.

Еще вспоминаю один случай — мне было двенадцать, Карлу — одиннадцать, а дяде Бернарду исполнялось пятьдесят. И дядя совершил поступок, который мама с папой сочли невероятно щедрым: он пригласил всех в город — в большой город — отпраздновать юбилей в Гранд-отеле. Мама рассказывала, что там и бассейн есть, и мы с Карлом прямо загорелись. Когда мы туда приехали, выяснилось, что бассейна там никакого нет и никогда не было. Я ужасно рассердился, а вот Карл вроде как не поверил, и, когда один из сотрудников предложил показать ему отель, я заметил, что Карл незаметно сунул в карман плавки. Вернувшись, он сказал, что отель охренhenный, прямо дворец, и что он, вашу мать, когда-нибудь непременно выстроит себе такой же. Так он сказал. Ну и ругался он намного больше. И потом он упрямо утверждал, будто в тот вечер плавал в Гранд-отеле в бассейне.

По-моему, в этом Карл и мама были похожи: для них мечты побеждали действительность, а оболочка — содержимое. Если все шло не так, как им хотелось, они выдумывали новую реальность и почти не замечали того, чему, по их мнению, быть там не полагалось. Например, нашу прихожую, провонявшую хлевом, мама величала не иначе как холлом. Так и говорила — «хо-олл». В бытность свою подростком она поступила в услужение в семью судовладельца — там она долго работала, сперва служанкой, а потом экономкой, и с тех пор считала, что если назвать вещь по-английски, то получится вроде как по-богатому.

С папой все было наоборот: лопату для хлева он называл навозной и хотел, чтоб все вокруг выглядело и звучало по-американски. Причем не как в американских городах, а как на Среднем Западе, например в Миннесоте, где он жил с четырех до двенадцати лет вместе со своим отцом, которого мы никогда не видели. Америка была папиной землей обетованной. Он и меня назвать хотел Калвином в честь американского президента Калвина Кулиджа. Ясное дело, республиканца. В отличие от своего более харизматичного предшественника Уоррена Гардинга, оставившего за собой шлейф скандалов на букву «к»: коррупция, карты, красотки и кокаин, — Калвин был серьезным трудягой, неторопливым, острым на язык и злым, который, если верить папе, никуда не рвался, а по карьерной лестнице поднимался медленно, но верно, ступенька за ступенькой. Однако маме имя Калвин не понравилось, и поэтому я стал Роем, хотя второе мое имя все-таки Калвин, на это мама согласилась.

У Карла второе имя Абель, в честь государственного секретаря Гардинга, — по словам папы, тот был умным и обаятельным человеком с великими мечтами. Именно благодаря ему США в 1845 году аннексировали Техас, отчего территория государства выросла почти вдвое. В качестве компромисса Абель допустил, чтобы в Техасе и дальше поддерживались права рабовладельцев, но это, как говорил папа, уже дело десятое.

Может статься, мы с Карлом похожи на тех, чьи имена носим. В деревне у нас никто — кроме разве что старого мэра Оса — понятия не имел, кто такие эти самые Калвин и Абель. Говорили лишь, что я пошел в папу, а Карл — в маму. Но народ у нас в Усе вообще не знает, о чем болтает. Треплют себе языком, и все.

Мне было десять лет, когда отец прикатил домой на «кадиллаке-девиль». Виллум Виллумсен, владелец магазина подержанных машин, давно хвастался этим шикарным экземпляром. Владелец, мол, привез машину из Штатов, но денег на растаможку у него не хватило, поэтому и пришлось ее продать. Иначе говоря, машина, модель 1979 года, каталась только по ровненьким, вылизанным шоссе в жаркой Неваде и не нажила ни пятнышка ржавчины. Папа медленно кивал. В машинах он не шарил, а я тогда еще во вкус не вошел. Он раскошелился по полной, даже торговаться не стал и уже спустя две недели погнал машину в ремонт. Ну а там выяснилось, что поддельных запчастей в ней столько, сколько бывает разве что в старых жестянках, которыми уставлены улицы Гаваны. Ремонт обошелся дороже самого автомобиля. А народец в деревне ржал и говорил, что, если ты невежда и не научился разбираться в тачках, придется тебе расплачиваться. Браво барышнику Виллумсену. Зато у меня появилась игрушка. Хотя нет, не игрушка, а учебник. Сложный механизм, научивший меня, что, потратив время и вникнув в принцип действия вещи, можно эту самую вещь починить. Главное — думать головой и задействовать руки.

Я все больше времени торчал в мастерской дяди Бернарда, и тот разрешал мне «помогать» — он это так называл, хотя на самом деле вначале я больше мешал ему. Вдобавок папа научил меня боксу. Карл в то время отошел для меня на второй план. Тогда он еще не вымахал, и казалось, будто я из нас двоих буду самым высоким. И Карла обсыпало прыщами. Учился он хорошо, но был тихоней, друзей завел не сказать чтоб много и в основном держался в одиночку. Когда он перешел в старшую школу, я почти все время пропадал в мастерской, так что виделись мы только совсем поздно, перед сном.

Помню, как-то вечером я разглагольствовал о том, как я жду восемнадцатилетия — я стану совершеннолетним и получу права, — и мама, пустив слезу, спросила, неужели я только об одном и думаю: как бы сесть в машину и удрать из Опгарда.

Сейчас, задним-то числом, легко сказать, что так и надо было поступить. Но тогда все шло наперекосяк, и просто свалить нельзя было — сперва нужно было все исправить. Починить. К тому же куда мне ехать-то было?

А потом пришел день, когда мама с папой погибли, и в воспоминаниях об этом тоже присутствует Карл. Мне было восемнадцать, ему еще и семнадцати не исполнилось. Мы с ним сидим на крыльце и смотрим, как «кадиллак» выезжает со двора и двигается к Козьему повороту. Это по-прежнему похоже на фильм, который я пересматриваю заново и каждый раз нахожу новые детали.

Произведенный «Дженерал моторс» механизм весом в две тонны приходит в движение и постепенно набирает скорость. Он уже достаточно далеко, и я не слышу, как под шинами шуршит гравий. Тишина, тишина и красные габаритные огни.

Я чувствую, что сердце у меня тоже колотится все быстрее. Двадцать метров до Козьего поворота. Ребята из Дорожной службы собирались поставить вдоль дороги ограждение, но вмешался муниципалитет: последние сто метров, заявили они, это частная собственность, вот пускай Опгарды сами и разбираются. Осталось десять метров. На секунду зажглись стоп-сигналы — они были похожи на две черточки между крышкой багажника и блестящим бампером. Потом они пропали. Все пропало.

# 6

— Давай проверим, Рой... Значит, ты в тот вечер, когда случилось несчастье, стоял возле дома. Времени было... — Ленсман Сигмунд Ольсен, склонив голову, просматривал документы.

Глядя на его густые светлые волосы, я вспомнил швабру, стоявшую в школьном актовом зале. Волосы у него были со всех сторон одинаковой длины — и спереди, и сзади, и с боков. А еще у него были такие толстые усы, наподобие моржовых. Наверняка он и швабру на голове, и усы заимел еще в семидесятых. А что, мог себе позволить — на склоненной голове не было ни намека на лысину.

— ...половина восьмого. И ты видел, как машина твоих родителей свалилась с обрыва?

Я кивнул.

— Говоришь, видел стоп-сигналы?

— Да.

— Ты уверен, что это не габаритные огни были? Они тоже красные.

— Стоп-сигналы ярче.

Он быстро взглянул на меня:

— Тебе восемнадцать, верно?

Я снова кивнул. Возможно, он прочел это в документах, а может, вспомнил, что в школе я был на класс старше его сына Курта.

— В старшей школе учишься?

— Нет, я у дяди в автомастерской работаю.

Ленсман опять склонился над документами:

— Замечательно, значит, ты понимаешь, почему нам это кажется странным: никаких следов торможения мы не нашли. Судя по анализу крови твоего отца, он в тот вечер выпил рюмочку, однако вряд ли он настолько опьянел, что забыл о повороте, ошибся педалью или уснул за рулем.

Я ничего не ответил. У меня было три объяснения наготове, а он их одним махом уничтожил. Четвертого я еще не придумал.

— Карл говорит, вы собирались в больницу — навестить твоего дядю Бернарда Опгарда. Это ты у него в мастерской работаешь?

— Да.

— Но мы побеседовали с Бернардом, и, по его словам, его никто не предупреждал, что к нему гости приедут. Твои родители часто ездили в гости без предупреждения?

— Нет, — ответил я, — они вообще редко куда-нибудь ездили.

Ленсман медленно кивнул и опять уткнулся в документы. Похоже, от этого ему становилось спокойнее.

— Твой отец переживал из-за чего-то?

— Нет, — ответил я.

— Точно? Все, с кем мы уже беседовали, говорят, он казался расстроенным.

— Вам чего, хочется, чтоб я сказал, будто у него депрессуха была?

Ольсен опять поднял взгляд:

— Ты о чем это, Рой?

— Так вам будет проще. Вы сможете сказать, что это он сам и себя, и маму убил.

— Почему проще?

— Его никто не любил.

— Рой, это неправда.

Я пожал плечами:

— Ладно, у него наверняка была депрессуха. Он все время сидел один — на улицу не выходил и почти ни с кем не разговаривал. Пил пиво. Обычно при депрессиях так и бывает.

— Иногда те, кто страдает от депрессии, очень умело это скрывают. — Ленсман Ольсен старался перехватить мой взгляд, а когда наконец получилось удержать его, спросил: — Твой отец когда-нибудь говорил о том... что ему не нравится жить?

*Не нравится жить.* Выпалив это, Сигмунд Ольсен облегченно вздохнул и теперь спокойно смотрел на меня.

— Да вашу ж мать — кому жить-то нравится? — спросил я вместо ответа.

На секунду Ольсен замер, пораженный. А потом склонил голову, так что его хиппарская грива укрыла одно плечо. Может, волосы у него и впрямь из швабры сделаны? Мне было не видно, но я знал, что за письменным столом прячется ремень со здоровенной пряжкой в виде белой бычьей головы. А ниже — сапоги из змеиной кожи. Мы одеваемся в мертвечину.

— Зачем тогда жить, если все равно не нравится, а, Рой?

— А разве не ясно?

— Нет.

— Затем, что мертвым быть еще хуже.


Губернатор назначил нашим опекуном дядю Бернарда. Из службы опеки в Нотоддене приехали две тетки — они осмотрели дом дяди Бернарда, и их, видать, все устроило. Бернард показал им спальни, которые подготовил для нас, и пообещал почаще справляться о том, как у Карла идут дела в школе.

Когда тетки свалили, я попросил дядю Бернарда отпустить нас с Карлом на пару дней домой, в Опгард: тут, в деревне, прямо под окнами гудит шоссе и толком не выспишься. Бернард не возражал и даже дал нам с собой здоровенную кастрюлю лабскауса.

Обратно к дяде мы больше не вернулись, хотя официально наш адрес был там. Это вовсе не означает, что он о нас не заботился. И все деньги, которые дядя получал как опекун, он отдавал нам.

Спустя пару лет, вскоре после ночи, которую я называл ночью «Фритца», дядю Бернарда снова положили в больницу. Как оказалось, опухоль у него разрослась. Он рассказывал мне, как обстоят дела, а я сидел возле его кровати и ревел.

— Если грифы без спросу въезжают к тебе в дом, то дело ясное — жить тебе осталось недолго.

Грифами он называл дочь с зятем.

Дядя говорил, что ничего плохого дочка ему не сделала и что она просто не нравится ему как человек. Однако я прекрасно знал, о ком думал дядя, объясняя, кто такие мародеры: это, мол, те, кто по ночам подает кораблям ложный сигнал, а после кораблекрушения эти самые корабли грабит.

Дочка дважды приходила к нему в больницу. В первый раз узнавала, сколько ему осталось, а во второй — за ключом от дома.

Дядя Бернард положил руку мне на плечо и рассказал древний анекдот про «фольксваген» — видать, хотел меня рассмешить.

— Ты же умрешь! — завопил я, разозлившись.

— Так и ты тоже, — сказал он, — причем как раз в таком порядке это и случится, и это правильно. Согласен?

— Да чего ты анекдоты-то травишь?

— Ну, — начал он, — когда ты по горло в дерьмище, самая глупость — это вешать голову.

Я рассмеялся.

— И у меня есть последняя воля, — добавил он.

— Сигарету тебе?

— И сигарету тоже. А второе — сдай этой осенью теоретический экзамен.

— Этой осенью? — не поверил я. — Так мне же пять лет практики надо, а у меня столько нет.

— Есть. Со всеми сверхурочными еще как есть.

— Но это же не считается...

— Для меня считается. Я бы зеленого механика сроду до экзамена не допустил, ты и сам это знаешь. Просто ты — мой лучший механик. Поэтому в конверте на столе лежат документы, в которых написано, что ты работал у меня пять лет. На даты особо внимания не обращай. Ясно?

— Как божья тень, — сказал я.

Это была наша шутка — у Бернарда как-то работал один механик, который вот так перевирал это выражение, хоть и использовал его на каждом шагу, а Бернард не поправлял. Тогда я в последний раз услышал, как дядя Бернард смеется.

Когда я сдал теоретический экзамен, а через несколько месяцев — практический, дядя Бернард уже лежал в коме. И когда его дочка велела врачам отключить его от систем жизнеобеспечения, мастерской заправлял я — сопляк в возрасте двадцати одного года. Тем не менее я был поражен, хотя нет, поражен — это уж чересчур, скорее просто удивлен, когда выяснилось, что в завещании дядя Бернард отписал автомастерскую мне.

Дочурка его, ясное дело, возражала, говорила, что я все эти годы манипулировал ее бедным отцом, старым и больным. Я отвечал, что собачиться у меня сил нет и что дядя Бернард оставил мне мастерскую не для того, чтобы я разбогател, а чтобы кто-то из семьи и дальше продолжал его дело. Поэтому, если ей хочется, я могу выкупить у нее мастерскую по той цене, которую она назовет, тогда я, по крайней мере, выполню дядину волю. Она назвала цену. Мы, Опгарды, не торгуемся, но столько заплатить я не мог, было это намного больше доходов, которые мастерская приносила. Тогда дочка выставила мастерскую на продажу, однако покупателей не нашлось, хотя она все снижала стоимость, так что в конце концов пришлось ей вернуться ко мне. Я заплатил столько, сколько предлагал с самого начала, она подписала договор и вышла из мастерской с таким видом, будто ее обманули.

Я хозяйничал в мастерской, стараясь управлять ею по возможности правильно, вот только опыта мне недоставало, да и мода на такие мастерские давно прошла. Впрочем, могло бы быть хуже: когда другие мастерские в округе начали закрываться, нам работы прибавилось. У меня даже Маркус продолжал работать. Но по вечерам, сверяя бухгалтерию — Карл, который в школе углубленно изучал экономику и отличал дебет от кредита, мне помогал, — я понимал, что две бензоколонки перед входом в мастерскую приносят нам больше, чем сама мастерская.

— Сегодня дорожная полиция приезжала, — сказал я как-то раз, — если мы хотим сохранить лицензию, то нам надо оборудование обновить.

— Дорого? — спросил Карл.

— Тысяч двести. Может, чуть больше.

— Столько у нас нет.

— Сам знаю. И чего теперь делать?

Я сказал «нам», потому что мастерская кормила нас обоих. А спросил я потому, что, хоть и знал ответ, хотел, чтобы Карл произнес его вслух.

— Продай мастерскую, а бензоколонку оставь, — сказал Карл.

Я потер шею, там, где Грета Смитт прошлась бритвенным танком и где теперь торчали отросшие волоски. «Под ежик» — так она сказала. Не модно, но зато классика, поэтому даже через десять лет, разглядывая фотографии, я буду думать, что не сильно изменился. А потом люди скажут, что я сделался совсем как отец, вылитый, и меня это бесило, потому что я знал, что они правы.

— Я прекрасно понимаю, что тебе больше нравится в железках копаться, чем бензин заливать, — сказал Карл, когда прошло уже несколько минут, а я не кивал и не плевался.

— Ничего, все равно железок все меньше и меньше, — вздохнул я, — машины теперь делают по-другому. И работа нам достается дурацкая. Сейчас все делают без души. — Мне был двадцать один, а говорил я словно шестидесятилетний дед.

На следующий день взглянуть на мастерскую явился Виллум Виллумсен. Виллумсен был тучный от природы. Во-первых, сами пропорции требовали внушительного живота, ляжек и подбородка — так вся фигура приходила в равновесие. Во-вторых, ходил он, говорил и жестикулировал, как толстяк, — даже и не знаю, как иначе объяснить. Впрочем, могу попробовать: шагая, Виллумсен выкидывал ноги вперед и переваливался с боку на бок, как утка, говорил громко, размахивая руками и корча гримасы. Иначе говоря, места Виллумсен занимал много. Ну а в-третьих, он курил сигары. А если ты не Клинт Иствуд, да при этом еще и толстый, но изо рта у тебя торчит сигара, тебя едва ли кто будет воспринимать всерьез — из-за этого даже Уинстону Черчиллю и Орсону Уэллсу нелегко приходилось. Виллумсен торговал подержанными автомобилями, а те, которые ему не удавалось никому навязать, Виллумсен разбирал на запчасти — порой и я у него кое-что покупал. Он и другие подержанные вещи продавал, и ходили слухи, что, если у тебя водится ворованный товар, Виллумсен им не побрезгует. И если тебе надо по-быстрому одолжить деньжат, а у банка нет к тебе особого доверия, то у Виллумсена вполне можно разжиться нужной суммой. Но боже тебя упаси не вернуть долг вовремя — для таких случаев Виллумсен приглашал из Дании головореза, а тот, вооружившись кусачками, убеждал тебя, что даже ограбить собственную мать — преступление не такое уж и страшное. Этого датского головореза никто не видел, однако в бытность мою мальчишкой мы как-то заметили возле магазина Виллумсена белый «ягуар» с датскими номерами. Белая, похожая на торпеду машина из Дании — других доказательств нам не требовалось.

Виллумсен оглядел инструменты и технику, все, что можно открутить и отвинтить, а затем назначил цену.

— Как-то не особо щедро, — сказал я, — ты сам в теме и знаешь, что здесь все самого лучшего качества.

— Ага, но ты же сам сказал, Рой, чтобы сохранить лицензию, оборудование надо обновить.

— Но тебе не нужна лицензия, Виллумсен, — ты ж рухлядью торгуешь, и починить ее достаточно так, чтоб неделю после продажи бегала, а дальше пускай хоть на куски разваливается.

Виллумсен громко заржал:

— Я даю такую цену не потому, что это нужно мне, а потому, что это больше не нужно тебе, Рой Опгард.

Я каждый день узнавал что-нибудь новенькое.

— На одном условии, — сказал я, — пускай Маркус останется в деле.

— Прямо как волшебный гномик, да? Потому что, между нами говоря, гном из Маркуса лучше, чем механик.

— Это мое условие, Виллумсен.

— Не уверен, что мне нужен гном, Рой. Налоги и страховка — лишние расходы.

— Я в курсе, но Маркус будет следить, чтоб развалюхи, которыми ты торгуешь, разваливались не прямо посреди дороги. Сам-то ты за таким не следишь.

Виллумсен почесал самый нижний из своих подбородков, сделал вид, будто обдумывает мои слова, глянул на меня огромными осьминожьими глазами и назвал цену еще ниже.

Мне все это осточертело. Я согласился, и Виллумсен тотчас же протянул мне руку, наверняка чтобы я не успел передумать. Я посмотрел на его торчащие серо-белые пальцы, похожие на наполненную водой резиновую перчатку, и, передернувшись, пожал ее.

— Я завтра приду и все заберу, — сказал Виллумсен.

Виллумсен уволил Маркуса спустя три месяца, во время испытательного срока, чтобы не выплачивать деньги за увольнение. Уволил он его на том основании, что Маркус якобы опаздывал на работу и, даже получив предупреждение, продолжал опаздывать.

— Это правда? — спросил я Маркуса, когда тот явился ко мне и спросил, можно ли устроиться на мою заправку, состоявшую из одного заправщика. Теперь я проводил на этой заправке по двенадцать часов в день.

— Да, — ответил Маркус, — в сентябре на десять минут. И в ноябре на четыре.

Так два бензиновых шланга стали кормить троих. Я поставил на заправке холодильник с газировкой и стойку со всякой снедью. Но местным до супермаркета было ближе, да и выбор там был побольше.

— Ничего не выходит. — Карл показал на вычисления, которые мы с ним записывали вместе.

— Дальше в долине участки под дачи начали продавать, — сказал я, — подожди до зимы — тогда все эти дачники через нас поедут.

Карл вздохнул:

— Упрямый ты как осел.

Однажды перед заправкой остановился здоровенный кроссовер, из которого вылезли двое. Они обошли вокруг здания бывшей мастерской и мойки, будто что-то искали. Я вышел на улицу.

— Если вам в туалет, то он тут, внутри! — крикнул я.

Эти двое подошли ко мне, вручили визитные карточки, где было написано, что они работают в крупнейшей в стране сети автозаправок, и предложили поговорить. Я спросил:

— О чем поговорить? — А потом понял, что это Карл их пригласил.

Они сказали, что я молодец: из такой маленькой заправки столько выжал, и объяснили, что можно добиться и еще кое-чего.

— Франшиза, — сказали они, — на десять лет.

От их внимания не укрылись новые дачи, как и прибывающий поток машин у нас на шоссе.

— Что ты им сказал? — спросил Карл, когда я вернулся домой.

— Спасибо сказал. — Я сел за стол, на который Карл поставил тарелку с фрикадельками быстрого приготовления.

— Спасибо? — переспросил Карл. — В том смысле, что... — он вглядывался в мое лицо, а я подцепил вилкой фрикадельку, — в смысле, спасибо, но нет? Рой, да отвечай же, мать твою!

— Они всё хотели купить, — сказал я, — и здание, и землю. Естественно, кучу денег предлагали. Но мне нравится на себя работать. Это во мне фермер говорит.

— Но твою ж мать, мы еле-еле держимся.

— Чего ж ты меня не предупредил?

— Ты бы тогда сразу же и отказался и даже слушать их не стал.

— Тоже верно.

Карл застонал и закрыл руками лицо. Посидев так немного, он вздохнул.

— Ты прав, — наконец проговорил он, — зря я влез. Прости, я просто помочь хотел.

— Знаю. Спасибо.

Он раздвинул пальцы и посмотрел на меня одним глазом:

— То есть ты от них так ничего и не получил?

— Почему же, получил.

— Правда? И что?

— Им до дома долго было добираться, поэтому они полный бак залили.

# 7

Хотя папа чуть-чуть обучил меня боксу, не знаю, хорошо ли я на самом деле дрался. Однажды в Ортуне были танцы — выступала на них довольно древняя группа, распевавшая заезженные шведские хиты. Музыканты, все до одного, были одеты в белые костюмы в облипку. Вокалист, высокий худой парень, которого все называли Род, потому что он подражал Роду Стюарту и сказал однажды, что хотел бы трахать телочек направо и налево, прямо как Род Стюарт, квакал со сцены на своем удивительном шведско-норвежском, отчего напоминал странствующего проповедника Арманда. Этот самый Арманд заезжал время от времени в нашу деревню — рассказывал, что вера пробудилась в наших соотечественниках и что это хорошо, ведь вот-вот грянет Судный день. Загляни наш Арманд в тот вечер в Ортун — и понял бы, что потрудиться ему предстоит немало. Отдыхающие разного возраста и обоих полов напивались прямо на лужайке перед домом культуры. Они притаскивали самогонку с собой и глотали ее на улице — попытайся они пронести выпивку внутрь, ее бы отняли. Внутри же все разбились на пары и топтались на танцполе, а Род квакал про карие глаза. Но вскоре и танцующие шли на улицу догнаться самогонкой или в ближайшую рощицу — перепихнуться, поблевать или облегчиться. Некоторые даже и до рощицы ленились дойти. Рассказывали, как однажды Род вытащил на сцену особо горячую фанатку, — он как раз исполнял песню собственного сочинения под названием «Думай обо мне сегодня ночью», полностью слизанную с клэптоновской «Wonderful Tonight». Пропев два куплета, он велел гитаристу сыграть соло, а сам утащил и телочку, и микрофон за сцену, так что когда пришло время третьего куплета, все услышали лишь пыхтение и стоны, а еще чуть позже Род, покачиваясь, вылез на сцену и подмигнул паре девчонок на танцполе. Перехватив их испуганные взгляды, Род оглядел себя и увидел на своих белых брюках кровавые пятна. Он допел последний припев, сунул микрофон в подставку, улыбнулся и, вздохнув, объявил следующую песню.

Летние вечера, долгие и светлые. Обычно драться начинали часов в десять, не раньше.

Начинали двое мужчин, а поводом почти всегда становилась женщина.

Женщина, с которой один из мужчин вдруг решал заговорить, или с которой он чересчур долго танцевал, или к которой он слишком тесно прижимался. Возможно, в тот субботний вечер они начали нагружаться задолго до дискотеки, но час расплаты уже наступил.

Как я уже сказал, женщина бывала лишь поводом для тех, кто жаждал набить другому морду, а таких находилось немало. Они полагали, будто отлично дерутся, а больше ничего не умеют, и Ортун для них становился площадкой для боя. Впрочем, иногда причиной была настоящая ревность — такое бывало, когда в драке участвовал Карл, потому что сам по себе он на мордобой не нарывался. Для этого Карл был чересчур обаятельным и открытым, и дерущиеся до него не снисходили. Если кто и кидался на Карла с кулаками, то просто потому, что тот под руку попадался. Иногда Карл вообще ничего не делал, только девчонок смешил или обходился с ними галантнее, чем их ухажеры; бывало, слишком уж засмотрится своими голубыми глазами на кого-нибудь из девчонок, но ничего больше. Ведь у Карла и девушка была, причем не кто-нибудь, а дочка мэра. Опасности он не представлял. Но в пара́х самогонки все видится иначе, вот храбрецы и вознамерились показать этому красавчику с хорошо подвешенным языком, кто тут хозяин. Они прицепились к нему, а когда тот искренне, почти высокомерно удивился, полезли с кулаками. Ну а так как защищаться Карл не желал, разозлились еще сильнее.

Вот тут-то я и вмешался.

По-моему, моя стратегия заключалась в том, чтобы *обезопасить* противника, помешать ему нанести вред, — я что-то вроде сапера, который обезвреживает мины. Я практик и разбираюсь в механике, может, поэтому. Я знаю, что такое сила тяжести, масса и скорость. Поэтому я сделал все необходимое, чтобы остановить тех, кто бросился с кулаками на моего младшего брата.

Все необходимое — ни больше ни меньше. Кому-то пришлось пожертвовать носом, кому-то — ребром, а еще кому-то — челюстью. По челюсти я заехал одному пареньку, который жил на окраине деревни и который вмазал Карлу по носу.

На расправу я был скор. Помню, что костяшки пальцев у меня потрескались, рукава рубашки алели от крови, а кто-то сказал:

— Хватит, Рой, прекращай.

Но нет, мне было недостаточно. Удар по окровавленной физиономии того, кого я прижимал к земле. Еще один удар — и проблема решена навсегда.

— Рой, ленсман идет.

Я наклоняюсь и шепчу в ухо, вокруг которого текут струйки крови:

— Брата моего больше не тронешь, ясно тебе?

Стеклянный взгляд, в нем нет ни боли, ни пьяного угара, глаза смотрят на меня, но не видят. Я заношу кулак. Голова кивает. Я поднимаюсь, отряхиваюсь и иду к «Вольво-240». Двигатель работает, а дверца у водительского сиденья распахнута. Карл уже улегся на заднее сиденье.

— Не вздумай изгваздать сиденье кровищей, — бросил я и газанул так, что из-под задних колес полетели ошметки травы.

— Рой, — пробормотал сзади хриплый голос, когда мы миновали первые повороты на серпантине.

— Ага, — отозвался я, — я ничего Мари не скажу.

— Да я не об этом.

— Тебе чего, поблевать приспичило?

— Нет! Я должен тебе кое-что сказать!

— Ты б лучше...

— Я люблю тебя, братишка.

— Карл, не надо...

— Надо! Я придурок конченый, а ты... ты все равно каждый раз меня вытаскиваешь. — Голос у него сорвался. — Рой... кроме тебя, у меня никого нет.

Я посмотрел на свою окровавленную руку, сжимающую руль. В голове прояснилось, и кровь приятно пульсировала в венах. Я вполне мог ударить еще разок. Тот уродец, которому я навалял, был просто ревнивый дурачок, неудачник, и получил он достаточно. Но как же меня *тянуло* еще разок ему врезать.

Позже выяснилось, что парень, которому я сломал челюсть, нарочно шарился по дискотекам, где не знали, что он хорошо дерется, цеплялся к кому-нибудь, а потом дрался. Узнав про сломанную челюсть, я стал ждать, что он заявит на меня в полицию, но он не заявил. То есть он пошел к нашему ленсману, а тот посоветовал парню спустить все на тормозах, потому что у Карла, мол, ребро сломано. Последнее было неправдой. А позже эта сломанная челюсть оказалась неплохим вложением: если Карл попадал в передрягу, мне было достаточно подойти к брату и, скрестив руки, встать рядом — и его обидчики разбегались.

— Мать твою, — хлюпал носом Карл, когда мы позже тем же вечером уже лежали в кроватях, — я же просто добрый. Девчонок смешу. А парни бесятся. А ты — ты пришел и спас своего брата и из-за меня нажил себе новых врагов. Твою ж мать, — он снова шмыгнул носом, — прости, — он постучал по рейкам под моей койкой, — ты слышишь? Прости!

— Они просто кучка придурков, — успокоил его я, — спи давай.

— Прости!

— Спи, говорю!

— Угу. Ладно. Но, Рой, слушай...

— Мм?

— Спасибо. Спасибо, что ты...

— Все, заткнулся, ясно тебе?

— ...что ты мой брат. Спокойной ночи.

Все стихло. Вот и славненько. Снизу доносилось ровное дыхание. Успокоился. Нет ничего лучше младшего брата, который наконец успокоился.

А вот на том деревенском празднике, из-за которого Карл покинул и деревню, и меня, никто никому и не думал морду бить. Карл тогда напился, Род, как обычно, блеял песенки, а Мари рано ушла домой. Может, они с Карлом поссорились? Возможно. Дочка мэра Мари всегда сильнее, чем Карл, беспокоилась о том, как она выглядит со стороны, — по крайней мере, ее злило, что Карл на вечеринках всегда напивался. Хотя, возможно, ей на следующий день просто надо было рано вставать — идти с родителями в церковь или готовиться к экзамену. Нет, не такая уж она была святоша. Правильная — это да, но не святоша. Ей просто не нравились штуки, которые Карл откалывал, нагрузившись. И она скидывала Карла на свою лучшую подружку Грету, а та и рада была. Что Грета по уши втрескалась в Карла, разве что слепой не заметил бы, но Мари, вполне вероятно, этого не видела, по крайней мере того, что случилось, она явно не ожидала. Что Грета, потоптавшись с Карлом на танцполе и дождавшись, когда Род по обыкновению закончит вечер, просипев «Love Me Tender», потащит Карла в рощицу. Там, если верить Карлу, он ее и оприходовал — стоя, прижав к дереву. Сам он говорил, что отключился, а включился от шуршания — ее пуховик, мол, терся о кору и шуршал. А потом шуршание вдруг стихло, потому что пуховик порвался и из него, как крошечные ангелы, полетели перья. Это он так сказал. «Крошечные ангелы». И в тишине до него вдруг дошло, что сама Грета не издала ни единого звука — либо потому, что боялась испортить волшебное чувство, либо же потому, что ей то, чем они занимались, особого удовольствия не доставляло. Поэтому Карл тоже на этом успокоился.

— Я предложил ей новую куртку купить, — рассказывал Карл на следующее утро с нижней койки, — но она отказалась, типа зашьет, и все. И тогда я предложил... — Карл застонал. В воздухе висел запах перегара. — Предложил ей помочь зашить.

Я смеялся так, что слезы потекли, и услышал, как он натянул на голову одеяло.

Я свесился с койки:

— И чего теперь делать будешь, донжуан?

— Не знаю, — послышалось из-под одеяла.

— Вас кто-нибудь видел?

Нет, их никто не видел — по крайней мере, прошла неделя, а никаких слухов про Грету и Карла до нас не дошло. И до Мари, похоже, тоже.

И нам уже казалось, что все позади.

А потом Грета заявилась в гости. Мы с Карлом сидели в зимнем саду и смотрели на дорогу, когда из-за Козьего поворота вдруг выехала Грета.

— Мать твою, — пробормотал Карл.

— Приехала к белошвейке, — сказал я, — кое-чего зашить.

Карл упросил меня, и в конце концов я вышел к Грете и сказал, что Карл сильно простужен. И простуда эта заразная. Грета пристально посмотрела на меня — смерила меня глазами, словно разделенными длинным хребтом носа, блестевшего от пота. Затем она развернулась и пошла к велосипеду, а там отвязала с багажника пуховик и натянула на себя. По спине, словно шрам, тянулся ряд стежков.

На следующий день она вернулась. Открыл Карл. Он и рта открыть не успел, как она сказала, что любит его до безумия. На это Карл ответил, что случившееся — ошибка, что он был пьяный и что сожалеет.

Еще через день ему позвонила Мари. Грета обо всем ей рассказала, и дочка мэра больше не желала встречаться с парнем, который ей изменил. Карл потом говорил, что Мари плакала, но в остальном говорила спокойно. И он не понимал. Не того, что Мари его бросила, а что Грета выложила ей все, что случилось в рощице. Грета злится на него и за пуховик, и за все остальное и хочет отомстить — это понятно. Ладно. Но ведь так она лишилась единственной подружки, а ведь это то же самое, что выстрелить себе в ногу, разве нет? Ответить мне было нечего, но я вспомнил рассказ дяди Бернарда о мародерах. Тогда я и решил, что Грета — как подводный камень. Лежит себе невидимый под водой и только и ждет, как бы продырявить какой-нибудь корабль. Ее в определенном смысле жаль, она заложница собственных злых чувств, но ее предательство по отношению к Мари не меньше, чем Карлово. И я в этом существе женского пола видел нечто, чего Карл не замечал. Внутреннее зло. То, которое лечит боль утраты, если при этом теряем не только мы сами, но и еще кто-нибудь. Психология убийцы-шахида. С той разницей, что сам шахид остается в живых. По крайней мере, продолжает существовать. Сует людей в солярий. И стрижет их.

Спустя несколько недель Мари внезапно переехала из Уса в город. Сама она утверждала, будто уже давно собиралась уехать и что едет учиться.

А еще через несколько недель Карл так же неожиданно заявил, что получил стипендию на факультете финансов и управления бизнесом в Миннесоте, США.

— Отказаться ты, естественно, не можешь, — сказал я и сглотнул.

— Наверное, не могу. — Он вроде как сомневался, но меня-то не обманешь. Я понимал, что он давно уже все решил.

Все закрутилось — у меня было полно работы на заправке, а Карл готовился к отъезду, поэтому больше мы с ним это не обсуждали. Потом я отвез его в аэропорт — ехать туда несколько часов, но мы во время поездки почти не разговаривали. Шел проливной дождь, и шуршание дворников скрадывало тишину.

Когда мы остановились возле зала вылетов, я заглушил двигатель и кашлянул.

— Ты вернешься?

— Чего-о? Ну ясное дело, вернусь, — соврал он, широко улыбнувшись, и обнял меня.

Когда я возвращался в Ус, по-прежнему шел дождь.

Я остановил машину во дворе и пошел в дом, к привидениям.

## 8

Итак, Карл вернулся домой. Был пятничный вечер, и я остался на заправке один. Как говорится, наедине с собственными мыслями.

Когда Карл уехал в Штаты, мне казалось, что он хочет пойти дальше, достичь чего-нибудь, расширить кругозор и свалить из этой деревенской дыры. Но еще мне казалось, что он убегает от воспоминаний, от окутавших Опгард теней. И лишь теперь, когда он вернулся, меня вдруг осенило, что, возможно, уехал он из-за Мари Ос.

Она бросила Карла, потому что тот спутался с ее лучшей подружкой, однако для Мари это стало отличным поводом. В конце концов, она метила выше, чем свадьба с каким-то Опгардом, простым горным фермером. Это доказывал и тот, кого она выбрала себе в мужья. Мари познакомилась с Даном Кране в Университете Осло, где оба они активно поддерживали Рабочую партию. Родом Дан Кране тоже был из упакованной семейки, жившей на западе столицы. Женившись на Мари, он получил работу редактора в газете «Ус блад», потом у них с Мари родились близнецы, а дом они отгрохали даже больше, чем тот, где жили родители Мари. Если злые языки прежде и болтали, что Карл Опгард оказался ей не по зубам, то теперь они умолкли: Мари взяла реванш, и даже больше.

Но вдруг объявился Карл, этот жалкий борец за утраченное положение и честь. Неужто он ради этого вернулся? Чтобы продемонстрировать всем трофейную жену, «кадиллак» и проект отеля, какого в деревне никто сроду не видал?

Ведь проект-то совершенно безумный, ну да, почти безнадежный. Во-первых, Карл решил строить отель на такой высоте, где деревья уже не растут, а значит, туда надо проложить несколько километров дороги. Но нельзя же называть отель высокогорным и при этом строить его там, где полно деревьев, хотя другие владельцы отелей так на голубом глазу и делают.

Во-вторых, кто вообще останавливается в отелях, чтобы сидеть в парилке и плавать в бассейне, где мочи больше, чем воды? Ведь на такое только горожане и горазды?

И в-третьих, ему ни за что не уговорить наших деревенских променять ферму и землю на воздушный замок. Риски надо разделить поровну, то есть убедить всех. А как этого добиться в такой деревне, где недоверие к новому — если, конечно, это новое не модель «форда» и не кино со Шварценеггером — впитывается, как говорится, с молоком матери.

А еще, разумеется, вопрос в том, зачем ему все это. Если верить Карлу, то горный спа-отель спасет деревню от медленной смерти.

Вот только поверят ли местные в такое благородство, или же они решат, что он, Карл Опгард, просто хочет выпендриться? Потому что такие, как Карл, только этого и хотят — в большом мире он уже достиг успеха, зато в родной деревне остался обычным кобелем, который поджал хвост и сбежал, когда его бросила мэрова дочка. Ведь главное в жизни — это заслужить признание дома, там, где, как тебе кажется, тебя недооценили и где тебе одновременно хочется и отомстить, и стать освободителем. «Я тебя насквозь вижу», — так у нас тут говорят, а в голосе слышатся и угроза, и утешение. А значит это, что все вокруг знают, кто ты такой *на самом деле*. И знают, что надолго за блефом и мишурой не спрячешься.

Я взглянул на дорогу, в сторону площади.

Прозрачность. Вот оно — проклятие и благословение нашей деревни. Всё рано или поздно всплывает на поверхность. Всё. Однако Карл, похоже, готов рискнуть — уж очень ему хочется, чтобы ему на площади тоже поставили памятник, а этой чести пока удостаивались лишь мэры, проповедники и танцовщицы.

Дверь открылась, и из размышлений меня выдернула Юлия:

— А чего это ты сам в ночную сегодня?

Она с деланым ужасом закатила глаза. Старательно пережевывая жвачку, девушка переступила с ноги на ногу. Она принарядилась: короткая куртка, обтягивающая футболка, да и накрасилась ярче, чем обычно. Она явно не ожидала меня здесь сегодня застать и оттого, что я увидел ее в этом наряде, смущалась. Прямо как красотка, готовая запрыгнуть в машину к лихачам. Мне-то плевать, а вот ей, судя по всему, нет.

— Эгиль заболел, — ответил я.

— А почему ты никого не вызвал? — спросила она. — Меня, например. Вовсе не обязательно самому...

— Он слишком поздно предупредил, — сказал я. — Так чего тебе, Юлия?

— Ничего, — для пущей убедительности она надула из жвачки пузырь, — хотела Эгиля проведать.

— Ладно, я ему передам от тебя привет.

Она смерила меня взглядом — слегка затуманившимся. К ней вернулась уверенность в себе, та самая, благодаря которой ей так хорошо удавалась роль крутой Юлии.

— А в молодости, Рой, ты что делал вечерами по пятницам? — Язык у нее слегка заплетался, и я понял, что она чуток выпила.

— На танцы ходил, — ответил я.

Она вытаращила глаза:

— Ты танцевал?

— Можно и так сказать.

Снаружи взревел двигатель. Словно дикий зверь зарычал. Или завыл, призывая самку. Юлия с деланым раздражением взглянула на дверь, а затем развернулась спиной к стойке, уперлась в нее руками — так что короткая куртка поползла вверх, — подпрыгнула и уселась рядом с кассой.

— А у тебя было много девчонок, Рой?

— Нет. — Я посмотрел на установленные рядом с колонками камеры.

По выходным кто-нибудь непременно заливает бензин и уезжает, не заплатив. Когда я об этом рассказываю, все возмущаются — мол, какие эти дачники мерзавцы. А я возражаю: дачники богатые, вот и не думают о деньгах. Мы тогда отправляем по адресу, на который зарегистрирован автомобиль, вежливую просьбу оплатить бензин, и в ответ на девять из десяти обращений получаем письмо с извинениями — они просто-напросто забыли заплатить. Потому что они, в отличие от нас с Карлом и папой, никогда, заправляя «кадиллак», не видели, как вместе с сотенными исчезает и надежда потратить их на что-нибудь еще — компакт-диски, новые брюки, поездку на машине по Штатам, о которой папа без конца говорил.

— А почему? — не отставала Юлия. — Ты же сексуальный, прямо держись. — Она хихикнула.

— Тогда я таким не был.

— Ну а сейчас в чем дело? Почему у тебя нет девушки?

— У меня была когда-то, — сказал я, протирая стойку для еды. Посетителей сегодня было немало, но сейчас дачники уже разъехались по дачам. — Мы поженились, когда нам было по девятнадцать, но во время свадебного путешествия она утонула.

— Чего-о? — Юлия разинула рот, хоть и знала, что я сочиняю.

— Мы как раз шли на моей яхте по Тихому океану, а невеста моя перебрала шампанского и вывалилась за борт. Напоследок только и успела пробулькать, что любит меня.

— А почему ты за ней не бросился?

— Такие яхты ходят намного быстрее, чем ты плаваешь. Мы б тогда оба утонули.

— Ну и что. Ты же ее любил.

— Ага, поэтому я ей даже спасательный круг бросил.

— И то ладно, — Юлия сидела сгорбившись и упершись ладонями в стойку, — но она умерла, а ты продолжаешь дальше жить, так получается?

— Мы много без чего обходимся, Юлия. Поживешь — увидишь.

— Нет, — безразлично бросила она, — не собираюсь я ждать. То, что мне нужно, я получу.

— Ясненько. И чего ж тебе нужно? — Вопрос вырвался у меня случайно, я словно поймал мяч и машинально бросил его обратно через сетку. И прикусил язык, увидев, как Юлия буравит меня взглядом и как губы ее расплываются в улыбке.

— Ты небось порнушку часто смотришь. После того, как девушка твоя утонула. А так как ей было девятнадцать, ты, наверное, в поисковике набираешь «девятнадцатилетние с большими сиськами», да?

Я слишком долго думал, как возразить, и она — я это прекрасно понимал — решила, будто попала в точку. От этого я растерялся еще больше. Разговор наш уже зашел в тупик. Ей семнадцать, а я ее начальник, и Юлии взбрело в голову, что именно я ей и нужен. И вот она, накрашенная, нарядная и храбрая, затеяла игру — ей казалось, будто играть в нее она умеет, потому что это действует на парней, которые ждали ее в машине. Все это я запросто мог ей высказать. Так я спас бы собственную гордость, но сбросил бы эту нагрузившуюся шампанским девчонку с яхты. Так что вместо этого я лихорадочно искал спасательный круг — для себя и для нее.

Спасательный круг нарисовался на пороге, когда дверь распахнулась. Юлия быстро спрыгнула со стойки.

В лицо я его узнал не сразу, однако машины на заправку не заезжали, поэтому посетитель явно был из местных. Тощий, со впалыми щеками, отчего лицо смахивало на песочные часы, а на лысом черепе пушок.

Остановившись у порога, он уставился на меня так, будто больше всего на свете ему хотелось сбежать. Может, я ему тогда, в Ортуне, тоже навалял? Разукрасил физиономию, а он и запомнил? Он медленно двинулся к стойке с компакт-дисками и принялся их разглядывать, время от времени озираясь на нас.

— Это кто? — прошептал я.

— Отец Наталии Му, — шепнула в ответ Юлия.

Жестянщик. Ну естественно, это он! Хотя он изменился. Как говорится, сильно сдал. Может, заболел тяжело, потому что выглядел прямо как дядя Бернард под конец жизни.

Му подошел к нам и положил на стойку компакт-диск. Роджер Уиттакер, лучшие песни. Скидочный. Казалось, будто Му стыдится собственных музыкальных вкусов.

— Тридцать крон, — сказал я, — карта или...

— Наличные, — ответил Му, — а Эгиль сегодня не работает?

— Заболел, — сказал я, — еще что-нибудь?

Му замешкался.

— Нет, — проговорил он наконец, взял сдачу, диск и двинулся к выходу.

— Ух ты. — Юлия снова запрыгнула на стойку.

— В смысле — ух ты?

— Ты чего, не заметил? Он же сделал вид, будто меня не знает.

— Волновался он — это да, это я заметил. И судя по всему, его любимый продавец Эгиль. Что бы там он у него ни покупал.

— В смысле?

— Кому припрет в пятницу вечером бежать за диском Роджера Уиттакера? Му купил этот диск, потому что схватил самый дешевый.

106

— Да он за презиками пришел, но застремался, — рассмеялась Юлия, и мне почудилось, что говорит она со знанием дела, — наверняка на стороне трахается. У них это семейное.

— Прекрати, — одернул ее я.

— Или за антидепрессантами — он же обанкротился. Видал, как он пялился на полку с таблетками у тебя за спиной?

— У нас только от головной боли таблетки, — по-твоему, он этого не знает? А я и не слышал, что он банкрот.

— Господи, Рой, ты же ни с кем не общаешься. Вот люди тебе ни о чем и не рассказывают.

— Может, и так. А ты сегодня что, не собираешься на праздник молодости?

— Молодости! — фыркнула Юлия и не сдвинулась с места. Судя по всему, она придумывала повод остаться. Изо рта у нее показался еще один пузырь, а потом тотчас же лопнул. Юлия зашла с другого конца: — Симон говорит, ваш отель похож на фабрику. В такое дело никто не вложится.

Симон Нергард был дядей Юлии. Он-то точно мои кулаки запомнил. Крепко сбитый, он учился на класс старше, занимался спортом и даже пару раз ездил в город на турниры. Как-то раз Карл танцевал с девчонкой, которая нравилась Симону, и этого было достаточно. Симон собрал несколько человек, а сам схватил Карла за воротник, но в этот момент подоспел я и спросил, в чем дело. Я обмотал кулак шарфом и ударил Симона прямо в челюсть, когда тот собирался было ответить. Под моим кулаком плоть и зубы мягко подались, Симон пошатнулся, сплюнул кровь и уставился на меня, больше удивленный, чем напуганный. Эти ребята, которые занимаются боевыми искусствами, верят в правила, вот и проигрывают. Впрочем, Симон, надо отдать должное, так просто не сдался и принялся скакать, держа перед поредевшими зубами сжатые кулаки. Я пнул его в коленку, и скачки прекратились. Тогда я пнул его еще и в лодыжку, отчего глаза у него едва из орбит не вылезли — он-то, видать, не знал, что такое подкожное мышечное кровотечение. Двигаться он больше не мог, поэтому стоял там и ждал, когда его прикончат, прямо как какой-нибудь придурочный полководец, решивший драться до последнего солдата. Но я даже не удостоил его чести быть избитым. Я развернулся и, посмотрев на часы — точно у меня была назначена встреча, но еще не скоро, — зашагал прочь. Остальные подначивали Симона и дальше драться, они же не знали того, что было известно мне: Симон не в состоянии и шагу сделать. Поэтому они начали обзывать Симона — это и сохранил в памяти Симон Нергард, это, а не воспоминания о двух чересчур белых передних зубах, которые вставил ему стоматолог.

— То есть дядя твой видел чертежи?

— Нет, но у него в городе есть один знакомый — тот работает в банке и их видел. И он говорит, что отель похож на фабрику. По производству целлюлота.

— Целлюлозы, — поправил я ее, — он интересный и построен будет там, где деревья уже не растут.

— Чего-о?

Снаружи заревел двигатель, а следом — еще один.

— Тебя твои тестостероновые дружки зовут, — сказал я, — давай быстрее, в воздухе меньше выхлопов будет.

Юлия застонала:

— Рой, да они же совсем дети.

— Ну, тогда иди домой и послушай вот это. — Я протянул ей один из пяти экземпляров альбома Джей Джей Кейла «Naturally».

В конце концов мне пришлось убрать его со стойки с компакт-дисками. Я заказал их специально, в уверенности, что деревенским придется по вкусу спокойный блюз Кейла и его скромные гитарные соло. Но Юлия была права — с людьми я не общаюсь и толком их не знаю. Она взяла диск, сползла со стойки и зашагала к двери, призывно виляя задницей, однако возле выхода показала мне средний палец — все это она проделала с холодной легковерностью, на которую способна лишь семнадцатилетняя девчонка. И в голову мне — даже не знаю почему — пришло вдруг, что теперь она чуть менее легковерна, чем была в шестнадцать лет, когда только начала у меня работать. Мать вашу, да что это со мной? Раньше я о Юлии так не думал, вообще не думал. Или все-таки думал? Нет. Это, должно быть, случилось, когда она уперлась ладонями в стойку, а куртка задралась, так что стало видно грудь и, несмотря на лифчик и футболку, соски. Да что за херня, у этой девчонки сиськи выросли лет в тринадцать, и раньше я плевать хотел, так в чем сейчас-то дело? Я вообще не в восторге ни от больших сисек, ни от малолеток, и запросов «девятнадцатилетние с большими сиськами» я в поисковике не задавал.

И это была не единственная загадка.

Еще это выражение лица — такое бывает, когда тебе стыдно. Нет, не тот стыд, который мелькнул в глазах Юлии, когда она прикинула, как выглядит, разъезжая в пятницу вечером с придурками-лихачами. Жестянщику тоже отчего-то было стыдно. Взгляд у него плясал, словно ночной мотылек. И Му старался не смотреть на меня. Юлия сказала, он пялился на полки с таблетками у меня за спиной. Я повернулся и оглядел содержимое полок. И в душу мне закралось подозрение. Хотя я тут же его отверг. Однако оно вернулось, прямо как тот дурацкий белый кружок, изображавший теннисный мячик, в который мы с Карлом играли, когда в деревне появился первый и единственный игровой автомат. Он стоял в кофейне возле автомата по размену монеток, папа привозил нас туда, мы ждали в очереди, а потом папа выдавал нам монетки с таким видом, словно привез нас в Диснейленд.

Этот стыд я уже видел. Дома. В зеркале. И я его узнал. Сильнее просто не бывает. Не потому, что совершенное злодеяние такое отвратительное и нет ему прощения, а потому, что ему суждено повториться. Даже если отражение в зеркале обещает, что это в последний раз, ты знаешь — оно снова случится, а потом опять. Это стыд из-за проступка, но не только — это еще и стыд от собственной слабости, невозможности остановиться, необходимости делать то, чего не желаешь. Ведь если бы тебе хотя бы хотелось, то можно было бы свалить на врожденную порочность.

## 9

Субботнее утро. Маркус остался на заправке, а я на второй передаче доехал до дома. Остановившись во дворе, я не сразу заглушил двигатель — хотел, чтобы они услышали, что я вернулся.

Карл и Шеннон сидели на кухне, разглядывали чертежи отеля и обсуждали выступление.

— Симон Нергард говорит, что никто не вложится, — я привалился к косяку и зевнул, — ему это сказал кто-то из банка, кто видел чертежи.

— А среди моих знакомых их человек двенадцать видели — и все в восторге! — заявил Карл.

— Местные?

110

— Нет, в Торонто. И все они — люди знающие.

Я пожал печами:

— Твоя задача — убедить тех, кто, во-первых, живет не в Торонто, а во-вторых, кого знающими не назовешь. Удачи. Я пошел спать.

— Ю Ос согласился встретиться со мной завтра, — сказал Карл.

Я остановился:

— Вон оно чего.

— Да. Когда Мари была у нас в гостях, я попросил ее устроить нам встречу.

— Чудесно. Ты за этим ее пригласил?

— Отчасти. И еще мне хотелось ее с Шеннон познакомить. Если уж мы сюда переехали, то нечего им ходить и тайком высматривать друг дружку. И знаешь что, — он приобнял Шеннон за плечи, — по-моему, девочка моя растопила сердце этой Снежной королевы.

— Растопила сердце? — Шеннон закатила глаза. — Любимый, эта женщина меня ненавидит. Верно, Рой?

— Хм, — откликнулся я.

Я посмотрел на Шеннон — впервые после того, как вернулся. На ней был просторный белый халат, а волосы еще не высохли — она, похоже, только недавно душ принимала, видно, после кувыркания в кровати сильно вспотела. Прежде она старалась тело не оголять — все носила черные свитеры и брюки, а сейчас я увидел ноги и кожу на груди — такую же белую, как и на лице. Влажные волосы казались темнее, почти темно-рыжими, и не блестели, и я заметил кое-что, чего прежде не видел, — несколько бледных веснушек на переносице. Шеннон улыбнулась, но в глазах ее была обида. Может, Карл сказал что-то не то? Или это я виноват? Может, я как-то намекнул, что с ее стороны цинично так умиляться фотографиям близнецов, но я чувствовал, что такой цинизм она признала бы без обид. Девушки вроде Шеннон поступают так, как считают нужным, и прощения просить не привыкли.

— Шеннон обещает сегодня на ужин приготовить нам норвежскую еду, — сказал Карл, — я подумал...

— Я сегодня опять в ночную смену, — перебил его я, — сотрудник заболел.

— Да ладно? — Брови у Карла поползли вверх. — У тебя же еще пять человек работают, они что, заменить его не могут?

— Нет, никто больше не может, сейчас выходные, и я сам только недавно узнал, — ответил я и всплеснул руками — мол, такова уж участь начальников, вечно им приходится все на себе вытягивать. Судя по всему, Карл ни на секунду мне не поверил. В этом и проблема с братьями — они чуют все твое притворство. Но что мне еще оставалось сказать? Что я не могу уснуть, потому что они полночи трахаются? — Пойду посплю.

Меня разбудил какой-то звук. Не то чтобы громкий, но, во-первых, в горах вообще звуков мало, а во-вторых, звук этот был чужеродный, и поэтому мозг мой за него и зацепился.

Что-то вроде жужжания и поскрипывания, помесь пчелы с газонокосилкой.

Я посмотрел в окно. А потом поспешно оделся, сбежав вниз по лестнице, вышел на улицу и, не торопясь, зашагал к Козьему повороту.

Там стояли ленсман Курт Ольсен, Эрик Нерелл и еще какой-то мужик, у которого в руках был пульт управления с антеннами. Все они смотрели на разбудивший меня предмет — белый дрон размером с тарелку, который летал где-то в метре у них над головами.

— Ну что, — заговорил я, и все они повернулись ко мне, — ищете плакаты с приглашением на собрание инвесторов? Это частная собственность, — я затянул ремень, про который впопыхах забыл, — значит, тут-то можно плакаты вешать?

— Это как посмотреть.

— Да неужели? — Я почувствовал, что надо бы мне успокоиться, потому что очень скоро меня накроет злость. — Будь это собственность муниципалитета, власти разорились бы на ограждения, разве нет?

— Верно, Рой, но эта территория — пастбище, а значит, тут действует право всеобщего доступа.

— Я же сейчас про плакат, а не про то, можно ли тебе, ленсман, стоять там, где ты сейчас стоишь. И я сегодня в ночную смену работал, а вы меня своим дроном разбудили — вы что, предупредить не могли?

— Могли, — ответил ленсман Ольсен, — но не хотели вас тревожить, Рой. Мы быстро управимся, только несколько снимков сделаем — и все. Если там безопасно и мы решим спустить туда людей, мы обязательно тебя заранее предупредим. — Он посмотрел на меня. Бесстрастно, будто фотографируя, прямо как дрон, который исчез за обрывом и наверняка сейчас делал снимки ужасной катастрофы внизу, в Хукене.

Я кивнул, притворяясь, что смирился.

— Я прошу прощения, — продолжал Ольсен, — это неприятно, я понимаю, — говорил он прямо как священник, — мне следовало предупредить, я и забыл, что от дома до обрыва так близко. Что тут скажешь? Радуйся, что твои налоги тратятся на то, чтобы выяснить, как на самом деле произошло то несчастье. Мы все хотим это выяснить.

Все? — чуть было не выпалил я. Это ты, что ли, все? Нет, Курт Ольсен, ты хочешь доделать то, что твой отец не доделал.

— Ладно, — сказал я вместо этого, — и ты прав, это неприятно. Мы с Карлом помним, что произошло, и больше стараемся забыть, а не копаться в мельчайших подробностях. — Надо успокоиться. Да, вот так уже лучше.

— Разумеется, — поддакнул Ольсен.

Над обрывом снова показался дрон. Он взлетел вверх и неподвижно завис, а его жужжание неприятно отдавалось в ушах. Затем он взял курс на нас и приземлился в руки мужика с пультом — я видел в ютьюбе ролик, где охотничий сокол совершенно так же опускался хозяину на руку. Зрелище это было неприятное, как из фантастического фильма про какое-нибудь тоталитарное государство, где Большой-брат-тебя-видит, а мужик с дроном — на самом деле робот, и под кожей у него провода.

— Быстро он, — сказал ленсман.

— Когда воздух разреженный, батарейка садится быстрее, — объяснил хозяин дрона.

— Но он хоть что-то снять успел?

Хозяин дрона провел пальцем по экрану смартфона, и мы подошли ближе. Из-за нехватки внизу света беззвучные кадры были зернистыми. А может, там просто было тихо, поэтому и звуков никаких мы не слышали. Остов папиного «кадиллака-девиль» походил на жука, упавшего на спину и умершего, — он будто бы лежал, размахивая лапками, пока какой-нибудь прохожий, сам того не зная, не наступил на него. Заржавевшая и местами поросшая мхом ходовая часть и торчащие колеса уцелели, зато задняя и передняя части салона были смяты, точно побывали у Виллумсена в автомобильном прессе. Возможно, виной всему тишина и темнота, но снимки напомнили мне о документальном фильме про исследование затонувшего «Титаника». Может, на эти мысли навел меня «кадиллак» — тоже красивый остов из давно ушедшего времени, тоже рассказывающий о внезапной гибели, о трагедии, которая столько раз повторялась в моем, и не только моем, воображении, что с годами мне начало казаться, будто ей суждено было случиться, будто так было написано на небесах. Внешне и образно прекрасное, притягивающее падение механизма в бездну. Представление о том, как оно было, страх, охвативший пассажиров, когда те поняли, что она, смерть, рядом. И не обычная смерть, не та, что медленно тебя разрушает, когда ты прожил жизнь, а неожиданная, внезапная, навалившаяся на тебя по вине предательских случайностей. Я вздрогнул.

— Там на земле камни валяются, — прокомментировал Эрик Нерелл.

— Они могли туда нападать тысячу лет назад. Или сотню. На машине камней нет, — сказал Курт Ольсен, — и никаких отметин или вмятин на ходовой части я тоже не вижу. Поэтому можно сказать, что тот камень, что свалился на альпиниста, был последним.

— Он больше не альпинист, — тихо проговорил Нерелл, глядя на экран, — рука у него наполовину усохла, и он уже много лет на обезболивающих сидит, причем на таких дозах, что лошадь бы...

— Зато жив, — перебил его Ольсен, не дожидаясь, пока Нерелл придумает, что там произошло бы с лошадью.

Мы посмотрели на ленсмана, и тот покраснел. «Зато» — это в отличие от тех, кто сидел в «кадиллаке»? Нет, он на что-то еще намекал. Может, на собственного отца, старого ленсмана Сигмунда Ольсена?

— Если тут что-то упадет, то упадет оно на машину, верно? — Ольсен показал на экран. — Но машина вся мхом заросла, ни единой отметины нет. Это позволяет нам воссоздать ход событий и историю. А ход событий, которые уже случились, помогает нам прогнозировать те события, которые произойдут в будущем.

— Это пока тебе камнем плечо не раздробит, — сказал я, — или голову.

Эрик Нерелл медленно кивнул и потер шею, а Ольсен покраснел еще сильнее.

— И как я уже говорил, мы постоянно слышим, как тут, в Хукене, камни падают, — смотрел я на Ольсена, но метил, разумеется, в Эрика Нерелла. Это ему предстоит вскоре стать отцом. Он должен будет как профессионал оценить, насколько безопасно отправить вниз, к машине, альпинистов. А Ольсен против его решения не пойдет, ведь потом случись что — и он вылетит с работы. — Может, на машину камни и не падают, — продолжал я, — а вот рядом — запросто. Как раз туда, куда вы собираетесь альпинистов спустить, верно?

Дожидаться от Ольсена ответа мне не требовалось — взглянув лишь краем глаза, я понял, что эту битву я выиграл.

Стоя возле Козьего поворота, я вслушивался в затихающий гул двигателей, смотрел на пролетающего мимо ворона и ждал, когда все стихнет.

Когда я вошел на кухню, Шеннон, одетая, по обыкновению, в черное, стояла, облокотившись о стойку. И я вновь подумал вдруг, что, несмотря на одежду, в которой она выглядела тощим мальчишкой, было в ней нечто удивительно женственное. Маленькими руками она сжимала дымящуюся чашку, откуда свисала нитка от чайного пакетика.

— Это кто был? — спросила она.

— Ленсман. Хочет остов осмотреть. Ему во что бы то ни стало надо докопаться, почему папа свалился с обрыва.

— А что, это непонятно?

Я пожал плечами:

— Я же все видел. Он просто затормозить вовремя не успел. А тормозить — это главное.

— Тормозить — это главное, — повторила Шеннон и по-деревенски медленно закивала.

Похоже, она и жесты наши скоро освоит. Это вновь навело меня на мысль о научно-фантастических фильмах.

— Карл говорил, что вытащить оттуда машину невозможно. Тебе неприятно, что она там лежит?

— Нет — разве что лишний мусор.

— Нет? — Держа чашку в обеих руках, она поднесла ее ко рту и сделала маленький глоток. — Почему?

— Если бы они умерли в собственной двуспальной кровати, мы ее тоже не стали бы выбрасывать.

Она улыбнулась:

— Это сентиментальность или наоборот?

Я и сам улыбнулся. Теперь я почти не замечал ее опущенного века. А может, когда я впервые увидел ее, она устала после поездки и веко совсем ослабло.

— По-моему, обстановка намного сильнее влияет на наши чувства, чем нам кажется, — сказал я. — Хотя в романах и рассказывается о неразделенной любви, девять из десяти влюбляются в того, кто вполне может ответить им взаимностью.

— Разве?

— Восемь из десяти, — пошел я на попятную.

Подойдя к стойке, я принялся желтой мерной ложкой насыпать в кофейник кофе и перехватил взгляд Шеннон.

— Практичность в болезни и здравии, — сказал я. — Когда того и гляди скатишься в бедность, привыкаешь, а в этих местах долго так жили. Но тебе это, наверное, в диковинку.

— Почему в диковинку?

— Ты говорила, на Барбадосе живут богато. Ты ездила на «бьюике», в университете училась. И в Торонто переехала.

Она немного помолчала, а потом сказала:

— Это называется «продвижение по социальной лестнице».

— Да ладно? То есть ты выросла в бедности?

— Как посмотреть, — она вздохнула, — я из красноногих.

— Красноногих?

— Ты ведь слышал о белых бедняках из нищих горных районов в Американских Аппалачах?

— Освободительное движение. Банджо и кровосмешение.

— Это стереотипы, да. К сожалению, они недалеки от действительности — то же самое и с красноногими на Барбадосе. Красноногие — представители низшего класса, потомки ирландцев и шотландцев, которые прибыли на остров в семнадцатом веке. Многие из них были сосланными каторжниками, как в Австралии. Строго говоря, они выполняли функции рабов, пока Барбадос не начал привозить рабов из Африки. Однако, когда рабству положили конец, потомки африканцев начали подниматься все выше по социальной лестнице, а вот большинство красноногих остались на дне. Большинство из нас живут в бедных кварталах. Трущобы, да? Так это называется? Мы — общество за пределами общества, мы пойманы в ловушку нищеты. Никакого образования, алкоголизм, кровосмешение, болезни. У красноногих в Сент-Джоне на Барбадосе вообще ничего нет, лишь немногие владеют фермами и крошечными магазинчиками, и существуют они за счет более состоятельных чернокожих. Остальные красноногие живут на пособие, а налоги, из которых выплачивается пособие, платят чернокожие и афро-бэйджанс. А знаешь, как нас можно узнать со стороны? По зубам. Если у нас вообще остаются хоть какие-то зубы, то обычно они темные от... *decay*?

— Гнили. Но твои-то зубы...

— Моя мать заботилась о том, чтобы я правильно питалась и каждый день чистила зубы. Она во что бы то ни стало хотела, чтобы мне жилось лучше. А когда мама умерла, мной занималась бабушка.

— Надо же. — Ничего лучше я не придумал.

Шеннон подула на чай.

— Ко всему прочему мы, красноногие, — живой аргумент против тех, кто полагает, что в нищете живут только черные и латиносы.

— Но ты-то выбралась.

— Да. Может, я и расистка, но скажу, что это мои африканские гены меня вытянули.

— Африканские? У тебя?

— Мои мама и бабушка — афро-бэйджанс. — Посмотрев на мою озадаченную физиономию, она рассмеялась. — Цвет кожи и волос мне достался от ирландского красноногого, который допился до смерти, когда мне еще и трех лет не исполнилось.

— А потом что?

Она пожала узенькими плечами:

— Хотя мама с бабушкой жили в Сент-Джоне и были замужем, одна за ирландцем, другая за шотландцем, меня никогда не считали красноногой. Отчасти потому, что у нас во владении был клочок земли, но особенно потому, что я поступила в Университет Вест-Индии в Бриджтауне. До меня девушек, учившихся в университете, не было не то что в нашей семье — я на весь район первая такая.

Я посмотрел на Шеннон. До сих пор она ни разу столько о себе не рассказывала. Причина, видать, простая — я и не спрашивал. И в тот раз, когда они с Карлом завалились на нижнюю койку, Шеннон хотела, чтобы я сам сперва рассказал. Может, ей надо было сначала меня как следует разглядеть. И вот теперь она разглядела.

Я кашлянул.

— Решиться на такое, наверное, непросто.

Шеннон покачала головой:

— Это бабушка решила. Она упросила всю семью, и дядей и теток, сброситься мне на учебу.

— Скинуться на учебу.

— Скинуться. И на то, чтобы отправить меня потом в Торонто. Бабушка каждый день возила меня в университет и обратно, потому что денег на то, чтобы снимать мне жилье в городе, у нас не было. Один из преподавателей сказал, что я пример того, что на Барбадосе тоже стало возможно движение по социальной лестнице. А я ответила, что красноногие уже четыреста лет обретаются на дне общества и что благодарить мне следует семью, а не социальные реформы. А я из красноногих — была и останусь такой, — и моей семье я обязана всем на свете. В Торонто я жила богаче, но Опгард для меня все равно роскошь. Понимаешь?

Я кивнул:

— А что сталось с «бьюиком»?

Она взглянула на меня так, словно хотела убедиться, что я не шучу:

— То есть что сталось с бабушкой, ты не спрашиваешь?

— Она в добром здравии, — сказал я.

— Правда? И откуда ты знаешь?

— По голосу понял — когда ты говоришь о ней, голос у тебя спокойный.

— Механик еще и психолог?

— Нет, просто механик. А «бьюика» больше нет, верно?

— Однажды бабушка забыла поставить его на тормоз, машина съехала к обрыву и свалилась вниз, в мусорную кучу. И разбилась вдребезги. Я потом несколько дней подряд плакала. И ты это по голосу понял?

— Ага. «Бьюик-роудмастер», пятьдесят четвертого. Я тебя понимаю.

Она склонила голову набок, потом к другому плечу, словно рассматривая меня с разных сторон, как будто я — какой-то дурацкий кубик Рубика.

— Машины и красота, — проговорила она вроде как про себя. — Знаешь, мне сегодня ночью приснилась книжка, которую я читала давным-давно. Наверное, я ее вспомнила из-за этих обломков в Хукене. Она называется «Автокатастрофа», а написал ее Джеймс Грэм Баллард. В ней рассказывается о людях, у которых автокатастрофы возбуждают сексуальное желание. Обломки, травмы. Чужие травмы и собственные. По ней кино сняли — ты, наверное, его видел?

Я задумался.

— Дэвид Кроненберг, — подсказала она.

Я покачал головой.

Она помолчала. Точно уже пожалела — ну да, заговорила о чем-то таком, что вряд ли заинтересует мужика с заправки.

— Я много книг прочел, — сказал я, чтобы ее выручить, — но эту не читал.

— Ясно, — откликнулась она. — В книге рассказывается про опасный поворот на улице Малхолланд-драйв — ночью машины на нем падают с обрыва. Вытаскивать обломки из пропасти дорого,

121

поэтому внизу со временем появляется настоящее кладбище автомобилей, и с каждым годом их гора растет. Настанет время — и пропасть будет заполнена машинами, а значит, новым падать будет некуда и они спасутся.

Я медленно кивнул.

— Их спасут обломки, — сказал я, — наверное, надо мне ее тоже прочитать. Или кино посмотреть.

— Мне кино больше нравится, — сказала она, — книга написана от первого лица, и поэтому она немного однобокая — субъективная и... — она умолкла, — как по-норвежски будет intrusive?[1]

— Прости, это надо Карла спросить.

— Он уехал на встречу с Ю Осом.

Я посмотрел на стол. Чертежи все еще лежали на нем, и лэптоп Карл тоже не забрал. Возможно, считал, что у него больше шансов убедить Оса в том, что деревне во что бы то ни стало нужен спаотель, если не станет сразу показывать целую кучу материалов.

— Назойливый? — предположил я.

— Спасибо, — поблагодарила она, — кино не такое назойливое. Обычно камера объективнее написанных слов. А Кроненбергу удалось схватить суть.

— И в чем же она?

В живом глазу загорелась искра, и теперь, когда она поняла, что мне по-настоящему интересно, голос ее оживился.

— В уродстве прячется красота, — ответила она. — Частично разрушенная греческая скульптура особенно красива, потому что по оставшимся неиспорченным фрагментам мы видим, насколько красивой она могла быть, должна была быть, была когда-то. И мы додумываем красоту, с которой действительность

---

1 Назойливый (*англ.*).

122

никогда не смогла бы соперничать. — Она уперлась ладонями в стойку, словно собираясь запрыгнуть на нее и усесться, как тогда, на вечеринке. Маленькая танцовщица. Тьфу, вашу ж мать.

— Интересно, — сказал я, — но надо бы мне еще поспать.

Огонек у нее в глазу потух, словно лампочка индикатора.

— А кофе твой как же?

В ее голосе я явно услышал разочарование. Ведь она вроде как нашла с кем поболтать. На Барбадосе-то они небось постоянно друг с дружкой треплются.

— Чувствую, мне бы надо еще пару часов отоспаться. — Я выключил кофеварку и убрал оттуда кофейник.

— Разумеется, — согласилась она и сняла руки со стойки.

Я пролежал в кровати с полчаса. Пытался уснуть, пытался ни о чем не думать. Слышал, как внизу стучат по клавиатуре и шуршат бумагой. Нет, ничего не выйдет.

И я повторил все, что уже делал. Встал, оделся и сбежал по лестнице. Пока дверь еще не успела захлопнуться, крикнул: «Пока!» Думаю, со стороны казалось, будто я от чего-то сбегаю.

## 10

— Ой, привет, — пробормотал Эгиль, открыв дверь и пристыженно глядя на меня.

И этому тоже стыдно. Он наверняка понимал, что я тоже слышу, как в гостиной его дружки играют в какую-то стрелялку и громко орут.

— Мне уже лучше, — быстро проговорил он, — я сегодня могу выйти.

— Лучше не спеши и как следует полечись, — сказал я, — я не за этим пришел.

— Не за этим? — Он явно перебирал в уме, чего еще мог натворить. Похоже, выбрать было из чего.

— Что у тебя покупает Му? — спросил я.

— Му? — Эгиль притворился, будто впервые слышит это имя.

— Жестянщик, — подсказал я, — он тут заходил и тебя спрашивал.

— А, этот. — Эгиль улыбнулся, но глаза были полны страха. Я попал в точку.

— Что он покупает? — Я словно думал, что Эгиль забыл вопрос.

— Да ничего особенного, — выдавил из себя Эгиль.

— И тем не менее хотелось бы знать.

— Сейчас и не вспомню.

— Но платит он наличкой?

— Да.

— Если ты это помнишь, значит, помнишь и что он покупает. Давай колись.

Эгиль смотрел на меня, и во взгляде его я увидел мольбу о прощении.

Я вздохнул:

— Тебя ведь и самого это гложет, Эгиль.

— Чего?

— Он что, тебя чем-то держит? Угрожает тебе?

— Му? Нет.

— Тогда чего ты его прикрываешь?

Эгиль непрерывно моргал. В гостиной у него за спиной бушевала война. Глаза у Эгиля были полны отчаяния.

— Он... он...

Терпение у меня заканчивалось, но для внушительности я заговорил чуть тише:

— Не ври, Эгиль.

Адамово яблоко у него подпрыгивало как бешеное, и он отступил назад, в коридор, как будто хотел захлопнуть дверь и сбежать. Но никуда не сбежал. Возможно, он заметил что-то у меня в глазах и вспомнил рассказы о том, как кого-то в свое время поколотили до полусмерти в Ортуне. И Эгиль уступил:

— Он оставлял мне на выпивку.

Я кивнул. Естественно, нанимая Эгиля на работу, я предупредил его, что чаевые мы не берем, что, если покупатель все-таки оставляет сдачу, мы храним эти деньги в кассе на тот случай, если кто-то из нас облажается и у нас будет недостача. Лажается у нас обычно Эгиль. Но он, возможно, об этом забыл, а сейчас я не собирался напоминать ему об этом, как и о том, что называется это не «на выпивку», а «на чай», — мне хотелось лишь убедиться, что я догадался правильно.

— А что покупал?

— Мы ничего плохого не делали! — выпалил Эгиль.

Не стал я ему говорить и о том, что говорит он это в прошедшем времени, а значит, понимает — его делишкам с Му пришел конец. Я ждал.

— «Элла-один», — раскололся Эгиль.

Именно. Противозачаточные. Абортивные.

— Часто? — спросил я.

— Раз в неделю.

— И он просил тебя никому об этом не говорить?

Эгиль кивнул. Он побледнел. Да, бледный ты Эгиль и тупенький, но не отсталый, как многие говорят. Точнее, они подменяют это слово каким-то другим, будто грязное белье меняют. Но как бы то ни было, Эгилю хватило мозгов сложить два и два, хотя Му и надеялся, что Эгиль не догонит. Сейчас я видел, что ему не просто стыдно — ему жутко стыдно. А хуже наказания не придумаешь. Вы уж мне поверьте, я на своей шкуре испытал, каково это. И знаю, что стыд ничем не заглушить.

— Давай так: сегодня ты еще болеешь, но завтра выздоравливаешь, — предложил я, — идет?

— Да. — Сказать это у него получилось лишь со второго раза.

Я развернулся и двинулся прочь, но дверь за моей спиной не стукнула, — похоже, Эгиль стоял и смотрел мне вслед. Видать, думал, что́ теперь будет.

Я вошел в парикмахерскую Греты Смитт и будто перенесся на машине времени в Штаты времен после Второй мировой. В одном углу стояло здоровенное кресло для бритья, красное, кожаное и с заплатками. По словам Греты, в нем сиживал Луи Армстронг. В другом углу располагался салонный фен в стиле пятидесятых — эдакий шлем на подставке. В старых американских фильмах тетки сушатся под такими фенами, читают дамские журналы и перемывают кости знакомым. Хотя я сразу же вспоминаю актера Джонатана Прайса и сцену из фильма «Бразилия», ту, с лоботомией. Шлем Грета использует для услуги под названием «помыть и накрутить»: сначала голову тебе моют шампунем и накручивают волосы на бигуди, а потом ты засовываешь голову в шлем, причем желательно обмотать ее полотенцем, чтобы волосы не попали в такие штуки, которые очень напоминают внутренности раскаленного тостера. Если верить Грете, «помыть и накрутить» снова стало супермодным. Вот только тут у нас, в Усе, оно, похоже, никогда из моды и не выходило. К тому же лично мне кажется, что чаще всего в этот фен сама Грета и совала голову, подкручивая свои перманентные кудри, похожие на подгнившие гирлянды.

На стенах висели фотографии старых американских кинозвезд. Единственным неамериканским предметом тут были знаменитые ножницы Греты, блестящая штуковина, о которой Грета всем желающим послушать рассказывала, что это японская модель «Ниигата-1000», стоит пятнадцать тысяч и продается с гарантией на весь срок использования.

Не прекращая размахивать ножницами, Грета подняла глаза.

— Ольсен? — спросил я.

— Привет, Рой. Он загорает.

— Знаю, я машину его видел. И где же его солнечный пляж?

Японские суперножницы клацнули в опасной близости от уха клиентки.

— Наверное, лучше его не беспокоить.

— Там? — Я показал на вторую дверь, где висел плакат с расплывшейся в улыбке девушкой в бикини.

— Он освободится через... — Она посмотрела на лежавший на столе возле двери пульт, — четырнадцать минут. Может, подождешь тут, а?

— Хм. Даже мужчины способны одновременно делать два дела, если одно из них — это загорать, а другое — разговаривать, согласна?

Кивнув женщине, которая сидела в кресле и смотрела на меня в зеркало, я открыл дверь.

И будто очутился в скверно снятом фильме ужасов. Единственным источником света в темном помещении был продолговатый ящик, наподобие гроба Дракулы, — сбоку у него была щель, откуда сочился синеватый свет. Таких капсул тут стояло две, а кроме них и стула, на спинке которого висели джинсы и светлая кожаная куртка Курта Ольсена, ничего не было. Лампы внутри капсулы угрожающе жужжали, отчего казалось, что вот-вот произойдет нечто жуткое.

Я пододвинул стул к капсуле.

До меня доносилась музыка из наушников. На секунду мне почудилось, что это Роджер Уиттакер и что я и впрямь попал в фильм ужасов, но потом я узнал «Take Me Home, Country Roads» Джона Денвера.

— Я пришел предупредить, — сказал я.

Человек внутри зашевелился, потом раздался глухой удар о дверцы ящика, и тот, кто был внутри, тихо чертыхнулся. Музыка стихла.

— Возможно, речь идет о насилии, — продолжал я.

— Вон оно что. — Голос Ольсена звучал будто из железной банки. Если он и узнал меня, то виду не подал.

— Один наш знакомый вступил в сексуальную связь с близкой родственницей, — сказал я.

— Продолжай.

Я помолчал. Может, оттого, что меня вдруг поразило, насколько эта сцена смахивает на католическую исповедь. Разве что нагрешил сейчас не я. Не в этот раз.

— Му, жестянщик, раз в неделю покупает посткоитальный контрацептив. Как тебе известно, у него есть дочка-подросток. На днях она купила такую же таблетку.

Я ждал, что ленсман Ольсен мне на это скажет.

— Почему раз в неделю и почему прямо здесь? — спросил он. — Почему бы не купить в городе сразу целую упаковку. Или не заставить ее принимать их курсом?

— Потому что каждый раз он думает, что это последний, — ответил я, — он надеется, что больше это не повторится.

В капсуле щелкнула зажигалка.

— Откуда ты это знаешь?

Из гроба Дракулы пополз сигаретный дымок. В синеватом свете он закручивался колечками и растворялся в темноте. Я старался подобрать слова. Меня мучило то же желание, что и Эгиля, — жажда признаться. Доехать до обрыва. И полететь вниз.

— Все мы думаем, что завтра станем лучше, — проговорил я.

— Скрывать такое у нас в деревне долго не получится, — сказал Ольсен, — и я не слыхал, чтобы Му в чем-то подозревали.

— Он разорился, — объяснил я, — сидит дома и мается без дела.

— Но он все еще не пьет, — похоже, Ольсен все-таки следил за ходом моих мыслей, — и даже если дела у тебя не очень, это еще не означает, что ты бросишься трахать собственную дочку.

— Или покупаешь раз в неделю посткоитальный контрацептив, — сказал я.

— Может, это для жены, чтобы та опять не забеременела. Или у дочки есть парень, и Му переживает за нее, — я слышал, как Ольсен затянулся сигаретой, — а упаковку он покупать не хочет, потому что боится, что тогда она будет трахаться направо и налево. Кстати, Му — пятидесятник.

— Этого я не знал, но вероятность инцеста от этого не исчезает.

Когда я произнес слово на «и», Ольсен зашевелился.

— Нельзя строить такие серьезные обвинения лишь на том факте, что человек покупает противозачаточные, — сказал он, — или у тебя еще что-то есть?

Что мне было сказать? Что в глазах у него я заметил стыд? Стыд, который я так хорошо знал, что других доказательств мне не требовалось?

— Я тебя предупредил, — сказал я, — и советую поговорить с его дочкой.

Может, про «советую» — это я зря сказал. Возможно, мне следовало догадаться, что Ольсен решит, будто я объясняю, как ему нужно работать. С другой стороны, может, я это и знал, но все равно сказал. Но во всяком случае тон у Ольсена изменился, а заговорил он на децибел громче:

— А я тебе советую в это не лезть. Но, говоря начистоту, у нас есть и более важные дела.

Судя по тону, ему хотелось добавить в конце фразы мое имя, но он сдержался. У него наверняка мелькнула мысль, что если впоследствии я окажусь прав, а ленсман при этом бездействовал, то отмазаться будет проще, если сказать, что информатор остался анонимным. Но на удочку я попался.

— И что это за важные дела? — спросил я и едва язык не прикусил.

— Тебя не касается. И предлагаю эти деревенские домыслы держать при себе. Нам тут лишние истерики не нужны. Идет?

Я сглотнул и поэтому ответить не успел, а когда собрался, в капсуле уже вновь пел Джон Денвер.

Я встал и вышел обратно в парикмахерскую. Грета с клиенткой переместились к раковине — болтали, пока Грета мыла ей голову. Я думал, голову моют перед стрижкой, но сейчас Грета, похоже, не стригла, а вела какую-то химическую войну против волос. По крайней мере, на раковине выстроились многочисленные тюбики и баночки. Меня никто не заметил. Я взял лежавший на столике возле двери пульт. Похоже, Ольсену оставалось десять минут. Я нажал кнопку над надписью: АВТОЗАГАР ДЛЯ ЛИЦА. На экране появилась шкала, где горело лишь одно деление. Я трижды нажал стрелку вверх, и шкала загорелась целиком. У нас в сфере услуг так принято: если уж клиент заплатил, то и обслужить его надо по высшему разряду.

Проходя мимо Греты, я услышал, как она говорит:

— ...сейчас наверняка ревнует, потому что он был влюблен в собственного младшего брата.

Когда Грета заметила меня, лицо у нее перекосилось, но я лишь кивнул и сделал вид, будто ничего не слышал.

На улице, вдыхая свежий воздух, я думал, что все это похоже на повтор. Все уже случалось прежде. Все это произойдет заново. И закончится так же.

# 11

Столько народу не собиралось даже на ежегодный сельский концерт. В большом зале в доме культуры мы расставили шестьсот стульев, но всем места не хватило, и многим пришлось стоять. Я обернулся и оглядел зал, словно выискивая кого-то глазами. Здесь были все. Мари и ее муж Дан Кране — он тоже осматривал зал. Типичный газетчик. Торговец подержанными автомобилями Виллум Виллумсен со своей элегантной женой Ритой, на голову выше его самого. Мэр Восс Гилберт, занимающий в придачу должность председателя нашего деревенского футбольного клуба «Ус ФК», впрочем, от этого в футбол никто лучше играть не стал. Эрик Нерелл со своей беременной женой Гру. Ленсман Курт Ольсен — его обожженное лицо светилось в толпе, словно красная лампа. Он с ненавистью посмотрел на меня. Грета Смитт притащила с собой мать с отцом. Я представил, как они стремительно шаркают по парковке к дверям. Наталия Му разместилась между родителями. Я попытался перехватить взгляд ее отца, но тот опустил глаза. Возможно, понял, что я обо всем догадался. Или, возможно, знал, что все в курсе его банкротства, и если он теперь надумает вложиться в отель, то его кредиторы в деревне воспримут это как издевку. Впрочем, он, скорее всего, просто посмотреть пришел, большинство присутствующих забрели сюда из любопытства, а не из желания стать инвесторами.

— Да, — сказал старый мэр Ос. — Столько народу в этом доме культуры я в последний раз видел в семидесятых, когда сюда приезжал проповедник Арманд. — Ю Ос оглядел с кафедры собравшихся. Высокий, худой и белый, как флагшток. Белоснежные кустистые брови с каждым годом становились все гуще. — Но это было в те времена, когда кинотеатр тут у нас соперничал с такими развлечениями, как целительство наложением рук и религиозные песнопения, к тому же это было бесплатно.

А вот и заслуженная награда — смешки в зале.

— Но сегодня вы пришли сюда послушать не меня, а одного из уроженцев нашей деревни — вернувшегося домой Карла Абеля Опгарда. Уж не знаю, спасет ли его проповедь наши души и подарит ли она нам вечную жизнь, — с этим разбирайтесь сами. Я согласился представить этого юношу и его проект, потому что сейчас, в сложившейся ситуации, любые свежие начинания жизненно важны для нас. Нам нужны новые идеи, нужен любой вклад. Однако и о традициях забывать не стоит — тех, что прошли проверку временем и по-прежнему живут на этой скудной, но прекрасной земле. Поэтому я прошу вас с открытым сердцем и здоровым скептицизмом выслушать молодого человека, доказавшего, что здешний сельский паренек тоже может немалого добиться в большом мире. Прошу, Карл!

Зал взорвался аплодисментами, но, когда на кафедру поднялся Карл, они почти стихли — хлопали Осу, но не ему. Карл был при костюме и галстуке, но пиджак снял, а рукава закатал. Дома он покрутился перед нами и спросил, как нам. Шеннон поинтересовалась, почему он снял пиджак, и я объяснил, что Карл насмотрелся выступлений американских президентов — те, выступая на фабриках, стремятся таким образом сблизиться с народом.

— Нет, они надевают ветровки и бейсболки, — возразила Шеннон.

— Важно разработать подход, — сказал Карл, — мы не хотим показаться самодовольными зазнайками. Ведь как ни крути, а мы тоже родом из этой деревни, где многие ездят на тракторах и носят резиновые сапоги. В то же время нам надо произвести впечатление серьезных профессионалов. На первое причастие тут без галстука не ходят — иначе тебя неправильно поймут. Пиджак у меня есть — это все увидят, но я его снял, и это означает, что я понимаю всю серьезность своей миссии, но также свидетельствует о том, что я деятельный и горю идеей.

— И не боишься запачкать руки, — добавил я.

— Именно, — согласился Карл.

По пути к машине Шеннон с улыбкой прошептала мне:

— А знаешь, я думала, это называется «не боишься, что под ногти грязь набьется». Неправильно, да?

— Смотря что хочешь сказать, — ответил я.

— Совсем скоро, — начал Карл, упершись обеими руками о кафедру, — я расскажу вам о сказке, в которую я вас приглашаю, но сперва скажу, что стоять на этой сцене перед односельчанами — это для меня немало, и я по-настоящему тронут.

Я чувствовал, что они выжидают. Раньше Карла здесь любили. По крайней мере те, чьи девушки не западали на него. По крайней мере того Карла, который уехал из деревни, здесь любили. Вот только прежний ли перед ними Карл? Живчик, рубаха-парень с белоснежной улыбкой и душа компании, заботливый паренек, у которого для каждого, будь ты мужчина или женщина, взрослый или ребенок, найдется доброе слово. Или же он стал таким, каким отрекомендовал сам себя в приглашении, — Master of Business? Горная птаха, летающая на таких высотах, где простые смертные дышать не могут. Канада. Империя недвижимости. Экзотическая, образованная жена с Карибских островов, тоже сидящая в зале и чересчур нарядная. Что же, обычная девушка из деревни ему уже не по вкусу?

— Я тронут, — серьезно повторил Карл, — потому что лишь сейчас я понимаю, каково это — стоять тут прямо как... — он театрально умолк и поправил галстук, — Род Стюарт.

Секунда — и публика захохотала.

Карл ослепительно улыбнулся. Теперь он чувствовал себя уверенным, уверенным в том, что они у него на крючке. Он положил обнаженные до локтей руки на кафедру, точно она принадлежала ему.

— Обычно сказка начинается со слов «жили-были». Но эта сказка еще не написана. А когда ее напишут, то начинаться она будет так: «Жили-были в одной деревне люди, которые однажды собрались в доме культуры, чтобы обсудить, какой отель они хотят построить». И говорим мы вот об этом отеле... — Карл нажал кнопку на пульте, и на экране у него за спиной появился рисунок.

В зале ахнули. Но я смотрел на Карла, смотрел на своего брата и видел, что он ожидал аханья более громкого. Или, точнее говоря, более восхищенного. Потому что, как я уже сказал, нам больше по душе камины и уют, а не вигвамы на луне. С другой стороны, в определенном изяществе этому отелю не откажешь. Что-то было особенное в пропорциях и линиях, некая универсальная красота, какую видишь, когда смотришь на кусок льда, белые барашки на море или отвесные скалы. Или на автозаправку. Но Карл понял, что убеждать собравшихся придется дольше. И я заметил, как он, что называется, перегруппировался. Собрался с силами. Приготовился к следующей атаке. Он принялся комментировать рисунок, рассказывать о зоне спа, спортивном зале, бассейнах, игровой комнате для детей, о разных категориях номеров, стойке администратора и лобби, ресторане. Подчеркивал, что здесь все будет высшего качества, что отель ориентирован в первую очередь на гостей с высокими требованиями. Иначе говоря, на толстосумов. И название у отеля будет такое же, как у деревни: «Высокогорный спа-отель "Ус"». Это название появится на всех новостных ресурсах. Название деревни станет равнозначно качеству, говорил он. Да, возможно, даже роскоши. Впрочем, роскошь эта будет доступна не только отдельным счастливчикам — семья с обычным доходом тоже сможет позволить себе провести там выходные, но для этого им придется скопить немного денег, и выходных этих они будут ждать как праздника. Название нашей деревни будет вызывать у людей радость. Карл улыбнулся, вроде как продемонстрировав эту самую радость. И мне показалось, что у него мало-помалу получается убедить их. Да, скажу больше — я даже воодушевление заметил среди собравшихся, а воодушевление среди местных — гость редкий. Но ахнули они во второй раз, лишь когда он назвал стоимость.

400 миллионов.

Ах! И температура в зале упала на сто градусов. Что все ахнут, Карл ожидал. Не ожидал только, что так громко.

Боясь потерять их, он заговорил быстрее. Сказал, что для тех, кто владеет неплодородными пастбищами и возделываемой землей, это выгодно уже потому, что благодаря отелю и строительству дач, которое последует позже, стоимость их недвижимости вырастет. То же касается тех, кто кормится за счет торговли и сферы услуг: отель и дачи приманят сюда покупателей. Причем покупатели эти будут при деньгах. И это даст деревне более существенную прибыль, чем сам отель.

Карл на секунду умолк. Публика притихла и замерла. Все точно забуксовали. А потом я со своего пятого ряда заметил какое-то движение. Будто флаг на флагштоке. Это был Ос — он сидел на переднем ряду, а его седая голова возвышалась над всеми остальными. Он кивал. Медленно кивал. И все это видели.

И тогда Карл решил разыграть козырь:

— Но все это возможно лишь в том случае, если построить отель и если отель этот будет работать. Кто-то должен вложиться. Согласиться рискнуть и вложить в этот проект деньги. На благо окружающих, на благо всех нас, кто живет в деревне.

Народ у нас в большинстве своем менее образованный, чем горожане. В интеллектуальных фильмах они, возможно, не все фишки просекают. Но подтекст они понимают. В Усе принято говорить не больше того, что нужно, и поэтому местные научились додумывать то, что не высказано. А сейчас невысказанное звучало бы так: если ты не примкнешь к совладельцам, значит, ты среди оставшихся, тех, кто пожинает плоды, сам при этом ничего не посеяв.

Другие тоже закивали. Вроде как заразились киванием.

А потом один из них заговорил. Это был Виллумсен — тот, кто продал папе «кадиллак».

— Если это такое хорошее вложение, то почему тебе, Карл, непременно понадобилось, чтобы мы все участвовали? Почему ты не хочешь снять сливки в одиночку? Или, по крайней мере, снять столько, сколько получится, а потом взять в долю еще пару богачей?

— Потому, — начал Карл, — потому что я не богач, да и среди вас таких мало. Да, я и впрямь мог бы откусить кусок побольше, и я заберу лишнее — если, конечно, что-то останется. Но когда я возвращался домой с этим проектом, то надеялся, что шанс поучаствовать получит каждый, а не только те, у кого есть деньги. Именно поэтому я и представлял себе все это как компанию с неограниченной имущественной ответственностью. Компания с неограниченной имущественной ответственностью предполагает, что совладельцем отеля каждый из вас сможет стать, ничего не потратив. Ни единого эре! — Карл ударил ладонью по кафедре.

Молчание. Я вполне способен был прочесть их мысли. «Что это за бредятина? Неужто пастор Арманд вернулся?»

Карл принес им Евангелие — благую весть о том, как можно приобрести, не потратившись. А они сидели и слушали мастера управления бизнесом.

— Это означает, — продолжал он, — что чем больше будет желающих участвовать, тем меньше риск для каждого из нас. И если участие примем мы все, то каждый из нас рискует лишь суммой, которая примерно равна стоимости машины. Ну, если машину покупать не у Виллумсена.

137

Смех. Сзади даже захлопали. Историю с «кадиллаком» знали все, и сейчас, похоже, никто не вспомнил, какая судьба ждала этот самый «кадиллак». Карл с улыбкой указал на поднятую руку.

Встал мужчина. Высокий. Такой же высокий, как Карл. Я поглядел на Карла и понял, что тот лишь сейчас его узнал. И возможно, пожалел, что дал ему слово. Симон Нергард. Он открыл рот. Два передних зуба были белее остальных. Может, конечно, я и ошибаюсь, но, по-моему, когда он заговорил, я услышал посвистывание — это свистела его ноздря из-за того, что кости носа неправильно срослись.

— Этот отель построят на земле, которой владеете ты и твой брат... — Он умолк, чтобы смысл сказанного дошел до остальных.

— Так?.. — громко и уверенно спросил Карл. Думаю, кроме меня, никто не заметил, что говорит он чересчур громко и чересчур уверенно.

— ...поэтому неплохо бы знать, что вы за это хотите получить, — сказал Симон.

— Получить за это? — Не поднимая головы, Карл обвел взглядом собравшихся.

Все вновь затихли. Теперь — и понял это не только я — выглядело все так, будто Карл старается выиграть время. По крайней мере, Симон это тоже понял, потому что, когда он снова заговорил, в голосе его слышалось ликование:

— Возможно, мастеру управления понятнее будет, если я скажу: цена.

Смешки. И тишина. Они выжидали. Собравшиеся подняли голову, словно звери на водопое, завидевшие льва, но когда лев этот еще находится на безопасном от них расстоянии.

Карл улыбнулся, склонился над документами и усмехнулся, как, бывает, смеются, когда кто-нибудь из односельчан сморозит глупость. Мой брат сложил документы в стопку и будто бы обдумывал, как правильнее ответить. Но я кожей это чувствовал. Быстро оглядевшись, я осознал, что все остальные тоже это чувствуют. Что все решится именно сейчас. Спина передо мной сделалась еще прямее. Шеннон. А когда я опять посмотрел на кафедру, Карл перехватил мой взгляд. И в его глазах я увидел сожаление. Он проиграл. Облажался. И семью опозорил. Мы оба это знали. Никакого отеля он не получит. А у меня не будет заправки, по крайней мере сейчас уж точно, — участка и здания я не получу.

— Мы за это ничего не получим, — проговорил Карл, — участок мы с Роем предоставим бесплатно.

Сперва я не поверил собственным ушам. И судя по Симону, он тоже не поверил.

Но потом по залу прокатился шепот, и я понял, что остальные слышали то же, что и я. Некоторые захлопали.

— Ну будет, будет, — Карл поднял руки, — до цели нам еще далеко. Сейчас нужно собрать достаточное количество подписей на заявлении о намерениях — так администрация муниципалитета поймет, что мы все заодно, и увидит, что наш проект — не вымысел. Погодите, погодите!..

Но в зале уже бушевали овации. Хлопали все. Кроме Симона. И кажется, Виллумсена. И меня.

— Мне пришлось! — сказал Карл. — Тут уж рискуй, или проиграешь — ты разве не понял?

Я шагал к машине, а он едва поспевал следом. Распахнув дверцу, я уселся за руль. Это Карл предложил, чтобы мы поехали сюда на моем «Вольво-240» стального цвета, а не на его дорогущей тарантайке. Он еще и дверцу пассажирского сиденья не захлопнул, как я уже повернул ключ зажигания, надавил педаль газа и отпустил сцепление.

— Да, Рой, мать же твою!

— Это мою мать? — заорал я, поправляя зеркало. Дом культуры скрылся за поворотом. Шеннон на заднем сиденье испуганно смотрела на нас. — Ты обещал! Сказал, если они спросят про стоимость участка, ты им скажешь! Трепло ты!

— Рой, да пошевели мозгами! Ты же все видел — и не вздумай врать, я как посмотрел на тебя, понял, что ты все видишь. Я, конечно, мог взять и сказать: а, ну да, Симон, если уж ты спросил, то скажу честно — за этот кусок скалы мы с Роем получим сорок миллионов, — и тогда прощай отель. Уж на заправку тебе точно денег не хватило бы.

— Ты соврал!

— Соврал, да. И поэтому у тебя по-прежнему есть возможность купить заправку.

— Какая, на хер, возможность? — Я поддал газу, чувствуя, как колеса вгрызаются в гравий. Мы повернули на шоссе. Застрявшие в шинах камешки заскрипели по асфальту, а с заднего сиденья послышался испуганный крик. — Это через десять лет, что ли, когда отель начнет хоть как-то окупаться? — Я вжал педаль газа в пол. — Проблема в том, Карл, что ты наврал! Наврал и отдал им участок — мой участок — бесплатно!

— Возможность у тебя появится не через десять лет, а самое позднее — через год, башка твоя тупая.

«Тупая башка» — это для нас с Карлом почти что ласково, поэтому я понял, что он запросил перемирия.

— С какой стати через год-то?

— Тогда мы начнем продавать участки под дачи.

— Участки под дачи? — Я ударил по рулю. — Господи, Карл, да забудь ты про эти дачи! Ты разве не слыхал, что власти запретили строительство дач?

— Да ладно?

— Да! Муниципалитету от этих дач одни расходы.

140

— Разве?

— Ну ясное дело! Дачники платят налоги по месту жительства, а если они приезжают сюда в среднем шесть раз за год на выходные, то денег приносят мало, зато расходов не оберешься. Вода, канализация, вывоз мусора, уборка снега. Ко мне дачники заезжают заправиться и перекусить, и заправке от этого прибыль, и еще нескольким магазинам, но для муниципалитета это капля в море.

— Но я этого и правда не знал.

Я искоса взглянул на него, и он ухмыльнулся в ответ — вот зараза, естественно, все он знал.

— С муниципалитетом поступим так, — заговорил Карл, — продадим им теплые постели. Вместо холодных.

— В смысле?

— Дачи — это холодные постели, девять из десяти выходных они пустуют. Отели — это постели теплые. В них круглый год спят гости, которые оставляют деньги, но убытков за ними нет. Теплые постели — голубая мечта любого региона. Они забудут все свои запреты на строительство и еще упрашивать тебя будут, чтобы ты тут что-нибудь построил. Так обстоят дела в Канаде, и тут все так же. Но мы с тобой заколачивать деньги будем не на отеле. Мы начнем продавать участки под дачи. А мы начнем — это точно, потому что местным властям предложим сделку тридцать — семьдесят.

— Тридцать — семьдесят?

— Мы им отдадим тридцать процентов теплых постелей, а взамен попросим разрешение на строительство семидесяти процентов холодных.

Я сбавил скорость.

— Вон оно что. И по-твоему, у нас получится?

— Обычно они соглашаются, если все наоборот — семьдесят процентов теплых постелей против тридцати холодных. Но представь, что на следующей неделе будет происходить в администрации муниципалитета. Они как раз сядут обсуждать, что станется с деревней после того, как шоссе перестроят, а тут я и подоспею с проектом отеля — это притом, что вся деревня решила, что отель нам нужен. А они посмотрят на кресло, где сидит Авраам Линкольн — смотрит и одобрительно кивает.

Линкольном папа называл Ю Оса. Да, я все это живо себе представлял. Да они тогда Карлу все, что ни попроси, отдадут.

Я взглянул в зеркало:

— Что скажешь?

— Что я скажу? — Брови у Шеннон поползли вверх. — Скажу, что ты водишь, как чокнутый придурок.

Ее глаза встретились с моими. И нас разобрал смех. Вскоре мы уже смеялись втроем, а я так хохотал, что Карл положил руку на руль и рулил за меня. Отсмеявшись, я снова взялся за руль, сбавил скорость и свернул на серпантин, поднимающийся к нашей ферме.

— Смотрите, — сказала Шеннон.

Мы посмотрели.

Дорогу перегораживала машина с мигалкой. Мы чуть притормозили, и свет передних фар выхватил фигуру Курта Ольсена — скрестив на груди руки, он стоял, облокотившись на свой «лендровер».

Окончательно я затормозил, лишь когда бампер почти уперся ему в коленки. Но Ольсен и бровью не повел. Он подошел к моей дверце, и я опустил стекло.

— Проверка на алкоголь, — он направил луч фонарика мне прямо в лицо, — выходи из машины.

— Выйти? — Я прикрыл ладонью глаза. — Я могу и отсюда в трубку дунуть.

— Выходи, — повторил он. Жестко, но спокойно.

Я посмотрел на Карла. Он дважды кивнул. Первый раз — чтобы я сделал так, как говорит Ольсен, а второй — что он меня подстрахует.

Я вылез из машины.

— Видишь ее? — Ольсен показал на кривоватую бороздку на щебенке. Я догадался, что он провел ее каблуком своего ковбойского сапога. — Пройдись-ка по ней.

— Ты чего, издеваешься?

— Нет, Рой Калвин Опгард. Я-то как раз не издеваюсь. Начнешь вот отсюда. Вперед.

И я повиновался. Просто чтобы побыстрее положить этому конец.

— Эй, осторожнее, не отлынивай, — сказал Ольсен, — давай-ка заново, медленно. Ногу на линию. Представь, что это канат.

— Какой еще канат? — Я снова двинулся вперед.

— Какие протягивают над пропастью. Например, над пропастью, где случаются камнепады, так что те, кто считает себя экспертом, пишут отчеты о том, что проводить расследование в таких местах опасно. Но один неверный шаг, Рой, и ты упадешь.

Не знаю, в чем было дело, — может, потому, что мне пришлось вышагивать перед ним, как марионетка, или потому, что мне мешал свет фонарика, но удерживать равновесие стало вдруг дико трудно.

— Ты же знаешь, что я за рулем не пью, — сказал я, — так в чем дело-то?

— За рулем ты не пьешь, это верно. Чтобы твой брат пил за двоих. И поэтому, мне кажется, тебя следует опасаться. Тот, кто не пьет, что-то скрывает, верно? Он боится, что спьяну разболтает свою тайну. Сторонится людей и не ходит на праздники.

— Если решил покопаться в грязном белье, Ольсен, покопайся у жестянщика Му. Или у него ты уже побывал?

— Засунь этот дешевый приемчик себе в задницу, Рой. Решил, что я поведусь и про тебя забуду? — Холодное спокойствие постепенно испарялось из его голоса.

— По-твоему, положить конец насилию — это дешевый приемчик? Лучше потратить время и проверить тех, кто не пьет, на алкоголь, да?

— Ой, ты сошел с линии, — сказал Ольсен.

Я посмотрел вниз:

— Ни хера подобного.

— Вот, гляди. — Он посветил на землю. Возле бороздки виднелся отпечаток сапога. Ковбойского сапога. — Поедешь со мной.

— Прекращай, Ольсен, тащи сюда трубку!

— Алкотестер у меня сломался — кто-то понажимал на нем кнопки, вот он и вышел из строя. Ты провалил проверку на равновесие, а в нашем случае эта проверка все решает. Но как тебе известно, клетка у нас в отделении уютная, там ты врача и дождешься, а он возьмет у тебя кровь на анализ.

Я недоверчиво уставился на него. Настолько недоверчиво, что он подбородком прижал фонарик к груди и захохотал: «У-ху-ху!» — прямо как привидение.

— Ты поосторожнее давай с фонариком, — посоветовал я, — похоже, ты и так уже порядком обгорел.

Если Ольсен и разозлился, то виду не подал. По-прежнему со смехом он отцепил висевшие на поясе наручники:

— Повернись-ка, Рой.

# Часть III

## 12

Я подслушал это в дырку для печной трубы как-то вечером. Мне было шестнадцать, и приглушенная болтовня внизу на кухне почти убаюкала меня. Говорила, по обыкновению, мама — обсуждала предстоящие дела и планы. Ничего особо важного. Мелкие повседневные заботы. Папа отвечал в основном «да» и «нет», довольно часто не соглашаясь с мамой. Тогда он перебивал ее и коротко рассказывал, как и что следует делать или не делать. Как правило, голоса он не повышал, но после этого мама ненадолго умолкала. А потом снова говорила, но уже о чем-то другом, будто первую тему и не поднимала. Да, это, наверное, странно, но собственную мать я толком и не знал. Может, потому, что я ее не понимал, потому, что она была мне неинтересна, или оттого, что рядом с папой она как-то меркла и для меня будто бы переставала существовать. Конечно, странновато не знать, что думает и чувствует самый близкий тебе человек, та, что дала тебе жизнь, та, что на протяжении шестнадцати лет каждый день была рядом. Была ли она счастлива? О чем мечтала? Почему если с папой она разговаривала, то с Карлом — совсем чуть-чуть, а со мной — почти никогда? Может, она так же мало понимала меня, как я — ее?

Лишь один-единственный раз заглянул я в душу той, кого привык видеть в хлеву, на кухне, чинящей одежду и говорящей, чтобы мы слушались папу, — это было тем вечером в Гранд-отеле, когда праздновали пятидесятилетие дяди Бернарда. После ужина в зале, украшенном в стиле рококо, взрослые отправились танцевать под музыку, которую играли трое толстяков в белых пиджаках. Пока Карлу показывали отель, я сидел за столом и наблюдал, как мама танцует. Такой я ее еще не видел — с мечтательной полуулыбкой и слегка затуманенным взглядом. До меня впервые в жизни дошло, что мама-то у меня красивая, — и вот моя красавица-мама сидела и напевала что-то себе под нос, а ее платье было прямо под цвет выпивки в стоявшем перед ней бокале. Обычно мама выпивала лишь под Рождество, да и тогда только стопку аквавита. А потом мама с особой теплотой в голосе предложила отцу потанцевать. Он покачал головой, но улыбнулся — наверное, видел в ней то же, что и я. И тут к нашему столу подошел какой-то мужчина чуть моложе папы и пригласил маму на танец. Папа пригубил пиво, кивнул и улыбнулся — будто бы с гордостью. Сам того не желая, я смотрел на танцпол, на маму. Я надеялся, что неловко за нее мне не будет. Она что-то сказала своему партнеру, тот кивнул, и они принялись танцевать. Сперва мама танцевала на порядочном расстоянии от него, потом прижалась теснее, потом, наоборот, отступила назад. Сначала быстро, потом медленно. Мама и впрямь умела танцевать, а ведь я об этом и не догадывался. Но я заметил и еще кое-что. На незнакомца она смотрела, полузакрыв глаза и по-прежнему улыбаясь, словно кошка, играющая с мышкой, которую собирается прикончить, но попозже, не сейчас. Я заметил, что папа заерзал и понял вдруг, что это не мужчина — незнакомец, это ее я совсем не знаю — ту, кого называю мамой.

Потом все закончилось, и она снова села с нами. Позже, тем же вечером, когда Карл заснул у меня под боком, я услышал в коридоре голоса. Мамин я узнал, хоть говорила она неестественно громко и резко. Я вылез из кровати и едва заметно приоткрыл дверь, но все же достаточно, чтобы их было видно. Они остановились возле двери в свой номер. Папа что-то сказал, мама подняла руку и влепила ему пощечину. Папа схватился за щеку и проговорил еще что-то, тихо и спокойно. Мама занесла другую руку и наградила его еще одной пощечиной, а затем, вырвав у него ключ, отперла дверь и скрылась в номере. Папа, немного сгорбившись, потирал щеку и поглядывал в мою сторону. Он казался печальным и одиноким, как ребенок, потерявший любимого плюшевого мишку. Может, он и не видел, что я подглядываю, но та приоткрытая дверь позволила мне заглянуть в отношения между мамой и папой. Кое-чего я недопонимал. И был не уверен, что хочу понимать. А на следующий день, когда мы вернулись домой, в Ус, все вернулось на свои места. Мама разговаривала с папой обычным голосом, ровным и деловым, а он отвечал «да», иногда — «нет» или кашлял, когда она чересчур долго молчала.

В тот вечер я прислушался, потому что тогда, после долгого молчания, заговорил отец. И звучал его голос так, словно эту речь папа долго готовил. Он и говорил тише обычного. Да, почти шептал. Мои родители, разумеется, знали, что в отверстие для трубы их слышно даже в нашей спальне, но насколько хорошо слышно, они не представляли.

Дело в самой трубе — она усиливала звук, так что наверху ощущение было такое, будто сидишь на кухне рядом с ними, и об этом мы с Карлом решили предусмотрительно умолчать.

— Сегодня на лесопилку Сигмунд Ольсен заходил, — сказал он.

— И что?

— Кто-то из учительниц Карла обратился к нему с просьбой разобраться.

— В чем?

— Она сказала Сигмунду, что два раза замечала сзади на штанах у Карла пятна крови. А когда она спросила Карла, что произошло, он дал ей, как она сама говорит, «неправдоподобное объяснение».

— Это какое? — Мама тоже заговорила тише.

— Об этом Ольсен говорить не хотел. Сказал, ему надо побеседовать с Карлом. Но перед тем как беседовать с детьми, которым еще нет шестнадцати, они обязаны родителям сообщить.

Меня словно ледяной водой окатили.

— Ольсен сказал, что, если Карл захочет, мы сможем тоже присутствовать при разговоре. И по закону Карл ничего объяснять не обязан — это чтоб мы знали.

— А ты что сказал? — шепотом спросила мама.

— Что мой сын, естественно, отказываться от разговора с полицейскими не будет. Но сначала нам надо самим с ним поговорить, и тогда неплохо бы знать, чего такого неправдоподобного Карл наговорил учительнице.

— А ленсман на это что?

— Он вроде как замялся. Сказал, что Карл учится в одном классе с его сыном, как уж его зовут?

— Курт.

— Ага, с Куртом. И поэтому ему известно, что Карл — мальчик честный и не трус, и лично он Карлу верит. Учительница, мол, сама только что училище закончила, а им там сейчас всякое в голову вбивают, вот им потом и чудится невесть что.

— Ну, ясное дело, господи. Так что Карл учительнице-то сказал?

— Сказал, что за амбаром у нас доски сложены, так он сел на них, а там гвоздь торчал.

Я ждал следующего маминого вопроса. *Два раза?* Но она молчала. Знала? Понимала? Я сглотнул.

— Но боже ж ты мой, Раймонд, — только и сказала она.

— Да, — ответил отец, — доски эти давно пора бы убрать. Завтра и займусь. И давай поговорим с Карлом. Если он поранился и нам не сказал, это никуда не годится. А вдруг гвоздь ржавый был? Тогда Карл и заражение крови заработать может, и чего похуже.

— Да, надо с ним поговорить. И скажи Рою, чтобы лучше следил за братишкой.

— А вот это лишнее. Рой и так на него не надышится. Мне даже кажется, он как-то слишком с ним носится.

— Слишком?

— Так обычно с женой носятся, — сказал папа. Молчание. Вот сейчас, подумал я.

— Карлу бы самостоятельности научиться, — продолжал папа, — по-моему, пора их по разным комнатам расселить.

— Но у нас же места нет...

— Брось, Маргит. Ты вроде как хотела ванную между спальнями, но ты же понимаешь, что на нее у нас денег не хватит. Зато если пару стен передвинуть, то получится еще одна спальня и выйдет дешевле. Это я устрою недели за две-три.

— Ты серьезно?

— Ага. Прямо после выходных и займусь.

Он, ясное дело, все решил задолго до этой беседы с мамой. И плевать он хотел на наше с Карлом мнение. Я сжал кулак и беззвучно выругался. Как же я его ненавидел. Я надеялся, что Карл не расколется, но этого недостаточно. Ленсман. Школа. Мама. Папа. Дело вышло из-под контроля, потому что если каждому известно чуть-чуть, то вскоре все обо всем догадываются. А значит, скоро волна стыда накроет нас и смоет прочь. Стыд, стыд, стыд. Невыносимо. Этого *никто* из нас не выдержит.

# 13

Ночь «Фритца».

Мы с Карлом ту ночь ни разу не обсуждали, но про себя я ее всегда так называл.

Те сутки начались как осенний день. Мне было двадцать, и прошло уже два года с тех пор, как мама с папой сорвались с обрыва.

— Тебе сейчас получше? — спросил Сигмунд Ольсен и взмахнул удочкой. Леска взметнулась вверх и вперед, а катушка издала странное стрекотание, будто какая-то неведомая мне птица.

Я не ответил. Я молча наблюдал за приманкой — блеснув на солнце, она скрылась под водой, так далеко от лодки, в которой мы сидели, что я даже всплеска не слышал. Меня тянуло спросить, какой смысл закидывать приманку так далеко, когда ты и так уже забрался на лодке бог весть куда. Может, если приманка ложится на воду горизонтально, то она больше похожа на живую рыбу? Сам я в рыбалке ничего не смыслил. И узнавать ничего не собирался. Поэтому я промолчал.

— Иногда кажется, что это неправда, но на самом деле, когда говорят, что время лечит, не врут. — Ленсман отбросил с очков похожие на швабру волосы. — По крайней мере, некоторые раны оно лечит, — добавил он.

Что на это сказать, я не знал.

— Как там Бернард? — поинтересовался он.

— Хорошо. — Я же не думал, что дяде осталось несколько месяцев.

— Я тут узнал, что вы с братом почти все время живете в Опгарде, а у Бернарда нечасто бываете, хотя служба опеки решила, что вы будете жить у него.

И на это я тоже ответа не нашел.

— Но сейчас вы уже совсем взрослые, так что это не важно, и я цепляться к вам не стану, — сказал он. — Карл же в старшем классе учится, да?

— Ну да, — ответил я.

— А у него все хорошо?

— Да. — А что еще сказать? Да и не соврал я. Карл говорил, что все еще скучает по маме, бывало, он просиживал целыми днями в зимнем саду — делал там уроки и перечитывал два американских романа, которые отец привез в Норвегию, — «Американскую трагедию» и «Великого Гэтсби». Вообще-то, художественные книжки он не читал, а эти две обожал, особенно «Американскую трагедию», и иногда по вечерам я садился рядом, и тогда он читал мне вслух, а сложные слова переводил.

Какое-то время он утверждал, будто слышит мамины и папины крики в Хукене, но я говорил, что это во́роны кричат. И я встревожился, когда он сказал, что ему приснился кошмар, будто мы оба угодили в тюрьму. Однако немного погодя это прошло. Карл по-прежнему был бледный и худой, но ел, и спал, и тянулся вверх, и вскоре вырос выше меня.

Кто бы мог подумать, что все потихоньку устаканится. Встанет на свои места. Верилось с трудом, но конец света нас не тронул, мы выжили. По крайней мере некоторые из нас. А погибшие — может, это то самое, что отец называл «collateral damage»?[1] Случайные смерти, которых не избежать, если хочешь выиграть войну? Не знаю. Я даже не уверен, что войну мы выиграли, но, по крайней мере, перемирие заключили. А если перемирие длится долго, его запросто можно спутать с миром. Так было и в тот день перед ночью «Фритца».

— Я сюда и с Куртом плавал, — сказал Ольсен, — но его, похоже, рыбалка не интересует.

— Да ладно! — словно удивился я.

— Ну да. Честно сказать, ему, по-моему, вообще неинтересно все, чем я занимаюсь. А ты сам-то, Рой, механиком собираешься работать?

Зачем он притащил меня сюда, на озеро Будалсваннет, я не понимал. Может, думал, что так мне будет спокойнее. Я расслаблюсь и сболтну что-нибудь, чего не сказал в участке. Или, возможно, он, как ленсман, и впрямь чувствовал ответственность за нас и ему хотелось узнать, как мы живем.

— Ага. А почему бы и нет? — ответил я.

— Ты всегда любил гайки крутить, — сказал он, — а у Курта сейчас только девушки на уме. И каждый раз разные. А у вас с Карлом как по этой части? Встречаетесь с кем-нибудь?

Я высматривал в темной воде приманку, и его вопрос повис в воздухе.

— У тебя же еще девушки не было, да?

Я пожал плечами. Одно дело — спросить двадцатилетнего парня, встречается ли он с кем-нибудь, и совсем другое — была ли у него

1 «Сопутствующие повреждения» (англ.).

*когда-нибудь* девушка. И Сигмунд Ольсен это отлично понимал. Интересно, сколько ему было, когда он завел эту прическу? Видно, с ней он пользовался успехом.

— Пока не встретил никого, ради кого стоит стараться, — сказал я, — а заводить девушку, просто чтобы была, неохота.

— Разумеется, — поддакнул Ольсен, — а некоторым вообще девушка не нужна. Каждый волен поступать как ему нравится.

— Ага, — согласился я. Если бы он только знал. Но, кроме Карла, не знал никто.

— Главное, чтобы это другим не мешало, — продолжал Ольсен.

— Ясное дело. — Я все думал, к чему же он ведет. И долго ли нам еще рыбачить.

У меня в мастерской стояла машина, которую требовалось починить к следующему утру. И как по мне, то мы ушли чересчур далеко от берега. Озеро Будалсваннет большое и глубокое, папа в шутку называл его великой тайной — ничего больше похожего на море у нас не было. В школе нам рассказывали, что ветер и три реки, впадающие в озеро и вытекающие из него, образуют горизонтальные течения, но самое опасное — это сильные вертикальные течения, которые, особенно часто весной, образуются из-за большой разницы между температурой разных слоев воды. Уж не знаю, могут ли они засосать тебя на дно, если тебе в марте вздумалось бы окунуться, но в классе мы сидели с широко открытыми глазами и представляли себе именно это. Возможно, именно поэтому мне не нравился Будалсваннет — и плавать не нравилось ни в нем, ни по нему. Поэтому тестировать снаряжение для дайвинга мы с Карлом отправились на одно из более мелких горных озер, где никаких течений нет и где, даже если лодка перевернется, можно легко доплыть до берега.

— Помнишь, сразу после смерти твоих родителей мы с тобой разговаривали и я еще сказал, что многие о своей депрессии не говорят? — Ольсен вытянул из воды леску, с которой капала вода.

— Да, — сказал я.

— Правда? Какая у тебя память хорошая! Вообще-то, я по себе знаю, что такое депрессия.

— Серьезно? — Я притворился удивленным. Надеялся, что он только это и хочет мне рассказать.

— Ага, я и таблетки принимал, — он с улыбкой посмотрел на меня, — даже премьер-министры в таком признаются, мне-то чего скрывать? К тому же дело это давно было.

— Надо же.

— Но наложить на себя руки мне даже в голову не приходило, — сказал он, — а знаешь, что могло бы меня заставить пойти на такое? Чтобы я умер и оставил жену и двоих детей?

Я сглотнул. Что-то говорило мне о том, что перемирие под угрозой.

— Стыд, — сам ответил он, — а ты как думаешь, Рой?

— Я не знаю.

— Не знаешь?

— Нет. — Я шмыгнул носом. — А кого, кстати, вы тут ловите? — Я кивнул на озеро. — Треску и камбалу? Сайду и лосося?

Ольсен щелкнул катушкой, — кажется, заблокировал ее и воткнул удочку между дном лодки и этой штуковиной, на которой сидишь. Он снял темные очки и, взявшись за ремень, поддернул джинсы. На ремне у него висел мобильник в чехле, и Ольсен часто смотрел на него.

Ленсман уставился на меня.

— Родители твои были людьми консервативными, — сказал он, — верующими.

— Не факт, — возразил я.

— Они состояли в методистской церкви.

— По-моему, отец туда вступил просто потому, что это в Штатах популярно.

— К гомосексуалистам твои родители особой любви не питали.

— Мама к ним нормально относилась, а папа вообще себя ничьим сторонником не считал. Кроме тех, кто живет в Штатах и голосует за республиканцев.

Я не шутил — папа сам говорил это, слово в слово. Я лишь умолчал о том, что чуть позже папа проникся уважением к японским солдатам, потому что те, по словам папы, были достойными противниками. Он так это говорил, будто и сам воевал. Особенно восхищался папа обычаем харакири — видать, полагал, что так поступают при необходимости все японские солдаты. «Посмотри, на что способен такой маленький народ, — сказал однажды папа, натачивая охотничий нож. — Когда у тебя не остается права на ошибку, когда понимаешь, что ошибся, ты должен вырезать себя из тела общества, словно раковую опухоль». Я мог бы рассказать об этом Ольсену, но зачем?

Ольсен кашлянул:

— А сам ты как к гомосексуалистам?

— Отношусь? А чего, обязательно как-то относиться? Это все равно что спросить — а как ты относишься к брюнетам?

Ольсен снова достал удочку и подкрутил леску. Я вдруг осознал, что таким же жестом мы просим людей продолжать рассказ — мол, давай поподробнее. Однако я молчал.

— Ладно, Рой, давай начистоту. Ты гей?

Не знаю, почему он теперь говорил не «гомосек-суалист», а «гей» — может, считал это чуть менее мерзким. Я посмотрел в воду. Там, в глубине, блестел железный крючок, слегка матовый и размытый, будто свет в воде двигался медленнее.

— Вы чего, Ольсен, запали на меня?

Этого он точно не ожидал. Бросив подкручивать леску, он поставил удочку и с ужасом уставился на меня:

— Чего-о? Что за херня, нет, я...

В ту же секунду крючок выпрыгнул из воды и, пролетев у нас над головой, будто летучая рыба, маятником качнулся обратно и стукнул Ольсена по затылку. Но швабра волос у него на голове была ворсистой, так что ленсман, похоже, ничего не заметил.

— Если я и гей, — начал я, — то еще и сам этого не понял, потому что иначе и вы, и все остальные в деревне об этом через пятнадцать минут узнали бы. А этого не произошло, значит, я и сам об этом пока не догадываюсь. Есть и второй вариант — я не гей.

Сперва Ольсен возмущенно таращился на меня, но потом вроде как переварил.

— Я ленсман, Рой. Твоего отца я знал, и с самоубийством он у меня не вяжется. А уж то, что он утянул с собой и твою маму, — и подавно.

— Потому что это не самоубийство, — тихо проговорил я, хотя в голове моей эти слова отозвались криком. — Я же говорил: он просто не вписался в поворот.

— Возможно. — Ольсен потер подбородок.

Что-то он все-таки накопал, мудак.

— Два дня назад я говорил с Анной Олауссен, — сказал он, — старой медсестрой из медпункта, ну, ты знаешь. Она сейчас в доме престарелых, у нее «альцгеймер». Они с моей женой — троюродные сестры, поэтому мы заехали навестить ее. Пока моя жена ходила за водой, чтобы цветы в вазу поставить, Анна призналась, что ее всегда мучило кое-что. То, что она не нарушила врачебную тайну и не сообщила мне, когда твой брат Карл обратился к ней в медпункт с кровотечением в заднем проходе. Рассказывать, что случилось, твой брат отказался, но вариантов тут мало. С другой стороны, когда Анна спросила его, был ли у него половой акт с мужчиной, он спокойно ответил, что нет, не было, и Анна решила, что, наверное, о насилии тут и впрямь речи не идет. Карл был такой... — Ольсен посмотрел на озеро. Крючок с приманкой зацепился ему за волосы. — Смазливый. Прямо как девушка.

Он опять повернулся ко мне:

— Но хотя мне Анна и не сообщила, с твоими родителями она все же поговорила — так она сказала. А спустя два дня после их разговора твои родители разбились.

Он буравил меня глазами, и я отвернулся. Над озером, высматривая добычу, низко пролетела чайка.

— Как я уже сказал, с головой у Анны не очень, и безоговорочно верить ее словам нельзя. Но я сопоставил то, что узнал, с заявлением одной учительницы. Пару лет назад она сообщила мне, что видела сзади на штанах у Карла кровь, причем случалось это два раза.

— Гвоздь, — тихо пробормотал я.

— Прости, не расслышал?

— Гвоздь!

Мой голос пронесся над странно затихшей водой, ударился о скалу и дважды вернулся ко мне. *Оздь... Оздь...* «Все возвращается», — подумал я.

— Рой, я надеялся, ты поможешь мне понять, почему твои мама и папа не хотели больше жить.

— Это был несчастный случай, — сказал я, — давайте возвращаться, а?

— Рой, ты же понимаешь, что я это так не оставлю. Однажды тайное станет явным, поэтому для тебя же лучше прямо сейчас рассказать о ваших с Карлом отношениях. Юридически эта наша рыбалка допросом не считается. Мы с тобой просто вместе рыбу ловим, верно? Я постараюсь, чтобы все задействованные в этом отделались малой кровью, и, если ты будешь сотрудничать, я попытаюсь смягчить наказание. Потому что сейчас все свидетельствует о том, что началось это, когда Карл был несовершеннолетним, ты на год старше, а значит, рискуешь...

— Слушайте, — перебил я его. Горло перехватило, и голос звучал так, словно я в печную трубу говорю: — У меня машина стоит, которую чинить надо, а у вас, ленсман, сегодня, похоже, не клюет.

Ольсен долго смотрел на меня — точно хотел, чтобы я думал, что он меня как открытую книгу читает. Потом он кивнул и собрался было положить удочку на дно лодки, но тут крючок пробился сквозь белобрысую швабру у него на голове и впился в загорелую кожу. Ухватившись двумя пальцами за крючок, Ольсен выдернул его, а на коже выступила капля крови — она подрагивала, но оставалась на месте. Ольсен завел подвесной мотор, и спустя пять минут мы уже затаскивали лодку под навес возле их заколоченной на зиму дачи. Потом мы уселись в «пежо» Ольсена и двинулись по направлению к деревне и мастерской. Эти пятнадцать минут мы молчали.

Я уже с полчаса провозился с «короллой» и собирался менять рулевую рейку, когда телефон на мойке зазвонил. А потом раздался голос дяди Бернарда:

— Рой, к телефону! Тебе Карл звонит.

Я побросал все, что было у меня в руках, и бросился к телефону. Мы обычно звонили, только если что-то произошло.

— Что случилось? — Я старался перекричать шум бьющей из шланга воды — в зависимости от того, на какую часть машины дядя Бернард направлял шланг, звук менялся.

— Ленсман Ольсен! — Голос у Карла дрожал.

Я понял — что-то и впрямь случилось, и собрался с силами. Неужто этот подонок уже растрепал всем о своих подозрениях, будто я трахаю Карла?

— Он исчез, — сказал Карл.

— Исчез? — Я рассмеялся. — Бред. Я его меньше часа назад видел.

— Точно говорю. И он, кажется, мертв.

Я вцепился в телефон:

— Что значит — кажется, мертв?

— Точно я не знаю — говорю же, он исчез. Но я это чувствую, Рой. Я почти уверен, что он мертв.

В голове по очереди пронеслись три мысли. Первая: у Карла крыша поехала, по голосу не похоже, что он пьяный, и, хотя он довольно чувствительный, он не из тех, кто *видит* то, чего нет. Вторая: будет охренеть как забавно, если ленсман Сигмунд Ольсен исчез с лица земли как раз в тот момент, когда я об этом мечтаю. Третья: история с Догом повторяется. Выбора у меня не оставалось. Предав младшего брата, я остался его должником, и долг этот мне выплачивать до конца жизни. Просто пришло время очередного платежа.

# 14

— Вообще-то, я полицейским не собирался становиться, — сказал Курт Ольсен, ставя передо мной чашку кофе. Он отбросил упавшую на глаза светлую челку.

Мы сидели в помещении, похожем на камеру, которую, видимо, использовали еще и под склад, потому что вдоль стен тянулись стопки папок и документов. Похоже, те, кто сидел тут во время предварительного заключения, коротали дни, знакомясь с собственным послужным списком.

— Но когда отец исчез, все изменилось, — добавил Курт Ольсен, — когда твоей отец покидает тебя, такое часто бывает, верно?

Я отхлебнул кофе. Он притащил меня сюда, чтобы мне взяли анализы на содержание алкоголя в крови, зная, что анализ будет отрицательный, а теперь, значит, предлагает перемирие? Ну ладно.

— Ты взрослеешь за ночь, — сказал Курт, — потому что должен. И понимаешь, какая на нем лежала ответственность и как ты сам делал все, чтобы усложнить ему работу. Ты плевать хотел на все его советы, плевать хотел на его слова, из кожи лез, чтобы не стать таким, как он. Возможно, потому, что где-то в глубине души ты знаешь, что именно таким в конце концов и станешь. Копией отца. Потому что мы двигаемся по кругу. И придешь ты туда, откуда появился. Так со всеми бывает. Знаю, ты интересовался горными птицами. Ты подарил однажды Карлу перо, а он притащил это перо в школу, и мы Карла задразнили. — Курт улыбнулся, словно вспомнив о чем-то особенно дорогом. — Взять этих твоих птиц, Рой. Они перелетают с места на место. Так и называются — перелетные. Но они никогда не летят туда, где прежде не бывали сами или их предки. Они вьют гнезда и высиживают яйца на тех же самых местах и в то же самое время. Свободен как птица? Ну да, ну да. Мы сами это и выдумали, просто потому, что нам нравится в это верить. Мы движемся по одному и тому же проклятому кругу, мы — птицы в клетке,

160

только клетка просторная, а решетка тонкая, и поэтому мы ее не замечаем. — Он взглянул на меня, словно желая убедиться, что его монолог произвел на меня впечатление.

Я хотел было медленно закивать, но передумал.

— Со мной и с тобой, Рой, происходит то же самое. Большие и маленькие круги. Я работаю в том же полицейском участке, что и мой отец, — это большой круг. И подобно тому как он все время возвращался к своему единственному нераскрытому делу, я сейчас возвращаюсь к моему — это круг маленький. Его нераскрытое дело — это гибель твоих родителей. А мое — это исчезновение собственного отца. Есть в них некое сходство, не находишь? Двое отчаявшихся или убитых депрессией мужчин лишают себя жизни.

Я пожал плечами и сделал вид, будто мне все равно. Мать же вашу, так, значит, он все это замутил из-за исчезновения ленсмана Сигмунда Ольсена?

— Но в случае с моим отцом не существует ни тела, ни места, — добавил Курт, — только озеро.

— Великая тайна. — Я медленно закивал.

Курт испытующе взглянул на меня, а затем тоже принялся кивать в такт мне, и на секунду мы стали похожи на два слаженных нефтяных насоса.

— Учитывая, что ты был предпоследним, кто видел моего отца в живых, а твой брат — последним, у меня накопилось несколько вопросов.

— Вопросы у нас у всех накопились, — я отхлебнул еще кофе, — но я уже на них отвечал и в подробностях пересказывал, как мы с твоим отцом в тот день рыбачили. Думаю, где-нибудь тут, — я кивнул на стопки бумаги у стены, — это все можно в отпечатанном виде найти. К тому же ты меня сюда привез, чтобы я кровь сдал, верно?

161

— Разумеется, — согласился Курт Ольсен. Скрутив сигарету, он положил ее в кисет с табаком. — Но этот разговор — не официальный допрос, никаких записей я не веду, и говорим мы без свидетелей.

«Прямо как тогда, на рыбалке», — подумал я.

— Меня особенно интересует, что происходило после того, как отец высадил тебя в восемнадцать часов возле автомастерской.

Я перевел дыхание:

— Конкретно? Я поменял на «тойоте-королла» рулевую рейку и подшипники. По-моему, «королла» была восемьдесят девятого года выпуска.

Взгляд у Курта сделался жестким, — похоже, над перемирием нависла угроза. Я выбрал стратегию отступления.

— Твой отец поехал к нам на ферму, где беседовал с Карлом. Когда он уехал, Карл позвонил мне, потому что электричество вырубилось, а почему — Карл не понимал. Проводка там древняя, и заземление кое-где барахлит. Карл не сказать чтоб особенно рукастый, поэтому я поехал домой чинить электричество. Заняло это несколько часов, так что в мастерскую я вернулся поздно.

— Да, в протоколе записано, что ты вернулся в одиннадцать вечера.

— Может, и так. Это давно было.

— И один свидетель утверждает, будто видел машину отца в деревне в девять вечера. Но тогда уже стемнело, поэтому свидетель не уверен.

— Ясно.

— Вопрос в том, что мой отец делал между половиной седьмого, когда он, по словам Карла, уехал от вас, и девятью.

— Да уж, задачка, — посочувствовал я.

Он уставился на меня:

— Есть соображения?

162

Я изобразил удивление:

— У меня? Нет.

Снаружи остановилась машина. Видать, врач. Курт посмотрел на часы. Готов поспорить, что он попросил врача приехать не сразу.

— А как с машиной тогда все прошло? — непринужденно спросил Курт.

— С машиной?

— С «тойотой-королла».

— Хорошо прошло.

— Вон оно как. Я уточнил, у кого из местных была старая «тойота». Модель восемьдесят девятого года была у Виллумсена, и он отдал ее в ремонт, чтобы потом перепродать. Думаю, ему хватило бы, чтоб она на ходу была.

— Похоже, так оно все и было, — сказал я.

— Вот только вы ее не починили.

— Чего-о? — вырвалось у меня.

— Я вчера говорил с Виллумсеном. Он помнит, что Бернард обещал ему починить машину, чтоб та, по крайней мере, ездила. Он это хорошо запомнил, потому что на следующий день покупатель к нему за сто километров на тест-драйв приехал. Но вы машину не починили, хоть и обещали.

— Разве? — Я прищурился, будто вглядываясь в сумрак прошлого. — Видно, я проковырялся с заземлением и не успел.

— Но чинил ту машину ты долго.

— Правда?

— Я позавчера разговаривал с Гретой Смитт. Знаешь, просто поразительно, какие мелочи люди запоминают, если эти мелочи связаны с определенным событием. Например, с исчезновением ленсмана. Она помнит, что проснулась в пять утра, посмотрела в окно и увидела в окнах мастерской свет, а возле входа — твою машину.

— Если пообещал клиенту что-нибудь, обещание надо держать, — сказал я, — и даже если не получилось, девиз неплохой.

Курт Ольсен так скривился, словно я рассказал ему особенно похабный анекдот.

— Ну да ладно, — весело сказал я, — кстати, в Хукен-то скалолазов будете спускать?

— Посмотрим.

— Нерелл не рекомендует?

— Посмотрим, — повторил Ольсен.

Хлопнула дверь. Это явился врач Стэнли Спинд, уроженец Библейского пояса, учившийся тут в ординатуре, а потом получивший работу. Ему было лет тридцать. Доброжелательный и открытый, одевался и причесывался он с продуманной небрежностью — вроде как надел на себя первое, что под руку попалось, а оно совершенно случайно чудесным образом все в одном стиле, и нет, не расчесывался, волосы сами так легли. Тело у него было странноватое — накачанное и в то же время рыхлое, точно мышцы он себе докупил. Говорили, что он гей и что в Конгсберге у него женатый любовник с детьми.

— Готов кровь сдать? — спросил он, раскатисто, как голландец, выговаривая «р».

— Судя по всему, готов, — ответил Курт Ольсен, не спуская с меня глаз.


Сдав кровь, я вышел на улицу вместе со Стэнли.

Едва доктор появился на пороге, Курт Ольсен и думать забыл о своем деле, поэтому считаю, что его так называемое расследование — затея его же собственная. Когда мы направлялись к выходу, Курт лишь коротко кивнул мне.

— Я был на собрании, — сказал Стэнли, когда мы, выйдя на улицу, вдохнули вечерний воздух, чистый и прохладный, и остановились возле безликого, отстроенного в 1980-х здания администрации, в котором располагался и полицейский участок, — местные брата твоего послушали и прямо зарядились. Так что, у нас тут теперь спа-отель появится?

— Сначала надо, чтобы муниципалитет утвердил.

— Ну, если утвердят, то я с вами.

Я кивнул.

— Тебя подбросить? — предложил Стэнли.

— Нет, спасибо, я Карлу позвоню.

— Точно? Ему придется крюк делать. — То ли он и правда смотрел мне в глаза чуть дольше, чем принято, то ли я уже совсем параноиком стал.

Я покачал головой.

— Ну, значит, в другой раз. — Он открыл дверцу машины.

Как многие горожане, он, переехав сюда, похоже, перестал запирать машину. Они вбили себе в голову романтические бредни о том, что в деревнях никто ничего не запирает. Это не так. Мы запираем дома, лодочные сараи, лодки и уж тем более машины. Глядя, как его машина удаляется, я вытащил телефон и двинулся навстречу Карлу. Но когда спустя двадцать минут рядом со мной притормозил «кадиллак», за рулем сидела Шеннон. Она объяснила, что, приехав домой, они с Карлом открыли шампанское и, так как пил в основном Карл, а Шеннон лишь пригубила, она убедила его, что за руль сядет она.

— Вы что, решили отпраздновать, что меня за решетку упекли? — пошутил я.

— Он предупреждал, что ты так скажешь, и велел мне ответить, что он празднует твое скорое освобождение. Ему повод для праздника найти не сложно.

165

— Это точно, — согласился я, — тут я ему тоже завидую.

Я понял, что это «тоже» можно истолковать превратно, и решил пояснить. Мол, «тоже» я сказал для усиления и что основной смысл в том, что я завидую его способности, как говорится, раскладывать все по полочкам. То есть «тоже» не означает, что я еще в чем-то ему завидую. Но я вообще все усложняю — это за мной водится.

— Задумался, — сказала Шеннон.

— Да не особо, — откликнулся я.

Она улыбнулась. В ее маленьких руках руль казался огромным.

— А ты хорошо видишь? — Я кивнул на дорогу, которую фонари выхватывали из темноты.

— Это называется «птоз», — сказала она, — по-гречески это значит «падение». В моем случае он врожденный. Можно его тренировать, и тогда меньше шансов, что у тебя разовьется амблиопия — так называемый ленивый глаз. Но я не ленивая. Я вижу все.

— Хорошо, — похвалил я.

На первом повороте серпантина она сбавила скорость.

— Я, например, вижу, как тебя мучает ощущение, будто я забрала у тебя Карла. — Она прибавила газа, и по днищу застучал гравий.

Секунду я раздумывал, не притвориться ли, что ее последних слов я не слышал. Но что-то мне подсказывало, что притворись я — и она повторит их.

Я повернулся к ней.

— Спасибо, — сказала она, опередив меня.

— Спасибо?

— Спасибо за все, что ты отдаешь. Спасибо за то, что ты умный и добрый. Я знаю, сколько вы с Карлом друг для друга значите. Мало того что я, женщина во всех отношениях чужая, вышла замуж за твоего брата, так я еще и в твои владения вторглась. Я в буквальном смысле твою кровать заняла. Ты мог бы меня ненавидеть.

— Хм, — вздохнул я. День и так уже получился длинный. — Вообще-то, особо добрым меня никто не считает. Проблема в том, что в тебе мало что можно ненавидеть.

— Я говорила с теми, кто у тебя работает.

— Да ладно? — удивился я.

— Это маленькое местечко, — сказала Шеннон, — и я с людьми общаюсь больше, чем ты. И ты ошибаешься. Тебя считают добрым.

Я фыркнул:

— Это ты не говорила с теми, кому я зубы повыбивал.

— Возможно. Но даже и тогда ты просто брата защищал.

— Ты, главное, меня не переоценивай, — предостерег я, — а то потом разочаруешься.

— Кажется, я уже примерно представляю себе, чего от тебя ждать, — сказала Шеннон, — когда один глаз у тебя полуспит, это дает тебе определенные преимущества. Люди выкладывают больше, чем привыкли, потому что считают, что ты половины не замечаешь.

— Правда? То есть Карла ты тоже раскусила? Она улыбнулась:

— Ты о том, что любовь слепа?

— По-норвежски говорят, что любовь ослепляет.

— А-а, — тихо протянула она, — это намного точнее, чем английское love is blind[1], — его и употребляют, кстати, неправильно.

— Разве?

_____
1 Любовь слепа (*англ.*).

167

— Когда говорят: «Love is blind», подразумевают, что в тех, кого мы любим, мы видим лишь положительные качества. Но на самом деле имеется в виду, что стреляет Купидон с завязанными глазами. То есть его стрелы совершенно случайно выбирают того, в кого нам суждено влюбиться.

— Случайно? Серьезно?

— Ты сейчас о нас с Карлом?

— Например.

— Хм. Может, и не случайно. По крайней мере, иногда мы влюбляемся, сами того не желая. Просто я не уверена, что в делах любви и смерти мы настолько же практичные, как вы тут, в горах.

Когда мы подъехали к дому, свет фар выхватил из темноты белое лицо, похожее на лицо призрака, с черными глазницами — оно смотрело на нас из окна гостиной.

Шеннон затормозила, перевела ручку переключения передач в положение «паркинг», выключила фары и заглушила двигатель.

Здесь, в горах, когда единственный источник звука умолкает, тишина оглушает тебя. Я не двинулся с места. Шеннон тоже.

— Как много ты о нас знаешь? — спросил я. — О нашей семье?

— Думаю, почти все. Когда я выходила за него замуж, то поставила условие, что он мне все расскажет. И о плохом тоже. Особенно о плохом. А если он о чем-то и умолчал, я это и сама со временем поняла и заметила. — Шеннон показала на свой полузакрытый глаз.

— И ты... — я сглотнул, — по-твоему, ты сможешь жить с тем, что узнала?

— Рой, в детстве я жила на улице, где братья спят с сестрами, отцы насилуют дочерей. Сыновья повторяют грехи отцов и становятся отцеубийцами. Но жизнь идет дальше.

Я кивнул — медленно и серьезно — и вытащил коробочку со снюсом.

— Да, похоже на то. Тут есть над чем призадуматься.

— Да, — согласилась Шеннон, — это верно. Но у всех свои тараканы. И было это давно, а люди меняются — в этом я уверена.

Мне всегда казалось самым ужасным, если узнают посторонние, — и вот это случилось, но сейчас я отчего-то совсем не волновался. Отчего? Ответ напрашивался сам собой. Шеннон Аллейн Опгард посторонней не была.

— Семья, — проговорил я и сунул под губу пакетик снюса, — она много для тебя значит, да?

— Всё, — без промедления ответила она.

— Значит, любовь к семье тоже ослепляет?

— В смысле?

— Тогда, на кухне, ты рассказывала про Барбадос, и мне почудилось, будто ты полагаешь, что люди скорее склонны защищать семью и чувства, а не принципы. И не политические взгляды, и не представления о том, что правильно и что неправильно. Верно я понял?

— Да. Семья — единственный принцип. А правильно или неправильно — уже зависит от семьи. Все остальное вторично.

— Разве?

Она посмотрела в окно на наш маленький дом.

— Профессор этики у нас в Бриджтауне рассказывал о богине правосудия Юстиции. В руках у нее весы и меч — они символизируют справедливость и наказание. А глаза у нее, как и у Купидона, завязаны. Толкуют это часто так: перед законом все равны, для справедливости не существует ни семьи, ни любимых, только закон.

Она обернулась и посмотрела на меня. В темном салоне ее лицо казалось белым пятном.

— Но, — продолжала она, — с завязанными глазами не видно ни весов, ни того, кого поражает твой меч. Профессор рассказывал, что в греческой мифологии глаза завязаны у тех, кто видит внутренним взглядом и ищет ответ у себя в сердце. Но сердце позволяет слепцу видеть лишь тех, кого он любит, все остальные значения не имеют.

Я медленно кивнул.

— Значит, мы — ты, я и Карл — семья?

— Мы семья, хоть и без кровного родства.

— Хорошо, — сказал я, — так как ты член семьи, будешь вместе со мной и Карлом участвовать в военном совете, а не подслушивать в трубу.

— В трубу?

— Это просто выражение такое.

На крыльце появился Карл, он спустился по ступенькам и направился к нам.

— Почему совет — военный? — спросила Шеннон.

— Потому что сейчас война, — ответил я.

Я посмотрел ей в глаза. Они сверкали, словно у готовой к битве Афины. Господи, какая же она была красивая.

И тогда я рассказал ей про ночь «Фритца».

## 15

Я говорил по телефону, надеясь, что вода заглушает мой голос и дядя Бернард меня не услышит.

— Рой, что значит — он мертв?

— Он падал довольно долго. И снизу ничего не слышно. Но я точно не знаю, он исчез.

— Где исчез?

— В Хукене, ясное дело. Он пропал — я наклонился, но его не вижу.

— Карл, оставайся на месте. Ни с кем не разговаривай и ничего не трогай. Понял?

— Да. А ты скоро...

— Пятнадцать минут, хорошо?

Положив трубку, я вышел с мойки и посмотрел в сторону Козьего поворота. Саму высеченную в горе дорогу отсюда не видно, но когда там проезжает машина, то верхнюю ее часть разглядеть можно. И если в ясный день одеться поярче и встать возле обрыва, то тебя тоже будет видно. Впрочем, сейчас солнце было довольно низко.

— Мне надо домой — починить кое-что, — громко сказал я.

Дядя Бернард завернул металлическое кольцо на шланге и выключил воду:

— Что?

— Заземление, — соврал я.

— Ты глянь чего. И это прямо срочно?

— Карлу вечером нужен свет, — ответил я, — ему уроки делать. Я потом вернусь.

— Ладно. Я через полчаса ухожу, но у тебя ключи есть.

Я сел в «вольво» и поехал домой. Старался не гнать. Хотя, когда единственный на всю деревню полицейский лежит на дне пропасти, шансы, что тебя арестуют, крайне малы.

Когда я приехал, Карл стоял у Козьего поворота. Я припарковался возле дома, заглушил двигатель и поставил машину на ручник.

— Слышно что-нибудь? — спросил я и кивнул в направлении Хукена.

Карл покачал головой. Он молчал, а взгляд у него был совсем бешеный, прежде я таким его не видел. Волосы растрепались и торчали во все стороны, словно он специально их взъерошил. Зрачки были огромными, как у тех, кто пережил потрясение. Ну, Карл его и пережил, бедняга.

— Что произошло?

Карл сел прямо посреди дороги, где обычно ложились козы. Он съёжился, опустил голову и закрыл лицо руками, хотя тень от его фигуры получилась длинная и странноватая.

— Он приехал сюда, — запинаясь, проговорил он, — сказал, что вы с ним ездили на рыбалку, и начал вопросы задавать, целую кучу, и я... — На этом он умолк.

— Сигмунд Ольсен приехал сюда, — я опустился рядом, — и, наверное, сказал, что я ему все выложил. А потом спросил, правда ли, что, когда ты был несовершеннолетним, я тебя изнасиловал.

— Да! — выкрикнул Карл.

— Тсс, — шикнул я.

— Он сказал, лучше будет, если мы оба сознаемся и этим все закончится. В противном случае он воспользуется доказательствами и возбудит официальное дело. Я говорил, что ты меня никогда не трогал, то есть не так, не... — Карл смотрел на землю и махал руками, точно меня рядом не было. — Но он сказал, что это бывает, — вроде как в таких случаях жертве часто нравится насильник, жертва частично берет на себя ответственность за случившееся, особенно если это повторялось неоднократно.

Я подумал, что тут проклятущий ленсман Ольсен оказался прав.

Карл всхлипнул:

— И он сказал, что Анна из медпункта рассказала маме с папой о том, чем мы занимались, и через два дня мама с папой разбились. И еще что папа знал, что однажды все обо всем узнают, а он был верующим и с таким стыдом жить не мог.

«Ага, — подумал я, — и забрал с собой на тот свет маму, а не двух содомитов из детской».

— Я ему пытался объяснить, что все не так, что это случайно получилось. Совершенно случайно. Но он не слушал и только сам говорил. Сказал, что папин анализ крови показал очень низкое содержание алкоголя и что на трезвую голову в пропасть не свалишься. И у меня вроде как в мозгах помутилось — ясно было, что он и впрямь настроен серьезно...

— Ага, — я стряхнул с брюк острый камешек, — Ольсену приспичило непременно распутать это свое гребаное дело.

— А мы как же, Рой? Нас же посадят?

Я ухмыльнулся. Посадят? Ну что ж, возможно, об этом я особо не думал. Я знал, что если правда выплывет наружу, то сидеть за решеткой — это еще полбеды, а вот стыд оттого, что все узнают, меня убьет. Потому что если слухи эти расползутся по деревне, то терпеть придется не только тот стыд, который много лет душил меня в темноте комнаты. Тогда все примутся копаться в нашей грязи, обсуждать предательство, высмеивать нас. Нас, семью из Опгарда, станут унижать. Может, это, как говорится, и расстройство личности, но логику харакири папа отлично понимал. И я тоже. Если тебя мучает стыд, смерть для тебя — единственный выход. С другой стороны, пока совсем не припрет, не умрешь.

— Времени у нас в обрез, — сказал я, — что дальше было?

— Я совсем растерялся, — Карл искоса взглянул на меня — так он смотрел, когда вот-вот сознается, — я сказал, что уверен — это был несчастный случай. И у меня есть доказательства.

— Чего-о ты сказал?

— Рой, мне ж надо было хоть что-то придумать! И я сказал, что одно колесо у машины было проколото, поэтому они и съехали в обрыв. Ведь машину-то никто не осматривал, они только тела достали, и все, а потом на альпиниста камень свалился, и после этого лазить туда боялись. И неудивительно — так я сказал, — что колесо спущенное они не заметили, потому что, когда машина перевернута колесами кверху, это незаметно. Но я типа пару недель назад взял бинокль и спустился немного вниз — туда, где можно за большие камни ухватиться. Оттуда, если свеситься вниз, видно машину. И я вроде как заметил, что левое переднее колесо сильно спустило. Значит, прокололи его до того, как машина свалилась, потому что упала она на крышу.

— И Ольсен повелся?

— Нет. Решил сам посмотреть.

Что было дальше, я догадывался.

— Ты принес бинокль и...

— Он забрался на самый край... и, — Карл с шумом выдохнул и закрыл глаза, — я слышал, как камни застучали, потом крик, и все, он исчез.

«Исчез, — подумал я, — исчез, да не совсем».

— Ты мне не веришь? — спросил Карл.

Я взглянул на обрыв. Мне вспомнился тот день, когда мне было двенадцать лет и мы праздновали в Гранд-отеле пятидесятилетие Бернарда.

— Ты понимаешь, как это выглядит, да? — спросил я. — Ленсман приехал побеседовать с тобой о серьезном преступлении, упал в пропасть и разбился насмерть. Если, конечно, он не остался жив.

Карл медленно кивнул. Разумеется, он все понимал — поэтому и позвонил мне, а не в скорую и не в службу спасения.

Я поднялся и отряхнул брюки.

— Сбегай в сарай за веревкой, — велел я, — длинную принеси.

Прицепив один конец веревки к буксирной балке стоявшей возле дома машины, а другой обвязав вокруг пояса, я направился к Козьему повороту. Сто шагов — и веревка туго натянулась. До обрыва оставалось метров десять.

— Давай! — крикнул я. — Только медленно, смотри не забудь!

Карл высунул в окно «вольво» руку с оттопыренным большим пальцем и дал задний ход.

Как я сам объяснил Карлу, штука была в том, чтобы веревка оставалась натянутой, а теперь выбора у меня не было, я тянул на себя веревку и шагал к обрыву, будто торопясь затащить нас обоих в пропасть. Край дался мне хуже всего. Тело сопротивлялось: в отличие от мозга, оно сомневалось в том, что все пройдет удачно. Из-за этого я замешкался, а веревка ослабла, ведь Карл-то не видел, что я остановился. Я крикнул ему, велел притормозить, но он не услышал. Тогда я повернулся спиной к Хукену, шагнул назад и полетел. Я и пролетел-то всего метр, не больше, но, когда веревка натянулась, из меня весь дух вышибло, я забыл выпрямить ноги и впечатался коленками и лбом в скалу. Я выругался, уперся подошвами в камень и начал пятиться вниз по этому вертикальному каменному полу. Я глядел в небо, голубое и прозрачное, начало смеркаться, и я уже заметил пару звезд. Гул двигателя стих, вокруг повисла полная тишина. Возможно, из-за этой тишины, звезд и ощущения невесомости я казался сам себе космонавтом, зависшим в открытом космосе и привязанным к космическому кораблю. Я вспомнил майора Тома из песни Боуи. И на миг мне захотелось, чтобы это продолжалось подольше, чтобы оно и кончилось так же, чтобы я просто улетел прочь отсюда.

Но потом скала закончилась, я поставил ноги на землю и посмотрел на веревку, очковой змеей сворачивающуюся передо мной. Два витка, три — и веревка замерла. Я посмотрел вверх и увидел маленькое облачко выхлопного газа. Похоже, Карл затормозил у самого края, и веревки хватило едва-едва.

Я повернулся. Стоял я на осыпи из камней, крупных и помельче, которые время отгрызало от окружающих меня со всех сторон скал. Если скала со стороны Козьего поворота была отвесной, то остальные скалы — чуть скошены, так что четырехугольник вечернего неба надо мной был больше стометровой, усыпанной камнями площадки, на которой я стоял. Солнечный свет сюда не проникал, ни лучика, и тут ничем не пахло. Только камнями. Открытым космосом и камнями.

Космический корабль, папин «кадиллак-девиль», лежал как раз так, как я себе его и представлял: спасатели подробно рассказали нам про все, что здесь увидели.

Машина лежала колесами кверху. Задняя часть салона была смята, зато передняя более-менее уцелела, и вид ее позволял надеяться, что водитель и сидевший с ним рядом пассажир могли выжить. Маму с папой обнаружили возле машины — сперва «кадиллак» ударился о землю капотом, и родителей выбросило через лобовое стекло. Они не пристегнулись, и это подкрепляло версию о самоубийстве, хотя я и объяснял, что папа принципиально не признавал ремни. Не потому, что не понимал их назначения, а потому, что этого требовало государство, которое он называл опекунским. Ленсман

Ольсен, правда, утверждал, будто неоднократно видел папу пристегнутым, вот только пристегивался папа, лишь когда чуял поблизости полицейских: штрафы он ненавидел еще сильнее, чем опекунское государство.

Ворон, сидевший на животе ленсмана Ольсена, настороженно посмотрел на меня. Когтями он вцепился в ремень с буйволиной головой. Упал Ольсен так, что его нижняя часть оказалась на самом краю автомобильного дна, а верхней я с того места, где стоял, не видел. Я двинулся в обход машины, и ворон повернул голову. Под ногами хрустело стекло, и, перелезая через пару валунов, мне пришлось ухватиться за них руками. Верхняя часть тела Ольсена свисала на капот со стороны номерного знака. Спина ленсмана переломилась под прямым углом, выглядел он неестественно, будто птичье пугало, бескостная кукла, кое-где набитая соломой и с щетиной от швабры вместо волос. Со швабры капала кровь — с тихим, мягким плеском она стекала в лужицу на камнях. Руки у Ольсена были подняты вверх, точнее, вытянуты к земле. Он как будто показывал, что сдается. Потому что, как говорил отец, «тот, кто умер, проиграл». Ольсен же был мертвее дохлой селедки. А воняло от него еще хуже.

Я сделал еще шаг, и ворон хоть и не шелохнулся, но каркнул в мою сторону. Видно, чуял во мне короткохвостого поморника, подлую морскую птицу, которая таскает пищу у других птиц. Схватив камень, я швырнул его в ворона, тот взлетел и скрылся, напоследок огласив воздух двумя криками: один, злобный, был адресован мне, а другой, горестный, — ему самому.

Скалы уже сочились темнотой, поэтому я побыстрее взялся за работу.

Надо было обдумать, как вытащить тело Ольсена наверх, когда под рукой только веревка, так чтобы тело не застряло в какой-нибудь расщелине и не выскользнуло. На самом деле человеческое тело — прямо как Гудини: обвяжешь его веревкой вокруг груди, так плечи сожмутся и веревка свалится. А если привязать веревку к ремню или обмотать вокруг талии (так труп с виду будет вылитая скрюченная креветка), то центр тяжести рано или поздно сместится и труп выскользнет либо из веревки, либо из собственных штанов. Я решил, что проще всего будет накинуть ему на шею петлю и завязать скользящим узлом. Центр тяжести будет так низко, что никуда уже не сместится, а когда голова и плечи находятся сверху, меньше опасность, что труп за что-то зацепится. Хотя тут, конечно, можно задаться вопросом: откуда я знаю, как вязать узел, который чаще всего умеют вязать те, кто надумал повеситься.

Действовал я размеренно, ни о чем, кроме практических задач, не размышлял. Это я умею. Я знал, что эти картинки ко мне еще вернутся: Ольсен, похожий на нелепую фигуру на носу галиона, но приделанный к черному космическому кораблю. Впрочем, это будет в другое время и в другом месте.

Когда я крикнул Карлу, что посылка готова к отправлению, уже стемнело. Кричать пришлось трижды, потому что он поставил в магнитолу диск Уитни Хьюстон, и теперь горы обволакивала «I Will Always Love You». Наконец он завел машину и переключил скорость, чтобы ехать не слишком быстро. Веревка натянулась, и я подтащил тело к скале, а там выпустил из рук и просто смотрел, как ленсман, словно ангел с вытянутой шеей, поднимается к небу. Совсем скоро он скрылся в темноте, и до меня доносилось лишь шуршание его одежды о скалу. И всего в нескольких метрах от меня что-то стукнулось о землю. Вашу мать, видать, труп задел камень, а значит, это и повториться может. Я спрятался в единственном месте, где можно было спрятаться, — влез через лобовое стекло в «кадиллак». Сидел и смотрел на приборную доску, пытаясь понять, что же показывают инструменты. Думал, что дальше. И как осуществить последний пункт плана. Обдумывал детали, где нельзя ошибиться и как поступить, если что-то помешает плану. И наверное, от этих размеренных мыслей мне и стало поспокойнее. Ясное дело, это все дико, я размышлял над тем, как спрячу труп, и это меня успокаивало. Хотя, возможно, вовсе не мысли меня утешали, а запах. Запах обтянутых кожей сидений, в которые въелся папин пот, запах маминых сигарет и рвоты Карла — это с того раза, когда папа только купил «кадиллак» и мы покатили в город. Мы еще и серпантин не весь проехали, как Карлу подурнело и его стошнило прямо на сиденья. Мама затушила сигарету, опустила стекло и достала из папиной серебристой коробочки пакетик снюса. Но Карла рвало всю дорогу до деревни, так внезапно и сильно, что в салоне воняло, как в газовой камере, хоть мы и опустили стекла. Карл тогда улегся на заднем сиденье, положив голову мне на колени, закрыл глаза и мало-помалу пришел в себя. Потом мама вытерла рвоту, протянула нам пачку печенья и улыбнулась, а папа запел «Love Me Tender» — медленно и с вибрато. Позже я вспоминал ту нашу поездку как самую лучшую.

Остальное получилось быстро.

Карл скинул мне веревку, я обвязался ею, крикнул, что готов, и зашагал по стене той же дорогой, которой спустился, будто в фильме, поставленном на обратную перемотку. Куда мои ноги ступают, я не видел, однако камни не отваливались. Если бы на голову мне время от времени не сыпалась каменная крошка, я решил бы, что скала совсем прочная.

Тело Ольсена лежало на Козьем повороте, в свете фар «вольво». Вообще-то, внешних повреждений у него было не сказать чтобы много. Волосы пропитались кровью, рука выглядела сломанной, и на шее синели отметины от петли. Может, это краска с веревки сползла, а возможно, если смерть наступила недавно, то на теле еще выступают синяки. Но позвоночник у него был сломан, это точно, и травм достаточно, чтобы патологоанатом установил, что его не повесили. И он не утонул.

Я сунул руку Ольсену в карман, вытащил ключи от машины и еще одни — те, которыми он запирал лодочный сарай.

— Притащи папин нож, — сказал я.

— Чего-о?

— Он на крыльце висит, рядом с ружьем. Давай живей.

Карл припустил к дому, а я взял лопату — такую любой житель гор круглый год возит в багажнике, — соскреб гравий, по которому протащилось тело Ольсена, и сбросил в Хукен. Камешки беззвучно полетели в пропасть.

— Вот, держи. — Запыхавшийся Карл протягивал мне нож. Тот самый, с насечками для крови, которым я убил Дога.

И сейчас, как тогда, Карл стоял у меня за спиной и смотрел. Ухватившись за волосы Ольсена — когда-то я так же держал за голову Дога, — я вонзил кончик ножа ему в лоб, надрезал кожу, пока лезвие не уперлось в череп, и повел нож вокруг головы, над ушами и выступающей костью на затылке, так что под лезвием ощущался череп. Папа показывал мне, как освежевать лисицу, но тут все было иначе. Я снял с него скальп.

— Карл, отойди-ка в сторону, ты свет загораживаешь.

Я слышал, как Карл повернулся ко мне, ахнул и метнулся за машину.

Я орудовал ножом, старясь снять скальп более-менее целым, и слушал, как Уитни Хьюстон снова запела — о том, что она, мать твою, никогда, вот прямо никогда не перестанет меня любить.

Мы разложили в багажнике моего «вольво» мешки для мусора, стянули с Сигмунда Ольсена сапоги и засунули обезображенный труп в багажник. Я уселся за руль ольсеновского «пежо», взглянул в зеркало и поправил скальп. Даже с белобрысой шваброй на голове на Сигмунда Ольсена я был не похож, но когда я нацепил его очки, то, увидев меня за рулем его машины в темноте, едва ли кто-нибудь усомнился бы, что перед ним ленсман.

Ехал я медленно, но не слишком медленно. Ни сигналить, ни как-то иначе привлекать к себе внимание мне не пришлось. По дороге я заметил пару прохожих — они машинально обернулись и проводили машину взглядом. Я понимал — машину ленсмана они узнали и наверняка почти неосознанно задались вопросом, куда это Ольсен направляется, но так как едет он к озеру, то полусонный деревенский мозг наверняка сделает вывод, что ленсман едет на дачу, — если, конечно, эти прохожие знают, где она находится.

Подъехав к даче, я остановился возле лодочного сарая и заглушил двигатель, но ключи оставил в зажигании. Выключил фары. Других домов поблизости не было, но точно никогда не знаешь.

Вдруг какой-нибудь знакомый Ольсена, проезжая мимо, заметит его машину и вздумает поболтать. Я протер руль, рычаг переключения скоростей, ручку двери и посмотрел на часы. Карлу я велел отогнать мой «вольво» к мастерской, припарковаться так, чтобы все видели, открыть моими ключами и включить внутри свет, как будто я на работе. Труп Ольсена пускай лежит себе в багажнике. Потом надо минут двадцать подождать, удостовериться, что рядом на улице никого нет, и забрать меня с дачи Ольсена.

Я отпер лодочный сарай и вытащил лодку. Днище громко застучало по доскам, но вскоре лодка плюхнулась на воду со звуком, похожим на вздох облегчения. Я протер сапоги Ольсена тряпкой, сунул в правый сапог ключи, бросил оба сапога в лодку и оттолкнул ее подальше в озеро, а после, даже чуть гордый сам собой, стоял и смотрел, как великая тайна уносит ее прочь. С сапогами — это я, как говорится, прямо гениально придумал. В том смысле, что, когда они обнаружат пустую лодку и ключи, спрятанные в сапогах, в которых владелец в тот день ушел из дому, все станет очевидно. Где в таком случае он еще мог исчезнуть, кроме как за бортом? И разве сапоги сами по себе не что-то вроде прощального письма, известия о том, что землю топтать ты больше не собираешься? Желаю не хворать, с приветом, ленсман в депрессии. Получилось почти красиво, но уж больно по-идиотски. Свалиться в пропасть прямо перед носом у допрашиваемого. Даже верится с трудом. Да я и не знал, верю ли. А пока я стоял там и размышлял, эта идиотская история продолжалась: лодка медленно вернулась к берегу. Я толкнул ее посильнее, но все повторилось. Через минуту дно ее вновь ударилось о камни. Я растерялся. Судя по объяснениям учителя, благодаря горизонтальным течениям в озере Будалсваннет, направлению ветра и стокам воды лодку должно было бы унести подальше от берега. Может, как раз тут — заводь, где все движется по кругу и возвращается на прежнее место? Наверняка так и есть. Надо увести лодку подальше к югу, туда, откуда из озера вытекает речка Кьеттерэльва, — тогда участок, где Ольсен мог броситься за борт, получится большим, и никто не удивится, когда тело не найдут. Я залез в лодку и завел мотор, а отойдя от берега, заглушил его. Лодка медленно плыла дальше. Я вытер приводной рычаг, а кроме него, ничего вытирать не стал. Если кому-то вздумается проверить тут отпечатки пальцев и моих они не обнаружат, это будет подозрительно: ведь мы не далее как сегодня вместе рыбачили. Я прикинул расстояние до берега. Метров двести. Это я осилю. Сперва я хотел вылезти за борт, но решил, что так лодка может изменить курс, поэтому я встал на корму и прыгнул. Удивительно, но холодная вода слегка успокоила меня, точно охладив на несколько секунд мой раскаленный докрасна мозг. И я поплыл. Я и не предполагал, что плыть в одежде так сложно. Она сковывала движения, и я подумал о вертикальных течениях, про которые рассказывали в школе, — мне казалось, будто я чувствую, как они утягивают меня вниз, я напомнил себе, что сейчас не весна, а осень, и принялся неуклюже разводить руками, отгоняя воду. Никакого ориентира у меня не было — зря я не оставил фары включенными. Я вспомнил, как нас учили, что ноги сильнее рук, и стал дрыгать ногами.

Я затем вдруг меня что-то схватило.

Я нырнул и нахлебался воды, снова выплыл и задергался как бешеный, стараясь избавиться от того, что меня держало. Нет, это не течение, это было... что-то другое. Оно вцепилось мне в руку, и я чувствовал, как его зубы — челюсти-то уж точно — сомкнулись у меня на запястье. Я опять ушел под воду, однако на этот раз хоть рот не разевал. Сжав кончики пальцев, я дернул руку на себя. Свобода! Я снова вынырнул и вдохнул. И впереди, в метре от себя, я увидел на воде что-то светлое. Поплавок. Я запутался в чьих-то проклятых сетях.

Едва я отдышался, как по шоссе проехала машина с включенными фарами, и неподалеку я разглядел очертания принадлежавшего Ольсену лодочного сарая. Дальше заплыв мой прошел, как говорится, без происшествий. Ну разве что, выбравшись на берег, я понял, что сарай этот не Ольсена, а, скорее всего, того, кто раскинул тут сети. Впрочем, дача Ольсена оказалась совсем рядом, я вспомнил это, просто чтобы рассказать, как сильно можно сбиться с курса. С булькающей в ботинках водой я добрел через рощицу до шоссе, а оттуда — до дачи Ольсена.

Когда появился «вольво» с Карлом за рулем, я прятался за деревом.

— С тебя течет! — воскликнул Карл, как будто за весь вечер это было самое удивительное.

— У меня в мастерской есть смена одежды, — выдавил бы я, если б зубы не стучали, как восточногерманский «Вартбург-353», — поехали.

Через пятнадцать минут я обсох и переоделся в два рабочих комбинезона — один поверх другого, — но все равно трясся. Мы загнали «вольво» в мастерскую, вытащили труп из багажника и положили его на пол, разведя в стороны руки и ноги. Я посмотрел на него. Ему словно чего-то недоставало — еще на рыбалке это у него было, а сейчас нет. Может, волос. А может, сапог. Или чего-то еще?

В душу я не сказать что верю, но прежде было в нем что-то, делавшее Ольсена Ольсеном.

Я снова вывел «вольво» наружу и припарковал его возле мастерской, у всех на виду. Теперь перед нами опять стояла чисто практическая задача: нам предстояло поработать руками, и для этого нам не требовались ни удача, ни вдохновение, а лишь правильный набор инструментов. А уж инструменты у нас имелись. Не вдаваясь в подробности, скажу, что сперва мы сняли с Ольсена ремень, потом срезали одежду, а напоследок — распилили тело на куски. Точнее, это все я проделал, потому что Карла снова затошнило. Я обшарил карманы ленсмана и сложил в отдельную кучу все металлические предметы — монетки, ремень с пряжкой и зажигалку «Зиппо». При случае выкину в озеро. Потом я сложил и расчлененное тело, и скальп в ковш трактора, которым дядя Бернард чистил зимой снег — как по заказу муниципалитета, так и в частном порядке. Закончив, я принес шесть металлических канистр с чистящим средством «Фритц».

— Это еще что? — спросил Карл.

— Мы этим моем пол на мойке, — ответил я, — оно все разъедает: дизель, асфальт, даже известку. И мы разбавляем его водой — пять литров воды на децилитр этой жидкости. Значит, если вообще не разбавлять, она все, что угодно, растворит.

— Ты точно знаешь?

— Дядя Бернард так сказал. Точнее, сказал он вот что: «Если оно капнет тебе на пальцы и ты руки не помоешь, то прощай пальцы». — Я вроде как пошутил, но Карл даже не улыбнулся. Словно это я во всем виноват. Эту мысль я отгонять от себя не стал, потому что знал, что рано или поздно она приведет меня к тому же выводу: именно я и виноват, причем давно уже. — По крайней мере, — продолжал я, — продают их в металлических канистрах, а не в пластмассовых.

Мы завязали носы и рты тряпками, отвернули от канистр крышки и стали выливать содержимое в ковш, одну канистру за другой, пока серовато-белая жидкость не накрыла куски Сигмунда Ольсена.

И принялись ждать.

Ничего не происходило.

— Может, выключить свет? — промямлил Карл из-под тряпки. — Вдруг кто-нибудь заглянет узнать, как дела.

— Вряд ли, — бросил я, — там же моя машина стоит, а не дядина. А ко мне...

— Ну да, — перебил меня Карл, так что договаривать мне не пришлось. *Ко мне никто заглядывать не станет.*

Прошло еще несколько минут. Я старался не шевелиться, чтобы комбинезон не давил на мои, как говорится, самые нежные органы. Уж не знаю, чего я ожидал, но в ковше этого не происходило. Получается, «Фритц» вовсе не такой крутой?

— Давай лучше закопаем его, — предложил Карл и закашлялся.

Я покачал головой:

— Тут вокруг полно собак, барсуков и лис — они его сразу же выкопают.

Так оно и было, на кладбище лисы вырыли нору прямо в семейной могиле Бонакеров.

— Слушай, Рой...

— Чего?

— Если бы, когда ты спустился в Хукен, Ольсен был еще жив...

Я знал, о чем он хочет спросить, и предпочел бы, чтобы он промолчал.

— ...ты бы что сделал?

— Зависит от обстоятельств. — Меня ужасно тянуло почесать яйца, — оказывается, под свой собственный я поддел комбинезон дяди Бернарда.

— То же, что и с Догом? — пристал Карл.

Я задумался.

— Если бы он выжил, у нас был бы по крайней мере один свидетель того, что это несчастный случай, — сказал я.

Карл кивнул. Переступил с ноги на ногу.

— Разве когда я говорю, что Ольсен сам свалился, это не...

— Тш-ш, — шикнул я на него.

Из ковша доносилось тихое шипение, прямо как от яичницы на сковороде. Мы заглянули в ковш. Сероватая жидкость побелела, тело скрылось, а на поверхности появились пузырьки.

— Опаньки, — сказал я, — а «Фритц»-то молодец.

— А что потом? — спросила Шеннон. — Тело целиком растворилось?

— Ага, — ответил я.

— Но не той ночью, — добавил Карл, — кости остались.

— И что вы сделали?

Я перевел дух. Выглянувшая из-за скал луна смотрела на нас троих, а мы сидели на капоте остановившегося на Козьем повороте «кадиллака». С юго-востока дул редкий здесь теплый ветер, такой сухой, что я представил, как он дует сюда прямо с Таиланда и из других далеких стран, где я никогда не был и куда никогда не попаду.

— Мы почти дождались рассвета, — сказал я, — отогнали трактор в мойку и перевернули ковш. На решетку выпали кости и мелкие кусочки мяса — тогда мы засунули их обратно в ковш и опять залили «Фритцем». После мы отогнали трактор за мастерскую и подняли ковш — я вскинул руки над головой, — чтобы никто из прохожих не вздумал заглянуть внутрь. А через два дня я опять заехал на тракторе в мойку и смыл остатки.

— А дядя Бернард? — спросила Шеннон. — Он ни о чем не спрашивал?

Я пожал плечами:

— Спросил, почему я отогнал трактор, но я сказал, что мне трое дачников позвонили — вроде как хотели машины в мастерскую пригнать, поэтому я и освободил для них место. Странновато, конечно, вышло, когда никто из этих троих не появился, но бывает и так. Дядя больше опешил, когда увидел, что я «тойоту» для Виллумсена не починил.

— Опешил?

— Удивился, — пояснил Карл, — к тому же и его, и всех остальных больше волновало, что ленсман утонул. Они нашли его лодку, а в ней — сапоги и начали искать труп. Но это я тебе уже рассказывал.

— Без подробностей, — сказала Шеннон.

— Рой, наверное, лучше меня помнит.

— И что, все на этом и закончилось? — не поверила Шеннон. — Вы же последними видели его живым, почему вас не допросили?

— Допросили, — сказал я, — приезжал ленсман из соседней деревни, он с нами и беседовал. Мы ему всю правду рассказали — мол, да, Ольсен интересовался, как у нас дела после гибели родителей, потому что человек он был заботливый. Ну, тогда-то я не говорил «был», потому что вроде как считал его живым, хотя все понимали, что он утопился. Один свидетель, у которого дача неподалеку от Ольсена, сообщил, что слышал, как Ольсен уже затемно приехал на дачу, завел лодку, а потом, кажется, до

188

него донесся какой-то всплеск. Уверен он не был, но нырнул пару раз возле берега — тело искал. Но ни... ничего не нашел.

— И они не *опешили*, что тело так и не обнаружилось?

Я покачал головой:

— Принято считать, будто утопленники рано или поздно всплывают на поверхность. Их выбрасывает на берег, и затем кто-нибудь на них натыкается. Но это скорее исключение, как правило — они исчезают навсегда.

— Так что тогда его сын знает такого, о чем мы не знаем? — Шеннон сидела между нами и повернулась сперва ко мне, а потом — к Карлу.

— Вероятно, ничего, — ответил Карл, — следов мы не оставили. А если и оставили, то дождь, морозы и время их давно уничтожили. По-моему, он весь в отца — ухватился за нераскрытое дело и никак не бросит его. Для его отца таким делом был «кадиллак» там, внизу, а для Курта — его собственный отец, который бесследно исчез и никакого письма не оставил. Вот он и ищет ответа, а ответа нет. Согласен, Рой?

— Возможно. Но прежде я не замечал, чтобы он тут что-то вынюхивал. Почему, интересно, он начал только сейчас?

— Может, потому, что я домой вернулся, — предположил Карл, — а я был последним, кто видел его отца. Прежде мы с ним учились вместе, я был пустым местом, но потом в местной газете напечатали, что в Канаде я чего-то добился. И возомнил, что спасу эту деревню. Иначе говоря, я крупная дичь, а он охотник. Вот только из оружия у него только интуиция, подозрение, что тут что-то не так. Почему его отец пропал сразу после встречи со мной? Поэтому, когда я вернулся домой, прежние подозрения ожили. Прошли годы, он посмотрел на все с высоты прожитого времени и научился не пороть горячку. И он начал догадываться. Если его отец не в озере, то где? В Хукене — так он думает.

— Возможно, — снова согласился я, — но он что-то нарыл. Поэтому он так и рвется в Хукен. И ведь доберется.

— Ты же говорил, что Эрик Нерелл написал заключение, в котором не рекомендует спускаться туда из-за риска камнепадов? — уточнил Карл.

— Да, но когда я спросил Ольсена, тот сказал «посмотрим», причем дерзковато. По-моему, он нашел, как это обойти. Но что, интересно, он там ищет?

— Он думает, что труп спрятан в идеальном месте, — Шеннон закрыла глаза и запрокинула голову, словно решила загорать под луной, — и полагает, что вы спрятали его в багажнике машины — там, внизу.

Я взглянул на нее сбоку. В лунном свете лицо у нее сделалось таким, что глаз не отвести. Может, тогда, на вечеринке, Эрик Нерелл тоже почувствовал нечто подобное? Да нет, он-то видел просто телку, с которой можно по-быстрому перепихнуться, а вот я... а кстати, что же такое видел я? Ту, что не походила ни на одну из птиц, встречающихся у нас в горах. Шеннон Аллейн Опгард принадлежала к роду соловьев — они, подобно самой Шеннон, маленькие, некоторые из них меньше колибри, и они быстро учатся подражать пению других птиц. И еще они легко приспосабливаются: к зиме некоторые даже меняют расцветку и оперение, сливаясь с окружающим пейзажем. Шеннон уже говорила «опешить» и «мы спрятали его в багажнике», и выходило это у нее, будто так все и было на самом деле. Она без малейших колебаний приспособилась к месту, в котором оказалась. Меня она назвала братом, даже не задумавшись. Потому что теперь мы стали ее семьей.

— Точно! — воскликнул Карл. Видать, это словечко он подцепил, пока был в отъезде. — И если Курт так считает, надо помочь ему спуститься вниз — пускай увидит, что ошибается, и уймется. Мы замутили проект, в котором нам нужна поддержка всей деревни, — нельзя же, чтобы нас непонятно в чем подозревали.

— Может, и так. — Я почесал щеку. У меня вроде и чесалось не особо, но иногда такие жесты помогают задуматься о том, о чем ты еще не думал, и именно такое чувство у меня и возникло, будто я чего-то не учел. — Но мне б хотелось узнать, что он там собирается делать.

— Так спроси его, — предложил Карл.

Я покачал головой:

— Когда Курт Ольсен и Эрик Нерелл тут были, Курт врал — мол, он расследует автокатастрофу, а к его отцу это отношения не имеет. Так что карты он раскрывать не собирается.

Мы немного посидели молча. Капот под нами постепенно холодел.

— Может, этот Эрик видел его карты, — проговорила Шеннон, — и расскажет нам.

Мы посмотрели на нее. Она по-прежнему не открывала глаз.

— С какой стати ему рассказывать-то? — спросил я.

— Да с такой, что ему это будет выгоднее, чем не рассказывать.

— В смысле?

Она повернулась ко мне, открыла глаза и улыбнулась. Влажные зубы поблескивали. О чем она толкует, я, разумеется, не понял, зато понимал, что она, как и мой отец, живет в убеждении, будто семья — это главное. Семья выше закона. Выше всего человечества. И с одной стороны мы, а с другой — весь этот быдляк.

# 16

На следующий день ветер переменился.

Утром, когда я спустился на кухню, Шеннон стояла возле печки, скрестив на груди руки. На ней был мой старый шерстяной свитер. Смотрелся он нелепо и не по размеру, и я решил, что собственные свитеры с высоким горлом у нее закончились.

— Доброе утро, — поприветствовала она меня. Губы у нее были бледные.

— Ты что-то рано. Как дело продвигается? — Я кивнул на разложенные на столе чертежи.

— Так себе, — она подошла к столу и собрала рисунки, я так и не успел ничего разглядеть, — но даже средненькая работа — это лучше, чем когда лежишь, а тебе не спится. — Шеннон сложила рисунки в папку и снова отошла к печке. — Скажи, это вообще нормально?

— Нормально?

— В это время года.

— Ты про холод? Да.

— Но вчера...

— И так, как вчера было, — это тоже нормально, — я шагнул к окну и посмотрел на небо, — в том смысле, что погода тут быстро меняется. Это же горы.

Она кивнула. Видно, привыкла, что одним-единственным словом «горы» принято объяснять все, что угодно. Я заметил, что кофейник стоит на конфорке.

— Свежий и горячий, — сказала она.

Я налил себе кофе, посмотрел на нее, но Шеннон покачала головой.

— Я все думаю про Эрика Нерелла, — снова заговорила она, — у него ведь жена беременная, да?

— Ага. — Я отхлебнул кофе. Вкусный. Впрочем, не знаю, принято ли считать такой кофе вкусным, но мне как раз такой и нравится. Значит, она запомнила, как я варю себе кофе. Ну, или у нас одинаковые вкусы. — Но по-моему, нам у него что-то выведывать не к спеху.

— Правда?

— Похоже, скоро снег пойдет.

— Снег? — недоверчиво переспросила она. — В сентябре?

— Если повезет.

Она медленно кивнула. Сообразительная девушка, она сразу все поняла. Снег означал, что чего бы там Курт Ольсен в Хукене ни искал, но теперь и спуститься, и искать ему будет намного сложнее.

— Но он и растаять может, — сказала Шеннон, — тут же все так быстро меняется, — она сонно улыбнулась мне, — в горах.

Я усмехнулся.

— Я думал, в Торонто тоже холодно, — сказал я.

— Да. Но мы жили в таком доме, где, пока на улицу не выйдешь, холода не ощущаешь.

— Все наладится, — пообещал я, — такие дни, как сегодня, — хуже всего. Ветер дует с севера, и первая изморозь. Зимой снега будет много и слегка потеплеет. Но хотя мы начали топить, прогреется дом не сразу, а через несколько дней.

— А пока он не прогрелся, — начала она, и я увидел, что она дрожит, — мы будем вот так мерзнуть?

Я улыбнулся и отставил чашку:

— Помогу тебе согреться. — И я шагнул к ней.

Наши взгляды встретились, она едва заметно отшатнулась и крепче стиснула скрещенные на груди руки, а на ее бледных щеках заполыхал румянец. Я склонился к печке и открыл дверцу — огонь и правда почти угас, потому что поленьев туда положили слишком много и чересчур больших. Вытащив самое крупное, уже задымившееся полено, я положил его на пластину перед печкой, взял меха и вернул огонь к жизни, так что, когда я закрыл дверцу, внутри уже весело полыхало.

Едва я успел выпрямиться, как в кухню вошел Карл — полуодетый, с всклокоченными волосами. Широко улыбаясь, он сжимал в руке телефон.

— Муниципалитет разослал повестку дня. Мы — первый пункт.

На заправке я попросил Маркуса выставить лопаты для снега, скребки для льда и канистры с антифризом — все это я заказал пару недель назад.

Я развернул «Ус блад»: первый разворот был посвящен предстоящим выборам в муниципалитет, но на нем упоминалось и о собрании инвесторов в доме культуры. А внутри статья про собрание занимала целую страницу и сопровождалась двумя большими фотографиями. На одной — полный зал публики, а на другой — Карл с широкой ухмылкой приобнял за плечи Ю Оса. Выглядел старый мэр слегка удивленным, будто его застали врасплох. Сперва Дан Кране рассказывал о новом отеле, но нравится ему эта идея или нет, понять было сложно. Точнее говоря, в глубине души ему хотелось смешать нас с грязью — это читалось между строк, особенно когда он упомянул об одном анонимном источнике, который называл наш проект отелем-СПАльником и утверждал, будто деревенские цепляются за него как за соломинку. Уверен, что источником этим был сам Дан Кране. Но он, ясное дело, оказался между молотом и наковальней: начни он расхваливать отель — и получится, что он использует газету, чтобы поддержать собственного тестя. А начни он нас ругать — и станет ясно, что он решил отомстить бывшему парню своей жены. По-моему, быть журналистом в деревенской газете — дело непростое.

В девять начал накрапывать едва заметный дождик — я посмотрел на Козий поворот и понял, что там, наверху, это не дождь, а снег.

В одиннадцать снегом засыпало уже всю деревню.

В двенадцать в магазинчик зашел директор по продажам.

— А ты, я вижу, как всегда, подготовился заранее, — ухмыльнулся он, когда очередной покупатель с лопатой направился к выходу.

— Мы же в Норвегии живем, — сказал я.

— У нас к тебе предложение, — сказал он, и я решил, что он навесит на нас очередную кампанию.

Нет, против кампаний я ничего не имею, восемь из десяти проходят вполне удачно — они там, в головном офисе, дело свое знают. Однако, когда по всей стране запускают спецпредложение: зонтик плюс волейбольный мяч или хот-дог в испанском стиле и бутылка пепси, — вот это они зря. Им бы изучить получше местное население — его потребности и покупки.

— Тебе скоро из руководства позвонят, — сказал директор по продажам.

— Ясно.

— У них там нелады с одной крупной заправкой в Южной Норвегии. Вроде и место хорошее, и оборудована как надо. Но начальник не справляется. Кампании проводит скверно, когда надо — не отчитывается, сотрудников набирает незаинтересованных и... ну, ты понял. Им нужен руководитель, который все это в божеский вид приведет. Я за это не отвечаю, но это я им тебя предложил, поэтому и тебя предупреждаю заранее. — И он махнул рукой, словно говоря: да ладно, пустяки, отчего я понял, что он ожидает, что я рассыплюсь в благодарностях.

— Спасибо, — сказал я.

Он заулыбался, явно чего-то ожидая. Может, ждал, что я тут же ему и выложу, как буду действовать дальше.

— Неожиданно это все, — сказал я, — ну что ж, послушаю, что скажут, и подумаю.

— Подумаешь? — Продажник расхохотался. — По-моему, подумать тебе надо хорошенько. Такое предложение — это мало того что зарплата хорошая, но еще и возможность попробовать себя в главной роли, Рой.

Если он решил уговорить меня, чтобы самому казаться эдаким серым кардиналом, то он, что называется, выбрал неправильные аргументы. Но не мог же он знать, что от самой мысли о том, как я выхожу на сцену, у меня руки потеют.

— Хорошо, подумаю, — согласился я, — по-моему, нам на чизбургеры надо спецпредложение придумать. Что скажете?

В час явилась Юлия.

В магазинчике было пусто, поэтому она подошла ко мне и поцеловала меня в щеку. Умело. Губы были мягкие, и поцелуй получился чуть дольше, чем следовало бы. Не знаю, что у нее за духи, но с ними она переборщила.

— Ты чего это? — спросил я, когда она наконец сделала шаг назад и посмотрела на меня.

— Тестирую новую помаду, — она вытерла мою щеку, — после работы с Алексом встречаюсь.

— Это у которого «гранада»? И что, решила проверить, сколько помады сотрется после поцелуя?

— Нет, сильно ли теряется чувствительность, когда губы накрашены. Это примерно как у мужчин в презервативе, да?

Я не ответил — вести с ней подобные разговоры у меня и в мыслях не было.

— Вообще-то, Алекс довольно милый, — чуть склонив голову, Юлия смотрела на меня, — возможно, поцелуями мы не ограничимся.

— Повезло Алексу, — я накинул куртку, — справишься тут одна?

— Одна? — разочарованно протянула она. — А разве мы не...

— Вернусь самое позднее через час. Ладно?

Разочарование испарилось. А потом она нахмурилась:

— Магазины же закрыты. У тебя роман, что ли?

Я улыбнулся:

— Звони, если что.

Я проехал через деревню вдоль Будалсваннета. Падая на дорогу и на поля, снег тут же исчезал, но наверху, на склоне, он не таял. Я посмотрел на часы. Вероятность того, что в час дня в будни безработный жестянщик окажется дома один, была достаточно высокой. Я зевнул. Спал плохо. Лежал и прислушивался. Но в спальне было тихо, и от этого было даже хуже, поэтому я вслушивался еще напряженнее.

Подъехав к дому жестянщика, я отметил про себя, что от соседей его выкрашенный белой краской дом отделяет метров двести.

Антон Му открыл через секунду после того, как я позвонил в дверь, — похоже, увидел машину или услышал шум. Редкие волосы у него на голове трепыхались от сквозняка, а в глазах читался вопрос.

— Можно войти? — спросил я.

Му замялся, но, похоже, никаких оправданий не подготовил, поэтому открыл дверь шире и отступил в сторону.

— Не разувайся, — разрешил он.

Мы прошли на кухню и уселись за стол, напротив друг друга. На стенах были развешены вставленные в рамки вышивки с цитатами из Библии и крестами. Я посмотрел на полный кофейник, и Му перехватил мой взгляд:

— Кофе будешь?

— Нет, спасибо.

— Если ты ищешь тех, кто сможет вложиться в отель, который твой брат строит, то не утруждай себя. У нас тут с капиталом сейчас жидковато. — Му виновато улыбнулся.

— Я по поводу твоей дочери, — сказал я.

— А в чем дело?

Я посмотрел на лежавший на подоконнике молоток.

— Ей шестнадцать, и она в старшей школе в Ортуне учится, верно?

— Ну да.

На молотке виднелась надпись: «Лучший жестянщик года — 2017».

— Я хочу, чтобы твоя дочь переехала в Нотодден и перевелась в тамошнюю школу, — сказал я.

Му, опешив, уставился на меня:

— С какой стати?

— Там специализация более перспективная.

— Ты чего несешь, Опгард?

— Когда будешь объяснять Наталии, почему решил ее туда отправить, можешь сказать, что там более перспективная специализация.

— Нотодден? Туда два часа ехать.

— Вот именно. И в Нотоддене легко снять жилье.

198

Морда у него была по-прежнему кирпичом, но уверен — он начал догадываться.

— Что ты так заботишься о Наталии, это очень мило, но ей и в Ортуне неплохо. К тому же ей всего год остался. Нотодден — город покрупнее, а в городах много чего сомнительного происходит.

Я кашлянул:

— По-моему, если она переедет в Нотодден, то от этого выиграют все.

— Все?

Я вздохнул:

— Твоя дочь будет ложиться спать, не думая, придет ли сегодня ночью папаша, чтобы ее трахнуть. А ты сможешь ложиться спать, не мучая собственную дочь, семью и себя самого, и, возможно, когда-нибудь вы будете притворяться, будто ничего не произошло.

Антон Му вытаращился на меня так, что, казалось, глаза вот-вот выскочат из орбит. Физиономия у него покраснела.

— Ты чего несешь, Опгард? Напился, что ли?

— Я про стыд, — сказал я, — про меру стыда в твоей семье. Все знают, и никто ничего не делает, от этого все считают себя отчасти виновными. Считают, что все потеряно и поэтому, если оставить все как есть, уже ничего не потеряешь. Но даже когда все потеряно, кое-что остается. Семья. И вы друг у друга тоже есть.

— Да ты рехнулся! — Он заговорил громче, но голос звучал сдавленно. Му вскочил. — Знаешь что, Опгард, вали отсюда!

Я не двинулся с места:

— Я сейчас могу пойти в комнату твоей дочери, снять с кровати простыню и отдать ее ленсману, а тот передаст ее на анализ, и мы узнаем, твоя ли на ней сперма. И тебе меня не остановить. Вот только это вряд ли поможет, потому что твоя дочь ни за что не станет давать показания против тебя. Своему отцу она будет помогать. Всегда и что бы ни случилось. Поэтому единственный способ положить этому конец... — я на секунду умолк и посмотрел ему в глаза, — потому что мы все хотим положить этому конец, верно?

Он не ответил — лишь молча стоял, нависая надо мной, а взгляд у него был холодным и пустым.

— ...Единственный способ положить этому конец — это убить тебя, если, конечно, Наталия не переедет в Нотодден. А если переедет, то на выходные приезжать не будет, и навещать тебе ее нельзя. Ее матери можно, а тебе нет. Ни разу. Когда Наталия приедет домой на Рождество, пригласишь погостить своих родителей или тестя с тещей. — Я погладил клетчатую скатерть. — Вопросы есть?

В окно без устали билась муха.

— И как ты собрался меня убивать?

— Забью до смерти — вот как. Это вполне по... — я щелкнул языком, прямо «Игры разума», — ...по-библейски. Верно?

— Ну да. Дерешься ты, как говорят, хорошо.

— Что скажешь, Му? Договорились?

— Смотри, Опгард, видишь вон те строчки из Библии? — Он показал на вышивку в рамке, и я уставился на причудливые завитушки. *Господь мой пастырь: я ни в чем не буду нуждаться.*

Что-то чавкнуло, и я закричал от пронзившей мою правую руку боли. Готовясь к новому удару, Му занес над головой подарочный молоток, и едва я успел отдернуть левую руку, как молоток ударил в столешницу. Правая рука так болела, что, когда я вскочил, у меня голова закружилась, но левой я успел наградить его апперкотом. Я попал ему по подбородку, однако из-за стоявшего между нами стола удар вышел слабоватый. Му нацелил молоток мне в голову, и я отскочил, а жестянщик метнулся следом, опрокидывая стулья и оттолкнув стол, так что ножки взвизгнули. Я ушел в сторону, Му на это купился, и я впечатал левый кулак ему в нос. Он что-то прорычал и опять занес молоток. В 2017 году он, может, и был жестянщиком года, а вот теперь промахнулся. Он покачнулся, и я шагнул к нему и левой быстро ударил его три раза по почкам. Му охнул от боли, а я тут же заехал ногой ему по коленке. Что-то захрустело, и я решил, что он обезврежен. Му повалился на серый линолеум и потянулся к моим ногам. Я попытался ухватиться правой рукой за плиту, однако, видать, Му своим молотком что-то мне перебил, потому что рука просто-напросто не поднималась. Я грохнулся на пол, а в следующую секунду на меня взгромоздился Му. Коленями он прижал мне руки, а рукоятку молотка вдавил в горло. Задыхаясь, я разинул рот, но в глазах уже темнело. Му приник ко мне и зашептал мне прямо в ухо:

— Ты кем себя возомнил? Приходишь в мой дом и угрожаешь мне! Я-то знаю, кто ты такой. Ты грязный безбожник с горы.

Он тихонько засмеялся и навалился на меня еще сильнее, выдавливая из моих легких последний воздух. Голова приятно закружилась — так бывает, когда лежишь на заднем сиденье и вот-вот заснешь, рядом сопит твой младший братишка, а ты смотришь в заднее стекло на звезды и слушаешь, как твои родители тихо переговариваются и смеются. И ты поддаешься и тонешь в самом себе. В нос мне просочился запах кофе, курева и слюны.

— Кривоногий, косноязычный содомит, сношатель овец, — прошипел Му.

«Так вот как, — думал я. — Вот так он с ней и разговаривает».

Я напряг живот, чуть выгнул спину, а потом разогнулся и въехал лбом ему в физиономию. И попал — кажется, по носу, как обычно и бывает, но главное, что давление на горло ослабло и воздуха хватило, чтобы накормить мышцы кислородом. Выдернув левую руку из-под его коленки, я врезал ему по уху. Му закачался, я сбросил его с себя и левой добавил ему еще. И снова. И опять.

Когда я выдохся, Му, скрючившись, лежал на полу, а по линолеуму из-под него тек кровавый ручеек, собираясь возле сиденья перевернутого стула.

Я склонился над жестянщиком. Не знаю, слышал ли он меня, но я прошептал — прямо в его окровавленное ухо:

— Сам ты кривоногий.

— Плохая новость: вероятнее всего, сустав внутри поврежден, — прокартавил Стэнли Спинд, сидя за столом. — Хорошая: помнишь, ты недавно кровь сдавал? Так вот, содержание алкоголя в крови нулевое.

— Поврежден? — Я посмотрел на средний палец, неестественно торчащий и распухший. Кожа растрескалась, а в тех местах, где она осталась целой, кожа приобрела зловещий сине-черный оттенок, наводивший на мысли о чуме. — Точно?

— Да, но я тебе выпишу направление — съездишь в город на рентген.

— Зачем? Ты же и так уверен.

Стэнли пожал плечами:

— Вероятнее всего, придется операцию делать.

— И что будет, если ее не делать?

— Тогда палец навсегда перестанет сгибаться.

— А если прооперировать?

— Тогда, возможно, сгибаться он будет. А может, и нет.

Я посмотрел на палец. Да, плохи дела. Но если бы я до сих пор работал механиком, было бы еще хуже.

— Спасибо. — Я встал.

— Погоди, мы еще не закончили, — Стэнли оттолкнулся от стола, и его стул на колесиках подъехал к накрытому бумагой столику, — садись сюда. Палец у тебя слегка выбит, надо бы провести одну процедуру.

— Это какую?

— Вправить его.

— Как-то страшновато.

— Я тебе местное обезболивание сделаю.

— Все равно страшновато.

Стэнли криво улыбнулся.

— По шкале от одного до десяти на сколько потянет? — спросил я.

— На твердую восьмерку, — ответил Стэнли.

Я улыбнулся в ответ.

Он сделал мне укол и сказал, что надо несколько минут подождать, пока не подействует обезболивающее. Сидели мы молча, но ему переносить тишину было намного проще, чем мне. Тишина словно перерастала в рев, и в конце концов я, не выдержав, показал на наушники на столе и спросил, что он слушает.

— Аудиокниги, — сказал Стэнли, — Чака Паланика. Ты ведь «Бойцовский клуб» смотрел?

— Нет. А что в нем такого хорошего?

— А я и не говорю, что он хороший, — улыбнулся Стэнли, — но мы с ним думаем одинаково. И он ясно выражает свои мысли. Ну что, готов?

— Паланик, — повторил я, вытянув руку.

Наши взгляды встретились.

— По правде говоря, в то, что ты поскользнулся, я не верю, — сказал Стэнли.

— Ясно, — буркнул я.

Я почувствовал, как он теплой рукой обхватил мой палец. И мне ужасно захотелось не лишиться этого пальца.

— Кстати, про «Бойцовский клуб», — он с силой дернул мой палец, — похоже, ты как раз на встрече этого клуба и побывал.

И правда, твердая восьмерка.

Выйдя из кабинета, я столкнулся в коридоре с Мари Ос.

— Привет, Рой. — Мари с присущей ей уверенностью улыбнулась, но даже в темноте я заметил, как она покраснела.

Называть по имени того, с кем здороваешься, — это они с Карлом придумали, когда встречались. Карл как раз тогда прочитал о каком-то исследовании, где говорилось, будто, если к человеку, приветствуя его, обращаться по имени, положительный настрой у него увеличится на сорок процентов. Впрочем, меня среди опрашиваемых явно не было.

— Привет, — я спрятал руку за спину, — что-то снег в этом году рано выпал. — Мол, вот как надо приветствовать односельчан.

Сев в машину и прикидывая, как бы мне повернуть ключ зажигания и не задеть при этом перебинтованный палец, я на минуту задумался — а почему, интересно, Мари покраснела там, в коридоре? С ней стряслось нечто, чего она стыдилась? Или ей было стыдно за то, что с ней что-то стряслось? Потому что, когда Мари встречалась с Карлом, краснела она нечасто. Скорее это я краснел, случайно с ней столкнувшись. Впрочем, при мне она тоже несколько раз краснела.

Однажды это случилось после того, как Карл купил ей на день рождения ожерелье, и, хотя оно было совсем простенькое, Мари знала, что денег у Карла не водилось, и вынудила его сознаться, что он вытащил двести крон у дяди Бернарда из ящика стола. Я, ясное дело, об этом знал, и, когда дядя Бернард похвалил ожерелье на Мари, та покраснела, да так, что я испугался, как бы у нее кровоизлияния не случилось. Возможно, она, как и я, не умеет забывать некоторые события — воровство, отказ. Они как пули, которые закапсулировались, но в холодные дни по-прежнему причиняют боль, а порой, по ночам, даже смещаются. И будь тебе хоть сто лет, но щеки твои внезапно зальет румянец.

Юлия меня пожалела — сказала, что надо было доктору Спинду найти обезболивающее посильнее, что свидание с Алексом она выдумала и что ни с кем она не встречается — по крайней мере, целоваться уж точно не станет. Слушал я лишь вполуха. Рука болела, и я понимал, что лучше бы мне уйти домой. Но там мне стало бы еще больнее.

Юлия склонилась ко мне и с озабоченным видом знатока оглядела мой перебинтованный палец. Ее мягкая грудь терлась о мое плечо, а сладкий запах жвачки щекотал ноздри. Губы ее оказались так близко к моему уху, что, когда Юлия жевала жвачку, звуки эти напоминали чавканье коровы.

— Ты не ревновал? — шепнула она с той притворной невинностью, на которую способна только семнадцатилетняя девчонка.

— Ревновал? — переспросил я. — Да я все время ревную — с тех самых пор, как мне пять лет исполнилось.

Она рассмеялась, словно это была шутка, и я делано улыбнулся — вроде как подтверждая это.

## 17

Возможно, я начал ревновать к Карлу в тот самый день, когда он родился. А может, и раньше — когда моя мать любовно поглаживала свой большой живот и говорила, что скоро у меня родится братик. Но мне было пять лет, когда меня обвинили в ревности, когда болезненное, неудобное чувство облекли в слова: «Не ревнуй к братику». Кажется, это мама сказала, а Карл в тот момент сидел у нее на коленях. И уже долго сидел там. Позже мама говорила, что Карлу досталось больше любви, потому что ему нужно было больше любви. Может, и так, но было и еще кое-что, чего она не сказала: любить Карла было проще.

И я любил его больше всех.

Именно поэтому я не ревновал Карла ко всей безусловной любви, которой его окружали, но также и к тем, кого любил Карл. Например, к Догу. Например, к мальчику, который с семьей приезжал сюда как-то летом, — они жили на даче, он был таким же красивым, как Карл, и Карл играл с ним с утра до вечера, а я считал дни, оставшиеся до конца лета.

Например, к Мари.

Первые месяцы после того, как они начали встречаться, я воображал, как Мари вдруг попадает во всяческие катастрофы. И я утешаю Карла. Когда именно ревность переросла во влюбленность, я не знаю. И переросла ли вообще. Возможно, эти два чувства жили во мне одновременно, однако со временем любовь заглушила все остальное. Она походила на какую-то гребаную болезнь, я не мог ни есть, ни спать, ни сосредоточиться на обычной беседе.

Я и радовался, и боялся, ожидая, когда она придет к Карлу, а когда она обнимала меня, обращалась ко мне или просто смотрела в мою сторону, я заливался краской. И естественно, эти чувства заставляли меня сгорать от стыда еще и потому, что я был не в силах покончить с ними, потому, что довольствовался объедками, сидел в той же комнате под тем предлогом, что способен на что-то, чего на самом деле не умел, то есть шутить и рассказывать что-нибудь интересное. В конце концов я нашел свою роль — роль молчаливого слушателя, который будет смеяться над шутками Карла или медленно кивать, когда Мари пересказывает какие-нибудь умные мысли своего папаши-мэра. Я отвозил их на вечеринки, где Карл напивался до зеленых чертей, а Мари пыталась вразумить его. Как-то раз Мари спросила, не хочется ли мне выпить, и я ответил, что нет, водить машину мне нравится больше, чем пить, да и за Карлом порой присматривать надо, верно ведь? На это она улыбнулась и больше не спрашивала. Похоже, поняла. По-моему, все понимали. Кроме Карла.

— Ясное дело, Рой с нами! — радостно заявлял он, и не важно, собирались ли они на лыжах, ехали на вечеринку в город или кататься на лошадях старого Оса.

Зачем я ему, он не пояснял, его радостной, искренней физиономии было достаточно. Она будто доказывала, что мир — отличное местечко, населенное сплошь добрыми людьми, счастливыми оттого, что находятся в компании друг друга.

Разумеется, я, как говорится, ни разу не взбунтовался. У меня хватало мозгов понять, что для Мари я лишь слегка унылый, но отзывчивый старший брат, всегда готовый их выручить. Но однажды вечером на субботней дискотеке Грета шепнула мне, что Мари в меня влюблена. За неделю до этого я переболел гриппом, а потом и Карл заразился и теперь сидел дома, никого никуда везти мне не требовалось, поэтому я глотнул самогонки — у Эрика Нерелла она всегда была при себе. Грета тоже напилась, и в глазах ее плясали черти. Я знал, что ей просто захотелось движухи, захотелось подгадить кому-нибудь, ведь я же знал ее и видел, какими глазами она смотрит на Карла. И тем не менее получилось как с проповедником Армандом, который толковал на своем песенном шведском про спасение и жизнь после смерти. Когда тебе рассказывают сказку, которую тебе хочется услышать, то крохотная часть тебя — самая слабая — предпочитает в это поверить. Я заметил Мари возле входа. Она разговаривала с каким-то парнем, неместным, потому что местные к Мари подкатывать боялись. Не потому, что она девушка Карла, а потому, что знали: она умнее их, она их презирает и про их неудачу узнает каждый, потому что за дочкой мэра в Ортуне краем глаза следят все.

Но мне, брату Карла, подходить к Мари было не опасно. По крайней мере, для нас с ней не опасно.

— Привет, Рой, — улыбнулась она, — это Отто. Он изучает в Осло политологию и считает, что мне тоже надо туда поступить.

Я посмотрел на Отто — тот поднес к губам бутылку пива и отвернулся. Явно был не рад меня видеть и хотел, чтобы я побыстрее свалил куда подальше. Я с трудом сдержался, чтобы не врезать по дну бутылки, и старался смотреть только на Мари:

— Потанцуем?

Она удивленно и слегка насмешливо взглянула на меня:

— Но, Рой, ты же не танцуешь.

Я пожал плечами:

— Могу научиться. — Похоже, я здорово перебрал.

Мари громко рассмеялась и покачала головой:

— Я тебе не учитель. Меня и саму кто научил бы.

— Хочешь, помогу? — встрял Отто. — Я, кстати, инструктор по свингу.

— Да, давай! — Мари повернулась и наградила его той сияющей улыбкой, от которой тебе казалось вдруг, будто, кроме тебя и Мари, в мире больше никого нет. — Если ты не боишься, что тебя засмеют.

Отто заулыбался:

— Смеяться тут будет не над чем. — Он поставил бутылку на ступеньку, и я пожалел, что не засунул эту бутылку ему в глотку, когда была возможность.

— Вот это смелость. — Мари положила руку ему на плечо. — Ты не против, Рой?

— Конечно нет. — Я огляделся, раздумывая, о какую стену лучше разбить себе башку.

— Еще один смельчак! — Мари положила другую руку на плечо мне. — Учитель и ученик, идите танцуйте!

Она развернулась и ушла, и лишь спустя несколько секунд до меня дошло. Мы с этим Отто стояли и пялились друг на дружку.

— А давай я тебе морду набью? — предложил я.

— Ага, набьешь ты. — Он закатил глаза, взял бутылку и скрылся из виду.

Ну и хрен с ним, я все равно перебрал, а синяки, которыми Отто мог бы меня разукрасить, все равно были бы лучше стыда и головной боли, мучивших меня на следующее утро.

Когда я, умолчав о том, что наплела Грета, рассказал Карлу о случившемся, тот смеялся так, что у него начался приступ кашля.

— Ты у меня охренный! Вызвался танцевать, чтобы отогнать всяких уродов от девушки своего брата!

Я усмехнулся:

— Ага, но только с Мари, а не с этим тупым Отто.

— Да по барабану, дай-ка я тебя поцелую!

Я оттолкнул его:

— Не лезь, гриппозный.

Оттого что я не признался Карлу в своих чувствах к Мари, мне было особенно неловко. Больше всего бесило меня то, что он сам ни о чем не догадывался. И ведь я сам мог бы ему рассказать. Признайся я — и он понял бы. По крайней мере, сказал бы, что понимает. Склонил бы голову, задумчиво посмотрел на меня и сказал бы, что такое случается и проходит. И я бы согласился. Именно поэтому я и молчал — ждал, когда все пройдет. Больше я никогда не приглашал Мари танцевать — ни в прямом смысле слова, ни в переносном.

Мари сама меня пригласила.

Это произошло через несколько месяцев после того, как Грета разболтала Мари, что Карл ее трахнул. Карл уже уехал учиться в Миннесоту, и я остался на ферме один. И однажды в дверь постучали. На пороге стояла Мари. Она обняла меня, прижалась ко мне грудью и спросила, хочу ли я с ней переспать. Прямо так и прошептала мне на ухо: «Хочешь со мной переспать? — И добавила: — Рой». То исследование про имена тут, скорее всего, ни при чем — она сказала это, чтобы подчеркнуть, что обращается она именно ко мне, Рою.

— Я знаю, что хочешь, — сказала она, не дождавшись ответа, — я все время это знала, Рой.

— Нет, — возразил я, — ты ошиблась.

— Не ври. — Она слегка отстранилась.

Я высвободился из ее объятий — разумеется, я понял, зачем она ко мне явилась. Да, Карла бросила она, но ведь и ее унизили тоже. Возможно, она бы и рада была его не бросать, вот только выхода у нее не оставалось. Мари Ос, дочка мэра, не могла смириться с тем, что сын нищего фермера с горы ей изменил, — особенно после того, как Грета растрезвонила об этом по всей деревне. Но дать Карлу отставку ей показалось недостаточно. Нужно было восстановить равновесие. И она решилась, а значит, сомневалась. Если мы с ней сейчас переспим, то я не буду тем, кто воспользовался растерянностью страдающей после разрыва девушки, — это она найдет применение старшему братцу, которого только что покинул самый дорогой ему человек.

— Пойдем, — она потянула меня за собой, — тебе будет хорошо.

Я покачал головой:

— Дело не в тебе, Мари.

Она замерла и недоверчиво уставилась на меня:

— Это правда? То, что говорят?

— Да откуда мне знать, что говорят?

— Что девушки тебя не интересуют. И думаешь ты только о... — она осеклась, будто подбирая слова, хотя Мари Ос слов никогда не забывала, — ...только о машинах и птицах.

— Я в том смысле, что это не ты виновата, Мари, а Карл. И это просто-напросто неправильно.

— Тут ты прав — это неправильно.

И тут я тоже это заметил. Презрительное высокомерие — деревенские говорили, что именно так она смотрит на них. Но было и еще кое-что — нечто, что ей хотелось бы утаить. Неужели Карл рассказал ей?

— Отомсти как-нибудь иначе, — сказал я, — посоветуйся с Гретой, она в этом знаток.

И тогда Мари покраснела. И уже по-настоящему не смогла подобрать слов. Она выскочила за дверь, а когда подъезжала к Козьему повороту, то гравий из-под колес машины фонтанчиками разлетался. Когда через несколько дней мы с ней столкнулись в деревне, Мари сделала вид, будто меня не заметила. Подобное повторялось несколько раз — в деревне спрятаться друг от дружки невозможно. Шло время, Мари уехала в Осло — политологию изучать, а когда вернулась, мы с ней разговаривали почти как ни в чем не бывало. Почти. Потому что мы друг дружку потеряли. В ее теле закапсулировалась пуля — и Мари знала, что мне об этом известно. Дело не в том, что я ее отверг, — просто я видел ее. Видел ее голой. Голой и уродливой.

В моем собственном теле тоже осталась пуля, подписанная именем Мари, но пуля эта уже давно не двигается. Влюбленность изжила себя. Забавно, но я разлюбил Мари примерно в то же время, когда они с Карлом расстались.

# 18

Через два дня после нашего с Му разговора мне позвонили из головного офиса и предложили должность начальника на заправке в Южной Норвегии. И когда я отказался, они, похоже, расстроились. Они попросили обосновать отказ, но обоснование у меня было готово. Я сказал, что заправке, где я работаю, вскоре предстоят непростые испытания, потому что шоссе будут перестраивать и мне хотелось бы попробовать решить эти непростые задачи. Судя по всему, они впечатлились, но сказали, что им очень жаль и что на той заправке на юге как раз такой, как я, и нужен.

Чуть позже в тот же день на заправку явился Курт Ольсен.

Расставив ноги, он встал перед стойкой и, поглаживая усы, дождался, пока покупатели разойдутся.

— Антон Му подал на тебя заявление о нанесении увечий.

— Надо же, какую он интересную формулировку выбрал, — сказал я.

— Может, и так, — согласился Ольсен, — он рассказал, в чем ты его обвинил, и я поговорил с Наталией. Она утверждает, что отец ее и пальцем не тронул.

— А ты что думал? Что она скажет: а, ну раз уж ты спросил, то да, я трахаюсь с собственным отцом.

— Если это изнасилование, то, полагаю...

— Да, мать твою, про изнасилование и речи не идет. Технически это не изнасилование. Но с другой стороны, кроме как изнасилованием это не назовешь.

— Нет.

— Возможно, ей кажется, что она сама виновата, потому что не дала ему отпор, что ей следовало бы понять это раньше, но, когда это началось, она была ребенком.

— Притормози, ты же не знаешь...

— Нет, ты послушай! Ребенок считает, что родители всегда поступают правильно, так? Но она также помнит, как ее просили никому не рассказывать, значит, она смутно догадывалась, что это неправильно. Верно? Но она согласилась все скрывать, родные ей ближе, чем Бог и ленсман, поэтому отчасти она берет вину на себя. К тому же Наталии всего шестнадцать, — возможно, ей легче от мысли, что она сама дала согласие.

Ольсен все поглаживал усы.

— Ты как будто психологию изучал или дома у Му жил.

Я не ответил.

Он вздохнул:

— Я не могу заставить шестнадцатилетнюю девушку давать показания против своего отца.

С другой стороны, она уже достаточно взрослая, чтобы нести ответственность за свои слова.

— То есть ты закроешь на это глаза, потому что, возможно, девушка и сама не против, и уже достигла возраста сексуального согласия?

«Только ты забыл, что от этого лишь тебе же хуже будет», — думал я, разглядывая ленсмана. Однако лицо у него скривилось от отчаяния, да и голос звучал уныло.

— Так что же делать? — Он вздохнул и всплеснул руками.

— Позаботиться о том, чтобы девушка уехала подальше от отца, — ответил я, — например, переехала в Нотодден.

Ольсен отвел глаза и уставился на стойку с газетами, словно увидел что-то увлекательное. И медленно кивнул.

— Как бы то ни было, мне придется принять его заявление. Надеюсь, ты понимаешь? А за такое до четырех лет дают.

— Четыре года?

— Челюсть у него в двух местах сломана, и он может оглохнуть на одно ухо.

— Ну, другим-то он пока слышит. Шепни ему в здоровое ухо, что если он заберет свое заявление обратно, то про его дочь, по крайней мере, вся деревня не узнает. И мы с тобой, и он сам — все мы понимаем, что не заяви он на меня — это означало бы, что обвиняю я его не зря.

— Рой, логику твою я понимаю, но ты сделал человека инвалидом, и я, как ленсман, не могу закрыть на это глаза.

Я пожал плечами:

— Самооборона. Он на меня первый с молотком кинулся.

Ольсен рассмеялся — сухо, одними губами:

— И как прикажешь мне в это поверить? Религиозный тихоня, который сроду не попадал ни в одну историю, набросился на Роя Опгарда, которого хлебом не корми, а дай кому-нибудь морду набить?

— А ты присмотрись и мозгами пораскинь. — Я положил руки ладонями вниз на стойку.

Ольсен уставился на них:

— И что?

— Я правша, и все, с кем я дрался, подтвердят, что дерусь я правой. Тогда почему на левой у меня вся кожа содрана, а на правой только палец сломан? Растолкуй Му, как дело обстоит, — и про дочь, и про нанесение увечий, особенно когда выяснится, что это он на меня напал.

Ольсен быстро провел пальцами по усам. И коротко кивнул:

— Ладно, я с ним поговорю.

— Спасибо.

Он поднял голову и посмотрел на меня. И в глазах у него я увидел ярость. Словно я, поблагодарив, решил поиздеваться над ним, ведь действовал он не ради меня, а ради себя самого. Может, еще ради Наталии и деревенских, но уж точно не ради меня.

— Снег скоро растает, — сказал он.

— Правда? — непринужденно бросил я.

— На следующей неделе обещают потепление.

Собрание в муниципалитете начиналось в пять, и перед отъездом Карл успел пообедать со мной и Шеннон. Я приготовил горную форель с картошкой и огуречным салатом со сметаной и накрыл стол в столовой.

— Ты вкусно готовишь, — похвалила Шеннон, убирая со стола.

— Спасибо, но тут ничего сложного, — сказал я, прислушиваясь к затихающему гулу двигателя.

Я налил нам кофе, и мы уселись в гостиной.

— Отель на повестке дня первый, — я посмотрел на часы, — поэтому он уже вот-вот будет выступать. Держим кулаки и пожелаем ему ни пуха ни пера.

— Ни пуха ни пера, — повторила Шеннон.

— Семь футов под килем.

— Под килем. Что такое киль?

— Что-то морское, я тут не знаток.

— За это надо выпить. — Шеннон сходила на кухню и принесла два бокала и бутылку игристого, которое Карл поставил охлаждаться. — А в чем ты знаток?

— В чем знаток? — Я наблюдал, как она открывает бутылку. — Я знаток в заправках. И хотел бы, чтоб у меня была собственная. И... пожалуй, больше ничего.

— А жена, дети?

— Если появятся, то пускай будут.

— Почему ты никогда не встречался с девушками?

Я пожал плечами:

— Никто на меня не позарился.

— Не позарился? То есть ты считаешь себя непривлекательным?

— Да я, вообще-то, пошутил, но скорее да.

— Тогда скажу тебе, Рой, что ты ошибаешься. И говорю я это не из жалости, а потому что это факт.

— Факт? — Я взял бокал. — Разве привлекательность — не субъективная штука?

— Отчасти. И нередко женщина считает мужчину более привлекательным, чем на самом деле, а вот мужчине женскую привлекательность свойственно приуменьшать.

— По-твоему, это несправедливо?

— Хм. Наверное, мужчина чувствует себя свободнее, потому что его внешность считается менее важной. Однако из-за этого большее значение приобретает его социальный статус. Если женщины жалуются, что им навязывают стандарты красоты, мужчинам вполне можно было бы пожаловаться, что от них требуют определенного статуса.

— А когда у тебя ни красоты, ни статуса?

Шеннон сбросила обувь и с ногами уселась на стул. Похоже, ей все это нравилось.

— Статус, так же как и красоту, можно мерить разными мерками и по разным критериям, — сказала она. — У нищего, но гениального художника иногда бывает целый гарем поклонниц. Женщин притягивают мужчины, которые выделяются из толпы. Когда у тебя ни красоты, ни статуса, можно взять очарованием, силой характера, чувством юмора и другими качествами.

Я рассмеялся:

— И я как раз из таких, кто берет чем-то еще?

— Да, — ответила она, — твое здоровье.

— Твое здоровье и охренеть какое огромное спасибо. — Я поднял бокал. Пузырьки в нем что-то мне шептали, но что — я не понимал.

— Всегда пожалуйста, — улыбнулась она.

— С такими, как Карл, все проще, — сказал я и понял вдруг, что допил почти до дна. — Так что тебя покорило? Внешность, статус или очарование?

— Неуверенность, — ответила она, — и доброта. Красота Карла — в его доброте.

Я поднял правую руку — хотел предостерегающе выставить указательный палец, но перебинтованный средний не сгибался, поэтому пришлось подключать левую руку.

— Нет-нет. Нельзя выступать с такими дарвинистскими суждениями и при этом утверждать, будто сама ты этим правилам не подчиняешься. Неуверенность и доброта — этого недостаточно.

Она улыбнулась и опять наполнила бокалы.

— Ты, разумеется, прав. Но мне именно так и казалось. Знаю, мой рациональный мозг, как и полагается мозгу животного, наверное, искал самца, способного стать отцом моему потомству, а вот мое человеческое начало заставило влюбиться в это ранимое существо.

Я покачал головой:

— Внешность, статус или компенсирующие факторы?

— Дай-ка подумать. — Шеннон подняла бокал и посмотрела сквозь него на лампу. — Внешность.

— Значит, внешность. А разве это не... банально? — Я явно выпил лишнего.

— Разумеется, банально. Но в мире, где география перестала быть барьером, почему черные все равно вступают в браки с черными, белые — с белыми, а азиаты, даже не живущие в Азии, — с другими азиатами?

— Культура, — сказал я, — им нужен тот, кого они понимают. И кто поймет их. Дети из богатых семей находят себе подобных, художники ищут художников, а образованные — образованных.

— Согласна, — кивнула Шеннон, — но, готовясь сделать выбор, мы тем не менее руководствуемся простейшими факторами, банальными, но важными. Внешность. Чернокожим привлекательными кажутся другие чернокожие, а для азиата восточная красота будет более очевидна, чем для нас с тобой. Почему?

Я пожал плечами:

— Может, это какой-нибудь врожденный инстинкт — повинуясь ему, мы ищем похожих на нас или на наших родителей. Возьмем, к примеру, снежного барса — он всю жизнь бродит по Гималаям и даже собственного отражения в воде не видел, потому что вместо воды там снег и лед. Но когда половозрелый самец впервые видит самку, он тут же думает: во красотка, ну охренеть!

Шеннон тихо рассмеялась:

— По-моему, Рой, ты путаешь самца с эстетом. Ты же не захочешь заводить семью с «крайслером» или машиной Голдберга, так? Красота порождает желание, красивым объектом нам хочется обладать. Но порой у нас возникает желание создать пару с кем-то, кого мы красивым не считаем, если мы знаем, что впоследствии обладать ими не будем, верно?

Я кивнул. Промолчал. Но думал о Карле и Грете, там, в рощице. Как ее пуховик терся о дерево, а потом порвался. И еще один звук мне вспомнился. Чавканье. Мягкая грудь. Юлия. Я отогнал эту мысль.

— Именно этим каждый из нас и руководствуется. Никто из нас не воспринимает красоту вне контекста — она всегда соотносится с нашим предыдущим опытом, с тем, что мы усвоили, изучили и сопоставили. Жители любой страны считают свой гимн самым красивым, мы уверены, что наша мама готовит лучше всех в мире, а самая красивая девушка у нас в деревне — первая красавица на планете. И так далее. Когда впервые слышишь чужую музыку, она обычно не нравится. Конечно, если она действительно чужая. Если кто-то утверждает, будто обожает совершенно новую для него музыку, это оттого, что ему нравится сама экзотичность. К тому же у него складывается впечатление, будто он, в отличие от окружающих, невероятно чувствителен и космополитичен. Но на самом деле нравятся ему те аспекты, которые он, сам того не понимая, узнает. Постепенно новое становится частью его опыта, частью изученного, навязанных представлений о красоте — то есть внедряется в его эстетические пристрастия. В начале двадцатого века американский кинематограф начал приучать представителей всех рас к тому, что голливудские артисты красивы. Сперва белые, а позже — и темнокожие. Последние пятьдесят лет азиатский кинематограф таким же образом продвигает своих кинозвезд. Хотя тут как с музыкой — их красоту должны признавать, значит, азиат не должен выглядеть чересчур по-азиатски, ему следует соответствовать уже существующему идеалу красоты, а этот идеал — по-прежнему белокожий. Поэтому, говоря о чувстве прекрасного, мы употребляем слово «чувство», что, мягко говоря, неточно. Слух и зрение — чувства врожденные, но в отношении красоты все мы начинаем с чистого листа. Мы... — Она вдруг осеклась и, быстро улыбнувшись, поднесла бокал к губам — наверное, решила, что зря старается, потому что слушатель ей достался неблагодарный.

Мы немного посидели в тишине. Я кашлянул:

— Я читал, что повсюду — даже в отдельно живущих племенах — красивым считается лицо симметричное. Значит, это нечто врожденное?

Шеннон посмотрела на меня, снова улыбнулась и наклонилась вперед.

— Возможно, — сказала она, — с другой стороны, правила симметрии простые и строгие, поэтому неудивительно, что в этом сходятся все. Вера в высшие силы тоже присуща всем, но мы с ней не рождаемся.

— А если я скажу, что ты красивая? — сам того не ожидая, выпалил я.

Сперва она изумленно замерла, а затем показала на свой полуприкрытый глаз, и когда заговорила снова, то вместо приятной теплоты в голосе зазвенел металл:

— Это значит, что либо ты врешь, либо ты не уяснил даже самые элементарные принципы красоты.

Я понял, что переступил границу.

— То есть существуют принципы? — спросил я, чтобы оправдаться.

Она оценивающе разглядывала меня, будто прикидывая, стоит меня помиловать или нет.

— Симметрия, — ответила она наконец, — золотое сечение. Формы, повторяющие природные. Гармонирующие цвета и оттенки.

Я кивнул, довольный, что обстановка разрядилась, но знал, что еще долго не прощу себе этой оплошности.

— Или функциональные формы в архитектуре, — продолжала она, — на самом деле они тоже повторяют природу. Шестиугольные соты в улье. Бобровые плотины. Разветвляющиеся лисьи норы. Дупло дятла, где селятся и другие птицы. Ни одна из этих конструкций не создавалась ради красоты и тем не менее красива. Дом, в котором приятно жить, красив. Все проще простого.

— А автозаправка?

— Тоже бывает красивой, пока она служит целям, которые мы считаем достойными.

— И виселица тоже?..

Шеннон улыбнулась:

— ...тоже бывает красивой, если осужденный на повешение осужден не зря.

— Чтобы считать так, не обязательно ненавидеть осужденного?

Шеннон прищелкнула языком, будто пробуя эту мысль на вкус:

— Нет, по-моему, достаточно считать казнь необходимой мерой.

— А вот «кадиллак» — машина красивая, — сказал я, доливая себе вина, — хотя в сравнении

с современными автомобилями форма у него мало-
функциональная.

— Она имитирует природные формы. Эта машина выглядит как орел, который вот-вот взлетит,
она скалит зубы, будто гиена, готова плыть по воде,
словно акула. И кажется, будто в нее встроен двигатель от ракеты и на ней можно полететь в космос.

— Но форма врет о функции, и мы об этом знаем.
Однако считаем ее красивой.

— Некоторые церкви кажутся красивыми даже
атеистам. Но в глазах человека верующего они еще
красивее, потому что напоминают ему о вечной
жизни. Так женское тело действует на мужчину,
желающего продолжить свой род. Если мужчина
знает, что женщина бесплодна, его желание осла-
бевает.

— Ты правда так считаешь?

— Можем проверить.

— И как?

На губах у нее заиграла слабая улыбка.

— У меня эндометриоз.

— Это что?

— Заболевание, при котором эндометрий — это
внутренняя слизистая оболочка матки — растет
не только в матке. Это означает, что детей у меня,
вероятнее всего, не будет. Когда знаешь о том, что
функция невыполнима, форма тоже теряет красоту — согласен?

Я посмотрел на нее:

— Нет.

Она улыбнулась:

— Это отвечает твой разум. Бессознательное
должно переварить эту информацию.

Ее бледные щеки слегка порозовели — видно, от
вина. Я уже собрался ответить, когда она рассмеялась:

222

— К тому же ты мой деверь, поэтому подопытный кролик из тебя плохой.

Я кивнул, а потом встал, подошел к музыкальному центру и поставил «Naturally» Джей Джей Кейла.

Мы прослушали весь альбом в тишине, а когда он закончился, Шеннон попросила меня поставить его заново.

Когда зазвучала «Don't Go to Strangers», дверь распахнулась. На пороге стоял Карл с серьезной, даже угрюмой физиономией. Он кивнул на бутылку.

— Почему вы ее открыли? — с горечью в голосе спросил он.

— Знали, что ты убедишь всех, они поверят, что без отеля этой деревне не обойтись, — Шеннон подняла бокал, — и они разрешат тебе построить тут столько дач, сколько захочешь. Вот и решили заранее отпраздновать.

— И я, по-вашему, похож на победителя? — Он обвел нас мрачным взглядом.

— По-нашему, ты похож на очень плохого актера, — Шеннон отхлебнула вина, — лучше принеси себе бокал, дорогой.

Карл громко расхохотался и, раскинув руки, бросился к нам:

— Только один выступил против! Одобрено! Они без ума от нашего отеля!

Карл допил львиную долю того, что осталось в бутылке, и, размахивая руками, принялся рассказывать:

— Они каждое мое слово ловили. А один из них знаете что сказал? «У нас, в Левой партии, девиз такой: все, что мы сейчас делаем, можно сделать лучше. Но лучше, чем сегодня, просто не бывает». Они прямо на месте скорректировали план развития региона, так что дачи у нас в кармане. После собрания ко мне подошел Виллумсен. Сказал, что пришел послушать, и поздравил меня. Мол, какой я молодец — не только о собственном кармане подумал, но и превратил деревню в нефтяное месторождение. Еще пожалел, что у него самого непахотной земли так мало, и предложил три миллиона за нашу.

— А ты ему что на это? — поинтересовался я.

— Что это, возможно, вдвое больше того, сколько наша земля стоила вчера, но сегодня она подорожала в три раза. Нет, в пятьдесят раз! Выпьем за нас!

Мы с Шеннон подняли пустые бокалы.

— А с отелем что? — спросила Шеннон.

— Они в него влюбились. По-настоящему влюбились. Совсем капельку попросили изменить.

— Изменить? — Светлая бровь над правым глазом поползла наверх.

— Он им показался немного... Неуютным — по-моему, так они сказали. Попросили норвежскости добавить. Ничего особенного, ерунда.

— Норвежскости?

— Детали. Фасад. Трава на крыше, кое-где отделать деревом. Поставить двух больших деревянных троллей у входа. Всякая хрень.

— А ты что?

Карл пожал плечами:

— Ну, я согласился. Это же ерунда.

— Что-о?

— Послушай, дорогая, это психология. Пускай почувствуют себя главными, иначе вышло бы, что они — сборище деревенщин, пляшущих под дудку собственного односельчанина, который вернулся из-за границы. Верно? Поэтому надо было в чем-то им уступить. И я сделал вид, будто эти уступки дались нам нелегко. Так что теперь они решат, что

уже и так перегнули палку, и ни о чем больше просить не станут.

— Никаких компромиссов, — сказала Шеннон, — ты ведь обещал. — Ее открытый глаз метал
молнии.

— Дорогая, успокойся. Через месяц, когда
начнется строительство, рулить будем мы — вот
тогда и объясним, почему весь этот китч нас не
устраивает. А до тех пор пускай думают, что все
будет так, как им угодно.

— Ты каждого способен убедить, что все будет
так, как ему угодно, да? — спросила она. Такого льда
в ее голосе прежде не бывало.

Карл заерзал:

— Дорогая, нам надо праздновать, а не...

Шеннон резко вскочила. И вышла из комнаты.

— В чем дело? — спросил я, когда дверь захлопнулась.

Карл вздохнул:

— Это ее отель.

— В смысле — ее?

— Это она сделала чертеж.

— Она? А разве не архитектор?

— Рой, Шеннон — архитектор.

— Серьезно?

— Причем, как по мне, так лучший в Торонто. Но
у нее свой стиль и свое ви́дение. И к сожалению, она
похожа на Говарда Рорка.

— Это еще кто?

— Архитектор, который взорвал собственные
здания, потому что их построили не совсем по его
чертежам. Шеннон будет биться за каждую мелочь.
Будь она поуступчивее — давно стала бы самой вос-
требованной в Торонто.

— Не то что это особенно важно, но почему ты не
сказал, что это ее чертежи?

Карл вздохнул:

— На чертежах — название ее архитектурного бюро. По-моему, этого было достаточно. Если руководитель проекта просит сделать чертежи свою молодую жену-иностранку, то такой проект непременно вызовет подозрения и покажется менее профессиональным. Естественно, увидев ее послужной список, они бы успокоились, но мне не хотелось лишнего шума, пока инвесторы и муниципалитет не окажутся на нашей стороне. И Шеннон с этим согласилась.

— Ясно, ну а мне-то почему никто из вас ничего не сказал?

Карл всплеснул руками:

— Да чтобы тебе тоже врать и хитрить не пришлось! Но... ты и сам все понимаешь.

— Меньше знаешь — крепче спишь, да?

— Рой, ну что за херня, — он не сводил с меня красивых, но печальных глаз, — я тут миллион дел одновременно делаю и просто пытаюсь облегчить задачу, ясно тебе?

Я цыкнул зубом, — похоже, эту привычку я заимел совсем недавно. Папа тоже цыкал зубом, и меня это всегда бесило.

— Ясно, — сказал я.

— Вот и хорошо.

— Кстати, про облегчить задачу — я тут Мари в поликлинике встретил. Она как меня увидела, так сразу покраснела.

— И что?

— Как будто ей стыдно стало.

— За что?

— Не знаю. Но после той истории с Гретой Мари собиралась тебе отомстить.

— Это как?

Я собрался с духом:

— Она на меня вешалась.

— На тебя? — Карл расхохотался. — И ты еще говоришь, что я все скрываю.

— Она именно этого и добивалась — чтобы я все тебе рассказал. И ты запереживал бы.

Карл покачал головой и заговорил, имитируя местный говор:

— Брошенная баба чего только не натворит. И как? Ты воспользовался шансом?

— Нет. И когда я увидел, как она покраснела, до меня дошло — она же так и не отомстила. А Мари Ос не из тех, кто забывает. Эта обида засела в ней, как старая пуля, поэтому ты лучше последи за ней.

— По-твоему, она что-то замышляет?

— Или уже успела напакостить, отчего и краснеет, когда видит кого-то из нашей семьи.

Карл потер подбородок:

— Думаешь, она способна нашему проекту навредить?

— Она способна навредить тебе. Просто чтоб ты знал.

— И ты сделал такой вывод просто потому, что шел мимо и тебе показалось, будто она покраснела?

— Да, звучит по-дурацки, знаю, — согласился я, — но такие, как Мари, краснеть не привыкли — это мы помним. Она уверенная в себе женщина, и смутить ее непросто. Но она еще и моралистка. Помнишь, как ты спер у дяди Бернарда деньги и купил Мари ожерелье?

Карл кивнул.

— У Мари было такое лицо, будто она соучастница в преступлении, но раскаиваться уже поздно.

— Понятно, — сказал Карл, — я за ней послежу.

Я лег спать пораньше. Внизу, в гостиной, Карл и Шеннон ссорились — это я понял, хоть слов и не разобрал. Потом все стихло. Они поднялись по

227

лестнице, дверь в спальню закрылась. А потом они трахались.

Я сунул голову под подушку и прокручивал в голове «Don't Go to Strangers» Джей Джей Кейла.

# 19

Снег растаял.

Я подошел к окну и взглянул на улицу.

— Где Карл? — спросил я.

— У него встреча с вкладчиками, — ответила Шеннон. Она сидела за столом и читала «Ус блад». — Они поехали участок смотреть.

— Но ведь архитектор ты — почему с ними не поехала?

Она пожала плечами:

— Он сказал, что поедет один.

— Что в газете пишут?

— Что муниципалитет разрушил плотину и нас всех смоет наводнением. Что Ус превратится в дачный поселок для богачей, а мы сделаемся слугами. Что вместо отеля нам следовало бы построить приемник для беженцев — так мы помогли бы тем, кто в нас нуждается.

— Ух ты. Это все Дан Кране написал?

— Нет, это письмо читателя, но ему отвели много места, и на первой странице на него ссылка.

— На первой странице, ты гляди-ка. А что Кране пишет от редакции?

— Рассказывает о некоем проповеднике Арманде. О том, как тот исцелял и устраивал собрания. Но спустя неделю после того, как он собрал пожертвования и уехал из Уса, инвалиды снова сидели в колясках.

228

Я засмеялся и посмотрел на небо над Оттертин-дом — горой на южном берегу озера Будалсван-нет. Знаков было множество, но друг дружке они противоречили, поэтому погоду предсказать было сложно.

— Значит, напрямую Кране боится ругать Карла, — сказал я, — но приветствует всех, кто на это решится.

— По крайней мере, с этой стороны бояться нам нечего, — сказала Шеннон.

— С этой стороны, возможно, и нечего. — Я повернулся к ней. — Если ты все еще думаешь, что можешь выяснить, чего надо Курту Ольсену, то, по-моему, сейчас самое время.

«Свободное падение» — такое место, функции которого определяются величиной местного потребительского рынка. В нашем случае это означало, что «Свободное падение» вынуждено было удовлетворять практически любые потребности. Длинная барная стойка — для мучимых жаждой, маленькие столики — для голодных, небольшой танцпол с мигающими огоньками — для ищущих развлечений, бильярдный стол — для беспокойных душ, а для уповающих — стол с купонами тотализатора и телевизор, по которому показывали скачки.

Кого изображал черный петух, время от времени дефилирующий по помещению, я не знал, но был он совершенно безобидным, хотя на свое имя — Джованни — не отзывался. Впрочем, по Джованни наверняка будут тосковать в тот день, когда его, как обещал Эрик Нерелл, отправят на кухню и преподнесут завсегдатаям заведения в виде жестковатой, но довольно вкусной курятины в винном соусе.

Когда мы с Шеннон вошли, было уже часа три. Джованни нигде не было, и лишь двое мужчин пялились на экран, на котором лошади с развевающимися гривами нарезали круги по ипподрому. Мы сели за столик у окна, и я, как мы и договорились, достал лэптоп Шеннон, поставил его на стол и пошел к бару, откуда Эрик Нерелл украдкой наблюдал за нами, делая вид, будто читает «Ус блад».

— Два кофе, — попросил я.

— Ага, сейчас. — Он поднес чашку к большому термосу и нажал на крышку.

— Чего новенького? — спросил я.

Он подозрительно глянул на меня, и я кивнул на газету.

— А, тут, — дошло до него, — да ничего. Ну да, — он взял следующую чашку, — нет, ничего.

Когда я принес кофе, Шеннон уже включила лэптоп. Я сел рядом с ней. На экране появилась заставка: унылый четырехугольный и, с моей точки зрения, совершенно обыкновенный небоскреб, как она мне объяснила, этот шедевр, здание IBM в Чикаго, спроектировал некто по имени Мис.

Я огляделся:

— Как будем действовать?

— Мы с тобой пьем кофе и болтаем. Кофе, кстати, отвратительный, но я постараюсь не морщиться, потому что он на нас смотрит.

— Эрик?

— Да, и эти двое перед телевизором — тоже. Когда допьем кофе, ты сделаешь вид, будто тебя что-то страшно заинтересовало, и уставишься в экран. Может, даже печатать начнешь. По сторонам не смотри и положись на меня.

— Ладно. — Я отхлебнул кофе. Шеннон права, вкус химический, лучше бы кипятком угостились. — Я тут погуглил эндометриоз. Пишут, что, если традиционный способ не работает, придется делать эмбрион в пробирке. Вы об этом думали?

Ее рассерженный глаз метал молнии.

— Ты же сама сказала — сидим и болтаем, — сказал я.

— Это не болтовня, — прошипела Шеннон, — это серьезный разговор.

— Могу поговорить о заправках, — я пожал плечами, — или о всяких сложностях, которые возникают, если средний палец на рабочей руке у тебя сломан.

Она улыбнулась. Настроение у нее менялось с той же стремительностью, что и погода на высоте двух тысяч, зато когда она улыбалась, возникало ощущение, будто опускаешься в ванну с горячей водой.

— Мне хочется детей, — призналась она, — больше всего на свете хочется — не разумом, конечно, а сердцем.

Она посмотрела куда-то мне за спину, на Эрика. И улыбнулась — будто в ответ. А вдруг Эрик не в курсе, чего Курт разнюхивает? Теперь мне казалось, что зря мы все это затеяли.

— Ну а сам-то ты? — спросила она.

— Я?

— Как насчет детей?

— Ну да. Конечно. Вот только...

— Что?

— По-моему, отец из меня вышел бы никудышный.

— Ничего подобного, Рой, это я точно знаю.

— Тогда им нужна мать, которая восполнит все то, чего я им дать не смогу. И которая понимает, что автозаправка — работа непростая и трудоемкая.

— В тот день, когда ты станешь отцом, ты вообще забудешь, что такое автозаправка.

— Или небоскребы из анодированного алюминия.

Она улыбнулась:

— Сейчас вовремя.

— Пора.

— Да, пора.

Наши взгляды встретились, я пододвинул к себе лэптоп, открыл текстовый файл и принялся печатать — первое, что приходило мне в голову, не заботясь о том, чтобы писать правильно. Спустя некоторое время я услышал, как она встала и направилась к бару. Шла она, виляя бедрами, — я это и так знал, можно было даже голову не поворачивать. Проклятая сока. Я сидел спиной к бару и услышал, лишь как стул отодвинули. Значит, она села и начала болтать с Эриком Нереллом, и он теперь не сводит с нее глаз, как тогда, на вечеринке у нас дома. Я все пытался печатать, когда за столик ко мне кто-то сел. На миг я решил, что это Шеннон вернулась ни с чем, и мне отчего-то полегчало. Но это оказалась не Шеннон.

— Привет, — сказала Грета.

Первое, что я заметил, так это ее патлы, прежде крысиного цвета, а теперь посветлевшие.

— Привет. — Я постарался произнести это особенно веско, чтобы до нее дошло, как ужасно я занят.

— Вы только гляньте, какая красотка, — сказала Грета.

Я машинально посмотрел в ту же сторону, что и она.

Шеннон с Эриком стояли по разные стороны барной стойки, но склонились друг к дружке, повернувшись к нам в профиль. Шеннон чему-то рассмеялась, потом улыбнулась, и я понял, что Эрик тоже лег в горячую ванну — прямо как я незадолго до этого. И возможно, оттого, что Грета назвала ее красоткой, теперь и я это увидел. Шеннон Аллейн Опгард была не просто красоткой — она была красавицей.

Она поглощала свет и отражала его. И я не в силах был глаз от нее отвести. Пока не услышал голос Греты:

— Ой-ой-ой!

Я повернулся к ней. Теперь она смотрела не на Шеннон, а на меня.

— Что?

— Ничего. — На ее червякообразных губах заиграла мерзкая ехидная улыбочка. — А где сегодня Карл?

— Думаю, участок для отеля смотрит.

Грета покачала головой, а я сделал над собой усилие и не спросил, откуда у нее такая уверенность.

— Тогда не знаю. Может, с инвесторами встречается.

— Это больше похоже на правду. — Она будто собиралась еще что-то сказать.

— А я и не знал, что ты в «Свободное падение» ходишь. — Я попытался перевести разговор на другую тему.

Она показала купоны скачек — похоже, взяла их на столе возле телевизора.

— Для отца прихватила, — сказала она, — правда, он сказал, что лучше вложиться в отель, чем в лошадей. Говорит, принцип тот же. Вкладываешь чуть-чуть, но получаешь возможность выиграть много. Он ведь все правильно понял?

— Вкладывать вообще ничего не надо, — возразил я, — возможность что-то выиграть есть, ага. Но существует и риск, что тебе предъявят немалый счет. Пускай твоей отец убедится, что у него есть средства — на случай форс-мажора.

— Какого еще мажора?

— Ну, вдруг все пойдет наперекосяк.

— А, в этом смысле. — Грета сунула купоны в сумку. — Карл все намного красивее расписывал, чем ты, Рой, — она заулыбалась, — но это вообще в его духе. Передавай ему привет. И пускай присмотрит за своей куколкой. Она, похоже, решила задать ему жару.

Я обернулся и посмотрел на Шеннон и Эрика. Они вытащили телефоны и что-то набирали. Когда я повернул голову, Грета уже направлялась к выходу.

Я посмотрел на экран. Пробежал глазами по строчкам. Что за херню я тут написал? Я что, совсем рехнулся? Кто-то опять сел за мой столик, и я поспешно закрыл файл, ответив «нет», когда программа спросила, хочу ли я его сохранить.

— Закончил? — спросила Шеннон.

— Ага. — Я закрыл лэптоп и встал. — Ну и как? — спросил я, когда мы уже сидели в «вольво».

— Думаю, вечером все и случится, — ответила Шеннон.

Я отвез Шеннон домой, поехал на заправку и отпустил Маркуса — тот отпросился пораньше.

— Какие новости? — поинтересовался я у Юлии.

— Да так. — Она надула пузырь. — Алекс бесится. Типа я его динамлю. А Наталия переезжает.

— Это куда?

— В Нотодден. Оно и понятно — тут у нас дыра дырой.

— Это точно. — Я вытащил из ящика под кассой ключ. — Я в мастерскую загляну, ладно?

Ворота гаража я отпирать не стал и вошел через кабинет. Воздух тут был спертый — я давно сюда не заглядывал. Иногда, когда стояли холода, я загонял сюда машину менять резину, но смотровой ямой не пользовался с тех времен, как мастерская прекратила свое существование. Когда Карл уехал и я остался один, то обустроил себе жилье в каморке за мастерской — поставил кровать, телевизор притащил и походную кухоньку оборудовал. Тут я жил в самые холодные зимние месяцы, когда дорогу до фермы заносило снегом, а греть целый дом казалось бессмысленным — я все равно там проводил лишь несколько часов в день. Сейчас я запер дверь в мойку и принял душ. Вымылся до скрипа и пошел в свою старую каморку. Потрогал матрас — сухой. Плитка работала. Даже телевизор, чуть подумав, включился.

Я направился в мастерскую.

Стоял там, где когда-то мы отрезали старому Ольсену руки, ноги и голову. Я отрезал. У Карла не было сил смотреть на это, да и ладно, почему он вообще должен на такое смотреть? Двое суток трактор с поднятым ковшом стоял на улице, а потом я загнал его на мойку и сбросил все в сточную канаву, а ковш промыл. Вот и все. Каково мне теперь стоять на том же самом месте? Интересно, завелись тут призраки? С тех пор уже шестнадцать лет прошло. В тот вечер я ничего особого не чувствовал, да и ночью тоже — у меня просто сил не было. А призраки остались в Хукене.

— Рой! — окликнула меня Юлия, когда я вернулся в магазин. В ее исполнении имя мое звучало так, будто оно ужасно длинное. — А ты куда мечтаешь съездить? — Она перелистнула страницу туристического каталога и показала мне фотографию: молодая пара, скорее раздетая, чем наоборот, жарится на пляже под палящим солнцем.

— В Нотодден, наверное, — ответил я.

Она скривилась:

— А дальше всего ты куда ездил?

— Да никуда я не ездил, — отмахнулся я.

— Да ладно.

— Я был на юге. И на севере. Но за границей я не бывал.

— Не ври! — Она склонила набок голову и пристально посмотрела на меня, а после уже менее уверенно добавила: — За границей все бывали...

— Я тоже путешествовал, — сказал я, — но вот тут. — Я осторожно постучал забинтованным средним пальцем по лбу.

— В смысле? — Она улыбнулась. — У тебя чего, мозги помутились?

— Ага, я расчленял человеческие тела и стрелял в беззащитных собак.

— Ну да, а когда твоя жена напилась шампанского и свалилась за борт, ты кинул ей спасательный круг, — рассмеялась Юлия. — Какой же ты прикольный. И почему мои ровесники не такие?

— Чтобы стать прикольным, нужно время, — ответил я, — время и силы.


Когда я вечером вернулся домой, Шеннон, закутанная в плед, сидела в зимнем саду, в темноте, в старом Карловом пуховике и моей шапке.

— Тут холодно, но сразу после заката очень красиво, — сказала она. — На Барбадосе закат быстрый, солнце садится — и сразу становится темно. А в Торонто все плоское и так много высоких домов, что в определенный момент солнце просто скрывается от тебя. А здесь можно долго наблюдать, как в замедленной пленке.

— При замедленной съемке.

— Съемке? — Она засмеялась. — Ну хорошо, при замедленной съемке. Потому что здесь столько всего происходит со светом. Свет в озере, свет в горах, свет за горами. Как будто фотограф сошел с ума и решил перепробовать все настройки. Обожаю норвежскую природу! — И с деланой проникновенностью добавила: — Дикую, девственную норвежскую природу.

Сжимая в руках чашку кофе, я присел рядом:

— А Карл где?

— Поехал уговаривать какого-то важного для проекта господина. Торговца подержанными автомобилями.

— Виллумсена, — кивнул я, — а еще что?

— А что еще?

— Ничего интересного не случилось?

— Что, например?..

Луна высунула свою бледную физиономию из-за тучи. Словно актер, который тайком подглядывает за зрителями из-за занавеса, пока пьеса еще не началась. И в запоздалых солнечных лучах лицо Шеннон было как раз таким — лицом актрисы.

— Он дотерпел до восьми вечера. — Она высунула из-под пледа руку и протянула мне телефон. — Я наплела, что он мне нравится и что мне тут скучно. И попросила прислать мне фотографии. Он спросил какие. А я ответила, что мне нравится природа. Дикая и необузданная. И без прикрас.

— И он прислал тебе вот это?

Я разглядывал селфи Эрика Нерелла. Это даже «дикпиком» не назовешь. Нерелл возлежал перед камином, похоже, на оленьей шкуре, вымазанный чем-то блестящим, так что кожа, обтягивающая мышцы, сияла. А в самом центре кадра красовался эрегированный член.

Лица на фотографии видно не было, но беременная жена все равно вряд ли спутала бы его с кем-нибудь еще.

— Он, скорее всего, будет отнекиваться и говорить, будто неправильно меня понял, — сказала Шеннон, — но мне от этого не легче — для меня это тяжелое потрясение. И думаю, его тесть со мной согласится.

— Тесть? — удивился я. — Разве не жена?

— Я тут немного прикинула. Эрик хорошо знает, что именно сказать. По-моему, он не сомневается, что беременную жену он уболтает. Прикинется овечкой, кинется в ноги, и все в этом духе. А вот с тестем...

— Ух ты и подлая, — усмехнулся я.

— Нет, — серьезно возразила она, — я добрая. Тех, кого я люблю, я люблю по-настоящему и делаю все, чтобы их защитить. Даже если для этого требуется пойти на подлость.

Я кивнул. Что-то мне подсказывало, что это ей не впервой. Я уже собрался было заговорить, но услышал гул шестицилиндрового «американца». На Козьем повороте сверкнули фары, и к дому подрулил «кадиллак». Мы молча наблюдали, как машина остановилась. Выйдя, Карл поднес к уху телефон и, разговаривая, двинулся к дому. Я повернулся и включил свет. Увидев нас, Карл вздрогнул от неожиданности. Словно его застали врасплох. Хотя на самом-то деле это мне не хотелось, чтобы он увидел меня в темной комнате наедине с Шеннон. Тогда я выключил свет — показал ему, что в темноте нам приятнее, только и всего. И одновременно понял, что решение мое правильное.

— Я переезжаю в мастерскую, — тихо сказал я.

— Как это? — так же тихо проговорила Шеннон. — Почему?

— Так у вас места больше будет.

— Места? Места у нас и так предостаточно. Всего три человека в целом доме, а дом этот — один-единственный на горе. Рой, пожалуйста, останься! Ради меня.

Я вглядывался в темноту, стараясь рассмотреть ее лицо. Она серьезно? Или просто из вежливости? Но тут луна спряталась, и больше Шеннон ничего не сказала.

Карл с открытой бутылкой пива вошел в гостиную и присел к нам.

— Срок подачи заявок для тех, кто хочет быть инвестором в строительстве отеля, вышел. — Он плюхнулся в плетеное кресло. — Сейчас у нас четыреста двадцать вкладчиков — это почти все, кто владеет хоть чем-то в деревне. В банке все готово, с инвесторами я поговорил. В сущности, экскаваторы можно пригонять завтра утром, после собрания собственников.

— А что ими копать-то, экскаваторами? — хмыкнул я. — Там сначала скалу взрывать надо.

— Это я образно выразился. Просто для меня экскаваторы — что-то вроде танков, которые едут грабить спрятанные под скалой богатства.

— Можешь поступить как американцы, — предложил я. — Сперва сбрось бомбу. Уничтожь все живое. Вот тогда и грабь.

Я услышал, как его щетина царапнула по вороту рубашки, когда он повернулся ко мне. Наверное, раздумывал, не кроется ли за моими словами нечто большее. Что бы это ни было.

— Виллумсен и Ю Ос согласились войти в состав правления, — сказал Карл, — на том условии, что меня выберут председателем.

— Похоже, ты прибрал власть к рукам.

— Можно и так сказать, — согласился Карл, — компания с неограниченной имущественной ответственностью тем и хороша, что, в отличие от обществ акционерного типа, от нее не требуют настоящего совета правления, аудитора и прочего. Правление и аудитор у нас есть, потому что таково условие банка, но на практике председатель правления может полностью управлять компанией, а это сильно упрощает дело. — В бутылке булькнуло.

— Рой хочет съехать, — сказала Шеннон, — в мастерскую.

— Что за глупости, — возмутился Карл.

— Он говорит, нам надо больше места.

— Ну ладно, — уступил я, — может, это мне надо больше места. Наверное, я так долго жил один, что слегка спятил.

— Значит, это нам с Шеннон надо съехать, — сказал Карл.

— Нет, — ответил я, — мне приятно, что здесь теперь не один человек живет. Дому радостно, что он приютил не одного, а нескольких.

— Но три — это лучше, чем два, — сказал Карл, и я понял, что он положил руку на колено Шеннон. — И кто знает, может, в один прекрасный день нас станет четверо. — Он пару секунд помолчал, будто опомнился. — Или не станет. Мне это пришло в голову, потому что я сегодня вечером видел, как Эрик с Гру гуляют. Живот у нее прямо необъятный.

Снова молчание. И871 булькание. Карл рыгнул.

— И почему, интересно, мы втроем вечно сидим в темноте?

«Чтобы радостные лица не делать», — подумал я.

— Я завтра поговорю с Эриком, — пообещал я, — а вечером перееду.

Карл вздохнул:

— Рой...

Я встал:

— Пойду спать. Вы замечательные, и я вас люблю, но по утрам я ничьих физиономий видеть не хочу.

В ту ночь я спал как убитый.

## 20

Эрик Нерелл жил на отшибе. Я объяснил Шеннон, что, говоря «на отшибе», мы имеем в виду — возле Будалсваннета, ближе к устью реки Кьеттерэльва. По форме озеро напоминает перевернутую букву «V», а деревня находится как раз там, где сходятся палочки. Это «на отшибе» не дает никакого ориентира, а скорее говорит, в какую сторону ехать, потому что дорога все равно идет вдоль озера. Ос, жестянщик Му и Виллумсен жили «поблизости» — такое местоположение считается чуть более выгодным, потому что земля тут менее холмистая и солнца больше. А дача Ольсена и хутор Эрика Нерелла располагались на отшибе, с тенистой стороны. На отшибе была и дача старого Оса, где мы с Карлом, Мари и другими подростками в былые времена устраивали пьянки и гудели до самого утра.

По дороге я вспоминал то время.

Я припарковал машину возле стоявшего перед амбаром «форда-кортина». Открыла мне Гру, жена Эрика. Я спросил, дома ли Эрик, а сам разглядывал ее и удивлялся — надо же, какие у нее короткие руки, как она только до ручки дверной дотянулась.

— Он спортом занимается. — Она махнула рукой в сторону амбара.

— Спасибо, — поблагодарил я, — ну что, скоро уже, да?

— Да, — улыбнулась она.

— Но я тут слыхал, вы с Эриком все еще выбираетесь на прогулки?

— Да, жену и собаку полагается выгуливать, — засмеялась Гру, — но сейчас мы дальше чем на триста метров от дома не уходим.

Когда я вошел, Эрик меня не заметил и не услышал. Он лежал на скамейке и поднимал штангу.

Сопел и пыхтел, а когда толкал штангу вверх, то еще и рычал. Я дождался, когда он положит штангу на подставку, и подошел к нему. Он вытащил из ушей наушники, и я услышал дискант, выводящий «Start Me Up».

— Рой, — удивился он, — давно не виделись.

— Ты прямо силач, — похвалил я его.

— Спасибо. — Он поднялся, набросил на себя промокшую от пота футболку с изображением «Голливуд брэтс». Его дальний родственник был в этой группе клавишником, и Эрик твердил, что начни «Голливуд брэтс» в другую эпоху — они прославились бы сильнее, чем «Секс пистолз» и «Нью-Йорк доллз».

Эрик несколько раз ставил их песни, и я решил, что проблема не в эпохе. Но его энтузиазм мне нравился. Мне вообще нравился Эрик Нерелл. Просто так вышло, что под раздачу попал именно он.

— У нас тут задачка, которую надо решить, — сказал я. — Ты прислал Шеннон фотографию — это ты зря.

Эрик побледнел и быстро моргнул. Три раза.

— Она пришла ко мне — Карлу ни о чём рассказывать не стала, сказала, что он взбесится. Но Шеннон решила обратиться к ленсману. Потому что твои действия — чистой воды эксибиционизм.

— Нет, послушай, она же говорила...

— Она говорила про фотографии природы. Ладно, заявлять на тебя она не станет — я ее отговорил, это только жизнь всем испортит, а для Гру вообще будет ударом.

Когда я упомянул его супругу, желваки у Эрика ходуном заходили.

— Когда Шеннон узнала, что у тебя вот-вот ребенок родится, то решила показать эту фотографию твоему тестю — а тот, мол, пускай думает,

как поступить. И боюсь, Шеннон — женщина целе-
устремленная.

Эрик стоял, по-прежнему открыв рот, но на этот
раз ничего не сказал.

— Я пришел потому, что хочу помочь. Остановить ее. Ты же знаешь, шум и ругань мне не по
душе.

— Да, — ответил Эрик, и я расслышал в его
интонации едва заметный знак вопроса.

— А еще мне не нравится, когда лезут на нашу
землю — туда, где погибли мама с папой. Тогда мне,
ясное дело, хочется выяснить, что происходит.

Эрик опять моргнул, будто давая понять, что
все понял. Понял, что я предлагаю взаимовыгод-
ный обмен.

— Ольсен все равно собирается спустить кого-то
в Хукен, верно?

Эрик кивнул:

— Он заказал в Германии защитный костюм.
Слегка смахивает на те, в которых саперы работают. В нем можно свободно передвигаться, и ты
в безопасности, если только тебя совсем уж валу-
ном не придавит.

— Чего он ищет?

— Рой, я только знаю, что Ольсен собирается
туда спуститься.

— Нет. Сам он туда не собирается. Это тебя он
туда спустит. Значит, рассказал тебе, чего ищет.

— Рой, пойми, даже если бы я это знал, то говорить просто не имел бы права.

— Разумеется, — кивнул я, — а ты, Эрик, пойми,
что я просто не имею права мешать женщине, которая пережила такое ужасное потрясение, как Шеннон.

Эрик Нерелл сел на скамейку и взглянул на
меня глазами побитой собаки. Плечи опущены,

руки безвольно лежат на коленях. Из наушников, лежащих между ногами на скамейке, по-прежнему доносилась «Start Me Up».

— Вы меня провели, — сказал он, — ты и эта сучка. Он там, внизу, да?

— Кто — он?

— Мобильник старого ленсмана.

Одной рукой я держался за руль, а во второй сжимал телефон.

— В ту ночь, когда Сигмунд Ольсен исчез, сигнал мобильника не пропадал до десяти вечера.

— Ты о чем это? — пробормотал Карл. Его, похоже, мучило похмелье.

— Включенный мобильник каждые полчаса отправляет сигнал — он регистрируется на вышках мобильной связи. Иначе говоря, мобильный оператор знает, где находится телефон и в какое время.

— И что?

— Курт Ольсен недавно съездил в город, в представительство компании, предоставляющей мобильную связь. Там он запросил информацию о тех сутках, когда его отец исчез.

— А у них что, есть настолько старые данные?

— Похоже на то. Телефон Сигмунда Ольсена зарегистрирован на двух вышках, и, судя по этим данным, его — или, по крайней мере, его телефона — точно не было рядом с дачей в тот момент, когда свидетель видел там машину Ольсена и слышал, как завелся лодочный мотор. Потому что свидетель проезжал там, когда уже стемнело. Зато по данным этих же вышек, телефон находился на участке, в который входят наша ферма, Хукен, хутор Симона Нергарда и лес между его хутором и деревней. А это идет вразрез с твоими словами о том, что Сигмунд Ольсен уехал с нашей фермы в половине седьмого.

— Я не сказал, куда именно поехал ленсман, — Карл, похоже, стряхнул с себя похмелье, — я лишь сказал, что он уехал от нас. Он вполне мог заехать куда-нибудь по дороге от нас в деревню. И возможно, машина и лодочный мотор — это вовсе не Ольсен, а еще кто-нибудь. В том районе дач много. Или, возможно, свидетель перепутал время, ведь машина и мотор — не бог весть какие события, чтобы их запоминать.

— Согласен, — впереди показался трактор, — но свидетельские показания меня не особо волнуют. Хуже то, что Курт полезет в Хукен и найдет там телефон. Потому что, если верить Эрику Нереллу, Курт именно за этим туда и рвется.

— Твою ж мать! Неужто телефон и впрямь там? Ты же собрал его вещи.

— Ага. И рядом с телом ничего не валялось. Но помнишь, мы вытаскивали труп наверх, когда уже стемнело, а перед этим мне почудилось, будто со скалы камни сыплются, и я поэтому еще в машине прятался?

— И что?

Я перестроился на соседнюю полосу. Трактор приближался к повороту, но я рискнул — поддал газу и проскользнул перед трактором. Взглянув в зеркало, я увидел, как тракторист качает головой.

— Это не камни были, это его телефон свалился. Телефон у него был в таком чехле, который крепился к ремню. А когда тело потащили вверх, оно терлось о скалу, мобильник оторвался и упал, но я принял его за камень.

— С чего ты так решил?

— Потому что я еще кое-что вспомнил. Когда я посмотрел на труп, у него вроде как чего-то не хватало. И позже, когда мы уже отвезли его в мастерскую, я снял с него пояс и срезал одежду. Все

245

металлические предметы я вытащил, а тело отдал на съедение растворителю. Из вещей у меня остались монеты, ремень и зажигалка. А вот мобильника не было. Тогда я об этом поганом мобильнике и не подумал, хотя знал ведь, что у него на ремне вечно болтается этот гребаный кожаный чехол.

Карл помолчал.

— И как поступим? — спросил наконец он.

— Надо спуститься в Хукен, — сказал я, — надо опередить Курта.

— И когда?

— Костюм доставили Курту вчера. Сегодня, в десять, Эрик пойдет на примерку, а после они сразу же поедут к Хукену.

Карл сопел так, что в ухе у меня защекотало.

— Твою мать...

## 21

Второй дубль, этот мой второй спуск, словно бы прошел медленнее, но в то же время и быстрее. Быстрее, потому что решение практических задач мы придумали в первый раз и, как ни странно, сейчас их вспомнили. Медленнее, потому что мы не знали, когда явится Курт с альпинистами, отчего у меня было такое же чувство, какое бывает в ночных кошмарах, где за тобой кто-то гонится, а ты силишься бежать, но словно бредешь по колено в воде. Шеннон заняла место на Козьем повороте, откуда были видны поворачивающие в нашу сторону автомобили.

Веревку мы с Карлом взяли ту же самую, так что Карл знал, далеко ли нужно сдавать задом, пока я не спущусь.

Спрыгнув наконец на землю, я отвязал веревку и медленно повернулся. Шестнадцать лет. Но здесь, внизу, времени будто не существовало. Скала с южной стороны была ниже, но слегка нависала над пропастью, поэтому дождь на нее не попадал — стекая по противоположной скале, вертикальной, со стороны Козьего поворота, капли исчезали в трещинах. Видимо, поэтому остов автомобиля почти не заржавел, а шины хоть и потемнели, но не растрескались. Животные папин «кадиллак» тоже не попортили, обивка и панель инструментов казались целыми.

Я взглянул на часы. Половина одиннадцатого. Дьявол. Я закрыл глаза и попытался вспомнить, с какой стороны тогда, много лет назад, послышался удар. Нет, слишком давно это было. Но если, кроме силы тяжести, другие силы задействованы не были, телефон упал бы по вертикальной траектории. По вертикальной. Меня посетила та же мысль, что и в тот раз, когда я вытаскивал тело Ольсена. Свободное падение. Несложный физический закон, согласно которому предметы падают по вертикали, если на них не воздействуют иные силы. Но тогда я намеренно отбросил эту мысль, почему бы и сейчас ее не отбросить? При себе у меня был фонарик, и я принялся искать между валунами, возле скалы, там, куда спускалась веревка. Мы повторили все до мелочей, отогнали машину по той же узкой дороге на такое же расстояние, а значит, телефон должен был упасть куда-то сюда. Но между камнями были сотни щелей и расселин, куда он мог завалиться. А что, если он вообще отрикошетил от камней и валяется совсем в другом месте? По крайней мере, он был в кожаном чехле и не разлетелся на куски — это уже неплохо. Неплохо, если, конечно, я его найду.

Я понимал, что действовать надо размеренно, нельзя следовать наитию и метаться, как безголовые курицы, — бывало, отец отрубит курице голову, а птица вырвется из маминых рук и бегает по двору. Я мысленно выделил квадратный участок, где, по моим предположениям, приземлился телефон, и начал с верхнего левого угла. Я опускался на колени, заглядывал под камни, которые был в силах приподнять, светил фонариком в щели между камнями покрупнее. Если щели были чересчур глубокими и ни глаз, ни рук не хватало, я засовывал туда прикрепленный к селфи-палке смартфон Карла, включал видео и подсветку, а потом просматривал снятое.

Через пятнадцать минут я добрался до середины квадрата и засунул палку между двумя валунами размером с холодильник, когда меня окликнул Карл:

— Рой...

Что он собирается сказать, я уже знал.

— Шеннон их видит!

— Где? — крикнул я.

— У подножия!

У меня минуты три, не больше. Я вытащил палку и просмотрел запись. Из темноты на меня вдруг сверкнули два глаза, и я вздрогнул. Проклятая мышь! Она развернулась, на экране мелькнул ее хвост, и мышь исчезла. И в эту секунду я увидел его. В черном кожаном футляре мыши прогрызли дыру, но передо мной, несомненно, был телефон старого ленсмана Ольсена.

Я лег на живот и просунул руку между камнями, но не дотянулся, пальцы задевали камни или хватали воздух. Вот дрянь! Если я его нашел, значит, и они найдут. Надо сдвинуть этот гребаный камень! Я привалился к нему спиной, уперся

248

ногами в скалу напротив и вжал спину в камень. Он не сдвинулся с места.

— Они на Японском повороте! — крикнул Карл.

Я попробовал еще раз. Со лба капал пол, мышцы и сухожилия готовы были лопнуть. Мне почудилось или камень чуть сдвинулся? Я снова напружинил спину. Если что и сдвинулось, то у меня в спине. Я вскрикнул от боли. Мать твою! Я повалился на землю. Смогу ли я пошевелиться? Да, пошевелиться получилось, но боль была дикая.

— Они уже...

— Когда я скажу, дай газу и отъезжай на два метра!

Я потянул веревку. Время поджимало, поэтому я сделал лишь одну петлю, обмотав веревку вокруг камня и завязав узел, который отец называл беседочным. Потом я встал возле камня, чтобы, если «вольво» хотя бы слегка приподнимет его, столкнуть с места.

— Газ!

Двигатель там, наверху, заревел, и меня вдруг осыпало гравием, а один камешек угодил прямо в темечко. Но валун поддался, и я бросился на него, как лайнбекер в американском футболе. Валун покачивался, а меня поливал гравийный дождик из-под колес «вольво». А затем камень перевернулся. Из образовавшейся в земле ямы, словно изо рта, меня обдало неприятным запахом, я бросился на колени и схватил телефон, успев заметить, как разбегаются от света мелкие букашки. Сверху что-то затрещало. Запрокинув голову, я увидел обрывок веревки и летящий на меня камень. Я отскочил, покачнулся и присел на задницу. Дрожа и задыхаясь, я смотрел на камень — он вновь лежал на прежнем месте, похожий на пасть, от которой мне удалось спастись.

«Вольво» остановился, — видно, Карл понял, что груз исчез. Но вместо этого я услышал другой двигатель, напоминающий тарахтение трактора «лендровер». Он поднимался в гору. До нас им оставалась еще пара поворотов, но конец веревки болтался метрах в семи-восьми надо мной.

— Сдай назад! — заорал я, стаскивая с камня оторванный конец веревки и засовывая его в карман куртки, где уже лежал мобильник Ольсена.

Конец веревки чуть опустился, однако до него оставалось почти три метра, хотя — это я понимал — Карл подогнал «вольво» к самому краю. Я ухватился за большой камень здоровой левой рукой и полез вверх. Камень покачнулся. А я-то думал, что врал, когда говорил, что тут камнепады бывают, — ведь камень-то явно от скалы отвалился! Но другого выхода у меня не было. Положив правую руку на уступ, я напрягся, и, к счастью, спина так сильно болела, что я напрочь забыл о боли в среднем пальце. Я поднял руки и изогнулся, выпятив задницу, будто гусеница, а после резко выпрямился и правой рукой схватился за веревку. И что теперь? Второй рукой придется держаться, а завязать узел одной рукой не получится.

— Рой! — На этот раз кричала Шеннон. — Они к последнему повороту приближаются.

— Газ! — заорал я, перехватив веревку на полметра выше и одновременно обмотав ее вокруг ладони. — И сильнее!

Я слышал, как она передала мою просьбу, и, когда веревка дернулась, вцепился в нее левой рукой, напружинил живот, поднял ноги и уперся ими в скалу. И побежал прямо в небо. Я попросил Карла поддать газу не потому, что боялся Ольсена, — просто если держаться за веревку только руками, долго не провисишь. И думаю, что в то утро я, наверное, установил мировой рекорд в беге на сто метров по вертикальной поверхности. Кажется, я, как и лучшие мировые спринтеры, даже ни разу не вздохнул за все это время. Я думал лишь о пропасти подо мной, гибели, которая с каждым метром была все вероятнее. Выбравшись на Козий поворот, я не отпустил веревку и, лишь проехав еще несколько метров на заднице по гравию, наконец отцепился. Шеннон помогла мне встать, мы добежали до машины и залезли внутрь.

— Гони за амбар! — скомандовал я.

Мы съехали на размытую землю за амбаром, и я успел увидеть, как из-за Козьего поворота появился «лендровер» Ольсена. Хорошо бы еще, чтобы он не заметил ни нас, ни веревку, анакондой вьющуюся по траве следом за «вольво».

Я сидел на переднем сиденье и отдувался, а Карл вышел и принялся сматывать веревку. Шеннон подбежала к стене и выглянула из-за угла.

— Они остановились, — сообщила она, — похоже, они привезли с собой... beekeeper — как это по-норвежски?

— Пасечник, — ответил Карл, — боятся небось, что там, внизу, осиное гнездо.

Я затрясся от смеха, и в спину мне словно нож воткнули.

— Карл, — тихо проговорил я, — почему ты сказал, что был вчера вечером у Виллумсена?

— Чего-о?

— Виллумсен рядом живет. Но ты сказал, что видел, как Эрик с женой гуляли. А ведь они живут на отшибе.

Ответил Карл не сразу.

— А сам-то как думаешь? — спросил он наконец.

— Ты хочешь, чтобы я что-нибудь предположил, — сказал я, — а ты, вместо того чтобы правду сказать, подтвердил, что так оно и было?

— Ну ладно, — взглянув в зеркало заднего вида, Карл удостоверился, что Шеннон по-прежнему подглядывает из-за угла за Ольсеном со товарищи, — я мог бы сказать, что поехал проветриться и пораскинуть мозгами. И это была бы правда. Вчера главный подрядчик увеличил процентную ставку на пятнадцать процентов.

— Вон оно что...

— Они отложили начало строительства, потому что считают, что мы не провели экспертизу грунта и забыли учесть влияние погодных условий.

— А в банке что на это говорят?

— Они пока не в курсе. Я уже продал предприятие вкладчикам за четыреста — нельзя же еще до начала строительства сообщать о том, что в бюджете у нас дыра на шестьдесят миллионов.

— И что будешь делать?

— Пошлю главного подрядчика в задницу и буду напрямую договариваться с субподрядчиками. Заморочек получится больше — придется общаться со строителями, каменщиками, электриками и всеми остальными и контролировать работу. Но так выйдет намного дешевле, чем если отстегивать главному подрядчику по десять-двадцать процентов каждый раз, когда они будут нанимать электриков.

— Но ты же не поэтому вчера катался вдоль озера?

Карл покачал головой:

— Я...

Он умолк — задняя дверца открылась, и на сиденье уселась Шеннон.

— Они готовятся к спуску, — сказала она, — возможно, это надолго. А вы тут о чем говорите?

— Рой спросил, где я вчера был. И я уже начал рассказывать, что ездил на дачу Ольсена. Спустился к сараю для лодок. Пытался представить все, что Рой тем вечером пережил. — Карл вздохнул. — Ты имитировал самоубийство и сам чуть не утонул, Рой. Все это — ради меня. Тебе не надоело?

— Надоело?

— Разгребать за мной?

— Ты же не виноват, что Ольсен свалился в Хукен, — возразил я.

Он посмотрел на меня. Возможно, он догадался, о чем я думаю. О свободном падении. И Сигмунде Ольсене, упавшем на машину в пяти метрах от скалы. Может, поэтому он и заговорил:

— Рой, я кое-что должен рассказать тебе...

— Все, что мне надо, я и так знаю, — перебил я его, — и главное — это что я твой старший брат.

Карл кивнул, улыбнулся, но так, будто вот-вот расплачется.

— Все так просто?

— Да, — кивнул я, — вообще-то, просто.

## 22

Когда они закончили и вылезли обратно к Козьему повороту, мы пили на кухне кофе. Я принес бинокль и навел его на их лица. Было уже три, значит, они проковырялись почти четыре часа. Я приоткрыл окно, и до нас донесся голос Курта Ольсена. Губы Курта складывались в слова, понятные даже отсюда, а лицо у него побагровело — и на этот раз в этом были виноваты не ультрафиолетовые лучи. Эрику же явно хотелось побыстрее убраться оттуда, и он, может статься, догадывался, что Ольсен что-то подозревает. Двое скалолазов, помогавшие ленсману и Нереллу, показались мне растерянными, — скорее всего, о цели спуска им ничего не сказали: опасаясь сплетен, Ольсен, как говорится, в курс дела их не вводил.

Когда Эрик снял с себя этот смешной костюм сапера, он и двое других залезли в машину ленсмана, а вот сам Курт повернул голову и уставился прямо на наш дом. Солнце светило в окно, поэтому видеть-то он нас не видел, но не исключено, что стекло бинокля блестело. И возможно, он разглядел на гравии свежие следы шин и веревки. А может, я просто параноик. Но Ольсен сперва плюнул на землю и лишь потом развернулся и уселся в машину.

Я ходил из комнаты в комнату и собирал вещи. По крайней мере, те, которые, как я считал, могли мне сгодиться. Уезжал я недалеко, и планировать ничего не требовалось, но я все равно планировал. И собирал вещи так, словно возвращаться не собирался.

Когда я вошел в детскую и стал запихивать одеяло с подушкой в большую синюю икеевскую сумку, сзади раздался голос Шеннон:

— То есть все так просто?

— Ты про переезд? — спросил я, не оборачиваясь.

— Что ты его старший брат. И поэтому ты ему все время помогаешь?

— А почему же еще?

Она вошла в комнату, прикрыла за собой дверь и, скрестив руки на груди, привалилась к косяку.

— В школе, во втором классе, у меня была подружка — однажды я ее толкнула. Она упала и ударилась головой об асфальт. И вскоре начала носить очки. До этого она на зрение не жаловалась, и я была уверена, что случилось это по моей вине. Я этого не говорила, но надеялась, что она в отместку толкнет меня и я тоже разобью об асфальт голову. Когда мы ходили в пятый класс, парня у нее еще не было, и она винила во всем очки — тогда я, ничего ей не говоря, решила искупить свою вину и общалась с ней чаще, чем хотелось бы. Учеба ей давалась с трудом, но в шестом классе ее оставили на второй год, и я не сомневалась — это из-за того, что она ударилась головой. Поэтому я тоже осталась на второй год в шестом классе.

Я замер:

— Чего-чего-о?

— Я специально прогуливала, не готовила уроки, а на контрольных отвечала неправильно даже на самые простые вопросы.

Я открыл платяной шкаф и начал перекладывать в сумку футболки, носки и трусы.

— У нее все хорошо сложилось?

— Ага, — ответила Шеннон, — очки она носить перестала. И однажды я, к своему удивлению, застала ее с моим парнем. Она сказала, что ей очень стыдно и что пускай я когда-нибудь разобью ей сердце, как она разбила мое.

Я улыбнулся и положил в сумку номерной знак с Барбадоса.

— И какой вывод?

— Иногда чувство вины не приносит пользы ни одной из сторон.

— По-твоему, я чувствую вину?

Она склонила голову:

— А ты что, и впрямь ее чувствуешь?

— Почему бы?

— Этого я не знаю.

— Вот и я тоже. — Я застегнул молнию на сумке.

Когда я открыл дверь, она легонько коснулась моей груди, и от этого прикосновения меня бросило одновременно в жар и в холод.

— Карл не все мне рассказал, так ведь?

— Не все — о чем?

— О вас двоих.

— Все вообще рассказать невозможно, — попытался выкрутиться я, — о ком бы то ни было.

И выскочил из комнаты.

Карл дожидался меня в мамином холле. Он молча обнял меня — искренне и крепко.

А потом я выскочил и из дома.

Икеевскую сумку я швырнул на заднее сиденье, сам уселся на водительское, хлопнулся лбом о руль, повернул ключ в зажигании и рванул к Козьему повороту. И на секунду меня поманила возможность. Шанс раз и навсегда положить всему конец. И груда автомобильных остовов, которая все растет и растет.

Три дня спустя я стоял на футбольном поле Футбольного клуба Уса и почти жалел, что подписался на это. Дождь не прекращался, температура была плюс пять, и мы проигрывали со счетом ноль — три. Не то чтобы последнее меня тревожило, на футбол мне положить, однако я только что понял, что вторую игру — против Ольсена и против прошлого, — которую, как я полагал, мы выиграли, мы даже до половины не доиграли.

# 23

Карл заехал за мной на «кадиллаке».

— Спасибо, что согласился, — поблагодарил он, прогуливаясь по мастерской.

— И против кого играем? — спросил я, обуваясь.

— Не помню, — Карл остановился перед токарным станком, — но этот матч нам надо выиграть, чтобы не скатиться еще ниже.

— Еще ниже — это на какой уровень?

— А с чего ты решил, будто я знаю о футболе больше твоего? — Он потрогал инструменты на стене — те, что Виллумсен не забрал. — Тьфу, мне это место в кошмарах снится. — Возможно, некоторые из инструментов он узнал. — Когда ты расчленял тело Ольсена, они тебе здорово пригодились — в тот вечер... Меня тошнило, верно?

— Слегка. — Я кивнул.

Он хохотнул. И мне вспомнились слова дяди Бернарда. Что со временем все воспоминания становятся хорошими.

Карл взял с полки бутыль:

— Ты по-прежнему им пользуешься?

— Растворителем «Фритц»? Еще бы. Но теперь он не такой концентрированный. Правила Евросоюза, все дела. Я, кстати, готов.

— Тогда поехали! — Карл крутанулся на месте. — Эй, Ус, ты не трус, жуй и плюй горький снюс! Помнишь?

Я-то помнил, а вот остальные зрители — то есть примерно сто пятьдесят продрогших бедняг, — похоже, забыли все старые болельщицкие кричалки. Или же не видели причин что-то кричать, особенно если учесть, что спустя десять минут после начала матча мы уже проигрывали со счетом ноль — два.

— Напомни-ка мне, чего я тут забыл, — бросил я Карлу.

Мы стояли внизу, на деревянной трибуне длиной семь, а высотой — два с половиной метра, воздвигнутой с западной стороны поля. Спонсором строительства трибуны выступил Банк Уса, о чем и кричали плакаты, однако все знали, что искусственное покрытие, которое положили поверх старого, засыпанного гравием поля, оплатил Виллумсен. Он утверждал, будто купил это покрытие лишь слегка подержанным в одном профессиональном футбольном клубе на востоке страны, но на самом деле покрытие было совсем древним, первого поколения — после игры на такой искусственной траве футболисты покидали поле со ссадинами и вывихнутыми лодыжками, а те, кому особо не повезло, могли и крестообразную связку порвать. И Виллумсену это покрытие досталось бесплатно — он лишь приехал и снял его, потому что тот футбольный клуб раскошелился на более дорогое и менее опасное.

Трибуна позволяла наблюдать за игрой с высоты, но в первую очередь давала убежище от западного ветра и выполняла функцию ВИП-ложи для болельщиков нашего футбольного клуба, то есть наиболее состоятельных наших односельчан, сейчас занявших места на самом верхнем из семи рядов. Там расположились мэр Восс Гилберт, директор Банка Уса — логотип банка красовался и на синей форме игроков Футбольного клуба Уса — и Виллум Виллумсен. На спинах игроков, над номером, виднелись мелкие буковки: «Подержанные автомобили и металлолом Виллумсена».

— Мы приехали поддержать наш сельский футбольный клуб, — подсказал Карл.

— Тогда вспоминай кричалки, — посоветовал я, — нас вот-вот по стенке размажут.

— Сегодня мы просто покажем, что нам не наплевать, — сказал Карл, — чтобы в следующем году, когда мы выделим клубу финансирование, все знали, что спонсоры — настоящие фанаты, которые были с клубом и в болезни, и в здравии.

258

Я фыркнул:

— Это первый мой матч за два года, а ты вообще на пятнадцать лет уезжал.

— Зато на три оставшихся матча в этом сезоне мы точно пойдем.

— Хотя клуб спустится на уровень ниже?

— Именно потому. Мы не предадим их в трудную минуту, и это незамеченным не останется. А когда мы еще и денег им отстегнем, то нам все пропущенные матчи простят. Кстати, пора прекращать говорить «мы» и «они». Отныне клуб и Опгарды едины.

— Это еще почему?

— Потому что нашему отелю нужна любая поддержка. Нас должны считать своими. В следующем году клуб купит одну такую торпеду из Нигерии, и тогда на его форме будет написано не «Банк Уса», а «Высокогорный спа-отель "Уса"».

— Торпеда — это профессиональный футболист?

— Ты чего, рехнулся? Нет, конечно. Но у меня есть знакомый, который знает одного негра: тот работает в отеле «Рэдисон» в Осло и когда-то играл в футбол. Хорошо он играет или нет, я не знаю, но мы предложим ему такую же работу в нашем отеле, только платить станем больше. Возможно, он согласится.

— Ну а почему бы и нет? — сказал я. — Он в любом случае вряд ли сыграет хуже этих вот.

На поле защитник как раз решился на перехват, но намокшие ядовито-зеленые пластмассовые травинки еще не утратили способность сопротивляться, и игрок повалился ничком в пяти метрах от дриблера.

— И еще я хочу, чтобы мы с тобой стояли вон там. — Карл кивнул на верхний ряд.

Я встал вполоборота. Помимо директора банка и Виллумсена, я увидел и нового мэра Восса Гилберта. Карл говорил, что тот согласился официально открыть строительство — символически копнуть лопатой землю. Карл уже подписал договоры с основными поставщиками, и теперь надо было поторопиться и начать строительство до заморозков.

Вновь повернув голову, я увидел Курта Ольсена — тот стоял возле скамьи запасных и беседовал с тренером нашего футбольного клуба. Судя по виду тренера, разговор ему не нравился, но в открытую отказаться от советов одного из когда-то лучших игроков он не решался. Заметив меня, Курт Ольсен положил руку на плечо тренеру и, дав последние наставления, зашагал, споро переставляя свои ноги колесом, к нам с Карлом.

— А я и не знал, что Опгарды — футбольные фанаты, — сказал он с трясущейся сигаретой во рту.

Карл улыбнулся:

— А вот я помню, как ты на кубке обыграл самого Одда.

— Так и было, — подтвердил Ольсен, — мы тогда проиграли один — девять.

— Курт! — послышалось сзади. — Тебе бы сейчас на поле выйти!

Смех. Курт Ольсен криво улыбнулся кому-то позади нас и кивнул, а потом снова переключился на нас:

— Ну, все равно хорошо, что вы тут. У меня к тебе, Карл, вопрос. Да и ты тоже послушай, Рой. Тут поговорим или пойдем по хот-догу съедим?

Ответил Карл не сразу.

— Хот-дог — дело неплохое, — решил он наконец.

Прикрываясь от ветра и дождя, мы дошли до киоска с хот-догами, стоявшего неподалеку от ворот. По-моему, зрители не сводили с нас глаз: благодаря счету ноль—два и недавнему решению муниципалитета Карл Опгард вызывал интерес более сильный, чем Футбольный клуб Уса.

— Я хотел еще раз обсудить тот день, когда исчез мой отец, — сказал Курт Ольсен. — Ты сказал, что он уехал из Опгарда в половине седьмого. Верно?

— Столько лет прошло, — уклончиво произнес Карл, — но если в деле так записано, то да.

— Именно так и записано. Но сигналы вышки мобильной связи свидетельствуют о том, что телефон моего отца находился неподалеку от вашей фермы до десяти часов вечера. После этого — молчание. Возможно, он разрядился, кто-то вытащил сим-карту или сам телефон сломался. Или телефон оказался так глубоко под землей, что сигналы просто не доходили наверх. Нам в любом случае надо обойти с металлодетектором прилегающие к вашей ферме территории. А значит, трогать там ничего нельзя, и начало строительства придется отложить до лучших времен.

— Ч-что?.. — выдавил Карл. — Но...

— Что — но? — Ольсен остановился возле киоска, погладил усы и спокойно посмотрел на Карла.

— И когда настанут эти лучшие времена?

— Хм... — Ольсен выпятил нижнюю губу и сделал вид, будто прикидывает, — территория там немаленькая. Через три недели. Или четыре.

Карл застонал:

— Господи, Курт, это нам дико дорого обойдется. Мы уже подписали договоры с поставщиками. И заморозки...

— Очень сожалею, — бросил Ольсен, — но полицейское расследование важнее, чем твое желание быстрее обогатиться.

— Мы не о моей прибыли говорим, — голос у Карла едва заметно дрожал, — это прибыль всей деревни. И думаю, ты скоро узнаешь, что Ю Ос со мной согласен.

— Ты про старого мэра? — Курт показал продавщице в киоске один палец, и та, похоже, поняла, потому что взяла щипцы и сунула их в кастрюлю. — Я сегодня поговорил с новым мэром, то есть с тем, который принимает решения. С Воссом Гилбертом. — Ольсен кивнул в сторону трибуны. — Когда я рассказал обо всем Гилберту, тот заволновался: а вдруг идейный вдохновитель нашего нового проекта по строительству отеля окажется замешан в деле об убийстве? — Ольсен взял у продавщицы салфетку с торчащим из нее хот-догом. — Но он сказал, что, разумеется, останавливать меня не собирается.

— А что мы скажем журналистам, — спросил я, — когда нас спросят, почему начало строительства отложено.

Курт Ольсен повернулся и, в упор посмотрев на меня, с влажным чавканьем откусил хот-дог.

— Честно сказать, не знаю, — пробубнил он с полным ртом переработанных свиных кишок, — но, может статься, Дану Кране это дело покажется интересным. Ну вот ты, Карл, подтвердил свои показания, а я сообщил тебе о том, что строить пока нельзя. Удачи! — Курт Ольсен поднес два пальца к воображаемому козырьку и удалился.

Карл посмотрел на меня.

Естественно, он посмотрел на меня.

С матча мы уехали за пятнадцать минут до его окончания, когда счет был ноль — четыре.

Мы поехали напрямую в мастерскую.

Я придумал кое-что.

И у нас появилась работенка.

— Вот так? — спросил Карл. В пустой мастерской его голос эхом отскакивал от стен.

Я склонился над токарным станком и всмотрелся. СИГМУНД ОЛЬСЕН, — нацарапал Карл шилом на металлическом корпусе мобильника, когда-то принадлежавшего ленсману. Четко и понятно. Может, даже чересчур четко.

— Надо будет потереть его травой, — сказал я и засунул телефон в кожаный чехол. Я закрепил его в средней толщины зажиме и помахал телефоном из стороны в сторону. Зажим не слетел, значит, держался крепко. — Пошли. — Я открыл дверь металлического шкафа, стоявшего в коридоре между мастерской и кабинетом.

Там как ни в чем не бывало висел он.

— Ух ты! — удивился Карл. — Он у тебя до сих пор сохранился.

— Я же его ни разу не надевал.

Я вытащил желтый кислородный баллон и чуть потемневший гидрокостюм. На полке лежали маска и трубка для дайвинга.

— Позвоню-ка я Шеннон, — сказал Карл, — надо предупредить, что вернусь поздно.

## 24

В мастерскую той ночью я вернулся совсем замерзшим, и мне все никак не удавалось унять дрожь. В машине Карл сунул мне в руки походную фляжку, и я, как говорится, принял немножко для согрева. Фляжку эту Карл оставил мне, а сам поехал домой

263

к Шеннон — та наверняка уже лежала в кровати и ждала его. Ясное дело, меня пожирала ревность, я уже и сам это признавал. Но что толку? Ведь я все равно останусь ни с чем. Ничего добиваться я не стану. Подобно жестянщику Му, я вел безнадежную борьбу с собственной страстью. Я-то думал, что давно избавился от этой напасти, но она вновь меня настигла. Я знал, что единственное лекарство — это расстояние и забвение, но знал также, что вмешаться и отправить кого-то в Нотодден здесь некому, поэтому бежать мне придется самому.

Я открыл помещение для мойки, закрепил шланг на подставке, отвернул кран и, раздевшись, встал под обжигающе горячую струю воды. Не знаю, что было этому виной — внезапная смена температуры, физиологическая реакция, подобная той, что бывает, если тебя вздергивают на виселицу, или, может, жар от воды ударил мне в голову и я на миг перенесся в постель к Карлу и Шеннон, но когда я стоял с зажмуренными глазами под струей воды, то ощущений осталось два: во-первых, меня тянуло плакать. А во-вторых, я испытывал мощнейшую эрекцию.

Наверное, из-за шума воды я и не услышал, как кто-то отпер дверь. Услышал, лишь когда она распахнулась, — и тотчас же открыл глаза. Я заметил в темноте ее фигуру и быстрее повернулся к ней спиной.

— Ой, прости! — услышал я голос Юлии. — Смотрю — тут свет горит, а ведь мойка-то, по идее, заперта, вот я и решила проверить...

— Ясно! — перебил я ее.

От выпитого, невыплаканных слез и стыда голос у меня срывался. Возбуждение улетучилось, эрекция сникла, зато сердце колотилось от волнения, будто меня разоблачили. Будто теперь все вокруг узнают, кто я такой и что наделал, проклятый предатель, убийца, извращенец, кобелина. Голый — какой же я был голый. Но потом и сердце унялось. «Даже когда все потеряешь, получаешь одно преимущество — заключается оно в том, что терять тебе больше нечего, — сказал дядя Бернард, когда я пришел к нему в больницу уже после того, как он узнал, что скоро умрет. — И в какой-то степени, Рой, от этого становится легче. Потому что бояться больше нечего».

Получается, что я еще не все потерял. Потому что по-прежнему боялся.

Я вытерся, натянул штаны и повернулся, чтобы обуться.

Юлия сидела на стуле возле двери.

— У тебя все в порядке? — спросила она.

— Нет, — сказал я, — у меня палец болит.

— Что за бред, — не поверила она, — я ж тебя видела.

— Ну, — я обулся, — тогда вообще непонятно, зачем ты спрашиваешь, все ли у меня в порядке.

— Прекращай, говорю. Ты же плакал.

— Нет. Видишь ли, когда принимаешь душ, порой вода попадает на лицо. Кстати, мне казалось, что ты сегодня вечером не работаешь.

— Я и не работаю. Сидела тут в машине неподалеку, и захотелось пописать — я вышла в лесок, а по дороге смотрю — здесь свет горит. Можно, я тут в туалет забегу?

Я помолчал. Можно, конечно, отправить ее в туалет на заправку, но этим дрочилам на тачках мы уже сто раз говорили, что на парковке нашей пускай пасутся сколько влезет, а вот в туалет нечего им шастать. И она попросила разрешения — не выпроваживать же ее на улицу.

Я оделся, и она зашагала за мной в мастерскую.

— Миленько, — сказала она, выйдя из туалета и оглядев мою комнатушку, — а почему там в коридоре мокрый гидрокостюм висит?

— Потому что он сушится.

Она усмехнулась.

— Я выпью кофейку, ладно? — И, не дожидаясь разрешения, она подошла к кофеварке, взяла с полки вымытую чашку и налила себе кофе.

— Тебя там ждут, — напомнил я, — скоро пойдут в лесок искать.

— Да не. — Она плюхнулась на кровать рядом со мной. — Мы с Алексом поцапались, и они думают, я домой пошла. Чем ты вообще тут занимаешься? Телик смотришь?

— Вроде того.

— Это чего? — Она показала на номерной знак, прибитый на стенку над кухонным уголком.

Я сверялся с каталогом «Автомобильные регистрационные номера из разных стран» — там написано, что буква «J» означает приход Сент-Джон. За этой буквой следовали лишь четыре цифры. Ни флагов, ничего, что указывало бы на страну, как на монакском номере на «кадиллаке». Возможно, потому, что Барбадос — это остров, и зарегистрированные там автомобили, вероятнее всего, его не покинут. Еще я почитал в интернете про красноногих — там говорилось, что в приходе Сент-Джон их больше всего.

— Это номерной знак из Джохора, — соврал я. Я наконец-то согрелся. Согрелся и успокоился. — Был раньше такой султанат в Малайзии.

— Охренеть, — благоговейно прошептала она.

Не знаю, о чем это она — о номере, султанате или обо мне. Юлия сидела так близко, что ее рука касалась моей, и теперь девушка повернула голову и явно ожидала от меня того же. Я уже продумывал пути отступления, когда Юлия отбросила свой телефон на кровать и обхватила меня руками.

— Давай поваляемся? — пробормотала она, уткнувшись мне в шею.

— Юлия, ты же знаешь, что так не пойдет. — С места я не сдвинулся и на объятия не ответил.

Она подняла голову:

— От тебя выпивкой несет, Рой. Ты чего, пил?

— Немножко. Да и ты, судя по всему, тоже.

— Значит, у нас обоих есть оправдание. — Она засмеялась.

Я промолчал.

Она толкнула меня назад, на кровать, и уселась сверху. Сжала своими ногами мои, словно лошадь оседлала. Разумеется, я легко мог бы оттолкнуть ее, но не стал. А она, глядя на меня сверху вниз, тихо проговорила:

— Вот ты и мой.

Я не ответил, но почувствовал, что член у меня налился. И понял, что она это тоже чувствует.

Она принялась двигаться, сперва осторожно. Я не останавливал ее, лишь наблюдал, как затуманивается ее взгляд, и слушал тяжелое дыхание. Потом я закрыл глаза и представил, что это не Юлия. Она прижала мои руки к матрасу и задышала в лицо жвачкой. Я спихнул девушку к стенке и встал.

— Ты чего? — завопила она мне в спину.

Я подошел к стойке, налил из-под крана стакан воды, выпил и налил еще.

— Тебе пора, — сказал я.

— Но тебе же хочется! — возразила она.

— Да, — сказал я, — поэтому уходи.

— Но никто не узнает. Они думают, я домой пошла, а дома думают, что я у Алекса осталась.

— Юлия, я не могу.

— Это почему?

— Тебе семнадцать лет...

— Восемнадцать! Мне через два дня восемнадцать будет!

— Я твой начальник...

— Да я прямо завтра уволюсь!

— И... — Я запнулся.

— Что «и»? — выкрикнула она. — Что?

— Я влюбился.

— Влюбился?

— Да, но не в тебя.

В наступившей тишине я прислушивался к эху моих собственных слов. Потому что я сказал их себе. Сказал вслух, чтобы услышать, правдиво ли они прозвучат. Да, звучали они правдиво. Разумеется.

— Это в кого же? — прошипела Юлия. — В доктора?

— Чего-о?

— В доктора Спинда?

Отвечать я не стал — стоял со стаканом в руках и смотрел, как Юлия слезла с кровати и натянула куртку.

— Так я и знала! — бросила она, прошмыгнув мимо меня.

Я пошел следом и остановился на пороге, а Юлия прошагала по двору, с такой силой вдавливая каблуки в асфальт, будто пыталась продырявить его. После я запер дверь, вернулся к себе и улегся на кровать. Я воткнул в телефон наушники и включил «Crying Eyes» Джей Джей Кейла.

# 25

На следующее утро на заправку заехал «порше-кайен». Из него вышли двое мужчин и женщина. Один из мужчин стал заправлять бак, а его спутники решили пройтись, чтобы размяться. Женщина была блондинкой, одета с норвежской непритязательностью, однако на дачницу не похожа. На мужчине было эластичное шерстяное пальто и шарф, а еще смехотворно огромные солнцезащитные очки — такие носят женщины, когда хотят казаться стильными. Он оживленно жестикулировал и что-то объяснял, обводя окрестности рукой, хотя я готов был поспорить, что прежде он тут не бывал. Я также готов был поклясться, что он не норвежец.

Посетителей не было, я скучал, а приезжие иногда рассказывают что-нибудь интересное, поэтому я вышел и, протирая лобовое стекло у «порше», спросил, куда они едут.

— В Западную Норвегию, — ответила женщина.

— Да это я и так понял, — сказал я.

Женщина рассмеялась и перевела мои слова на английский — тип в очках тоже засмеялся.

— We are scouting locations for my new film, — сказал он, — this place looks interesting, too[1].

— Are you a director?[2] — спросил я.

— Director and actor[3]. — Он снял очки. Глаза у него были ярко-синими, а лицо ухоженным.

Я понял — он ждет, что я его узнаю.

— Это Деннис Куорри, — шепотом подсказала мне женщина.

— А меня зовут Рой Калвин Опгард. — Я улыбнулся, вытер стекло и пошел мыть насосы, раз уж все равно вышел. Ну ладно, на этот раз не повезло. Но иногда они и правда рассказывают что-нибудь интересное.

---

1 Мы подбираем место для съемок моего нового фильма. Это место, похоже, интересное (*англ.*).
2 Вы режиссер? (*англ.*)
3 Режиссер и актер (*англ.*).

На заправку въехал «кадиллак», и из него выскочил Карл. Он взял один из заправочных пистолетов, заметил меня, и его брови в немом вопросе поползли вверх. Тот же вопрос он задавал мне уже раз десять за два дня, прошедшие после футбольного матча и наших упражнений по дайвингу. Клюнули ли они на наживку? Я покачал головой, а сердце мое заколотилось быстрее, когда я увидел на пассажирском сиденье Шеннон. И возможно, ее сердце тоже застучало сильнее, потому что, заметив синеглазого американца, она прижала к губам ладонь, вытащила из сумочки ручку и бумагу и, открыв дверцу, бросилась к нему. Тот улыбнулся и оставил Шеннон автограф. Ассистенты вернулись в «порше», а Деннис Куорри все болтал с Шеннон. Она уже собралась было уходить, когда он остановил ее, забрал бумагу и ручку и написал еще что-то.

Я подошел к Карлу. Лицо у него посерело.

— Волнуешься? — спросил я.

— Чуть-чуть, — ответил Карл.

— Он просто кинозвезда.

Карл криво улыбнулся:

— Он тут ни при чем. — Он знал, что я шучу. Карл никогда не ревновал, поэтому в юности на дискотеках и не чувствовал, что происходит, пока дело не заходило чересчур далеко. — Наше торжественное открытие. Гилберт звонил. Сказал, что не сможет присутствовать, потому что у него какие-то срочные дела. Что именно, он не уточнил, но это наверняка Курт Ольсен. Вот выродок!

— Успокойся.

— Успокоиться? Мы кучу журналистов наприглашали. Все пропало. — Карл провел рукой по лицу, но, когда мимо прошел парень, который работал в банке, все-таки напрягся и поздоровался. — Представляешь заголовки? — продолжал Карл, когда парень отошел подальше. — Строительство отеля откладывается из-за расследования убийства. Руководитель проекта — один из подозреваемых.

— Во-первых, у них нет фактов, чтобы писать об убийстве и подозреваемых. Во-вторых, до торжественного открытия еще два дня. За это время все может измениться.

— Это должно случиться сейчас, Рой. Если отменять открытие, то сегодня вечером, не позже.

— Если сети ставят вечером, то вытягивают их обычно на следующее утро, — сказал я.

— По-твоему, что-то пошло не так?

— По-моему, рыбак просто решил оставить сеть на подольше.

— Но ты же сказал, что если сеть стоит слишком долго, то рыбы могут съесть улов.

— Именно. — Интересно, когда это в мою речь вошло словечко «именно»? — Поэтому, возможно, сеть вытащили сегодня утром. Или, возможно, рыбак туповат и еще не успел сообщить. Так что уймись.

«Порше» со съемочной группой уехал, и Шеннон подошла к нам — лицо ее сияло, а руку она прижимала к груди, будто боясь, что сердце выпрыгнет.

— Что, влюбилась? — поддел ее Карл.

— Ничего подобного, — ответила Шеннон, и Карл искренне расхохотался, словно уже забыл о нашем разговоре.

Спустя полчаса на заправку въехал знакомый автомобиль. Он притормозил возле колонки с дизельным топливом, а я подумал, что день становится все интереснее. Я вышел из магазина как раз в тот момент, когда Курт Ольсен вылез из своего «лендровера», и, увидев физиономию ленсмана, я понял, что сейчас наконец-то выслушаю кое-что интересное.

Я окунул губку в ведро и протер дворники у него на машине.

— Не надо, — начал он, но я уже вылил мыльную воду на лобовое стекло.

— А вдруг не разглядишь чего-нибудь, — сказал я, — скоро осень, видимость еще хуже будет.

— Рой, я и без твоей помощи обойдусь.

— Да ладно, — я принялся размазывать грязь по стеклу, — тут, кстати, Карл заезжал. Он отменяет торжественное открытие.

— Сегодня отменяет? — встрепенулся Ольсен.

— Ага. Вот позорище. Школьники из оркестра наверняка расстроятся. Они столько репетировали. И мы распродали пятьдесят норвежских флагов — ни единого не осталось.

Курт Ольсен отвел глаза. И сплюнул.

— Передай своему брату, пускай ничего не отменяет.

— Как это?

— Вот так, — тихо проговорил Ольсен.

— В деле какие-то подвижки? — Я постарался избавиться от издевки в голосе и в очередной раз полил стекло водой.

Ольсен выпрямился. Кашлянул.

— Мне сегодня утром позвонил Оге Фредриксен. Он живет рядом с нашей дачей и ставит сети возле нашего лодочного сарая. Уже много лет.

— Да неужели? — Я бросил губку в ведро и сделал вид, будто не замечаю, как Курт буравит меня глазами.

— А сегодня утром улов ему попался и впрямь удивительный. Мобильник моего отца.

— Да ладно! — Я провел резиновой щеткой по стеклу, и оно заскрипело.

— Фредриксен говорит, телефон все шестнадцать лет там пролежал, но под илом его водолазы не нашли. Получается, что он ставил сети как раз там, где лежал телефон. Но лишь сегодня сеть снизу зацепилась за зажим и телефон вытащили на свет божий.

— Да, неслабо. — Я оторвал от рулона бумажное полотенце и вытер щетку.

— Не то слово, — кивнул он, — шестнадцать лет он ставил сети, а телефон зацепился только сейчас.

— Кажется, именно в этом суть теории хаоса? Что рано или поздно все случается, даже самое невероятное.

— Рой, не то чтобы я вообще ни во что не верил. Но вот момент. Уж чересчур все хорошо складывается, чтобы быть правдой.

*Чересчур выгодно для вас с Карлом* — вот что ему хотелось сказать.

— И с показаниями не совпадает, — добавил он. А потом испытующе посмотрел на меня.

Я прекрасно понял, чего он ждет. Что я начну возражать. Скажу, что свидетельским показаниям доверять не следует. Или что действия отчаявшегося человека, который собрался наложить на себя руки, логике не поддаются. Или даже, что данные с вышки мобильной связи могут оказаться ошибочными. Но я сдержался. Вместо этого я поднял руку и указательным и большим пальцем погладил подбородок. И медленно закивал. Очень медленно. И сказал:

— Да, это верно. Тебе дизеля?

Вид у него было такой, будто он того и гляди набросится на меня с кулаками.

— Ну вот, — сказал я, — теперь хоть дорогу будет видно.

Ольсен хлопнул дверцей и газанул, но затем, видать, взял себя в руки и, спокойно развернувшись, выехал на шоссе. Я знал, что он наблюдает за мной в зеркало заднего вида, и едва сдержался, чтобы не помахать ему вслед.

## 26

Зрелище было странноватое.

Мерзкий северо-западный ветер нагнал ливень. На нашем клочке горы стояла сотня трясущихся от холода бедняг в дождевиках и смотрела, как вырядившийся в костюм Карл позирует на пару с Воссом Гилбертом, на шее у которого висела цепь мэра, а к лицу приклеилась улыбка политика. И Карл, и Гилберт сжимали в руках по лопате. Корреспондент местной газеты и другие журналисты с усердием щелкали фотоаппаратами, школьный оркестр играл «За холмами и горами», но из-за порывов ветра музыки почти не было слышно. Гилберта представили загадочным титулом «новый мэр», но он едва ли расстроился, потому что так величали всех преемников Ю Оса. Я лично против Восса Гилберта ничего не имею, но лысина у него почему-то спереди, имя больше походит на фамилию, а фамилия — на имя, и все это уже само по себе подозрительно. Впрочем, несмотря на все эти странности, должность мэра в муниципалитете Уса ему занять удалось. Однако, если наш муниципалитет вдруг решат объединить с соседним, Гилберту с такой прической конкуренции не выдержать.

Карл подал знак Гилберту — тому предстояло копнуть первым, ведь именно на его лопате был навязан красный бант с цветами. Гилберт просьбу выполнил, улыбнулся фотографу и не заметил, как мокрая прядь волос разметалась по лысине.

«Новый мэр» громко пошутил, но его никто не услышал, хотя все вокруг послушно засмеялись. Публика захлопала, Гилберт метнулся к помощнику, раскрывшему над его головой зонтик, после чего мы все засеменили к стоявшему на обочине автобусу — мы ехали в «Свободное падение» праздновать начало проекта.

По полу нервно расхаживал черноперый Джованни. Я подошел к барной стойке и, не обращая внимания на глядевшего на меня исподлобья Эрика, взял мой приветственный напиток. Сперва я собрался было подойти к Карлу — тот беседовал с Виллумсеном, Ю Осом и Даном Кране, — но вместо этого подошел к Шеннон, стоявшей возле стола с купонами в компании Стэнли, Гилберта и Симона Нергарда. Похоже, обсуждали они Боуи и Зигги Стардаста, видать, потому, что в колонках гремела «Starman».

— Да он извращенец — он и одевался как баба. — Уже поднабравшийся Симон сочился злостью.

— Если гей — это, по-твоему, извращенец, то знай, что гетеросексуальные мужчины тоже иногда любят наряжаться в женскую одежду, — сказал Стэнли.

— Ну, значит, они больные, — Симон посмотрел на нового мэра, — это ж наперекор природе.

— Вовсе не обязательно, — не согласился Стэнли, — у животных тоже встречается трансвестизм. Вот ты, Рой, много чего знаешь о птицах — наверняка тебе известно, что самцы некоторых пород мимикрируют под самку. Получается, что они притворяются самками, примеряя на себя их оперение.

Все посмотрели на меня, и я почувствовал, как краснею.

— Я в основном с горными птицами знаком. А среди горных таких нет, — сказал я.

— Вот именно! — обрадовался Симон, а Стэнли взглянул на меня так, будто я его предал. — В природе все делается зачем-то. А одеваться по-женски — на хрена это надо?

— С этим все просто, — проговорила Шеннон, — альфа-самцы не обращают на таких псевдосамцов внимания и бьются с другими альфа-самцами, а самцы, переодетые в женский наряд, тем временем завоевывают самок.

Гилберт добродушно засмеялся:

— А что, неплохой приемчик.

Стэнли положил руку на локоть Шеннон:

— Ну наконец-то хоть кто-то понял интригу жизни.

— Это не бином Ньютона, — улыбнулась Шеннон, — мы все разрабатываем стратегию выживания. Оказавшись в ситуации, когда эта стратегия перестает работать, мы придумываем другую, менее удобную, но спасительную.

— А какая тогда самая удобная? — поинтересовался Восс Гилберт.

— Та, что позволяет жить по правилам общества так, чтобы не вызвать порицания. Она еще называется нравственностью, господин мэр. Если ее нет, то правила не соблюдаются.

Гилберт приподнял одну кустистую бровь:

— Нормы нравственности многие соблюдают, но не каждому это удобно.

— Причина в том, что для некоторых прослыть безнравственным намного неприятнее, и это перевешивает. Но если бы мы были невидимыми и не боялись физического наказания, то наплевали бы на все нравственные нормы. Потому что в глубине души каждый из нас — оппортунист, основная задача которого — передать по наследству свой генетический материал. И поэтому все мы готовы продать свою нравственность, вопрос лишь в цене.

— Аминь, — добавил Стэнли.

Гилберт, посмеиваясь, покачал головой:

— Это все горожане напридумывали. Верно, Симон?

— Ага, бред собачий. — Симон осушил бокал и огляделся, явно раздумывая, где бы догнаться.

— Да будет тебе, Симон, — сказал мэр, — а вы, госпожа Опгард, не забывайте, что в нашем регионе во время Второй мировой люди жертвовали жизнью ради нравственных убеждений.

— Это он про двенадцать человек, которые участвовали в саботаже, — об этих событиях уже три-четыре фильма сняли, — сказал Стэнли, — а остальное местное население позволяло нацистам действовать по своему усмотрению.

— Заткнись, — зашипел Симон, прищурившись.

— Эти двенадцать человек пожертвовали жизнью не ради нравственных убеждений, — вступилась Шеннон, — а ради своей страны. Своей деревни. Своей семьи. Если бы Гитлер родился не в Германии, а в Норвегии, притом что экономическая и политическая обстановка была бы похожей, то здесь он тоже пришел бы к власти. И тогда ваши саботажники дрались бы за Гитлера, а не против него.

— Да ты чего несешь! — выплюнул Симон, и я сделал шаг вперед на тот случай, если он не уймется.

Шеннон, похоже, тоже униматься не собиралась:

— Или вы считаете, что рядовые немцы, жившие в тридцатых и сороковых годах, были сплошь безнравственными негодяями, а норвежцы — их прямой противоположностью?

— Эти утверждения голословны, госпожа Опгард.

— Голословны? Они, возможно, обидные и ранят вас, потому что для вас все это — история. Но моя

277

основная мысль заключается в том, что, когда говорят, что нравственность побуждает людей совершать какие-то поступки, сильно преувеличивают. И нашу верность себе подобным тоже переоценивают. Мы сами способны менять нравственные убеждения выгодным для нас образом, чувствуя, что общество, к которому мы принадлежим, под угрозой. Кровная месть и геноцид совершаются не чудовищами, а такими же людьми, как мы сами, — просто они считают такие поступки нравственно обоснованными. В первую очередь мы сохраняем верность себе подобным, а нормы нравственности меняются в зависимости от ситуации. Брат моей бабушки участвовал в кубинской революции, и до сих пор существует два диаметрально противоположных взгляда на личность Фиделя Кастро. И определяет твою точку зрения вовсе не принадлежность к правым или левым, а то, каким образом Кастро повлиял на твою семью, стали ли твои родственники беженцами в Майами или частью системы в Гаване. Все остальное второстепенно.

Кто-то дернул меня за рукав, и я обернулся.

За моей спиной стояла Грета.

— Можно тебя на пару слов? — прошептала она.

— Привет, Грета. Мы сейчас как раз беседуем о...

— Да, слышу, — перебила меня Грета, — как самцы завоевывают самок.

Что-то в ее голосе заставило меня повнимательнее вглядеться в нее. А ее слова — да, о чем-то подобном я думал.

— Ладно, но только на пару слов.

Мы отошли к барной стойке. Я чувствовал, что Стэнли и Шеннон смотрят мне в спину.

— Я тебе кое-что расскажу, а ты донеси это до Карловой женушки, — сказала Грета, когда мы отошли уже достаточно далеко.

— Это еще зачем? — Я спросил «зачем», а не «что», потому что и так знал что. Прочел это в ее подлых глазах.

— Затем, что тебе она поверит.

— С чего ей мне верить, если я просто пересказываю чужие слова?

— Потому что ты расскажешь это так, будто бы сам все знаешь.

— А мне это зачем?

— Затем, что мы с тобой, Рой, хотим одного и того же.

— И чего же?

— Чтобы они разошлись.

Я не поразился. Даже и удивился не особо. Я стоял, будто завороженный.

— Да брось ты, Рой. Мы оба понимаем, что Карл не пара этой южной красотке. Мы поступим им во благо. И ей лучше — не будет мучиться, когда сама все узнает.

Я пытался смочить слюной рот. Мне хотелось развернуться и уйти, но сил не было.

— Что узнает?

— Что Карл опять трахает Мари.

Я смотрел на Грету. Волосы стояли дыбом вокруг бледного лица. Меня всегда удивляло, что люди покупаются на рекламу шампуня, где говорится, будто шампунь оживляет волосы. Вот только жизни в волосах сроду не было, так что и оживлять там нечего. Волосы — мертвая ткань, чешуйки, вырастающие из волосяного фолликула. В них столько же жизни и вашей индивидуальности, сколько в испражнениях. Волосы — это наша история, то, чем мы были, что ели и чем занимались. И назад пути нет. Перманентная завивка на голове у Греты представляла собой мумифицированное прошлое, ледниковый период, такой же жуткий, как сама смерть.

— Они занимаются этим на даче у Оса.

Я не ответил.

— Я сама видела, — продолжала Грета, — машины они оставляют в лесу, так что с дороги их не видно, а потом по одиночке идут до дачи.

Меня тянуло спросить, долго ли она покрывала Карла, но я промолчал.

— Впрочем, оно и не странно, что Карл трахается направо и налево, — добавила она.

Грета явно ждала, что я спрошу, о чем это она, но что-то в ней — выражение лица, таинственность — напомнило мне те времена, когда мама читала нам «Красную Шапочку», и я не спросил. В детстве я не понимал, зачем Красная Шапочка задала переодетому бабушкой волку тот последний вопрос — почему у него такой большой рот. Ведь она и так уже подозревала, что перед ней волк! Разве она не понимала, что, как только волка разоблачат, он тут же набросится на нее и съест! Одно я усвоил крепко: после слов «Почему у тебя такие большие уши» надо сматываться. Скажи, что тебе надо в дровяной сарай за дровами, и сваливай быстрее. Но я, словно вкопанный, стоял перед Гретой. И, как тупая Красная Шапочка, спросил:

— В смысле?

— В смысле — почему он трахает все, что движется? А ты разве не читал, что те, кто в детстве подвергался сексуальному насилию, как раз такими и вырастают?

У меня перехватило дыхание. Я будто окаменел. А когда наконец заговорил, голос мой скорее напоминал хрип:

— Ты чего несешь? С какой стати ты решила, что Карл подвергался насилию?

— Он сам сказал. Тогда, в рощице, когда отделал меня. Он тогда заплакал, сказал, что не хотел, но ничего не мог с собой поделать. И что такие, как он, склонны к промускулитету.

Я поворочал во рту языком, но там было сухо, как на сеновале.

— Промискуитету, — только и выдавил из себя я, но она, похоже, не услышала.

— И он сказал, что ты винишь во всем себя. И что ты поэтому и опекаешь его. Вроде как ты ему обязан.

У меня наконец прорезался голос:

— Ты так завралась, что сама поверила.

Грета улыбнулась и покачала головой — вроде как сочувственно:

— Карл так напился, что он и сам уже все забыл, но он и правда рассказал мне об этом. Я спросила, почему ты обвиняешь себя, если насильник не ты, а ваш отец. И Карл ответил, что это потому, что ты его старший брат. И считаешь, что должен его оберегать. Поэтому ты его в конце концов и спас.

— И тебе кажется, будто он так сказал? — Я попытался было вывернуться, но видел, что все мои слова отскакивали он нее словно с гуся вода. Я оказался у нее на крючке.

— Он так сказал, — кивнула она, — но, когда я спросила, как ты его спас, он не ответил.

Я погиб. А ее червякообразные губы все двигались.

— Вот я тебя и спрашиваю: что ты сделал, Рой? Как ты его спас?

Я перевел взгляд на ее глаза. Полные ожидания. И радости. Она приоткрыла рот — ей оставалось только разинуть его пошире и заглотить меня. В груди у меня забулькало, губы растянулись в улыбке, и я расхохотался.

— Ты чего?.. — Физиономия Греты вытянулась.

А меня разбирал хохот. Мне было... А как мне, кстати, было? Весело? Легко? Наверное, так себя чувствуют разоблаченные убийцы: больше не надо ждать, когда твое преступление раскроют, и теперь тебе не требуется в одиночку нести это ужасное бремя. А может, я просто спятил? Хотеть, чтобы все вокруг думали, будто это ты изнасиловал собственного брата, а не твой отец, потому что ты палец о палец не ударил, чтобы уберечь его от этого, — на такое, наверное, только чокнутый способен. Или, возможно, это не безумие, — может, мне проще терпеть слухи, в которых нет ни доли правды, а истина для меня невыносима? А истина про семейство Опгард — это не только отец-насильник, но и трусливый старший брат, который мог бы положить всему конец, но не решался, который знал, но молчал, которому было стыдно, но при этом он даже в зеркало на себя смотреть боялся. А сейчас случилось самое жуткое, что могло случиться. Если Грета Смитт начинала о чем-то говорить, то сперва об этом узнавали клиенты ее парикмахерской, а потом и вся деревня. Только и всего. Почему же я смеялся? Потому что самое страшное уже случилось — оно произошло несколько секунд назад. И теперь хоть трава не расти — я свободен.

— Так-так! — жизнерадостно воскликнул Карл. — Чего веселимся?

Приобняв одной рукой меня, а другой — Грету, он дохнул на меня шампанским.

— Ну-у, — протянул я, — расскажешь, чего мы веселимся, а, Грета?

— Про скачки говорили, — нашлась Грета.

— Скачки? — Карл расхохотался и взял с подноса на барной стойке бокал шампанского. Похоже, братец мой уже неплохо нагрузился. — Я и не знал, что Рой интересуется скачками.

— Я как раз пытаюсь его заинтересовать, — сказала Грета.

— И как ты это продвигаешь?

— В смысле — продвигаю?

— Что делаешь для того, чтобы Рой купился? Какие у тебя аргументы?

— Тот, кто не играет, не выигрывает. По-моему, в этом Рой со мной согласен.

Карл повернулся ко мне:

— Серьезно?

Я пожал плечами.

— Рой из тех, кто полагает, что тот, кто не играет, не проигрывает, — сказал Карл.

— Надо просто найти игру, в которой все выигрывают, — возразила Грета, — это как с твоим отелем, Карл. Ни одного проигравшего, все выигрывают. Хеппи-энд.

— Выпьем за это! — Карл с Гретой чокнулись бокалами, после чего Карл повернулся и посмотрел на меня.

Я чувствовал, что к моему лицу словно приклеилась идиотская улыбка.

— Я там бокал оставил. — Я кивнул в сторону фан-клуба Боуи и покинул Грету с Карлом. Возвращаться я не собирался.

Я шел, а сердце мое пело. Удивительно и чудесно, беззаботно, подобно той каменке, что сидела на надгробии и распевала свою песенку, когда священник бросил пригоршню земли на гробы моих родителей. Хеппи-эндов не бывает, зато есть мгновения бессмысленного счастья, и каждое из этих мгновений может стать последним, поэтому почему бы не запеть во все горло? Пускай мир полюбуется на ваше счастье. И пусть жизнь — или смерть — нанесет удар как-нибудь в другой раз.

Я шел, и Стэнли обернулся и посмотрел на меня, словно чувствовал, что я приближаюсь. Он не улыбался и лишь пытался перехватить мой взгляд. Тепло разлилось по моему телу. Не знаю, почему именно сейчас, но время пришло — в этом я не сомневался. Пришло время доехать до Козьего поворота и не сворачивать. Пришло время и мне полететь в пропасть в полной уверенности, что награда, которая ждет меня впереди, — это секунды падения, это истина и осознание, и ничего больше. А потом я встречу свою кончину, разобьюсь о скалу там, откуда машину не достать, где я благополучно сгнию в благословенном одиночестве, мире и покое.

Не знаю, почему я выбрал этот момент. Возможно, потому, что бокал шампанского придал мне смелости. Возможно, потому, что я знал, что должен немедленно придушить слабую надежду, которую вдохнула в меня Грета и которую я уже готов был лелеять и взращивать. Потому что предложенную Гретой награду принять я не мог, она была хуже, чем все одиночество, ожидающее меня в жизни.

Я прошел мимо Стэнли, взял стоявший возле купонов бокал и остановился позади Шеннон — та внимательно слушала нового мэра, а он разглагольствовал про отель и все те радости, которые он принесет деревне. Впрочем, скорее всего, думал Гилберт про выборы в муниципалитет. Я дотронулся до плеча Шеннон и склонился к ее уху, так близко, что почуял ее запах, такой непохожий на запахи женщин, которых я знал или с которыми спал, и все равно такой знакомый, будто мой собственный.

— Прости, что говорю это, — прошептал я, — но тут уж ничего не поделать. Я люблю тебя.

Она не обернулась. Не попросила меня повторить. Шеннон по-прежнему стояла и смотрела на

Гилберта. Она и бровью не повела, словно я прошептал ей на ухо перевод какой-нибудь сказанной им фразы. Но на секунду ее запах стал сильнее, как будто мое тепло передалось ей и активировало молекулы, отвечающие за запах.

Я двинулся к двери, остановился возле старого игрового автомата и, допив остатки шампанского, поставил бокал на автомат. Разгуливающий рядом Джованни смерил меня своим пронзительным, оценивающим взглядом и отвернулся, тряхнув длинным гребнем — точь-в-точь как челка у Гитлера, — только красным.

Я вышел на улицу, прикрыл глаза и втянул носом промытый дождем воздух, бритвой обрезающий щеки. Да, зима в этом году придет рано.

Вернувшись на заправку, я позвонил в головной офис и попросил переключить меня на кадровика.

— Это Рой Опгард. Я хотел узнать, свободна ли еще должность управляющего на заправке в Южной Норвегии.

# Часть IV

## 27

Говорят, я похож на папу.

Молчаливый и упрямый. Добрый и сметливый. Усердный трудяга, не хватающий звезд с неба, однако живущий неплохо, наверное, потому, что ничего особенного от жизни не требует. Бобыль, но добродушный, достаточно чуткий, чтобы видеть, куда ветер дует, и при этом тактичный, из тех, кто не лезет в чужую жизнь. И, подобно папе, не позволяющий вмешиваться в свою. Говорили, что он был гордым, но не высокомерным, а уважение к другим окупалось вдвойне, хотя вожаком для деревенских он не стал. Эту роль он беспрекословно отдал более речистым и языкастым, более харизматичным и любящим порисоваться. Таким, как Ос и Карл. Более бесстыдным.

Потому что папа стыдился. И эту его черту определенно перенял и я.

Он стыдился того, кем он был и что делал. Я стыдился того, кем я был и чего не делал.

Папе я нравился. Я его любил. А он любил Карла.

Будучи старшим сыном, я крепко усвоил, что такое ферма с тридцатью козами и как ею управлять. Во времена моего дедушки поголовье коз в

Норвегии было в пять раз больше, лишь за последние десять лет количество козьих ферм сократилось вдвое, и отец, вероятно, понимал, что на тридцати козах далеко не уедешь. Тем не менее, как говорил папа, всегда существует риск, что однажды электричество вырубится, мир погрузится в хаос, и тогда каждый будет за себя. И тогда такие, как я, выживут.

А такие, как Карл, пойдут ко дну.

Возможно, поэтому он и любил Карла сильнее.

Или, возможно, потому, что Карл не поклонялся ему, как я.

Не знаю, в чем причина, — может, сработали папино желание защитить и потребность в сыновней любви. Или Карл был похож на маму, — наверное, такой она была, когда познакомилась с папой. Та же манера смеяться, говорить и двигаться, тот же образ мыслей, и внешне он тоже был похож на маму с ее девичьих фотографий. Карл красивый, как Элвис, — так папа говорил. Возможно, он и маму за это полюбил. За то, что она была красивая, как Элвис. Правда, блондинистый Элвис, но зато черты лица те же самые, мексиканские или индейские: миндалевидные глаза, гладкая золотистая кожа, густые брови. Спрятанные в глазах улыбка и смех. Возможно, отец заново влюбился в маму. И поэтому — в Карла.

Не знаю.

Знаю лишь, что читал нам перед сном теперь папа, и с каждым разом он просиживал возле нашей кровати все дольше и дольше. Я на верхнем ярусе засыпал, а он все не уходил, и я ни о чем не догадывался, пока однажды ночью не проснулся оттого, что Карл плакал, а папа его успокаивал. Я свесил голову вниз и увидел, что на стуле папы нет, а значит, он лег вместе с Карлом.

— Что случилось? — спросил я.

Ответа не последовало, и я повторил вопрос.

— Карлу просто сон страшный приснился, — сказал отец, — спи давай, Рой.

И я спал. Я спал невинным сном виновного. Так продолжалось до той ночи, когда Карл опять заплакал, но на этот раз папа уже ушел, мой младший братишка лежал один, и утешить его было некому. Поэтому я спустился к нему, обнял его и попросил рассказать, что именно ему приснилось, — тогда чудовища наверняка исчезнут.

Карл шмыгнул носом и сказал, что чудовища запретили ему рассказывать, потому что тогда они придут и заберут меня и маму. Они утащат нас в Хукен и сожрут.

— А папу не утащат? — спросил я.

Карл не ответил. Не знаю, когда я понял, — может, как раз в тот момент, но тотчас же выбросил это из головы. А может, позже, может, я захотел понять это позже: чудовищем был наш отец. Папа. И не знаю, хотела ли мама это понять, но дело было в желании, потому что происходило все у нас на глазах. Поэтому ее вина была не меньше моей, мама тоже отводила взгляд и не пыталась положить этому конец.

Когда я наконец попытался его остановить, мне было семнадцать. Мы с папой остались на сеновале одни. Я придерживал стремянку, а отец менял лампочку. Сейчас высоких сеновалов в горах не строят, но я, наверное, все равно чувствовал, что, стоя там, внизу, представляю для него угрозу.

— Прекрати делать это с Карлом.

— Вон оно что, — спокойно откликнулся отец, вкручивая лампочку.

Потом он спустился со стремянки, а я старался покрепче держать ее. Он отложил перегоревшие лампочки в сторону и избил меня. В лицо он не бил, метил по самым болезненным местам. Когда я, едва дыша, упал в сено, он наклонился и хрипло прошептал:

— Таких обвинений отцу не предъявляют, потому что тогда, Рой, он тебя убьет. Существует лишь один способ остановить отца — это молчать и выжидать, а потом, когда будет случай, убить его. Ясно тебе?

Разумеется, мне было ясно. Именно так и должна была поступить Красная Шапочка. Но отвечать у меня сил не было, я даже кивнуть не мог, поэтому лишь поднял голову. И увидел на глазах у него слезы.

Отец помог мне подняться на ноги, мы поужинали, и в тот же вечер он опять пришел к Карлу.

На следующий день отец отвел меня на сеновал — туда, где висела огромная боксерская груша, привезенная из Миннесоты в Норвегию. Отец некоторое время пытался приучить нас с Карлом к боксу, но нас это не зацепило, даже когда отец рассказал о двух знаменитых братьях-боксерах — Майке и Томми Гиббонсах из Миннесоты. Папиным любимчиком был Томми Гиббонс, отец показывал нам фотографии и говорил, что Карл похож на высокого светловолосого боксера-тяжеловеса Томми. А вот я был похож на Майка, старшего брата, но все равно более легкого. Карьеры он тоже не сделал. Впрочем, чемпионом не стал никто из них двоих. Ближе всего к заветной победе приблизился Томми: в 1923 году он выдержал пятнадцать раундов и проиграл великому Джеку Демпси. Случилось все это в деревушке Шелби, которая представляла собой лишь крестик на карте Великой Северной железной дороги и которую директор железной дороги Питер Шелби (а деревушку в честь его и назвали) окрестил «забытой богом грязной дырой». В тот боксерский бой жители деревни вложили все, что имели, и даже больше, потому что бой этот обещал вписать их в историю Америки. Там отстроили собственный стадион, однако на матч пришло всего семь тысяч зрителей, да еще те, кто пробрался без билета, и вся деревня, в том числе и четыре банка, разорилась. Уезжал Томми Гиббонс без гроша в кармане и без чемпионского звания, увозя с собой лишь осознание того, что он попытался.

— Как самочувствие? — спросил папа.

— Нормально, — ответил я, хотя тело ныло.

Папа показал мне основные техники боя и как правильно ставить ноги, а после засунул мои руки в свои старые боксерские перчатки.

— А как же капа? — Я вспомнил запись боя Демпси и Гиббонса.

— Ты будешь бить первым и сильно, поэтому капа тебе не нужна. — Отец встал за грушей. — Это враг. Представь, что ты должен его убить, пока он не убил тебя.

И я убивал. Он держал грушу, чтобы та не болталась, но время от времени высовывался из-за нее. Будто хотел напомнить, кого я учусь убивать.

— Неплохо, — похвалил он, когда я, мокрый от пота, стоял, ухватившись за колени, — сейчас обмотаем запястья, и повторишь все то же самое, но без перчаток.

За три недели я продырявил грушу, и ее пришлось зашивать толстыми нитками. О стежки я до крови содрал костяшки пальцев, два дня подождал, пока они заживут, и снова содрал. Так мне было легче, боль заглушала другую боль, заглушала стыд оттого, что я бездействовал.

Потому что все продолжалось.

Кажется, не так часто, как прежде, но точно я не помню.

Помню лишь, что его больше не особо заботило, сплю ли я и спит ли мама, — главное для него было показать, что он в собственном доме хозяин, а хозяин поступает так, как ему заблагорассудится. И что он вырастил из меня достойного противника, равного ему по силе, чтобы доказать, что над нами властвует не тело его, а дух. Потому что тело стареет и разрушается, а дух вечен.

А меня пожирал стыд. Меня пожирал стыд, когда я старался забыться, уносясь мыслями подальше от скрипа кровати, подальше от этого дома. А после того как он уходил, я спускался к Карлу, обнимал его, утешал и шептал ему в ухо, что однажды, однажды мы с ним непременно уедем куда-нибудь подальше. Главное — остановить его. Остановить мое проклятое отражение. И от этих пустых обещаний стыд лишь делался сильнее.

Мы повзрослели достаточно для того, чтобы ходить на вечеринки. Карл пил больше, чем следовало бы. И чаще, чем следовало бы, ввязывался в неприятности. Мне это было на руку — так у меня появилось место, где я мог делать то, что у меня не получалось дома. Защищать своего младшего брата. Это было не сложно, я лишь вспоминал все, чему учил меня папа: бил первым и сильно. Бил по лицам, словно это были боксерские груши с нарисованным на них папиным лицом.

Но рано или поздно время пришло бы.

Оно и пришло.

Однажды Карл рассказал, что был у врача. Там его осматривали и задавали кучу вопросов. И что-то заподозрили. Я спросил, что случилось. Карл спустил штаны и показал мне. Я так разозлился, что даже заревел.

В тот вечер перед сном я пошел в сарай и взял охотничий нож. Нож я положил под подушку и принялся ждать.

Он явился на пятую ночь. Свет в коридоре он выключил, поэтому в дверном проеме я видел лишь силуэт. Сунув руку под подушку, я сжал рукоятку ножа. Как-то раз я спросил дядю Бернарда — тот знал все о саботаже в Усе во время войны, — и он сказал, что бесшумно убить можно, воткнув нож врагу в спину, примерно туда, где находятся почки. И что перерезать глотку в действительности намного сложнее, чем в кино, что многие обрезают себе большой палец на той руке, которой они держат врага за горло. Где именно находятся почки, я не знал, но можно же пырнуть ножом несколько раз, чтобы наверняка. А если не получится, придется резать глотку, и хрен бы с ним, с пальцем.

Фигура в дверном проеме покачнулась. Похоже, пива он выпил больше обычного. Он стоял на пороге и словно раздумывал, не ошибся ли дверью. Ошибся, да. Много лет ошибался. Но этот раз будет последним.

Потом послышался вздох. Или, может, он принюхивался.

Дверь захлопнулась, комната погрузилась в темноту, и я приготовился. Сердце у меня колотилось так, что я чувствовал, как оно стучится о ребра. Но потом я услышал его шаги на лестнице и понял, что он передумал.

Затем хлопнула входная дверь.

Неужто он что-то учуял? Я читал, что адреналин обладает выраженным запахом, который наш мозг — сознательно или неосознанно — улавливает и заставляет нас быть начеку. Или там, в дверях, отец принял для себя какое-то решение? Он не просто ушел отсюда, но и решил покончить с этим? Раз и навсегда?

Я лежал, чувствуя, как дрожу. И когда из горла у меня вырвалось какое-то сипение, я понял, что не дышал с того самого момента, как открылась дверь.

Совсем скоро я услышал плач. Я снова затаил дыхание, однако это плакал не Карл — он дышал ровно и тихо. Плач доносился из печной трубы.

Я выскользнул из постели, оделся и спустился вниз.

Мама сидела на кухне в темноте. На ней был красный халат, больше похожий на пальто. Она смотрела в окно, в сторону сеновала, где зажегся свет. Она сжимала в руках стакан, а перед ней на столе виднелась бутылка бурбона, которая много лет стояла нетронутая в серванте.

Я сел рядом.

И посмотрел туда же, в сторону сеновала.

Мама осушила бокал и налила еще. С того вечера в Гранд-отеле она впервые пила спиртное не под Рождество.

Когда она наконец заговорила, голос у нее дрожал:

— Ты знаешь, Рой, что я очень люблю твоего отца и не смогу без него жить.

Это звучало словно вывод, точно она вела сама с собой долгий молчаливый спор.

Я ничего не ответил и лишь молча смотрел в сторону сеновала. Ждал, что оттуда раздастся какой-нибудь звук.

— А вот он без меня жить может, — продолжала она. — Знаешь, когда я рожала Карла, роды проходили тяжело. Я потеряла много крови и лежала без сознания, и врач попросил твоего отца принять решение. Операцию можно было сделать двумя способами. Один создавал угрозу ребенку, а второй — угрозу матери. Твой отец выбрал опасный для меня, Рой. Потом он говорил, что я сделала бы такой же выбор. И был прав. Однако выбирала не я, Рой. Выбирал он.

Чего же я ожидал услышать с сеновала? Да, я знал, чего жду. Выстрела. Когда я спускался по лестнице, дверь в сарай была открыта, а ружье, обычно висевшее высоко на стене, исчезло.

— Но если бы мне пришлось выбирать ваши с Карлом жизни против его, то я выбрала бы его, Рой. Знай об этом. Такая уж я мать. — Она поднесла стакан к губам.

Прежде она так со мной не говорила, и тем не менее мне было плевать. Думал я лишь о том, что происходит на сеновале.

Я встал и вышел на улицу. Лето подходило к концу, и ночной воздух ласково погладил меня по щекам. Я не торопился. Шагал размеренно, почти как взрослый. Дверь на сеновал была распахнута, и я увидел ружье — оно стояло у косяка. Подойдя ближе, я заметил под одной из балок стремянку с переброшенной через нее веревкой. Но еще раньше я услышал глухие удары о боксерскую грушу. Заходить внутрь я не стал, остановился у порога, но так, чтобы видеть отца. Он колотил грушу. Знал ли он, что в своем воображении я рисовал на этой груше его лицо? Думаю, знал.

Он поставил там ружье, потому что сам не смог завершить начатое? Или оно меня и ждало?

Тепло отхлынуло от моего лица, щеки и тело заледенели, а ветер дул сквозь меня, словно я был каким-то конченым привидением.

Я смотрел на отца. Чувствовал, как ему хочется, чтобы я остановил его, прекратил то, что он творит, остановил его сердце. Все было готово, он обставил все так, что со стороны будет казаться, будто он сам это сделал, а стремянка с веревкой дополнят картину. Мне всего-то и нужно было выстрелить в упор и положить ружье возле тела. Меня пробирала дрожь. Я утратил контроль над телом, оно больше меня не слушалось, руки и ноги тряслись и дергались. Страх и гнев покинули меня, а на их место пришли беспомощность и стыд. Потому что у меня не получалось. Ему хотелось умереть. Мне хотелось, чтобы он умер. И все равно не получалось. Потому что он — это я. И я ненавидел его и нуждался в нем, подобно тому как я ненавидел себя самого и нуждался в себе. Я развернулся и поплелся назад, слыша, как он стонет и бьет, ругается и бьет, всхлипывает и бьет.

На следующее утро мы как ни в чем не бывало завтракали. Выглянув в окно, папа сказал что-то о погоде, а мама торопила Карла, чтобы тот не опоздал в школу. Словно все случившееся ночью мне приснилось.

## 28

Спустя несколько месяцев после того, как я заглянул на сеновал, в мастерскую к нам заехала госпожа Виллумсен — пригнала на техосмотр свой «сааб-сонет» 1958 года, родстер и единственный в деревне кабриолет.

В деревне говорили, что жена Виллумсена — фанатка одной норвежской поп-дивы семидесятых и пытается во всем ей подражать: такая же машина, такая же одежда, одинаковые прически, макияж и манера поведения. Она даже пыталась говорить знаменитым контральто. Я был слишком молод и поп-певицу не помнил, однако в том, что госпожа Виллумсен — настоящая дива, ни секунды не сомневался.

Дядя Бернард был у врача, поэтому тачку пришлось осматривать мне.

— Корпус изящный, ничего не скажешь. — Я погладил крыло.

Усиленное пластиком стекловолокно. Дядя Бернард говорил, что «Сааб» выпустил менее десяти экземпляров этой модели и что Виллумсену пришлось раскошелиться сильнее, чем хотелось бы.

— Спасибо, — поблагодарила она.

Я открыл капот и осмотрел двигатель. Проверил клеммы и крышечки, стараясь работать руками так, чтобы похоже было на движения дяди Бернарда.

— Ты, судя по всему, знаешь, как обращаться с машиной, — похвалила она, — хоть и молод.

Пришла моя очередь благодарить.

Денек выдался жаркий, перед этим я чинил грузовик, поэтому спустил лямки комбинезона, так что, когда приехала жена Виллумсена, я разгуливал с голым торсом. Теперь я постоянно колотил боксерскую грушу, поэтому там, где прежде были лишь кожа да кости, сейчас обозначились мышцы, и, объясняя, зачем приехала, госпожа Виллумсен оценивающе скользнула по мне взглядом. А когда я натянул футболку, наша местная дива вроде как даже расстроилась.

Я захлопнул капот и повернулся к ней. В туфлях на высоких каблуках она не просто была выше меня — она прямо-таки нависала надо мной.

— Ну как? — прогудела она своим грудным контральто. — Тебя все устраивает?

— Пока да, но надо будет еще повнимательнее поглядеть, — ответил я с напускной уверенностью, будто глядеть стану я, а не дядя Бернард.

Я догадывался, что выглядит она моложе своих лет. Брови точно сбрили, а потом заново нарисовали. Над верхней губой виднелись морщинки. И все равно госпожа Виллумсен была из тех, про кого дядя Бернард говорил: «В самом соку».

— А потом... — она чуть склонила голову и посмотрела на меня так, словно пришла в мясную лавку, а я — кусок мяса на прилавке, — когда поглядишь?

— Посмотрим на двигатель, поменяем то, чего надо поменять, — ответил я, — разумеется, все в разумных пределах, не перегибая палку. — Последнюю фразу я тоже позаимствовал у дяди Бернарда. Вот только прямо в середине фразы я сглотнул.

— Значит, в пределах разумного. — Она улыбнулась так, будто я сыпал остротами, достойными Оскара Уайльда.

Впрочем, в те времена я про Уайльда и слыхом не слыхивал. Зато как раз в этот момент до меня начало доходить, что не только у меня в голове вертелись похотливые мысли. Сомнений не оставалось — госпожа Виллумсен кокетничает со мной. Нет, я и не надеялся, что она хочет чего-то большего, но госпожа Виллумсен, по крайней мере, не пожалела времени, чтобы чуточку поиграть с семнадцатилетним сопляком, — так порой взрослая кошка, вышагивая по своим делам, дернет по пути висящий на удочке поплавок. И этого было достаточно, чтобы я гордо выпятил грудь.

— Но я уже сейчас вижу, что чинить там особо нечего. — Я вытащил из кармана комбинезона серебряную коробочку со снюсом и привалился к машине. — Эта машинка — что надо. Для своего возраста.

Госпожа Виллумсен рассмеялась.

— Рита, — представилась она, протянув мне белую руку с кроваво-красными ногтями.

Будь я погалантнее, то поцеловал бы ее, но вместо этого я убрал коробочку со снюсом, вытер руку свисающей из заднего кармана тряпкой и по-взрослому пожал госпоже Виллумсен руку:

— Рой.

Она задумчиво смотрела на меня:

— Чудесно, Рой. Но сжимать так крепко не надо.

— Чего-о?

— И лучше говорить не «чего», а «что» или «простите». Попробуй еще раз. — Она вновь протянула мне руку.

Я снова взял ее. На этот раз бережно. Госпожа Виллумсен отдернула руку:

— Не надо брать ее так, будто она стеклянная, Рой. Я даю тебе свою руку, и на несколько секунд она — твоя. Поэтому обходись с ней по-доброму, бережно, так чтобы потом ее вновь тебе подали.

Она в третий раз протянула мне руку.

И я обхватил ее руку обеими своими.

Погладил ее. И приложил к своей щеке.

Хрен знает, откуда я такой смелости набрался. Но теперь она у меня появилась — смелость, которой мне так недоставало, когда я стоял возле сеновала и смотрел на ружье.

Рассмеявшись, Рита Виллумсен быстро огляделась, словно желая убедиться, что нас никто не видит, и спустя еще несколько секунд медленно высвободила руку.

— Способный ученик, — проговорила она, — способный. Завтра уже станешь мужчиной. Кому-то с тобой очень повезет, Рой.

На заправку въехал «мерседес». Из него выскочил Виллумсен. Едва удостоив меня кивком, он поспешил распахнуть перед госпожой Виллумсен дверцу. Нет, перед Ритой Виллумсен. Он придерживал ее под локоть, а она шагала к машине — с высокой прической, на каблуках и в длинной узкой юбке. Когда они уехали, меня охватило одновременно возбуждение и смятение из-за вдруг открывшейся передо мной перспективы. Возбуждение оттого, что я сжимал в своих руках руку госпожи Виллумсен, чувствуя, как ее острые ногти щекочут мне ладонь. И еще оттого, что она — дорогостоящая супруга Виллумсена, того самого, что всучил папе разбитый «кадиллак», а позже хвастался этим. Причиной же смятения был двигатель «сааба», где все, похоже, располагалось задом наперед. Коробка приводов почему-то находилась перед двигателем. Позже дядя Бернард объяснил мне, что это потому, что вес в «сонете» распределен особым образом, что даже коленчатый вал развернут так, чтобы мотор поставить не там, где у других машин. «Сааб-сонет». Удивительный автомобиль. Какая бесполезная красота, чудесная и устаревшая.

Я копался в «саабе» до поздней ночи. Проверял, крутил, менял. Меня распирало от неведомой прежде, непонятно откуда взявшейся энергии. Хотя нет, понятно откуда. От Риты Виллумсен. Она прикасалась ко мне. Я прикасался к ней. Она видела во мне мужчину. Или, по крайней мере, мужчину, которым я, возможно, стану. И от этого что-то во мне изменилось. Когда я, стоя в смотровой яме, дотронулся до днища автомобиля, член у меня вдруг окаменел. Я прикрыл глаза и представил себе это. Попытался представить. Полуобнаженная Рита Виллумсен на капоте своего «сааба» манит меня к себе пальцем. С кроваво-красным ногтем. Тьфу.

Я прислушался, но нет, кроме меня, в мастерской никого не было, и я расстегнул молнию на комбинезоне и спустил штаны.


— Рой? — прошептал в темноте Карл, когда я уже собирался залезть на верхний ярус.

Я хотел было сказать, что устал на работе и что сейчас пора спать. Но что-то в его голосе насторожило меня. Я включил ночник у него над кроватью. Глаза у Карла покраснели от слез, а одна щека распухла. У меня свело живот. После того вечера, когда папа поставил возле входа на сеновал ружье, он сюда не заходил.

— Он что, опять тут был? — прошептал я.

Карл кивнул.

— Он что... он еще и избил тебя?

— Да. Я думал, он меня придушит. Он как взбесился. И все спрашивал, куда ты подевался.

Я выругался.

— Не уходи больше, — попросил Карл, — когда ты тут, он не приходит.

— Но, Карл, я же не могу все время здесь сидеть.

— Значит, я уйду. Я больше не могу... я не могу с ним жить, ведь он же...

Одной рукой я обхватил Карла за плечи, а другой прижал его голову к своей груди, чтобы его всхлипы не разбудили маму с папой.

— Я все улажу, Карл, — прошептал я, уткнувшись в его светлые волосы, — клянусь. Тебе не придется от него убегать. Я все улажу, слышишь?

На самой заре, когда ночь слегка побледнела, у меня был готов план.

Его обдумывание меня вроде как ни к чему не обязывало, но в то же время я знал, что готов. Я думал о том, что сказала Рита Виллумсен. Завтра я стану мужчиной. Ну что ж, завтра наступило. На этот раз, увидев ружье, я не отступлюсь.

29

Ковыряясь в «саабе-сонет», я усвоил пару моментов. Там не только двигатель задом наперед стоит, но и тормоза намного проще устроены. Современные автомобили оборудованы сложной двойной системой торможения: даже если один из тормозов выходит из строя, второй все равно работает, по крайней мере на двух колесах. А вот на «сонете» достаточно перерезать один-единственный провод — и все, была машина, а стала телега о четырех колесах. И меня вдруг осенило: а ведь так устроены все старые машины. В том числе и папин «кадиллак-девиль» 1979 года, хоть у него и два тормозных шланга.

Если ты в наших краях не умер от обычной болезни, значит, закончил свои дни в машине на дороге, в петле на сеновале или глядя в дуло ружья. Когда папа подарил мне возможность воспользоваться ружьем, я упустил ее, и, возможно, я знал, что второго шанса он мне не подарит. Придется мне действовать в одиночку. И когда я продумал этот план, то уже знал, что решение верное. Никакой романтики про то, что капитан уйдет под воду вместе с собственным кораблем, — нет, я руководствовался чисто практическими соображениями. Автокатастрофу не будут расследовать так же тщательно, как самоубийство, когда жертва прикончила себя выстрелом в голову. По крайней мере, так я думал. И я не знал, как мне заманить папу на сеновал и застрелить его, чтобы мама обо всем не узнала. Хрен ее знает, — может, она вообще не станет врать полицейским, если тот, без кого она жизни не мыслит, будет убит. «Такая уж я мать». А вывести из строя тормоза на «кадиллаке» — это просто. И как будут развиваться события, тоже предугадать не сложно. Каждое утро папа вставал, проверял овец, варил себе кофе и молча наблюдал, как мы с Карлом завтракаем. После того как мы с Карлом садились на велосипеды и разъезжались, я — в мастерскую, а Карл — в школу, папа забирался в «кадиллак» и ехал в деревню забрать почту и купить газету.

«Кадиллак» стоял под навесом у сеновала, и я миллион раз видел, как отец это проделывает. Заводил машину, поддавал газ — всегда, если только дорога не была засыпана снегом, — и не сворачивал, пока не доезжал до Козьего поворота.

Мы поужинали в столовой, и я сказал, что пойду на сеновал позаниматься боксом.

Никто ничего не сказал, мама с Карлом доскребали с тарелок остатки ужина, а вот папа испытующе посмотрел на меня. Возможно, потому, что ни я, ни он не распространялись о том, что собираемся делать, а просто шли и делали.

Я взял сумку со спортивной одеждой, куда еще в мастерской сложил все нужные инструменты. Работа оказалась сложнее, чем я ожидал, но спустя полчаса я открутил гайку и болт, которыми рулевая колонка крепилась к картеру рулевого механизма, проделал две дыры в тормозном шланге и слил в ведро тормозную жидкость. Потом я переоделся в спортивную одежду и еще с полчаса колотил грушу, так что вернулся в гостиную весь потный. Папа читал газету, мама вязала. Ну ни дать ни взять реклама, какую показывали в шестидесятых.

— Ты вчера поздно вернулся, — проговорил папа, не отрываясь от газеты.

— Сверхурочно остался, — ответил я.

— Если ты с девушкой встречаешься, можешь признаться, — улыбнулась мама. Словно мы действительно счастливая семейка из рекламного ролика.

— Да я правда на работе торчал, — сказал я.

— Ну что ж, — папа сложил газету, — похоже, тебе теперь частенько придется сверхурочно оставаться, потому что недавно звонили из больницы. Бернарда госпитализируют. У него, похоже, вчера на осмотре что-то не то обнаружили. Может, и операцию придется делать.

— Вон оно как. — Я похолодел.

— Ага, а дочка с семьей на Майорке и из отпуска возвращаться не собирается. Поэтому врач попросил нас приехать.

В гостиную вошел Карл.

— Что-то случилось? — спросил он. Голос у него по-прежнему был такой, будто он переборщил с обезболивающим, а по щеке расплылся отвратительный синяк, однако опухоль сошла.

— Нам в больницу надо, — папа встал, — одевайтесь.

Меня накрыла паника. Чувство такое же, как по утрам, когда открываешь дверь, а на улице минус тридцать, а ветра почти нет, так что холода не ощущаешь, тебя просто будто парализует. Я открыл рот. И снова закрыл его. Потому что мозг у меня тоже парализовало.

— У меня завтра важная контрольная, — быстро проговорил Карл, и я заметил, что он смотрит на меня, — и Рой обещал меня по материалу погонять.

Ни про какую контрольную я не слышал. Не знаю, понял Карл или нет, но, посмотрев на меня, он явно почувствовал, что в больницу мне ехать отчаянно не хочется.

— Ну... — мама нерешительно взглянула на папу, — пускай остаются...

— И речи быть не может, — резко перебил ее папа, — семья важнее.

— Мы с Карлом завтра после школы в больницу съездим. На автобусе, — сказал я.

Все изумленно уставились на меня. Потому что, кажется, не услышать этого было невозможно: я заговорил, как он, как папа, — он тоже говорит что-то, и спор стихает, ведь все понимают, что как он скажет, так все и будет.

— Вот и замечательно, — вздохнула мама, вроде как даже облегченно.

Папа ничего не сказал, но не сводил с меня глаз.

Когда мама с папой собрались уезжать, мы с Карлом вышли вместе с ними во двор.

Мы остановились возле машины. Семья из четырех человек, которой суждено было вскоре наполовину сократиться.

— Поосторожнее на дороге, — сказал я.

Папа кивнул. Медленно. Возможно, конечно, что сейчас, спустя столько лет, я чересчур большое значение придаю последним словам. Или, в папином случае, последнему киванию. Однако он как будто признавал что-то. Или, может, осознавал. Осознавал, что его сын взрослеет.

Они с мамой сели в «кадиллак», и мотор рявкнул. Рявканье перешло в мягкое рычание, а затем машина двинулась вниз, к Козьему повороту.

Мы видели, как загорелись тормозные огни. Они подключены к педали тормоза, и даже если тормоз не срабатывает, огни все равно зажигаются. «Кадиллак» набирал скорость. Карл издал какой-то звук. Я представлял, как папа выворачивает руль, чувствуя, что руль крутится с подозрительной легкостью и что колеса не слушаются. И я почти уверен, что в ту секунду он понял. Я надеюсь, что он понял и принял. И еще принял то, что заберет вместе с собой и маму. Что счет сравняется. Мама мирилась с тем, что он делает, но мириться с жизнью без него не хотела.

Странно, но обстановка не накалялась. Ни тревожных автомобильных гудков, ни криков, ни визга шин о гравий — ничего этого не было. Шуршание шин — и автомобиль исчез, и я услышал, как поет об одиночестве золотистая ржанка.

Грохот в Хукене походил на далекий, запоздалый гром. Что кричал или говорил Карл, я не слышал, я лишь думал о том, что теперь мы с Карлом остались в мире одни. Что дорога перед нами пуста и сейчас, в сумраке, мы видим лишь гору, силуэтом прилепившуюся к небу, и небо на западе оранжевое, а на севере и юге — розовое. И я подумал, что красивее ничего в жизни не видел, что это одновременно похоже и на закат, и на восход.

# 30

Похороны я помню обрывочно.

Дядя Бернард снова встал на ноги, и его решили не оперировать — я видел, что плакали только он и Карл. В церковь набилось полно народу — насколько мне известно, в Усе с большинством этих людей мама и папа никогда не имели ничего общего и общались только в случае крайней нужды. Бернард произнес пару слов и зачитал надписи на венках. Самый большой — от конторы Виллумсена, значит, он сможет включить его в обслуживание клиентов и получить налоговый вычет. Ни Карл, ни я не выразили желания что-либо сказать, а священник на нас давить не стал, — думаю, раз уж у него собралось столько зрителей, он оценил свободное пространство для маневра. Но я не помню, что он говорил, — не думаю, что я слушал. Затем — соболезнования, бесконечный поток бледных, печальных лиц: словно сидишь в машине у шлагбаума и смотришь на проходящий поезд — лица вроде бы на тебя глазеют, но направляются-то совсем в другие края.

Многие говорили, что сочувствуют мне, но не мог же я ответить, что в таком случае у них все не так уж плохо.

Помню, мы с Карлом стояли в столовой на ферме за день до переезда к дяде Бернарду. Мы ведь тогда не знали, что еще через несколько дней снова вернемся в Опгард. В доме было ужасно тихо.

— Теперь это все наше, — сказал Карл.

— Да, — ответил я. — А тебе что-то нужно?

— Это. — Карл указал на шкаф, где папа хранил ящики «Будвайзера» и бутылку бурбона.

Я взял коробку с табаком «Берри» — так я стал жевать снюс. Не помногу, ведь никогда не знаешь, когда в следующий раз удастся достать «Берри», а хоть раз попробовав качественный табак, к шведскому дерьму ты уже вряд ли притронешься.

Еще до похорон каждый из нас по отдельности сходил к ленсману на допрос — он, разумеется, называл это обычной беседой. Сигмунда Ольсена привлекло отсутствие тормозного пути на Козьем повороте — он спросил, была ли у моего отца депрессия. Но мы с Карлом придерживались версии, что, судя по всему, произошел несчастный случай. Может, он слишком сильно разогнался или на секунду отвлекся, посмотрев на нас в зеркало. Как-то так. И кажется, ленсман наконец угомонился. До меня дошло, как нам повезло, что у него было только две версии: несчастный случай и самоубийство. Продырявливая тормозной шланг и сливая тормозную жидкость, чтобы снизилась сила торможения, я знал, что, даже если все это обнаружат, в целом оснований для подозрений мало: воздух попал в тормозную систему — со старыми машинами такое случается сплошь и рядом. Хуже придется, если выяснится, что кто-то ослабил винты, крепящие рулевую колонку к зубчатой рейке, из-за чего машина стала неуправляемой. Машина перевернулась, но повреждения оказались не такими сильными, как я себе представлял. Если бы машину обследовали, возможно, пришли бы к выводу, что ослабнуть может любое крепление, в том числе винты. Но ослабшие винты, а вдобавок дыры в тормозном шланге? И почему на земле под машиной не осталось следов вытекшей тормозной жидкости? Повторюсь: нам повезло. Вернее, мне повезло. Разумеется, я знал: Карлу известно, что аварию каким-то образом подстроил я. Инстинктивно он понял, что нам с ним в тот вечер садиться в «кадиллак» нельзя было ни в коем случае. А еще — я же обещал, что все устрою. Но он никогда не спрашивал, как я все устроил. Возможно, про тормоза он все понял — видел же, что стоп-сигналы зажглись, хотя «кадиллак» скорость не сбросил. И зачем мне ему рассказывать, раз он не спрашивал? Тебя не накажут за то, о чем ты не знал, и если меня посадят за убийство родителей, довольно того, что в эту яму упаду я один — не потяну за собой Карла, как папа тянул маму. В отличие от них, Карл прекрасно жил бы без меня. Как я думал.

# 31

Карл родился ранней осенью, я — в середине каникул. А значит, на день рождения он получал подарки от одноклассников и даже приглашал гостей — мой же день рождения проходил тихо. На самом деле я и не жаловался. Поэтому я лишь через пару секунд понял, что эти слова, почти пропетые, были обращены ко мне.

— Поздравляю с восемнадцатилетием!

У меня был перерыв, я грелся на солнце — на скамейке заднего двора мастерской, — закрыв глаза и заткнув уши наушниками с записями группы «Крим». Я посмотрел вверх и вытащил наушники. Пришлось заслонить глаза ладонью. Не то чтобы я не вспомнил этот голос. Рита Виллумсен.

— Спасибо, — сказал я, чувствуя, как краснеют лицо и уши, как будто меня поймали на месте преступления. — Кто вам сказал?

— Совершеннолетие, — произнесла она вместо ответа. — Право голоса. Водительские права. А еще тебя могут посадить в тюрьму.

За ее спиной стоял «сааб-сонет», точь-в-точь как полтора года назад. Но одновременно чувствовалось что-то еще — она пришла выполнить обещание, данное ею в прошлый раз. Заталкивая наушники в карман брюк, я чувствовал, что у меня слегка дрожат руки. Я уже целовался, а в Ортуне, за углом дома, лазил руками под бюстгальтер, но я, бесспорно, все еще оставался девственником.

— У «сонета» моего какие-то шумы, — сказала она.

— Какие шумы? — спросил я.

— Может, прокатимся? Сам и послушаешь.

— Конечно. Погодите немного. — Я пошел в контору. — Я ненадолго отойду, — сказал я дяде.

— Ладно, — бросил дядя Бернард, не поднимая головы от, как он выражался, «этих проклятых бумаг», пока он лежал в больнице, на его столе их выросли целые горы. — Когда вернешься?

— Не знаю.

Он снял очки и посмотрел на меня:

— Ладно.

Его слова прозвучали как вопрос — не хочу ли я еще что-то ему рассказать. И раз уж я не хотел — что ж, ладно, он мне доверял.

Я кивнул и снова вышел на солнце.

— По такой погоде не помешало бы опустить крышу, — сказала Рита, выводя машину на шоссе.

Я не спросил, почему мы этого не сделали.

— И о каких шумах речь? — спросил я.

— Местные спрашивают, не потому ли я купила машину, что крышу можно опустить. Здесь лето длится полтора месяца — так ведь они рассуждают. Рой, а ты знаешь, в чем причина?

— Цвет?

— Ну какой же ты шовинист! — рассмеялась она. — Название. «Сонет». Знаешь, что это такое?

— «Сааб».

— Поэтическая форма. Стихотворение о любви — в нем два четверостишия и два трехстишия, всего четырнадцать строк. Мастером жанра был итальянец Франческо Петрарка, безумно влюбленный в женщину по имени Лаура, — она была замужем за графом. За свою жизнь Петрарка написал триста семнадцать сонетов в ее честь. Немало, а?

— Жаль, что она была замужем.

— Ничуть. Ключ к страсти кроется в том, что ты не можешь целиком и полностью завладеть тем, кого любишь. Так уж непрактично устроены люди.

— Правда?

— Судя по всему, тебе есть чему поучиться.

— Наверное. Но никаких шумов я не слышу.

Она посмотрела в зеркало:

— Шум есть, когда я завожу машину по утрам, — он пропадает, когда машина нагревается. Припаркуемся чуть подальше, чтобы двигатель остыл.

Она включила поворотник и свернула на лесную дорогу. Судя по всему, она и раньше здесь ездила — вскоре она свернула на дорогу поу́же и остановилась под низко свисавшими еловыми ветками.

Я не был готов к тишине, резко наступившей, когда она заглушила двигатель. Тишине, которая, как я инстинктивно почувствовал, что-то предвещала, потому что повисшее напряжение словами было не разрядить. Я уже был убийцей, но не смел ни пошевелиться, ни взглянуть на нее.

— Так расскажи мне, Рой. Ты в последнее время встречался с девушками?

— Кое с кем.

— Кто-то особенный был?

Я помотал головой. И скосил глаза на Риту. На ней был красный шелковый шарф и свободного кроя блузка, но я отчетливо рассмотрел контуры груди. Юбка чуть-чуть задралась, и мне были видны голые колени.

— Ты с кем-нибудь... с кем-нибудь это делал, Рой?

Я почувствовал, как у меня сладко засосало в животе. Я подумывал соврать — но чего я этим добьюсь?

— Не всё, нет, — ответил я.

— Хорошо. — Она принялась медленно стягивать с себя шелковый шарф. Три верхние пуговицы на блузке были расстегнуты.

Член у меня затвердел — почувствовав, что он задирает штаны, я положил руки на колени, чтобы скрыть это. Я ведь понимал, что во мне бушуют гормоны, — нельзя исключать вариант, что я совершенно неверно оцениваю ситуацию.

— Дай-ка я проверю, научился ли ты держать девушку за руку, — сказала она, положив правую руку мне на колени.

Тепло как будто перекинулось с ее руки на мой член — на секунду я испугался, что тут же кончу.

Я не сопротивлялся, а она взяла мою руку, потянула к себе, слегка распахнула блузку, и моя рука оказалась внутри — на бюстгальтере, на левой груди.

— Рой, ты ведь долго этого ждал. — Словно воркуя, она засмеялась. — Ты нежно держишь, Рой. Слегка сожми сосок. Уже не совсем юным девушкам нравится, когда с ними обращаются *чуть* пожестче. Эй-эй, это перебор. Вот так. По-моему, у тебя талант, Рой.

Она наклонилась ко мне и, держа мой подбородок большим и указательным пальцем, поцеловала. В Рите Виллумсен все было огромное, и язык тоже — шершавый и сильный, он, словно угорь, обвился вокруг моего. И вкуса в ней было больше, чем в тех двух девушках, с кем я целовался с языком. Он был не лучше, а больше. Может, его было даже слишком много — я быстро завелся и дошел до предела. Она прервала поцелуй.

— Но нам придется немного пройтись. — Она улыбнулась и, засунув руку мне под футболку, погладила мою грудь.

И я почувствовал, что успокаиваюсь, хотя от возбуждения был готов горы свернуть. От меня ведь многого не требовалось — она сидела за рулем и решала, насколько сильно разгоняться и куда ехать.

— Давай прогуляемся, — сказала она.

Я открыл дверцу и вышел — громко и пронзительно щебетали птицы, стоял дрожащий летний зной. Лишь тогда я заметил, что на ногах у нее синие кроссовки.

Мы шли по тропе, извивавшейся вдоль склона. Время отпусков, на дорогах и в деревне народу было меньше, а шансы встретить кого-то здесь, на высоте, сводились к минимуму. И все же она попросила меня отстать от нее метров на пятьдесят, чтобы, если она подаст сигнал, я успел спрятаться в лесу.

У вершины тропы она остановилась и поманила меня рукой.

Она указала на красный домик под нами.

— Этот — мэра, — сказала она. — А вон тот, — она указала на нечто напоминавшее пастушью хижину, — наш.

Я не совсем понял, что она подразумевала под словом «наш» — ее и мой или ее и мужа, — но понял, что направляемся мы туда.

Она открыла дверь, и мы вошли в нагретую солнцем комнату, наполненную спертым воздухом. Закрыла за нами дверь. Сбросила с себя кроссовки и положила руки мне на плечи. Даже босиком она была выше меня. Последний отрезок мы прошли пешком, и оба тяжело дышали. Так тяжело, что во время поцелуя пыхтели друг другу в рот.

Ее руки расстегнули мой ремень, словно это было самое привычное для нее дело, я же боялся крючков на ее бюстгальтере — они, как мне показалось, предназначались мне. Но это, видимо, было не так: она провела меня в комнату с задернутыми шторами — наверное, хозяйскую, — толкнула на кровать, и я смотрел, как она раздевается. Затем она подошла — ее кожа была холодной от высохшего пота. Она целовала меня, терлась о мое голое тело, и вскорости мы оба снова покрылись потом, как два мокрых скользких тюленя, обвившиеся вокруг друг друга. От нее сильно и приятно пахло, и она била меня по рукам, если я вел себя слишком назойливо. Я был то чересчур активным, то невыносимо пассивным, но наконец она взяла дело в свои руки и направила меня.

— Не шевелись, — сказала она, неподвижно сидя верхом на мне. — Просто почувствуй.

И я почувствовал. И подумал, что теперь Рой Опгард официально уже не девственник.

— Я думал, завтра, — сказал дядя Бернард, когда я вернулся.

— Что?

— Экзамен на права.

— Так он *и есть* завтра.

— Да? Ты так ухмыляешься, как будто уже его сдал.

# 32

На восемнадцатилетие дядя Бернард подарил мне «Вольво-240».

Я даже дара речи лишился.

— Юноша, не смотрите на меня так, — сказал он смущенно. — Машина не новая, нечего устраивать представление. А вам с Карлом машина нужна — не ездить же всю зиму на велосипедах.

С точки зрения механика, «Вольво-240» — идеал: запчасти достать легко, хоть модель и сняли с производства в 1993-м, а при надлежащем уходе на ней всю жизнь можно проездить. У моей слегка истерлись шаровые шарниры и втулки передней подвески, а также крестовина промежуточного вала, но все остальное — как новенькое, ни следа ржавчины.

Я сел за руль, положил новенькие водительские права в бардачок, повернул ключ зажигания, а когда направился к шоссе и проехал табличку с названием Ус, до меня наконец дошло. Что дорога не кончалась. И не кончалась. Что перед красным капотом лежал целый мир.

Лето выдалось долгим, теплым.

Каждое утро я отвозил Карла в супермаркет — туда он устроился работать на лето, — а потом ехал в мастерскую.

И за эти недели и месяцы я стал не только опытным водителем, но и пусть не опытным, но во всяком случае — по мнению Риты Виллумсен — сносным любовником.

Обычно мы встречались до обеда. Каждый приезжал на своей машине, и парковались мы на разных лесных дорогах, чтобы никто не решил, что мы вместе.

Рита Виллумсен выдвинула лишь одно требование:

— Пока мы вместе, с другими девушками ты не встречаешься.

На то было три причины.

Первая: она не хотела заразиться какой-нибудь венерической болезнью, которые, как она знала от врача, гуляли по деревне, ведь парни вроде меня всегда находят себе шлюх. Дело не в том, что она до смерти боялась подцепить хламидий или лобковых вшей — все эти проблемы быстро уладил бы врач в Нотоддене, — но иногда Виллумсен по-прежнему требовал выполнения супружеского долга.

Вторая: влюбляются даже шлюхи — и тогда они стараются найти объяснение каждому слову, произнесенному парнем, отмечают все колебания, присматриваются к любой неафишируемой прогулке по лесу, пока не выяснят то, что им знать не положено, и не устроят скандал.

Третья: она хотела меня удержать. Не потому, что я представлял собой что-то выдающееся, просто смена любовника в такой маленькой деревне, как Ус, сопровождалась слишком большим риском.

Если кратко, требование исходило из того, что Виллумсен не должен ничего знать. И опять же, причина была в том, что Виллумсен, будучи дальновидным бизнесменом, настаивал на форме личной собственности, и, как говорится, у госпожи

314

Виллумсен не было других прелестей, кроме чисто физических. Она просто-напросто зависела от мужа, благодаря ему она жила той жизнью, какой хотела. Меня это устраивало — у меня вдруг тоже появилась своя жизнь.

По ее собственному выражению, у госпожи Виллумсен было образование.

Она родилась в хорошей семье в одной из деревень, расположенных на равнинах Восточной Норвегии, а когда отец растратил семейное наследство, променяла бедность на стабильность, выйдя замуж за необаятельного, но состоятельного и предприимчивого торговца подержанными автомобилями, и, будучи двадцатилетней, убедила его, что не принимала противозачаточные, а проблема, видимо, была в его головастиках.

И всем тем красивым словам, манерам, ни на что не годной живописи и бесполезной литературе, которые ей не удалось навязать ему, она теперь учила меня. Показывала картины Сезанна и Ван Гога. Читала вслух «Гамлета» и «Бранда»[1].

И «Степного волка»[2], и «Двери восприятия»[3] — я-то считал тогда, что это группы, а не книги. Но первым делом она читала сонеты, написанные Франческо Петраркой в честь Лауры. Обычно на нюнорске и чуть дрожащим голосом.

---

1 *«Бранд»* — пьеса норвежского драматурга Генрика Ибсена.

2 *«Степной волк»* — название романа Германа Гессе и канадской рок-группы (Steppenwolf).

3 *«Двери восприятия»* (The Doors of Perception) — эссе Олдоса Хаксли. The Doors — американская рок-группа. Своим названием обязана упомянутому эссе. Сборник первых шести альбомов группы носит название «Perception».

Мы курили травку — Рита не рассказывала, где она ее взяла, — и слушали «Гольдберг-вариации» в исполнении Гленна Гульда. Я мог бы сказать, что школа, которую в то время подарили мне свидания с Ритой Виллумсен на пастбищах, стоила больше, чем любой университет или высшая школа, но это, разумеется, было бы грубым преувеличением.

Но для меня они сделали то же самое, что и «Вольво-240», когда я выехал из деревни. Они открыли мне глаза на совершенно иной мир. И теперь я мог мечтать, что мир этот принадлежит мне, — осталось только освоить язык посвященных. Но ведь все это случится не со мной. Не со мной, братом-дислектиком.

Карл тоже не производил впечатления человека, мечтавшего о дальних странствиях.

Скорее наоборот. По мере того как после лета наступали осень и зима, он все сильнее и сильнее замыкался. Когда я спрашивал, о чем он думает и не хочет ли прокатиться на «вольво», он смотрел на меня с отстраненной, мягкой улыбкой — как будто меня рядом не было.

— Мне снятся удивительные сны, — сказал он ни с того ни с сего как-то вечером, когда мы сидели в зимнем саду. — Мне снится, что ты убийца. Что ты опасен. И я завидую тому, что ты опасен.

Я ведь знал: Карлу известно, что я каким-то образом подстроил аварию и «кадиллак» в тот вечер съехал с Козьего поворота, но он не говорил об этом ни слова, а я не видел ни единой причины все ему рассказывать и превращать в преступника, раз он услышит признание, но на меня не заявит. Так что я не ответил — пожелал спокойной ночи и ушел.

Определение «счастливый» больше всего подходит именно этому времени. У меня была любимая работа, машина, готовая отвезти меня куда угодно, и возможность претворить в жизнь любые подростковые сексуальные фантазии. Последним я ни перед кем похвастаться не мог, даже перед Карлом, потому как Рита сказала: «Ни одной живой душе», а поклялся я душой Карла.

И вот в один вечер случилось неизбежное. Как и всегда, Рита уехала раньше меня, чтобы нас не увидели вместе. Обычно я давал ей двадцать минут, но в тот вечер уже было поздно, я много работал в мастерской — и прошлой ночью, и весь день — и теперь, лежа в кровати, отдыхал. Ведь хотя дом на пастбище был куплен и перестроен на деньги господина Виллумсена, по словам Риты, ноги его там никогда не будет: для этого он слишком толстый и степенный, а тропа — крутая и длинная. Она объяснила, что дом он купил отчасти потому, что тот был больше дачи мэра Оса и он мог смотреть на нее сверху вниз. А отчасти это было чистой воды спекулятивное вложение в землю в тот период, когда Норвегия вот-вот должна была стать богатой нефтяной державой, — Виллумсен уже тогда почуял дачный бум, случившийся много лет спустя. Случившийся там, куда протянули шоссе, — результат случайности и действий муниципальных советов, подсуетившихся быстрее, но Виллумсен в любом случае рассуждал грамотно. В общем, я заснул, пока лежал и дожидался времени отъезда. Очнулся уже в четыре утра.

Через три четверти часа я был в Опгарде.

Ни Карлу, ни мне спать в спальне папы и мамы не хотелось, и я, стараясь не разбудить его, прокрался в нашу комнату. Я как раз аккуратно залезал на верхнюю кровать — Карл дернулся, и я, посмотрев вниз, увидел пару широко раскрытых глаз, светившихся в темноте.

— Нас посадят в тюрьму, — прошептал он, не просыпаясь.

— Чего? — переспросил я.

Он два раза моргнул, как бы стряхивая с себя это состояние, и я понял, что ему снился сон.

— Где ты был? — спросил он.

— С машиной возился, — ответил я, перелезая через перила.

— Нет.

— Нет?

— Приходил дядя Бернард, принес лабскаус. Спрашивал, где ты.

Я задержал дыхание:

— Я был с женщиной.

— С женщиной? Не с девушкой?

— Завтра поговорим, Карл. Нам через два часа вставать.

Я лежал и прислушивался к его дыханию — замедлилось ли. Ни разу.

— Ну и чего там с тюрьмой? — наконец спросил я.

— Мне снилось, что нас сажают в тюрьму за убийство, — ответил он.

Я затаил дыхание:

— И кого мы убили?

— Да это бред, — сказал он. — Друг друга.

# 33

Раннее утро. Я думал, впереди обычный день возни с машинами — простые, чисто технические задачи. Как говорится, ничто не предвещало...

Я был в мастерской, как и почти каждый день в течение последней пары лет, и начал возиться с машиной, когда подошел дядя Бернард и сообщил, что мне звонят. Я пошел за ним в контору.

Звонил ленсман Сигмунд Ольсен. Сказал, что хочет со мной поболтать. Узнать, как дела. Свозить меня ненадолго на рыбалку неподалеку от его дачи — она всего в нескольких километрах по шоссе. Он заедет за мной через пару часов. И хотя по телефону его голос звучал мягко, я понял, что это не приглашение, а приказ.

Разумеется, я задумался. Зачем так торопиться, если это всего лишь беседа ни о чем?

Я и дальше трудился над двигателем, а после обеда улегся на тележку и скользнул под машину, подальше от этого мира. Когда в голове бродят всякие мысли, ничто не успокаивает лучше, чем возня с машиной. Не знаю, сколько я так пролежал, пока не услышал чье-то покашливание. Возникло дурное предчувствие, — наверное, поэтому я немного выждал, прежде чем выкатиться на тележке наружу.

— Ты Рой, — произнес мужчина, стоявший и смотревший на меня. — У тебя кое-что есть — и это принадлежало мне.

Мужчиной оказался Виллум Виллумсен. *Принадлежало*. В прошлом.

Абсолютно беззащитный, я лежал у его ног.

— И что же это, Виллумсен?

— Ты прекрасно знаешь.

Я сглотнул. Ни черта я не успею сделать до того, как он выдавит из меня воздух, а с ним и жизнь. Я видал такое в Ортуне — даже была мысль насчет того, как это делается, но не как этого избежать. Я научился бить первым, и бить жестко, а не защищаться. Я затряс головой.

— Гидрокостюм, — сказал он. — Ласты, маска, баллон, клапан и трубка. Восемнадцать тысяч пятьсот шестьдесят крон.

Он громко рассмеялся, увидев облегчение на моем лице, — очевидно, он принял его за растерянность.

319

— Рой, я никогда не забываю совершенные сделки!

— Неужели? — Я встал на ноги и достал длинную тряпку, которой обычно вытирал руки. — И ту самую, когда мой отец купил «кадиллак», тоже, а?

— Ни в коем случае, — гоготнул Виллумсен — он уставился в никуда, словно вспоминал о чем-то приятном. — Не очень-то твой отец любил торговаться. Знать бы, как сильно не любил, я бы тогда, может, с самого начала запросил цену пониже.

— Да что вы? Совесть мучает?

Возможно, мне хотелось его опередить, на тот случай, если он пришел задать мне тот самый вопрос. Как говорится, лучшая защита — нападение. Не то чтобы я считал, что мне нужно защищаться, — стыдно мне не было. Уж точно не за это. В конце концов, меня, молодого парня, затащила в постель замужняя женщина — ну и что с того? Пусть они этот вопрос между собой улаживают, я драться за территорию не собираюсь. И все же я намотал тряпку на костяшки пальцев правой руки.

— Постоянно, — ответил он и улыбнулся. — Но если мне и дан от природы талант, то это умение справляться с муками совести.

— Да? — спросил я. — И как же?

Он усмехнулся — глаза утонули в складах жира — и притронулся к своему плечу:

— Когда сидящий справа дьявол спорит с ангелом на левом плече, я предоставляю дьяволу право высказаться первым. А затем закрываю дискуссию.

Виллумсен громко засмеялся. За смехом прозвучал шаркающий звук, словно машина ехала вперед, а ее вдруг сдало назад. Звук, издаваемый человеком, который в ближайшее время умрет.

— Я пришел из-за Риты, — сказал он.

Я оценил ситуацию. Виллумсен был крупнее и тяжелее меня, но физической угрозы он не представлял, если только оружие не достанет. А чем еще он станет мне угрожать? Я от него не завишу — ни финансово, ни как-то еще. Карлу или дяде Бернарду он, насколько я знал, ничем пригрозить не сможет.

Но кое-кому все-таки мог. Рите.

— Она говорит, что очень тобой довольна.

Я не ответил. По дороге медленно проехала машина, но в мастерской мы были одни.

— По ее словам, «сонет» никогда не был в лучшем состоянии. В общем, я пригнал машину — хочу, чтобы ты ее осмотрел и починил все, что нужно. Но не более того.

Я заглянул за его плечо, на котором устроился дьявол, и увидел припаркованную снаружи синюю «тойоту-королла». И постарался не показать ему, какое облегчение испытал.

— Сложность в том, что к завтрашнему дню она должна быть готова, — сказал Виллумсен. — Издалека приедет клиент — во время телефонного разговора он вроде бы согласился ее купить. И ему, и мне будет жаль, если он окажется разочарован. Понятно?

— Понятно, — сказал я. — Кажется, сверхурочная работа.

— А пускай Бернард по обычной часовой ставке это проведет.

— Обговорите это с ним.

Виллумсен кивнул:

— Учитывая состояние здоровья Бернарда, о стоимости часа скоро будем договариваться мы с тобой, Рой, — это лишь вопрос времени, и мне хотелось бы, чтобы ты уже сейчас понял, кто в этой мастерской самый важный клиент. — Он протянул мне ключи от машины, сказал, что, кажется, дождя сегодня все же не будет, и ушел.

Я завел машину в гараж, открыл капот и взвыл. Да я здесь ночевать останусь. И сейчас я работать не начну — через полчаса за мной заедет Сигмунд Ольсен. И внезапно у меня появилось о чем подумать. Вроде бы все в порядке, по-прежнему счастливая пора. Но, как оказалось, настал ее последний день.

## 34

— Виллумсен взбесился из-за того, что ты не доделал его машину к утру, — сказал дядя Бернард, когда я приехал в мастерскую утром после ночи «Фритца».

— Дел оказалось больше, чем я думал, — ответил я.

Дядя Бернард склонил набок свою большую квадратную голову. Верхушка маленького туловища — такого же квадратного. Мы с Карлом, чтобы его подразнить, звали его человечком из конструктора лего. Мы его очень любили.

— И каких же? — спросил он.

— Потрахаться, — сказал я, открывая капот «короллы».

— Чего?

— Небольшая накладка в расписании. Я вчера еще потрахаться договорился.

Дядя Бернард непроизвольно захохотал, но смеялся недолго. С трудом вернул лицу серьезное выражение.

— Сначала работать, а потом трахаться, Рой. Ясно?

— Ясно.

— Почему трактор на улице?

— Внутри не было места, сегодня еще три машины пригонят. Приезжие.

— А ковш зачем поднял?

— Он так меньше места занимает.

— По-твоему, у нас парковочных мест не хватает?

— Ладно, это дань уважения ночной работе. Ну, не связанной с «короллой».

Дядя Бернард посмотрел на трактор с поднятым ковшом. Покачал головой и ушел. Но я слышал, как, зайдя в контору, он опять засмеялся.

Я снова занялся «короллой». И только к вечеру, как говорится, *разнеслась* весть о том, что пропал ленсман Сигмунд Ольсен.

Когда нашли лодку с сапогами Сигмунда Ольсена, не возникло никаких сомнений в том, что он утонул, — это и не обсуждалось. Даже наоборот, люди устроили соревнование: кто раньше почуял, откуда ветер дует.

— За шуточками и улыбкой Сигмунда всегда пряталась какая-то тьма, но люди этого не понимали — они такого не замечают.

— Накануне он сказал мне, что тучи, кажется, сгущаются, а я решил, что это он про погоду.

— Врачи обязаны хранить тайну, но я слышал, они выписывали Сигмунду эти так называемые таблетки счастья. Да, несколько лет назад, у него и щеки тогда были круглые, помните? Потом-то они у него ввалились. Таблеток не пил.

— По нему было видно. Он о чем-то думал. Его что-то терзало. А ответа не было. Вот что бывает, если мы не находим ответа, не находим смысла, не находим Иисуса.

Приехавшая из соседней коммуны ленсман — кстати, это была женщина — все это выслушала, однако ей захотелось поговорить с теми, кто видел

Сигмунда в день исчезновения. Мы с Карлом вместе сочинили для нее историю. Я объяснил ему, что лучше придерживаться правды — насколько это возможно — и скрыть лишь самое необходимое. Рассказать, зачем Сигмунд Ольсен пришел к нам на ферму, сколько примерно могло быть времени, когда он уехал, сказать, что Карл ничего особенного не заметил. Карл возразил: надо бы сказать, что у Ольсена, кажется, был депресняк, но я объяснил ему, что, во-первых, она побеседует с другими людьми — они скажут, что в тот день Ольсен вел себя как обычно. Во-вторых, если учесть, что она подозревает, будто кто-то приложил к его смерти руку, — в чем этот самый кто-то постарается ее убедить?

— Вызовешь подозрения, если станешь с излишним усердием доказывать, что Ольсен сам свел с жизнью счеты.

Карл кивнул:

— Конечно. Спасибо, Рой.

В постели домика на пастбище я впервые оказался через две недели после ночи «Фритца».

Я все делал как всегда, но Рита Виллумсен, видимо, стала больше обычного ценить наши стандартные постельные ритуалы.

Положив голову мне на руку, она курила сигарету с ментолом и изучающе меня разглядывала.

— Ты изменился, — сказала она.

— Да? — спросил я, держа за нижней губой «Берри».

— Повзрослел.

— Чего тут странного? Заметь, с тех пор, как ты лишила меня девственности, прошло время.

Она слегка вздрогнула: раньше я с ней так не разговаривал.

— Я имею в виду — с последней встречи, — сказала она. — Ты изменился.

— Лучше стал или хуже, чем в прошлый раз? — спросил я и, вытащив снюс указательным пальцем, положил его в пепельницу на прикроватном столике и повернулся к ней. Положил руку ей на бедро. Она многозначительно на нее посмотрела. Одно из неписаных правил: когда заниматься любовью, а когда отдыхать, решала она, а не я.

— Знаешь, Рой, — сказала она, затягиваясь сигаретой, — я все-таки решила сегодня тебе это сказать: пора нам закругляться с нашим романом.

— Вот как? — спросил я.

— Мне подруга донесла, что эта девка, Грета Смитт, распускает слухи, мол, я бегаю на свидания к молоденькому парню.

Я кивнул, но не стал говорить ей, что и сам подумывал все это прекратить. Наверное, просто-напросто устал — вечно одно и то же. Доехать до пастбища, потрахаться, съесть домашнюю еду, которую она прихватила с собой, потрахаться, поехать домой. Однако, произнеся это предложение вслух самому себе, я не понял, от чего тут уставать. Да и не сказать чтобы меня дожидалась какая-то альтернатива госпоже Виллумсен и в чем тут проблема.

— Но после всего того, что ты сделал со мной сегодня, думаю, с разрывом можно подождать, — сказала она, затушила сигарету в пепельнице и повернулась ко мне.

— Почему? — спросил я.

— Почему? — Она задумчиво на меня посмотрела, будто не нашла ответа. — Может, потому, что утонул Сигмунд Ольсен. Мысль, что однажды проснешься мертвым. Жизнь ведь отложить не получится, верно?

Она провела рукой по моей груди и животу.

— Ольсен совершил самоубийство, — сказал я. — Он *хотел* умереть.

— Именно. — Она взглянула на свою руку с красными ногтями — рука продвигалась все ниже. — И такое с каждым может случиться.

— Может быть, — произнес я и взял с прикроватного столика наручные часы. — Но мне пора. Надеюсь, не страшно, что я разок уеду первым.

Сначала она, казалось, немного удивилась, но затем взяла себя в руки, вяло улыбнулась и, пытаясь меня поддразнить, спросила, не спешу ли я на свидание с другой девушкой.

В ответ я улыбнулся дразнящей улыбкой, встал и начал одеваться.

— Он уехал на выходные, — сказала она, рассматривая меня из постели со слегка обиженным лицом.

По имени Виллума Виллумсена мы не называли никогда.

— Можешь ко мне прийти.

Я даже одеваться прекратил:

— К тебе *домой?*

Свесившись с кровати, она залезла в сумку, вытащила связку ключей и стала снимать один из них:

— Приходи, когда стемнеет, зайди в наш сад с задней стороны, там соседи тебя не увидят. Это ключ от подвала.

И она протянула мне снятый со связки ключ. Я так растерялся, что просто тупо на него уставился.

— Бери уже, придурок! — прошипела она.

И я взял. Положил в карман, зная, что не воспользуюсь им. Взял, потому что впервые увидел во взгляде Риты Виллумсен нечто похожее на уязвимость. И прозвучавшая в ее голосе злость была попыткой скрыть то, чего я в тот момент даже не предполагал. Она боялась, что ее отвергнут.

Спускаясь по тропе с пастбища, я знал, что в балансе сил между мной и Ритой Виллумсен что-то изменилось.

Карл тоже изменился.

В каком-то смысле он выпрямил спину. И больше не сидел в одиночестве — стал выходить из дому и бывать на людях. Случилось все в той или иной степени в одночасье, буквально за одну ночь. Ночь «Фритца». Возможно, он, как и я, почувствовал, что ночь «Фритца» возвысила нас над обычными людьми. Когда мама с папой сорвались в Хукен, Карл был безучастным зрителем, испуганной жертвой. На этот раз он принимал в происходящем непосредственное участие, делал все необходимое — то, чего окружающие и вообразить не могли. Мы пересекли границу и вернулись обратно — невозможно побывать там и ничуть не измениться. Точнее, Карл, наверное, впервые получил возможность быть тем, кем он на самом деле все это время был, а может, ночь «Фритца» пробила в коконе дыру, и бабочка вылетела. Он уже вымахал выше меня, но за зиму от нежного и застенчивого мальчика он сделал шаг в сторону молодого человека, понимавшего, что ему есть чего стыдиться. Он и раньше нравился людям, а теперь и вовсе приобрел популярность. Я начал замечать, что, находясь в компании друзей, он становился лидером, его комментарии выслушивали, над его остротами смеялись, на него смотрели в первую очередь, когда сами старались произвести впечатление или всех развеселить. Ему пытались подражать. Ну и девушки это тоже заметили. Прежняя его девичья слащавость не просто созрела до мужской притягательности, Карл и ощущал себя по-другому. Когда мы были на сельском празднике в Ортуне, я заметил, что его манера говорить и двигаться приобрела само собой разумеющуюся самоуверенность. Непринужденно игривый вначале, как будто все происходящее было не всерьез, затем он садился рядом с товарищем, у которого проблемы с девушкой, или возле подруги, страдавшей от несчастной любви, выслушивал все, что им хотелось сказать, и давал советы, как будто обладал жизненным опытом или мудростью, которых у них пока еще не было.

Мои же качества только усугублялись. Да, я стал более самоуверенным. Я знал, на что способен в случае необходимости.

— *Ты* сидишь и читаешь? — спросил Карл как-то в субботу вечером.

Было уже за полночь, он только что вошел, судя по всему нетрезвый, а я сидел в зимнем саду, на коленях — раскрытая «Американская трагедия».

На какое-то мгновение я увидел нас обоих со стороны. Что теперь я занял его место. Сижу в комнате один, компанию мне никто не составляет. Что просто это было не его место. Он лишь на время одалживал мое.

— Где ты был? — спросил я.

— На вечеринке, — ответил он.

— Разве ты не обещал дяде Бернарду угомониться с гулянками, пока тебе не исполнится восемнадцать?

— Обещал, — сказал он. В его голосе звучали смех и искреннее раскаяние. — Я не сдержал обещания.

Мы заржали.

С Карлом было приятно посмеяться.

— Весело было? — спросил я, захлопывая книгу.

— Я танцевал с Мари Ос.

— Правда?

— Да. Кажется, я слегка влюбился.

Не знаю почему, но эти слова словно воткнули мне в сердце нож.

— Мари Ос, — произнес я. — Дочка мэра Оса?

— А почему бы и нет? — спросил Карл.

— Да пожалуйста, чего только человеку во сне не привидится! — сказал я и услышал, что голос у меня противный и злой.

— А ты прав, — сказал он, улыбаясь. — Пойду немного посплю.

Через несколько недель я встретил Мари Ос в кафе «Каффистова».

Очень красивая. И определенно «умная настолько, что даже опасна», как некоторые это называют, — во всяком случае, говорить умела, а если верить местной газете, когда она до муниципальных выборов представляла молодежное крыло Рабочей партии на дебатах в Нотоддене, то разносила в пух и прах политиков от молодежных партий гораздо старше ее. Вот какой была Мари Ос — выгнутая спина, толстые светлые косы, футболка с портретом Че Гевары на груди и холодные, волчьи, голубые глаза. Скользнув по мне в кафе волчьим взглядом, она словно искала, на кого бы поохотиться, а я того не стоил. Бесстрашный взгляд, подумал я. Взгляд с вершины пищевой цепочки.

Вновь наступило лето, и Рита Виллумсен, побывавшая с *ним* в Америке, прислала эсэмэску, что хочет встретиться на пастбище. Что скучает по мне. Всегда дававшая мне понять, что решения принимает она, Рита стала писать подобные сообщения, особенно после того, как в те выходные, когда она осталась дома одна, я не пробрался к ней через подвал.

Когда я появился на пастбище, она была в приподнятом настроении, что было ей несвойственно.

Принесла мне подарки — я распаковал шелковые трусы и флакон с так называемым мужским ароматом; и то и другое куплено в самом Нью-Йорке, рассказала она. Но лучшим подарком оказались две упаковки табака «Берри», хоть она и запретила мне брать их домой, — это принадлежит нашему миру на пастбище, сообщила она. Так что снюс полежит в холодильнике. И я понял, что она решила использовать его как приманку, когда дома у меня табак «Берри» кончится.

— Раздевайся, — сказал я.

Секунду она в растерянности на меня смотрела. Потом повиновалась.

После мы лежали на постели, потные и липкие. Комната напоминала духовку: летнее солнце разогрело крышу, и я выбрался из — в прямом смысле слова — влажных объятий Риты.

Я взял с прикроватного столика книгу сонетов Петрарки, раскрыл наугад и начал читать:

— Прохладных волн кристалл,
   Манивших освежиться
   Ту, кто других прекрасней несказанно...[1]

Я громко захлопнул книгу.

Рита Виллумсен непонимающе моргнула.

— Вода, — сказала она. — Вода. Пошли купаться. Я вина возьму.

Мы оделись, она надела купальник, и я пошел за ней к озеру — от пастбища его закрывали нависавшие горы. Там, под скрюченными карликовыми березами, стоял маленький красный ялик — судя по всему, принадлежавший Виллумсену. Вскоре набежали облака и подул ветер, но мы, все еще

1  Перевод Е. Солоновича.

330

мокрые и разгоряченные любовью и быстрым крутым подъемом, спустили лодку на воду, и я отгреб подальше от берега, чтобы ни один случайный прохожий нас не узнал.

— Купаться, — приказала Рита, когда в каждом из нас оказалось по полбутылки игристого вина.

— Слишком холодно, — ответил я.

— Слабак, — сказала жена Виллумсена, снимая с себя одежду, скрывавшую купальник, — как говорится, он стягивал и полнил там, где надо.

Помню, она говорила, что в юности подавала надежды стать профессиональной пловчихой, — вот откуда у нее такое атлетическое телосложение и широкие плечи. Она встала на один конец сиденья, мне пришлось наклониться к другому, чтобы ялик не перевернулся. Усилился ветер, и блестящая поверхность воды окрасилась в грязновато-белый цвет — как бельмо на ослепшем глазу. Мелкие, быстрые, плотные волны больше напоминали рябь, и я сообразил, что она согнула колени, чтобы оттолкнуться.

— Стой! — крикнул я.

— Ха-ха! — рассмеялась она и оттолкнулась.

Тело описало в воздухе идеальную параболу. Как и многие пловцы, Рита Виллумсен владела искусством прыжков в воду. А вот оценивать глубину воды по воздействию ветра на поверхность так и не научилась. Тело беззвучно скользнуло в воду, а затем резко остановилось. Какое-то мгновение она напоминала прыгуна с обложки альбома «Пинк Флойд», которую мне показывал дядя Бернард: тот парень стоял под водой на руках — тело как бы вырастало из зеркальной водной глади. Дядя Бернард рассказывал, что фотограф потратил на одну-единственную фотографию несколько дней, и самой большой проблемой оказались пузыри, нарушавшие покой поверхности, когда прыгун вдыхал воздух из баллона. В моем случае картину испортило то, что госпожа Виллумсен вытянула ноги и нижняя часть тела словно исчезла, прямо как в клипах по телику, где взрывали высотные здания, только никакого контроля не было.

И когда она встала на ноги — на лице ярость, на лбу водоросли, вода достает до пупка, — я откинулся на спину и загоготал так, что ялик чуть было не перевернулся.

— Идиот! — прошипела она.

Я мог бы остановиться. Надо было. Может, виновато вино — к состоянию опьянения я не привык. В общем, я схватил лежавший под сиденьем оранжевый детский спасательный жилет и бросил ей. Он упал в воду рядом с ней и остался лежать на поверхности, и лишь тогда я понял, что уже слишком поздно. Рита Виллумсен, женщина, возвышавшаяся надо мной в мастерской в тот первый раз, командовавшая и руководившая каждым моим шагом на протяжении всего пройденного нами пути, в это мгновение, казалось, совсем пала духом — словно брошенная девчонка, одетая как пожилая женщина. Сейчас, при безжалостном дневном свете, когда смылась косметика, я увидел лежащие между нами морщины — и годы. От холода ее кожа побелела и сморщилась, обвисла на края купальника. Я перестал смеяться, а она, возможно, поняла по моему выражению лица, что именно я увидел. Скрестив руки перед собой, она словно хотела защититься от моего взгляда.

— Извини, — сказал я. Может, это было самое правильное слово, а может быть, я не мог сказать ничего хуже. Может, уже было все равно, что говорить.

— Я поплыву, — сказала она и, скользнув под воду, пропала.

Риту Виллумсен я не видел долго.

Она плыла быстрее, чем я греб, и, оказавшись на суше, я заметил лишь мокрые следы ее ступней. Вытащил ялик на берег, вылил остатки вина и взял ее одежду. Когда я пришел на пастбище, она уже уехала. Лег на кровать, взял табак из лежавшей на прикроватной тумбочке серебристой коробочки «Берри» и посмотрел на часы — проверить, сколько времени осталось от условленного получаса. Почувствовал, как под внутреннюю сторону нижней губы проникает ферментированный табак, а в сердце — стыд. Стыд за то, что из-за меня стыдно стало ей. Почему он был намного хуже стыда от моей собственной несдержанности? Почему слишком откровенно посмеяться над женщиной, взявшей в любовники тебя, мальчишку, оказалось хуже, чем убить собственную мать и расчленить полицейского? Не знаю. Как есть.

Я подождал двадцать минут. Потом поехал домой. И, зная, что больше сюда не вернусь, все же поборол искушение забрать снюс «Берри».

## 35

Воскресенье в конце лета. Как мы договаривались, дядя Бернард приехал в Опгард с кастрюлей лабскауса. Пока я его разогревал, он сидел за кухонным столом и говорил обо всем, кроме своего здоровья. Он так сильно похудел, что мы оба этой темы избегали.

— Карл?

— Он придет, — сказал я.

— Как у него дела?

— Хорошо, — ответил я. — В школе все хорошо.

— Пьет?

Прежде чем помотать головой, я ненадолго задумался. Знал, что дядя Бернард подумал о папиной жажде.

— Ваш папа вами гордился, — сказал он.

— А? — только и сумел произнести я.

— Вслух он этого, конечно, не говорил, но уж поверь мне.

— Раз ты так говоришь...

Дядя Бернард вздохнул и посмотрел в окно:

— По крайней мере, я вами горжусь. Кстати, вот и младший братик идет. Со спутницей.

Не успел я взглянуть в окно, как Карл и вышеупомянутая спутница обошли дом, двигаясь к северной стороне. А потом я услышал шаги в прихожей и тихие голоса. Один из них был девичий, и звучали они уж чересчур интимно. Затем дверь кухни распахнулась.

— Это Мари, — сказал Карл. — Лабскауса нам хватит?

Я стоял как столб, уставившись на своего крупного, прямо держащего спину брата и высокую блондинку с волчьими глазами, а моя рука на автомате помешивала половником в кипящей кастрюле.

Предвидел я это или нет?

С одной стороны, происходящее отчасти напоминало сказку: сирота, сын крестьянина, заполучил королевскую дочку — принцессу, чего никому еще не удавалось. С другой стороны, ощущалась неизбежность. Логично, что они составят пару — как луна и звезды, сиявшие в это время над Осом. И все же я на него пялился. Подумать только, мой младший брат — его я держал в объятиях, он не решился добить Дога, он запаниковал и позвонил мне в ночь «Фритца» с просьбой о помощи — решился на то, на что никогда не хватило бы смелости у меня. Подойти к такой девушке, как Мари

Ос, заговорить с ней, представиться. Счесть себя достойным ее внимания.

И я пялился на нее. Она, если сравнивать с моментом нашей последней встречи в кафе «Каффистова», казалась совсем другой. Сегодня она мне улыбалась, и холодный взгляд волчицы изменился: стал открытым, располагающим — да, почти теплым. Разумеется, я понимал, что, раз она улыбалась, дело было в самой ситуации, а не лично во мне, но в тот момент возникло ощущение, будто она и меня, старшего брата с мелкой фермы, поднимает до своего уровня.

— Ну? — спросил дядя Бернард. — У вас как, просто романчик или большая любовь?

Мари засмеялась — громко, заливисто, но, возможно, отчасти и напряженно:

— Думаю, мы ответим...

— Большая любовь, — перебил ее Карл.

Она слегка отстранилась и, подняв бровь, посмотрела на него. Взяла под руку.

— Так и ответим, — сказала она.

Закончилось лето, наступила долгая и сырая осень.

Звонила Рита: один раз в октябре и один раз в ноябре. Я видел букву «Р» на экране, но трубку не брал.

Дядю Бернарда опять положили в больницу. Болезнь прогрессировала с каждой неделей, и он все сильнее худел. Я много работал и мало ел. Два-три раза в неделю ездил в больницу в Нотоддене. Не потому, что считал себя обязанным, — мне нравились скупые беседы с дядей Бернардом и долгие поездки в одиночестве туда-сюда по шоссе под музыку Джей Джей Кейла.

Иногда со мной ездил и Карл, но он был очень занят. Они с Мари стали своего рода деревенской идеальной парочкой. Вокруг них кипела жизнь, и, когда у меня было время, я бывал с ними. По той или иной причине Карлу было нужно мое присутствие, а кроме того, до меня дошло, что своих друзей у меня нет. Не то чтобы мне было одиноко или не с кем поговорить — просто я к этому не стремился. По-моему, дело это скучное, и я с большим удовольствием продирался через одну из рекомендованных Ритой книг — брал я их, как правило, в библиотеке Нотоддена. Читал я очень медленно, а потому много книг сразу не брал, но те, что попадали в мои руки, читал очень вдумчиво. «В дороге». «Повелитель мух». «Девственницы-самоубийцы». «И восходит солнце». «Осиная фабрика». А еще я прочитал дяде Бернарду вслух (он в жизни не прочел ни одной книги) «Почтамт» Чарльза Буковски — он смеялся так, что начинал кашлять. После он казался усталым и благодарил меня за визит, но тогда мне было лучше уйти.

А потом наступил день, когда он сказал, что умирает. И рассказал анекдот про «фольксваген».

За ключом от дома пришла его дочь.

Я ждал, что Карл даст волю слезам, когда я расскажу ему новость о дяде Бернарде, но он оказался к ней готов, — по крайней мере, он лишь печально покачал головой, как будто от подобного можно просто отряхнуться. Кажется, точно так же он стряхнул с себя ночь «Фритца». Иногда он как будто забывал все произошедшее. Мы никогда это не обсуждали, как будто оба понимали: если мы обернем тот случай в достаточное количество слоев молчания и времени, возможно, однажды останется лишь эхо — флешбэк старого кошмара, который на долю секунды кажется тебе реальностью, пока к тебе не вернется память и пульс не придет в норму.

Я сказал Карлу, что, по-моему, ему пора перебираться в спальню мамы и папы, мотивируя это тем, что он перерос меня на восемь сантиметров и ему нужна кровать побольше. Но в нашей комнате я плохо спал не потому, что не мог полностью вытянуться. Карл больше не слышал криков из Хукена — теперь их слышал я.

На похоронах Карл произнес потрясающую речь. О том, какой дядя Бернард был добрый, искренний, а еще — забавный. Возможно, кто-то счел странным тот факт, что от нас двоих говорил не я, старший брат, а он, но я спросил Карла, не хочет ли он взять это на себя, — я боялся, что просто расплачусь. Карл согласился, а я поделился с ним материалом — историями и мыслями, я ведь был к дяде Бернарду ближе, чем он. Карл делал заметки, писал, редактировал, добавлял что-то от себя, репетировал перед зеркалом — основательно подошел к делу. Я и не знал, что у него внутри столько тонких мыслей, но ведь так и есть: кажется, что знаешь человека так же хорошо, как карман собственных брюк, а вдруг обнаруживаются грани, о которых ты и понятия не имел. Но вообще, конечно, в карманах брюк, в том числе и собственных, ты шаришь, как во тьме. Порой найдешь монетку, лотерейный билет или таблетку от головной боли, завалявшиеся в подкладке. Или полюбишь девушку столь безнадежной любовью, что окажешься на грани самоубийства, хоть на самом-то деле ты ее толком и не знаешь. И вот всю жизнь так и роешься в карманах. А потом начинаешь задавать вопросы, не вчера ли эта монетка туда попала, не выдумал ли ты эту влюбленность. Может, девушка — это лишь предлог, повод уехать туда, куда тебя тянет, — подальше отсюда. Но когда хотелось подумать, в другие муниципалитеты я не ездил, а за книгами мне дальше Нотоддена не надо было. Ни разу мне не приходило в голову покончить со всем и въехать на полной скорости в скалу на выезде из туннеля или повторить отцовский полет над Хукеном. Я всегда возвращался назад. Вычеркивал день и ждал следующего. День, когда я увижу Мари, — или не увижу.

Вот тогда я и начал драться.

# 36

После смерти дяди Бернарда наступила мрачная пора. Я получил в наследство мастерскую и работал круглые сутки — думаю, это меня и спасло. Это, а еще драки в Ортуне.

Единственными передышками были субботние вечера, когда в Ортуне устраивали танцы: пьяный Карл заигрывал с девушками, а я ждал, пока какой-нибудь ревнивый бедолага не потеряет самообладание — и я смогу всадить кулак в собственное уродливое, жалкое отражение, раз за разом, неделю за неделей швыряя его о землю.

После этих субботних вечеров Карл, бывало, приходил рано утром и ложился на нижнюю кровать. Мучился похмельем. Пердел. Хихикал. И когда мы заканчивали перечислять события прошедшей ночи, он иногда выдавал:

— Черт, а хорошо иметь старшего брата!

Вранье, гревшее мне душу. Мы ведь оба знали, что теперь старшим братом стал он.

Я ни разу даже не рассматривал мысль рассказать ему, что влюбился в его девушку. Дяде Бернарду я этого тоже не говорил, да и Мари знаков не подавал. Испытываемый мной по этому поводу стыд останется только моим. Значит, папа тоже это чувствовал? Думал ли он о том, что мужчина, возжелавший собственного сына, не заслуживает жизни, и оставлял ружье за амбаром в надежде, что я сделаю работу вместо него? Думаю, теперь я его лучше понимал — меня это адски пугало, а вот презрение к самому себе не уменьшалось.

Не очень-то помню, что я думал или говорил, когда Карл рассказал, что хочет учиться. Тем не менее все к этому шло — не только благодаря отличным оценкам или тому, что сам по себе он не человек практики, но потому, что Мари Ос тоже была нацелена на учебу. Разумеется, они собирались учиться в одном городе. Я представил себе, как они снимают комнату на двоих в Осло или Бергене, приезжают домой в деревню на все каникулы и праздники, собирают вокруг себя друзей. И я к ним пристроюсь.

А потом в Ортуне случилась эта история с Гретой и Карлом, Грета разболтала все Мари — и все вдруг перевернулось с ног на голову.

И когда Карл уехал в Миннесоту, я остался с ощущением, что он избавился от всего. От деревенского скандала и Мари Ос. От ответственности за ферму. От меня, зависевшего от него в большей степени, чем он от меня. Не знаю, может, он снова услышал доносившиеся из Хукена крики.

Во всяком случае, после его отъезда наступила тишина.

Жуткая тишина.

Нефтяная компания купила мастерскую и земельный участок, и внезапно я, мальчишка чуть старше двадцати, оказался управляющим заправкой. Не знаю, увидели ли во мне что-то, чего я сам не видел, но работал я круглые сутки. Даже не из-за амбиций, они пришли позже. Просто мне становилось хуже, чем я предполагал, когда я сидел на ферме, прислушиваясь к Хукену и песням ржанок об одиночестве. Птица, ищущая спутника. Не обязательно друга, просто компанию. Все можно заменить работой, людьми вокруг, звуками, делами, можно направить мысли туда, где от них был бы толк, а не перемалывать снова и снова одну и ту же херню.

Мари исчезла из моего поля зрения, как опухоль после успешной операции. Разумеется, я понял, что с разрывом между ней и Карлом это событие совпало не случайно, но старался поменьше об этом думать. Разумеется, пришлось непросто, а прочитав «Превращение» Кафки — об этом парне, который как-то проснулся и обнаружил, что превратился в мерзкое насекомое, — я понял, что, если начну рыться в подсознании и его окрестностях, увеличатся шансы найти то, что мне не понравится.

Разумеется, иногда мне попадалась Рита Виллумсен. Она хорошо выглядела, годы, казалось, ее не брали. Но всегда либо она была не одна, либо мы оказывались на людях, так что мне доставалась лишь обычная дружелюбная добрососедская улыбка и вопрос, как там дела на заправке или у Карла в Штатах.

Однажды я увидел ее возле бензоколонок. Она беседовала с Маркусом, заливавшим бензин в ее «сонет». Обычно их машины заправлял Виллумсен. Маркус — милый, тихий и добрый паренек, и на мгновение я решил, что это ее новый проект. Странно, но меня это совсем не тронуло, им обоим я желал только добра. Когда Маркус завинтил крышку, а Рита садилась в машину, она посмотрела в сторону здания. Сомневаюсь, что она меня увидела, но, по крайней мере, руку она, словно собираясь помахать, подняла. Я помахал в ответ. Вошедший Маркус рассказал, что у Виллума Виллумсена рак, но он полностью поправится.

В следующий раз я увидел Риту Виллумсен в Ортуне на традиционном празднике в честь Дня Конституции. В традиционном костюме она выглядела прекрасно. Шла, держа мужа за руку. Такого я раньше не видел. Виллумсен худой, ну или, по крайней мере, уже не такой полный, — по-моему, ему это было не к лицу.

Кожа на подбородке свисала и болталась, как у мерзкой ящерицы. Но когда они с Ритой разговаривали, тот, кто слушал, наклонялся к собеседнику, словно ловил каждое слово. Улыбался, кивал, смотрел в глаза. Возможно, рак стал epiphany — пробуждением. Возможно, она внезапно поняла, что, живя с этим человеком, полюбила его, а он ее просто боготворил. И кто знает, а вдруг Виллумсен тоже был не так уж слеп, как мне казалось. В любом случае я понял, что, помахав мне от бензоколонки, она попрощалась навсегда. Ну ладно, мы что-то значили друг для друга, когда нам обоим это было нужно. По моим наблюдениям, хеппи-эндом завершалось минимальное количество романов на стороне, но, видя их вдвоем, я думал, что парой-то были мы с Ритой. А вот Виллум Виллумсен скорее третий.

Так что я опять оказался ржанкой.

И всего лишь через год я познакомлюсь с женщиной, которая на следующие пять лет станет моей любовницей. Главный офис в Осло организовал мероприятие, а после него — ужин, там я и познакомился с Пией Сюсе. Директор по персоналу, она сидела слева от меня, а потому за столом моей дамой не считалась, но где-то в середине ужина она повернулась ко мне и спросила, не мог бы я избавить ее от ее же кавалера, — он целый час говорил про бензин, а про него столько не наговоришь. Я выпил пару бокалов вина и спросил: это что, половой шовинизм — с той или иной стороны — возлагать на мужчину больше обязательств и заставлять развлекать еще одну женщину. Она согласилась, что я даю ей три минуты: пусть скажет что-нибудь, что меня заинтересует, рассмешит или спровоцирует. Нет — что ж, я останусь с предназначенной мне собеседницей, очкастой брюнеткой из Конгсберга, сказавшей, что ее зовут Унни, и, в общем-то, больше ничего. Пии Сюсе это удалось — со всеми тремя задачами она справилась гораздо быстрее чем за три минуты.

Потом мы танцевали, и она сказала, что партнера хуже у нее никогда не было.

По дороге в номер мы обжимались в лифте, и она отметила, что целоваться я тоже не умею.

А когда мы проснулись в ее постели — ей, как директору по персоналу, достался сьют, — она прямо сказала, что секс был не очень.

Но она редко смеялась столько, сколько за последние двенадцать часов.

Когда я стоял в лобби отеля в очереди, чтобы сдать ключи, ко мне подошла Унни — она сидела рядом со мной за столом — и спросила, еду ли я в Ус и можно ли ей в таком случае доехать со мной до Конгсберга.

По дороге мы особо не разговаривали.

Она расспрашивала про машину, я рассказал, что это подарок от дяди и она дорога мне как память. Я мог бы рассказать, что, хоть каждую чертову деталь приходилось менять хотя бы раз, 240-я модель была произведением механического искусства. Например, с ней не возникало таких проблем, как с элегантной V70, чьим слабым местом оказывались наконечники рулевой тяги и она сама. И что однажды меня, надеюсь, похоронят в кузове моей 240-й. Вместо этого я болтал о скучных пустяках, задавал дурацкие вопросы, а она рассказала, что занимается бухгалтерией, у нее двое детей, а ее муж — директор средней школы в Конгсберге. Два раза в неделю она бывала в домашнем офисе, два раза в неделю ездила в Осло, а по пятницам у нее выходной.

— Чем занимаешься в выходные? — спросил я.

— Ничем, — ответила она.

— Сложно, небось? — спросил я. — Ничем не заниматься?

— Нет, — сказала она.

Вот и весь наш разговор.

Я включил Джей Джей Кейла и почувствовал прилив огромного умиротворения. Все дело в том, что поспал я всего несколько часов, в сдержанном минимализме Джей Джей и в том, что, насколько я понял, default mode[1] у Унни, как и у меня, — молчание.

Когда я очнулся, дернувшись и дико тараща́сь на машины — они ехали на нас, а свет от их фар размывал дождь на ветровом стекле, — мой мозг пришел к выводу, что: а) я заснул за рулем; б) должно быть, проспал больше нескольких секунд, ведь дождя я не помнил и дворники не включил; в) мне уже давно надо бы съехать с дороги — я знаю, что этот участок извилистый. Я автоматически поднял руку и положил на руль. Но вместо руля моя рука встретила другую теплую руку, взявшую управление на себя.

— Ты, наверное, уснул, — сказала Унни.

— А ты меня не разбудила — мило с твоей стороны, — сказал я.

Она не засмеялась. Я мельком на нее глянул. Возможно, в уголках ее рта и был намек на улыбку. Постепенно я узна́ю, что в плане мимики это примерно максимум того, на что способно ее лицо. И именно теперь я впервые увидел, что она красивая. Не классическая красота, как у Мари Ос, и не ослепительная, как на фотографиях Риты Виллумсен в молодости, которые она любила показывать. Да, сказать по правде, не знаю, была ли Унни Хольм-Йенсен красивой согласно какому-либо стандарту,

---

1 Стандартный режим (*англ.*).

кроме собственного, я ведь имею в виду, что в тот момент, при том освещении, с того ракурса она казалась мне красивее, чем раньше. Не настолько, чтобы влюбиться, — я никогда не был влюблен в Унни Хольм-Йенсен, и она за пять лет в меня тоже не влюбилась. Но именно тогда она была так красива, что хотелось и дальше на нее смотреть. Чем, разумеется, можно было продолжать заниматься: она следила за дорогой, не выпускала руль, и я понял, что здесь есть человек, на которого можно положиться.

Только когда мы несколько раз встретились на полпути, то есть в Нотоддене, и выпили вместе кофе и уже в третий раз оказались в отеле «Блаттрейн», она рассказала мне, что все решила на ужине в Осло.

— Вы с Пией друг другу понравились, — сказала она.

— Да, — согласился я.

— Но мне ты понравился больше. И я знала, что я тебе понравлюсь больше.

— Почему?

— Потому что мы с тобой похожи, а вы с Пией — нет. И потому что до Нотоддена ближе.

Я засмеялся:

— По-твоему, ты мне нравишься больше, потому что до Нотоддена ближе, чем до Осло?

— Как правило, нашим симпатиям свойственна практичность.

Я снова засмеялся, а она улыбнулась. Слегка.

По словам Унни, она не была совсем уж несчастна в браке.

— Он добрый человек и хороший отец, — говорила она. — Но он ко мне не притрагивается. — Тело у нее было худое и жесткое, как у тощего мальчишки. Она немного занималась спортом: бег и силовые тренировки. — А это нужно всем, — добавляла она.

Она не очень переживала, что он узнает о ее отношениях на стороне. Полагала, он поймет. А вот за детей волновалась.

— Дома у нас все хорошо и спокойно. Я никому не позволю это разрушить. Мои дети всегда будут в приоритете — нет ничего важнее этой разновидности счастья. Проведенные с тобой часы мне очень дороги, но я в одну секунду от них откажусь, если в жизни моих детей возникнет малейшая нестабильность или неуверенность. Понимаешь?

Вопрос возник с внезапной напряженностью, как будто загружаешь веселое приложение — и вдруг выскакивает серьезная, почти что угрожающая форма с пунктами, которые необходимо принять, прежде чем развлекаться дальше.

Однажды я попросил ее представить себе экстренную ситуацию — готова ли она застрелить меня и своего мужа, если вероятность выжить у ее детей увеличится на сорок процентов. Кажется, ее бухгалтерскому мозгу для ответа понадобилось несколько секунд.

— Да.

— Тридцать процентов?

— Да.

— Двадцать?

— Нет.

Я знал, с чем имею дело, — вот что мне нравилось в Унни.

## 37

Из университета Карл присылал мне электронные письма и фотографии. Судя по всему, у него все было очень хорошо. Белозубая улыбка и друзья-студенты, как будто всю жизнь с ним знакомые. Приспосабливаться он умел всегда. Как говорила мама, «брось этого мальчишку в море, и он, не успев намокнуть, уже жабры себе отрастит». Я помню, что в конце того лета, когда он проводил время с одним милым отдыхающим — я к нему ревновал, — Карл выучил диалект Осло. А теперь в его письмах стали все чаще проскальзывать американские словечки — даже чаще, чем у папы. Как будто норвежский медленно, но верно выветривался. Может, он того и хотел. Все случившееся здесь он упаковывал слоями забвения и расстояния. Когда новый врач Стэнли Спинд узнал, что багажник я назвал «trunk», он рассказал мне кое-что о забвении:

— Из Западного Агдера, где я вырос, в Америку уезжали почти целыми деревнями. Кто-то возвращался. И оказывалось, что те, кто забыл норвежский, и о своей родине позабыли почти все. Словно воспоминания сохраняет язык.

В последующие дни я играл с мыслью выучить иностранный язык, больше никогда не говорить по-норвежски — проверить, поможет ли. Ведь теперь из Хукена доносились не только крики. Когда опускалась тишина, я слышал тихое бормотание, как будто там, внизу, беседовали мертвецы. Что-то задумывали. Плели жуткий заговор.

Карл писал, что ему не хватает денег. Он завалил пару экзаменов и остался без стипендии. Я послал ему денег. Все нормально — у меня была зарплата, минимум расходов, я даже кое-что скопил.

Через год выросла плата за обучение, и денег ему понадобилось больше. В ту зиму я привел в порядок комнату в закрывшейся мастерской, благодаря чему экономил еще на электричестве и бензине. Я пробовал сдать ферму, но безуспешно. Когда я предложил Унни перенести наши свидания в отель «Нотодден» — он был дешевле «Блаттрейна», — она спросила, не туго ли у меня с деньгами. Мы могли бы снимать номер в складчину, на чем она некоторое время настаивала. Я отказался, и в итоге мы и дальше встречались в «Блаттрейне», но во время следующего свидания Унни рассказала, что посмотрела счета: оказалось, зарплата у меня ниже, чем у начальников других заправок, которые по размеру меньше моей.

Я позвонил в главный офис. Помотав меня туда-сюда, в конце концов соединили с начальником, который, как я узнал, мог принять решение о повышении зарплаты.

Ответил веселый голос: Пия Сюсе.

Я положил трубку.

Перед последним семестром (так, во всяком случае, говорил Карл) он, позвонив среди ночи, сказал, что ему нужны доллары — сумма, эквивалентная двум сотням тысяч норвежских крон. Карл был уверен, что сегодня получит стипендию от Норвежского общества в Миннеаполисе, но ему отказали, а плату за обучение необходимо внести в 9:00 на следующий день, в противном случае его исключат и не разрешат сдать итоговые экзамены. А без них, как он сказал, вся учеба пойдет прахом.

— Управление бизнесом — это не то, что ты умеешь, а то, что *по мнению окружающих*, ты умеешь, Рой. А верят они свидетельствам и *дипломам*.

— Неужели с начала обучения плата удвоилась? — спросил я.

— Вышло очень... unforunate[1], — ответил Карл. — Прости, что мне приходится просить, но два месяца назад руководитель Норвежского общества заверил меня, что все будет в порядке.

---

1 Неудачно (*англ.*).

Открытия сберегательного банка я ждал у дверей. Менеджер выслушал мое предложение: кредит двести тысяч, в качестве гарантии — ферма.

— Ферма и пастбища принадлежат вам с Карлом, а потому требуется и ваша подпись, и подпись брата, — сказал менеджер, в галстуке-бабочке и с глазами сенбернара. — А рассмотрение и бумажная волокита займут пару дней. Но я понимаю, что деньги вам нужны сегодня, а у меня есть полномочия от главного офиса — за ваше честное лицо я дам вам сто тысяч.

— Без гарантий?

— Рой, местным жителям мы доверяем.

— Мне нужно двести тысяч.

— Но не настолько, — улыбнулся он. Грусть в глазах стала более явной.

— Карла исключат в девять. В четыре по местному времени.

— Ни разу не слышал об университетах с такими строгими правилами, — сказал менеджер, почесывая тыльную сторону ладони. — Но раз вы так говорите, то... — Он все чесал и чесал руку.

— То? — нетерпеливо спросил я и посмотрел на часы. Осталось шесть с половиной часов.

— То я вам этого не говорил, но вам, возможно, не помешает поговорить с Виллумсеном.

Я посмотрел на менеджера. Значит, деревенские слухи правдивы, Виллумсен дает людям в долг. Без гарантий и под очень высокий процент. То есть без всяких гарантий, кроме всем известной: Виллумсен тем или иным образом в тот или иной момент придет и потребует долг. И выжмет его. Еще ходили слухи о том, что из Дании он привез головореза для выколачивания долгов: всю работу сделает он. Я, естественно, знал, что Эрик Нерелл брал у Виллумсена немного в долг, когда покупал помещение «Свободного падения», но в то время разговоров о жестком выколачивании задолженности не было. Даже наоборот: Эрик говорил, что Виллумсен проявил терпение и ждал, и Эрик, попросив об отсрочке, получил следующий ответ: «Пока проценты капают, Нерелл, дёргаться я не буду. С капитализацией процентов условия для меня шикарные».

Я поехал в контору Виллумсена. Знал, что Риты там не будет, она это место ненавидела. Над столом висела голова оленя — он словно пробил стену и теперь в изумлении рассматривал открывшуюся перед ним картину. Под оленьей головой сидел Виллумсен, откинувшись на спинку стула — двойной подбородок стекал на воротничок рубашки — и сложив короткие жирные пальцы на груди. Время от времени он поднимал правую руку, чтобы стряхнуть пепел с сигары. Склонил голову набок и оценивающе на меня посмотрел. Насколько я понял, определял мою платежеспособность.

— Два процента, — сказал он, когда я выложил свою проблему и рассказал о сроках. — Взносы ежемесячно. Могу позвонить в банк и хоть сейчас перевести деньги.

Я достал коробку снюса и положил под губу пакетик, проводя в голове вычисления:

— Это двадцать пять процентов в год.

Виллумсен вынул изо рта сигару:

— Считать мальчик умеет. Это у тебя от отца.

— А в этот раз вы тоже рассчитываете, что торговаться я не буду?

Виллумсен засмеялся:

— Ниже я предложить не могу. Take it or leave it[1]. Время идёт.

— Где мне расписаться?

---

1  Бери или проваливай (*англ.*).

— А, мы поступим проще, — сказал Виллумсен и протянул руку над письменным столом. Она напоминала связку жирных сосисок.

Подавив дрожь, я ее пожал.


— Ты когда-нибудь влюблялся? — спросила Унни.

Мы пошли в огромный сад отеля «Блаттрейн». Облака неслись по небу над озером Хеддальсватне, и оттенки менялись в зависимости от освещения. Я слышал, по прошествии лет пары тратят на разговоры все меньше времени. У нас было наоборот. Ни один из нас не был особо разговорчив, а в первые встречи за диалог в основном нес ответственность я. Мы встречались раз в месяц уже пять лет, и хотя, если сравнивать с первой встречей, Унни давала на вопросы более развернутые ответы, ей было несвойственно вот так, без всякого повода, поднимать подобные темы.

— Было разок, — сказал я. — А ты?

— Никогда, — ответила она. — Ну и как тебе?

— Влюбленность?

— Да.

— Ну, — сказал я, закрываясь воротником куртки от порывов ветра, — бороться там не за что.

Поглядев на нее, я увидел едва уловимый намек на улыбку. Задумался, куда она двинется дальше.

— Я читала, что за всю жизнь по-настоящему влюбиться можно лишь два раза, — сказала она. — Первый раз — действие, а второй — противодействие. Вот они-то и есть землетрясения, а все остальное — это всего лишь более мелкие эмоциональные встряски.

— Ладно, — сказал я. — Тогда у тебя еще есть шанс.

— Но мне землетрясения не нужны, — сказала она. — У меня дети.

— Понимаю. Но землетрясения случаются независимо от того, хотим мы этого или нет.

— Да, — согласилась она. — А раз ты говоришь, что бороться не за что, значит, любовь не была взаимной, да?

— Все так.

— В общем, от сейсмоопасных зон лучше держаться подальше, — сказала она.

Я медленно кивнул. До меня начало доходить, о чем речь.

— Кажется, Рой, я чуть ли не в тебя не влюбилась. — Она помедлила. — Не думаю, что мой дом после такого землетрясения выстоит.

— И поэтому... — начал я.

Она вздохнула:

— И поэтому мне придется покинуть...

— ...сейсмоопасную зону, — договорил я за нее.

— Да.

— Насовсем?

— Да.

Мы стояли молча.

— Ты не... — проговорила она.

— Нет, — сказал я. — Ты все решила. А я совсем как мой отец.

— Твой отец?

— Торговаться не умею.

Последний час мы провели вместе в номере, я снял сьют, из постели открывался вид на озеро. На закате небо прояснилось, и Унни сказала, что вспомнила песню «Дип Пёрпл» — ту самую, где упоминается отель на берегу Женевского озера в Швейцарии. Я ответил, что в песне отель сгорает дотла.

— Да, — согласилась Унни.

Мы сдали номер до полуночи, поцеловались на прощание на парковке и уехали из Нотоддена — каждый своей дорогой. Больше мы не виделись.

В тот год Карл позвонил мне в канун Рождества. Вдалеке я слышал веселые голоса празднующих и песню Мэрайи Кэри «All I Want for Christmas is You»[1]. Сам я сидел в одиночестве: комнатка в мастерской, аквавит и бараньи ребрышки от бренда «Фьордланд» с колбасками и морковным пюре.

— Тебе одиноко? — спросил он.

Я прощупал почву:

— Есть немного.

— Немного?

— Очень. А ты как?

— В офисе рождественский обед. Пунш. Мы выключили телефон и...

— Карл! Карл, come dance[2] — Женский голос, слегка визгливый и гнусавый, прервал нас, оказавшись у самого микрофона. Судя по звукам, она села к нему на колени.

— Слушай, Рой, мне пора. Я тебе отправил подарочек к Рождеству.

— Чего?

— Ага. Проверь банковский счет.

Он положил трубку.

Я сделал, как он велел. Через интернет вошел в личный кабинет и увидел перевод из американского банка. В комментарии было написано: «Спасибо, что дал взаймы, братишка, с Рождеством!» Шестьсот тысяч крон — намного больше того, что я отправил ему на учебу, даже с процентами и процентами на проценты.

От радости я заплакал. Не из-за денег — мне всего хватало. Из-за Карла — что *у него* все хорошо. Разумеется, я мог бы задать вопрос, как Карлу

---

1 «На Рождество мне нужен только ты» (*англ.*).

2 Пойдем потанцуем! (*англ.*)

удалось за несколько месяцев заработать столь крупную сумму — и это с зарплатой новичка в компании, занимающейся недвижимостью. Кстати, я знал, на что потратить деньги. Как следует утеплю ванную комнату на ферме. Здесь, в мастерской, я еще одно Рождество не высижу.

В деревне, как и в городе, безбожники ходят в церковь раз в год — на Рождество. Не в канун Рождества, как в городе, а в первый день Рождества.

По дороге со службы ко мне подошел Стэнли Спинд и пригласил на следующий день на завтрак, туда еще люди придут. Слегка неожиданно, да и в последний момент, — ясное дело, кто-то рассказал ему, что бедняга Рой Опгард сидит на Рождество в мастерской совсем один. Хороший ты парень, Стэнли, но я честно ответил, что все праздники работаю, чтобы остальные сотрудники могли отдохнуть. Он положил руку мне на плечо и сказал, что я хороший человек. Стэнли Спинда знатоком человеческой природы не назовешь. Я извинился и пошел догонять Виллумсена и Риту, направлявшихся на парковку. Виллумсен опять раздулся до своих обычных, правильных размеров. Хорошенькой краснощекой Рите в шубе явно было тепло. А я, кобель, которого только что назвали хорошим человеком, взял связку сосисок Виллумсена — к счастью, одетую в перчатку — и пожелал им обоим веселого Рождества.

— Счастливого Рождества! — поправила меня Рита.

Конечно, я помнил, чему она меня учила: в приличных домах до кануна Рождества желают веселого Рождества, а счастливого Рождества — с первого дня и до кануна Нового года. Но если Виллумсен услышит, что деревенщина вроде меня знает о таких тонкостях, у него возникнут подозрения, а потому я улыбнулся и кивнул, словно не заметил, что меня поправили. Хороший человек, my ass[1].

— Я хотел бы поблагодарить за кредит. — Я протянул Виллумсену простой белый конверт.

— А? — спросил он, взвесив его в руке и посмотрев на меня.

— Сегодня ночью я перевел деньги на ваш счет, — сказал я. — А это выписка.

— Проценты капают до первого рабочего дня, — сказал он. — Осталось еще три дня, Рой.

— Да, я это учел. Еще немного добавил.

Он медленно кивнул:

— Разве не приятно — рассчитаться с долгами?

Я одновременно и понял и не понял, что он имел в виду. Слова-то я понял, но не интонацию.

Ее я пойму еще до конца календарного года.

# 38

Во время встречи с Виллумсенами перед церковью в первый день Рождества язык тела, взгляд и мимика Риты не выдали ничего. У нее все было хорошо. Но встреча определенно в ней что-то пробудила. Она забыла то, что лучше забыть, и вспомнила то, что стоило помнить. Через три дня, в первый рабочий день, от нее пришла эсэмэска.

Пастбище послезавтра в 12:00.

Как узнаваемо — коротко и по делу, по моему телу словно пробежала дрожь, а слюни потекли,

1 Да уж (*англ.*).

354

как у собаки Павлова. *Условная реакция* — вот как это называется.

Я устроил с самим собой краткую и горячую дискуссию на тему того, надо мне это или нет. Разумный Рой проиграл вчистую. А еще я забыл, почему чувствовал своего рода освобождение, когда наши свидания прекратились, а вот остальные эмоции помнил во всех подробностях.

Без пяти двенадцать я пришел на лесную поляну, откуда было видно пастбище. Всю дорогу я прошел с эрекцией — с того момента, как увидел, что на гравийной дороге припаркован «сааб-сонет». Снег в этом году заставил себя ждать, но ударили заморозки, солнце нанесло нам краткий визит, и резкий воздух было приятно вдыхать. Из трубы поднимался дым, а занавески окон гостиной были задернуты. Обычно она так не делала, а от мысли, что она приготовила сюрприз — может, как-то по-особенному улеглась перед камином, ради чего пришлось потушить свет, — по телу побежали мурашки. По открытому пространству я подошел к двери. Приотворенной. Раньше, когда я приходил, она обычно была закрыта, а иногда даже заперта, и мне приходилось тянуться к дверному косяку за запасным ключом. Подозреваю, ей нравилось ощущение, что я буквально вламываюсь к ней, как ночной вор. Знаю, что именно поэтому она тогда дала мне ключ от подвала, — он все еще был у меня, и иногда я представлял, как воспользуюсь им. Я широко распахнул дверь и вошел в полумрак.

И тут же почувствовал: что-то не так.

*Пахло* не так.

Если только Рита Виллумсен не начала курить сигары. И еще до того, как мои глаза привыкли к темноте, я понял, чья фигура сидела лицом ко мне в стоявшем посреди гостиной кресле.

— Молодец, что пришел, — сказал Виллумсен так дружелюбно, что у меня по спине холодок пробежал.

В пальто и меховой шапке он напоминал медведя. А в руках держал направленный на меня ствол.

— Дверь за собой закрой, — сказал он.

Я подчинился.

— Три шага вперед, и медленно. И встань на колени.

Я сделал три шага.

— На колени, — повторил он.

Я заколебался.

Он вздохнул:

— Ну слушай. Каждый год я трачу много денег на путешествие в другую страну и охоту на зверей, в которых никогда прежде не стрелял. — Он нарисовал в воздухе галку. — Большинство в моей коллекции есть, а вот твоего вида, Рой Опгард, не хватает. Так что — на колени!

Я встал на колени. Тут я увидел, что между входной дверью и креслом раскатан полиэтилен — такой еще расстилают во время ремонта.

— Где ты машину оставил? — спросил он.

Я рассказал. Он удовлетворенно кивнул.

— Коробка снюса, — произнес он.

Я не ответил. В голове у меня роилась куча вопросов, а не ответов.

— Спросишь, как я тебя раскрыл, Опгард. Отвечаю: по коробке снюса. После того как у меня нашли рак, врач сказал мне: лучшее, что я могу сделать для своего здоровья, — начать правильно питаться и двигаться. Вот я и стал гулять. В том числе и сюда, куда не ходил много лет. И парочку таких упаковок я нашел в холодильнике.

Он швырнул мне на полиэтилен серебристую коробку «Берри».

— В Норвегии такого не купишь. По крайней мере, не у нас в деревне. Я спросил Риту, и она сказала, что, наверное, табак оставили рабочие-поляки, — они год назад дом ремонтировали. И я ей верил. До того самого момента, пока ты не пришел ко мне просить денег. Вот я и сложил два и два. Снюс. Ремонт «сааба-сонет». Дом на пастбище. И Рита вдруг стала такой ласковой и покладистой, какой не была никогда, — явно не просто так. И я порылся в ее телефоне. Там я нашел старое сообщение — кому-то по имени Агнета, которое она не удалила. Пастбище, день и время — и все. Я проверил данные — номер Агнеты на самом деле зарегистрирован на тебя, Рой Опгард. И вот позавчера я опять позаимствовал телефон Риты и отправил тебе то же самое сообщение, только время изменил.

Из-за того, что я стоял на коленях, мне пришлось смотреть на него снизу вверх, но у меня затекла шея, и я наклонил голову.

— Если вы все это еще в прошлом году нашли, — сказал я, — зачем столько тянули и не приперли меня к стенке раньше?

— Для человека, который считает в уме так, как ты, Рой, это, наверное, очевидно.

Я помотал головой.

— Ты взял у меня в долг. А если я тебе башку прострелю — кто твои долги возвращать будет?

Сердце у меня забилось не быстрее, а медленнее. Охренеть можно. Будучи охотником, он терпеливо ждал, пока добыча окажется в нужной точке, ждал, пока я рассчитаюсь. Ждал, пока уплачу проценты на проценты, — корова подоена. А теперь он рассчитается за себя. Вот что он имел в виду, задавая вопрос около церкви: разве не приятное чувство — рассчитаться с долгами. Он думал меня застрелить. Вот в чем дело. Не пугать и не угрожать, а застрелить, на хрен. Он знал, что я о своих делах никому не рассказываю, позаботился о том, чтобы никто не видел, как я сюда иду, машину я припарковал далеко — никому и в голову не придет меня здесь искать. Он просто-напросто всадит мне пулю в лоб и закопает где-нибудь поблизости. Какой простой и четкий план — я даже улыбнулся.

— Ухмылочку убери, — сказал Виллумсен.

— Мы с вашей женой уже несколько лет не встречаемся, — сказал я. — Вы дату сообщения видели?

— Его надо было удалить, но раз оно осталось, значит, длилось это все у вас долго, — сказал он. — Ну хватит. Помолись напоследок. — Виллумсен вскинул ружье к щеке.

— Да я уже помолился, — сказал я. Сердце билось все медленнее. Пульс состояния покоя. Пульс психопата, как говорится.

— А, помолился? — пропыхтел Виллумсен. Кожа щеки выпирала над пастью ружья.

Я кивнул и опять опустил голову:

— Вперед, Виллумсен, окажете мне услугу.

Сухой смешок.

— Пытаешься внушить мне, что *хочешь* умереть, Опгард?

— Нет. Но мне *предстоит* умереть.

— Мы все умрем.

— Да, но не в ближайшие два месяца.

Я услышал, что он завозился со спусковым крючком.

— Кто это сказал?

— Стэнли Спинд. Может, вы видели, мы в церкви разговаривали. Ему пришли недавние снимки опухоли у меня в мозге. Она у меня уже больше года, а сейчас быстро растет. Цельтесь сюда, — я положил указательный палец на правую часть лба, к корням волос, — может, и с ней заодно разделаетесь. — Я словно услышал, как защелкал и загудел калькулятор продавца подержанных автомобилей.

— Ясно же, что ты врешь от отчаяния, — сказал он.

— Если вы так уверены, давайте стреляйте, — сказал я. Я знал, что ему подскажет мозг. Если это правда, проблема Роя Опгарда скоро рассосется сама по себе, без малейшего для него риска. Но *если* я соврал, он упустит превосходный шанс, который я ему вряд ли еще раз предоставлю. То есть шанс останется, но я буду настороже, а вот ему станет сложнее. Риск против наживы. Расходы против доходов. Дебет и кредит. — Можете Стэнли позвонить, — добавил я. — Только мне надо сначала ему сказать, что врачебную тайну тут хранить необязательно.

Во время последовавшей паузы слышно было только дыхание Виллумсена. Для решения дилеммы мозгу понадобилось побольше кислорода. Я молился, но не за свою душу, а за то, чтобы от напряжения Виллумсена хватил второй инфаркт.

— Два месяца, — резко сказал он. — И если через два месяца, начиная с сегодняшнего дня, ты не умрешь, я еще вернусь. Ты не узнаешь откуда, когда и как. Или кто. Но возможно, последние услышанные тобой слова будут на датском. Это не угроза, а обещание. О'кей?

Я встал.

— Два месяца максимум, — сказал я. — Эта опухоль — редкостная сволочь, Виллумсен, она не подведет. И кстати...

Ружье Виллумсен все еще направлял на меня, но, опустив и подняв веки, дал понять, что я могу договорить.

— Ничего, если я заберу из холодильника снюс?

Я, конечно, переходил всякие границы, но я ведь, по идее, скоро умру — мне все равно, как это произойдет.

— Я снюс не употребляю, бери, если хочешь.

Я взял коробки снюса и ушел. Брел по лесу, из которого вот-вот исчезнет солнечный свет. Уйдет по дуге на запад, прячась от пастбищ за горами, к озеру, где я в последний раз видел Риту — голую, покорную, постаревшую от дневного света и взгляда молодого мужчины.

Я снова подошел к пастбищу с севера. На той стороне окон нет, обычная стена из толстых бревен — укрепление, нападают ведь всегда с севера.

Я подошел вплотную, прокрался за угол к западной стене и двери. Намотал на правую руку шарф и стал ждать. Когда Виллумсен вышел, я поступил просто. Один удар прямо за ухо — в этом месте мозгу от черепа защиты почти никакой — и два по почкам: от боли вы не только не сможете кричать, но и станете посговорчивее. Он упал на колени, а я вырвал у него из рук ствол — он его повесил на плечо. Ударил его в висок и потащил внутрь.

Там убрал полиэтилен, передвинул кресло обратно к стене и поставил у камина.

Прежде чем заговорить, я дал ему отдышаться, поднять взгляд и посмотреть в пасть собственного ружья.

— Как ты уже понял, я соврал, — сказал я. — Но только про опухоль. С Ритой мы правда уже много лет не встречаемся. А раз мне хватило одного сообщения, чтобы, виляя хвостом, сюда примчаться, ты также понял, что прекратила все это она, а не я. Лежать!

Виллумсен тихо выругался, но подчинился.

— Другими словами, вполне могла получиться история с хеппи-эндом: тебе не причинило бы боли то, о чем ты не знал, — сказал я. — Но раз ты мне не веришь и решил меня шлепнуть, другого выбора у меня нет — придется шлепнуть тебя. Поверь, никакой радости мне это не доставит, и я не планирую воспользоваться возможностью и снова закрутить роман с той, кто скоро превратится в твою вдову. Другими словами, в твоей смерти нет абсолютно никакой необходимости, но, к сожалению, с практической точки зрения это единственный выход.

— Не понимаю, о чем ты, — заныл Виллумсен. — Но убийство тебе с рук не сойдет, Опгард. К таким вещам готовиться надо.

— Да, — согласился я. — Но мне хватило времени понять: твой план — убить меня — подарил мне идеальную возможность убить тебя. Мы одни, и никто не видел, как мы сюда идем, а тебе ведь известна основная причина смерти у мужчин в возрасте от тридцати до шестидесяти, а, Виллумсен?

Он кивнул:

— Рак.

— Нет, — возразил я.

— Да.

— Не рак, — сказал я.

— Тогда дорожные аварии.

— Нет. — Но мысленно я сделал себе пометку погуглить, когда окажусь дома. — Самоубийство.

— Чушь.

— По крайней мере, наша деревня внесла в статистику свой вклад, если учесть моего отца, а кроме того — ленсмана Ольсена и тебя.

— Меня?

— Праздники, мужчина берет ружье и, никому ничего не сказав, один едет на дачу, его находят в гостиной, рядом ружье. Прямо классика, Виллумсен. Ах да, мороз, снега нет. Никаких следов по дороге к даче или от нее.

Я поднял ружье. Увидел, как он сглотнул.

— У меня рак, — неразборчиво пробормотал он.

— У тебя *был* рак, — возразил я. — Извини, но ты выздоровел.

— Черт, — со слезами в голосе выдавил он.

Я положил палец на курок. У Виллумсена на лбу выступил пот, а тело затряслось.

— Помолись напоследок, — прошептал я. Подождал.

Он всхлипнул. Под его медвежьей шубой образовалась лужица.

— Но разумеется, есть и другой вариант, — сказал я.

Виллумсен открыл рот — и снова закрыл.

Я опустил ружье.

— Мы договоримся друг друга не убивать, — предложил я. — Рискнем и доверимся друг другу.

— Ч-чего?

— Я ведь только сейчас доказал, что полностью уверен: ты сам убедишься в полном отсутствии поводов убивать меня, а я отказываюсь от выгоднейшего шанса убить тебя. Доверься мне, Виллумсен. Видишь ли, доверие — неопасная заразная болезнь. Ты меня не убьешь — я тебя не убью. Что скажешь, Виллумсен? Ты со мной? Уговор?

Виллумсен наморщил лоб. Кивнул, как бы колеблясь.

— Отлично. Спасибо, что одолжил. — Я протянул ему ружье.

Он моргнул, недоверчиво на меня поглядывая. Не стал сразу брать ружье, как будто подозревал подвох. В итоге я поставил ружье у стены.

— Ты же понимаешь, что я... я... — он закашлялся, прочищая горло от соплей, слез и слизи, — я сейчас соглашусь на все, что угодно. Мне, в отличие от тебя, никому верить не надо. Как мне твоего доверия добиться?

Я задумался.

— А, мы поступим проще, — сказал я, протягивая ему руку.

# 39

Снег выпал в первый день Нового года и не таял до конца апреля. На Пасху народу на дачи ехало больше обычного, и по объему выручки заправка поставила рекорд. В Новый год нас отметили как лучшую заправку региона — настроение у всех царило приподнятое.

Затем пришла бумага по поводу строительства дорог — в ней было сказано, что туннель и шоссе построят за пределами Уса.

— До этого еще далеко, — утешал Восс Гилберт, преемник Оса в партии.

Может, и так, но следующие муниципальные выборы уже совсем скоро, и его партия их, считай, проиграла. Ясно же: когда одним росчерком пера с карты Норвегии стирают деревню, значит, кто-то из этой деревни с лоббированием не справился.

Я встречался с представителями головного офиса, и мы решили доить корову, пока она у нас есть. Читай: реорганизация, уменьшение размеров предприятия, сокращение штата. Мелкие заправки тоже нужны. Если не выйдет, то мне, по их словам, беспокоиться не о чем.

— Здесь двери для тебя всегда открыты, Рой, — сказала Пия Сюсе. — Захочешь попробовать себя в чем-то еще — звони, номер у тебя есть.

363

Я переключил передачу. Работал больше, чем когда-либо. Это нормально, работать мне нравится. И поставил себе цель. У меня будет собственная заправка.

Как-то заходил Дан Кране, я как раз чистил кофемашину. Попросил разрешения задать пару вопросов в связи с подготовкой материала про Карла.

— По слухам, у него там все хорошо, — сказал Дан Кране.

— Ну да, — согласился я и стал чистить дальше. — Пишешь хвалебную статью?

— Наша задача — показать обе стороны.

— Не *все* стороны?

— Смотри-ка, ты выражаешься яснее редактора газеты. — Дан Кране криво улыбнулся.

Мне он не нравился. Но мне вообще много кто не нравится, поэтому какая разница. Он напоминал мне английских сеттеров, сидящих в кроссоверах дачников, — здоровые, неугомонные, но дружелюбные. Но дружелюбие его было прохладным — неестественное поведение, используемое как средство достижения долгосрочных целей, и я начал понимать, что на самом-то деле Дан Кране — марафонец. Стратег, никогда не теряющий терпения на поле боя, не совершающий резких движений и терпеливо гнущий свою линию, поскольку знает: у него есть выдержка, благодаря которой он достигнет высот. И эта уверенность была видна по жестам, слышна в формулировках, даже в глазах светилась. Хоть он и был лишь жалким редактором мелкой газетенки, он шел своей дорогой. Как говорится, его ждали великие дела. Он вступил в партию Оса, хоть «Ус блад» явно была газетой Рабочей партии, во внутренних правилах издания было сказано, что редактору нельзя занимать политические должности, способные пробудить сомнения в его или ее беспристрастности. Кроме того, Кране как раз стал молодым отцом: забот у него хватает, так что на ближайшие муниципальные выборы он не пойдет — может, на следующие. Ну, или через следующие. Дан Кране наложит свою огромную лапу на пост мэра — это же просто вопрос времени.

— Твой братец был готов идти на риск и еще студентом заработал большие деньги на инвестициях в торговый центр. — Кране достал из кармана куртки бренда «Джек Вольфскин» блокнот и ручку. — Ты в этом тоже поучаствовал?

— Не понимаю, о чем ты, — ответил я.

— Нет? Как я понял, ты профинансировал покупку акций, добавив последние двести тысяч.

Надеюсь, он не увидел, как я вздрогнул.

— Кто тебе рассказал?

И снова слабая улыбка, словно причинившая ему физическую быль.

— Знаешь, даже мелким газетенкам надо защищать свои источники.

Менеджер банка? Или Виллумсен? Или еще кто-то из банка? Как говорится, тот, кто отследил деньги.

— Без комментариев, — сказал я.

Кране тихо засмеялся и что-то записал.

— Рой, ты правда хочешь, чтобы это в газете написали?

— Что написали?

— «Без комментариев». Так ведь отвечают важные политики и звезды, живущие в городе. Когда дела у них идут плохо. Странное может сложиться впечатление.

— Думаю, впечатление создаешь ты.

Кране с улыбкой помотал головой. Худой, суровый, с гладко зачесанными волосами.

— Я пишу только то, что говорят, Рой.

— Так пиши. Опиши эту беседу, каждое слово. Включая твой задротский совет по поводу комментария «без комментариев».

— Ты же понимаешь, интервью приходится редактировать. Мы выбираем самое важное.

— А что важно, решаешь ты. Поэтому над созданием впечатления ты трудишься.

Кране вздохнул:

— Как я понял по твоему холодному отношению, ты не хочешь, чтобы ваше с Карлом участие в этом рискованном проекте выплыло наружу.

— Спроси Карла. — Я закрыл переднюю панель кофемашины и нажал кнопку запуска. — Кофе будешь?

— Да, спасибо. Наверное, тебе нечего сказать и по поводу того, что Карл перенес свой бизнес в Канаду после того, как его компания стала объектом расследования: Комиссия по ценным бумагам и биржам США подозревает махинацию на курсе.

— Вообще-то, мне *есть* что сказать, — ответил я, протягивая ему бумажный стаканчик с кофе, — по поводу того, что ты готовишь материал о бывшем парне своей жены. Такой комментарий тебя устроит?

Кране тяжело вздохнул, засунул блокнот обратно в карман куртки и глотнул кофе.

— Если бы местной газете вроде нашей нельзя было писать о тех, кто имеет к деревне то или иное отношение, мы бы ни одного репортажа не сделали.

— Понимаю, но ты ведь сообщишь об этом в конце газетной статьи, правильно? Что написал ее человек, которого обслужили после Карла Опгарда.

Я увидел, как в глазах марафонца засверкали молнии. Его долгосрочная стратегия зашаталась, и он вот-вот скажет или сделает то, что конечной цели на пользу не пойдет.

*И после того, как его брат Рой от обслуживания отказался.*

Я этого не сказал. Разумеется, не сказал. Только поиграл с мыслью о том, что это здорово выбило бы Дана Кране из колеи.

— Спасибо, что уделили мне время, — сказал Кране, застегивая молнию непромокаемой куртки.

— И тебе спасибо, — сказал я. — Двадцать крон.

Он перевел взгляд с бумажного стаканчика с недопитым кофе на меня. Я попытался скопировать его вялую улыбку.

Газета напечатала репортаж о Карле Абеле Опгарде, уроженце нашей деревни, добившемся успеха за океаном. За подписью какого-то журналиста-фрилансера Кране.

Придя домой на ферму после беседы с Кране, я пробежался по пастбищу, осторожно осмотрел пару обнаруженных мной гнезд, пошел в амбар и полчаса лупил по старому мешку с песком. А потом отправился в новую ванную и принял душ. Стоя с намыленной головой, думал о потраченных деньгах, которых хватило бы не только на ванную и изоляцию, но и на новые окна. Я поднял лицо навстречу теплым струйкам, чтобы они смыли этот день. Впереди следующий. Я вошел в ритм. У меня были цель и стратегия. Мэром я становиться не собираюсь — мне, черт возьми, нужна только своя заправка. И с тем же остервенением я вот-вот превращусь в марафонца.

А потом позвонил Карл и сказал, что переезжает домой.

# Часть V

## 40

Масса, помноженная на скорость. Транспортное средство движется к пропасти. Черная масса, состоящая из металла, хрома, кожи, пластика, стекла, резины, запахов, вкусов, воспоминаний, которые навсегда останутся с тобой, и любимые люди — ты думал, что никогда их не потеряешь, — катятся от тебя прочь. Я начал движение, запустил цепочку событий в этом повествовании. Но в какой-то момент — безумно сложно сказать, в какой именно, — повествование само стало принимать решения, сила тяжести — на водительском сиденье, транспортное средство наращивает скорость, движется само по себе, и для исхода теперь не важно, передумал я или нет. Масса, помноженная на скорость.

Хотел бы я, чтобы всего этого никогда не случилось? Да, черт возьми.

Одновременно есть нечто завораживающее в том, чтобы в марте смотреть на сход селей с Оттертинда, на то, как снежная масса ломает лед на Будалсваннете, в июле — на лесной пожар и знать, что старая пожарная машина GMC на холмы не заберется. Действительно интересно наблюдать, как первая настоящая осенняя буря в ноябре вновь проверяет на прочность крыши деревенских амбаров, и думать, что в этом году ей повезет: одну из них она сорвет, и ты увидишь, как крыша, словно огромная жуткая пила, на ребре катится по земле, а затем разваливается на части. А потом именно это и случается. Следующая мысль: а что, если бы на пути пилы оказался человек? Ты этого, естественно, не хочешь, однако отбросить мысль полностью не удается, вот ведь было бы зрелище. Нет, ты этого не хочешь, поэтому, знай я, какую цепочку событий запущу, поступил бы по-другому. Но я этого не сделал, а значит, и не могу утверждать, что поступил бы по-другому, будь у меня еще один шанс, но без дополнительных сведений.

И если ты собственной волей направишь порыв ветра на крышу амбара, то, что произойдет дальше, тебе уже неподвластно. Амбарная крыша, острая как бритва черепица, держит курс на стоящего на земле одинокого человека, и тебе остается лишь наблюдать за происходящим со смесью ужаса, любопытства и раскаяния — из-за того, что какая-то часть тебя на это надеялась. А вот к следующей мысли ты, возможно, не готов: вот бы самому быть тем стоящим на земле человеком.

# 41

Мы с Пией Сюсе подписали рабочий контракт: по истечении двух лет в Южной Норвегии я мог вернуться к работе начальника заправки в Усе.

Заправка находится неподалеку от Кристиансанда, вторая половина Европейского маршрута, напротив зоопарка. Разумеется, она намного крупнее, чем в Усе: сотрудников и бензоколонок больше, помещение просторнее, ассортимент шире и оборот выше. Но главное отличие: поскольку прежний начальник обращался с сотрудниками как с безмозглыми тупицами, на которых приходится тратить зарплату, я увидел кучку немотивированных и ноющих начальниконенавистников, выполнявших лишь ту работу, на которую их нанимали, и ни каплей больше.

— Все заправки разные, — говорил во время выступления Гус Мюре, директор по продажам из главного офиса. — Одинаковые вывески, одинаковый бензин, одинаковая логистика, но в конечном итоге наши заправки — это не бензин, машины и булочки, а *люди*. Те, кто стоит за кассой, в авангарде, и их слаженная работа.

Свою песенку он пел, словно хит, от которого с каждым годом устаешь чуть сильнее, но тем не менее это все-таки его хит. Все: от чересчур сахарной мелодии, с годами ставшей слегка заезженной, — *бензин, машины и булочки* (абсолютно точно его собственного сочинения) — до произнесенного с не менее сахарной искренностью слова *люди* — напомнило мне религиозные собрания в Ортуне. Как и у священников, задача Мюре — убедить собравшихся в том, что все в глубине души считали чушью, в которую им *хотелось* бы поверить. Благодаря вере жизнь (а в случае священника — смерть) становится проще. Если ты и правда считаешь себя уникальным, а потому уникальна каждая встреча, возможно, тебя удастся обманом заставить себя поверить в подобную чистоту, вечную девственную невинность, мешающую тебе плюнуть клиенту в рожу и блевануть от скуки.

Но уникальным я себя не чувствовал. И наша заправка, несмотря на все упомянутые различия, уникальной тоже не была. Сеть соблюдает строгие принципы франшизы, из-за которых переместиться с мелкой заправки в одной части страны на крупную в другой — все равно что сменить простыню на кровати. После приезда у меня ушло два дня на то, чтобы вникнуть в технические детали, отличавшие данную заправку от моей в Усе; четыре дня на то, чтобы побеседовать со всеми сотрудниками: какие личные амбиции они имели, как, по их мнению, изменить заправку к лучшему и для них, и для клиентов. Три недели на то, чтобы внедрить девяносто процентов нововведений.

Я передал конверт ответственной за трудовые отношения, велев не вскрывать его, пока не пройдет восемь недель и все сотрудники не соберутся на обсуждение нововведений. Для этого мы сняли местное кафе. Я поприветствовал всех собравшихся и передал слово: один сотрудник озвучил цифры, касающиеся оборота и доходов, второй — статистику по больничным, третий — результаты простого исследования, касающегося уровня удовлетворенности клиентов плюс неформального прощупывания настроения среди коллег. Я просто слушал, пока сотрудники после долгих споров не отвергли восемьдесят процентов ими же предложенных нововведений. Затем слово взял я и подвел итоги: какие изменения, по всеобщему мнению, дали результат и останутся, ну а теперь — ужин и открытие бара.

Один вечно недовольный старик поднял руку и спросил: а что, мол, начальство только за бар отвечает?

— Нет, — сказал я. — Я отвечаю за то, чтобы у вас появилась возможность стать себе хозяевами на восемь недель. Лотте, откроете конверт? Я вам его отдал до того, как мы внедрили нововведения.

Она вскрыла и зачитала список предложений: какие, по-моему, сработают, а какие нет. Собравшиеся зашумели — они сообразили, что мои предсказания совпали с тем, что они сами только что решили во время голосования.

— Смысл не в том, чтобы корчить из себя мистера всезнайку, — сказал я. — Как видите, промахнулся я лишь с двумя нововведениями: я думал, сработает карточка на кофе, а еще не поверил в продажу пяти вчерашних булочек по цене одной. Но раз я угадал про оставшиеся двенадцать, из которых не сработали восемь — такие как двойная смена, — наверное, кое-что в вопросах управления заправками я все-таки смыслю. Согласитесь!

Передо мной закивали несколько голов. На юге кивают по-другому. На самом деле еще медленнее. По мере распространения кивков разговоры становились все громче. Наконец закивал даже тот недовольный старик.

— В рейтинге заправок региона мы занимаем одно из последних мест, — сказал я. — Я побеседовал с главным офисом, и мы заключили сделку. Если в следующий раз при подведении итогов мы окажемся в первой десятке, всем сотрудникам оплатят круиз на пароме в Данию. Если мы войдем в первую пятерку — поездку в Лондон. А если окажемся лучшими, нам выделят деньги и право самим выбрать приз.

Сначала они тупо на меня уставились. А потом раздались радостные вопли.

— Сегодня вечером, — выкрикнул я, и шум сразу стих, — сегодня вечером мы худшие в регионе, а потому бар открыт всего на час. Потом идите домой и копите силы к завтрашнему дню, потому что карабкаться на верхние строчки рейтинга мы начнем именно завтра — не послезавтра.

Я жил в Сёме, спокойном спальном районе в восточной части, перед ведущим в центральную часть города мостом. Снимал просторную трехкомнатную квартиру. Мебели мне хватило только на две комнаты.

По моим расчетам, слухи о том, что папа насиловал Карла, разнеслись по Усу, как эпидемия. Не в курсе остался только Карл. И я. Когда Грета решилась поделиться признаниями Карла с народом, начала она с меня, а сейчас, наверное, веселится в парикмахерской день за днем. Пронюхает Карл — что ж, он это переживет. А если ничего не узнает — тоже хорошо. Все равно ответственность и стыд лежат на мне. Я этого не вынесу. Я слабый. Но это была не главная причина переезда из Уса. Все дело в ней.

Ночью Шеннон мне снилась.

Днем я ее себе представлял.

Представлял, когда ел, мотался между работой и квартирой, обслуживал клиентов, занимался спортом, стирал вещи, сидел в туалете, мастурбировал, слушал аудиокниги или смотрел телевизор.

Сонный, нежный глаз. Глаз, выражавший больше эмоций, жарких и прохладных, чем у иных людей два. Или голос — почти такой же низкий, как у Риты, и в то же время совсем другой, настолько мягкий, что в него хотелось улечься, как в теплую постель. Поцеловать ее, оттрахать, искупать, крепко держать, освободить. Блестевшие на солнце рыжие волосы, напоминающая натянутый лук спина, аппетитная тяжелая грудь, аккуратные руки, самоуверенно расчерчивавшие воздух, смех, в котором таился почти незаметный звериный оскал и, опять же, обещание.

Я пытался объяснить самому себе, что вновь повторяется та самая история, — я влюбился в девушку брата, как тогда с Мари. Да это как будто какая-то болезнь, ну связи у меня в мозге нарушены. Жаждать того, чего ты иметь не можешь или не должен, — это безумие. И если произойдет чудо и Шеннон я тоже окажусь нужен, получится как с Мари. Ты видишь над горами радугу — она исчезнет, как только ты возле нее окажешься; точно так же испаряется и любовь. Не потому, что любовь воображаемая: чтобы увидеть радугу, нужен определенный угол зрения (смотреть со стороны) и расстояние (не подходить слишком близко). И даже если радуга все-таки не исчезнет с вершины горы, когда ты туда заберешься, окажется, что опирается она не на сундук с сокровищами, а на трагедии и загубленные жизни.

Все это я себе объяснял — толку никакого. Как при тяжелой форме малярии. Я подумал, что, кажется, верно люди говорят: подхватишь тропическую лихорадку второй раз — она тебя сломает. Я попытался выгнать болезнь с потом — она упорствовала. Избавиться от нее с помощью работы — болезнь возвращалась. Я пытался уснуть и забыться, но меня будили вопли из зоопарка, что невозможно — до него была почти миля.

Я делал попытки выбираться в город, мне посоветовали бар в Кристиансанде, но у стойки я сидел один. Понятия не имел, как искать подход к людям, да мне и не хотелось — скорее считал, мне бы это *не помешало*. Мне ведь не было одиноко. Ну или было, но я, по крайней мере, не мучился — тут даже говорить не о чем. Я думал, помогут женщины — а вдруг они сработают как лекарство от лихорадки. Но никто не смотрел на меня дольше секунды. В «Свободном падении» хоть кто-нибудь после пары бокалов пива спросит, кто ты такой. Но тут люди за секунду понимали, что я — заехавший в город деревенщина, а потому, как говорится, никакого интереса не представляю. Может, обращали внимание на то, что я, беря бокал, выставлял средний палец. Поэтому я по-быстрому заливал в себя пиво — *светлый лагер «Миллер»*, американское пойло, и ехал на автобусе домой. Лежал в постели и слушал вопли обезьян и жирафов.

Когда позвонила Юлия — задавала технические вопросы, связанные с переучетом, — я понял, что по поводу отцовых выходок Грета держит язык за зубами. Объяснив Юлии технические тонкости, я попросил ее поделиться последними деревенскими сплетнями. Что она, слегка удивившись, и сделала: я ведь к подобным вещам раньше интереса не проявлял. Ничего примечательного я не услышал и прямо спросил, ходят ли по деревне слухи о моей семье — про Карла и отца.

— Нет, о чем ты? — спросила Юлия, и по голосу я понял, что она и правда понятия ни о чем не имеет.

— Звони, если будут вопросы про переучет, — сказал я.

Мы положили трубки.

Я почесал затылок.

Наверное, не так уж странно, что Грета не стала разбалтывать по деревне то, что знала про Карла и моего отца. Все эти годы она держала язык за зубами. Точно так же, как и я сам, безумна она была прежде всего от любви. Она не хотела пакостить Карлу, а поэтому и дальше будет молчать. Но зачем Грета призналась мне, что все знает?

Я помнил заданный ею вопрос, как я спас Карла. *Что ты сделал, Рой?* Угроза — она пыталась сказать, что поняла, по чьей вине папа с мамой загремели в Хукен? Чтобы я и думать не смел мешать ее планам на Карла?

Чистый идиотизм — меня даже от одной мысли передернуло.

По крайней мере, держаться от Уса подальше у меня теперь на одну причину меньше.

На Рождество я домой не поехал.

И на Пасху тоже.

Звонил Карл — рассказывал мне про отель.

Зима наступила раньше ожидаемого, и снег пролежал долго, поэтому от графика они отстали. А еще пришлось подправить чертежи, когда муниципальные власти внесли свои коррективы: больше дерева и меньше бетона.

— Шеннон злится, она не понимает, что, если власти не увидят свои дурацкие бревенчатые стены, у нас не будет разрешения на начало работ и ратификацию. Говорит, дереву не хватит прочности, но это же чушь, ее заботит исключительно эстетическая сторона, она ведь хочет вроде как собственную подпись оставить. С архитекторами ведь всегда приходится спорить.

Может, и так, но по его голосу я понял, что их спор вышел более горячим, чем это обычно бывает в случае с архитекторами.

— А она... — Я закашлялся, перебивая самого себя, когда почувствовал, что обычным тоном вопрос не договорю. По крайней мере, обычным для ушей Карла. В любом случае я понял: она не рассказала ему, как я по-дурацки признался ей в любви в «Свободном падении», на празднике по случаю начала стройки, — я бы тоже по его тону все понял, это дорога с двусторонним движением. Например, я понял, что он выпил не одну бутылку «Будвайзера». — Она втянулась?

— А, да, — ответил он. — Чтобы привыкнуть к настолько другой обстановке, нужно время. Например, сразу после твоего отъезда она какое-то время ходила вся хмурая и замкнулась. Она ребенка хочет, но все не так просто, есть нюансы, кажется, единственный выход — пробирка.

Я почувствовал, как у меня напрягся живот.

— В общем, круто, но сейчас слишком много всего навалилось. Кстати, летом она едет в Торонто — доделывать пару проектов.

Я услышал фальшь? Или только хотел услышать? Да черт возьми, я уже собственным суждениям довериться не могу.

— Может, тебе немного отдохнуть и побыть здесь? — предложил Карл. — В нашем распоряжении целый дом. Ну, ты как? Вечеринки, как в старые времена? А?

На меня до сих пор действовал заразительный энтузиазм в его голосе, а потому я почти сразу согласился:

— Надо поглядеть. Лето — высокий сезон, на юг столько народу отдыхать едет.

— Давай. Тебе отпуск нужен. Ты хоть один день отдыхал, до того как туда уехать?

— Да-да, — сказал я и стал считать. — Так когда она уезжает?

— Шеннон? В первую неделю июня.

Домой я поехал на второй неделе июня.

# 42

Странная штука случилась, когда я миновал Банехауген, и передо мной открылась зеркальная гладь озера Будалсваннет, и я увидел муниципальный знак с названием Уса. У меня перехватило дыхание, дорога поплыла, пришлось заморгать. Как будто чисто от скуки смотришь по телику третьесортную мыльную оперу — и вдруг с трудом сглатываешь: ты ведь полностью расслабился и тебя застали врасплох.

Я взял четыре выходных.

Четыре дня мы с Карлом сидели на ферме и смотрели на летний пейзаж. На солнце, которое, казалось, никогда не заходит. Пили одну бутылку пива за другой в зимнем саду. Вспоминали прежние деньки. Школу, друзей, вечеринки в Ортуне и на даче Оса. Он рассказывал про США и Торонто. Про деньги, хлынувшие на раскаленный рынок недвижимости. Про проект, когда они в итоге попытались отхватить слишком здоровый кусок.

— Самая тоска в том, что у нас *могло* бы все получиться, — сказал Карл, ставя пустую пивную бутылку в ряд на подоконник. Его ряд оказался в три раза длиннее моего. — Все дело во времени. Удержи мы проект на плаву еще три месяца, сегодня мы были бы сказочно богаты.

По его словам, когда все полетело к чертям, два партнера угрожали ему судом.

— Только я не потерял абсолютно все, что имел, вот они и решили стрясти с меня денег, — сказал он, посмеиваясь и открывая следующую бутылку пива.

— У тебя же сейчас куча работы, разве нет? — спросил я.

Мы ездили на стройплощадку. Работы велись, но не сказать чтобы чересчур активно. Оборудования много, людей мало.

По-моему, они не то чтобы охренеть как много всего успели, а ведь начали целых девять месяцев назад. Карл объяснил, что они все еще трудились над подземной частью: время ушло на то, чтобы провести дорогу, воду и канализацию. Само здание отеля построят очень быстро.

— Пока мы здесь стоим, отель строят совсем в другом месте. Это называется «модульное строительство». Из элементов. Пол-отеля приедет в виде огромных блоков — нам останется закрепить их на цоколе.

— На фундаменте?

Карл помотал головой:

— Типа того.

Люди так говорят, когда либо не хотят перегружать тебя деталями, которые слишком тяжело объяснить, либо скрывают тот факт, что сами в чем-то не до конца разбираются. Карл пошел поговорить с рабочими, а я бродил по вереску и искал новые гнезда. Ни одного не нашел. Наверное, птиц испугали шум и машины, да и гнездились они не очень далеко.

Вернулся Карл. Вытер со лба пот.

— Поехали поныряем?

Я засмеялся.

— Что такое? — спросил Карл.

— Снаряжение старое — эта затея все равно что самоубийство.

— Тогда искупаемся?

— О'кей.

Но мы, разумеется, опять оказались в зимнем саду. Где-то на пятой или шестой бутылке Карл вдруг спросил:

— А ты знаешь, как Абель погиб?

— Его брат убил, — ответил я.

— Я, вообще-то, про другого Абеля — министра иностранных дел Абеля Паркера Апшера, в честь которого отец меня назвал. Он осматривал корабль ВМС США «Принстон», который шел по реке Потомак, солдаты демонстрировали огневую мощь одной пушки. Произошел взрыв, убило Абеля и еще пять человек. Это было в тысяча восемьсот сорок четвертом году. Поэтому завершения главного дела своей жизни — присоединения Техаса в следующем году — он не увидел. Что ты на это скажешь?

Я пожал плечами:

— Жалко.

Карл заржал:

— Ну что ж, твое второе имя тебе очень подходит. Ты знал, что дама, сидевшая за столом с Калвином Кулиджем...

Я слушал вполуха, так как эту историю, разумеется, знал: папа обожал ее рассказывать. Дама заключила пари, что вытянет из президента Кулиджа, чья немногословность стала легендой, больше двух слов. В конце ужина президент повернулся к ней и сказал: «You lose»[1].

— Кто из нас больше похож на папу, а кто — на маму? — спросил Карл.

— Шутишь, что ли? — Я из чувства долга глотнул «Будвайзера». — Ты — на маму, а я — на папу.

— Я пью, как папа, — сказал Карл. — А ты — как мама.

— Единственное несовпадение, — сказал я.

— Так что же, *ты* извращенец?

Я не ответил. Не знал, что говорить. Даже когда все это случалось, мы происходящее совсем не обсуждали; я утешал брата, как будто папа просто его побил. И пообещал, не употребляя слов, имеющих прямое отношение к теме, отомстить. Я часто задумывался, изменилось ли бы что-то, заяви я обо всем вслух, выпусти слова на свободу, чтобы их услышали, чтобы они стали реальностью, а не просто бродили у нас в головах — там от них легко отмахнуться как от пустых мыслей. Черт его знает.

— Думаешь об этом? — спросил я.

— Да, — ответил Карл. — И нет. Меня это мучает меньше, чем множество тех людей, о которых я читаю.

— Читаешь?

— О жертвах насилия. В первую очередь об этом пишут и говорят те, кто серьезно пострадал.

1 «Вы проиграли» (*англ.*).

Полагаю, таких, как я, много. Кто отпустил ситуацию. Ведь прежде всего это вопрос контекста.

— Контекста?

— Перво-наперво сексуальное насилие губит из-за связанного с ним общественного осуждения и позора. Мы узнаём о собственной *травмированности*, а потому вешаем на этот крючок все плохое. Взять хотя бы еврейских мальчиков, которым сделали обрезание. Это же увечье. Пытка. Намного хуже, чем если тебя просто поимели. Но мало что говорит о том, что очень многие из них в результате обрезания пострадали морально. Потому что в данном контексте происходящее — норма, надо просто потерпеть, это же часть культуры. Может быть, самую серьезную травму наносят не в момент насилия, а когда мы понимаем, что это не норма.

Я смотрел на него. Он правда так думал? Так оправдывал случившееся? Да даже если и так, почему нет? *Whatever gets you through the night, it's alright*[1].

— А Шеннон много знает?

— Всё. — Он поднес бутылку к губам, наклонил, вместо того чтобы откинуть голову назад. Что-то заклокотало. Но не как смех — как слезы.

— Знаю: ей известно, что мы скрыли тот факт, что Ольсен свалился в Хукен. А про то, что, когда папа и мама погибли, с тормозами и рулем «кадиллака» нахимичил я, она тоже знает?

Он замотал головой:

— Я ей рассказывал только то, что ко *мне* относится.

— Всё? — спросил я, выглядывая в окно и не сопротивляясь слепящему вечернему солнцу.

---

1 «Нормально все, что помогает тебе пережить ночь» (*англ.*). Слова из песни Джона Леннона.

Краем глаза заметил, что он непонимающе на меня смотрит. — В прошлом году на празднике в честь начала стройки ко мне подходила Грета, — пояснил я. — Сказала, вы с Мари на даче Оса встречаетесь.

Какое-то время от Карла не доносилось ни звука.

— Черт, — тихо произнес он.

— Ага, — согласился я.

В тишине я услышал, как два раза каркнул ворон. Предупреждение. А затем прозвучал вопрос:

— А зачем Грета *тебе* это рассказала?

Я знал, что так и будет. Поэтому и не говорил ему раньше. Чтобы не слышать этого вопроса и не врать, не рассказывать, что именно Грета, как ей показалось, видела: мне нужна Шеннон. Даже если я только произнесу эти слова вслух, станет не важно, что они покажутся дичью и что о безумии Греты мы оба в курсе, — мысль в голову заронится. И тогда станет слишком поздно, Карл узнает правду — как будто она большими буквами написана у меня на роже.

— Понятия не имею, — с легкостью ответил я. Вероятно, даже с чрезмерной. — Ты ей все еще нужен. И если собираешься безнаказанно устроить переполох в курятнике, подожги солому и надейся, что пламя распространится внутрь. Как-то так.

Взяв в зубы бутылку, я осознал, что объяснение вышло чересчур многословным, а метафора — слишком надуманной, чтобы казаться произвольной. Надо было опять перевести мяч на его сторону поля.

— Так это правда — про вас с Мари?

— Тебе явно не верится, — сказал он, ставя на подоконник пустую бутылку.

— Не верится?

— Ты бы давно мне сказал. Ну или хоть предупредил бы. Поставил, по крайней мере, перед фактом.

— Конечно, я не поверил, — сказал я. — Грета выпила и еще больше обезумела, я просто-напросто обо всем забыл.

— А сейчас чего вдруг вспомнил?

Я пожал плечами. Кивнул в сторону амбара:

— Его бы подправить. Может, предложишь тем, кто отель будет красить?

— Да, — сказал Карл.

— Тогда скинемся?

— Я на другой вопрос ответил.

Я посмотрел на него.

— Что мы с Мари встречались, — договорил он и рыгнул.

— Не мое дело, — сказал я и глотнул пива, уже почти выдохшегося.

— Инициативу проявила Мари. На вечеринке в честь моего возвращения домой она предложила увидеться с глазу на глаз — поговорить, выяснить отношения. Но добавила, что не сейчас, когда на нас все будут глазеть, — лучше встретиться где-нибудь подальше, чтобы люди не судачили. Предложила увидеться на даче. Чтобы мы приехали на своих машинах, припарковались в разных местах — и чтобы я пришел после нее. Вполне разумно, правда?

— Вполне разумно, — согласился я.

— Идея у Мари появилась потому, что Грета рассказывала ей: у Риты Виллумсен когда-то был заведен такой же порядок в домике на пастбище с молодым любовником.

— Ого! А мадам Грета Смитт хорошо информирована.

Я почувствовал сухость в собственном голосе. Я не спросил Карла, помнит ли он, что, напившись в Ортуне, рассказал Грете про папу.

— Что-то не так, Рой?

— Нет. А что?

— Ты весь бледный.

Я пожал плечами:

— Я не имею права говорить. Поклялся твоей душой.

— *Моей*, говоришь?

— Да.

— А, у меня ее давно нет. Говори.

Я снова пожал плечами. Не мог вспомнить, поклялся ли тогда молчать вечно — я же был подростком, — или правде надо было просто высидеть карантин.

— Молодым любовником Риты Виллумсен, — начал я, — был я.

— Ты? — На меня округлившимися глазами уставился Карл. — Шутишь. — Он ударил себя по ляжкам и заржал. Чокнулся своей бутылкой с моей. — Рассказывай, — скомандовал он.

Я рассказал. По крайней мере, в общих чертах. Смеяться он перестал и посерьезнел.

— И все это ты держал в секрете с тех самых пор, когда еще был подростком, — покачивая головой, произнес он, когда я договорил.

— В нашей семье набираешься опыта, — заметил я. — Твоя очередь — рассказывай про Мари.

Карл рассказал. Что в первую же встречу на пастбище они, как говорится, рухнули в постель.

— Соблазнять-то меня она умеет, — сказал он с меланхоличной улыбкой. — Знает, что мне нравится.

— Так, по-твоему, шансов у тебя вообще не было, — сказал я, и в этой фразе оказалось куда больше обвинения, чем я думал.

— Я свою долю вины признаю, но цель она себе сама поставила.

— Соблазнить тебя?

— Доказать самой себе, что для меня она всегда будет на первом месте. Что я буду готов рискнуть всем. Что Шеннон и все ей подобные были и будут лишь заменой Мари Ос.

— *Предать* всё, — произнес я, доставая коробку снюса.

— Чего?

— Ты сам сказал, рискнуть всем. — На этот раз я даже не попытался скрыть обиду.

— Не важно, — сказал Карл, — встречаться мы не перестали.

Я кивнул:

— Все те вечера, когда ты говорил, что у тебя встречи, а мы с Шеннон ждали дома.

— Ага, — подтвердил он. — Муж из меня так себе.

— А в тот вечер, когда ты сказал, что был у Виллумсена, но видел, как Эрик Нерелл с женой вышли прогуляться вечером?

— Да, чуть не спалился. Естественно, я с пастбища шел. Может, даже *хотел* спалиться. Тяжко очень, когда тебя постоянно мучает совесть.

— Но ты выдержал, — сказал я.

Он не ответил на колкость — только голову наклонил.

— Какое-то время Мари со мной встречалась, потом почувствовала, что получила желаемое, — и бросила меня. Опять. Но я не жаловался. Это же просто... ностальгия. С тех пор мы не виделись.

— Ну а в деревне-то?

— Бывает, конечно. А она только улыбается — словно одержала какую-то победу. — Карл пренебрежительно усмехнулся. — Показывает Шеннон детей в коляске, которую, естественно, катит ее газетчик, — он же за ней как привязанный таскается. Он что-то подозревает — и это, по-моему, хуже всего. За этой порядочной, надменной рожей я вижу парня, мечтающего меня убить.

— Да ладно?

— Да. По-моему, он точно приставал с расспросами к Мари, а она нарочно ответила так, что повод для подозрений остался.

— Зачем ей это?

— Чтобы он плясал вокруг нее. Они такие.

— Кто — они?

— Сам знаешь. Мари Ос и Рита Виллумсен. Мучаются от синдрома пчелиной матки. То есть мучиться-то приходится нам, трутням. Королевы, естественно, хотят удовлетворить свои физические потребности, но в первую очередь им нужны любовь и преклонение подданных. Потом они играют нами, как марионетками, плетя свои бесконечные интриги. Черт, от этого так устаешь.

— Ты не перебарщиваешь?

— Нет! — Карл грохнул бутылку о подоконник, и две пустые упали на пол. — Между мужчиной и женщиной, которые друг другу не родня, настоящей любви не бывает. Тут кровь нужна. Общая кровь. Настоящая бескорыстная любовь бывает только в семье. Между братьями и сестрами, детьми и родителями. А остальное...

Водя перед собой рукой, он уронил еще одну бутылку, и я понял, что он пьян.

— Забудь. Это закон джунглей. Ближе себя у каждого из нас никого нет. — Он опять загнусавил. — У нас с тобой, Рой, есть только мы. Больше никого.

Интересно, говорил ли он про это Шеннон, но спрашивать я не стал.


Через два дня я поехал назад в Южную Норвегию.

Проезжая муниципальный знак, я посмотрел в зеркало. Там как будто было написано не «Ус», а «ОЗ».

386

## 43

В августе мне пришла эсэмэска.

Сердце забилось быстрее, когда я понял, что она от Шеннон.

В последующие дни я перечитывал ее множество раз, прежде чем мне удалось сообразить, что она значит.

Она хотела меня увидеть.

> Привет, Рой. Давно мы не виделись.
> Я еду в Нотодден
> 3 сентября на встречу с потенциальным клиентом.
> Ты не посоветуешь мне отель?
> Обнимаю, Шеннон.

Прочитав сообщение первый раз, я подумал: значит, она знает, что я ездил туда к Унни на свидания в отеле. Но я ей этого не рассказывал, а поразмыслив, не вспомнил, чтобы и Карлу об этом говорил. Почему я не упоминал при Карле об Унни? Не знаю. Не то чтобы я стыдился отношений с замужней женщиной. И едва ли во мне держал язык за зубами немногословный Калвин — до недавнего времени Карл знал про меня почти все. Возможно, в какой-то момент я понял: Карл мне тоже далеко не все говорит.

Шеннон полагала, что я имею некоторые представления о том, где переночевать в районе Уса. Я задумался. Снова перечитал эсэмэску, хоть и выучил ее наизусть. Объяснил самому себе, что не надо добавлять смыслов в текст из трех ничем, мать твою, не примечательных предложений.

И все-таки.

Зачем писать мне после целого года молчания и спрашивать про *отель* в Нотоддене? На TripAdvisor на выбор было два, максимум три отеля — и информация там была наверняка более свежей, чем имеющаяся у меня. Это было мне известно, так как на следующий день после получения эсэмэски я полез в интернет. А зачем писать дату поездки? И что она поедет на встречу с потенциальным клиентом, тем самым прямо сообщая, что будет одна. И, как говорится, последняя, но не менее важная деталь: зачем там ночевать, если до дома ехать всего два часа?

Ладно, может, ей не хотелось по кромешной темноте ехать. Может, собиралась ужинать с клиентом — хотелось иметь возможность выпить бокал вина. А может, она просто-напросто была бы очень даже не против переночевать в отеле и сменить обстановку после фермы. Может, ей даже нужна была пауза в отношениях с Карлом. Может, это-то она и хотела мне сказать своей притянутой за уши эсэмэской. Нет же, нет! Это совершенно обычное сообщение, просто предлог возобновить нормальное общение с братом мужа, после того как он все испортил, признавшись ей в любви.

Короче, получив эсэмэску, я в тот же вечер ей ответил:

Привет! Да уж, давненько!
«Блаттрейн» очень неплохой.
С чудесным видом. Обнимаю, Рой.

Естественно, обдумал каждый чертов слог. Мне пришлось заставить себя не писать предложений с вопросительным знаком на конце — вроде «Как дела?» — или как-то еще намекать на продолжение общения. Эхо ее эсэмэски — ни больше ни меньше, так и надо. Через час пришел ответ:

Рой, спасибо тебе за помощь! Обнимаю.

Тут уже вычитывать было нечего, но ведь она имела дело лишь с моим кратким, сдержанным ответом. Поэтому я снова посмотрел на первое сообщение. Это намек — приезжай в Нотодден?

Я промучился еще два дня. Все пересчитывал количество слов и увидел, что она прислала 24, в моем ответе — 12, а в ее — 6. Они случайно уполовинились или надо теперь написать ей три слова, чтобы она в ответ прислала полтора? Ха-ха.

Я чуть с ума не сошел.

Я написал:

Хорошей тебе поездки.

Пока я лежал, пытаясь уснуть, звякнул ответ:

Спасибо. X.

Полтора слова. Разумеется, мне известно, что $x$ — символ поцелуя, но какого именно? На поиски в интернете я убил целый день. Никто точно не знал, но есть мнение, что $x$ родом с тех времен, когда письма запечатывали $x$ и поцелуем. Другие считают, что, так как $x$ — древний символ Христа, поцелуй уходит корнями в сферу религии, это своего рода благословение. А больше всего мне понравилось объяснение, что $x$ — это слившиеся в поцелуе губы.

Слившиеся в поцелуе губы.

Это она имела в виду?

Нет, черт возьми, не это!

Я взял календарь и стал считать дни до 3 сентября, пока до меня не дошло, чем я занимаюсь.

В дверь заглянула Лотте — сообщила, что на дисплее четвертой бензоколонки погасли цифры, и спросила, что мой календарь делает на полу.

Как-то вечером я завернул в бар в Кристиансанде, и, как только собрался уходить, ко мне подошла женщина:

— Уже домой?

— Пожалуй, — сказал я, рассматривая ее.

Едва ли ее можно было назвать красивой. Хотя, может, она и была такой когда-то. Нет, даже не красивой, а одной из первых в классе стала привлекать внимание парней. Внешне она была ничего — лицо наглое, смелое. Как говорится, многообещающее. Возможно, она слегка торопилась выполнить обещания, давая парням то, чего от нее хотели, до того, как они того заслуживали. Думала, получит что-то взамен. С той поры произошло немало всего, что ей по большей части хотелось бы исправить, — и собственных поступков, и того, что сотворили с ней.

И вот теперь, приведя себя в порядок, она ищет того, кто, как ей в глубине души хорошо известно, снова ее разочарует. Но если отказаться от надежды, что у тебя вообще останется?

В общем, я заказал ей еще пива, сообщил имя, семейное положение, место работы и адрес, а затем сам задал вопросы — пусть говорит она. Пусть извергнет наружу желчь по поводу попадавшихся ей мужчин, разрушивших ее жизнь. Ее зовут Вигдис, работает в садоводстве, сейчас на больничном. Двое детей. На этой неделе они у своих отцов. Месяц назад она выставила из дома третьего мужа. Думаю, судя по всему, синяк на лбу у нее появился как раз в процессе выселения. По ее словам, он ночами колесит вокруг ее дома — проверяет, есть ли у нее кто, поэтому нам лучше поехать ко мне.

Я задумался. У нее недостаточно бледная кожа, да и тело чересчур крупное. Даже если я зажмурюсь, иллюзию разрушит ее металлический голос — как я уже понял, долго молчать она не станет.

— Спасибо, но мне завтра рано утром на работу, — сказал я. — В другой раз.

Рот скорчился в отвратительную гримасу.

— Ты тоже не самая крупная добыча, что бы там себе ни нафантазировал.

— Я себе ничего не нафантазировал, — сказал я и, осушив бокал, ушел.

На улице я услышал стук каблуков об асфальт и понял, что это она. Вигдис взяла меня под руку и выдохнула в лицо дым от только что зажженной сигареты.

— Ну хоть домой на такси меня отвези, — попросила она. — Мне в ту сторону.

Я поймал такси и высадил ее после первого же моста перед домом в Лунде.

Я заметил чью-то фигуру в одной из машин, припаркованных вдоль тротуара, а когда такси поехало дальше, обернулся и увидел, как какой-то мужчина вышел из кабины и быстро направился к Вигдис.

— Стойте, — попросил я.

Таксист сбросил скорость, и в зеркало заднего вида я увидел, как Вигдис падает на тротуар.

— Сдайте назад, — сказал я.

Если бы водитель видел то же, что и я, он бы, вероятно, этого не сделал. Я выпрыгнул из такси, ища в карманах, чем бы обмотать правую руку, и пошел к мужику, нависавшему над Вигдис и что-то оравшему: слова тонули в эхе от слепых и молчаливых стен домов. Я решил, что это ругательства, и, лишь подойдя поближе, наконец расслышал слова:

— Я люблю тебя! Я люблю тебя! Я люблю тебя!

Я подошел к нему и ударил, как только его заплаканное лицо оказалось перед моим. Почувствовал, как рвется кожа на костяшках. Снова ударил — на этот раз в более мягкий нос, — толком не понимая, чья кровь брызнула, моя или его. Ударил в третий раз. А этот идиот стоял и качался передо мной туда-сюда, не пытаясь защититься или уклониться, заставляя себя стоять прямо, чтобы его побили посильнее, словно с радостью принимал удары.

Я бил быстро и методично, как по мешку с песком. Не настолько, чтобы костяшки пальцев пострадали еще сильнее, но все-таки жестко — у него под кожей появились кровоподтеки и шишки, а все лицо постепенно пухло, как уродливый надувной матрас.

— Я люблю тебя, — повторил он в перерыве между двумя сериями ударов — не мне, а словно самому себе, шепотом.

У него подогнулись колени, потом еще сильнее, и постепенно мне пришлось целиться ниже, он напоминал черного рыцаря из скетча «Монти Пайтона»: ему отрубили ноги, но он не сдается, пока от него не остается лишь прыгающая по земле верхняя часть тела.

Отводя назад таз и плечо для последнего удара, я на что-то наткнулся. На моей спине повисла Вигдис.

— Не надо! — проорал в мое ухо металлический голос. — Не надо! Не бей его, ублюдок!

Я попытался ее стряхнуть, но она не поддалась. И я увидел, как на залитом слезами распухшем лице стоящего передо мной мужчины расплывается болезненная улыбка.

— Он мой! — кричала она. — Он мой, ублюдок!

Я посмотрел на мужчину. Он — на меня. Я кивнул. Повернулся, увидел, что такси уехало, и пошел в сторону Сёма. Вигдис провисела еще метров десять-пятнадцать, а потом отцепилась — я слышал стук каблуков ее туфель, пока она бежала обратно, слова утешения, всхлипывания того мужика.

Я шел дальше на восток. По сонным улицам к шоссе Е18. Начался дождь. И на этот раз дождь настоящий. Когда я вошел на старый полукилометровый мост Варродбруа по дороге к Сёму, у меня в ботинках хлюпало. На середине моста до меня дошло, что варианты у меня на самом-то деле есть. К тому же я все равно вымок насквозь. Заглянул через край и посмотрел на черно-зеленое море. Тридцать метров? Но я, должно быть, засомневался еще до того, как голова начала приводить свои доводы: после падения я, по всей вероятности, выживу — сработает инстинкт самосохранения — и, барахтаясь, двинусь к берегу — совершенно точно с различными повреждениями опорно-двигательного аппарата и внутренних органов, из-за которых моя жизнь станет не короче, а просто еще поганее. А даже если мне повезет и я погибну в плещущихся внизу волнах — чего я добьюсь, если умру? До чего-то ведь я додумался. Ответил старому ленсману, когда он спросил, зачем жить дальше, если не нравится. «Мертвым быть еще хуже». И когда это пришло мне в голову, я вспомнил слова дяди Бернарда, когда ему поставили диагноз «рак»: «Когда ты по горло в дерьмище, самая глупость — это вешать голову».

Я заржал. Заржал как больной — стоял на мосту один и ржал во весь голос.

А потом пошел дальше к Сёму спокойным шагом и даже стал насвистывать хит «Монти Пайтона» — он играет в тот момент, когда Эрик Идл висит на кресте. Если на чудо надеются даже люди вроде Вигдис, чем я хуже?

Третьего сентября, в два часа дня, я въехал в Нотодден.

## 44

Высокое, нежно-голубое небо. Еще по-летнему тепло, пахнет хвоей и свежескошенной травой, а в порывах ветра есть некая резкость, которая в мягкой Южной Норвегии не ощущалась совсем.

Дорога из Кристиансанда в Нотодден заняла три с половиной часа. Я ехал медленно и успел несколько раз передумать. Но в итоге пришел к выводу, что по сравнению с тем, что я сейчас делаю, более достойным сострадания окажется лишь один поступок: развернуться, проехав полдороги до Нотоддена.

Я припарковался в центре и пошел бродить по улицам — искать Шеннон. Когда мы росли, Нотодден казался огромным, чужим, таящим угрозу. А теперь — странным маленьким провинциальным городком, но, может быть, все потому, что я столько времени провел в Кристиансанде.

Я искал глазами «кадиллак», хоть и был готов поспорить, что она арендует машину у Виллумсена. Заглядывал в кафе и рестораны, мимо которых шел. Дотащился до озера, миновал кинотеатр. Наконец зашел в мелкое кафе, заказал черный кофе, сел так, чтобы видеть дверь, и листал местные газеты.

Заведений в Нотоддене не сказать чтобы очень много, и, разумеется, по идеальному сценарию Шеннон должна была меня найти, а не наоборот. Она войдет, я подниму глаза, наши взгляды встретятся, и ее взгляд скажет мне, что не нужно сочинять для прикрытия никаких историй, хоть таковая у меня имелась: я искал выставленные на продажу заправки. Я помнил, что она собиралась в Нотодден, — а разве сегодня? Если она не занята с клиентом на целый день, может, нам встретиться после обеда и выпить? Или даже поужинать, если у нее нет других планов.

Дверь открылась, и я отвел взгляд. Компания горланящих подростков. Дверь сразу же открылась еще раз — очередная компания молодежи, и я понял, что уроки в школе закончились. Дверь распахнулась в третий раз, и я увидел ее лицо. Она изменилась, я ее помнил совсем не такой. Это лицо казалось открытым. Она меня не заметила — можно и дальше спокойно ее разглядывать, отгородившись газетой. Она сидела и слушала молодого человека, с которым пришла. Не улыбалась, не смеялась — и тем не менее в ней чувствовалась напряженность, словно она защищала свои уязвимые чувства. Я также заметил, что у них с этим юношей что-то было — связь, которая не возникнет, если не подпустить человека к себе поближе. Затем ее взгляд заскользил по помещению и, встретившись с моим, на секунду застыл.

Не знаю, что было известно Наталии о причинах того, почему отец отправил ее оканчивать старшие классы в Нотоддене. Или как он объяснил травмы, полученные на кухне дома. Судя по всему, она не знала, что я приложил руку и к тому и к другому. А если она подойдет, присядет рядом и спросит, зачем я это сделал, — что мне ответить? Что вмешался из чувства стыда, поскольку не смог сделать то же самое ради собственного брата? Что я чуть не сделал ее отца калекой, потому что для меня он был мешком с песком, на который приклеена рожа моего папаши. Что в действительности все дело в моей семье, а не в ее.

Ее взгляд заскользил дальше. Может, она меня не узнала. Ну конечно. Но даже если ей было неизвестно, что я угрожал убить ее отца, может, ей захотелось притвориться, что она не узнала мужика, продававшего ей абортивные контрацептивы, — особенно теперь, когда у нее появился шанс стать другим человеком, а не сутулой, замкнутой девушкой, жившей дома, в Усе.

Я заметил, что внимание Наталии вот-вот переключится с того юноши: она посмотрела в окно, отворачиваясь от меня.

Я встал и ушел. Отчасти чтобы оставить ее в покое. Отчасти потому, что не хотел встречаться с Шеннон при свидетелях из Уса.

К пяти часам я побывал во всех заведениях Нотоддена, за исключением ресторана в отеле «Блаттрейн», — по моим подсчетам, раньше шести он не открывался.

Идя по парковке от машины к входу, я почувствовал, как от ожидания у меня засосало под ложечкой, — такое бывало перед свиданиями с Унни. Только собаки Павлова в знакомых ситуациях пускают слюни; в следующее мгновение все опять вытеснил страх. Чем я, черт возьми, занимаюсь? Лучше бы я прыгнул с моста, а если рвануть в машину прямо сейчас, я туда еще до заката успею. Но я шел дальше. К ресепшену, совершенно не изменившемуся с того дня, как я десять лет назад вышел отсюда в последний раз.

Она сидела в пустом ресторане и что-то печатала на ноутбуке. В темно-синем костюме и белой блузке. Коротко подстриженные рыжие волосы расчесаны на пробор и заколоты. Под столом прижимались друг к другу ноги в чулках и туфлях на высоком каблуке.

— Привет, Шеннон.

Она посмотрела на меня. Улыбнулась без малейшего намека на удивление — как будто мы договорились о встрече и я наконец пришел. Сняла очки — в них я Шеннон раньше не видел. В открытом глазу читалась радость встречи — радость, возможно, отчасти сестринская. Искренняя, без

396

всяких подводных течений. Глаз с опущенным веком рассказывал совсем другую историю. Мне пришла на ум женщина, повернувшаяся лицом ко мне в постели: в радужке глаза отражается яркий утренний свет, взгляд слегка затуманен от сна и ночных занятий любовью. Во мне шевельнулось что-то тяжелое, словно тоска. Я сглотнул и опустился на стоявший перед ней стул.

— Ты здесь, — произнесла она. — В Нотоддене.

Вопросительный тон. Ладно, походим немножко вокруг да около.

— В Нотоддене, — согласился я. — Смотрел заправку, которую собираюсь купить.

— Понравилась?

— Очень, — ответил я, не спуская с нее глаз, — в этом-то и проблема.

— В чем именно?

— Она не продается.

— Можно другую найти.

Я помотал головой:

— Мне та нужна.

— И что же делать?

— Убедить владельца, что, раз его заправка работает в убыток, он все равно рано или поздно ее потеряет.

— А вдруг он начнет по-другому с ней обращаться?

— Разумеется, о чем разговор, он, наверное, и сам в это верит. Но через какое-то время все вернется на круги своя. Сотрудники уйдут, заправка обанкротится, а он угрохает на безнадежное дело целую кучу лет.

— Так вот оно что — ты заберешь заправку и окажешь ему услугу?

— Я всем нам окажу услугу.

Она смотрела на меня. Неужели заколебалась?

— Когда у тебя встреча? — спросил я.

— Была в двенадцать, — ответила она. — Мы еще до трех закончили.

— Думала, просидишь дольше?

— Нет.

— Зачем тогда номер бронировать?

Посмотрев на меня, она пожала плечами. Почувствовав эрекцию, я задержал дыхание.

— Ты ела? — спросил я.

Она помотала головой.

— Они откроются не раньше чем через час, — заметил я. — Прогуляться не хочешь?

Она посмотрела на свои туфли на высоком каблуке.

— Здесь тоже хорошо, — сказал я.

— Знаешь, кого я здесь видела? — спросила она.

— Меня, — ответил я.

— Денниса Куорри. Кинозвезду. Помнишь, он еще был на заправке, хотел место для съемок поискать? Думаю, он здесь живет. Я читала, они сейчас тот самый фильм снимают.

— Я люблю тебя, — прошептал я, но она захлопнула крышку ноутбука с таким грохотом — абсолютно ненужным, — что вполне имела право притвориться, что не расслышала.

— Расскажи, что поделывал последнее время, — попросила она.

— О тебе думал.

— Хотелось бы мне, чтобы это было не так.

— И мне тоже.

Тишина.

Она тяжело вздохнула.

— Наверное, это была ошибка, — сказала она.

*Была*. Прошедшее время. Скажи она просто *это ошибка*, значит, колеса пока крутятся, но *была* — что ж, она определилась.

398

— Вероятно, — сказал я и замахал руками, предотвращая появление знакомого официанта: готов поспорить, он предложит принести что-нибудь с кухни, хоть она и закрыта.

— Ну это уже за гранью, — прошипела Шеннон, хлопая себя ладонью по лбу. — Рой?

— Да?

Она наклонилась вперед над столом. Накрыла своей крохотной рукой мою и посмотрела мне в глаза:

— Давай договоримся: ничего не было.

— Разумеется.

— Прощай. — Слегка улыбнувшись, будто у нее что-то болело, она схватила ноутбук, встала и ушла.

Я закрыл глаза. Стук каблуков по паркету за моей спиной напомнил мне, как в тот вечер в Кристиансанде за мной шла Вигдис, только ее шаги ко мне приближались. Я снова открыл глаза. Не шевелил все еще лежавшей на столе рукой. Не отпускало ощущение единственного с момента моего прихода прикосновения, кожу покалывало, как после горячего душа.

Я пошел к стойке администратора — там мне улыбнулся худой, высокий мужчина в красном пиджаке:

— Добрый день, господин Опгард, рады снова вас видеть.

— Здравствуй, Ральф, — сказал я, оказавшись перед стойкой.

— Господин Опгард, я видел, как вы пришли, и взял на себя смелость забронировать для вас последний свободный номер. — Он кивнул в сторону стоявшего перед ним монитора. — Жаль, если его уведут из-под носа в последний момент, правда же?

— Спасибо, Ральф, я только хотел спросить, какой номер сняла Шеннон Опгард? Или Шеннон Аллейн.

— Триста тридцать третий, — сказал худой мужчина, и я отметил про себя, что он даже на экран не посмотрел.

— Спасибо.

Когда я толкнул дверь номера 333, Шеннон уже собрала лежавший на кровати чемодан и сражалась с молнией. Она прошипела пару слов — полагаю, на баджане, — сдавила чемодан, сделала еще одну попытку. Оставив дверь приоткрытой, я вошел и встал у нее за спиной. Она сдалась и закрыла руками лицо, затряслись плечи. Я обвил руками тело Шеннон, чувствуя, как ее беззвучные рыдания перекинулись и на меня.

Так мы и стояли.

Затем я аккуратно ее развернул, вытер двумя пальцами слезы и поцеловал.

А она, все еще плача, целовала меня и, всхлипывая, укусила за нижнюю губу — я почувствовал, как сладкий, металлический привкус моей собственной крови смешивается с яркой пряностью ее слюны и языка. Я сдерживался, готовясь отступить, как только она выкажет нежелание. Но она не выказала, и я медленно накрыл крышкой все, что меня сдерживало: разум, мысль о том, что случится или не случится потом. Как я лежу на нижней кровати и обнимаю Карла — у него есть только я, и только я его еще не предал. Но картина исчезла, ускользнула прочь, и остались только руки, рвущие края моей рубашки, ногти, прижимающие мое тело к ее телу, язык, словно анаконда обвившийся вокруг моего, ее слезы, текущие по моим щекам. Даже в туфлях на каблуке, она оказалась совсем невысокой — мне пришлось согнуть колени, чтобы задрать ей облегающую юбку.

— Нет! — простонала она и вывернулась, а моей первой реакцией было облегчение. Потому что она нас спасла.

Пошатываясь и все еще слегка дрожа, я сделал шаг назад, заправляя края рубашки под ремень.

Дышали мы прерывисто, а из коридора доносились шаги и голос — кто-то говорил по телефону. И пока шаги и голос отдалялись, мы стояли, настороженно друг друга рассматривая. Не как мужчина и женщина, а как боксеры, два изготовившихся к схватке бешеных козла. Разумеется, схватка еще не окончена, она только началась.

— Да закрой же эту чертову дверь! — прошипела Шеннон.

## 45

— Я людей поколачиваю, — сказал я, передавая пакетик снюса Шеннон, и сунул другой пакетик себе под нижнюю губу.

— Вот как? — переспросила она, приподнимая голову, чтобы я положил руку обратно на подушку.

— Ага, не постоянно, но дрался я немало.

— Как думаешь, это в генах заложено?

Я изучал потолок номера 333. Мы с Унни обычно проводили время в другом, однако этот был точно таким же, да и запах тот же — наверное, моющее средство со слабой отдушкой.

— Мой отец по большей части лупил мешок с песком, — сказал я. — Да, драться — это во мне от него.

— Мы повторяем ошибки предков, — сказала она.

— И свои собственные, — добавил я.

Сморщившись, она вытащила изо рта пакетик снюса и положила на прикроватный столик.

— Дело привычки, — сказал я, имея в виду снюс.

Шеннон придвинулась поближе ко мне. Ее маленькое тело на ощупь оказалось еще мягче, чем я себе представлял, а кожа — еще нежнее. Грудь — два аккуратных возвышения посреди заснеженной равнины кожи, а торчащие соски напоминают пылающие пирамиды из камней. От нее пахло какой-то сладкой, яркой пряностью, а кожа играла разными оттенками, темнея под мышками и у половых органов. А еще от нее несло жаром, как от печи.

— У тебя никогда не возникает ощущения, что ты ходишь кругами? — спросила Шеннон.

Я кивнул.

— А если идешь по собственным следам, — продолжила она, — разве это не признак того, что ты заблудился?

— Наверное.

Но я подумал, что именно сейчас такого ощущения нет. Секс скорее напоминал случку, а не занятие любовью, борьбу, а не нежность, гнев и страх, а не радость и удовольствие. В какой-то момент она вырвалась, ударила меня ладонью по лицу и приказала остановиться. И я остановился. А потом она ударила меня еще раз и спросила, какого черта я остановился. Тут я рассмеялся, и она бросилась лицом в подушку и заплакала, а я гладил ее по волосам, по спине, вогнутой пояснице, целовал в затылок. Перестав плакать, она тяжело задышала. А я провел рукой между ее ягодицами и укусил ее. Крикнув что-то на баджане, она оттолкнула меня к краю кровати, легла на живот — торчавшие ягодицы напоминали гусеницу. Я так возбудился, что мне стало плевать на то, что эти же самые крики, издаваемые ею в тот момент, когда я ее взял, я слышал из спальни, когда она была с Карлом. Черт знает, может, об этом я и думал, когда кончил: отвлекся, а потому поздновато вышел из нее, но все же вовремя, чтобы остатки спермы оказались у нее на спине, словно перламутровое ожерелье, бело-серое и сияющее в свете горящего на парковке фонаря. Я принес полотенце и вытер их, попытавшись стереть и два темных пятна, а уже потом понял, что эти потемнения не сошли. И подумал еще: как и эти темные пятна, то, что мы сделали, не пройдет.

А потом будет еще. Знал, что будет по-другому. Занятия любовью, а не борьба, слияние душ, а не только тел. Знаю, что несу фигню, но других слов у меня нет. Две гребаные, нашедшие друг друга души — вот кем мы были. Я вернулся домой. Она — мой след, и я его нашел. Все, чего я хотел, — остаться здесь и ходить кругами, потеряться, пока я с ней.

— Мы пожалеем? — спросила она.

— Не знаю, — ответил я, сознавая, что со мной такого не случится. Только я не хотел ее пугать — а вот она точно испугается, если поймет: я так сильно ее люблю, что мне плевать на все остальное.

— У нас только эта ночь, — сказала она.

Чтобы ее продлить, мы задернули светонепроницаемые шторы и выжали максимум из отведенных нам часов.


Очнулся я от крика Шеннон.

— Я проспала!

Она выскочила из кровати, прежде чем я успел схватить ее, — моя вытянутая рука смахнула с прикроватного столика ее мобильный, и он грохнулся на пол рядом с кроватью. Я рывком отдернул шторы: урвать фрагмент обнаженного тела Шеннон — знал, что какое-то время больше ее такой не увижу. Хлынул дневной свет, и, прежде чем она скрылась в ванной, я успел мельком увидеть ее спину.

Я уставился на валявшийся рядом с кроватью телефон. Загорелся экран. Стекло разбилось. А из-за тюремной решетки трещин мне улыбался Карл. Я сглотнул.

Мелькнувшая спина.

Хватит.

Я снова лег в постель. Последняя женщина, которую я видел обнаженной при дневном свете, была Рита Виллумсен в горном озере — униженная, продрогшая, в купальнике, с посиневшей кожей. А если раньше у меня и были сомнения, то теперь я, как говорится, получил открытое предупреждение.

Я понял, что имела в виду Шеннон, спрашивая о том, заложено ли желание драться в генах.

# 46

Карл — мой брат. В этом-то и проблема.

Или проблемы.

А если точнее, *первая* проблема в том, что я его люблю. Вторая — он унаследовал те же гены, что и я. Не знаю, почему я вообще был столь наивным и полагал, что в Карле не заложена та же способность причинять боль, что во мне и папе. Может, потому, что, по всеобщему мнению, Карл на маму похож. Мама и Карл и мухи не обидят. Только людей.

Я встал с постели и подошел к окну — увидел, как Шеннон бежит по парковке к «кадиллаку».

Вероятно, она пожалела. Вероятно, никуда она не торопилась — просто, проснувшись, осознала, что совершила ошибку и надо уйти.

Она приняла душ, оделась в ванной, наверно, накрасилась, а выйдя оттуда, подарила мне своего рода сестринский поцелуй в лоб, пробормотала что-то о встрече в Усе по поводу отеля, взяла сумку и убежала. Когда она чуть не выехала на дорогу перед мусорной машиной, загорелись стоп-сигналы «кадиллака».

В номере с ночи все еще висел запах секса, духов и сна. Я открыл окно — его я в какой-то момент закрыл: Шеннон громко кричала, и я испугался, что к нам придут, также я знал, что мы еще не закончили. И оказался прав: как только кто-то из нас просыпался, даже невинное прикосновение запускало очередной раунд — все это напоминало незатихающее чувство жуткого голода.

Когда я отдернул занавеску, то, что я принял за оттенки кожи, оказалось синяками. Не покраснения после занятий любовью и не появившиеся после сегодняшней ночи полоски на ее коже, — надеюсь, они через день-два исчезнут. Следы сильных ударов — такими они становятся по прошествии нескольких дней и недель. А если Карл еще и по лицу ее бил, то не так сильно — чтобы ей удавалось замаскировать следы макияжем.

Бил ее — как в тот раз в Гранд-отеле мама била в коридоре отца, я сам видел. Это воспоминание мелькнуло у меня в голове, когда Карл пытался убедить меня, что Сигмунд Ольсен свалился в Хукен в результате несчастного случая. Мама. И Карл. Вот так живешь с человеком и думаешь, что знаешь о нем все, а что же на самом деле? Мог ли Карл предположить, что я способен за его спиной спать с его женой? Вряд ли. Я давным-давно осознал, что все мы друг другу чужие; а уж то, что Карл способен причинить насилие, я, разумеется, понял не только по синякам у Шеннон. Мой братец — убийца. Все просто. Синяки и обрыв.

## 47

Вернувшись на юг, я ждал, что Шеннон мне позвонит, пришлет эсэмэску или мейл — да что угодно. Инициатива, само собой, должна была исходить от нее, ей-то терять больше. Как я думал.

Но никаких новостей.

Никаких сомнений у меня уже не осталось. Она пожалела. Разумеется, пожалела. Эту сказку, фантазию я сам же в нее и заронил, признавшись ей в любви и затем уехав; фантазию, которой она, скучая в деревне, в тишине и покое и при нехватке иных стимулов, придала фантастические черты. Настолько фантастические, что в реальность я их воплотить, конечно, не сумел. Она тему закрыла — можно возвращаться к нормальной жизни.

Вопрос в том, когда я эту тему тоже закрою. Говорил себе, что целью была та самая ночь — для галочки, — а теперь пора двигаться дальше. И все же каждое утро я проверял телефон — вдруг пришло сообщение от Шеннон.

Ничего.

И я стал спать с другими женщинами.

Не знаю почему, но они словно вдруг меня заметили — как будто существует тайное женское общество, где разнеслась новость о том, что я затащил в постель жену брата, значит, я весьма привлекателен. Как говорится, хорошо иметь дурную репутацию. Ну или у меня прямо на лбу было написано, что мне на все насрать. Наверное. Наверное, я стал молчаливым посетителем бара с грустными глазами, который, по слухам, мог заполучить любую, кроме той, кто ему на самом деле была нужна, а потому ему на все насрать. Мужчина, которого все хотели убедить в обратном: он ошибается, существуют надежда и спасение, есть другие — а именно они.

И да, я этим воспользовался. Я играл возложенную на меня роль, рассказывал историю, не называя имен и не сообщая, что речь о моем брате, шел к ним домой, если они жили одни, или — вынужденная мера — приводил в Сём. Просыпаясь рядом с чужим человеком, отворачивался к телефону — проверить, не пришло ли сообщение.

Но мне и правда стало лучше. В какие-то дни я целыми часами о ней не вспоминал. Я знаю, что вирус малярии полностью из крови не вытравишь, но вот нейтрализовать его можно. Если я отстранюсь и не буду ее видеть, по моим подсчетам, самое страшное закончится через два, максимум три года.

В декабре позвонила Пия Сюсе и сообщила, что мы стали шестыми в рейтинге лучших заправок Южной Норвегии. Разумеется, я знал, что по таким вопросам звонит не директор по персоналу, а директор по продажам Гус Мюре. Судя по всему, ей еще чего-то было надо.

— Мы хотим, чтобы ты и дальше руководил заправкой, после того как в следующем году истечет срок действия контракта, — сказала она. — Условия, естественно, отразят тот факт, что мы очень довольны. И по нашему мнению, с тобой заправка попадет и на более высокие строки рейтинга.

Это отвечало моим планам. Я выглянул из окна кабинета. Плоский ландшафт, высокие офисные здания, шоссе с извивающимися въездами и съездами — я вспомнил об игрушечной автомобильной дороге, стоявшей в задней комнате конторы Виллумсена: детям разрешали там поиграть, если их отцы покупали машины. Полагаю, немало подержанных машин купили благодаря детям, упрашивавшим отвести их туда.

— Дайте мне подумать, — сказал я и попрощался.

Я сидел и смотрел на туман, опускавшийся над лесом возле зоопарка. Черт возьми, деревья-то все еще зеленые. С самого приезда четырнадцать месяцев назад я не увидел ни единой снежинки. Говорят, настоящей зимы в Южной Норвегии не бывает, только ссущий с неба дождик, который на самом деле не дождик, а повисшая в воздухе влажность, еще не определившаяся — двинуться вверх или вниз или остаться на месте. Точно как ртуть в градуснике, день за днем остававшаяся на отметке шесть градусов. Я пялился в королевство тумана: он тяжелым одеялом лежал на земле, придавливая ее все сильнее и стирая ее контуры. Зимой Южная Норвегия — застывший во времени дождь, и он просто *был*. Так что когда зазвонил телефон и я услышал голос Карла, на две секунды я заскучал — да-да, заскучал! — по ледяным, обездвиживающим тебя порывам ветра и валящему снегу, царапающему лицо, словно острые песчинки.

— Как дела? — спросил он.

— Нормально, — ответил я.

Карл иногда звонил, потому что ему это было интересно. Как у меня дела. Но я услышал, что сегодня причина не в этом.

— Просто нормально? — переспросил он.

— Извини, местное выражение. — Я это слово ненавидел. Оно как погода зимой — ни рыба ни мясо. Когда южане встречают на улице знакомого, они произносят фразу «вот как» — думаю, это смесь вопроса и приветствия, эдакое *how are you*[1], но создается ощущение, что тебя застигли на месте преступления. — А у тебя?

— Хорошо, — сказал Карл.

Я понял, что ничего хорошего. Ждал слова «но».

1  Как дела? (*англ.*)

— За исключением мелкой трещины в бюджете отеля, — сказал он.

— Насколько мелкой?

— Да вообще мелочь. На самом-то деле с денежным потоком немножко накосячили: по счетам строителям надо заплатить раньше, чем я думал. Нам не то чтобы больше денег надо — нет, просто нужны они чуть раньше. Я сказал банку, что сейчас мы слегка опережаем график.

— А вы опережаете?

— Мы, Рой. *Мы.* Ты же совладелец — забыл? И нет, не опережаем. Когда приходится координировать работу такого количества раздолбаев — да это же гребаный пасьянс. Строительная отрасль — странный утешительный заезд бездельников, которых в школе только ругали и пороли, а теперь приняли на работу, за которую мало кто возьмется. Но раз они такие востребованные, теперь у них есть возможность отомстить — приходить и уходить, когда пожелают.

— И последние станут первыми.

— Так на юге говорят?

— Постоянно. У них культ промедления. По сравнению с ними Ус — это ускоренное видео.

Карл рассмеялся своим теплым смехом, я и сам развеселился, у меня потеплело на душе. Потеплело от смеха убийцы.

— Руководитель банка сослался на кредитный договор: в нем, мол, выставлены определенные условия, и, прежде чем они откроют нам кассовый кредит, мы должны пройти определенные этапы. А они побывали на стройке и утверждают, будто мои слова о том, как продвигается работа, действительности не соответствуют. Так что у нас вроде как возник небольшой кризис доверия. Я все подлатал, но теперь в банке говорят, надо сообщить участникам о превышении бюджета — и только потом они хоть что-то выплатят. В договоре участников сказано, что раз у них неограниченная ответственность, нужно постановление руководства — это если проекту потребуется увеличить капитал.

— Придется тебе так и поступить.

— Да. Да, конечно. Просто теперь в совете правления насторожились, они могут созвать общее собрание и положить всему конец. Особенно теперь — Дан-то все вынюхивает и копает.

— Дан Кране?

— Он всю осень пытался меня каким-нибудь дерьмом вымазать. Обзванивал подрядчиков, вызнавал про ход работ и бюджет. Он ищет, из чего бы скандал раздуть, но он ничего не напечатает, пока не добудет конкретных сведений.

— И пока четверть твоих подписчиков и твой бывший тесть принимают участие в строительстве отеля.

— Именно, — сказал Карл. — В свое гнездо не срут.

— Если ты не пингвин. Они из дерьма гнезда строят.

— Да ну? — не поверил Карл.

— Дерьмо притягивает солнечный свет, топит лед, и появляется углубление — вуаля, гнездо готово. Такими же методами журналисты расширяют круг своих читателей. Средства массовой информации живут за счет притягательности дерьма.

— Интересная картина, — заметил Карл.

— Ага, — согласился я.

— Но ты же понимаешь, что для Кране это личное? И как ты собираешься это прекратить?

— Поговорил с подрядчиками и заставил держать язык за зубами. К счастью, они понимают, что так им же лучше. А вчера мой канадский приятель сообщил, что Кране начал раскапывать то дело в Торонто.

— И много он там накопает?

— Да не особо. Одно слово против другого, а само дело слишком сложное, чтобы такому лилипуту, как Кране, удалось сложить полную картину.

— Но как минимум мотивации у него хватает.

— Черт возьми, Рой, я, вообще-то, тебе за поддержкой звоню.

— Да все будет хорошо. А если нет — пускай Виллумсен натравит на Кране какого-нибудь своего головореза.

Мы заржали. Вроде бы он чуть-чуть расслабился.

— Как дела дома? — Своего рода общий вопрос, вряд ли в голосе у меня слышалась фальшь.

— А, дом-то стоит. И Шеннон подуспокоилась. Не со своими заморочками по поводу отеля, но хоть перестала приставать ко мне с разговорами о ребенке. Понимает ведь, что сейчас, в середине пути, для этого не самое подходящее время.

Я издал какие-то звуки — мол, да, интересно, но не более того.

— На самом деле звоню я вот зачем: надо бы «кадиллак» *подремонтировать*.

— Уточни — что значит подремонтировать.

— Ну, это твоя работа, я в этом ни черта не смыслю. На нем ездила Шеннон и услышала какие-то шумы. Когда она росла, у них был «бьюик» с Кубы, и она говорит, что хорошо чувствует американские ретроавтомобили. Она думает, ты поглядишь на него в мастерской, когда домой на Рождество приедешь.

Я не ответил.

— Ты ведь приедешь домой на Рождество? — спросил он.

— На заправке многие захотят отдохнуть...

— Нет! — перебил меня Карл. — Многие захотят *сверхурочных*. Они там живут, а ты на Рождество поедешь домой. Помнишь, ты же обещал? У тебя есть семья. Небольшая, но есть — и очень тебя ждет.

— Карл, я...

— Бараньи ребрышки, — произнес Карл. — Она бараньи ребрышки готовить научилась. И пюре из брюквы. Я не шучу. Она обожает норвежские рождественские блюда.

Я закрыл глаза, но она была и там — пришлось их снова открыть. Черт. К черту. Черт. И почему я не придумал нормальной отмазки, я же знал, что этот вопрос возникнет!

— Карл, посмотрим, что у меня получится.

Вот так. У меня появится время что-нибудь придумать. С чем он смирится. Надеюсь.

— Ясное дело, получится, — обрадовался Карл. — Мы как следует подготовимся к семейному празднику, тебе вообще ни о чем думать не придется! Прикатишь во двор, почувствуешь аромат бараньих ребрышек, а на лестнице младший брат угостит тебя аквавитом. Без тебя будет не то, ты *должен* приехать! Слышишь? Должен!

# 48

День накануне Рождества. Радостно несся «вольво», а вдоль шоссе, словно гигантские кокаиновые дорожки, лежали сугробы. По радио звучала «Driving Home for Christmas» — в тему, но я поставил диск Джей Джей Кейла «Cocaine».

Приборная стрелка не добралась до максимально допустимой скорости. Пульс состояния покоя.

Я подпевал. Не то чтобы я этими штуками баловался. Всего один раз — Карл вложил в одно из редких писем из Канады. Эйфория пришла, как только я поднес все это дело к носу, — наверное, поэтому особо разницы и не почувствовал. Или, может, потому, что был один. Как сейчас — эйфория и одиночество. И снова муниципальный знак. Эйфория и пульс состояния покоя. Это же и зовут радостью?

Я так и не придумал отмазку, чтобы не приезжать домой на Рождество. И не мог же я больше *никогда* не видеть родных, так ведь? Придется выдержать три праздничных дня. Три дня в одном доме с Шеннон. А потом — назад в изоляцию.

Я припарковался у дома рядом с коричневой «субару-аутбэк». Наверняка у этого оттенка коричневого есть название, но я в цветах особо не разбираюсь. Снег метр толщиной, вот-вот зайдет солнце, а на востоке за холмами виднеется силуэт подъемного крана.

Когда я обошел дом, Карл уже стоял в дверях. Лицо раздулось — как когда он болел свинкой.

— Новая машина? — крикнул я, увидев его.

— Старая, — ответил он. — Зимой нам нужен полный привод, но Шеннон запретила мне покупать новую машину. Модель две тысячи седьмого года, взял у Виллумсена за пятьдесят штук — чистый грабеж, по словам одного из столяров, у него такая же.

— Ух, а ты торговался? — спросил я.

— Опгарды не торгуются. — Он ухмыльнулся. — В отличие от женщин с Барбадоса.

Стоя на улице, на лестнице, Карл надолго заключил меня в теплые объятия. Казалось, с прошлого раза его тело увеличилось в размерах. И от него пахло спиртным. По его словам, он уже начал праздновать Рождество. Нужен был перерыв после тяжелой недели. Приятно на несколько дней переключить мысли. В святые дни — ребенком Карл называл их *цветными*.

Пока мы шли на кухню, Карл говорил. Об отеле, где в итоге дело набирало оборот. Карл надавил на подрядчиков, чтобы ускорить возведение стен и крыш и начать отделочные работы, не дожидаясь весны.

На кухне никого не было.

— За работу зимой рабочие просят меньше, — объяснил Карл.

По крайней мере, думаю, что он так сказал, — я прислушивался к другим звукам. Но слышал я лишь голос Карла и удары собственного сердца. Уже не совсем пульс состояния покоя.

— Шеннон на стройке, — сообщил он, и тут я прислушался. — Она ужасно придирчивая — хочет, чтобы все было как на чертежах.

— Хорошо же.

— И да и нет. Архитекторы ведь о расходах не думают — только о собственном отражении в глянцевой поверхности своего шедевра. — Карл засмеялся — вроде бы добродушно, но я услышал, как внутри у него кипит гнев. — Проголодался?

Я замотал головой:

— Я, наверное, отгоню «кадиллак» в мастерскую, разделаюсь с ним.

Теперь головой затряс Карл:

— Он у Шеннон.

— На стройплощадке?

— Ага. Дорога еще не достроена, но он забирается до самой стройплощадки.

Говорил он это со странной смесью гордости и боли. Как будто дорога обошлась ему в немалую сумму. И тут я не удивился: подъем крутой и немало скал пришлось взорвать.

— Раз так, чего она на «субару» не ездит?

Карл пожал плечами:

— Ей нравится ручная коробка передач. Предпочитает крупных американцев — она же с ними выросла.

Я оставил сумку в нашей с Карлом комнате и снова спустился вниз.

— Пивка хочешь? — спросил с бутылкой в руке Карл.

Я замотал головой:

— Поеду поздороваюсь с народом на заправке и захвачу из мастерской рубашку.

— Тогда я позвоню Шеннон — пусть сразу гонит «кадиллак» в мастерскую и посидит там с тобой. Пойдет?

— Угу, да, — сказал я.

Карл смотрел на меня, — по крайней мере, я так думал. Сам же я изучал треснувший шов на перчатках.

На работе были Юлия и Эгиль. Увидев меня, девушка засияла и вскрикнула. Перед кассой стояла очередь, и все же она оббежала ее и бросилась мне на шею — как на семейном сборище. Что было правдой. Исчезло бурное подводное течение с некой примесью — желаний и страстей. На какое-то мгновение пришло разочарование — ощущение, что я ее потерял, ну или, по крайней мере, ее девичью влюбленность. И хоть мне она никогда не была нужна и я не собирался отвечать взаимностью, я знал, что в часы одиночества стану думать о том, как все могло бы сложиться, от чего же я отказался.

— Машин много? — осмотревшись, спросил я, когда она наконец меня отпустила.

Кажется, Маркус взял те же праздничные украшения и товары. В тот раз у нас с ним все прошло на ура. Умный парнишка.

— Да, — радостно сказала Юлия. — А Алекс мне предложение сделал.

Она поднесла к моему лицу руку. Черт побери, да у нее колечко на пальце!

— Счастливчик, — улыбнулся я, зашел за прилавок и перевернул чуть было не подгоревший бургер. — Как у тебя дела, Эгиль?

— Хорошо, — ответил он, пробивая на кассе рождественский сноп и электробритву. — Веселого тебе Рождества, Рой!

— И тебе того же, — ответил я, секунду смотря на мир со старого наблюдательного пункта. Из-за кассы заправки, которая, как я думал, станет моей.

Потом я снова вышел на мороз, в темноту, здоровался с пробегающими мимо людьми — перед лицом у них витали серые облачка. Увидел, что у одной колонки стоит и курит какой-то парень в тонком костюме. Подошел к нему.

— Здесь не курят, — сказал я.

— А мне можна-а, — заскрежетал низкий голос.

Я еще подумал, у него что-то с голосовыми связками. Чтобы определить диалект, трех коротких слов мне не хватило, но он, кажется, с юга.

— Нельзя, — возразил я.

Может, он улыбнулся — во всяком случае, глаза превратились в щелочки на воспаленном лице: «Watch me»[1].

Что я и сделал. Посмотрел на него. Невысокого роста, ниже меня, около пятидесяти, однако на покрасневшем, как будто опухшем лице были прыщи. Издалека казалось, что деловой костюм его слегка полнит, но я понял, что костюм с виду был ему мал по другим причинам. Плечи. Грудь. Спина. Бицепсы. Чтобы в его возрасте накачать

---

1 «Смотри на меня» (*англ.*).

такую мышечную массу, наверное, надо на анаболиках сидеть. Он поднял сигарету и сделал глубокую затяжку. Засветился ее кончик. И у меня вдруг заболел средний палец.

— Мать твою, ты стоишь у бензоколонки на заправке, — сказал я, указывая на запрещающий курение знак.

Я не видел, чтобы он двигался, но вдруг он оказался совсем рядом со мной: даже если я ударю, замахнуться как следует у меня не получится.

— Ну и чаво ты делать буишь? — спросил он еще тише.

Не с юга. Датчанин. Его скорость дала мне больше поводов для волнений, чем мышцы. Она, а еще агрессия, желание — нет, у него в глазах светилась *жажда* причинить боль. Как будто пялишься в глотку безумному питбультерьеру. Так у меня было с кокаином, который я испробовал только раз, а повторить отнюдь не жаждал. Я испугался. Да, испугался. И до меня дошло — вот что, наверное, чувствовали те парни и мужики в Ортуне за секунду до того, как их изувечат. Они это понимали, как сейчас понимал я: стоящий передо мной мужчина сильнее, быстрее и готов перейти границы жестокости, которой во мне и не было. Поняв, что он безумен и ни перед чем не остановится, я отступил.

— Я и не думал что-то делать, — сказал я столь же тихо, как он. — Веселого Рождества в аду.

Он усмехнулся и тоже отступил. Не отводя взгляда. Он ведь разглядел во мне то же, что и я в нем, и выказал мне уважение, не повернувшись спиной, пока не заполз в низкую белую спортивную машину, похожую на торпеду. «Ягуар», модель конца 1970-х. Датские номера. Широкая летняя резина.

— Рой! — за моей спиной раздался чей-то голос. — Рой!

Я обернулся. Стэнли. Он выходил на улицу, нагруженный пакетами, из которых, как я заметил, торчит подарочная упаковка. Покачиваясь, он шел ко мне.

— Рад снова тебя видеть! — Он потянулся ко мне щекой — руки-то у него были заняты, — и я торопливо его обнял.

— Мужчина покупает подарки в канун Рождества на заправке.

— Классический случай, правда? — засмеялся Стэнли. — Я сюда пошел, потому что во всех остальных магазинах очереди. Дан Кране пишет, что сегодня Ус поставил рекорд по обороту: еще никогда столько народу не тратило на новогодние подарки столько денег. — Он наморщил лоб. — Ты какой-то бледный, надеюсь, ничего не случилось?

— Да нет, — сказал я, услышав, как «ягуар», тихо порычав, а затем взревев, покатился к шоссе. — Ты эту машину раньше видел?

— Да, когда я сегодня днем приходил в контору Дана, она куда-то ехала. Крутая тачка. Кстати, в последнее время крутые тачки много у кого завелись. Но не у тебя. И не у Дана. Он сегодня, кстати, тоже бледный ходил. Надеюсь, это не грипп начинается, я-то думал на Рождество спокойно отдохнуть, слышишь?

Белая кошка исчезла в декабрьской тьме. Укатила на юг. Домой, на Амазонку.

— Как там твой палец?

Я поднял правую руку с одеревеневшим средним пальцем:

— Со своей задачей справляется.

Стэнли благосклонно посмеялся над вымученной шуткой:

— Славно. Как у Карла дела?

— Думаю, все в порядке. Я только сегодня домой приехал.

Казалось, Стэнли еще что-то собирался сказать, но передумал.

— Еще поболтаем, Рой. Кстати, на второй день Рождества я устраиваю ежегодный завтрак. Придешь?

— Спасибо, но на второй день Рождества я утром уеду, мне на работу надо.

— А в канун Нового года? Я гостей собираю. В основном знакомые тебе одинокие люди.

Я улыбнулся:

— Lonely hearts club?[1]

— Типа того, — улыбнулся он в ответ. — Увидимся?

Я помотал головой:

— Я отдыхаю в канун Рождества, а взамен работаю в канун Нового года. Но спасибо.

Мы пожелали друг другу веселого Рождества, и я перешел площадь и отпер дверь мастерской. Когда я ее открыл, на меня хлынули старые знакомые запахи. Моторное масло, средство для мытья автомобилей, обожженный металл и старая ветошь. Так приятно, как этот коктейль, не пахнут даже бараньи ребрышки, дровяная печь и ель. Я включил свет. В таком виде я все и оставлял.

Я прошел в нишу, где оборудовал спальню, и достал из шкафа рубашку. Потом в контору — самая мелкая комната, и нагреется она быстрее, — включил обогреватель на полную. Посмотрел на часы. Она может в любую минуту приехать. Теперь мое сердце молотило, как поршень, не из-за старого прыщавого мужика с заправки. Бух, бух.

1 Клуб одиноких сердец? (*англ.*)

Посмотревшись в зеркало, я пригладил волосы. Во рту пересохло. Как будто опять практический экзамен сдаю. Я поправил номерной знак Басутоленда: когда во время холодов стены проседали, его частенько перекашивало, впрочем и летом тоже, только в другую сторону.

Я потянулся, так что стул заскрипел, когда в стекло вдруг постучали.

Я уставился во тьму. Сначала увидел собственное отражение, а потом ее лицо. Оно оказалось внутри моего, как будто мы один человек.

Я встал и пошел к двери.

— Брр! — Она юркнула внутрь. — Холодно! Хорошо хоть моржевание меня постепенно закаливает.

— Моржевание, — неразборчиво повторил я срывающимся голосом, заглатывая воздух. Я выпрямился, руки торчали в неестественном положении, как у пугала.

— Да, представляешь! Моржует Рита Виллумсен, и она уговорила меня и еще нескольких женщин к ней присоединиться, занятия три дня в неделю, но сейчас с ней осталась только я. Она проделывает во льду прорубь — плюх, и мы туда прыгаем. — Она говорила быстро, задыхаясь, а я радовался, что слегка волнуюсь не только я один.

И вот она замолчала и посмотрела на меня. Она сменила простое, элегантное архитекторское пальто на пуховик, тоже черный, как и надвинутая на уши шапка. Но это она. Это и правда Шеннон. Эта женщина была моей конкретно в физическом смысле, однако сегодня она словно вышла из сна. Из сна, который с третьего сентября мне постоянно снился. И вот она: глаза сияют от радости, смеются губы — с того дня я сто десять раз поцеловал их перед сном.

— Я «кадиллак» не услышал, — сказал я. — Да, и я очень рад тебя видеть.

Она запрокинула голову и засмеялась. И от этого смеха во мне что-то отпустило, как здоровенный сугроб, сильно разросшийся, но в первую же оттепель развалившийся.

— Я припарковалась под фонарем перед заправкой, — сказала Шеннон.

— И я тебя по-прежнему люблю, — сказал я.

Она открыла было рот, собираясь что-то сказать, но снова закрыла. Я видел, как она сглотнула, глаза заблестели — я и не сообразил, что это слезы, пока одна слезинка не выползла на щеку и не потекла вниз.

А потом мы бросились друг к другу.

Когда через два часа мы вернулись на ферму, Карл храпел в отцовском кресле.

Я сказал, что пойду спать: поднимаясь по лестнице, я слышал, как Шеннон будит Карла.

Первая больше чем за год ночь, когда Шеннон мне не снилась.

Вместо этого мне снилось, что я падаю.

## 49

Сочельник втроем.

Я дрых до двенадцати: всю последнюю неделю работал как лошадь, и мне надо было отоспаться. Спустился, поздравил их с Рождеством, сварил кофе и почитал старые рождественские выпуски журналов, рассказал Шеннон о норвежских рождественских традициях, помог Карлу сделать пюре из брюквы. Карл и Шеннон не обменялись и парой слов. Я почистил снег, хотя, судя по всему, на землю за пару дней ничего не нападало, сделал новый рождественский сноп, сварил кашу и оставил в амбаре, недолго поколотил по мешку с песком. Во дворе надел лыжи. Первые метры прошел по широкой колее — от летних шин. Влез на придорожный сугроб и проложил себе лыжню в направлении стройплощадки.

При виде стройки на горе я почему-то вдруг вспомнил о полете на Луну. Пустота, тишина и ощущение чего-то рукотворного, чему здесь не место. Здоровые, уже готовые деревянные модули, о которых рассказывал Карл, временно закрепили на фундаменте стальными тросами, — по словам инженеров, они даже порывы ураганного ветра выдержат. В бараках для рабочих света не было — все на праздники разъехались. Стемнело.

На обратном пути я услышал знакомый протяжный грустный звук, но не увидел ни одной птицы.

Не знаю, сколько мы просидели за столом, — точно не больше часа, а по ощущениям как будто все четыре. Бараньи ребрышки удались на славу, — по крайней мере, Карл их нахваливал, Шеннон смотрела в тарелку, улыбалась и благодарила — вроде бы вежливо. Рядом с Карлом стояла бутылка аквавита, и он постоянно подливал мне, значит, уровень жидкости в моей рюмке тоже падал. Карл рассказывал о большом параде Санта-Клаусов в Торонто, где они с Шеннон впервые встретились, — их собрали общие друзья, они подготовили и украсили сани, в которых они катались. Стоял мороз минус двадцать пять градусов, и Карл предложил погреть ей руки под овечьей шкурой.

— Она дрожала как осиновый лист, но отказалась, — посмеивался Карл.

— Я же тебя не знала, — ответила Шеннон. — И ты был в маске.

— В маске рождественского гномика, — пояснил Карл, обращаясь ко мне. — На кого тогда полагаться, если ты и гномику не доверяешь?

— Ну ладно, сейчас-то ты маску снял, — сказала Шеннон.

После ужина я помог Шеннон убрать все со стола. На кухне она ополаскивала тарелки горячей водой, а я провел рукой по ее талии.

— Не надо, — тихо попросила она.

— Шеннон...

— Не надо! — Она обернулась. В глазах у нее стояли слезы.

— У нас не получится притвориться, будто ничего не было, — сказал я.

— Мы обязаны.

— Почему?

— Ты не понимаешь. Поверь, так надо. Делай, что я говорю.

— То есть?

— Притворись, что ничего не было. Господи, да это же ерунда. Это... это просто...

— Нет, — возразил я. — Это все. Я знаю. И ты знаешь.

— Пожалуйста, Рой. Прошу тебя.

— Ладно, — согласился я. — А чего ты боишься? Что он опять тебя ударит? Если он тебя тронет...

Она издала непонятный звук — полусмешок-полувсхлипывание.

— Опасность, Рой, грозит не мне.

— Мне? Боишься, Карл меня взгреет? — Я заулыбался. Заулыбался против своей воли.

— Не взгреет, — сказала она. Она скрестила руки на груди, как будто мерзла, — ну конечно, снаружи температура упала так, что стены скрипели.

— Подарки! — крикнул из гостиной Карл. — Кто-то, черт побери, оставил подарки под нашей елкой!

Шеннон, сославшись на головную боль, рано легла спать. Карлу захотелось курить, и он настоял на том, чтобы мы потеплее оделись и посидели в зимнем саду, хотя столбик термометра упал ниже отметки пятнадцать градусов.

Карл вытащил из кармана куртки две сигары. Протянул одну мне. Я замотал головой и взял коробку снюса.

— Давай, — уговаривал Карл. — Знаешь что, нам с тобой еще победные сигары курить — надо потренироваться.

— Оптимизм вернулся?

— Я же законченный оптимист.

— Когда мы в прошлый раз разговаривали, была парочка проблем, — заметил я.

— Серьезно?

— Финансовый поток. И Дан Кране все вынюхивал.

— Проблемы существуют для того, чтобы их решать, — сказал Карл, из его рта вырвался пар, смешанный с сигарным дымом.

— И как ты решил эту?

— Главное, решил.

— Наверное, решению обеих как-то поспособствовал Виллумсен?

— Виллумсен? С чего ты взял?

— Да сигара той же марки, что и у Виллумсена, — такими он обычно угощает тех, с кем заключает сделки.

Карл вынул изо рта сигару и посмотрел на этикетку:

— Правда?

— Ага. Поэтому они не сказать чтоб эксклюзив.

— Нет? Наверное, меня обманули.

— Так что у тебя за дела с Виллумсеном?

Карл посасывал сигару.

— А ты как думаешь?

— Думаю, ты у него взаймы взял.

— Угу, — заулыбался Карл. — А еще говорят, из нас двоих я умнее.

— Серьезно? Карл, ты Виллумсену душу продал?

— Душу? — Карл вылил из бутылки аквавита последние капли в до смешного мелкую рюмку. — Не знал, Рой, что ты в ее существование веришь.

— Рассказывай.

— На душу, Рой, покупатель всегда найдется, и, в общем-то, за мою он дал хорошую цену. Его бизнес тоже от существования деревни зависит. А теперь он столько в отель вложил: упаду я — упадет он. Если берешь у кого-то в долг, Рой, есть смысл брать *много*. Тогда эти люди окажутся у тебя под колпаком — как и ты у них. — Он поднял рюмку.

У меня ни рюмки, ни ответа не оказалось.

— А что он взял в залог? — спросил я.

— А что Виллумсен обычно берет в залог?

Я кивнул. Только твое слово. Твою душу. Но в таком случае кредит не очень большой.

— Давай поговорим о чем-нибудь другом, деньги — это такая скучища. Виллумсен пригласил нас с Шеннон к себе на Новый год.

— Поздравляю, — сухо сказал я.

На Новый год у Виллумсена собирались все, кто в деревне хоть что-то значил. Старые и новые мэры, владельцы дачных участков, люди при деньгах и с крупными фермами, позволявшими им притворяться, что деньги у них водятся. Все, кто был по одну сторону невидимой границы, разделявшей деревню, — и, разумеется, ее существование отрицал.

— Кстати, — сказал Карл, — что стряслось с моим дорогим «кадиллаком»?

Я закашлялся:

— Да мелочи. Ничего удивительного, он долго проездил, да еще в непростых условиях. Холмы здесь, в Усе, крутые.

— А было такое, чего не починишь?

Я пожал плечами:

— На время-то починишь, но, возможно, с этой тачкой тебе придется прощаться. Покупай новую.

Карл посмотрел на меня:

— Зачем?

— «Кадиллаки» непростые. Когда начинаются мелкие проблемы, это предупреждение — скоро крупные пойдут. А ты ведь в машинах не спец, а?

Карл наморщил лоб:

— Наверное, нет, но я хочу только эту машину. Так ты можешь ее починить или нет?

Я пожал плечами:

— Ты у нас главный, я сделаю, как ты скажешь.

— Хорошо, — сказал он, посасывая сигару. Вынул ее изо рта и осмотрел. — В каком-то смысле жаль, что они не увидели, как у нас с тобой, Рой, жизнь сложилась.

— Ты про маму с папой?

— Ага. Как думаешь, что бы сейчас папа делал, будь он жив?

— Царапал бы изнутри крышку гроба, — ответил я.

Карл посмотрел на меня. А потом заржал. Меня передернуло. Взглянув на часы, я выдавил зевок.

Той ночью мне опять снилось, что я падаю. Я стоял у Хукена и слышал, как внизу кричат мама с папой, зовут меня к себе. Я перегнулся через край — как старый ленсман, перед тем как, по словам Карла, камень сорвался и он упал. Я не

426

видел переда машины, лежавшей совсем близко к отвесу, а сзади, на кузове над багажником, сидели два огромных ворона. Они взлетели и двинулись на меня; когда они приблизились, я разглядел лица Карла и Шеннон, а когда пролетали мимо, Шеннон два раза каркнула, и я, дернувшись, проснулся — пялился в темноту, задерживая дыхание, но из спальни не донеслось ни звука.

В первый день Рождества я, сколько мог, валялся в постели, а когда встал, Карл с Шеннон, как и полагается людям нерелигиозным, слегка принарядившись, уже уехали в церковь на службу. Я видел их из окна. Поехали они на «субару». Я встал, побродил по дому и амбару, кое-что починил. Послушал нежный звон церковных колоколов, принесенный из деревни холодным воздухом. Потом поехал в мастерскую и взялся за «кадиллак». Провозился до вечера. В девять позвонил Карлу, сообщил, что машина готова, и предложил ему за ней приехать и забрать.

— Мне за руль нельзя, — сказал он.

Как раз на это я и рассчитывал.

— Так пришли Шеннон, — сказал я.

Я понял, что он заколебался.

— Тогда у тебя «субару» останется, — сказал он.

А в моей голове носились две нелепые мысли. Под словами *у тебя* он подразумевал мастерскую. А следовательно, по мнению Карла, на ферме — это у него.

— Я поеду на «субару», а Шеннон — на «кадиллаке», — предложил я.

— Тогда «вольво» останется.

— Ладно, — сказал я, — отгоню «кадиллак» на ферму, а потом пусть Шеннон отвезет меня обратно, и мы «вольво» заберем.

— Волк, коза и капуста, — сказал Карл.

Я задержал дыхание. Он что, правда это сказал, что мы с Шеннон наедине — это волк и коза? И давно он знает? Что теперь будет?

— Ты там? — спросил Карл.

— Да, — на удивление спокойно ответил я. И теперь я почувствовал облегчение. Да, почувствовал. Прозвучит грубо, но я хоть перестану рыскать, словно какой-то мошенник. — Ну давай, Карл. Что ты там хотел сказать про волка и козу?

— Козе, — с особым терпением повторил Карл, — придется покататься на лодке туда-сюда, правда? Будет неудобно. Припаркуй «кадиллак» у мастерской, мы с Шеннон его как-нибудь при случае заберем. Спасибо за труды, братишка, приезжай, выпей со мной.

Я так вцепился в телефон, что у меня заболел покалеченный средний палец. Карл ведь на упрощение перемещений намекал — на решение дурацкой задачи про волка, козу и капусту. Я снова задышал.

— Ладно, — согласился я.

Мы положили трубки.

Я пялился на телефон. Он же наши перемещения имел в виду, разве нет? Ясное дело. Наверное, Опгарды не говорят всего, о чем думают, но раз мы что-то сказали, значит, так мы и думаем. Загадками мы не говорим.


Когда я приехал на ферму, Карл сидел в гостиной и предложил мне выпить. Шеннон уже легла. Я сказал, что пить мне особо не хочется — устал, а когда я завтра приеду в Кристиансанд, мне сразу надо на работу.

Я метался туда-сюда по койке — то мучаясь бессонницей, то задремывая, — пока в семь часов не встал.

На кухне было темно, и, услышав от окна шепот, я вздрогнул.

— Не зажигай свет.

По кухне я мог перемещаться с закрытыми глазами, достал из шкафа чашку и налил из теплого кофейника кофе. И, только подойдя к окну, я увидел ту сторону лица, на которую падал свет от лежавшего снаружи снега, — и обнаружил припухлость.

— Что случилось?

Она пожала плечами:

— Моя ошибка.

— Вот как? Ты ему перечила?

Она вздохнула:

— А теперь, Рой, ты поедешь домой и не будешь об этом думать.

— Мой дом здесь, — прошептал я, поднимая руку и осторожно кладя ее на припухлость. Она меня не остановила. — Я не могу не думать. Шеннон, я все время о тебе думаю. Прекратить это невозможно. Мы не сможем остановиться. Тормоза вышли из строя, и их не починишь.

Я говорил все громче, а она на автомате кивнула в сторону печной трубы и дыры в потолке.

— И мы движемся прямо к обрыву, — прошептала она. — Ты прав, тормоза не работают, нам надо поехать по другой дороге, не к обрыву. Рой, поехать по другой дороге придется *тебе*. — Она взяла мою руку и прижала к губам. — Рой, Рой... Уезжай, пока еще есть время.

— Любимая, — произнес я.

— Не говори так, — попросила она.

— Но это правда.

— Знаю, но это больно слышать.

— Почему же?

Она скорчилась — гримаса вдруг украла у ее лица красоту, и я захотел поцеловать это лицо, поцеловать ее, должен был.

— Потому что я тебя не люблю, Рой. Да, я тебя хочу, но люблю я Карла.

— Врешь, — сказал я.

— Мы все врем, — сказала она. — Даже когда считаем, что говорим правду. То, что мы зовем правдой, на самом деле наиболее выгодная для нас ложь. А наша способность верить в нужную ложь границ не имеет.

— Но ты ведь знаешь, что это неправда!

Она прижала палец к моим губам:

— *Должно* быть правдой, Рой. А теперь уходи.

Когда «вольво» проезжал муниципальный знак, все еще царила кромешная тьма.

Через три дня я позвонил Стэнли и спросил, в силе ли еще приглашение на Новый год.

# 50

— Здорово, что у тебя получилось прийти, — сказал Стэнли, пожимая мне руку и протягивая стакан с желто-зеленым пойлом.

— Счастливого Рождества, — сказал я.

— Ну хоть кто-то понимает разницу, — сказал он, подмигнув, и я прошел за ним в гостиную, где уже собрались люди.

Было бы преувеличением сказать, что дом у Стэнли был роскошный, — таких в Усе, наверное, не водилось, если не брать в расчет собственность Виллумсена и Оса. Если у Оса смешались крестьянская практичность и самоуверенная трезвость старых денег, то вилла Стэнли оказалась сбивающей с толку смесью рококо и современного искусства.

В гостиной над круглыми кривоногими стульями и столом висела огромная, грубо намалеванная, напоминающая книжную обложку картина со словами *Death, what's in it for me?*[1]

— Харланд Миллер, — сказал Стэнли, проследив за моим взглядом. — В целое состояние мне обошлась.

— Она тебе так сильно понравилась?

— Думаю, да. Ну ладно, возможно, это отчасти миметическое подражание, Миллера ведь любой захочет.

— Миметическое подражание?

— Извини. Философ Рене Жирар. Так он называл случаи, когда мы автоматически начинаем желать того же, что и люди, которыми мы восхищаемся. Если твой герой влюбится в женщину, ты неосознанно поставишь себе цель ее завоевать.

— Да уж. И в кого же мы тогда влюбляемся на самом деле — в того человека или в женщину?

— Скажи-ка.

Я осмотрелся:

— Здесь Дан Кране. Я думал, его к Виллумсенам пригласили.

— На данный момент тут у него друзей побольше, чем там, — объяснил Стэнли. — Извини, Рой, мне на кухню надо.

Я прошелся. Двенадцать знакомых лиц и имен. Симон Нергард, Курт Ольсен, Грета Смитт. Я остановился в нужном месте, широко расставив ноги, и стал слушать разговоры. Вертел в руке стакан, пытаясь не смотреть на часы. Говорили про Рождество, шоссе, погоду, климатические изменения и обещанную бурю, уже навалившую снаружи сугробы.

1 Смерть, что мне с нее? (*англ.*)

— Экстремальные погодные условия, — сказал кто-то.

— Обычная новогодняя буря, — заметил еще кто-то. — Загляните в календарь, она каждые пять лет бывает.

Я подавил зевок.

У окна в одиночестве стоял Дан Кране. Таким этого сдержанного и учтивого газетчика я не видел никогда. Он ни с кем не разговаривал, только смотрел на нас с какой-то странной дикостью во взгляде, наливая себе один стакан желтого пойла за другим.

Я нехотя к нему подошел.

— Как дела? — спросил я.

Он посмотрел на меня, вроде бы удивляясь тому, что я с ним вообще заговорил.

— Добрый вечер, Опгард. Ты про комодских варанов слыхал?

— Таких здоровенных тварей?

— Ага, про них. Они обитают всего на паре крошечных азиатских островов, один из них — Комодо. Размером с Ус, представляешь? И они совсем не здоровые — по крайней мере не такие, как все думают, весом со взрослого человека. Двигаются медленно, мы с тобой от них убежали бы. Поэтому им приходится вот так трусливо сидеть в засаде. Но сразу он тебя ни в коем случае не убьет. Только покусает. Куда угодно — может, в голень, вреда от этого никакого. Ты уберешься от него подальше и решишь, что спасся, да? А на самом-то деле он впрыснул тебе яд. Медленного действия, очень слабый. Я еще вернусь к тому, почему он слабый, а пока отмечу, что на его выработку ядовитые животные тратят много энергии. Чем яд сильнее, тем больше ее тратится. Яд комодских варанов не дает крови сворачиваться. У тебя вдруг как будто начинается гемофилия: рана в голени не заживет и внутреннее кровотечение от укуса тоже не прекратится. Не важно, в какой точке азиатского острова ты окажешься, — длинный язык варана почует кровавый запах и медленно к тебе поползет. С каждым днем ты будешь слабеть, а скоро и бегать станешь не быстрее варана — ему опять удастся тебя укусить. И опять. Повсюду льется кровь, ее не остановить, ты теряешь стакан за стаканом. А выбраться тебе не удастся — на этом острове ты в ловушке, а твой запах повсюду.

— И чем все закончится? — спросил я.

Дан Кране сдержался и с обиженным видом уставился на меня. Услышав вопрос, он решил, что я хотел бы с этой лекцией побыстрее завязать.

— Если ядовитое животное обитает на ограниченной территории и по практическим или иным причинам уйти оттуда не может, вырабатывать затратный быстродействующий яд ему не нужно. Можно просто медленно мучить жертву. Эволюция на практике. А ты что скажешь, Опгард?

Опгарду особо сказать было нечего. Я понял, что под ядовитым животным он подразумевал какого-то человека — это он про головореза? Виллумсена? Или еще кого-то?

— В прогнозах говорят, что к вечеру ветер стихнет, — сказал я.

Кране закатил глаза и, отвернувшись, уставился в окно.

Об отеле разговор зашел, лишь когда мы сели за стол. Из двенадцати собравшихся в проекте участвовали восемь человек.


— Надеюсь, здание хоть хорошо закрепили, — сказал Симон, указывая на поскрипывающее от порывов ветра панорамное окно.

— Так и есть, — уверенно сообщил кто-то. — Скорее мою дачу сдует, чем отель, а дача моя уже пятьдесят лет стоит.

Не выдержав, я посмотрел на часы.

Никаких формальностей вроде речей или обратного отсчета — для людей это лишь предлог собраться, дождаться фейерверка; потом примерно на полчаса воцарится атмосфера карнавального хаоса и общественного беззакония — во время всеобщих объятий появлялась возможность прижаться своим телом и щекой к тому, кто был *недоступен* все остальные девять тысяч часов, составляющих год. Даже новогодняя вечеринка у Виллумсена завершится, чтобы все приглашенные могли смешаться с простым народом.

Кто-то что-то сказал про то, что у деревни наступает период подъема.

— За это надо благодарить Карла Опгарда, — перебил Дан Кране. Люди привыкли к тому, что говорит он слегка в нос, спокойно, а теперь в его жестком голосе слышалась злость. — Или винить — тут как посмотреть.

— Как посмотреть? — переспросил кто-то.

— Да, в Ортуне он про капитализм целую проповедь прочел — после нее все заплясали вокруг золотого тельца. Кстати, отель так и надо было назвать. «Золотой телец спа». Хотя... — Взгляд Кране заскользил по собравшимся за столом. — «Ус спа», в общем-то, тоже вполне подходит. «Оспа» — так по-польски называют болезнь, которая в двадцатом веке выкашивала целые деревни.

Я услышал смех Греты. К таким речам Кране — резким, остроумным — люди привыкли, но от его холода и агрессии за столом все притихли.

Общее недовольство Стэнли заметил и с улыбкой поднял бокал:

— Смешно, Дан, но ты, кажется, преувеличиваешь.

— Преувеличиваю? — Дан Кране холодно усмехнулся, задерживая взгляд на стене над нашими головами. — Эта система, когда вложиться может каждый, даже не имея на это денег, — точная копия краха октября тысяча девятьсот двадцать девятого года. Разорившиеся инвесторы, прыгавшие из окон небоскребов на Уолл-стрит, — это лишь верхушка айсберга. Настоящей национальной трагедией оказались простые люди: миллионы мелких инвесторов поверили в мутные речи брокеров о вечном росте и, понабрав кучу кредитов, купили акции.

— Ладно, — сказал Стэнли, — оглянись, кругом сплошные оптимисты. Скажем так, признаков великой опасности я не наблюдаю.

— Таков крах по своей природе, — сказал Кране, все повышая голос. — Сначала ничего — а потому вдруг видно все. Безумно надежный «Титаник» затонул за семнадцать лет до кризиса, но нас это мало чему научило. На сентябрь двадцать девятого года биржевой индекс достигал максимума за всю историю. Нам кажется, что мудрость большинства никому не переплюнуть, что рынок прав. А когда все хотят покупать и покупать, разумеется, о приближении волка никто не кричит. Мы стадные животные и воображаем себе, что в овечьем стаде, в группе, безопаснее...

— И это так, — тихо произнес я. Однако вдруг воцарилась такая тишина, что я, даже не поднимая глаз от тарелки, чувствовал, что все на меня смотрят. — Поэтому рыбы сбиваются в косяки, а овцы — в стада, — сказал я. — А мы открываем акционерные общества и консорциумы. Потому что в группе действовать и правда безопаснее. Не на сто процентов — в любой момент появится кит и всех проглотит, — но все-таки *безопаснее*. Эволюция это доказала, но с нами ошибка вышла.

Я затолкал в рот вилку с куском маринованного лосося и, пока жевал, чувствовал, как все на меня пялятся — как на вдруг заговорившего немого.

— Выпьем за это! — воскликнул Стэнли, и, когда я наконец поднял глаза, все тянули ко мне бокалы.

Пытаясь улыбаться, я поднял и свой, хоть и пустой. Совершенно пустой.

После десерта подавали портвейн, и я опустился на диван напротив картины Харланда Миллера.

Рядом со мной кто-то сел. Грета. Из ее бокала портвейна торчала соломинка.

— *Death*, — сказала она, — what's in it for me?

— Ты читаешь или меня спрашиваешь?

— И то и другое, — ответила Грета, оглядываясь, но все остальные были заняты разговорами. — Не надо было тебе отказываться, — сказала она.

— От чего? — спросил я, хоть прекрасно знал, на что она намекала, я только надеялся, что, если мне удастся убедить ее в том, что я притворяюсь, будто ничего не понимаю, тему она сменит.

— Мне пришлось самой это сделать, — сказала она.

Я недоверчиво на нее уставился:

— Ты имеешь в виду, что...

Она с серьезным видом кивнула.

— Ты разболтала всем про Карла и Мари? — договорил я.

— Я *проинформировала*.

— Врешь! — Это у меня вырвалось, и я огляделся, чтобы убедиться, что на мой выкрик никто внимания не обратил.

— Ах вот как? — Улыбка Греты стала сардонической. — Как ты думаешь, почему Дан Кране здесь, а Мари — нет? Или, вернее, почему они оба не у Виллумсена, как обычно? За детьми надо присмотреть? Да, они хотели бы, чтобы люди так и подумали. Когда я рассказала обо всем Дану, он поблагодарил и попросил пообещать, что я больше никому не скажу. Первая реакция, понимаешь? С виду-то они притворяются, что ничего не произошло, фасад ведь для них главное, так? Однако за ним — можешь мне поверить — разрыв окончательный.

Сильно колотилось сердце, и я почувствовал, как под тесной рубашкой выступил пот.

— А Шэннон тоже ты насплетничала?

— Рой, это не сплетни, а информация, — по-моему, каждый имеет на нее право, если супруг изменяет. Я сказала ей на ужине у Риты Виллумсен. Она тоже поблагодарила. Вот видишь!

— Когда это было?

— Когда? Дай подумать. С моржеванием мы уже завязали, значит, наверное, весной.

Мой мозг заработал на высоких оборотах. Весной. Шеннон улетела в Торонто в самом начале лета, ее долго не было. Она вернулась. Связалась со мной. Черт. Черт побери. Я так взбесился, что задрожала державшая стакан рука. Мне хотелось выплеснуть портвейн на дурацкую химическую завивку Греты — проверить, загорится ли она, когда я толкну ее физиономию в стоявшее перед нами блюдо со свечами. Я сжал зубы.

— Осечка у тебя вышла, раз Карл и Шеннон все еще вместе.

Грета пожала плечами:

— Видно же, что они несчастны, это в любом случае утешает.

— Если они несчастны, зачем тогда живут вместе? У них даже детей нет.

— Есть, — сказала Грета. — Их дитя — отель. Он станет ее шедевром, и поэтому Шеннон от Карла зависит. Чтобы заполучить то, что любишь, ты впадаешь в зависимость к тому, кого ненавидишь, — слыхал о таком?

Посасывая портвейн, Грета посматривала на меня. Стянутые щеки, губы — словно целующие соломинку. Я встал — больше не мог там сидеть, — вышел в коридор, надел куртку.

— Уходишь? — Ко мне подошел Стэнли.

— Прогуляюсь до площади, — сказал я. — Надо бы голову проветрить.

— До полуночи еще час.

— Буду медленно идти и думать, — сказал я. — Увидимся.

Сгорбившись, я шел вдоль шоссе. Ветер продувал меня насквозь, сметая все. Облака с неба. Надежду из сердца. Туман, обволакивавший случившееся. Шеннон знала об измене Карла. До того как ехать в Нотодден, она со мной связалась, чтобы от него не отстать. Мари того же хотела. Разумеется. Повтор. Я опять наткнулся на собственные следы — на тот же самый заколдованный круг. Разорвать его невозможно. Зачем тогда бороться, почему бы просто не сесть и не заснуть на морозе?

Мимо проехал автомобиль — новенький красный «Ауди А1». Это он стоял перед домом Дана Кране. А значит, этот человек сел за руль пьяным — я не заметил, чтобы кто-то не пил то желтое пойло. Я увидел, как зажглись стоп-сигналы, когда машина, не доехав до площади, свернула в направлении Нергарда.

На площади уже стали собираться люди, по большей части молодые, группами по четыре-пять человек, бесцельно бродившие туда-сюда. И все же любой жест или поступок имел намерение, план, был частью охоты. Люди шли со всех сторон. И хотя по открытой площади гулял ветер, над ней висел запах адреналина, как перед футбольным матчем. Или боксерским поединком. Или боем быков. Да, именно. Кто-то умрет. Я забился в проулок между магазинами спорттоваров и детской одежды Даля — с этой точки мне открывался обзор, а вот самого меня видно не было. Как я предполагал.

От компании отделилась какая-то девушка — как будто поделилась клетка: походкой девушка шла нетвердой, но двигалась в моем направлении.

— Привет, Рой! — Оказалось, это Юлия. Из-за алкоголя она осипла и говорила невнятно. Опершись руками о мою грудь, она протолкнула меня дальше в проулок. Крепко обвила меня руками. — С Новым годом, — прошептала она и, прежде чем я успел среагировать, прижала свои губы к моим. Ее язык уткнулся мне в зубы.

— Юлия, — простонал я, сжав челюсти.

— Рой, — простонала она в ответ, судя по всему неправильно меня поняв.

— Нам нельзя, — сказал я.

— Новогодний поцелуй, — ответила она. — Все...

— Что здесь происходит?

За спиной Юлии раздался чей-то голос. Она обернулась — там стоял Алекс. Парень Юлии унаследует ферму в Рибу, а ребята, наследующие фермы, обычно крупные, правда есть исключения вроде меня. Густые, коротко подстриженные волосы — голову как будто покрасили, а пробор, гель и пряди как у футболиста-итальянца. Я оценил ситуацию. Алекс с виду тоже нетвердо держался на ногах, да и руки засунул в карманы пальто. Он захочет подольше побеседовать, прежде чем ударит, — выступит с заявлением. Я оттолкнул Юлию.

Она обернулась и, конечно же, поняла, что сейчас будет.

— Нет! — крикнула она. — Алекс, не надо!

— Чего не надо? — словно удивляясь, спросил Алекс. — Я же только хотел сказать Опгарду спасибо за все то, что они с братом сделали для деревни. — Он протянул правую руку.

Ясно, заявлений не будет, но по его позе — слегка выставленной вперед ноге — я четко понял, что он задумал. Старый прием, замаскированный под рукопожатие. Он же совсем юный и не знает, скольким парням типа него я устроил взбучку. А может, знает, а еще понимает, что выбора у него нет: он мужчина и обязан защищать территорию. Мне бы просто уйти с того места, куда он метил, протянуть руку, чтобы он потерял равновесие, достигнутое им благодаря положению ног. Я взял его руку. И сразу же увидел в его глазах страх. Все-таки он меня боялся? Или боялся просто из-за мысли, что вот-вот потеряет любимую, которая, как он до недавнего времени надеялся, будет принадлежать ему. Что ж, скоро он окажется на земле и почувствует боль: снова поражение, снова унижение, снова напоминание, что он особо ничего не стоит, а Юлия, утешая, лишь посыплет рану солью. Короче, повтор того вечера в Лунде, в Кристиансанде. Повтор случая на кухне жестянщика. Повтор всех вечеров, проведенных мной в Ортуне с того момента, как мне исполнилось восемнадцать. Уезжая отсюда, я повешу себе на пояс еще один скальп, но по-прежнему останусь лузером. Я такого больше не хотел, хотел вырваться, разорвать замкнутый круг, исчезнуть. Будь что будет.

Потянув меня к себе, он тут же нанес удар. При столкновении его черепа с моим носом я услышал треск. Сделав шаг назад, я увидел, как он отводит

440

для удара правое плечо. Я вполне мог отойти — вместо этого я сделал шаг вперед и подставился под удар. Ударив меня прямо под глазом, он заорал. Готовясь принять следующий удар, я выпрямился. Правое запястье парнишка разбил, но рук-то у него две. Он решил бить ногами. Грамотный выбор. Удар в живот, и я сжался. Затем он локтем попал мне в висок. На мгновение все почернело.

— Алекс, прекрати!

Но Алекс не прекратил — по ощущениям, у меня было сотрясение мозга, а боль прорезала темноту, словно молния, пока наконец все не погрузилось во тьму.

Было ли мгновение, когда я мечтал о наступлении конца? Поймавшая и потащившая меня под воду сеть, осознание того, что я наконец понесу наказание — и за совершенные поступки, и за то, чего я делать не стал. Как говорится, сожаление об упущенных возможностях. Моему отцу гореть в аду за то, что он не прекратил то, что делал с Карлом. Потому что он мог. И я мог. Так что гореть и мне. Меня потащило ко дну, меня там ждали.

— Рой?

Жизнь.

По своей сути жизнь устроена просто, и ее единственная цель — получить максимум удовольствия. Даже корни нашего хваленого любопытства, нашей тяги изучать вселенную и человеческую природу кроются в желании усилить и продлить удовольствие. И поэтому, когда баланс уходит в минус, когда жизнь приносит больше боли, чем удовлетворения, а надежды на перемены нет, мы сводим с жизнью счеты. Напиваемся или обжираемся, как свиньи, плывем туда, где течение посильнее, курим в постели, садимся пьяными за руль, тянем с визитом к врачу, хоть на шее растет шишка. Или просто-напросто вешаемся в амбаре. Банально, но, когда до тебя наконец дойдет, что план вполне осуществим, даже не возникнет ощущения, что ты принял важнейшее в жизни решение. Построить дом или получить образование — эти решения оказались куда важнее, чем прервать жизнь до ее естественного завершения.

И на этот раз я решил не сопротивляться. Я окоченею до смерти.

— Рой.

Я сказал, окоченею до смерти.

— Рой.

Звавший меня голос оказался глубоким, словно мужской, но мягким, какой бывает только у женщин, без намека на акцент, и мне очень понравилось, как она произносит мое имя, катая и лаская звук р.

— Рой.

Загвоздка, разумеется, в том, что Алексу, тому самому парнишке, грозил приговор суда, нимало не соответствующий проступку. Да это был и не проступок, а вполне разумное действие, если учесть, что он все неправильно понял.

— Рой, нельзя здесь лежать.

Меня потрясла рука. Маленькая. Я открыл глаза. И увидел тревожные карие глаза Шеннон. Это правда она, или мне все только снится — точно не знаю, да это и не столь важно.

— Нельзя здесь лежать, — повторила она.

— А? — переспросил я, приподнимая голову. В проулке мы были одни, но на площади что-то кричали хором. — Я чье-то место занял?

Шеннон долго на меня смотрела.

— Да, — сказала она. — Ты об этом знал.

— Шеннон, — невнятно пробормотал я, — я л...

Остальное потонуло в шуме: небо над ее головой с шипением взорвалось яркими красками.

Она взялась за рукава моей куртки и помогла встать на ноги. В горле комом стояла тошнота, и все вокруг кружилось, а Шеннон выталкивала меня из проулка позади магазина спорттоваров. Она провела меня к шоссе, по всей вероятности, относительно незаметно, ведь все собравшиеся на площади глазели вверх на фейерверки — порывы ветра швыряли их из стороны в сторону. Над самыми крышами с шипением пронеслась одна ракета, а вторая — наверняка одна из мощных сигнальных ракет Виллумсена — взмыла в небо, где, описав белую параболу, понеслась к царству гор со скоростью две сотни километров в час.

— Что ты здесь делаешь? — спросила она.

Мы в это время сосредоточили внимание на том, чтобы переставлять ноги по очереди, одну за другой.

— Меня поцеловала Юлия, и...

— Да, это она мне сказала, а потом парень ее увел. Я имею в виду, что ты в Усе делаешь?

— Новый год праздную, — объяснил я. — У Стэнли.

— Карл говорил. Но ты на мой вопрос не отвечаешь.

— Ты спрашиваешь, из-за тебя ли я приехал?

Она не ответила. Я ответил сам:

— Да. Я приехал, чтобы попросить тебя остаться со мной.

— Ты с ума сошел.

— Да, — сказал я. — Я сошел с ума, потому что решил, что нужен тебе. Надо было мне понять. Ты была со мной, чтобы Карлу отомстить.

Она дернула меня за руку, и я понял, что она поскользнулась и на мгновение потеряла равновесие.

— Откуда ты знаешь? — спросила она.

— Грета. Она сказала мне, что весной рассказала тебе про Карла и Мари.

443

Шеннон медленно кивнула.

— Так это правда? — спросил я. — То, что между нами было, — для тебя это просто месть?

— Это лишь наполовину правда, — сказала она.

— Наполовину?

— Карл и раньше мне изменял — Мари далеко не первая. Но первая из тех, к кому, как мне известно, он испытывает чувства. Поэтому, Рой, этим человеком должен был оказаться ты.

— Да?

— Чтобы отплатить той же монетой, мне надо было изменить с тем, к кому я испытываю какие-то чувства.

Я не мог не рассмеяться. Смешок вылетел краткий. Жесткий.

— Вот бред.

Она вздохнула:

— Да, бред.

— Вот видишь.

Вдруг Шеннон выпустила мою руку и встала передо мной. За этой маленькой женщиной простиралось шоссе, в ночи напоминавшее белую пуповину.

— Бред, — сказала она. — Бред: влюбиться в брата собственного мужа оттого, как он поглаживает грудку птицы у тебя в руках и рассказывает тебе о ней. Бред: влюбиться в него из-за историй, которые о нем рассказывал брат.

— Шеннон, не...

— Бред! — крикнула она. — Бред: влюбиться в сердце, которое, как ты осознаешь, не знает предательства.

Когда я попытался обойти ее, она уперлась руками мне в грудь.

— А еще бред, — тихо произнесла она, — думать только об этом мужчине и больше ни о чем

444

другом из-за нескольких часов, проведенных в отеле Нотоддена.

Я стоял в нерешительности.

— Пойдем? — прошептала она.

Едва мы оказались за дверью мастерской, она притянула меня к себе. Я вдыхал ее запах, до опьянения и головокружения целовал ее сочные губы, чувствовал, как она до крови кусает мои, а мы оба вновь ощутили сладкий металлический вкус моей крови; одновременно она расстегивала мои брюки, шепча уже знакомые мне ругательства. Держась за меня, она пинком сбила меня с ног, я рухнул на бетонный пол. Лежал и смотрел, как она, приплясывая на одной ноге, стянула с себя ботинки и колготки. Затем задрала платье и села на меня сверху. Влажной она не была, но, схватив мой затвердевший член, с силой вдавила в себя — мне показалось, будто с его головки содрали кожу. К счастью, она не двигалась — только сидела и смотрела на меня, как госпожа.

— Тебе хорошо? — спросила она.

— Нет, — ответил я.

Засмеялись мы одновременно.

От смеха ее половой орган сжался вокруг моего — она это тоже почувствовала и засмеялась еще громче.

— Там, на полке, машинное масло есть, — сказал я, показывая направление.

Склонив голову набок, она ласково на меня смотрела, как сонный ребенок. Затем, все еще не шевелясь, закрыла глаза, но я чувствовал, как внутри у нее становится тепло и влажно.

— Подожди, — прошептала она, — подожди.

Я подумал про обратный отсчет перед полуночью на площади. Круг наконец разомкнулся, мы перебрались на другую сторону, и я свободен.

Она начала двигаться.

Кончила она с яростным, победным криком, как будто ей удалось вынести дверь, за которой ее удерживали.

Мы лежали в обнимку в постели и прислушивались. Ветер утих, и порой до нас доносился треск припозднившейся ракеты. А потом я задал вопрос — его я себе задавал с того самого дня, как Карл и Шеннон заявились во двор Опгарда.

— А почему вы приехали в Ос?

— Разве Карл не сказал?

— За исключением того, что планирует вернуть деревню на карту. Он от чего-то сбежал?

— Он тебе не рассказал?

— Он что-то говорил про судебное разбирательство — какой-то проект с недвижимостью в Канаде.

Шеннон вздохнула:

— Проект в Канморе — его хотели закрыть из-за превышения расходов и нехватки средств. И никакого судебного разбирательства нет. Больше нет.

— То есть как?

— Дело закрыто. По решению суда Карл обязан выплатить партнерам компенсацию.

— И?..

— Это оказалось ему не по силам. Вот он и сбежал. Сюда.

Я приподнялся на локтях:

— Так, значит, Карл... в розыске?

— Ну, в принципе, да.

— Так вот зачем ему спа-отель? Расплатиться с долгами в Торонто?

Она вяло улыбнулась:

— В Канаду он возвращаться не планирует.

Я сделал попытку все осознать. Приезд Карла домой — это просто-напросто бегство мошенника?

— А ты? Зачем ты с ним сюда приехала?

— Потому что чертежи проекта в Канморе делала я.

— И?..

— Это мой магнум опус. Мое здание IBM. В Канморе у меня не получилось, но Карл пообещал дать мне еще один шанс.

До меня начинало доходить.

— Спа-отель... Чертежи у тебя были готовы.

— Да, кое-что я подправила. Ландшафт здесь и в районе Канмора, в Скалистых горах, не то чтобы разный. Денег у нас не осталось, а вкладываться в наш проект было некому. Вот Карл и предложил поехать в Ус. По его словам, здесь люди ему по-прежнему доверяют и в их глазах он местное чудо.

— И вы сюда приехали. С пустыми карманами. Но на «кадиллаке».

— Карл говорит, что, если тебе надо заинтересовать людей подобным проектом, *appearance*[1] — это все.

Я вспомнил про странствующего проповедника Арманда. Когда всплыло, что он обогатился на легковерных людях, искавших исцеления, но не обращавшихся за помощью к врачам, он удрал на север. Когда его нашли, оказалось, что он основал секту, выстроил церковь исцеления и завел трех «жен». Его арестовали за уклонение от уплаты налогов и мошенничество, а когда на суде его спросили, почему он с мошенничеством не завязал после того, как удрал, ответил он следующее: «Потому что я это умею».

— Почему вы мне об этом не рассказали? — спросил я.

1 Внешний вид (*англ.*).

Шеннон улыбнулась самой себе.

— Ну чего? — спросил я.

— Он сказал, тебе это на пользу не пойдет. Попробую вспомнить, какими словами он говорил. Да... он говорил, что ты моралист, хоть чуткости в тебе нет и особым состраданием ты не отличаешься. В противоположность ему самому — ранимому цинику, умеющему сочувствовать.

Больше всего мне хотелось громко выругаться, но пришлось засмеяться. Черт бы его побрал, слова подбирать он умел. Он не только правил ошибки в моих сочинениях: иногда он и пару предложений выкидывал, облегчал — у дерьма крылья вырастали. У дерьма — крылья. Да уж, тут у него талант.

— Но ты не прав — Карл действовал из лучших побуждений, — сказала Шеннон. — Он правда всем хотел добра. И разумеется, самому себе чуть-чуть больше. И смотри-ка, у него получилось.

— Все по-прежнему не так уж гладко. Дан Кране планирует статью написать.

Шеннон покачала головой:

— По словам Карла, проблема решена. Сейчас у нас все гораздо лучше. Мы снова вернулись в график. А через две недели он подпишет контракт со шведским гостиничным оператором, который возьмется за отель.

— Так Карл деревню спасает. Памятник себе поставит. И разбогатеет. Как думаешь, ему что важнее?

— Думаю, наши мотивы обычно настолько сложны, что мы сами их до конца не понимаем.

Я погладил синяк у нее под ключицей:

— А его мотивы избивать тебя тоже сложны?

Она пожала плечами:

— До того как весной я уехала от него в Торонто, он меня и пальцем не трогал. Что-то изменилось,

448

когда я вернулась. *Он* изменился. Постоянно пил. А потом начал бить. После первого раза он так расстроился — я была полностью уверена, что тот случай окажется единственным. А потом выстроилась схема, будто навязчивое действие, которое он *должен* выполнить. Иногда перед тем, как приступить, он плакал.

Я припомнил слезы на нижнем ярусе кровати, когда понял, что плачет не Карл, а папа.

— Почему ты не уехала? — спросил я. — Зачем ты вообще из Торонто вернулась? Так сильно его любила?

Она замотала головой:

— Нет, его я разлюбила.

— Ты из-за меня приехала?

— Нет, — ответила она и погладила меня по щеке.

— Из-за отеля, — сказал я.

Она кивнула.

— Ты отель любишь.

— Нет, — сказала она. — Отель я ненавижу. Это моя тюрьма, она меня не отпускает.

— И все же ты его любишь, — сказал я.

— Точно так же мать любит ребенка, который как будто превращает ее в заложника, — сказала она, и я вспомнил слова Греты.

Шеннон перевернулась.

— Если ты создал что-то, потратив такое количество времени и вложив столько боли и любви, сколько отдала этому зданию я, оно станет частью тебя. Нет, даже не частью, оно больше тебя, важнее. Дитя, здание, произведение искусства — вот твой единственный шанс на вечную жизнь, разве нет? Важнее всего того, что ты обязан любить. Понимаешь?

— То есть это памятник и тебе.

— Нет! — обрубила она. — Я не памятники создаю. Я создала простое, практичное, красивое здание. Потому что людям нужна красота. А на моих чертежах красота кроется в простоте, очевидной логике, ничего монументального в них нет.

— Почему ты говоришь про чертежи, а не про отель? Его скоро достроят.

— Потому что его вот-вот испортят. Компромиссы с муниципальными властями по поводу фасада. Карл согласился на дешевые материалы, чтобы не вылезать за рамки бюджета. Пока я была в Торонто, целиком поменяли лобби и ресторан.

— Так ты вернулась, чтобы спасти свое дитя.

— Но вернулась слишком поздно, — сказала она. — И побоями меня попытался сделать послушный человек, которого, как мне казалось, я знаю.

— Если соревнования по перетягиванию каната ты проиграла, почему ты все еще здесь?

Она хмуро улыбнулась:

— Ну а как же. Полагаю, мать чувствует себя обязанной присутствовать на похоронах собственного ребенка.

Я сглотнул:

— Ты осталась лишь по этой причине?

Она долго на меня смотрела. Потом закрыла глаза и медленно кивнула.

Я задержал дыхание.

— Шеннон, я должен услышать, как ты это произнесешь.

— Пожалуйста. Не проси.

— Почему?

На глазах у нее блеснули слезы.

— Потому что, Рой, это как в сказке — «Сезам, откройся», поэтому ты и спрашиваешь.

— Ты про что?

450

— Если я сама услышу, как я это говорю, мое сердце откроется и я ослабею. А пока здесь все не закончится, я должна быть сильной.

— И я должен быть сильным, — ответил я. — А чтобы силы появились, мне надо услышать, как ты это скажешь. Скажи тихо, чтобы услышал только я. — Руками, как чашками, я закрыл ее маленькие уши, напоминавшие белые раковины.

Она посмотрела на меня. Задержала дыхание. Остановилась. Снова собралась с силами. И прошептала волшебные слова, чья сила превосходила лозунг, Символ веры, клятву:

— Я люблю тебя.

— И я тебя люблю, — прошептал я в ответ.

Я поцеловал ее.

Она поцеловала меня.

— Черт бы тебя побрал, — сказала она.

— Когда все это закончится, когда отель достроят, ты будешь свободна?

Она кивнула.

— Я могу подождать, — сказал я. — Но потом мы соберемся и уедем.

— Куда? — спросила она.

— В Барселону. Или Кейптаун. Или Сидней.

— В Барселону, — сказала она. — К Гауди.

— Договорились.

Мы смотрели друг другу в глаза, словно скрепляя клятву печатью. Во тьме раздался какой-то звук. Ржанка? Почему она спустилась сюда с горы? Из-за ракет?

Ее лицо как-то изменилось. Появилась тревога.

— Что это? — спросил я.

— Прислушайся, — прошептала она. — Звук какой-то нехороший.

Я прислушался. Это не ржанка, тон шел то вверх, то вниз.

— Черт возьми, да это пожарная машина, — сказал я.

Как по команде, мы выскочили из постели и выбежали в мастерскую. Я открыл дверь: мы успели увидеть, как к деревне промчалась старая пожарная машина. Я менял ей запчасти — муниципалитет купил GMC у вооруженных сил, службу она несла на аэродроме.

Аргументы в пользу покупки: она была в приемлемом состоянии, а в цистерну помещалось 1500 литров воды. Аргументы в пользу продажи спустя год: на крутом подъеме тяжелая машина оказывалась столь неуклюжей, что, если пожар начнется где повыше, когда машина туда доберется, тушить этим 1500 литрам будет нечего. Но желающих на колымагу не нашлось, вот и осталась.

— Не надо бы в такую погоду устраивать в центре салют, — сказал я.

— Горит не в центре, — ответила Шеннон.

Я проследил за ее взглядом. В горы, к Опгарду. Небо было грязно-желтым.

— Вот блин, — прошептал я.

Я въехал на «вольво» во двор. Следом за мной — Шеннон на «субару».

Опгард на месте — покосившийся, сверкающий, в лунном свете чуть склонившийся на восточную сторону. Невредимый. Мы вышли из машин, я пошел к амбару, а Шеннон — к дому.

Внутри я увидел, что Карл здесь уже побывал и забрал свои лыжи. Я взял свою пару и палки и побежал к дому — стоявшая в дверях Шеннон протягивала мне лыжные ботинки. Я надел лыжи и, отталкиваясь палками, пошел в лес, к грязно-желтому небу.

Ветер настолько утих, что следов Карла не замело, — по ним я и шел. По моим прикидкам, буря

452

стихла до обычного сильного ветра — но, по крайней мере, не настолько, чтобы я слышал крики и потрескивание пламени до того, как забрался на вершину. Поэтому я удивился и вздохнул с облегчением, когда наконец встал и посмотрел на отель, на каркас и модули. Дым, но пламени нет, — наверное, успели потушить. Но потом я заметил отблески в снегу с другой стороны постройки, на кузове пожарной машины, на бледных лицах людей, стоявших лицом ко мне. И когда ветер на мгновение стих, я понял, увидев повсюду желтые жадные языки, что ветер лишь временно задул пламя: оно вспыхнуло на деревянных конструкциях с подветренной стороны. И я увидел, с какой проблемой столкнулись те, кто пожар пытался потушить. Дорога доходила только до фасада отеля, и пожарной машине пришлось встать поодаль, снег ведь на площадке перед зданием не расчистили. Значит, даже если они полностью раскатают шланг, его длины не хватит — он не дотянется до задней части отеля, и направить струю воды по ветру не выйдет. А теперь, хоть они и включили максимальный напор, струя воды растворялась во встречном ветре и шла назад как дождь.

Я стоял менее чем в ста метрах, однако жара не чувствовал. Но когда я отыскал среди прочих лицо Карла, тоже мокрое от пота или воды из шланга, я понял, что надежды нет. Все пропало.

# 51

С серым светом настал первый день года.

Поэтому пейзаж казался плоским и нечетким, и, когда я поехал из мастерской к стройплощадке отеля — пожарищу, — на мгновение возникло ощущение, что я заблудился, вовсе не эту местность я знал столь же хорошо, как карман собственных брюк, — нет, это чужая, неизведанная планета.

Когда я приехал, Карл стоял рядом с тремя мужчинами перед дымящимися черными руинами, которые должны были стать гордостью деревни. И все еще могут стать, но вряд ли в этом году. Черные, обугленные деревяшки тянулись к небу, словно взывающие к чему-то указательные пальцы, — они скажут нам, им, да кому угодно, что, черт дери, спа-отели в горах не строят — это противоестественно, духи проснутся.

Выйдя из машины и подойдя ближе, я увидел, что там трое — ленсман Курт Ольсен, мэр Восс Гилберт и начальник пожарной охраны по фамилии Адлер; когда не было дежурств на пожарной станции, он работал инженером в муниципалитете. Не знаю, заткнули они рты потому, что я подошел, или потому, что завершили обмен мнениями.

— Ну? — спросил я. — Версии есть?

— Нашли остатки новогодней петарды, — сказал Карл — так тихо, что я его едва расслышал. Его взгляд был прикован к чему-то расположенному очень-очень далеко.

— Точно, — сказал Курт Ольсен, держа сигарету большим и указательным пальцем, прямо как солдат в карауле. — Ее могло принести из деревни ветром, она и подожгла деревянные конструкции, это же ясно.

Ясно-то ясно, но он выделил слово *могло*, и я понял, что он не особо в это верит.

— Но? — спросил я.

Курт Ольсен пожал плечами:

— *Но* начальник местной пожарной охраны говорит, что, когда пожарные прибыли на место, они нашли пару наполовину занесенных снегом следов, которые вели в отель. Ветер тут сильный, значит, оставили их незадолго до прибытия пожарной машины.

— По следам было непонятно, это два человека прошли внутрь или вошел и вышел один, — сказал начальник пожарной охраны. — Нам пришлось исходить из худшего — хотели послать бригаду проверить, не остался ли кто в модулях. Они уже полыхали вовсю.

— Трупов нет, — сказал Ольсен. — Но ночью здесь, судя по всему, люди были. Ясное дело, умышленного поджога исключить нельзя.

— Умышленного? — чуть было не закричал я.

Наверное, по мнению Ольсена, с удивлением я слегка переборщил, — по крайней мере, он остановил на мне изучающий взгляд ленсмана.

— И кто с этого что-то поимеет? — спросил я.

— Да о ком ты, Рой? — спросил Курт Ольсен, и мне, черт возьми, не понравился тон, которым он произнес мое имя.

— Да-да, — сказал мэр, кивая в сторону деревни, наполовину скрытой под покровом тумана, появившегося надо льдом Будалсваннета. — Когда люди проснутся, их ждет легкое похмелье.

— Ну, — сказал я, — когда по горло в дерьмище, остается заново начать строительство.

Остальные уставились на меня, как будто я на латыни заговорил.

— Наверное, но чтобы достроить отель в этом году, придется хорошенько потрудиться, — сказал Гилберт. — И народ какое-то время не выставит на продажу дачные участки.

— А? — Я посмотрел на Карла. Он ничего не говорил, казалось, он нас даже не слышал, тупо уставился на пепелище — его рожа напомнила мне застывший цемент.

— Таков договор с муниципалитетом. — Гилберт вздохнул так, что я понял: он повторял только что сказанное. — Сначала отель, потом дачи. К сожалению, в деревне хватает тех, кто рановато продал шкуру и купил себе машины подороже, чем надо бы.

— Хорошо, что отель как следует застрахован на случай пожара, — сказал Курт Ольсен, глядя на Карла.

Гилберт и начальник пожарной службы слегка улыбнулись, как бы выражая согласие, но признавая, что утешения от этого в данный момент мало.

— Да-да, — сказал мэр, засовывая руки в карманы и показывая, что собирается уходить. — С Новым годом.

Ольсен и начальник пожарной охраны последовали его примеру.

— Это правда? — тихо спросил я, когда они уже не могли ничего услышать.

— Про Новый год? — сонным голосом проронил Карл.

— Про страховку, — пояснил я.

Карл повернулся всем телом, словно его самого отлили из цемента.

— Да скажи, ради бога, почему бы ему не быть как следует застрахованным? — поинтересовался он.

Он говорил так медленно, так тихо. Дело не в алкоголе — он какие-то таблетки принял?

— Он *чересчур* хорошо застрахован? — спросил я.

— Ты про что?

Я чувствовал, как во мне кипит ярость, но знал, что, пока они не рассядутся по машинам, мне придется сдерживаться.

— Про то, на что Курт Ольсен намекал: отель подожгли умышленно и он чересчур хорошо застрахован. Он же тебя обвинил в махинациях со страховкой — или ты не понял?

— Я устроил пожар?

— А ты устроил, Карл?

— Зачем мне это?

— Отель чуть было не полетел к чертям, бюджет трещал по швам, но тебе до сих пор удавалось это скрыть. Может, это был единственный выход, чтобы твои односельчане не потребовали счет, а ты — не покрылся позором. Теперь можешь начать с чистого листа и построить отель как положено, из качественных материалов и с нормальной страховкой. Смотри-ка, ты поставишь памятник Карлу Опгарду.

Карл смотрел на меня с таким удивлением, будто я прямо на его глазах принял другую форму.

— Ты, мой родной брат, и правда считаешь, что я на такое способен? — Он чуть склонил голову набок. — Да, ты правда так считаешь. Тогда ответь мне: почему я здесь стою и хочу сделать харакири? Почему не откупориваю шампанское дома?

Я посмотрел на него. И тут до меня начало доходить. Солгать Карл мог, а вот разыграть страдание и обмануть меня — ну нет, черт возьми.

— Нет, — прошептал я. — Только не это, Карл.

— Что «не это»?

— Знаю, от безнадеги ты урезал расходы, но только не эти.

— Что? — Он вдруг взревел от ярости.

— Страховка. Ты же не перестал выплачивать страховые взносы?

Он смотрел на меня — ярость как ветром сдуло. Наверняка таблетки.

— Это же глупость, — прошептал он, — перестать платить страховку перед самым пожаром. Потому что тогда... — На его лице медленно расплылась ухмылка — такую, по моим представлениям, увидишь на лице у обожравшегося наркомана, перед тем как он продемонстрирует тебе, что умеет летать. — Да что же это происходит, Рой?

457

## 52

В горах, как у нас, темнота не опускается, а поднимается. Приходит снизу, с долин, из лесов и с озера; какое-то время видно, что в деревне и на полях вечер, а здесь, наверху, еще день. Но в первый день года все оказалось по-другому. Может, дело в том, что лежавшие над нами толстым слоем облака окрасили все в серый цвет, может, черное пепелище как будто засосало свет от горных склонов — ну или, может, все дело в отчаянии, царящем в Опгарде, или космическом холоде. В любом случае дневной свет потух, словно догорев.

Карл, Шеннон и я молча пообедали и слушали, как из-за падающей температуры трещат стены. Доев, я схватил салфетку, вытер рот от жира и трески — и открыл его:

— На сайте газеты «Ус блад» Дан Кране пишет, что пожар означает лишь задержку.

— Ага, — согласился Карл. — Он звонил, и я ему сказал, что на следующей неделе мы начнем строить заново.

— Так он не знает, что здание не было застраховано от пожара?

Карл положил руки по обе стороны тарелки.

— Рой, об этом знают только те, кто сидит за этим столом. Так мы это и оставим.

— Надо думать, он, как журналист, тщательнее проверит информацию о страховке. Речь ведь о судьбе деревни.

— Причин для беспокойства нет, я все устрою, слышишь?

— Я слышу.

Карл съел трески. Украдкой на меня посмотрел. Сделал паузу и выпил воды.

— Если бы у Дана возникло подозрение, что отель не застрахован на случай пожара, он бы не написал, что все под контролем. Ты же это понимаешь?

— Если ты так говоришь.

Карл отложил вилку.

— Рой, что ты пытаешься сказать?

На мгновение я его увидел. Его властная поза, тихий, но тем не менее повелительный голос, пронизывающий взгляд. На мгновение Карл словно стал им — нашим отцом.

Я пожал плечами:

— Я говорю, что может показаться, будто кто-то сказал Дану Кране: про отель ничего плохого писать не надо. И произошло это задолго до пожара.

— Кто же это?

— В деревне был головорез-датчанин. Перед самым Рождеством его машину видели возле редакции газеты «Ус блад». Тут уж наверняка Дан Кране будет иметь бледный вид.

Карл усмехнулся:

— Головорез Виллумсена? Мы еще его мальчишками обсуждали?

— Тогда я в него не верил. Теперь верю.

— Ну да. А зачем Виллумсену затыкать пасть Дану Кране?

— Не пасть затыкать, а ручку отбирать. Когда вчера у Стэнли на вечеринке Дан Кране говорил про отель, похвалой это было не назвать.

Когда я это произнес, во взгляде Карла что-то промелькнуло. Жесткое и черное, как острие топора.

— Дан Кране пишет не то, что думает, — пояснил я. — А цензор у него — Виллумсен. Вот я *тебя* и спрашиваю — почему?

Схватив салфетку, Карл вытер рот.

— Ну, на то, чтобы приструнить Дана, у Виллумсена наверняка миллион подходящих причин найдется.

— Он волнуется за кредит, который тебе выдал?

— Вполне возможно. А почему ты меня спрашиваешь?

— Потому что в канун Рождества видел снаружи на снегу следы широкой летней резины.

Я видел, как у Карла в буквальном смысле слова вытянулось лицо — как будто я поставил перед ним кривое зеркало.

— За два дня до Рождества шел снег, — сказал я. — Следы от шин оставили в тот же день или прямо накануне праздника.

Больше ничего говорить и не надо было. Из наших односельчан зимой на летней резине никто не ездил. Карл как бы случайно бросил взгляд на Шеннон. Она посмотрела в ответ — с некой жесткостью во взгляде, которой я прежде не видел.

— Мы всё? — спросила она.

— Да, — ответил Карл. — Об этом мы поговорили.

— Я про еду — наелись?

— Да, — сказал Карл, а я кивнул.

Она встала, собрала тарелки и столовые приборы и ушла на кухню. Мы услышали, как она открыла кран.

— Всё не так, как ты думаешь, — сказал Карл.

— А что я думаю?

— Ты думаешь, что головореза на Дана Кране натравил я.

— А что, нет?

Карл замотал головой.

— Кредит у Виллумсена я, разумеется, брал конфиденциально — в счетах он не значится: по ним мы брали деньги из кассового кредита, которого у нас

460

нет. Но благодаря кредиту наличными нам удалось завершить последнюю фазу строительства — поезд встал на рельсы, мы сильно урезали расходы, но тем не менее нам удалось наверстать задержку с весны. Поэтому, когда сюда явился тот головорез, мы сильно удивились... — Карл наклонился вперед и прошипел сквозь зубы: — Рой, заявиться ко мне домой! Сказать, что случится, если я долг не отдам. Как будто мне напоминание нужно. — Карл крепко зажмурился, откинулся на спинку стула и тяжело вздохнул. — И тем не менее, как оказалось, все из-за того, что Виллумсен заволновался.

— Почему, если все шло по плану?

— Потому что некоторое время назад Дан звонил Виллумсену — брал у него интервью как у одного из важнейших участников — и спрашивал, как ему сам проект и я. Во время интервью Виллумсен сообразил, что Дан наконец набрал материала на очень даже скандальную статью — такая подорвет доверие участников к проекту и сведет на нет благосклонность муниципалитета. Дело было в счетах — или их отсутствии, а еще Дан пообщался с людьми из Торонто — ему рассказали, как я сбежал от банкротства и что сходств с тем делом у «Высокогорного спа-отеля "Ус"» немало. Вот Виллумсен и занервничал: вдруг я опять убегу из страны, а Дан похоронит проект статьей о мошенничестве и обмане. Вот он и поставил своему головорезу сразу две задачи.

— Не допустить, чтобы Дан опубликовал статью, и припугнуть тебя, чтобы ты не строил планы удрать от долгов.

— Да.

Я посмотрел на Карла. Сомнений не осталось: сейчас он говорил правду.

— А теперь, когда все это говнище сгорело, что ты делать собираешься?

461

— Посплю с этой мыслью, — ответил Карл. — Здорово, если и ты здесь поспишь.

Я посмотрел на него. Это не просто вежливость. Кому-то в сложной ситуации надо побыть одному, а кто-то, как Карл, окружает себя людьми.

— С удовольствием, — сказал я. — Возьму еще пару деньков и останусь здесь. Вдруг тебе помощь понадобится.

— Правда? — спросил он, благодарно на меня посмотрев.

Тут вошла Шеннон с чашками кофе.

— Хорошие новости, Шеннон, Рой остается.

— Как здорово, — сказала с виду искренне воодушевленная Шеннон и улыбнулась мне родственной улыбкой.

Не знаю, нравились ли мне ее актерские способности, но в тот момент я их оценил.

— Приятно сознавать, что у тебя есть семья, на которую можно положиться, — сказал Карл, откидываясь на стуле назад: по грубым доскам прошаркали ножки. — Обойдусь без кофе, я целых полтора дня не спал, пойду лягу.

Карл ушел, а на его место села Шеннон. Мы молча пили кофе, пока не услышали, что наверху спустили воду в туалете и хлопнула дверь спальни.

— Ну? — тихо спросил я. — И как ощущения?

— Какие ощущения? — Плоский голос, ничего не выражающее лицо.

— Твой отель сгорел.

Она замотала головой:

— Это не мой отель, как тебе известно, мой где-то по дороге потерялся.

— Ладно, но «Высокогорному спа-отелю "Ус"» грозит банкротство, когда выяснится, что на случай пожара отель застрахован не был. Без отеля дачных участков не будет, и стоимость пастбищ вновь опустится почти до нуля. Нам всем крышка. Нам, Виллумсену, деревне.

Она не ответила.

— Я тут немножко про Барселону почитал, — сказал я. — Я же не городской житель, мне горы нравятся. А в окрестностях Барселоны гор много. И дома подешевле.

Она все еще ничего не произнесла, только смотрела в чашку.

— Там есть гора Сант-Льоренс, судя по всему, дико красивая, — сказал я. — До Барселоны сорок минут.

— Рой...

— И там точно получится купить заправку. Я скопил денег, этого хватит...

— Рой! — Подняв взгляд от чашки кофе, она посмотрела на меня.

— Это мой шанс, — сказала она. — Разве ты не понимаешь?

— Твой шанс?

— Уродец сгорел. Это мой шанс достроить собственный отель так, как *надо*.

— Но...

Как только ее ногти впились мне в руку, я закрыл рот.

— Мое дитя, Рой. Разве ты не понимаешь? Он воскрес.

— Шеннон, денег нет.

— Дорога, вода и канализация — все есть.

— Ты не понимаешь. Может быть, кто-нибудь там что-нибудь и построит лет через пять или десять, но *твой* отель, Шеннон, никто строить не станет.

— Это *ты* не понимаешь. — В ее глазах заполыхало странное возбуждение, которого я раньше не видел. — Виллумсен слишком много потеряет.

Я таких мужчин знаю. Они обязаны победить, поражений они не признают. Виллумсен что угодно сделает, лишь бы не потерять невыплаченный кредит и прибыль в виде дачных участков.

Я подумал про Виллумсена и Риту. Шеннон была права.

— По-твоему, Виллумсен еще одну ставку сделает? — спросил я. — То есть пан или пропал?

— Он *обязан*. А я обязана остаться здесь и построить отель. А ты, наверное, думаешь, я с ума сошла! — с отчаянием воскликнула она, опираясь лбом о мою руку. — Пойми же, ради строительства этого здания я на свет появилась! Когда оно будет готово, мы с тобой сможем уехать в Барселону. Обещаю! — Она прижала губы к моей руке. Затем встала.

Я тоже хотел встать, обнять ее, но она усадила меня на стул.

— Сейчас нам нужны ясные головы и сердца, — прошептала она. — Думать. Нам нужно думать, Рой. Чтобы потом позволить себе легкомыслие. Спокойной ночи.

Поцеловав меня в лоб, она ушла.


Лежа в постели, я думал о словах Шеннон. Проигрывать Виллумсен действительно ненавидел. А еще он из тех людей, кто знает: надо принять поражение, чтобы не потерять больше. Верила ли она в то, что сама говорила, потому что так сильно этого хотела, потому что любила отель, а любовь ослепляет? И поэтому я тоже дал ей себя убедить? Я не знал, какая из двух противоборствующих сил — жадность или страх — одержит победу, когда Виллумсен узнает, что отель не был застрахован на случай пожара, но Шеннон, судя по всему, права: спасти проект мог только он.

Я высунулся из постели посмотреть на висящий за окном градусник. Минус двадцать пять. Сейчас на улице ни одной живой души. А потом услышал предупреждающий крик ворона. Значит, что-то все-таки надвигалось. Живое или мертвое.

Я прислушался. В доме ни звука. И вдруг я вновь стал ребенком и сказал самому себе, что чудовищ не бывает. Наврал, что чудовищ не бывает.

Потому что на следующий день оно появилось.

# Часть VI

## 53

Проснувшись, я сразу понял, что ударили морозы. Дело было не столько в температуре — сработали другие ощущения. Я четче слышал звуки, усилилась светочувствительность, да и как будто во вдыхаемом мной воздухе увеличилась плотность молекул — он дарил больше жизни.

Например, по скрипу снега перед домом я понял, что там ходит полный человек, и сообразил, что Карл встал рано и собрался по делам. Отодвинув занавеску, я увидел, как «кадиллак» медленно и осторожно выехал на Козий поворот, хоть мы там посыпали песком, а лед от холода был шершавый, как наждак. Я зашел в спальню к Шеннон.

После сна она была теплой и еще сильнее пахла той самой приятной пряностью.

Я разбудил ее поцелуем и сказал, что, хоть Карл просто за газетой поехал, минимум полчаса мы будем одни.

— Рой, я же говорила, нам нужно сохранить ясность в сердце и думать, — зашипела она. — Выйди!

Я встал. Она меня удержала.

Я как будто дрожа вылез из озера Будалсваннет и лег на разогретый солнцем камень. Одновременно мягкий и твердый; такое блаженство, что тело поет.

Я слышал, как она дышит мне в ухо, шепчет непристойности на смеси баджана, английского и норвежского. Она кончила — с громким криком и всем телом выгнувшись в дугу. Когда я сам кончил, я зарылся лицом в подушку, чтобы не кричать ей прямо в ухо, и вдохнул запах Карла. Карл, никаких сомнений. Но было еще что-то. Какой-то звук. За дверью. Я напрягся.

— Что это? — спросила запыхавшаяся Шеннон.

Я повернулся к двери. Слегка приоткрыта, но я же сам ее закрывал, разве нет? Да. Задержав дыхание, я услышал, что Шеннон сделала то же самое.

Тишина.

Мог ли я не услышать, как приехал «кадиллак»? Черт подери, ну разумеется, мог, мы не очень-то сдерживались. Я посмотрел на наручные часы, оставшиеся на запястье. Карл уехал всего двадцать две минуты назад.

— Все хорошо, — сказал я, переворачиваясь на спину.

Она легла, прижавшись ко мне.

— Барбадос, — прошептала она мне на ухо.

— Чего?

— Мы про Барселону говорили. А как тебе Барбадос?

— Машины там на бензине ездят?

— Конечно.

— Договорились.

Она поцеловала меня. Язык гладкий и сильный. Искал и показывал. Брал и отдавал. Черт, как же я запал. Я бы вот-вот снова в нее кончил, но услышал шум двигателя. «Кадиллак». Она не сводила с меня глаз и не убирала рук, пока я выскакивал из

467

постели, затем я забрал трусы и прошел по холодным доскам назад в свою спальню. Лег в кровать и прислушался.

Машина остановилась, хлопнула входная дверь.

Карл потопал в прихожей, стряхивая с ботинок снег, и через дыру я услышал, как он прошел на кухню.

— Я твою машину снаружи увидел, — услышал я слова Карла. — Ты взял и вошел?

Я как будто вмиг превратился в ледышку.

— Было открыто, — ответил другой голос. Низкий, скрежещущий. Как будто у человека что-то с голосовыми связками.

Я приподнялся на локтях и сдвинул занавески. У амбара, где расчистили снег, был припаркован «ягуар».

— Чем я могу помочь? — прозвучал голос Карла. Сдержанный, но напряженный.

— Можешь заплатить моему клиенту.

— Так он тебя опять прислал, потому что отель сгорел? Тридцать часов. Недурная реакция.

— Деньги он хочет получить сейчас.

— Я все верну, как только получу страховку.

— Страховку ты не получишь. Отель не был застрахован.

— Кто это сказал?

— У моего клиента свои источники. Условия кредита нарушены, и платежи ты точно просрочишь. Давай начистоту, господин Опгард? Славно. У тебя два дня. То есть сорок восемь часов... время пошло.

— Послушай...

— Мой предыдущий визит был предупреждением. Господин Опгард, тут вам не трехактная пьеса — молот вот-вот ударит.

— Молот ударит?

— Конец. Смерть.

Внизу стало тихо. Я их себе представил. За столом сидит датчанин с воспаленными красными прыщами. В расслабленной позе, из-за чего он кажется еще опаснее. Вспотевший Карл, хоть только что вошел в дом с тридцатиградусного мороза.

— К чему такая паника? — спросил Карл. — У Виллумсена ведь залог есть.

— По его словам, без отеля он особой ценности не представляет.

— А какой смысл меня убивать? — Сдержанность из голоса Карла пропала, теперь он напоминал визг пылесоса. — Тогда Виллумсен свои деньги не получит.

— А умрешь не ты, Опгард. По крайней мере, не в первом раунде.

Я знал, что сейчас будет, но сомневаюсь, что это понимал Карл.

— Твоя супруга, Опгард.

— Ш... — Карл проглотил «е», — ...ннон?

— Красивое имя.

— Но это же... убийство.

— Меры отражают невыплаченную сумму.

— Но *два* дня. И как, по-вашему с Виллумсеном, мне за такой короткий срок эту сумму собрать?

— Не могу проигнорировать тот факт, что тебе придется пойти на очень даже крутые меры, может, даже отчаянные. Больше никакого мнения, Опгард, у меня нет.

— А если у меня не получится...

— Значит, ты вдовец, и тебе останется жить еще два дня.

— Но, дорогие друз...

Я уже вскочил на ноги, пытаясь бесшумно натянуть брюки и свитер. Я не уловил деталей того, что случится через четыре дня, но это и не обязательно.

Я прокрался вниз по лестнице. Может быть — ну *вдруг*, — на своей территории мне удастся застать датчанина врасплох. Но я в этом сомневался. Я же помнил, как быстро он двигался тогда на заправке, и по звукам сообразил, что сидит он лицом к двери: если я войду, он меня сразу увидит.

Натянув ботинки, я выскользнул за дверь. От уличного холода виски будто сдавливало. Я мог бы двинуться к амбару в обход, описав дугу, но едва ли в моем распоряжении было так много времени, поэтому я сделал ставку на собственную правоту: датчанин сидит спиной к окну. Я бежал, а под ногами скрипел снег. Основная задача головореза — пугать, и я рассчитывал на то, что датчанин слегка распишет угрозу, но, с другой стороны, — что там особо скажешь?

Влетев в амбар, я открыл краны и подставил два цинковых ведра. Наполнились они за десять секунд. Схватив ведра за ручки, я побежал к Козьему повороту. Выплескивавшаяся вода намочила мои брюки. Оказавшись на повороте, одно ведро я отставил на лед, а второе опустошил, очертив перед собой кривую. Вода растеклась по твердому льду, по рассыпанному сверху песку, напоминавшему черные перчинки в тех местах, где он въелся в лед. Вода ликвидировала неровности и мелкие дыры и потекла туда, где кончалось ледяное покрытие, к краю обрыва. Так же я поступил со вторым ведром. Естественно, для того, чтобы вода растопила лед, было слишком холодно — образовав тонкий слой, она стала просачиваться в глубину. Я все еще стоял на льду, когда услышал, как завелся «ягуар». И, словно действовали мы синхронно, я услышал из деревни далекий, нежный звон церковных колоколов. Посмотрев в сторону дома, я увидел подъезжающую белую машину головореза. Ехал он осторожно, медленно. Может, удивлялся тому, с какой легкостью преодолел обледеневшие холмы на летней резине. Но в большинстве своем датчане про лед не особо много понимают, не знают, что, когда захолодает посильнее, его поверхность напоминает наждачную бумагу.

А когда он прогревается где-то до минус семи, превращается в хоккейную коробку.

Я стоял не двигаясь, по бокам болтались ведра. Датчанин уставился на меня из-за ветрового стекла, узкие щели глаз — я их помнил с того раза возле бензоколонок — прикрывали темные очки. Приблизившаяся машина проехала мимо, а наши головы повернулись вокруг собственной оси, словно планеты. Может, он помнил мое лицо, а может, и нет. Может, нашел приемлемое объяснение тому, почему этот мужик стоит с двумя ведрами, а может, нет. Может, он это понял, когда вдруг пропало сцепление с дорогой и он автоматически посильнее надавил на педаль тормоза, а может, нет. А теперь и машина стала планетой, медленно вращавшейся на льду под звуки церковного колокола, словно фигуристка. Я видел, с каким отчаянием он выворачивает руль, видел, как крутятся передние колеса с широкой летней резиной, как будто хотят вырваться, но «ягуар» попал в плен — и оказался неуправляемым. И когда машина, развернувшись на 180 градусов, задом заскользила к краю поворота, я смотрел ему прямо в лицо, на красную планету с мелкими активными вулканами. Пока он, подняв локти, сражался с рулем, темные очки с лица слетели. Ведь теперь он понял. Понял, зачем были нужны ведра, понял, что, если бы он сразу это сообразил, у него, может быть, остался бы шанс, если бы он

471

тут же выскочил из машины. Теперь, понятное дело, уже слишком поздно.

Полагаю, когда он вытаскивал пистолет, сработал рефлекс. Автоматическая реакция головореза, солдата на нападение. А у меня сработал другой рефлекс, когда я в знак прощания поднял одну руку с ведром. Я услышал хлопок из салона, когда он нажал на спусковой крючок, а затем щелчок — пуля пробила цинковое ведро у меня рядом с ухом. До того как «ягуар», пятясь задом, исчез в Хукене, я успел увидеть на лобовом стекле дыру от пули, напоминающую морозный узор.

Я задержал дыхание.

На моей поднятой руке все еще болталось свисавшее с нее цинковое ведро.

Церковные колокола били все быстрее и быстрее. Потом наконец раздался глухой грохот.

Я все еще стоял не шевелясь. Наверное, похороны. Колокола еще какое-то время били, но промежутки между ударами все увеличивались. Смотрел на деревню, горы и Будалсваннет, когда солнце целиком вышло из-за Эусдалтиндена.

Потом колокола замолчали, и я подумал: «Господи, какая у меня красивая родина».

Так ведь думаешь, когда влюблен.

## 54

— Ты вылил воду на лед? — недоверчиво спросил Карл.

— Она увеличивает температуру, — ответил я.

— Каток получается, — сказала Шеннон, отходя от плиты с кофейником. Налила нам в чашки.

Заметила, что Карл посмотрел на нее.

— «Торонто Мейпл Лифс»![1] — воскликнула она, как будто своим взглядом он обвинял. — Разве ты не заметил, как в перерывах лили воду?

Карл снова к ней повернулся:

— Итак, в Хукене опять труп.

— Давайте на это надеяться, — сказал я и подул на кофе.

— Как мы поступим? Сообщим Курту Ольсену?

— Нет, — сказал я.

— Нет? А если он его найдет?

— То мы не имеем к этому отношения. Мы не видели и не слышали, как машина съехала, потому и не сообщили.

Карл посмотрел на меня.

— Мой брат, — сказал он. На лице сияли белые зубы. — Я знал, что ты придумаешь какой-нибудь выход.

— Послушай, — начал я, — если никто не знает и не подозревает, что головорез здесь был, никаких проблем у нас нет, держим язык за зубами. Пока кто-нибудь увидит обломки в Хукене, сто лет пройдет. Но если кто-нибудь узнает, что он здесь был, или найдет «ягуар», то версия у нас следующая...

Карл и Шеннон подсели ближе, как будто я собирался на собственной кухне говорить шепотом.

— Как правило, лучше придерживаться правды, насколько это возможно, поэтому скажем все как было: головорез был здесь и пытался выбить из нас деньги, которые Карл задолжал Виллумсену. Мы скажем, что никто из нас не видел, как головорез уезжал, но на Козьем повороте было безумно скользко. Так что когда полицейские спустятся

1 *«Торонто Мейпл Лифс»* — профессиональный хоккейный клуб.

473

в Хукен и увидят на «ягуаре» летнюю резину, все остальные выводы они сами сделают.

— Церковные колокола, — сказал Карл. — Можем сказать, что из-за колокольного звона мы шума не слышали.

— Нет, — сказал я, — никаких колоколов. В тот день, когда он здесь был, колокола не звонили.

Оба непонимающе на меня посмотрели.

— Почему же? — спросил Карл.

— План не совсем готов, — сказал я. — Но это случилось не сегодня, датчанин чуть дольше прожил.

— Почему?

— Не думайте про датчанина. Полагаю, головорез не распространяется о том, где и когда работает, поэтому вряд ли кто-то, кроме нас, знает, что он сегодня здесь был. Если его тело найдут, определять время смерти будут согласно нашей версии. Теперь наша проблема — Виллумсен.

— Да, он-то, естественно, знает, что его головорез здесь был, — заметил Карл. — И может рассказать об этом полиции.

— Не думаю, — сказал я. Повисла пауза.

— Именно, — заявила Шеннон. — Ведь тогда ему придется сказать полиции, что головореза нанял он.

— Естественно, — поддакнул Карл. — Разве не так, Рой?

Я не ответил, сделал большой глоток из чашки. Отодвинул ее от себя.

— Забудьте про датчанина, — сказал я. — Проблема в Виллумсене, потому что он не оставит попыток стребовать долг только потому, что датчанина нет.

Шеннон скривилась:

— И он пойдет на убийство. Рой, думаешь, его головорез именно это *имел в виду*?

474

— Я его через дыру для печной трубы слышал, — ответил я. — Спроси Карла — он прямо перед ним сидел.

— Я... Думаю, да, — сказал Карл. — Но я до смерти испугался, я бы во что угодно поверил. Из нас только Рой понимает, как мозг... работает.

Он чуть было это не произнес. *Мозг убийцы.* Они снова посмотрели на меня.

Зрачки у Шеннон расширились, и она медленно кивала, как обычно кивают в Усе.

— А потом пришла бы твоя очередь, Карл, — сказал я.

Карл перевел взгляд на свои руки.

— Мне бы сейчас выпить, — сказал он.

— Нет! — возразил я. Задержал дыхание и успокоился. — Ты мне трезвым нужен. А еще мне нужен буксирный трос и опытный водитель. Шеннон, сходишь на поворот и посыплешь там песком?

— Да. — Она протянула ко мне руку, и я напрягся, потому что на секунду подумал, что она меня по щеке погладит, но она всего лишь положила руку мне на плечо.

Карл, похоже, очнулся:

— Да, конечно, спасибо. Спасибо! — Перегнувшись через стол, он схватил мою руку. — Ты спас нас с Шеннон, и вот теперь я сижу, ною и жалуюсь, как будто это твоя проблема.

— Это *и есть* моя проблема, — ответил я.

И чуть было не выдал высокопарную речь о том, что мы семья и войну ведем вместе, но решил, что с этим лучше подождать. В конце концов, всего полчаса назад я трахал жену своего брата.


— Сегодня на первой полосе Дан в выражениях не стесняется, — сказал из кухни Карл, пока я в коридоре натягивал на себя одежду и раздумывал, какие сапоги лучше надеть на тот случай, если на склоне намерз лед. — По его мнению, Восс Гилберт и муниципальные власти — бесхребетные популисты. Что это традиция со времен мэра Ю Оса, просто тогда она еще не была столь явной.

— Он порки хочет, — сказал я, остановившись на папиных рантовых сапогах.

— Кому вообще порки *хочется*? — спросил Карл, когда я уже был в дверях.

Я пошел в сарай — Шеннон сыпала песок в одно из цинковых ведер.

— Вы с Ритой Виллумсен до сих пор три раза в неделю купаетесь? — спросил я.

— Да.

— Вдвоем?

— Да.

— Вас кто-нибудь может увидеть?

— В семь утра еще темно, так что... нет.

— Когда следующий раз?

— Завтра.

Я потер подбородок.

— О чем ты думаешь? — спросила она.

Я смотрел на песок, высыпавшийся из ведра через дыру от пули.

— Думаю о том, как бы тебе ее убить.

Чуть позже вечером, когда мы с Карлом и Шеннон в шестой раз проговаривали план, Карл кивнул, и мы оба посмотрели на Шеннон, она выдвинула свое требование:

— Если я в этом участвую и у нас все получится, отель будет строиться по моим оригинальным чертежам, до последней детали.

— Ладно, — согласился Карл после недолгого раздумья. — Я сделаю все, что в моих силах.

476

— Не потребуется, — сказала Шеннон. — Потому что строительством буду руководить я, а не ты.

— Послушай...

— Это не просто уловка, а ультиматум.

Карл, как и я, заметил, что она говорит то, что на самом деле думает. Потом он повернулся ко мне. Я пожал плечами, показывая, что здесь я ему ничем не помогу. Он вздохнул:

— Ладно, Опгарды не торгуются. Если все пройдет гладко, работа твоя, но надеюсь, что тоже смогу поучаствовать.

— О, без дела ты не останешься, — заверила Шеннон.

— Тогда проговорим план еще раз, — предложил я.

## 55

В семь утра на улице все еще было темно.

В темноте я прокрался в спальню, прислушиваясь к ровному дыханию спящего, доносившемуся с двуспальной кровати. Остановился там, где скрипели полы. Тихо стоял и прислушивался. Ритм не менялся. Освещал комнату только лунный свет, проникавший между занавесками. Я двинулся дальше, встал коленями на матрас и осторожно скользнул к спящему. Эта сторона постели все еще хранила тепло того, кто там лежал. Я не удержался: прижавшись лицом к простыне, вдохнул запах женщины, и тут же, как на экране проектора, замелькали картины: там мы с ней. Голые и потные после занятий любовью, но при этом вечно жаждущие продолжения.

— Доброе утро, любимый, — прошептал я.

477

И приставил пистолет к виску спящего. Дыхание остановилось. Пару раз он громко, свирепо всхрапнул.

Потом открыл глаза.

— Для такого полного мужчины спишь ты тихо, — сказал я.

Виллум Виллумсен пару раз моргнул в полутьме, как будто чтобы окончательно убедиться, что он уже не спит.

— Что это? — неразборчиво спросил он.

— Это молот, — ответил я. — Конец. Смерть.

— Рой, что ты творишь? Как ты сюда вошел?

— Через подвал, — ответил я.

— Он заперт, — сказал он.

— Да, — только и ответил я.

Он приподнялся в кровати:

— Рой, Рой, Рой, я не хочу, чтобы кто-то пострадал. Иди отсюда к черту, и я обещаю, что все забуду.

Я ударил его по переносице стволом пистолета. Содралась кожа, и пошла кровь.

— Не убирай руки с одеяла, — сказал я. — Пусть кровь идет.

Виллумсен сглотнул:

— Это пистолет?

— Точно.

— Понимаю. Как в прошлый раз?

— Да. Только в тот раз мы разошлись живыми.

— А сегодня?

— Сегодня я бы не был так уверен. Ты угрожал убить мою семью.

— Это последствия невыплаты очень большого кредита, Рой.

— Да, а это последствия последствий невыплаты очень большого кредита.

— По-твоему, пусть мои должники меня грабят, а я должен сидеть и ничего не делать? Ты правда так думаешь? — Судя по голосу, он скорее возмущался, а не боялся — мне оставалось лишь восхищаться способностью Виллумсена оценивать ситуацию, назовем это так.

— Я особо об этом не думаю, Виллумсен. Ты делаешь то, что ты должен, я делаю то, что должен я.

— Если ты думаешь, что спасешь таким образом Карла, то зря. Поуль все равно доделает работу, контракт не отменить, мне с ним сейчас никак не связаться.

— Действительно, никак, — сказал я, заметив, что произнесенная мной фраза прозвучала как неуместная цитата из истории поп-музыки. — Поуль мертв[1].

Виллумсен вытаращил осьминожьи глазки. Теперь он увидел пистолет. И, судя по всему, узнал его.

— Мне опять пришлось спуститься в Хукен, — сказал я. — «Ягуар» лежит на «кадиллаке», оба перевернуты. Обоих раздавило, получилось как сэндвич из ретроавтомобилей. А то, что от датчанина осталось, из-за ремня безопасности виднеется прямо, черт возьми, как свиная рулька.

Виллумсен сглотнул.

Я помахал пистолетом:

— Я это нашел между рычагом передач и крышей, наверное, он отлетел.

— Рой, чего ты хочешь?

— Хочу, чтобы ты не убивал никого из членов моей семьи, в том числе жен моего брата.

— Договорились.

— А еще — чтобы ты списал Карлу долг. Плюс выдал нам еще один кредит на ту же сумму.

— Не могу, Рой.

---

1 Отсылка к фразе «Пол мертв». Согласно городской легенде, участник группы «Битлз» Пол Маккартни погиб в автокатастрофе и был заменен двойником.

— Я видел у Карла экземпляр контракта, который вы оба подписали. Здесь и сейчас мы порвем и твой, и его экземпляр на куски и подпишем договор на новый кредит.

— Не выйдет, Рой, контракт у моего адвоката. Карл наверняка тебе рассказывал: его подписывали в присутствии свидетелей, поэтому просто так ему не исчезнуть.

— Раз я говорю «порвем на куски», я буквально это и имею в виду. Вот кредитный контракт на замену старому.

Свободной рукой я включил настольную лампу, вытащил из внутреннего кармана листок А4 с идентичным содержанием и положил на одеяло перед Виллумсеном.

— Здесь написано, что кредит списывается с тридцати миллионов до гораздо меньшей суммы. По факту до двух крон. Здесь также обоснование указано: ты лично советовал Карлу урезать расходы на страхование отеля, а потому признаешь долю своей вины в том, что Карл оказался в подобной ситуации. Короче говоря, его несчастье — твое несчастье. А кроме того, ты выдаешь ему новый кредит на сумму тридцать миллионов.

Виллумсен энергично затряс головой:

— Ты не понимаешь. У меня столько *нет*. Я сам брал в долг, чтобы дать Карлу денег. Я надорвусь, если деньги не верну.

Чуть ли не захлебываясь слезами, он договорил:

— Всем кажется, раз жители деревни столько тратят, я деньги лопатой гребу. Рой, да они же все ездят в Конгсберг и Нотодден и покупают *новые* машины. Они не хотят, чтобы их в моих подержанных кто-то увидел.

Слегка затрясся двойной подбородок, лежавший на воротничке полосатой пижамной рубахи.

— И тем не менее тебе придется подписать, — сказал я, протягивая ему прихваченную с собой ручку.

Я увидел, как его взгляд пробежался по листку. Затем он озадаченно уставился на меня.

— О свидетелях и дате мы подумаем после того, как ты поставишь подпись, — сказал я.

— Нет, — сказал Виллумсен.

— Что — нет?

— Я не подпишу. Умирать я не боюсь.

— Ну конечно. Боишься обанкротиться?

Виллумсен молча кивнул. Затем хохотнул:

— Помнишь, как мы в прошлый раз оказались в этой же ситуации, Рой? И я сказал, что рак вернулся. Я солгал. А вот теперь он вернулся. Поэтому списать такой большой долг я не смогу, а дать еще — тем более. Хочется оставить жене и другим наследникам крепкий бизнес, сейчас значение имеет только это.

Я медленно и долго кивал, чтобы он понял: его слова я как следует обдумал.

— Жаль, — сказал я. — Очень жаль.

— Да, действительно, — согласился Виллумсен, протягивая мне бумаги с приложением, которое Карл составил за ночь.

— Да, — сказал я, не забирая их и доставая телефон. — Тогда придется сделать кое-что похуже.

— Рой, я через такое лечение прошел, что, боюсь, пытка меня не проймет.

Не отвечая, я вбил имя Шеннон и открыл фейстайм.

— Убить меня? — спросил Виллумсен, подчеркивая интонацией, что убивать человека, из которого ты собираешься вытрясти деньги, — откровенный идиотизм.

481

— Не тебя, — сказал я, смотря на дисплей телефона.

На экране появилась Шеннон. Вокруг темно, но свет камеры отражал снег на покрытом льдом озере Будалсваннет. Обращалась она не ко мне, а к кому-то, кого видно не было:

— Ничего, если я немного поснимаю, Рита?

— Конечно, — послышался голос Риты.

Шеннон развернула телефон, и в резком свете его камеры возникла Рита. На ней были меховые пальто и шапка, из-под которой торчала купальная шапочка. Изо рта вырывалось дыхание: она подпрыгивала перед квадратным отверстием во льду — в него как раз поместится один человек, а выбираясь, он сможет упереться руками в лед с обеих сторон. Рядом с отверстием лежала ледяная пила и кусок выпиленного ими льда.

— Убить твою супругу, — сказал я и поднес экран к лицу Виллумсена. — Идею мне, кстати, Поуль подал.

Я и не сомневался, что у Виллумсена рак. И увидел боль в его взгляде, когда он осознал, что мог потерять то, что, как он думал, потерять невозможно, то, что он, наверное, любил больше самого себя, то, что служило ему единственным утешением, поскольку переживет его, будет жить за него. Да, в тот момент Виллумсена мне было искренне жаль.

— Она утонет, — сказал я. — Естественно, несчастный случай. Твоя жена ныряет. Плюх. И когда станет выбираться на поверхность, заметит, что отверстия больше нет. Она почувствует, что лед над ней непрочный, поймет, что это тот самый выпиленный ими кусок льда, и попытается его вытолкнуть. Но Шеннон просто подержит на ледяной крышке ногу, чтобы она не сдвинулась с места, и опереться ногами твоей жене будет не на что — только на воду. Холодную воду.

Виллумсен тихо всхлипнул. Порадовался ли я? Надеюсь, нет — или же, значит, я психопат, а такого никому не хочется.

— Начнем мы с Риты, — сказал я. — Если не подпишешь, перейдем к другим наследникам. Мотивации Шеннон хватает — она не исключает, что твоя жена поучаствовала в вынесении ей смертного приговора.

На экране Рита Виллумсен разделась. Она откровенно мерзла — ну еще бы, — а освещенная резким светом бледная кожа сморщилась и посинела.

Я заметил, что купальник у нее тот же, что и когда мы катались на лодке по озеру летом. Казалось, она не постарела, а помолодела. Как будто время не закольцевалось, а шло в обратную сторону. Я услышал, как ручка процарапала лист бумаги.

— Вот, — сказал Виллумсен, швыряя бумаги и ручку на одеяло передо мной. — А теперь останови ее!

Я увидел, как возле отверстия встала Рита Виллумсен. Та же поза, что и тогда в лодке, она как будто собралась нырнуть.

— Сначала ты подпишешь два экземпляра, — сказал я, не сводя глаз с экрана.

Услышал, как Виллумсен подгреб к себе бумаги и подписал их. Я рассмотрел подписи. Все верно. Виллумсен вскрикнул, и я посмотрел на экран. Я не услышал и намека на плеск. Молодец Рита. Экран заполнил выпиленный кусок льда, и на наших глазах его схватила маленькая коричневая рука.

— Не надо, Шеннон. Он подписал.

На мгновение мне показалось, что Шеннон все же закроет отверстие льдом. Но она бросила кусок льда рядом, а в следующую секунду из черной воды показалась похожая на тюленя Рита: смеющееся лицо обрамляют гладкие, сияющие волосы, дыхание шлет в камеру сигналы белого пара. Я прервал связь.

— Так, — сказал я.

— Так, — повторил Виллумсен. В комнате было холодно, и я потихоньку перебрался под одеяло — не полностью, но обозначение «в одной постели» не было совсем уж откровенной ложью. — Тебе ведь идти пора.

— Если бы все было так просто, — ответил я.

— Ты про что?

— Понятно же, что ты сделаешь сразу, как я уйду. Позвонишь другому головорезу или наемному убийце и попытаешься укокошить семью Опгард до того, как мы передадим документ твоему адвокату. Когда ты сообразишь, что не успеешь, заявишь на нас в полицию за вымогание денег и станешь отрицать подлинность документа, который сам же только что подписал. А также, естественно, станешь отрицать знакомство с любым головорезом.

— Думаешь?

— Да, Виллумсен, думаю. Только если ты не убедишь меня в обратном.

— А если я не смогу?

Я пожал плечами:

— Можно попробовать.

Виллумсен посмотрел на меня.

— Так вот зачем тебе перчатки и купальная шапочка? — (Я не ответил.) — Чтобы не оставить отпечатков пальцев и волос? — продолжил он.

— Не думай об этом, Виллумсен, лучше попытайся найти для нас другой выход.

— Хм, поглядим.

Виллумсен сложил руки на груди в том месте, где из пижамы торчал лес черных волос. В наступившей тишине я слышал гул транспорта на шоссе. Я любил бывать на заправке рано утром, когда с наступлением нового дня наша маленькая деревня просыпалась, а люди занимали свои места в нашем маленьком общественном механизме. Видеть полную картину, воображать невидимую руку, руководившую всей этой деятельностью и благодаря которой все было более-менее в порядке.

Виллумсен закашлялся:

— Я не буду звонить ни головорезу, ни в полицию, ведь нам обоим есть что терять.

— Ты уже все потерял, — сказал я. — А выиграть можешь все. Давай, ты же подержанными автомобилями торгуешь, убеди меня.

— Хм.

В комнате снова стало тихо.

— Виллумсен, у тебя время истекает.

— Доверься мне, — произнес он.

— Ты уже второй раз пытаешься втюхать мне все ту же самую машину с дефектом, — сказал я. — Давай, ты ж моему отцу «кадиллак» втюхал, а с меня и Карла, как мы потом узнали, содрал в два раза больше — в Конгсберге подержанное снаряжение для дайвинга за половину той суммы можно купить.

— Чтобы что-то придумать, мне время нужно, — сказал Виллумсен. — Приходи после обеда.

— Увы, — сказал я. — Вопрос нужно решить до моего ухода и до того, как рассветет настолько, что люди увидят, как я отсюда ухожу. — Я приставил пистолет к его виску. — Виллумсен, мне правда очень хотелось бы, чтобы существовал другой выход. Я ведь не убийца, и ты мне даже в каком-то смысле нравишься. Да, я серьезно. Но тебе придется указать мне выход из сложившейся ситуации, потому что я его не вижу. У тебя десять секунд.

— Это нелепо, — произнес Виллумсен.

— Девять, — сказал я. — Разве это нелепо — дать тебе шанс защитить собственную жизнь, хотя у Шеннон шанса поспорить за собственную не было? Разве это нелепо — забирать последние месяцы твоей жизни, а не годы жизни твоей жены? Восемь.

— Наверное, нет, но...

— Семь.

— Я сдаюсь.

— Шесть. Подождем, пока я досчитаю, или...

— Всем хочется подольше прожить.

— Пять.

— Я бы от сигары не отказался.

— Четыре.

— Можно мне сигару, ну пожалуйста!

— Три.

— Они вон там, в ящике стола, можно...

Хлопок вышел громким — по ощущениям в мои барабанные перепонки воткнули что-то острое.

В кино я видел, что подобные травмы головы сопровождают кровавые пятна на стенах, но я, скажем так, удивился, увидев, что именно так оно и бывает.

Виллумсен осел в постели с каким-то обиженным лицом — наверное, потому, что я ему две секунды жизни недодал. Я тут же почувствовал, как намок матрас подо мной, а еще дерьмом завоняло. В кино особо не показывают, как у покойников расслабляется сфинктер, открывая отверстия тела.

Вдавив пистолет в руку Виллумсена, я встал с постели. Пока я работал на заправке в Усе, кроме «Иллюстрированной науки», я читал еще «Настоящее преступление», поэтому не только надел купальную шапочку и перчатки, но и приклеил скотчем штанины к носкам, а рукава куртки — к перчаткам, чтобы с меня не упал ни один волосок и полиция не нашла на месте преступления ни единого следа ДНК, если станет расследовать эту смерть как убийство.

Сбежав по лестнице в подвал и взяв там лопату, я оставил дверь незапертой и пошел через сад задом наперед, закапывая за собой следы сапог. Я спустился по ведущей к Будалсваннету дороге, где домов немного. Лопату выбросил в мусорный бак, стоявший на подъезде к новому дому, и, лишь тогда почувствовав, что у меня замерзли уши, вспомнил про лежавшую в кармане шерстяную шапку — натянул ее поверх купальной шапочки и пошел к мелкому причалу. Машину я оставил за каким-то сараем. Прищурившись, я оглядел лед. Значит, где-то там купались две из трех женщин моей жизни. И мужа одной из них я убил. Странно. Машина была еще теплой и без проблем завелась. Я поехал в Опгард. Половина восьмого, темнота еще кромешная.

В тот же день после обеда новость прозвучала по федеральному радио:

— В своем доме в муниципалитете Ус в Телемарке найден труп мужчины. Полиция считает данную смерть подозрительной.

Для деревни новость о смерти Виллумсена прогремела как гром среди ясного неба. Думаю, сравнение подходящее. По-моему, она вызвала больший шок, чем пожар в отеле, и стала ударом под дых: теперь с нами не будет этого изворотливого, упитанного, кичливого, добродушного торговца подержанными автомобилями — он ушел навсегда. Об этом непременно будут говорить во всех магазинах и кафе, на каждом углу и в каждом доме. От тоски посерели даже те, кто знал, что у Виллумсена опять рак.

Следующие две ночи спал я плохо. Не потому, что меня совесть мучила. Я же правда пытался помочь Виллумсену спастись, но как шахматист поможет противнику, которому сам же поставил шах и мат? Ход-то не тебе делать. Нет, причина была в другом. У меня было дурное ощущение, что я забыл что-то существенное, о чем при планировании убийства не подумал. Только мне никак не удавалось сообразить, что именно.

Узнал я это только на третий день после смерти Виллумсена, за два дня до похорон. Где именно я облажался.

# 56

В одиннадцать часов утра к дому подъехал Курт Ольсен.

За ним — еще две машины. С номерами Осло.

— А на повороте скользко, — сказал Курт Ольсен, затаптывая дымящийся окурок, когда я открыл входную дверь. — Каток заливаете, что ли?

— Нет, ответил я. Мы там посыпаем, хоть, вообще-то, это работа муниципалитета.

— Сейчас мы дискуссий по этому поводу устраивать не будем, — сказал Курт Ольсен. — Это Вера Мартинсен и Ярле Сулесунд из Криминальной полиции.

За ним стояла женщина в черных брюках и короткой куртке из такой же ткани и мужчина, на вид пакистанец или индус.

— У нас есть вопросы, давайте пройдем внутрь.

— Не могли бы мы задать несколько вопросов, — перебила его та женщина, Мартинсен. — Если можно. Если вы позволите нам войти.

Она посмотрела на Курта. Затем на меня. Улыбнулась. Короткие, заплетенные в косу светлые волосы, широкое лицо и плечи. Готов поспорить, гандбол или лыжи. Не потому, что по людям видно, каким видом спорта они занимаются, а потому, что это главные женские виды спорта, и шансов угадать у вас будет больше, если вы обратите внимание на реальные цифры, а не на собственную переоцененную интуицию. Такие не имеющие отношения к делу поверхностные мысли пришли мне тогда в голову.

И, посмотрев на Мартинсен, я понял, что надо собраться с силами, если я, как говорится, не хочу стать чьим-то завтраком. Ну да ладно, мы тоже подготовились. Мы пошли на кухню, где уже сидели Карл с Шеннон.

— Мы хотели бы со всеми побеседовать, — сказала Мартинсен. — Но по очереди.

— Можете пока в нашей детской посидеть, — спокойно сказал я, и, судя по Карлу, он понял, чего я хочу.

Они услышат вопросы и ответы, и наши версии полностью совпадут, как во время репетиции гипотетического допроса.

— Кофе? — спросил я, когда Карл с Шеннон вышли.

— Нет, — ответили Мартинсен и Сулесунд — одновременно с ними Курт произнес «да».

Я налил кофе Курту.

— Криминальная полиция помогает мне расследовать убийство Виллумсена, — сказал Курт, и я заметил, как Мартинсен, закатив глаза, бросила взгляд на Сулесунда. — Понимаешь, вряд ли это самоубийство — это убийство.

489

Произнося слово «убийство», Ольсен понизил голос до глубокого баса — и слово как бы повисло в воздухе и стало чем-то реальным, — посмотрел на меня, как будто ждал какой-то реакции, а затем продолжил:

— Убийство, замаскированное под самоубийство. Старый добрый трюк.

Думаю, это предложение я читал в статье из журнала «Настоящее преступление».

— Но убийца нас не обманул. Виллумсен действительно держал орудие убийства, но на руке у него следов пороха нет.

— Следов пороха, — повторил я, как бы смакуя слово.

Сулесунд кашлянул:

— На самом деле не только... Крошечные частицы бария, свинца и других химикатов, которые идут от боеприпасов и оружия и цепляются за все, что находится в радиусе полуметра от того места, откуда произвели выстрел. Они садятся на кожу и одежду, и избавиться от них очень сложно. К счастью, — он хохотнул и поправил очки в стальной оправе, — невидимые, но у нас, к счастью, есть инструменты.

— Тем не менее, — вмешался Курт, — на Виллумсене мы ничего не нашли. Понятно?

— Понятно, — ответил я.

— Кроме того, оказалось, что ведущая в подвал дверь была открыта, а Рита абсолютно уверена, что ее запирали. Предполагаем, ее взломали. А еще убийца, пока шел, забрасывал снегом свои следы в саду. Лопату мы нашли совсем рядом в мусорном контейнере — Рита ее опознала.

— Ого, — протянул я.

— Да, — сказал Курт. — И у нас есть подозрения насчет того, кто это сделал.

Я не ответил.

— Тебе не интересно, кто это? — Курт смотрел на меня идиотским, вроде как всепонимающим взглядом.

— Разумеется, интересно, но вы же обязаны молчать, верно?

Курт повернулся к парочке из Криминальной полиции и гоготнул:

— Рой, мы убийство расследуем. Мы или обнародуем, или скрываем информацию в зависимости от того, что нужно в процессе расследования.

— Ах да.

— Раз мы имеем дело с настолько профессиональным убийством, мы сосредоточили внимание на машине. Если говорить точнее, старом, зарегистрированном в Дании «ягуаре», который видели поблизости и который, как я подозреваю, принадлежит профессиональному убийце.

*Имеем дело. Сосредоточили внимание.* Черт, его послушать, так он из расследований убийств не вылезает. И версия с головорезом, естественно, не его — об этом вся деревня годами судачила.

— Итак, мы пообщались с датской Криминальной полицией и отправили туда оружие и пулю. Данные совпали с убийством в Орхусе девятилетней давности. Дело не раскрыли, но у одного из подозреваемых был белый «ягуар» старой модели. Зовут его Поуль Хансен, и хорошо известно, что он наемником работает.

Усмехнувшись, Курт повернулся к сотрудникам Криминальной полиции:

— «Ягуар» у него есть, но он слишком жадный, чтобы с орудием убийства расстаться, — типичный датчанин, а?

— Я-то думала, это шведам свойственно, — бесстрастно сказала Мартинсен.

— Или исландцам, — заметил Сулесунд.

Курт опять повернулся ко мне:

— Рой, тебе «ягуары» в последнее время не попадались?

Говорил он с легкостью. Преувеличенной. Настолько преувеличенной, что я понял: он заманивает меня в ловушку, хочет, чтобы я ошибку допустил. Они притворялись — на самом деле им больше известно. Но раз им пришлось меня обманывать, значит, чего-то им все же не хватает. Конечно, больше всего мне хотелось сказать им, что никакой машины я не видел, чтобы они сказали спасибо и ушли, но в таком случае мы попадем в капкан. Они ведь здесь по одной причине. И эта причина — «ягуар». Теперь мне придется соблюдать осторожность, и на уровне инстинкта я понял, что больше всего бояться надо женщины, Мартинсен.

— Я видел «ягуар», — ответил я. — Он здесь был.

— Здесь? — тихо спросила Мартинсен, кладя телефон на стол передо мной. — Опгард, вы не против, если мы запишем разговор? Чтобы мы не забыли ничего из того, что вы нам расскажете.

— Разумеется, — сказал я. Говорила она красиво, отчего ей хотелось подражать.

— Итак, — произнес Курт, кладя локти на стол и наклоняясь поближе ко мне. — Что Поуль Хансен здесь делал?

— Выбивал из Карла деньги, — ответил я.

— Да? — сказал Курт, уставившись на меня.

Но я заметил, что взгляд Мартинсен заскользил по комнате, как будто она что-то искала. Не очевидное, что происходило прямо перед ней и в любом случае останется на записи. Ее взгляд упал на печную трубу.

— Он сказал, что в этот раз приехал в Ус, чтобы стребовать деньги не для Виллумсена, а *от*

Виллумсена, — пояснил я. — С виду он, скажем так, порядком разозлился, Виллумсен ведь задолжал ему за несколько заказов. А Виллумсен сообщил, что у него *нет ни гроша*.

— У Виллумсена нет ни гроша?

— Когда отель сгорел, Виллумсен решил аннулировать сумму, которую ему должен Карл. Сумма крупная, но Виллумсен чувствовал свою вину за принятые решения — из-за них после пожара возникли дополнительные издержки.

Здесь мне надо было действовать осторожно, ведь в деревне до сих пор никто, кроме жителей Опгарда, не знал, что отель на случай пожара застрахован не был. По крайней мере, никто живой. Но я говорил правду, документы об аннулировании старого кредита и выдаче нового теперь находились у адвоката Виллумсена — и с ними все в порядке.

— Кроме того, у Виллумсена же рак был, вряд ли ему долго оставалось, — сказал я. — Вот он и хотел своего рода память после смерти оставить: как он щедро пожертвовал денег на строительство отеля, и финансовые трудности после пожара его не остановили.

— Погоди, — сказал Курт. — Так кто Виллумсену денег задолжал — Карл или компания, которой отель принадлежит?

— Сложный вопрос, — ответил я. — Поговори с Карлом.

— Мы экономическими преступлениями не занимаемся, продолжайте, — сказала Мартинсен. — Поуль Хансен потребовал, чтобы Карл отдал ему деньги, которые ему одолжил Виллумсен?

— Да. Но денег у нас не было, только списанный долг. А новый кредит нам еще не выплатили, мы его не раньше чем через две недели получим.

— Ого, — ровным тоном произнес Сулесунд.

— И что Поуль Хансен потом сделал? — спросила Мартинсен.

— Он все бросил и уехал.

— Когда это было? — Вопросы она задавала быстро, из-за чего приходилось и с ответами торопиться — нас подобным образом легко запрограммировать. Я облизал губы.

— Это было до или после убийства Виллумсена? — брякнул потерявший терпение Курт.

И когда Мартинсен к нему повернулась, я впервые заметил на ее лице что-то, кроме спокойствия и улыбки. Если бы взглядом можно было убить, Курт бы уже на тот свет отправился. Так вот где, как говорится, собака зарыта. Хронология. О визите Поуля Хансена в Опгард они что-то знали.

В сочиненной нами истории Поуль Хансен приезжал в Опгард не накануне убийства, как было на самом деле, а сразу *после* него и требовал деньги, которые ему не удалось стрясти с Виллумсена. Потому что лишь такая последовательность событий могла объяснить то, что Поуль Хансен *и убил* Виллумсена и вместе со своим «ягуаром» загремел в Хукен. Возглас Курта стал столь необходимым мне криком ворона. Я принял решение, надеясь, что Карл с Шеннон внимательно слушали возле отверстия для печной трубы и поняли, как я изменил нашу историю.

— Накануне убийства Виллумсена, — сказал я.

Мартинсен и Курт переглянулись.

— Как минимум это совпадает с тем, о чем говорил нам Симон Нергард: он видел, как «ягуар» проехал мимо его фермы по дороге, которая ведет сюда, и только сюда, — сказала Мартинсен.

— И к отелю, — добавил я.

— Но он приехал сюда?

— Да.

— Тогда странно получается: Симон Нергард говорит, что не видел, как «ягуар» назад ехал.

Я пожал плечами.

— Ну это ясно: «ягуар» белый, снега много, — сказала Мартинсен. — Или как?

— Наверное, — ответил я.

— Помогите нам, вы же в машинах разбираетесь. Почему Симон Нергард ее не увидел и не услышал?

Она молодец. Не сдается.

— Такие спортивные тачки хорошо слышны, когда они едут вверх на пониженной передаче, так? Но не когда едут вниз, если машина катится сама по себе. Думаете, так Хансен и поступил — мимо Нергарда тихо проехал?

— Нет, — сказал я. — На поворотах приходится часто тормозить, а «ягуар» тяжелый. Людям на подобных машинах просто съехать не захочется, они не из тех, кто бензин жалеет. Наоборот, им звук двигателя *нравится*. Если прикинуть, думаю, Симон Нергард на толчке срал.

Воспользовавшись воцарившейся тишиной, я почесал ухо. Мартинсен почти незаметно кивнула мне, как один боксер кивает другому, раскусившему ложный выпад. На этот раз им захотелось, чтобы я чуть перестарался, помогая им понять, почему Симон не видел «ягуар», а тем самым раскрыть: мне важно, чтобы они решили, будто «ягуар» проехал мимо Нергарда в деревню. Но зачем? Мартинсен проверила, записывает ли телефон наш разговор, и тут резко вмешался Курт:

— Почему ты не рассказал про головореза, когда узнал о смерти Виллумсена?

— Потому что все считали ее самоубийством, — сказал я.

— И тебе не бросился в глаза тот факт, что случилось это именно тогда, когда, как тебе известно, его угрожали убить?

— Об угрозе головорез ничего не говорил. У Виллумсена рак был, и, наверное, другой вариант — месяцы боли. Я видел, как от рака умирал мой дядя Бернард, поэтому нет, странным мне это не показалось.

Курт перевел дух, собираясь еще что-то сказать, но Мартинсен подала знак рукой — достаточно, — и он заткнулся.

— И больше Поуль Хансен здесь не появлялся? — спросила Мартинсен.

— Нет, — ответил я.

Я увидел, как ее взгляд проследил за моим до печной трубы.

— Уверены?

— Да.

Они еще что-то знали, но что именно? Что? Я видел, как Курт бездумно возится с кожаным чехлом мобильного телефона, висящим на ремне. Вроде бы даже похожий у его отца был. Мобильный телефон. Опять он. Вот что не давало мне уснуть, вот что я забыл, какую ошибку не заметил.

— Потому что... — начала говорить Мартинсен, и я тут же все понял.

— Значит, нет, — перебил я — надеюсь, со стороны моя улыбка казалась смущенной. — В то утро, когда умер Виллумсен, я проснулся от рева «ягуара». От машины, не от зверя.

Мартинсен сдержалась и с непроницаемым видом на меня посмотрела.

— Расскажите, — попросила она.

— На низких передачах звук очень четкий, ревет, как крупная кошка, как... да, полагаю, как ягуар.

Казалось, Мартинсен потеряла терпение, но я потянул время, зная: один неверный шаг по этому минному полю — и меня ждет неумолимое наказание.

— Но когда я окончательно проснулся, звук пропал. Я отодвинул шторы и отчасти ждал, что «ягуар» увижу. Еще темно было, ни одной машины я не увидел. Вот и решил, что мне это приснилось.

Мартинсен и Курт вновь переглянулись. Сулесунд, судя по всему, в этой части расследования не участвует, он ведь эксперт-криминалист — так это называется. Поэтому я еще не понял, зачем он сюда с ними приехал. Но у меня было ощущение, что скоро это выяснится. Что ж. По крайней мере, рассказанная мной история выдержит проверку на прочность, в том числе *если* они найдут «ягуар» в Хукене. Тогда со стороны картина такая: утром после убийства Поуль Хансен поехал сюда — возможно, чтобы снова попытаться выбить из нас деньги, — с летней резиной на Козьем повороте он не удержался и соскользнул с обрыва в Хукен — и этого никто не видел. Я задержал дыхание. Подумывал встать и принести кофе — по ощущениям, мне это было нужно, — но не тронулся с места.

— Спрашиваем мы потому, что потратили время на поиски мобильного телефона Хансена, — сказала Мартинсен. — Вероятно, из-за профессии на свое имя он мобильный телефон не регистрировал. Но мы смотрели данные местных вышек сотовой связи: за последние несколько суток они приняли только один сигнал от телефона с датским номером. Мы проверили, какие вышки принимали сигнал от этого самого датского номера, — со свидетельскими показаниями о «ягуаре» данные совпали. Странность в том, что, если брать время до и после убийства, то есть примерно с того момента, как он у вас побывал, телефон находился в строго очерченной зоне неподалеку от одной конкретной вышки. *Этой.* — Мартинсен начертила в воздухе круг указательным пальцем. — А кроме вас, здесь никто не живет. Как вы это объясните?

## 57

Наконец-то сотрудница Криминальной полиции — впрочем, у нее более официальное звание есть — добралась до сути. Мобильный телефон. Разумеется, мобильный телефон у датчанина был. Когда мы составляли план, я о нем просто-напросто забыл, а теперь он привел Мартинсен к небольшой территории вокруг нашей фермы. Все как и тогда с телефоном Сигмунда Ольсена. Как, черт возьми, я одну и ту же ошибку два раза допустил? Теперь они точно знают, что телефон головореза находился неподалеку от Опгарда до, во время и после убийства Виллумсена.

— Ну, — повторила Мартинсен, — как вы это объясните?

Как компьютерная игра: на тебя с разной скоростью и по разным траекториям движется куча объектов, и ты *знаешь*, что с одним из них обязательно столкнешься и игра закончится — это лишь вопрос времени. Понервничать меня еще надо заставить, но моя спина покрылась потом. Я пожал плечами и сделал отчаянную попытку изобразить спокойствие:

— А как *вы* это объяснили?

Мартинсен сочла мой вопрос, что называется, риторическим, пропустила его мимо ушей и впервые, сидя на стуле, наклонилась вперед:

— После приезда Поуль Хансен отсюда не уезжал? Он здесь ночевал? Из тех, с кем мы беседовали, в доме его никто не принимал — ни гостиницы, ни еще кто-либо, — а печка в старом «ягуаре» не особо греет, и той ночью спать в машине было холодно.

— Он в отель вломился, — сказал я.

— В отель?

— Шучу. Я вот про что: он поехал к пожарищу и пошел в рабочий барак, они же сейчас пустуют. Если он так здорово замки вскрывает, с этим он легко разберется.

— Но по мобильному телефону...

— Стройка прямо за холмом, — сказал я. — Сигнал та же вышка ловит, верно же, Курт? Ты же в свое время здесь тоже мобильник искал.

Курт Ольсен пожевал усы — в его взгляде читалось нечто вроде ненависти. Он повернулся к коллегам из Криминальной полиции и коротко кивнул.

— Значит, в таком случае, — заговорила Мартинсен, не спуская с меня глаз, — когда он поехал убивать Виллумсена, телефон остался в том бараке. И до сих пор там лежит. Соберете людей, Ольсен? Кажется, нам нужен ордер на обыск бараков, а обыск будет долгим.

— Удачи, — сказал я, вставая.

— А мы еще не закончили, — улыбнулся Курт.

— Хорошо, — ответил я и снова уселся.

Курт поерзал, как бы показывая, что он поудобнее устраивается.

— Когда мы спросили Риту, могли ли у Поуля Хансена быть ключи от двери в подвал, она ответила отрицательно. Но я увидел, как дернулось ее лицо, а я ведь долго служу в полиции, и лица я *немного* читать умею — я надавил, и она призналась, Рой, что в свое время ключ был у тебя.

— Ну да, — просто сказал я. Я устал.

Курт снова подался вперед, опершись на локти:

— Вопрос в том, передавал ли ты ключ Поулю Хансену. Или же сам побывал у Виллумсена в то утро, когда он умер.

Я с трудом подавил зевок. Не потому, что устал, а потому, что, полагаю, мозгу понадобилось побольше кислорода.

— И откуда, черт подери, у вас такая идея?

— Мы только спросили.

— Зачем мне Виллумсена убивать?

Пожевав усы, Курт посмотрел на Мартинсен — она дала сигнал, что можно продолжать.

— Грета Смитт как-то рассказывала мне, что вы с Ритой Виллумсен путались на пастбище. И когда я предъявил это Рите Виллумсен, когда она рассказала мне про ключ от подвала, в этом она тоже призналась.

— И что?

— И что? Секс и ревность. Во всех развитых странах это самые распространенные мотивы убийства.

— Это, если я не ошибаюсь, тоже из журнала «Настоящее преступление». — Сдерживать зевоту я уже не мог. — Нет, — сказал я и зевнул, широко раскрыв рот. — Виллумсена я, увы, не убивал.

— Не убивал, — сказал Курт. — Ты ведь нам только что рассказал, что дрых, когда убивали Виллумсена, то есть между половиной седьмого и половиной восьмого.

Курт опять затеребил чехол телефона. Как будто суфлер. И тут я все понял: мои перемещения они тоже отследили.

— Нет, я уже встал, — сказал я. — Потом поехал на пристань у Будалсваннета.

— Да, у нас есть свидетель: незадолго до восьми он видел, как оттуда выезжал «вольво», похожий на твой. Что ты там делал?

— Подглядывал за купающимися нимфами.

— Прошу прощения?

— Когда я проснулся и решил, что услышал «ягуар», я вспомнил, что Шеннон и Рита собирались купаться, но где именно, я не знал. Вот и предположил, что это где-то между домом Виллумсена и озером. Припарковался у сараев, искал их, но было темно, и я их не нашел.

Я видел, как сдулась рожа Курта — как будто из мячика воздух выпустили.

— Еще что-то? — спросил я.

— Мы хотели бы на всякий случай проверить ваши руки на предмет следов пороха, — сказала Мартинсен — лицо ее по-прежнему было почти застывшим, а вот тело заговорило по-другому. Ушли напряжение и повышенная чувствительность — наверное, чтобы такое заметить, надо заниматься борьбой или драться на улицах. Может, даже сама того не зная, в глубине души она сделала вывод, что я не враг, и теперь почти незаметно расслабилась.

Эксперт-криминалист Сулесунд раскрыл сумку. Достал компьютер и какую-то похожую на фен штуку.

— Рентгенофлуоресцентный анализатор, — пояснил он, включая компьютер. — Я только просканирую вашу кожу, и мы сразу получим результат. Но сначала надо его к программе подключить.

— Ладно. Может, мне пока сходить и привести Карла с Шеннон, чтобы вы с ними тоже поговорили? — спросил я.

— Чтобы ты сначала руки оттер? — спросил Курт Ольсен.

— Спасибо, но с остальными беседовать у нас необходимости нет, — сказала Мартинсен. — На данный момент все, что нам нужно, есть.

— Я готов, — сказал Сулесунд.

Закатав рукав рубашки, я протянул ему руку — он просканировал меня, как товар на заправке.

Подключив фен к компьютеру USB-кабелем, Сулесунд застучал по клавиатуре. Я видел, с каким напряжением наблюдает за криминалистом Курт. Я почувствовал на себе взгляд Мартинсен, а сам смотрел в окно, думая, как хорошо, что сжег перчатки и всю остальную одежду, которая была на мне в то утро. А еще вспомнил, что перед завтрашними похоронами надо отстирать от крови рубашку, которая была на мне на Новый год.

— Он чист, — сказал Сулесунд.

Думаю, было слышно, как про себя чертыхается Курт Ольсен.

— Что ж, — сказала Мартинсен, поднимаясь. — Спасибо за готовность помочь, Опгард, надеюсь, вы не в обиде. Видите ли, в случае с убийствами нам приходится слегка перегибать палку.

— Вы делаете свою работу, — сказал я, опуская рукав рубашки. — К этому нужно относиться с уважением. И... — Затолкав в рот снюс, я посмотрел на Курта Ольсена и искренне произнес: — Я очень надеюсь, что вы найдете Поуля Хансена.

## 58

Что удивительно, похороны Виллумсена одновременно казались похоронами «Высокогорного спа-отеля "Ус"».

Начались они речью Ю Оса.

— Не введи нас во искушение, но избави нас от лукавого, — произнес он. И рассказал, как покойный, укладывая камешек за камешком, заложил основу предприятия, которое оправдывало свое положение в жизни деревни. По словам Оса, оно было и остается ответом на реальную потребность, имеющуюся у тех, кто здесь живет. — Все мы знали Виллума Виллумсена как жесткого, но справедливого предпринимателя. Он зарабатывал деньги, когда такая возможность предоставлялась, и ни разу не заключил ни единой сделки, в чью выгоду не верил. Но условия заключенных договоров он соблюдал, даже если ветер менялся и прибыль оборачивалась убытком. Всегда. И человека определяет именно эта слепая независимость, полностью доказывающая, что стержень у него есть.

Во время речи Ю Ос не спускал ледяного взгляда голубых глаз с Карла, сидевшего рядом со мной на второй скамье в битком набитой церкви Уса.

— К сожалению, не замечаю, чтобы все современные предприниматели деревни жили согласно тем принципам, которые исповедовал Виллум.

На Карла я не смотрел, но словно почувствовал жар стыда, которым полыхало его лицо.

Думаю, для уничтожения репутации моего братишки этот повод Ю Ос выбрал специально, поскольку знал: для того чтобы высказать все, что ему хочется, это лучшая трибуна. А высказаться он хотел, поскольку двигало им все то же самое: хотелось зафиксировать повестку дня. Пару дней назад Дан Кране опубликовал на первой полосе свою статью о бывших и нынешних муниципальных властях, где представил Ю Оса как политика, чей единственный талант заключался в следующем: приложить ухо к земле, осознать услышанное, а потом скорректировать свои действия — они, как по волшебству, всегда выглядели компромиссом с точки зрения всех сторон. Таким образом, он всегда добивался принятия своих предложений, тем самым производя впечатление сильного лидера. В то время как на самом деле он либо всего лишь просчитывал свою публику, либо просто-напросто плыл по течению. «Собака виляет хвостом или хвост виляет собакой?» — писал Дан Кране.

Разумеется, поднялся шум. Как этот зазнавшийся переселенец осмелился напасть на собственного тестя, их обожаемого старого мэра, местного Герхардсена?[1] На бумаге и в интернете люди высказали немало, на что Дан Кране отвечал, что это вовсе не критика в адрес Ю Оса. Разве это не идея демократии — представлять интересы людей, и существует ли на свете более честный представитель и демократ, чем политик, умеющий оценить обстановку и держать нос по ветру? И вот теперь Кране проиллюстрировал свою точку зрения: с кафедры мы услышали не Ю Оса, а эхо того, о чем судачит вся деревня, — а он всегда улавливал и распространял мнение большинства. Ведь даже тем, кого эти слухи касались, то есть жителям Опгарда, невозможно было не заметить, что люди судачат. Может, просочилась информация, что Карл утратил контроль над проектом отеля или уволил главных подрядчиков. Что у Карла возникли проблемы с финансами и дыры помог залатать личный кредит, о котором он держал язык за зубами, и что реальной картины счета не давали. Что, возможно, пожар — это последняя капля. На данный момент, наверное, абсолютно точно никто ничего не знал, но по сумме мелочей, всплывающих там и сям, сложилась картина, которая никому не понравилась. Но осенью Карл был настроен оптимистично, растрезвонил, что все идет по плану, — вложившимся

1 Эйнар *Герхардсен* — норвежский политик, в общей сложности 17 лет занимавший пост премьер-министра.

в проект жителям деревни именно это и *хотелось* услышать.

А теперь Виллума Виллумсена убил головорез, если верить наводнившей деревню прессе, и что это все значит? Кто-то считал, что у него были очень большие долги. Ходили слухи, что Виллумсен вложил в отель гораздо больше, чем все остальные, что выдавал крупные кредиты. Значит, убийство — первая трещина в фундаменте, предупреждение, что все полетит к чертям? Неужели Карл Опгард — изворотливый, обаятельный, как проповедник, выпускник местной школы — вернулся в родную деревню и запудрил всем мозги воздушным замком?

Когда мы вышли из церкви, я заметил Мари Ос, шедшую под руку с отцом, — на фоне черного пальто ее лицо с обычным теплым румянцем казалось бледным.

Дана Кране видно не было.

Гроб вынесли родственники в великоватых костюмах, положили на катафалк и увезли, а мы стояли, словно благоговея, и смотрели ему вслед.

— Сейчас его не сожгут, — произнес тихий голос. Рядом со мной вдруг оказалась Грета Смитт. — Полиция хочет подержать у себя тело как можно дольше на тот случай, если что-то всплывет и понадобится проверка. Тело временно забрали на похороны, сейчас его обратно в холодильник положат.

Я все смотрел на машину, ехавшую так медленно, что она, казалось, не шевелилась, а из выхлопной трубы вылетал белый дым. Когда она наконец исчезла за поворотом у поля, я повернулся туда, где стояла Грета. Она пропала.

Перед Ритой Виллумсен выстроилась длинная очередь соболезнующих, и я не знал, хочется ли ей прямо сейчас видеть мою рожу, поэтому я сел на водительское сиденье «кадиллака» и стал ждать.

Мимо машины прошел одетый в костюм Антон Му с женой. Глаз ни один из них не поднял.

— Вот черт, — сказал Карл, когда они с Шеннон сели и я завел машину. — Знаешь, что Рита Виллумсен сделала?

— Что? — спросил я, выезжая с парковки.

— Я подошел с соболезнованиями, она в этот момент притянула меня к себе — я-то решил, она меня обнять хочет, а она вместо этого прошептала мне на ухо: «Убийца».

— Убийца? Уверен, что все правильно расслышал?

— Да. Она улыбалась. Хорошая мина при плохой игре, все так, но...

— Убийца.

— Да.

— Адвокат ведь сообщил ей, что незадолго до смерти ее муж простил тридцатимиллионный долг и дал тебе еще тридцать миллионов, — сказала Шеннон.

— И поэтому я убийца? — негодовал Карл.

Я знал, что взбесился он не потому, что не виноват, а потому, что, если учесть имеющуюся у Риты информацию, обвинения абсурдны. Вот как у Карла мозги работали. Он чувствовал, что Рита Виллумсен судит по его личным качествам, а не фактам, и это его задевало.

— Ну не так уж странно, что она что-то подозревает, — сказала Шеннон. — Если она знала о долге, ей показалось странным, что муж не рассказывал, что простил такую крупную сумму. А если она о долге не знала, она что-то почуяла, потому что адвокат получил документы уже после убийства, но с подписью под датой на несколько дней раньше.

В ответ Карл лишь хрюкнул, откровенно считая, что даже столь ясные логические рассуждения поведения Риты не объясняют.

Я посмотрел на небо. Обещали, что будет ясно, но с запада налетели темные облака. Как говорится, в горах погода меняется быстро.

## 59

Я открыл глаза. Пожар. Полыхали кровать и стены, на меня с ревом несся огонь. Спрыгнув на пол, я увидел на матрасе высокие желтые языки пламени. Как же я ничего не почувствовал? Посмотрел себе на ноги, я все понял. Я сам горел. Услышал голоса Карла и Шеннон из их спальни и побежал к двери — заперто. Подбежав к окну, я отдернул горящие шторы. Вместо стекол — решетки. А снаружи на снегу стояли трое. Таращились на меня, бледные, неподвижные. Антон Му. Грета Смитт. И Рита Виллумсен. Из темноты Козьего поворота вползла пожарная машина. Ни сирен, ни мигалок. Понизила передачу. Двигатель ревел все громче, а работал все тише. Затем машина совсем остановилась и заскользила назад, во тьму, из которой возникла. Из амбара, пошатываясь, вышел кривоногий мужчина. Курт Ольсен. В папиных боксерских перчатках.

Я открыл глаза. В комнате темно, но пожара нет. А вот рев есть. Нет, даже не рев — двигатель на высоких оборотах. Призрак «ягуара», вылезающий из Хукена. Постепенно просыпаясь, я услышал, что эти звуки — на трактор похоже — издает «лендровер».

Натянув штаны, я спустился.

— Я тебя разбудил?

На лестнице стоял Курт Ольсен, большие пальцы засунуты под ремень.

— Рановато, — сказал я. На часы я не посмотрел, но, повернувшись на восток, признаков восхода солнца тоже не заметил.

— Мне не спалось, — сказал он. — Вчера мы закончили обыск бараков на стройплощадке и не нашли ни Поуля Хансена, ни его машины, ни следов того, что они там бывали. А сейчас вышка перестала регистрировать сигналы его телефона: либо батарея разрядилась, либо он телефон отключил. Но ночью мне кое-что пришло в голову, и я решил эту идею побыстрее проверить.

Я попытался собраться с мыслями:

— Ты один?

— Про Мартинсен думаешь? — спросил Ольсен, одаривая меня ухмылкой, значение которой осталось для меня непонятным. — Причин будить Криминальную полицию нет, много времени это не займет.

На лестнице за моей спиной раздался грохот.

— Курт, что случилось? — Карл, еще сонный и, как и всегда утром, раздражающий своим хорошим настроением. — Нападение на рассвете?

— Доброе утро, Карл. Рой, когда мы здесь были в прошлый раз, ты сказал, что в день смерти Виллумсена утром тебя, как ты подумал, разбудил «ягуар». А потом звук исчез, и ты решил, что это сон.

— И?..

— Я задумался о том, что во время нашего визита на Козьем повороте было скользко. И что, *может быть*, — просто мой мозг никак не перестанет искать возможный ответ на эту загадку, — *может быть*, это был не сон, ты услышал «ягуар»: он не одолел последний склон, заскользил назад и...

508

Выдерживая театральную паузу, Курт стряхнул пепел с сигареты.

— Думаешь... — Я попытался сделать удивленный вид. — Думаешь, что...

— В любом случае я хочу проверить. Девяносто процентов работы следователя...

— ...Это распутывание следов, которые никуда не ведут, — сказал я. — «Настоящее преступление». Я тоже ту статью читал. Удивительное дело, а? Ты в Хукен заглядывал?

Слегка недовольный Курт сплюнул рядом с лестницей:

— Пытался, но темно, обрыв крутой, мне нужна страховка, чтобы забраться подальше и все увидеть.

— Ясно, — сказал я. — Фонарь нужен?

— У меня есть, — сказал он, возвращая сигарету в уголок рта и поднимая черную штуку, похожую на копченую колбасу.

— Я с тобой, — сказал Карл и пошел обратно по лестнице одеваться.

Мы спустились к Козьему повороту, где с включенными фарами лицом к обрыву стоял «лендровер» Ольсена. Из-за погодных перепадов потеплело, температура была чуть ниже нуля. Курт Ольсен обвязал талию веревкой, лежавшей в багажнике.

— Подержите ее кто-нибудь. — Он передал ее Карлу и осторожно пошел к краю дороги.

Через метр-два крутой каменистый склон оканчивался обрывом и исчезал из поля зрения. Пока он стоял там спиной к нам, нагнувшись вперед, Карл наклонился к моему уху.

— Он труп найдет, — взвизгивая, прошептал он. — А потом поймет, что с ним не так. — Лицо Карла блестело от пота, а паника в его голосе навела меня на мысль о парадоксах, о мошеннике, сказавшем, что он так боялся разоблачения, что готов был умереть от голода. — Мы должны... — Карл кивнул в направлении спины Ольсена.

— Соберись, — сказал я, стараясь говорить потише. — Он найдет труп, и с ним все в порядке.

В то же мгновение к нам повернулся Курт Ольсен. В темноте его сигарета пылала, как стоп-сигнал.

— Наверное, лучше конец веревки к бамперу привязать, — сказал он. — Поскользнуться нам всем здесь проще простого.

Я забрал у Карла конец веревки, завязал на бампере булинь, кивнул Курту в знак того, что все в порядке, и послал Карлу сдержанный предупреждающий взгляд.

Я держал веревку натянутой, а Курт пододвинулся к обрыву. Зажег фонарь и направил луч вниз.

— Что-нибудь видно? — спросил я.

— О да, — ответил Курт Ольсен.


Стальные синие облака висели низко, пропуская слабый свет, когда сотрудники Криминальной полиции спустили в Хукен Сулесунда и двух его коллег. Сулесунд надел стеганый комбинезон и прихватил свой фен. Скрестив руки на груди, Мартинсен наблюдала за всем происходящим.

— Быстро вы приехали, — сказал я.

— Обещают снег, — ответила она. — Место преступления под метровым слоем снега — вот где дерьмо.

— Вы в курсе, что внизу находиться опасно?

— Ольсен говорил, но в мороз камнепады редко случаются, — ответила она. — В мороз вода в породе расширяется, расчищает себе место, но срабатывает как клей. А вот когда все тает, начинают падать камни.

Похоже, она знала, о чем говорит.

— Мы внизу, — раздался в ее рации голос Сулесунда. — Прием.

— С нетерпением ждем. Прием.

Мы ждали.

— А разве рация — это не прошлый век? — спросил я. — Можно было просто мобильными телефонами воспользоваться.

— А откуда вы знаете, что там внизу связь ловит? — Она посмотрела на меня.

Намекала, что я только что выдал тот факт, что я внизу побывал? В воздухе еще висели последние остатки подозрений?

— Ну да, — сказал я, заталкивая в рот снюс. — Если вышка принимала сигналы телефона Поуля Хансена после того, как он там оказался, значит, связь там есть.

— Посмотрим, там ли его телефон, — сказала Мартинсен.

В ответ у нее затрещала рация.

— Здесь труп, — проблеял Сулесунд. — Раздавленный, но это Поуль Хансен. Промерзший — о том, чтобы сколько-нибудь точно определить время смерти, и думать нечего.

Мартинсен заговорила в черную коробочку:

— Ты его мобильный тоже видишь?

— Нет, — ответил Сулесунд. — Или да, Олгорд нашел у него в кармане куртки. Прием.

— Просканируешь труп, заберешь телефон и поднимешься? Прием.

— Хорошо. Конец связи.

— Ферма ваша? — спросила Мартинсен и прикрепила рацию к ремню.

— Наша с братом, — сказал я.

— Здесь красиво. — Ее взгляд заскользил по пейзажу точно так же, как накануне по кухне. Думаю, от ее внимания почти ничего не укрылось.

— Вы про фермы много знаете? — спросил я.

— Нет, — ответила она. — А вы?

— Нет.

Мы рассмеялись.

Я достал коробку снюса. Взял одну порцию. Предложил ей.

— Нет, спасибо, — отказалась она.

— Бросили? — спросил я.

— А что, так заметно?

— Когда я открыл коробку, вы смотрели как любитель снюса.

— Ладно, давайте одну.

— Не хотелось бы стать тем, кто...

— Только одну.

Я протянул ей коробку.

— Почему Курт Ольсен не здесь? — спросил я.

— Ваш ленсман уже расследует новые дела, — произнесла она с кислой улыбкой, окаменевшими средним и указательным пальцем проталкивая снюс между красными влажными губами. — Пока мы обыскивали бараки, мы нашли латыша, рабочего, он отель строил.

— Я думал, бараки закрыли до возобновления работ.

— Так и есть, но латыш решил деньги сэкономить и, вместо того чтобы уехать на Рождество домой, жил в бараке без разрешения. Первое, что он произнес, когда увидел в дверях полицию: «It wasn't me who started the fire»[1]. Оказывается, в канун Нового года он пошел в центр салют посмотреть, и, когда направлялся туда незадолго до полуночи, мимо него проехала машина. Когда он вернулся, отель уже горел. О пожаре по телефону сообщил он. Естественно, анонимно. И сказал, что не воспользовался

_____

1 «Поджог не я устроил» (*англ.*).

шансом пойти в полицию и рассказать о машине, потому что тогда всплыло бы, что он все Рождество прожил в бараке, и его бы уволили. А кроме того, фары так его ослепили, что он ничего не смог рассказать полиции о марке или цвете, единственное, что он запомнил: работал только один стоп-сигнал. В любом случае Ольсен его сейчас допрашивает.

— Думаете, это как-то связано с убийством Виллумсена?

Мартинсен пожала плечами:

— Такой возможности мы не исключаем.

— А латыш...

— Невиновен, — сказала она. К ней пришло спокойствие другого рода. Никотиновое.

Я кивнул:

— Вообще вы довольно точно знаете, кто виноват, а кто нет, правильно?

— Довольно, — сказала она.

Она сказала бы еще что-то, если бы в этот момент над обрывом не показалась голова Сулесунда. По веревке он забрался с помощью жумара, а теперь, выбравшись из страховочной петли, сел на пассажирское сиденье машины, принадлежащей Криминальной полиции. Фен он подключил к компьютеру и застучал по клавишам.

— Следы пороха! — крикнул он в открытую дверцу. — Никаких сомнений, незадолго до смерти Поуль из оружия стрелял. И есть совпадения с данными по оружию с места преступления.

— Вы это тоже видите? — спросил я у Мартинсен.

— По крайней мере, мы узнаем, те ли это пули и, если повезет, совпадают ли следы пороха на Поуле Хансене с моделью пистолета. Все ясно, теперь ход событий выстраивается довольно четко.

— Правда?

— Утром Поуль Хансен застрелил Виллума Виллумсена в спальне, затем поехал сюда, чтобы попытаться получить с Карла деньги, которые ему задолжал Виллумсен, но «ягуар» заскользил по льду на Козьем повороте, и тем самым... — Она резко замолчала. Улыбнулась. — Ленсман не обрадовался бы, узнай он, что вы, Опгард, отслеживаете каждый шаг следствия.

— Обещаю не сплетничать.

Она рассмеялась:

— И тем не менее полагаю, для совместной работы полезнее сказать, что, пока мы были здесь, вы по большей части сидели дома.

— Ладно, — сказал я, застегивая молнию на куртке. — Судя по всему, дело раскрыто.

Она сжала губы, показывая тем самым, что на такие вопросы не отвечают, но моргнула обоими глазами, как бы тем самым говоря «да».

— Не хотите кофе? — спросил я.

На секунду я увидел в ее взгляде смятение.

— Холодно же, — добавил я. — Могу вам кофейник вынести.

— Спасибо, у меня свой есть, — сказала она.

— Конечно, — бросил я, развернулся и ушел.

У меня осталось ясное ощущение, что она на меня заглядывалась. Не факт, что она заинтересовалась, но смысл подкатить есть всегда. Я подумал про дыру в цинковом ведре и про то, как близко от моей головы прошла пуля датчанина. Профессиональный выстрел из движущейся машины. И хорошо, что упала она с такой высоты, что не осталось уже никакого ветрового стекла с дыркой от пули, — возникло бы недоумение по поводу того, когда и где Поуль Хансен произвел тот выстрел.

— Ну? — спросил Карл. Они с Шеннон сидели за столом на кухне.

— Отвечу, как Курт Ольсен, — сказал я, направляясь к плите. — О да.

## 60

В три часа пошел снег.

— Смотри, — сказала Шеннон, глазея сквозь тонкие стекла в зимнем саду. — Все исчезает.

Крупные пушистые хлопья, медленно опускаясь, ложились на землю, накрывая ее, как пуховым одеялом, — и она оказалась права: через пару часов все исчезло.

— Я вечером в Кристиансанд поеду, — сказал я. — Для кого-то этот отпуск оказался слегка неожиданным, там много чего накопилось.

— Будь на связи, — попросил Карл.

— Да, будь на связи, — сказала Шеннон. Под стулом ее нога коснулась моей.

Когда я в семь часов выехал из Опгарда, у снегопада случился перерыв. Я подумал, что хорошо бы заправиться, свернул на заправку и заметил в новых раздвижных дверях спину Юлии. На парковке стояла только одна машина — аккуратный «форд-гранада» Алекса. Я припарковался у бензоколонок, где освещение было ярким, вышел и стал заправляться. «Гранада» стояла всего в нескольких метрах, свет от уличных фонарей падал на золотисто-коричневый капот и лобовое стекло, поэтому мы друг друга хорошо видели. В машине он сидел один, Юлия ведь пошла что-то купить — наверное, пиццу. Потом поедут домой кино смотреть — так ведь в деревне обычно делают, когда начинают встречаться. Как говорится, выбывают из круговорота. Он притворился, что не заметил меня. Пока я не закрепил заправочный пистолет в отверстии бензобака и не пошел к нему. Тут он засуетился: выпрямился за рулем, затушил едва раскуренную сигарету — она, ударившись о голый асфальт под навесом над бензоколонками, подскочила и рассыпала искры. Стал закрывать окно. Наверное, кто-то сказал, как ему повезло — Рой Опгард в канун Нового года был не в настроении драться, — и поделился парочкой старых историй из Ортуна. Он даже украдкой заперся со своей стороны.

Встав у его двери, я постучал указательным пальцем в стекло.

Он опустил стекло на пару сантиметров:

— Да?

— У меня предложение.

— Вот как? — Судя по его виду, он решил, что мое предложение — устроить еще один бой. И подобное предложение его не интересовало.

— Юлия точно рассказала тебе, что произошло в канун Нового года до твоего прихода и что тебе надо бы передо мной извиниться. Но такому парню, как ты, это сделать непросто. Знаю, потому что сам таким был, и даже не думаю просить тебя это сделать ради меня или тебя. Но Юлии это важно. Ты ее парень, а я — единственный из ее начальников, кто нормально с ней обращался.

Алекс разинул рот, и я понял, что попал в цель — если не в глаз, то хотя бы в бровь.

— Чтобы все выглядело правдоподобно, я сейчас отойду и буду медленно заправлять машину. А когда появится Юлия, ты выйдешь из машины и подойдешь ко мне — и мы с тобой все уладим так, чтобы она это увидела.

Приоткрыв рот, он уставился на меня. Не знаю, насколько Алекс умный, но, полагаю, он, закрыв наконец рот, сообразил, что это решит пару проблем. Во-первых, Юлия перестанет его пилить, что ему не хватило мужества попросить у Роя Опгарда прощения. Во-вторых, ему уже можно будет не оглядываться через плечо в ожидании возмездия.

Он кивнул.

— Увидимся, — сказал я и пошел обратно к «вольво».

Я встал за бензоколонкой так, чтобы Юлия меня не увидела, когда выходила из магазина через минуту. Я услышал, как она садится в машину и закрывает дверцу. Через несколько секунд дверца открылась. И передо мной оказался Алекс.

— Извини, — сказал он. Протянул руку.

— Бывает, — ответил я, увидев через его плечо, что из машины на нас, округлив глаза, уставилась Юлия. — Алекс?

— Да?

— Две просьбы. Первая. Будь к ней добр. Вторая. Не выбрасывай зажженные сигареты, когда так близко к бензоколонкам паркуешься.

Он сглотнул и снова кивнул.

— Я ее подберу, — сказал он.

— Нет, — возразил я. — Ты пойдешь и сядешь рядом с Юлией, а когда вы уедете, я ее подниму. Ладно?

— Ладно, — сказал Алекс вслух. А взглядом поблагодарил.

Проезжая мимо, Юлия энергично мне помахала.

Я сел в машину и уехал. Медленно: погода мягкая и дорога стала более скользкой. Проехал муниципальный знак. В зеркало я смотреть не стал.

# Часть VII

## 61

В середине января меня пригласили на собрание инвесторов «Высокогорного спа-отеля "Ус"», назначенное на первую неделю февраля. Краткая повестка дня, всего один пункт. *Куда двинемся дальше?*

Формулировка подразумевала любую возможность. Похоронить отель? Или продать тому, кто заинтересуется, а похоронить только компанию? Или продолжить работу над проектом, но по другому графику?

Собрание назначили на 19:00, но во двор Опгарда я прикатил в час. На ясном, голубом небе сияло металлически-белое солнце. По сравнению с моим прошлым визитом домой над горными вершинами оно возвышалось сильнее. Когда я вышел из машины, передо мной оказалась Шеннон, такая красивая, что больно было смотреть.

— Я на них кататься научилась, — рассмеялась она и, сияя от радости, подняла пару лыж.

Мне пришлось взять себя в руки, чтобы не подойти к ней и не обнять. Всего четыре дня назад мы лежали в одной постели в Нотоддене,

518

и мой язык до сих пор помнил ее вкус, а кожа — тепло.

— Она молодец! — засмеялся Карл, выходя из дома с моими лыжными ботинками. — Давайте к отелю прогуляемся.

Мы принесли из амбара лыжи, надели и пошли. Я четко увидел, что Карл, разумеется, преувеличивал: по большей части Шеннон удавалось удержаться на ногах, но пока она далеко *не молодец*.

— Думаю, все потому, что в детстве я серфингом занималась, — сказала она, очевидно довольная собой. — Учишься держать равновесие... — Она вскрикнула, когда лыжи разъехались и она неожиданно шлепнулась на свежий снег.

Мы с Карлом согнулись пополам от смеха, а после неудачной попытки придать лицу оскорбленное выражение Шеннон тоже засмеялась. Когда мы помогали ей встать, я почувствовал на своей спине руку Карла. А потом он слегка обнял меня за шею и посмотрел на меня сияющими голубыми глазами. Выглядел он лучше, чем на Рождество. Чуть похудел, двигался быстрее, говорил четче, белки глаз очистились.

— Ну? — спросил Карл, опираясь на лыжи. — Видишь?

Увидел я только те же самые выгоревшие черные руины, что и месяцем раньше.

— Не видишь? Здесь отель будет.

— Нет.

Карл рассмеялся:

— Подожди четырнадцать месяцев. Я поговорил со своими людьми: черт возьми, да, нам четырнадцати месяцев хватит. Через месяц перережем ленточку в честь начала стройки. И будет масштабнее, чем в первый раз. Приехать и перерезать ленточку согласилась Анна Фалла.

Я кивнул. Депутат стортинга, руководитель Комитета по промышленности. Нехило.

— А потом — большой деревенский праздник в Ортуне, как в старые времена.

— Как в старые времена не будет, Карл.

— Погоди, увидишь. Ради такого случая я попросил Рода снова группу собрать.

— Шутишь! — Я засмеялся. Род. Черт, да это покруче любого депутата стортинга будет.

Карл обернулся:

— Шеннон?

Она карабкалась на холм позади нас.

— Лыжи отдают, — с улыбкой сказала она, запыхавшись. — Интересное выражение. Назад они скользят, а вперед — нет.

— Покажешь дяде Рою, как научилась с горы спускаться? — Карл указал на склон с подветренной стороны. Свежий снег блестел, словно бриллиантовый ковер.

Шеннон скорчила гримасу:

— Я вас развлекать не планировала.

— Представь, что стоишь на серферской доске дома, — поддразнил он.

Она попыталась стукнуть его палкой, но чуть снова не потеряла равновесие. Карл громко рассмеялся.

— Покажешь ей, как надо на лыжах стоять? — спросил меня Карл.

— Нет, — ответил я, закрывая глаза. Их пощипывало, хоть на мне и были темные очки. — Не хочется портить.

— Он имеет в виду, что не хочет свежий снег портить, — услышал я слова Карла, обращенные к Шеннон. — Папу это с ума сводило. Мы оказываемся у идеального спуска с нетронутым, пушистым снегом, и папа просит Роя пойти первым, ведь на лыжах из нас лучше всего держится он, но Рой отказывается, говорит, там же так красиво. Не хочет снег лыжней портить.

— Понимаю, — сказала Шеннон.

— А папа — нет, — сказал Карл. — Он говорил, если не испортишь, то никуда не дойдешь.

Мы сняли лыжи, уселись на них и разделили на троих апельсин.

— Ты знал, что апельсиновое дерево родом с Барбадоса? — спросил Карл и прищурился, глядя на меня.

— Грейпфрутовое, — сказала Шеннон. — И это тоже очень сомнительно. Но... — Она взглянула на меня. — Именно то, что нам неизвестно, делает историю правдой.

Когда апельсин слопали, Шеннон сказала, что назад хочет пойти первой, чтобы мы ее не ждали.

Мы с Карлом сидели и смотрели, как она переберется через холм.

Карл тяжело вздохнул:

— Чертов пожар...

— Узнали еще что-то о том, как все случилось?

— Только то, что его кто-то поджег и что, по всей вероятности, новогоднюю ракету туда подложили, чтобы выдать ее за причину пожара. Этот литовец...

— Латыш.

— ...не смог даже рассказать, какую машину увидел, поэтому не исключено, что он и поджег.

— Зачем ему это?

— Пироман. Или ему за это заплатили. Рой, в деревне есть завистники, которые отель ненавидят.

— Ты имеешь в виду, нас ненавидят.

— Не без этого.

Вдалеке раздался вой. Собака. Кто-то говорил, что видел в горах волчьи следы. И даже медвежьи.

Разумеется, ничего невозможного в этом нет, просто маловероятно. Нет почти ничего невозможного. Все случится — это лишь вопрос времени.

— Я ему верю, — сказал я.

— Литовцу?

— Даже пироман не останется жить там, где он пожар устроил. А даже если ему за это заплатили — зачем так все усложнять и врать про машину с неработающими стоп-огнями, которая выехала со стройплощадки? Мог бы сказать, что, когда он вернулся, уже полыхало, или что спал в бараке, или что ничего не знает. Пусть полиция выясняет, ракета это или еще что-то.

— Не все рассуждают так логично, Рой.

Я засунул в рот снюс.

— Нет, наверное. Кто ненавидит тебя настолько, чтобы твой отель сжигать?

— Поглядим. Курт Ольсен, потому что по-прежнему уверен: мы в смерти его отца как-то замешаны. Эрик Нерелл — мы унизили его, когда заставили прислать откровенные фотографии. Симон Нергард, потому что он... потому что он в Нергарде живет, ты его избил и он нас всегда ненавидел.

— А как же Дан Кране? — спросил я.

— Нет, они с Мари совладельцы отеля.

— На кого доля записана?

— На Мари.

— Я знаю Мари, ферма наверняка в ее собственности.

— Точно. Но ведь Дан никогда Мари не нагадит...

— Серьезно? Представь себе мужчину, которому изменила жена, а ты — мужчина, с которым она изменила. Ему угрожали, запугали цензурой, его унизил головорез, потому что он хотел написать про отель что-то нехорошее, но правдивое. В канун Нового года его вышвырнули из приличного общества, и он оказался в компании с такими, как я. Брак уже летел к чертям, а в канун Нового года он решил сам вогнать последний гвоздь в крышку гроба, уничтожив репутацию ее отца статьей на первой полосе. Неужели подобный человек никогда ей не нагадит — она же причина всех его несчастий. И при этом параллельно нагадить и тебе? В канун Нового года у Стэнли я видел Дана Кране, который прошел сквозь стену.

— Стену?

— Знаешь, как люди пугаются, когда им угрожает смертью тот, кто точно знает, на какие кнопки нажать?

— Отчасти, — сказал Карл, искоса на меня посмотрев.

— Как говорится, это твою душу сожрет.

— Да, — тихо произнес Карл.

— А что потом?

— В конце концов на страх сил уже не остается.

— Да, — согласился я. — Становится плевать, уж лучше умереть. Погубить самого себя или погубить кого-то другого. Сжечь, убить. Что угодно — лишь бы перестать бояться. Это и есть перейти черту.

— Да, — согласился Карл. — Черта. И по другую ее сторону гораздо лучше. Несмотря ни на что.

Мы молчали. Над нами я услышал быстрые взмахи крыльев, а на снег упала тень. Куропатка, наверное. Вверх я не посмотрел.

— Кажется, она счастлива, — сказал я. — Шеннон.

— Естественно, — ответил Карл. — Думает, отель построят точь-в-точь как на ее чертежах.

— Думает?

Карл кивнул. Он как-то понурился, а светлая улыбка пропала.

— Я ей еще не говорил: всплыло, что отель на случай пожара застрахован не был. Сейчас на плаву проект держат только деньги Виллумсена. Судя по всему, источником послужил Дан Кране.

— Черт бы его побрал!

— Люди за свои деньги боятся, даже члены правления бубнят, что надо закругляться, пока все хорошо. Рой, после сегодняшнего собрания, возможно, всему крышка.

— И что ты думаешь делать?

— Я обязан попытаться переломить ситуацию. Но после того, что Ос наговорил на похоронах Виллумсена, и того, что пишет и распускает по деревне Дан Кране, в доверии я не сказать чтобы купаюсь.

— Местные тебя знают, — сказал я. — В конечном итоге это важнее того, что пишет и бормочет приезжий газетчик. То, что говорит Ос, забудется, как только дела у тебя пойдут в гору. Когда они поймут, что, черт возьми, этот Опгард даже в нокауте не сдается.

Карл посмотрел на меня:

— Думаешь?

Я ткнул его в плечо:

— Знаешь, как говорят: everybody loves a comeback kid[1]. Кроме того, основные работы и самые серьезные вложения позади, осталось только само здание. Бросить все сейчас — это же идиотизм. Братишка, ты справишься.

Карл положил руку мне на плечо:

— Спасибо, Рой. Спасибо, что веришь в меня.

— Проблема в том, чтобы все согласились следовать изначальным чертежам Шеннон. Муниципалитету по-прежнему нужны тролли и дерево, а если брать материалы подороже и вариант

1 Все полюбят того, кто снова овеян славой (*англ.*).

Шеннон, компания должна одобрить увеличение капитала.

Карл выпрямился — я как будто снова вдохнул в него оптимизм.

— Мы с Шеннон об этом думали. Когда мы показывали чертежи на первой встрече с инвесторами, мы не проработали как следует визуальную составляющую презентации — получилось очень строго и тоскливо. Теперь Шеннон сделала изображения и чертежи с совсем другими освещением и ракурсом. Главное отличие в том, что она поместила отель в летний ландшафт, а не зимний. В прошлый раз бетон ускользал в монотонный, бесцветный зимний пейзаж, и отель казался продолжением зимы, которую здесь все ненавидят, так ведь? Теперь летний, красочный пейзаж добавляет бетону цвета и света — отель выделяется на фоне и не кажется бункером, который пытается потеряться.

— Same shit, new wrapping?[1]

— И этого ни одна живая душа не поймет. Обещаю, все с ума сойдут от восторга. — Он снова был на коне, белые зубы сияли.

— Как туземцы, которым побрякушки показывают, — улыбнулся я в ответ.

— Побрякушки — настоящий жемчуг, просто в этот раз мы его заранее отполируем.

— Вполне честно, — сказал я.

— Вполне честно.

— Делай что должен.

— Так и есть, — сказал Карл. Повернулся к западу.

Я услышал, как он задержал дыхание. Съежился. Снова упал с лошади?

---

1 Старое дерьмо в новой упаковке? (*англ.*)

— Даже когда ты знаешь, что это очень-очень неправильно, — сказал Карл.

— Верно, — ответил я, хоть и понимал, что сейчас он говорит о чем-то другом. Я окинул взглядом лыжню, по которой ушла Шеннон.

— И тем не менее делать это ты не прекращаешь, — медленно сказал он — по-новому четко. — День за днем, ночь за ночью. Совершаешь все тот же грех.

Я задержал дыхание. Вполне возможно, он про папу говорил. Или про себя и Мари. Но я не ошибся — речь о Шеннон. О нас с Шеннон.

— Например... — произнес Карл. Говорил он сдавленным голосом и тяжело сглатывал.

Я напрягся.

— ...когда Курт Ольсен заглядывал в Хукен и искал «ягуар», — сказал он. — Я рехнулся и подумал, что история повторяется, теперь нас раскроют. В тот раз точно так же и на том же месте стоял его отец — смотрел вниз, проколоты ли шины у «кадиллака».

Я не ответил.

— Но в прошлый раз тебя со мной не было и ты меня не остановил. Рой, Сигмунда Ольсена столкнул я.

Горло у меня пересохло, как сухарь, но я хотя бы снова задышал.

— Но ты ведь всегда это знал, — произнес он.

Я не сводил взгляда с лыжни. Подвигал головой. Кивнул.

— Почему же ты ни разу не дал мне это тебе рассказать?

Я пожал плечами.

— Не хотел становиться соучастником убийства, — предположил он.

— По-твоему, я боюсь? — Я криво усмехнулся.

— Виллумсен и его головорез — это другое дело, — сказал Карл. — То был невинный ленсман.

— Ты, наверное, сильно толкнул, падал он совсем не вертикально.

— Благодаря мне он полетел. — Карл закрыл глаза, может, из-за чересчур яркого солнца. А потом снова открыл. — Когда я тебе в мастерскую звонил, ты уже знал, что это не несчастный случай. Но вопросов не задавал. Потому что так всегда легче — притвориться, что мерзости не существует. Как когда папа приходил по ночам к нам в комнату и...

— Заткнись!

Карл заткнулся. Быстрые взмахи крыльев, — кажется, та птица вернулась.

— Я не хотел знать, Карл. Хотел верить, что человеческого в тебе больше, чем во мне, что ты на хладнокровное убийство не способен. Но ты по-прежнему мой брат. И когда ты его столкнул, возможно, ты спас меня от обвинения в убийстве папы и мамы.

Карл скорчился, снова надел темные очки и швырнул на снег апельсиновую кожуру.

— Everybody loves a comeback kid. Так правда говорят или ты сам придумал?

Вместо ответа я посмотрел на часы:

— На заправке с переучетом небольшая запара — меня просили заглянуть и помочь. Увидимся в Ортуне в семь.

— А ты у нас переночуешь?

— Спасибо, но сразу после собрания я поеду домой, мне завтра рано на работу.

Несмотря на то что право голоса имели только участники проекта, на собрание в Ортуне пригласили всех желающих. Пришел я рано, сел на последний ряд и оттуда стал наблюдать, как постепенно заполняется помещение. Полтора года назад перед ознакомительным собранием инвесторов царило напряженное ожидание — теперь же атмосфера оказалась совсем другой. Тяжелой, мрачной. Как говорится, атмосфера линчевания. К началу собрались все. В первом ряду — Ю и Мари Ос с Воссом Гилбертом. Через несколько рядов — Стэнли с Даном Кране. Грета Смитт сидела рядом с Симоном Нергардом и, наклонившись к нему, что-то шептала на ухо — бог его знает, когда они так подружиться успели. Антон Му с женой. Юлия и Алекс. Маркус взял на заправке отгул — я заметил, как он переглянулся с Ритой Виллумсен, сидевшей через два ряда за ним. Эрик Нерелл с женой сели рядом с Куртом Ольсеном, но когда Эрик сделал попытку пообщаться, стало понятно, что Курт не в настроении, — Эрик наверняка пожалел, что там сел, но и пересесть уже не мог.

Ровно в семь часов на трибуну поднялся Карл. В зале воцарилась тишина. Карл поднял глаза. И мне увиденное не понравилось. Теперь, когда результат ему был нужен, как никогда, — утихомирить недовольство, подобно Моисею, разделить море, — на него, казалось, подействовала серьезность момента и он, не успев начать, устал.

— Уважаемые жители Уса, — заговорил он. Голос слабый, взгляд мечется по залу, словно пытаясь установить зрительный контакт, но везде получая отказ. — Мы с вами люди гор. Мы живем там, где жизнь всегда была трудной. И где с трудностями нам приходилось бороться самим. — На мой взгляд, это был необычный способ открыть собрание собственников, но большинство в зале вряд ли больше меня понимало в том, как принято вести собрания владельцев. — Поэтому, чтобы выжить, нам приходилось следовать одному и тому же правилу — нам с братом его передал отец. Делай то, что должен. — Взглядом он нашел меня. И перестал метаться. Выглядел он по-прежнему измученным, но на губах заиграла слабая улыбка. — Что мы и делаем. Каждый день и каждый раз. Не потому, что можем, а потому, что должны. И каждый раз, когда мы наталкиваемся на препятствия — срывается с обрыва стадо, мерзнет урожай или деревню засыпает лавина, — мы вновь находим путь к миру. И если шоссе перестраивают и дороги *к нам* у мира больше нет, мы сами ее строим. Мы строим высокогорный отель. — Голос стал поживее, и он почти незаметно выпрямил спину. — И когда отель сгорает и остаются руины, мы смотрим на потери и сомневаемся... — Он поднял указательный палец и повысил голос: — Один день! — Он отвел от меня взгляд, — кажется, он нашел опору, его в другое место пригласили. — Когда мы составляем план и все идет не по нему, мы делаем то, что должны. Мы составляем новый. Итак, все пошло не совсем так, как мы думали. Ладно. Придумаем еще что-нибудь. — Он снова нашел меня взглядом. — У людей гор, таких как мы, места для бесполезной сентиментальности нет, оглянуться назад — это не вариант. Как говорил наш отец, kill your darlings and babies[1]. Друзья, давайте смотреть вперед. Вместе.

Повисла долгая театральная пауза. Я ошибся — или голова Ю Оса зашевелилась? Да. Он ведь закивал? И как будто Карл получил четкий сигнал, он продолжил:

— Ведь мы вместе, хотим мы того или нет. У этой семьи — ты, я и все собравшиеся сегодняшним вечером — общая судьба, уклониться от которой мы не сможем. Мы, люди гор из Уса, пойдем ко дну вместе. Или вместе достигнем высот.

1 Убей своих любимых и детей (*англ.*).

Атмосфера стала меняться — медленно, но я чувствовал, что линчеванием уже не пахнет. Ясное дело, холодный скепсис никуда не делся. На данный момент от Карла не потребовали дать ответ на ряд важнейших вопросов — куда без этого. Но услышанное им понравилось. И что он говорил, и как он это говорил — на диалекте Уса. И до меня дошло, что то самое неуклюжее высказывание доказано. Он обратил внимание на то, что я ему сказал. *Everybody loves a comeback kid*. И именно в тот момент, когда они вот-вот должны были оказаться у него на крючке, Карл сошел с трибуны и простер руки к собравшимся:

— Я не могу ничего гарантировать: будущее туманно, а предсказатель из меня неважный. Единственное, что гарантировать *смогу*: каждый из нас по отдельности обречен на провал, мы овцы — если одна отобьется от стада, ее съедят или она замерзнет насмерть. Но вместе, и только вместе мы имеем по крайней мере одну уникальную *возможность* выбраться из того переплета, в котором мы, безусловно, оказались после пожара.

Он снова сделал паузу и встал в полутьме рядом с трибуной. Мне оставалось только восхищаться им. Черт побери, да последнее предложение — шедевр ораторского искусства. Одним предложением он выполнил три задачи. Первая. Поступил честно, признав, что положение непростое, но взвалил всю вину на пожар. Вторая. Своего рода вдохновляющим морализмом призвал к солидарности, одновременно разделив ответственность между всеми собравшимися. Третья. Проявил здравомыслие, подчеркнув, что отстроить отель заново — это не гарантированное решение, а лишь *возможность*, и тут же аккуратно добавил, что она уникальная, а потому единственная.

— Если мы все сделаем правильно, мы не просто найдем выход из затруднительного положения, — сказал из полутьмы Карл.

Я почти уверен, что он сильно заранее решил вопрос с освещением. Потому что, когда он вновь вышел из темноты, визуальная составляющая подействовала столь же эффективно, как и слова. На сцену вышел вымотанный и угнетенный мужчина, а теперь он превратился в напористого агитатора.

— Благодаря нам Ус будет процветать, — раздался его голос, — и для этого мы построим отель — без компромиссов, без дорогущей ерунды, вроде древесины и троллей, потому что, по нашему мнению, современные искатели приключений попадут в норвежскую народную сказку, едва пересекут границы деревни. Они хотят увидеть горы — и здесь тоже никаких компромиссов быть не может. Поэтому мы построим отель, который подчиняется горам, уступает им, неукоснительно соблюдает их правила. Материалом послужит бетон — ближайший родственник самой горной породы. Вот как мы будем строить: не потому, что это разумно, а потому, что бетон — это красиво.

Он посмотрел на собравшихся, словно проверяя их на прочность, вынуждая выступить с протестом. Полная тишина.

— Бетон, этот бетон, *наш* бетон, — почти пел он — так нараспев гипнотизирует проповедник, — и тот же ритм он отстукивал на клавиатуре компьютера, стоящего перед ним на низком столике, — он как мы. Он простой, ему нипочем осенние ветра, зимние вьюги, снежные лавины, гром и молнии, двести лет износа, столетие ураганов и новогодние ракетницы. Короче говоря, этот материал, как мы, — он все переживет. А раз он как мы, друзья мои, значит, он красив!

Судя по всему, он заранее договорился с тем, кто сидел за проектором, — из колонок тут же полилась музыка. И на освещенный экран выплыл тот самый отель, что я видел на самых первых чертежах Шеннон. Зеленый лес. Солнечный свет. Ручей. Играющие дети и гуляющие в летней одежде. И теперь отель не казался пустым — он стал спокойным, прочным экраном для кипевшей вокруг жизни, стойким, как сами горы. Он и правда казался столь же невероятным, каким его описывал Карл.

Я заметил, как он задержал дыхание. Черт, да я сам дыхание задержал. А потом люди заликовали.

Карл дал собравшимся волю, собрав урожай аплодисментов. Взошел на трибуну и поднял левую руку, призывая к тишине:

— Раз вам, судя по всему, понравилось — аплодисменты архитектору. Шеннон Аллейн Опгард.

Она вышла из-за кулис в свет прожектора, чем вновь вызвала ликование.

Через пару шагов она остановилась, улыбнулась, помахала нам, весело рассмеялась и постояла ровно столько, чтобы дать нам понять, что за реакцию она признательна, но не хочет забирать внимание у истинного героя деревни.

Когда она ушла и аплодисменты стихли, Карл покашлял и схватился за трибуну обеими руками:

— Спасибо, друзья. Спасибо. Но это собрание посвящено не только внешнему виду отеля, но и проектированию, графику, финансированию и выбору представителей владельцев.

Теперь они у него в руках.

Он расскажет, что строительство отеля возобновится в апреле, через два месяца, займет всего четырнадцать месяцев, а стоимость вырастет всего-то на двадцать процентов. И что они заключили договор со шведским оператором отельной сети, который и будет руководить его работой.

Шестнадцать месяцев.

Через шестнадцать месяцев мы с Шеннон отсюда уедем.

Шеннон предупредила, что приезжать в Нотодден, как мы договаривались, не сможет: с этого момента и до начала строительства ей, как руководителю, придется с головой уйти в проектирование.

Я проявил понимание.

Я мучился.

Я считал дни.

В середине марта, когда в вечерней тьме за моим окном Сём и Варродбруа поливал дождь, в дверь позвонили.

И это была она. Со словно приклеенных к голове волос падали капли дождя. Я моргнул — показалось, что я увидел на белокожей шее следы ржавчины или кровь. В руке у нее была сумка. А во взгляде — смесь растерянности и решительности.

— Войти можно?

Я отошел в сторону.

Зачем она приехала, я узнал только на следующий день.

Поделиться новостями.

И попросить меня снова убить.

# 62

Только-только встало солнце, земля с ночи была все еще влажной, оглушительно щебетали птицы, а мы с Шеннон рука об руку шли в лес.

— Перелетные птицы, — объяснил я. — В Южную Норвегию они раньше возвращаются.

— Они, кажется, радуются, — сказала Шеннон, кладя голову мне на плечо. — Они же по дому скучали. Кто из вас какими птицами был?

— Папа был рогатым жаворонком. Мама — каменкой. Дядя Бернард — болотной овсянкой. Карл...

— Не говори! Луговой конек.

— Точно.

— А я — хрустан. А ты — белозобый дрозд.

Я кивнул.

В ту ночь мы почти не разговаривали.

— Можно, мы завтра поговорим? — попросила Шеннон, когда я впустил ее, забрал мокрое пальто и стал выпаливать один вопрос за другим.

— Мне поспать надо, — сказала она, обвивая руками мою талию и ложась щекой мне на грудь, и я почувствовал, что рубашка промокла насквозь. — Но для начала я хочу тебя.

Мне пришлось рано встать: с утра на заправку привезли большую партию товара — мне надо было быть там. Во время завтрака она тоже ни слова не сказала о том, зачем приехала, а я не спрашивал. Я боялся, что, как только я это узнаю, как прежде уже не будет. А теперь мы, закрыв глаза, наслаждались тем скромным запасом времени, что был у нас в распоряжении, — свободным падением до столкновения с землей.

Я сказал, что на заправке пробуду как минимум до обеда, пока меня кто-нибудь не подменит, но, если она поедет со мной, после доставки мы прогуляемся. Она кивнула, мы поехали короткой дорогой, и она ждала в машине, пока я все проверял и расписывался за палеты.

Мы шли на север. За нами — шоссе с напоминающими кольца Сатурна съездами и въездами, перед нами — лес, уже в начале марта расцвеченный зеленым. Мы нашли ведущую в глубь леса тропу. Я спросил про Ус — там еще настоящая зима?

— В Опгарде зима, — ответила она. — В деревне весна два раза нас обманывала.

Я рассмеялся и поцеловал ее волосы. Мы подошли к высокому забору, перегораживавшему дорогу, и сели на большой камень рядом с тропой.

— А отель, — спросил я и посмотрел на часы, — там как дела?

— Как и планировалось, официально начнем строить через две недели. В общем, все как надо. В ком-то смысле.

— В каком-то смысле, — поправил я. — А что *не* как надо?

Она выпрямилась.

— Вот одна из тем, на которые я хочу с тобой поговорить. Возникли непредвиденные сложности, инженеры обнаружили неустойчивость основания самой горы.

— Обнаружили? Да Карл знает, что порода сыпучая, поэтому в Хукене камни летят и поэтому туннель через скалу так до сих пор и не пробили. — Я заметил в своем голосе раздражение — наверное, от мысли, что в первую очередь она ехала до самого Кристиансанда не из-за меня, а из-за своего отеля.

— Про свойства породы Карл никому ничего не говорил, — сказала она. — Сам знаешь: он обычно вытесняет то, что, по его представлениям, окажется проблемой.

— И?.. — нетерпеливо спросил я.

— С этим надо разбираться, но нужно больше денег, а Карл сказал, что их у нас нет, и предложил держать язык за зубами — прежде чем здание, возможно, слегка накренится, пройдет как минимум двадцать лет. Разумеется, я не согласилась и сама изучила финансовые дела, чтобы понять, можно ли взять у банка кредит побольше. Мне сказали, что для этого нужно больше гарантий, а когда я предложила переговорить с тобой и Карлом — вдруг вы согласитесь отдать в залог пастбища Опгарда, — они сказали... — Помолчав, она сглотнула, а затем договорила: — Они сказали, что, по официальным данным, среди оставшегося после Виллумсена имущества значатся все пастбища Опгарда — они перешли к нему в залог. А вообще владелец у Опгарда только один — Карл Опгард, и твою долю он выкупил осенью.

Я уставился на нее. Пришлось покашлять, прежде чем голос прорезался.

— Это неправда. Должно быть, ошибка.

— Я тоже так сказала. И мне показали выписку из договора купли-продажи с подписями — твоей и Карла.

Она протянула мне мобильный телефон. Все так. Моя подпись. То есть нечто *похожее* на мою подпись. Так сильно, что сделать это мог только один человек, ведь он научился подделывать почерк брата в сочинениях.

До меня начало доходить. То, что Карл сказал головорезу на кухне: *У Виллумсена ведь залог есть.* И ответ головореза: *По его словам, без отеля он особой ценности не представляет.* Виллумсен, обычно полагавшийся на честное слово, Карлу не поверил и потребовал в качестве залога пастбища.

— Знаешь, как папа нашу жалкую ферму называл? — спросил я.

— Нет.

— Королевство. Постоянно повторял, что Опгард — наше королевство. Как будто боялся, что мы с Карлом к земельной собственности слишком легко отнесемся.

Шеннон промолчала.

Я закашлялся.

536

— Карл мою подпись подделал. Он знает, что отдавать наши пастбища в залог Виллумсену ради кредита я бы отказался, вот и перевел собственность на свое имя за моей спиной.

— И теперь у Карла в собственности все пастбища.

— На бумаге да. Я их обратно заберу.

— Думаешь? У него было полно времени на то, чтобы потихоньку вернуть собственность тебе, после того как Виллумсен долг аннулировал. Почему же он этого не сделал?

— Ну он же занят был.

— Рой, очнись. Я что, твоего брата лучше тебя знаю? Пока пастбища записаны на его имя, они у него в собственности. Мы говорим о человеке, который без колебаний обманул своих партнеров и друзей в Канаде и смылся. Когда я весной была в Торонто, я разузнала подробности случившегося. Я поговорила с одним из его партнеров, мы дружим. Он рассказал, что Карл угрожал его убить, когда тот хотел сообщить инвесторам о том, что проект понес значительные убытки, — чтобы остановить работу и не потерять еще больше.

— Карл об этом не распространяется.

— К этому другу он пришел, когда тот был дома один. Рой, Карл на него пистолет наставил. Сказал, что убьет его вместе с семьей, если тот не будет держать язык за зубами.

— Он запаниковал.

— А что сейчас, как думаешь?

— Меня Карл не убьет. Шеннон, я же его брат.

Я почувствовал, как она положила свою руку на мою, — хотел вытащить, но не стал.

— И он никого не убьет, — сказал я, но голос у меня звучал неуверенно. — Не совсем так. Не из-за денег.

— Может, нет, — сказала она. — Может, не из-за денег.

— Ты о чем?

— Он меня не отпустит. По крайней мере, не сейчас.

— Не сейчас? И что же изменилось?

Она посмотрела мне в глаза. Затрещал лес за нашими спинами.

Потом она меня обняла.

— Вот бы я не познакомилась с Карлом, — прошептала она мне на ухо. — Но тогда я бы и с тобой не познакомилась, вот я и не знаю. Но нам чудо нужно. Рой, нужно, чтобы Господь вмешался.

Теперь она положила подбородок мне на плечо, и смотрели мы в разные стороны: она — через забор, в темный лес, я — на просвет в сторону шоссе, которое вело прочь, в другие края.

Снова раздался треск, на нас упала тень, и птичий концерт резко смолк, как будто дирижер отшвырнул палочку.

— Рой... — прошептала Шеннон. Подняла подбородок с моего плеча.

Я смотрел на нее, видел, как она таращится вверх: один глаз широко раскрыт, второй почти целиком закрыт. Обернувшись, я увидел за забором четыре ноги. Прошелся по ним взглядом снизу вверх. Потом еще выше. Вот наконец и тело, а на нем — шея. Которая шла еще выше параллельно стволам деревьев.

Чудо.

Жираф.

Пережевывая жвачку, он без всякого интереса смотрел на нас. Ресницы — как у Малкольма Макдауэлла в «Заводном апельсине».

— Забыл сказать тебе, что здесь зоопарк, — объяснил я.

538

— Ага, — сказала Шеннон, и, когда губы и язык жирафа потянули одну из ветвей, на ее поднятом вверх лице заиграл солнечный свет. — Они забыли сказать нам, что здесь зоопарк.

После прогулки по лесу мы с Шеннон пошли обратно на заправку. Я предложил ей «вольво» — когда я закончу, я позвоню ей, и она за мной приедет. Мне надо было проверить счета, но сосредоточиться не получилось. Карл меня продал. Он меня обманул, украл отцовское наследство, продал его тому, кто предложил побольше. Карл с готовностью позволил мне стать убийцей, убить Виллумсена, чтобы спасти его шкуру. Как обычно. И тем не менее он держал язык за зубами по поводу того, что предал меня. Да, *он* предал *меня*!

Я взбесился так, что весь затрясся, и никак не мог успокоиться. В итоге пошел блевать в сортир. А потом сидел там и плакал — надеюсь, слышно не было.

Черт возьми, что мне делать?

Взгляд упал на висевший передо мной плакат. Я повесил такой же, как в туалете для сотрудников в Усе. СДЕЛАЙ ТО, ЧТО ДОЛЖЕН. ВСЕ ЗАВИСИТ ОТ ТЕБЯ. СДЕЛАЙ ЭТО СЕЙЧАС.

Думаю, в тот момент я и принял решение. Вполне в этом уверен. Ясное дело, это могло и позже случиться. Когда я узнал вторую новость, ради которой Шеннон приехала в Кристиансанд.

# 63

Я молча сидел за кухонным столом, который мы с Шеннон перенесли в гостиную. Она сходила в торговый центр и приготовила ку-ку — как она объяснила, национальное блюдо Барбадоса, в нем кукурузная мука, бананы, помидоры, лук и перец. Хоть летучую рыбу ей пришлось заменить треской, она была довольна, что раздобыла окру и хлебное дерево.

— Что-то не так? — спросила Шеннон.

Я покачал головой:

— Выглядит аппетитно.

— Наконец-то в продуктовом хоть какой-то выбор, — слегка торопливо произнесла она. — У вас самый высокий в мире уровень жизни, а питаетесь вы как бедняки.

— Точно, — сказал я.

— И думаю, что едите вы так быстро потому, что не привыкли, что у еды, вообще-то, вкус есть.

— Точно.

Я налил в бокалы белого вина — его мне две недели назад прислала из главного офиса Пия Сюсе, когда стало понятно, что в рейтинге заправка займет третье место. Поставил бутылку на стол, но к бокалу не притронулся.

— Все про Карла думаешь, — сказала она.

— Да, — согласился я.

— Спрашиваешь себя, как же он так тебя предал?

Я замотал головой:

— Я себя спрашиваю: как же я так его предал?

Она вздохнула:

— Рой, не тебе решать, кого ты полюбишь. Ты говорил, что вы, люди гор, влюбляетесь в тех, в кого влюбляться полезно с практической точки зрения, а теперь я вижу, что это неправда.

— Наверное, неправда, — ответил я. — Но наверное, это и не совсем случайно происходит.

— Да ну.

— Стэнли мне про какого-то француза рассказывал — он считает, что мы желаем того, что желают другие. Что мы подражаем.

— Миметическое подражание, — сказала Шеннон. — Рене Жирар.

— Именно.

— Он считает романтической иллюзией тот факт, что человек способен слушать собственное сердце и внутренние желания, поскольку, за исключением базовых потребностей, никаких собственных внутренних желаний у нас нет. Мы хотим того, что, по нашим наблюдениям, хотят окружающие. Так собака, которая совершенно не обращала внимания на свою игрушечную косточку, вдруг просто *обязана* ее схватить, когда она видит, что косточка понадобилась другим собакам.

Я кивнул:

— И поэтому еще больше хочется собственную заправку, когда слышишь, что кому-то она тоже нужна.

— А архитектор обязан заполучить заказ, за который, как ему известно, он соревнуется с лучшими.

— А глупому брату-уроду нужна женщина умного брата-красавчика.

Шеннон поковырялась в еде.

— Говоришь, твои чувства ко мне на самом деле имеют отношение к Карлу?

— Нет, — ответил я. — Я ничего не говорю. Потому что ничего не знаю. Возможно, для самих себя мы такие же загадки, как и для окружающих.

Шеннон дотронулась до бокала вина кончиками пальцев.

— Разве не печально, что мы в состоянии любить только то, что могут любить другие?

— Дядя Бернард говорил, что печалей вообще много — стоит только подольше и повнимательнее вглядеться, — сказал я. — Что нужно ослепнуть на один глаз.

— Может быть.

— Попробуем ослепнуть? — предложил я. — Хоть на одну ночь.

— Да, — сказала она и, сделав усилие, улыбнулась.

Я поднял свой бокал. Она — свой.

— Я люблю тебя, — прошептал я.

Она улыбнулась шире, глаза засияли, как озеро Будалсваннет ясным днем, и на мгновение мне удалось обо всем забыть. Просто надеялся, что мы проведем вместе эту ночь, а дальше пусть хоть атомная бомба падает. Да, я *хотел*, чтобы атомная бомба упала. Ведь я выбор сделал — это я точно помню. И предпочел атомную бомбу.

Отставив бокал вина, я заметил, что Шеннон из своего не отпила, но встала. Наклонившись через стол, задула свечу.

— Времени мало, — сказала она. — Слишком мало, чтобы не раздеться и не лечь к тебе поближе.

До четырех утра оставалось восемь минут, когда Шеннон вновь на меня осела. Ее пот смешался с моим, запах и вкус у нас были одни и те же. Я приподнял голову, чтобы посмотреть на часы на прикроватном столике.

— У нас три часа, — сказала Шеннон.

Упав на подушку, я нащупал рядом с часами коробку снюса.

— Я люблю тебя, — сказала она. Проснувшись, она каждый раз это говорила, перед тем как опять заняться любовью. И прежде чем уснуть.

— Я люблю тебя, хрустан, — произнес я с ее интонацией, как будто глубокое содержание слов нам было настолько знакомо, что нам уже не надо было вкладывать в них чувства, смысл или убеждение. Достаточно было произнести, проговорить, как мантру, заученный Символ веры. — Я сегодня плакал, — признался я, кладя в рот снюс.

— Нечасто с тобой такое, — сказала Шеннон.

— Не-а.

— Из-за чего плакал?

— Сама знаешь. Из-за всего.

— Да, но как думаешь, что именно вызвало слезы?

Я задумался.

— Я плакал из-за всего, что сегодня потерял.

— Семейную собственность, — сказала она.

Я хохотнул:

— Нет, не ферму.

— Меня, — сказала она.

— Тебя у меня никогда не было, — сказал я. — Я из-за Карла плакал. Сегодня я потерял младшего братишку.

— Конечно, — прошептала Шеннон. — Прости. Прости, я такая глупая.

Потом она положила руку мне на грудь. И я почувствовал, что это вовсе не те делано-невинные касания — как мы оба знали, прелюдия перед очередным раундом занятий любовью. У меня возникло предчувствие, когда она положила туда руку, — будто хотела схватить мое сердце. Или нет, не схватить — *ощутить*. Она пыталась ощутить удары, как оно отреагирует на то, что она сейчас произнесет.

— Я уже говорила сегодня, что отель — это лишь одна из новостей, которыми я приехала поделиться.

Она сделала глубокий вдох, а я задержал дыхание.

— Я беременна, — сказала она.

Я все еще не дышал.

— От тебя. Нотодден.

Хоть эти пять слов отвечали на все мои мыслимые вопросы о случившемся, через мой мозг пронеслась лавина мыслей, каждая из которых оставила вопросительный знак.

— Эндометриоз... — заговорил я.

— Забеременеть трудно, но не невозможно, — сказала она. — Я сделала тест и сначала не поверила результатам, но сходила к врачу — он все подтвердил.

Я вновь задышал. Уставился в потолок.

Шеннон подвинулась ко мне:

— Я думала от него избавиться, но я не могу, не хочу. Может, всего раз за мою жизнь планеты выстроились так, что этому телу удалось забеременеть. Но я люблю тебя, а ребенок не только мой, но и твой. Чего ты хочешь?

Я молча лежал в темноте и дышал, думая о том, все ли необходимые ей ответы дало мое сердце в ее руке.

— Я хочу, чтобы у тебя было то, чего ты хочешь, — сказал я.

— Боишься? — спросила она.

— Да.

— Ты рад?

Я задумался.

— Да.

По ее дыханию я понял, что она вот-вот заплачет.

— Конечно, ты растерялся и думаешь о том, что нам теперь делать, — сказала она. Голос дрожал, и говорила она быстро, как будто хотела договорить до того, как голос сорвется. — Рой, я не знаю, что на это ответить. Мне придется остаться в Усе, пока отель не достроят. Наверное, ты думаешь, что ребенок важнее здания, но...

— Тсс, — шепнул я, поглаживая указательным пальцем ее мягкие губы. — Я знаю. И ты ошибаешься. Я не растерялся, я точно знаю, что я должен делать.

Я смотрел, как ее зрачок вроде как включается и выключается, когда она моргает в темноте.

СДЕЛАЙ ТО, ЧТО ДОЛЖЕН, — подумал я. — ВСЕ ЗАВИСИТ ОТ ТЕБЯ. СДЕЛАЙ ЭТО СЕЙЧАС.

Как я уже говорил, я не совсем уверен, решил ли все в туалете для сотрудников или в постели с Шеннон, когда она рассказала, что носит моего ребенка. Может, это не столь и важно, может, как говорится, представляет академический интерес.

В общем, я наклонился к уху Шеннон и прошептал, что нужно делать.

Она кивнула.

Остаток ночи я пролежал без сна.

Строить начнут через четырнадцать дней, над кухонным столом висело приглашение, оповещавшее, что потом в Ортуне выступит Род.

Я уже отсчитывал часы.

Я мучился.

Двигалось огромное, черное транспортное средство. Катилось медленно, как бы нехотя, под шинами скрипел гравий. На краях стабилизаторов, торчавших сзади машины, светились две узкие вертикальные фары. «Кадиллак-девиль». Солнце зашло, но за поворотом оранжевая кромка обрамляла Оттертинд. И горную расщелину глубиной двести метров, напоминавшую след от топора.

«У нас с тобой, Рой, есть только мы». Так Карл говорил. «Все остальные — нам кажется, что мы их любим или они любят нас, — миражи в пустыне. Тогда как мы с тобой — одно целое. Мы братья. Два брата в пустыне. Один подохнет — второй подохнет».

Да, и смерть не разлучит нас. Она нас объединит.

Транспортное средство покатилось быстрее. К аду, где окажемся мы все — те, у кого к убийству душа лежит.

## 64

Торжественное открытие стройки запланировали на семь вечера.

И тем не менее из Кристиансанда я выехал на рассвете — когда я въезжал в Ус, на муниципальном знаке сиял утренний свет.

От снега остались только сугробы вдоль дороги, серые и грязные. На Будалсваннете лед казался рыхлым, как сорбет, на его поверхности виднелась вода.

Пару дней назад я позвонил Карлу и сообщил, что приеду, но целый день до открытия буду занят: на заправке ревизия за последние пять лет. Я соврал, что проверяют методом случайной выборки, чистой воды формальность, но я обязан помочь отчитаться за цифры того периода, когда начальником был я. Я не знал, сколько это продлится, несколько часов или два дня, но при необходимости в мастерской посплю. Карл ответил, что все в порядке: они с Шеннон все равно будут заняты подготовкой церемонии начала строительства и праздника в Ортуне.

— Но мне есть о чем с тобой поговорить, — сказал он. — Если тебе так удобнее, могу на заправку прийти.

— Я скажу, если перерыв выкрою, можем в «Свободном падении» пива выпить, — сказал я.

— Кофе, — сказал он. — Я совсем пить бросил. Думал, после Нового года полная скучища начнется, но, если верить Шеннон, у меня хорошо получается.

Казалось, настроение у него получше. Он смеялся и шутил. Человек, у которого худшее позади.

В отличие от меня.

Припарковав машину перед мастерской, я посмотрел на Опгард. В косых лучах солнечного света возникало ощущение, что гору позолотили. На освещенных солнцем склонах появились проталины, а в тени по-прежнему лежал снег.

По дороге к заправке я заметил у бензоколонок мусор. А внутри у кассы, естественно, стоял Эгиль. Он обслуживал покупателя, чью сутулую спину я узнал лишь через несколько секунд. Му. Жестянщик. Я стоял у двери. Эгиль меня не заметил, а теперь тянул руку к полке за своей спиной. Полка, где лежали противозачаточные «Эллаодин». Я задержал дыхание.

— Всё? — спросил Эгиль, кладя перед Му коробочку.

— Да, спасибо. — Му расплатился, развернулся и пошел ко мне.

Я пялился на коробочку в его руке.

Парацетамол.

— Рой Опгард, — произнес он. Остановился, широко улыбаясь. — Храни тебя Господь.

Я не знал, что ответить. Не сводил глаз с его рук, когда он засовывал упаковку таблеток от головной боли в карман пальто, но я умею считывать, что человек тебя покалечить собирается, — в Му этого не было. Когда он схватил мою руку, сперва я хотел ее отдернуть, но почему-то — возможно, из-за расслабленной позы и болезненного, но мягкого света в его глазах — я этого делать не стал. Он осторожно сжал мою руку своими:

— Благодаря тебе, Рой, я в стадо вернулся.

— А? — только и выдавил я.

— Я оказался во власти дьявола, а ты меня освободил. Меня и мою семью. Ты выбил из меня дьявола, Рой Опгард.

Обернувшись, я посмотрел ему вслед. Иногда дядя Бернард говорил, что если не получается решить техническую проблему, лучше взять молоток и посильнее ударить — и все образуется. Иногда. Может, это и произошло.

Му сел в пикап «ниссан-датсун» и уехал.

— Начальник, — проговорил за моей спиной Эгиль, — вы вернулись?

— Как видишь, — ответил я, оборачиваясь к нему. — Как там хот-доги поживают?

Лишь через пару секунд он сообразил, что я, наверное, подшучиваю, и осторожно засмеялся.

В мастерской я раскрыл привезенную из Кристиансанда сумку. Там было несколько запчастей — результат более чем недельного поиска по разным конторам, торгующим подержанными автомобилями, и автосвалкам. Большинство из них находились в малонаселенных районах к западу от города, где люди на протяжении сотни лет поклонялись всему американскому, особенно машинам, с тем же усердием, с каким славили Иисуса в молельных домах.

— Эти запчасти неисправны, — сказал последний продавец подержанных автомобилей, посмотрев на прогнившие тормозные шланги и трос газа, который я открутил с двух развалюх — «шевроле-эль-камино» и «кадиллака-эльдорадо». За его спиной висела очень яркая картинка — длинноволосый парень с посохом в окружении кучи овец.

— Ну, значит, куплю их задешево, — сказал я.

Прищурив глаз, он назвал цену — и я понял, что Виллумсены не только в Усе существуют. Утешив себя тем, что большая часть денег все равно пойдет на сборы, я протянул ему сотенные купюры и подтвердил, что чек мне нужен.

Взяв газовый тросик, я его рассмотрел. Он не с «кадиллака-девиль», но почти такой же, так что подойдет. И он действительно неисправен.

548

Так вытянулся, что при определенной установке повиснет, когда водитель нажмет на газ, а даже если педаль он отпустит, скорость продолжит расти. Автомеханик поймет, что происходит, а если к тому же он окажется хладнокровен и соображать будет быстро, может быть, он выключит зажигание или переключит передачу на нейтральную. Но к Карлу ни то ни другое не относится. Он — при условии, что вообще успеет, — попытается лишь затормозить.

Я взял один из прогнивших, дырявых тормозных шлангов. Я такие раньше менял. Но никогда не ставил. Я положил их рядом с тросом газа.

Любой механик, который будет после аварии машину осматривать, скажет полиции, что детали повредили не специально: износ естественный и, судя по всему, под изоляцию газового троса попала вода.

Вынув из сумки необходимые инструменты, я закрыл ее и встал, тяжело дыша, — казалось, грудь сжимала и разжимала мои легкие.

Я посмотрел на часы. 10:15. Времени у меня много.

По словам Шеннон, в два часа у Карла на стройплощадке встреча с организаторами праздника. Потом они поедут в Ортун украшения вешать. Все это займет по крайней мере два часа, а вероятно, и все три. Хорошо. Чтобы поставить запчасти, мне максимум час нужен.

А раз никакой ревизии на самом деле не было, времени у меня много.

Слишком много.

Я пошел и сел на свою кровать. Положил руку на матрас — туда, где мы с Шеннон лежали. Посмотрел на номерной знак с Барбадоса, висевший на стене в кухне. Я немножко про него почитал. На острове больше ста тысяч транспортных средств — удивительно много для такого небольшого населения. А уровень жизни высокий, в Северной Америке третий, деньги у них водились. И все говорят по-английски. Там точно получится открыть заправку. Или мастерскую. Закрыв глаза, я перемотал время на два год вперед. Увидел себя и Шеннон под зонтиком на пляже вместе с полуторагодовалым ребенком. Все трое бледные, а у нас с Шеннон обгорели ноги. *Красноногие*. Я отмотал пленку назад — к тому моменту, до которого оставалось четырнадцать месяцев. Чемоданы в прихожей. Из спальни наверху доносится детский крик и успокаивающий голос Шеннон. Остались одни мелочи. Перекрыть электричество и воду. Прибить ставни. До отъезда замести все следы.

Замести следы.

Я опять посмотрел на часы.

Это уже не важно, но оставлять следы мне не нравилось, мне не нравился мусор рядом с бензоколонками.

Но его придется оставить — сейчас мне надо сосредоточиться на других вещах. Как папа говорил, keep your eyes on the prize[1].

Мусор у бензоколонок.

В одиннадцать я встал и пошел.

— Рой! — воскликнул Стэнли и встал из-за маленького письменного стола, стоявшего у него во врачебном кабинете. Обошел его и обнял меня. — Долго пришлось ждать? — спросил он, кивая в сторону приемной.

— Всего двадцать минут, — сказал я. — Твоя помощница дала мне краткую аудиенцию, поэтому много времени я у тебя не отниму.

1  Не теряй приз из виду (*англ.*).

— Садись. Все в порядке? Палец шевелится?

— Все хорошо, я пришел кое о чем спросить.

— Да?

— Помнишь канун Нового года, после того как я на площадь ушел, — Дан Кране тоже ушел? И был ли он на машине. И может быть, он не сразу на площади появился.

Стэнли покачал головой.

— А Курт Ольсен?

— Рой, а зачем это тебе?

— Потом объясню.

— Ладно. Нет, никто из них не уезжал. Дул ужасно сильный ветер, а нам было так хорошо, мы сидели и пили. Пока пожарные машины не услышали.

Я медленно кивнул. Теория превратилась в дым.

— До полуночи ушли только ты, Симон и Грета.

— Но никто из нас не был на машине.

— Как же, Грета на машине приехала. Она говорила, что обещала родителям быть с ними, когда часы будут бить двенадцать.

— Ну да. А какая у нее машина?

Стэнли рассмеялся:

— Ты же меня знаешь, Рой, я в марках машин не разбираюсь. Знаю, она почти новая и красная. А кстати, это точно «ауди».

Я закивал еще медленнее.

Вспомнил красный «Ауди А1», в канун Нового года свернувший в сторону Нергарда. Кроме Нергарда и Опгарда, там только стройплощадка отеля.

— Кстати, — произнес Стэнли, — забыл поздравить.

— Поздравить? — Я автоматически подумал про третье место заправки по объему выручки, но, разумеется, новости мира автозаправок не выходят за пределы круга посвященных.

— Ты же дядей станешь, — сказал он.

Через пару секунд Стэнли засмеялся еще громче:

— Да, вы же братья. Карл отреагировал точно так же. Побледнел, как покойник.

Я не понял, побледнел ли я, но, по ощущениям, у меня сердце биться перестало. Я собрался с силами:

— Это ты Шеннон осматривал?

— А много врачей ты тут видишь? — спросил Стэнли, взмахнув руками.

— Так ты сообщил Карлу, что он станет папой?

Стэнли наморщил лоб:

— Нет, я исхожу из того, что это сделала Шеннон. Но мы с Карлом в магазине встретились, и, когда я его поздравил, я отметил пару моментов, за чем им с Шеннон надо будет следить по мере течения беременности. И он побледнел, прямо как ты сейчас. Ясное дело, когда к тебе вот так подходят и напоминают, что ты станешь папой, вновь всплывает пугающая ответственность. Не знал, что то же самое происходит, когда становишься дядей, но, видимо, так и есть.

Он снова засмеялся.

— Ты говорил еще кому-нибудь, кроме Карла и меня? — спросил я.

— Нет-нет, я храню врачебную тайну. — Он вдруг замолчал. Прижал к волосам три пальца. — Ой. Наверное, ты не знал, что Шеннон беременна? Я ведь исходил из того... раз вы с Карлом так близки.

— Наверняка они решили никому не говорить, пока не будут точно уверены, что все хорошо, — сказал я. — С учетом истории Шеннон, как она пыталась забеременеть...

— Уф, как же непрофессионально я себя повел. — Похоже, Стэнли здорово расстроился.

— Забей, — успокоил я его, вставая. — Если ты больше никому не скажешь, я тоже не скажу.

Я вышел, прежде чем Стэнли успел напомнить мне, что я должен рассказать, зачем спрашивал его про канун Нового года. Из кабинета врача. В «вольво». Сидел и пялился в лобовое стекло.

Значит, Карл знал, что Шеннон беременна. Знал и не предъявлял ей этого. И мне тоже не рассказал. Значит, он понял, что отец не он? Сообразил, что происходит? Что мы с Шеннон выступаем против него. Я достал телефон. Поколебался. Мы с Шеннон аккуратно все спланировали, среди прочего чтобы не созваниваться чаще, чем это прилично брату и жене брата. Если верить журналу «Настоящее преступление», это первое, что проверяет полиция, — с кем до убийства связывались по телефону близкие жертвы и другие подозреваемые. Я решился и взял телефон.

— Ну? — спросили на другом конце.

— Да, — сказал я, — у меня свободный час есть.

— Отлично, — ответил Карл. — В «Свободном падении» через двадцать минут.

## 65

В «Свободном падении» сидели те, кто обычно приходит до обеда, любители скачек и те, кто поддерживает жизнь в нашей системе соцобеспечения.

— Пиво, — попросил я у Эрика Нерелла.

Как холодно он на меня уставился. Я включил его в список подозреваемых в поджоге отеля, но сегодня в нем остался только один человек.

Шагая к свободному столику у окна, я увидел Дана Кране — с пол-литровой кружкой он сидел возле столика у другого окна. Дан тупо уставился в никуда. Выглядел он — как сказать? — неухоженным. Я оставил его в покое, надеясь, что он окажет мне ту же услугу.

Когда вошел Карл, я уже наполовину опустошил пол-литровую кружку.

Он заключил меня в медвежьи объятия и взял себе чашку кофе — у стойки его обслужили столь же прохладно. Я видел, что внимание Дана Кране Карл привлек, и тот, опустошив пол-литровую кружку, ушел, ступая нарочито тяжело.

— Да, я видел Дана, — сказал Карл, не дожидаясь моего вопроса, и сел. — Видимо, на ферме Оса он уже не живет.

Я медленно кивнул:

— Все путем?

— Да... — Карл отхлебнул кофе. — Естественно, перед вечерним собранием обстановка напряженная. А дома Шеннон все чаще командует. Сегодня решила взять «кадиллак» до того, как мы на встречу поедем, мне пришлось на ее машине ехать. — Он кивнул в сторону парковки, где стояла «субару».

— Главное, чтобы ты на церемонию в подобающем виде приехал, — сказал я.

— Конечно-конечно, — согласился он, сделав новый глоток. Подождал.

Мне показалось, он боится. Вот так и сидели в страхе два брата. Те самые, что когда-то лежали в кроватях и с ужасом ждали, что дверь распахнется.

— Кажется, я знаю, кто отель поджег, — сказал я.

— Да?

Тянуть смысла не было, так что я сказал все как есть:

— Грета Смитт.

Карл громко заржал:

— Грета — дурочка, Рой, но не до *такой* степени. И она подуспокоилась. Ей на пользу, что она с Симоном.

Я уставился на него:

— С Симоном? Ты про Симона *Нергарда*?

— А ты не знал? — Карл рассмеялся, хоть и был без настроения. — По слухам, в канун Нового года Симон попросил ее подвезти его домой в Нергард и она у него осталась. И с тех пор они неразлучны.

Мой мозг переваривал информацию на пределе своих возможностей. Могла ли Грета поджечь отель *вместе* с Симоном? Я поиграл с этой мыслью. Странно. С другой стороны, странностей в последнее время хватает. Но мне же не обязательно обсуждать это с Карлом. Да мне вообще не обязательно это с кем-то обсуждать — какая, к черту, разница, кто это сделал? Я покашлял.

— Ты хотел со мной о чем-то поговорить.

Посмотрев на кофейную чашку, Карл кивнул. Осмотрелся, убедившись, что остальные посетители сидят на приличном расстоянии от нас, наклонился вперед и глухо проговорил:

— Шеннон беременна.

— Вот черт! — Я улыбнулся, стараясь не переигрывать. — Поздравляю, братишка.

— Не надо, — замотал головой Карл.

— Не надо? — переспросил я. — Что-то случилось?

Покачивание головой перешло в кивание.

— С ребенком? — спросил я и почувствовал, что от одной мысли, что с ребенком — *нашим* ребенком, — которого вынашивает Шеннон, что-то случилось, меня затошнило. Голову Карла опять замотало из стороны в сторону.

— Что тогда? — спросил я.

— Не я...

— Не ты — что?

Его башка наконец замерла, и он посмотрел на меня красноречивым обреченным взглядом.

— Отец не ты? — спросил я. Он кивнул. — Как же…

— У нас с Шеннон не было секса с тех пор, как она из Торонто вернулась. Я ее не трогал. И о беременности мне рассказала не она, а Стэнли. Шеннон даже не знает, что я знаю.

— Ну и ну, — сказал я.

— Да уж, ну и ну.

Он не сводил с меня тяжелого взгляда:

— И знаешь что, Рой? — Он подождал, но я не ответил.

— Кажется, я знаю, кто отец.

Я сглотнул:

— Да?

— Да. В самом начале осени Шеннон вдруг, понимаешь ли, в Нотодден понадобилось. Как она сказала, собеседование по поводу архитектурного проекта. Когда она вернулась, несколько дней была сама не своя. Не спала, не ела. Я-то думал, потому, что, судя по всему, с заказом ничего не вышло. Когда я узнал от Стэнли, что Шеннон беременна, я спросил себя: когда она успела с другим мужчиной познакомиться — мы же с ней здесь сами себе предоставлены. И тут я стал по-другому относиться к ее поездке в Нотодден. Шеннон ведь все рассказывает, а то, что не рассказывает, я спокойно считываю. Но что-то я упустил. Что-то она скрывала. Как будто ее из-за чего-то мучила совесть. И я начал вспоминать: случилось-то это все после той ночевки в Нотоддене. И вдруг она повадилась ездить в Нотодден на один день — говорит, по магазинам. Улавливаешь?

Чтобы голос прорезался, мне пришлось покашлять.

— Думаю, да.

— Кстати, я ее спросил, где она ночевала в Нотоддене, она сказала, что в отеле «Блаттрейн», и я позвонил туда проверить. Администратор сказал, что все верно: Шеннон Аллейн Опгард снимала там номер третьего сентября, но, когда я спросил с кем, мне ответили, что она была одна.

— И тебе просто так все выложили?

— *Бывает*, я представляюсь Куртом Ольсеном и говорю, что звоню из конторы ленсмана в Усе.

— Господи Исусе, — произнес я, чувствуя, как намокает на спине рубашка.

— Вот я и попросил зачитать мне список гостей на ту дату. И там, Рой, всплыло любопытное имя.

У меня пересохло во рту. Что, черт возьми, за дела? Ральф вспомнил, что я там был, и назвал мое имя? Стоп, я же помню: он сказал, что забронировал на мое имя номер, когда увидел, как я захожу в ресторан, он решил, что я у них остановлюсь. Он добавил меня в список гостей и забыл удалить, когда я не стал снимать комнату?

— Любопытное и очень *знакомое* имя, — сказал Карл.

Я приготовился.

— Деннис Куорри.

Я вытаращил глаза:

— Что ты сказал?

— Актер. Режиссер. Этот американец на заправку заезжал. Он в отеле останавливался.

Я и не понял, что перестал дышать, пока не сделал новый вдох.

— И что?

— И что? Он же Шеннон на заправке автограф оставил, ты не помнишь?

— Ну да, но...

— Шеннон мне потом в машине эту бумажку показывала. Еще смеялась, что он номер телефона и адрес электронной почты оставил. Сказал, что планирует в Норвегии побыть. Собирался... — Карл изобразил пальцами кавычки, — ...кино снимать. Я об этом больше не думал — и она вроде бы тоже. До этой истории про нас с Мари...

— Думаешь, она с ним встретилась, чтобы тебе отомстить?

— Разве это не очевидно?

Я пожал плечами:

— Может, она его любит?

Карл вытаращил глаза:

— Никого Шеннон не любит. Только свой отель. Взбучки ей не хватает.

— И ее она получила.

Это у меня просто вырвалось. Карл ударил кулаком по столу, глаза у него прямо на лоб полезли.

— Эта сука рассказала?

— Тихо! — Я, как за спасательный круг, схватился за бокал пива.

В наступившей тишине я заметил, как все окружающие уставились на нас. Мы с Карлом замолчали, пока не услышали, что люди снова заговорили, и не увидели, как Эрик Нерелл опять уставился в мобильник.

— Я видел синяки, когда приезжал на Рождество домой, — тихо произнес я. — Она из ванной выходила.

Я понимал, что мозг Карла пытается состряпать какое-то объяснение. Да зачем, черт возьми, я вообще это брякнул, когда мне так нужно его доверие?

— Карл, я...

— Все нормально, — грубо буркнул он. — Ты прав. После ее возвращения из Торонто такое несколько раз случалось. — Он сделал глубокий вдох — я увидел, как раздулась грудная клетка. — Из-за всего этого кошмара с отелем я перенервничал, а она все пилила меня из-за того случая с Мари. А тут я еще выпил пару бутылок... в общем, я сорвался. Но когда бросил пить, больше такого не было. Спасибо, Рой.

— За что?

— За то, что ты мне это высказал. Я долго решался поговорить с тобой об этом. Начал бояться, что со мной то же, что и с папой. Когда начинаешь делать то, чего на самом деле не хочешь, а остановиться не получается, так? Но я смог. Я изменился.

— Ты вернулся в стадо, — сказал я.

— Чего?

— Уверен, что изменился?

— Ага, можешь под этим расписаться.

— Или распишись вместо меня.

Он тупо смотрел на меня, как будто не понял какой-то глупой игры слов. И я брякнул много того, чего сам не понимал.

— В любом случае, — сказал он, проводя рукой по лицу, — мне просто надо было сказать кому-то про ребенка. Извини, но этот кто-то ведь всегда ты.

— О чем речь, — сказал я, проворачивая внутри себя нож. — Я же твой брат.

— Да, ты всегда рядом, когда мне кто-то нужен. Черт, как же я рад, что у меня, по крайней мере, ты есть.

Карл накрыл мою руку своей. Его оказалась крупнее, мягче, теплее, а вот моя — ледяная.

— Всегда, — хрипло сказал я.

Он посмотрел на часы.

— С Шеннон я вопрос позже решу, — сказал он, поднимаясь. — А то, что не я отец, останется между нами, ладно?

— Естественно, — ответил я, с трудом сдерживая нервный смех.

— Начало стройки. Мы им покажем, Рой. — Сжав зубы и сощурившись, словно боец перед схваткой, он затряс сжатой в кулак рукой. — Ребята Опгарды одержат победу.

Улыбнувшись, я поднял бокал, демонстрируя, что собираюсь выпить.

Смотрел, как Карл несется к двери. Видел в окно, как он садится в «субару». Шеннон позаботилась о том, чтобы на сегодня заполучить «кадиллак» в свое распоряжение. Но на церемонию начала работ на стройплощадку отеля на «кадиллаке» поедет Карл. Или, вернее говоря, к стройплощадке.

До того как свернуть на шоссе, «субару» остановилась, пропуская трейлер, — загорелся одинокий стоп-сигнал.

Я заказал еще одно пиво. Медленно его пил и думал. Думал о Шеннон. О том, что людьми движет. И думал о самом себе. Как я практически молил о собственном разоблачении. Рассказал Карлу, что мне известно, что он бьет Шеннон. Намекнул, что мне известно, что он мою подпись подделал. Молил о разоблачении, чтобы мне не пришлось этого делать. Не пришлось и дальше заваливать Хукен машинами и трупами.

## 66

Выпив в «Свободном падении» четыре пол-литровых кружки пива, я оттуда ушел.

Было половина второго — протрезветь успею, но я знал, что эти четыре пол-литровые кружки — признак слабости. Противодействие. Одного неверного шага достаточно, чтобы весь план полетел к чертям, так зачем *сейчас* пить? Это ведь показатель того, что какой-то части меня, наверное, не хочется, чтобы у меня все получилось. Во мне живет рептилия. Нет, мозг рептилии к этому отношения не имеет: смотрите-ка, в голове туман, вот уже понятия друг с другом связываю. И тем не менее тот самый я отлично знал, чего хотел, — взять то, что принадлежало ему по закону, то, что осталось. И убрать с пути то, что его преграждало, тех, кто угрожал тем, кого я обязан защищать. Потому что я уже не старший брат. Я ее муж. И отец ребенка. Теперь они моя семья.

Однако кое-какая проблема еще не решилась.

Я оставил «вольво» в мастерской, поэтому шел пешком из центра на юго-восток по дорожке для велосипедистов и пешеходов рядом с шоссе. Подойдя к мастерской, я стоял и смотрел на стену дома через дорогу с плакатом «Парикмахерская и солярий у Греты».

Снова посмотрел на часы.

Время у меня еще было, но поднимать эту тему пока не буду, за это браться пока не время. Может, оно вообще никогда не настанет.

Одному Богу известно, почему я вдруг оказался на другой стороне дома и заглянул в гараж, где стоял красный «Ауди А1».

— Привет! — крикнула с парикмахерского стула Грета. Голова ее расположилась внутри предмета ее гордости — салонном фене 1950-х годов. — Я звонка не услышала!

— Я не звонил, — сказал я, отметив, что мы одни.

Тот факт, что она сама делала себе химическую завивку, говорил о том, что в ближайшее время к ней никто не записан, но все же дверь я за собой запер.

— Смогу постричь тебя через десять минут, — сказала она. — Сначала надо бы свою голову в порядок привести. Если ты парикмахер, важно, знаешь ли, выглядеть прилично.

Кажется, она занервничала. Может, потому, что я появился без предупреждения. Может, она все поняла. Что я не стричься пришел. Или, может, потому, что в глубине души она уже давно меня ждала.

— Хорошая машина, — сказал я.

— Что? Мне отсюда плоховато слышно.

— Машина хорошая! В канун Нового года я ее возле дома Стэнли видел — не знал, что она твоя.

— Ага. Для парикмахерского дела год выдался удачный. Да и не только для него.

— Когда я шел к площади, незадолго до полуночи, такая же машина примерно такого же цвета проехала мимо меня. Красных «ауди» в деревне не так много, наверное, это ты была, правильно? Но потом Стэнли рассказал мне, что ты собиралась домой к родителям — праздновать с ними наступление Нового года, — а это ведь совсем в другую сторону. Кроме того, машина свернула в сторону Нергарда и дороги к отелю. Кроме Нергарда, там почти ничего нет. Опгард. И отель. Вот я и стал думать...

Наклонившись, я кинул взгляд на ножницы, лежавшие на столе перед зеркалом. Для меня они почти все одинаковые, но я понял, что это, должно быть, ее знаменитые «Ниигата-1000», — они лежали в раскрытом футляре.

— В канун Нового года ты сказала мне, что Шеннон ненавидит Карла, но из-за своего отеля от него зависит. Ты решила, что если отель сгорит и проект бросят, то у Шеннон причин держаться за Карла уже не будет и тогда ты его получишь?

Грета Смитт спокойно на меня смотрела — ее волнение как рукой сняло. Руки, не шевелясь, лежали на подлокотниках огромного, тяжеленного парикмахерского кресла, гордо торчала голова в короне из пластика и нитей накала — да она, черт возьми, прямо королева на троне.

— Разумеется, я об этом думала, — сказала она, понизив голос. — И ты тоже, Рой. Поэтому я подозревала в поджоге тебя. Как всем известно, ты незадолго до полуночи исчез.

— Это был не я, — сказал я.

— Тогда остается только один человек, — сказала Грета.

У меня пересохло во рту. Черт возьми, да не играет роли, кто поджег этот дурацкий отель. Раздалось слабое жужжание — не знаю, из сушильного шлема или моей собственной головы.

Говорить она перестала, когда увидела, что я достаю из футляра ножницы. И она что-то увидела в моем взгляде, раз подняла перед собой руки:

— Рой, ты же не думаешь...

А я не знаю. Не знаю, что я, черт возьми, думаю. Знаю только, что все взлетело на воздух: все случившееся, все, чего не должно было случиться, все, что произойдет и чему происходить не надо, — а выхода при этом нет. Во мне что-то всколыхнулось, как дерьмо в засорившемся толчке, поднималось долго, а теперь достигло края и хлынуло наружу. Ножницы острые — осталось только воткнуть их в ее поганую пасть, порезать белые щеки, вырезать гадкие слова.

Однако я остановился.

Остановившись, взглянул на ножницы. Японская сталь. В голове мелькнули папины слова о харакири. Потому что разве не меня вот-вот постигнет неудача, разве не меня, а Грету надо вырезать с тела общества, как раковую опухоль?

Нет, обоих. Наказать надо обоих. Сжечь.

Схватив старый черный провод, выходящий из салонного фена, я раскрыл ножницы и сдавил. Черная сталь прошла изоляцию, а при соприкосновении стали с медью меня ударило током — я чуть все не отпустил. Но я подготовился и смог ровно удерживать ножницы, не перерезав провод.

— Ты что творишь? — визжала Грета. — Это же «Ниигата-тысяча». И ты испортишь салонный фен одна тысяча девятьсот пяти...

Я схватил ее руку своей — она заткнула пасть, когда цепь замкнулась и пошел ток. Она пыталась вырваться, но я хватку не ослабил. Я видел, как трясется ее тело и закатились глаза, а шлем потрескивал и рассыпал искры, а одновременно из ее глотки рвался неумолкающий визг, сначала тонкий и молящий, затем дикий и повелительный. В груди стучало — я был в курсе о пределе возможностей, как долго сердце выдержит двести миллиампер, но, черт возьми, я не отпускал. Потому что мы с Гретой Смитт заслуживали того, чтобы здесь оказаться, объединиться в болевом круге. И вот я увидел, как из шлема вырываются голубые языки пламени. И хотя мое внимание полностью поглощало удерживание цепи, я почувствовал запах горелых волос. Закрыв глаза, я надавил обеими руками и забормотал не имеющие отношения к языку слова — я видел, что так поступал проповедник, когда исцелял и спасал в Ортуне. Грета оглушительно завизжала — так громко, что я едва расслышал вой пожарной сигнализации.

Тут я отпустил ее и открыл глаза.

Увидел, как Грета срывает шлем, увидел смесь расплавленных бигуди и сгоревших волос, до того как она убежала к раковине, включила ручной душ и начала тушить.

Я пошел к двери. Снаружи на лестнице я услышал шаги: кто-то брел вниз, — казалось, нейропатия решила сделать перерыв. Обернувшись, я снова посмотрел на Грету. Она спаслась. От того, что осталось от ее завивки, шел серый дым — ну то есть это уже не завивка, в тот момент она напоминала охваченный пламенем гриль, на который опрокинули ведро воды.

Выйдя в коридор, я дождался, пока отец Греты спустится ниже и сумеет как следует рассмотреть мою рожу, увидел, как он что-то произнес — наверное, мое имя, — но меня оглушил вой пожарной сигнализации. Потом я ушел.

Прошел час. Без пятнадцати три.

Я сидел в мастерской и пялился на сумку.

Курт Ольсен не пришел, не арестовал меня и не испортит все дело.

Отступать некуда. Пора начинать.

Схватив сумку, я сел в «вольво» и поехал в Опгард.

# 67

Я выбрался из «кадиллака». В холодном амбаре надо мной, скрестив на груди руки, нависала встревоженная, дрожащая Шеннон, одетая в один из своих тонких черных свитеров. Я ничего не говорил, просто встал и счистил с комбинезона щепки.

— Ну? — нетерпеливо спросила она.

— Готово, — ответил я и нажал на рычаг, чтобы опустить машину на пол.

Затем Шеннон помогла мне вытолкать машину и поставить перед зимним садом, передом к Козьему повороту.

Я посмотрел на часы. Четыре пятнадцать. Чуть больше, чем я думал. Я вернулся в амбар за инструментами и стал складывать их в стоявшую на верстаке сумку, когда Шеннон, встав за моей спиной, меня обняла.

— Все еще можно остановить, — сказала она, прижимаясь щекой к моей спине.

— Ты этого хочешь?

— Нет. — Она погладила мою грудь.

Когда я приехал, мы друг друга даже не коснулись, едва смотрели друг на друга. Я сразу же взялся за «кадиллак», чтобы точно успеть поменять хорошие запчасти на неисправные к тому моменту, когда Карл вернется со встречи, но не прикасались мы друг к другу не поэтому. Было что-то еще. Мы вдруг стали чужими. Как убийц приводят в ужас другие, а нас — мы сами. Но это пройдет. СДЕЛАЙ ТО, ЧТО ДОЛЖЕН. ВСЕ ЗАВИСИТ ОТ ТЕБЯ. СДЕЛАЙ ЭТО СЕЙЧАС. Вот и все.

— Тогда действуем по плану, — сказал я.

Она кивнула.

— Хрустан вернулся, — сказала она. — Вчера видела.

— Уже? — спросил я, поворачиваясь к ней и обнимая, взяв ее красивое лицо своими грубыми руками. — Ну и хорошо.

— Нет, — сказала она, мотая головой и грустно улыбаясь. — Не надо было ему возвращаться. Он лежал в снегу у амбара. Замерз насмерть. — Из-под опущенного века выползла слеза.

Я прижал ее к себе.

— Скажи мне еще раз, зачем мы это делаем, — прошептала она.

— Мы это делаем потому, что у нас два варианта, — сказал я. — Либо я его убью. Либо он убьет меня.

— Потому что...

— Потому что он присвоил себе мое. Потому что я присвоил себе его. Потому что мы оба убийцы.

Она кивнула:

— А мы уверены, что это единственный выход?

— Все остальное для нас с Карлом теперь слишком поздно, я это объяснял, Шеннон.

— Да, про... — Она уткнулась в рубашку у меня на груди. — Когда все это закончится...

— Да, — сказал я. — Когда все это закончится.

— Думаю, это мальчик.

Я долго держал ее, не разжимая рук. Затем вновь услышал, как отщелкивают секунды, как начинается жуткий обратный отсчет — обратный отсчет, после которого мир потеряет смысл. Но этого не случится, все только начнется, а не закончится. Новая жизнь. И моя новая жизнь.

Отпустив ее, я положил в сумку комбинезон вместе с тормозными шлангами и газовым тросиком Карла. Шеннон смотрела на меня.

— А если не сработает? — спросила она.

— Так они и не должны сработать, — сказал я, хотя, разумеется, понимал, о чем она, и она, наверное, услышала в моем голосе раздражение и задумалась, откуда оно взялось. Наверняка поняла откуда. Переживания. Волнение. Страх. Сожаление. Она сожалела? Точно. Но когда мы продумывали план в Кристиансанде, она тоже об этом говорила.

Что в нас закрадется сомнение — так оно подкрадывается на свадьбе к жениху с невестой. Сомнение как вода: оно всегда найдет в крыше дыру и станет капать тебе на голову — как в китайской пытке. Грета сказала, что поджечь отель мог только один человек. На «субару» не работал один стоп-сигнал. Так латыш описывал машину, побывавшую на стройплощадке в канун Нового года.

— План сработает, — сказал я. — Тормозной жидкости в системе почти нет, а машина две тонны весит. Масса, помноженная на скорость. Итог всегда один.

— А если он до поворота все поймет?

— Я ни разу не видел, чтобы Карл проверял тормоза до того, как они ему понадобятся, — спокойно и дружелюбно произнес я, хоть и повторил то, что уже говорил много раз. — Машина стоит на плоскости, он дает газу, выезжает на холм и отпускает педаль газа, а так как холм крутой, он не замечает, что из-за ускорения повис газовый тросик и тяжелая машина лишь набирает скорость, а через две секунды он уже на повороте, и скорость гораздо выше обычного — в панике он давит на педаль тормоза. Но она не реагирует. Возможно, он успеет еще раз утопить педаль газа, резко вывернуть руль, но шансов у него нет.

Во рту стало сухо, я дошел до предела — еще можно остановиться. Но я и дальше провернул нож. В себе, в ней.

— Скорость слишком высокая, машина — слишком тяжелая, слишком крутой поворот — даже если бы вместо асфальта был сыпучий щебень, толку не было бы никакого. И вот машина уже в воздухе, а он ничего не весит. Капитан космического корабля, чей мозг работает на сверхсветовых скоростях, — он должен успеть задать вопросы. Как именно. Кто. И зачем. И возможно, он успеет на него ответить, до того как...

— Хватит! — крикнула Шеннон. Она скрестила руки, как будто ее тело пронзила боль. — А если... а если он все-таки поймет, что что-то не так, и на этой машине не поедет?

— Значит, он поймет, что что-то не так. Разумеется, он отправит машину в ремонт, и в мастерской скажут, что из строя вышел трос газа и что прогнили тормозные шланги, — вот и вся тайна. А нам придется придумать еще один план и сделать по-другому. Ничего хуже не случится.

— А если план удастся, но у полиции подозрения возникнут?

— Они проверят обломки и найдут неисправные части. Шеннон, мы это проходили. План хороший, слышишь меня?

Зарыдав, Шеннон бросилась ко мне. Я осторожно высвободился.

— Я поеду, — сказал я.

— Нет! — всхлипнула она. — Останься!

— Я буду из мастерской следить, — сказал я. — Мне оттуда Козий поворот видно. Если что-то пойдет не так, звони, ладно?

— Рой! — Она крикнула так, будто видела меня живым в последний раз, как будто меня уносило от нее в открытое море — вот так вмиг трезвеют на яхте молодожены, слегка опьяненные шампанским.

— Увидимся позже, — сказал я. — Помни, что тебе надо сразу позвонить в экстренные службы. Запомни, как все будет, как поведет себя машина, и в точности опиши это полиции.

Она кивнула, выпрямилась, разгладила платье.

— Что... а что потом будет, как думаешь?

— Потом, — сказал я, — я думаю, дорожное ограждение поставят.

## 68

Было две минуты седьмого, начинало смеркаться.

Сидя у окна конторы, я смотрел в бинокль на Козий поворот. Я прикинул с довольно высокой точностью, что, когда «кадиллак» поедет, видно его будет три десятых секунды — моргать тут некогда.

Я-то думал, что нервничать стану меньше, когда с моей частью будет покончено, — ведь остальное в руках Шеннон, но вышло наоборот. Теперь я сидел без дела, и у меня появилось слишком много времени подумать обо всем, что могло пойти не так. На ум постоянно приходило что-нибудь еще. Разумеется, что-то более неправдоподобное, что-то менее, но душевному спокойствию это не способствовало.

План такой: когда пора будет ехать на стройку разрезать ленточку, Шеннон пожалуется, что плохо себя чувствует и ей надо полежать, и Карлу придется ехать одному. Что, если он поедет на церемонию открытия на «кадиллаке», она приедет на праздник в Ортуне на «субару», если ей станет лучше.

Я опять посмотрел на часы. 18:03. Три десятых секунды. Опять поднял бинокль. Скользнул взглядом по окнам Смиттов — после сегодняшнего происшествия я не видел, чтобы там занавески двигались, посмотрел на гору за Козьим поворотом. Возможно, все уже произошло. *Возможно*, все кончено.

Я услышал, как к мастерской свернула машина, посмотрел на нее в бинокль, но картинка оказалась нечеткой. Убрав бинокль, я увидел «лендровер» Курта Ольсена.

Заглушив двигатель, он вышел из машины. Меня он видеть не мог, так как я погасил свет, и тем не менее смотрел он прямо на меня, как будто зная, что я там сижу. Он просто стоял: кривоногий, большие пальцы засунул под ремень — словно ковбой, вызывающий меня на дуэль. Затем он прошел к двери в мастерскую и исчез из поля моего зрения. Сразу раздался звонок.

Вздохнув, я поднялся и пошел в мастерскую открывать.

— Добрый вечер, ленсман. Что на этот раз стряслось?

— Привет, Рой. Войти можно?

— Прямо сейчас...

Оттолкнув меня, он вошел в мастерскую. Огляделся, как будто никогда здесь не был. Подошел к полке, где стояли всякие мелочи. Например, растворитель «Фритц».

— Мне интересно, Рой, что тут у тебя происходит.

Я оцепенел. Он наконец во всем разобрался? Что именно здесь окончил путь труп его отца, в прямом смысле слова растворившись во «Фритце»?

Но я увидел, как он стучит пальцем по виску, и понял: речь о том, что в моей голове происходит.

— Когда ты Грету Смитт поджег.

— Так Грета сказала? — спросил я.

— Не Грета, а ее отец. Он видел, как ты уходил, а Грета, по его словам, еще дымилась.

— А Грета что говорит?

— А сам-то как думаешь? Что с салонным феном что-то стряслось, короткое замыкание или еще что-то. Что ты ей помог. Но я в это даже на секунду не поверю, потому что провод наполовину перерезан. Я задам тебе вопрос — и подумай как следует, прежде чем ответить. Чем, черт возьми, ты ей угрожал, что она врать стала?

Пока Курт Ольсен ждал ответа, он то жевал усы, то надувал щеки, как жуткая лягушка.

— Что, Рой, отказываешься отвечать?

— Да нет.

— Так как это называется?

— Делаю, как ты велел. Думаю как следует.

Я видел, как внутри у Курта Ольсена что-то оборвалось и терпение он потерял. Сделав ко мне два шага, он замахнулся правой рукой, собираясь ударить. Я это знаю, потому что понимаю, как люди выглядят перед ударом: они напоминают акул, вращающих глазами во время укуса. Но он остановился — и остановила его какая-то мысль. Рой Опгард в Ортуне субботним вечером. Никаких сломанных челюстей и носов — только выбитые зубы и носовое кровотечение, а значит, Сигмунда

Ольсена беспокоить не придется. Рой Опгард из тех людей, кто не теряет голову, а спокойно и расчетливо унижает тех, кто ее потерял. Вместо того чтобы ударить, Курт Ольсен призывно выбросил из сжатого кулака указательный палец:

— Я знаю, что Грете Смитт что-то известно. Ей что-то известно про тебя, Рой Опгард. Что именно? — Он сделал еще один шаг, и я почувствовал, как мое лицо оросило его слюной. — Что она знает про Виллума Виллумсена?

У меня в кармане зазвонил телефон, но Курт Ольсен его перекрикнул:

— Думаешь, я дурак? И я поверил, что парень, который убил Виллумсена, *случайно* поскользнулся на льду прямо перед вашим с Карлом домом? Что Виллумсен, не говоря никому ни слова, простил многомиллионный долг? Потому что почувствовал, что это *правильно*?

Шеннон? Я обязан посмотреть, кто звонит, я *обязан*.

— Ну же, Рой. Виллум Виллумсен за всю жизнь простил своим должникам хотя бы крону?

Я выудил телефон. Посмотрел на экран. Вот черт.

— Я знаю, что вы с братцем приложили к этому руку. Как и когда пропал мой отец. Потому что ты убийца, Рой Опгард. И всегда им был!

Я кивнул Курту, и на секунду поток речи заглох — он вытаращил глаза, как будто я подтвердил слова об убийце, а затем понял — я подал знак, что трубку возьму. И он продолжил:

— Если бы ты не услышал, что свидетель идет, ты бы сегодня Грету Смитт убил! Ты...

Встав вполоборота к Курту Ольсену, я заткнул одно ухо пальцем, приложив телефон к другому:

— Да, Карл.

— Рой? Помоги мне!

Словно померк свет, а я вернулся на шестнадцать лет назад.

То же место.

Та же растерянность в голосе моего брата.

То же самое преступление — только на этот раз жертвой должен был стать он сам. Но он жив. И просит о помощи.

— Что такое? — выдавил я из себя.

За спиной у меня вопил ленсман.

Карл заколебался:

— Там Курт Ольсен?

— Да. Что случилось?

— Скоро церемония перерезания ленточки, а приехать туда надо на «кадиллаке», — сказал он. — Но с ним что-то неладно. Наверняка какая-нибудь чепуха — приезжай посмотреть, получится ли у тебя все поправить?

— Сейчас приеду, — сказал я, положил трубку и повернулся к Курту Ольсену. — Мило мы поболтали, но, если у тебя нет ордера на арест, я пойду.

Когда я уходил, он так и стоял с отвисшей челюстью.


Через минуту я ехал по шоссе на «вольво». На сиденье рядом со мной лежала сумка с инструментами, в зеркало светил «лендровер» Курта Ольсена, а в ушах звенели его слова — на прощание Курт обещал нас с братом посадить. На мгновение я решил, что он за мной на ферму поедет, но, когда я свернул в сторону Нергарда и Опгарда, он поехал прямо.

Но больше всего меня волновал не Ольсен.

Что-то не то с «кадиллаком»? Да что, черт возьми? Мог ли Карл сесть в машину и увидеть, что тормоза и руль не работают, *до* того как поехал? Нет, для такого у него должны были подозрения возникнуть. Или ему кто-то рассказал. Так вот что случилось? Шеннон не удалось реализовать наш план? Она сломалась и во всем призналась? Или, что еще хуже, перешла на другую сторону и рассказала Карлу правду? Или свою версию правды. Да, именно так. Она рассказала, что план убийства я разработал в одиночку, рассказала, что мне известно, как Карл подделал мою подпись на документах, рассказала, что я ее изнасиловал — после чего она забеременела, — угрожал убить ее, ребенка и Карла, если она что-то вякнет. Ведь я не скромный, пугливый белозобый дрозд — я папа, рогатый жаворонок, хищная птица, носящая на глазах черную маску бандита. А еще Шеннон сказала, что им с Карлом теперь надо делать. Заманить меня на ферму и избавиться от меня так же, как мы с Карлом избавились от папы. Ведь она знала — знала, что убить братья Опгард могли, знала, что получит желаемое — тем или иным способом.

Дышал я тяжело, но мне удалось прогнать нездоровые мысли, не имеющие отношения к делу. Я повернул, и передо мной открылся черный туннель — там, где никакого туннеля быть не должно. Вот она, непроглядная тьма, кирпичная стена, преодолеть которую невозможно, но тем не менее дорога вела прямо к ней. Так это и есть депрессия, о которой говорил мне старый ленсман? Значит, такой мрак царил в душе папы, а теперь он и в моей душе поднялся, словно ночь, не опускающаяся, а поднимающаяся из окрестных долин? Может быть. И случилось чудо: по мере того как я проходил один поворот за другим, поднимаясь все выше и выше, мое дыхание успокаивалось.

Ну и пусть. Если все здесь и закончится и я больше ни дня не проживу — пусть. Надеюсь, мое убийство свяжет Карла с Шеннон. Ведь Карл — прагматик, он вполне сможет воспитывать не своего ребенка, если тот из его семьи. Да, наверное, мой уход — единственный шанс на хеппи-энд.

Пройдя Козий поворот, я слегка газанул — из-под задних колес полетел щебень. Подо мной во тьме лежала деревня, а в остатках дневного света я увидел стоявшего перед «кадиллаком» Карла — скрестив руки на груди, он ждал меня.

И тут меня осенила вторая мысль. Даже не вторая, а первая.

Что дело только в машине.

Ерунда, не имеющая никакого отношения к тормозным шлангам и тросу газа, которую легко починить. Что в доме, на освещенной кухне, за занавесками ходит Шеннон, ожидая, что я все улажу, а потом все пойдет как по маслу.

Я вышел из машины, Карл подошел ко мне и обнял. Обвил меня так, что я ощутил все его тело — от макушки до пяток, почувствовал, как он дрожит, как после визита папы в нашу комнату, когда я спускался в его постель, чтобы утешить.

Он прошептал мне на ухо несколько слов, и я все понял. Понял, что ничего уже *не* пойдет как по маслу.

# 69

Мы сидели в «кадиллаке». Карл — на водительском сиденье, я — на пассажирском. Взгляды, минуя Козий поворот, упирались в верхушки гор на юге, обрамленные оранжевым и голубым светом.

— По телефону я сказал, что с машиной непорядок, из-за Курта Ольсена, — со слезами в голосе произнес Карл.

— Понимаю, — сказал я, пытаясь размять затекшую ногу. Нет, она не затекла — онемела, онемела, как и весь я. — Расскажи подробно, что случилось. — По голосу казалось, будто говорит другой человек.

— Итак, — начал Карл. — Нам уже надо было выезжать, мы одевались. Шеннон уже готова, выглядит на миллион, а я на кухне рубашку глажу. И вдруг она говорит, что ей плохо. Я говорю, что у нас парацетамол есть. Но она отвечает, что ей нужно полежать и чтобы на стройку я один ехал. Шеннон, если ей станет лучше, на праздник на «субару» приедет. Я в шоке, говорю ей: надо взять себя в руки, это важно. А она отказывается, говорит, что здоровье дороже, и всякое такое. И да, я же злиться начинаю, это же бред, Шеннон никогда не бывает настолько плохо, чтобы пару часиков на ногах не постоять. И в конце концов, для нее это так же важно, как и для меня. Я на секунду потерял терпение, и у меня вырвалось...

— «Вырвалось», — повторил я, чувствуя, что онемение вот-вот доберется до языка.

— Да, у меня вырвалось, что раз ей плохо, то потому, что она ублюдка носит.

— «Ублюдка», — повторил я.

В машине похолодало. Ужасно похолодало.

— Да, она тоже переспросила, прямо как будто не поняла, о чем это я. Я и сказал, что знаю про нее и того американского актера. Денниса Куорри. И она повторила его имя, а мне даже слышать противно, как она его называет. *Ден-нис Ку-орри*. А потом она засмеялась. *Засмеялась*! Я стою с утюгом в руке, а потом вдруг у меня щелкнуло.

— «Щелкнуло». — В голосе — никакой интонации.

— Я стукнул, — сказал он.

— «Стукнул». — Да я в дурацкое эхо превращаюсь.

— Утюг попал по голове сбоку, она упала назад, задела печную трубу — та развалилась, и полетела сажа.

Я промолчал.

— Я к ней наклонился, поднес раскаленный утюг прямо к ее физиономии и сказал, что, если она не сознается, я ее тоже поглажу, прямо как рубашку. А она все смеялась. Вот она лежит и ржет: кровь из носа в рот стекает, от нее даже зубы покраснели — она, блин, прямо как ведьма, только уже не добрая, понимаешь? И она призналась. Не только в том, о чем я спрашивал, — она воткнула в меня нож, призналась во всем. Рассказала самое ужасное.

Я попытался сглотнуть, но слюны во рту не осталось.

— И что же самое ужасное?

— Рой, а сам ты как думаешь?

— Не знаю, — сказал я.

— Отель, — произнес он, — подожгла Шеннон.

— Шеннон? Как это?

— Когда мы уходили с вечеринки у Виллумсена и собирались идти на площадь салют смотреть, Шеннон сказала, что устала и хочет домой, что машину возьмет. Я еще на площади был, когда пожарную машину услышал. — Карл закрыл глаза. — И вот Шеннон, прямо у печки, сообщает мне, что поехала на стройку и зажгла огонь — оттуда, как она знала, он будет распространяться медленно, — и оставила обожженную ракетницу, чтобы все решили, что это и есть причина пожара.

Я знаю, какой вопрос тут надо задать. Его надо задать, хоть ответ мне известен. Спросить, чтобы не выдать тот факт, что я все понял, что Шеннон я знаю почти так же хорошо, как и он. Вот я и спросил:

— Зачем?

— Потому что... — Карл сглотнул. — Потому что она Бог, создающий собственную картину. С таким отелем она смириться не может, ей надо, чтобы он был таким, как на ее чертежах. Все или ничего. Она не знала, что он не был застрахован. Думала, никаких проблем с возобновлением строительства не будет и со второй попытки она продавит свои изначальные чертежи.

— Она так сказала?

— Ага. А когда я спросил, не думала ли она об остальных, о тебе и мне, о жителях деревни, которые трудились и вложили деньги, она ответила «нет».

— Нет?

— Она сказала «fuck no»[1]. И засмеялась. Тут я еще раз ее ударил.

— Утюгом?

— Другой стороной. Холодной.

— Сильно?

— Сильно. Я видел, как у нее в глазах свет потух. Для вдоха мне пришлось собраться с силами.

— А она...

— Я пощупал пульс, но ни фига не почувствовал.

— А потом?

— А потом я ее сюда принес.

— Так она в багажнике?

— Ага.

— Показывай.

Мы вышли. Как только Карл открыл багажник, я перевел взгляд на запад. Там, над верхушками гор, оранжевый свет съел голубой. И я подумал, что, наверное, красоту я чувствую в последний раз. До того как заглянуть в багажник, на долю секунды я решил, что это все шутка и там никого нет.

Но она оказалась там. Белоснежная Спящая красавица. Она спала, как в те две ночи, что мы провели вместе в Кристиансанде. На боку, глаза закрыты. И я не мог отбросить мысль: в той же позе лежит ребенок у нее в утробе.

1 На хер (англ.).

Травмы головы не оставляли сомнений — она мертва. Я коснулся кончиками пальцев ее разбитого лба.

— Это не один удар задней стороной утюга, — сказал я.

— Я... — Карл сглотнул. — Она дернулась, когда я положил ее рядом с машиной, чтобы багажник открыть, и я... я запаниковал.

На автомате я перевел взгляд на землю и там, в свете, падавшем из багажника, увидел отблеск на одном здоровенном камне — папа заставлял нас таскать такие к стене дома, чтобы дренаж был получше, — было дело как-то осенью, когда дожди шли чаще обычного.

На камне была кровь.

Дыхание Карла напоминало всхлипывания.

— Поможешь мне, Рой?

Я перевел взгляд на Шеннон. Хотел, но не мог отвести глаз. Он ее бил. Нет... Убил. Хладнокровно. А теперь о помощи просит. Я его ненавижу. Ненавижу, ненавижу, и вот я вновь почувствовал биение сердца, а с кровью пришла боль, наконец-то появилась боль, и я с силой прикусил губу, будто пытаясь сломать собственные челюсти.

Переведя дыхание, я заставил свою челюсть двигаться и произнес три слова:

— И как помочь?

— Можно ее в лес отвезти. Положим куда-нибудь, где ее точно найдут, а рядом «кадиллак» поставим. Скажем, что сегодня днем она брала «кадиллак» покататься, но домой еще не вернулась, когда я на церемонию открытия поехал. Если мы прямо сейчас поедем и где-нибудь ее оставим, я все отлично успею, а еще могу сообщить, что она пропала, раз не приехала на праздник, как договаривались. Ну как, нормально?

Я врезал ему в живот.

Он согнулся пополам, ловя ртом воздух. Я с легкостью повалил его на щебень и сел сверху так, чтобы зафиксировать его руки. Он умрет, умрет, как она. Нашарил правой рукой здоровенный камень, но он оказался маслянистым, гладким от крови и выскользнул. Я хотел вытереть кровь о рубашку, но в конце концов ко мне вернулась способность думать ясно — я два раза провел рукой по щебню и вновь взялся за камень. Поднял над его головой. Карл все еще не мог вдохнуть и лежал, крепко зажмурившись. Я хотел, чтобы он все видел, и щелкнул его по носу левой рукой.

Он открыл глаза.

Он плакал.

Он не сводил с меня глаз — может, не видел камня, который я поднял к небу, или, может, не понял, что это значит. Или же дошел до той же точки, что и я: ему стало плевать. Я чувствовал, как камень тянет сила тяжести, он стремился вниз, стремился сокрушить — мне даже никаких усилий прикладывать не надо, а вот когда я перестану их прикладывать, когда перестану удерживать камень от брата на расстоянии вытянутой руки, он выполнит задачу, для которой и предназначен. Карл перестал плакать, а мою правую руку, по ощущениям, стала пощипывать молочная кислота. Я сдался. Будь что будет. И в тот момент я это увидел. Как дурацкое эхо из детства. Его взгляд. Дурацкий взгляд покорного, беспомощного младшего брата. И комок встал у меня в горле. Сейчас я заплачу. Опять. Я опустил камень, придав ему дополнительную скорость, шарахнул так, что почувствовал, как сила толчка пошла по плечу. А я сидел и сопел, как гончая собака.

А когда дыхание ко мне вернулось, я свалился с неподвижного Карла. Наконец-то он молчит.

Широко распахнуты глаза — как будто он наконец все увидел и понял. Я сидел возле него и смотрел на Оттертинд. Вот наш молчаливый свидетель.

— Совсем рядом с моей головой, — простонал Карл.

— Не очень, — ответил я.

— Ладно, я обосрался, — вздохнул он. — Тема закрыта?

Я достал из штанов коробку снюса.

— Кстати, о камне и голове, — сказал я, и срать я при этом хотел, слышал ли он, как у меня дрожит голос. — Когда ее в лесу найдут, как ты думаешь, что про травмы головы подумают?

— Полагаю, решат, что ее убили.

— И кого начнут подозревать первым?

— Мужа?

— Если верить журналу «Настоящее преступление», в восьмидесяти процентах случаев виновен он. Особенно если нет алиби на момент убийства.

Карл приподнялся на локтях:

— Ну ладно, старший брат. Что мы будем делать? Мы. Ну конечно.

— Дай мне пару секунд, — попросил я.

Я осмотрелся. Что я увидел?

Опгард. Маленький домик, амбар и пастбище. И что же он собой представляет? Название из шести букв, семья, в которой в живых осталось двое. Ведь если счистить всю шелуху, то что такое семья? История, которую мы друг другу рассказывали, потому что семья необходима, ведь на протяжении тысячелетий она отлично себя показала как рабочая единица? Да почему бы нет? Или, помимо чисто практических соображений, есть что-то еще — кровь каким-то образом связывает родителей, и братьев, и сестер? Говорят, на воздухе и любви не выживешь. Но и без них, черт побери, тоже никуда. И если мы чего хотим, так это жить. Теперь я это ощутил, наверное, с еще большей силой, поскольку смерть была прямо у нас перед носом — в багажнике машины. Ощутил, что я хочу жить. И поэтому мы должны сделать то, что должны. Что все зависит от меня. И сделать это надо сейчас.

— Для начала, — заговорил я, — когда я осенью «кадиллак» смотрел, я посоветовал Шеннон заменить тормозные шланги и трос газа. Вы их заменили?

— Чего? — Карл закашлялся, прижимая руку к животу. — Шеннон об этом ни слова не сказала.

— Хорошо, теперь это нам на руку, — сказал я. — Мы посадим ее на водительское сиденье. Прежде чем мыть кухню и багажник, ты соберешь кровь и размажешь по рулю, сиденью и приборной панели. Ясно?

— Э, да, но...

— Шеннон найдут в Хукене в этом «кадиллаке», и это объяснит травмы головы.

— Но... в Хукене это уже третья машина. Полиция ведь заинтересуется, что тут, черт возьми, происходит?

— Точно. Но когда увидят изношенные детали, о которых я тебе говорю, решат, что это и правда несчастный случай.

— Думаешь?

— Не сомневаюсь, — ответил я.


Когда мы с Карлом покатили огромную черную колымагу, вокруг Оттертинда по-прежнему светился оранжевый ореол. За огромным рулем Шеннон казалась совсем маленькой. Мы отпустили машину, и она медленно, как бы нехотя покатилась, разбивая щебень колесами. На торчавших сзади стабилизаторах засветились две красные узкие вертикальные фары. «Кадиллак-девиль». Родом из той эпохи, когда американские машины напоминали космические корабли, — они тебя на небеса доставят.

Я пялился вслед машине, наверняка заело трос газа — скорость только нарастала, и я подумал, что случится в этот раз: он отправится на небеса.

Она обмолвилась, что, как ей кажется, будет мальчик. Я ничего ей не говорил, но, разумеется, не мог не думать об имени. Не думаю, что она согласилась бы на Бернарда, но мне в голову больше ничего не приходило.

Карл положил руку мне на плечо.

— У меня есть только ты, Рой, — сказал он.

«А у меня — только ты», — подумал я.

Два брата в пустыне.

# 70

— Многие из нас сочтут, что мы вернулись туда, откуда начали, — сказал Карл.

Он стоял на сцене в Ортуне, у микрофона, которым скоро завладеет Род со своей группой.

— И я имею в виду не первое собрание инвесторов, проведенное здесь, а время, когда я, мой брат и многие собравшиеся здесь сегодня вечером ходили сюда на танцы. После пары рюмок мы обычно начинали драть глотку, бахвалясь, какие великие дела нас ждут. Или спрашивали того, кто громче всех драл глотку на прошлых танцах, как там дела, приступил ли он уже к выполнению великого плана? В одну сторону летели усмешки, а в другую — проклятия и — если парень принимал все близко к сердцу — удары головой.

Зрители в зале рассмеялись.

— Но когда в следующем году кто-нибудь спросит, что там с отелем, которым так хвастались в Усе, мы скажем, что мы его построили. Два раза.

Безумное ликование. Я переступал с ноги на ногу. Горло вялой хваткой сдавила тошнота, по глазам ритмично била головная боль, и у меня ужасно болело в груди — мне казалось, примерно такие ощущения бывают при инфаркте. Но я пытался не думать, пытался не чувствовать. На данный момент у Карла получалось лучше, чем у меня. Надо бы мне это знать. Холодный из нас двоих он. Он как мама. Пассивный соучастник. Холодный.

Он взмахнул руками, словно директор цирка или актер:

— Те из вас, кто чуть ранее был на торжественной церемонии, видели представленные здесь чертежи и знают, каким великолепным станет отель. На сцене должен был присутствовать главный архитектор, моя жена Шеннон Аллейн Опгард. Возможно, она приедет чуть позже, но в данный момент она отдыхает дома — так бывает, когда вынашиваешь не только отель...

На секунду воцарилась тишина. Затем вновь раздались восторженные крики, за которыми последовали аплодисменты и топот.

Терпеть я уже не мог и двинулся к выходу.

— А теперь, друзья, поприветствуйте...

Проложив себе путь к двери, я успел зайти за угол дома, после чего горло переполнилось и на землю передо мной хлынула блевотина. Шла она приступами, вырывалась — как будто, блин, при родах. Когда все наконец прекратилось, я, опустошенный, опустился на колени. Я слышал, как снаружи колокольчик отбивал такт песни, с которой всегда начинали Род и его компашка: «Honky Tonk Women». Упершись лбом в стену дома, я зарыдал. Из меня вытекали сопли, слезы и воняющая рвотой слизь.

— Ого, — раздался за моей спиной чей-то голос. — Неужели кто-то наконец поколотил Роя Опгарда?

— Да хватит, Симон, — зазвучал женский голос, и я почувствовал на своем плече руку. — Рой, все нормально?

Я встал вполоборота. На голову Грета Смитт повязала красную косынку. И выглядела очень даже ничего.

— Да просто самогонка что-то не очень, — сказал я. — А так все хорошо.

К парковке эти двое пошли, крепко обнявшись. Я встал и направился к березовой рощице, ступая по мягкому газону, вязкому, напитавшемуся водой от талого снега. Я продул ноздри, сплюнул и перевел дыхание. Еще холодный вечерний воздух приобрел другой вкус — как обещание, что будет по-другому, по-новому и станет лучше. Мне удалось понять, что именно.

Я встал на пригорке под голым деревом. Взошла луна, волшебным светом освещая озеро Будалсваннет. Через несколько дней пойдет лед. Льдины подхватит течением. Раз трещины появились, значит, скоро все исчезнет.

Рядом со мной возникла чья-то фигура.

— Как поступает тундряная куропатка, когда лиса яйца крадет? — Оказалось, Карл.

— Новые откладывает, — ответил я.

— Разве не странно бывает с теми штуками, о которых говорят тебе родители. Пока ты молодой, все это для тебя пустая болтовня. И вдруг однажды ты понимаешь, что они имели в виду.

Я пожал плечами.

— Красиво, а? — спросил он. — Когда весна наконец и до нас добралась.

— Ага.

— Ты обратно когда?

— Обратно?

— В Ус.

— Наверное, на похороны.

— Здесь похорон не будет, я гроб на Барбадос отправлю. Я про то, когда ты обратно переедешь.

— Никогда.

Карл засмеялся, как будто я анекдот рассказал.

— Возможно, тебе это пока неизвестно, но ты еще до конца года вернешься, Рой Опгард.

Потом он ушел.

Стоял я долго. Наконец посмотрел на луну. Была б она побольше, как планета, это действительно поместило бы меня и всех остальных, наши трагедии и торопливо прожитые жизни в более широкую перспективу. Сейчас мне это было нужно. Пусть нечто расскажет мне, что мы все — Шеннон, Карл и я, папа и мама, дядя Бернард, Сигмунд Ольсен, Виллумсен и датский головорез — побыли здесь, ушли и оказались забыты в то же мгновение, стали едва заметным проблеском в необъятном времени и пространстве вселенной. Это наше единственное утешение — что значения абсолютно ничто не имеет. Ни своя земля. Ни собственная заправка. Ни пробуждение с тем, кого любишь. Ни наблюдение за тем, как растет твой ребенок.

Вот так. Значения нет.

Но луны, ясное дело, для утешения слишком мало.

## 71

— Спасибо, — поблагодарила Мартинсен, взяв протянутую ей чашку кофе. Опершись на кухонный стол, она смотрела в окно.

На Козьем повороте все еще стояли машина Криминальной полиции и «лендровер» Курта Ольсена.

— Так вы ничего не нашли? — спросил я.

— Нет, естественно, — ответила она.

— Думаете, это естественно?

Вздохнув, Мартинсен осмотрелась, как будто чтобы убедиться, что мы на кухне одни.

— Честно говоря, обычно мы отклоняем просьбы об оказании помощи в таких делах — ясно же, что это несчастный случай. Когда ваш ленсман с нами связался, в машине уже обнаружили неисправность — судя по всему, поэтому ее и вынесло с дороги. Обширные повреждения у покойной говорят о падении с большой высоты. Местный врач, естественно, не смог точно определить, когда она умерла, если учесть, что у тела он оказался больше чем через сутки, но, по его оценке, поехала она где-то между шестью часами и полуночью.

— Так почему вы сюда все же приехали?

— Ну, во-первых, ваш ленсман настоял — он чуть скандал не устроил. Уверен, что жену вашего брата убили, а он читал в профессиональном журнале, как он его называет, что в восьмидесяти процентах случаев виновен супруг. А Криминальной полиции хотелось бы везде сохранить хорошие отношения с ленсманами. — Она улыбнулась. — Кстати, хороший кофе.

— Спасибо. А вторая причина?

— Вторая?

— Вы сказали, что первая — ленсман Ольсен.

Мартинсен улыбнулась, и ее голубые глаза блеснули так, что я не смог определить процент чистого профессионализма. И я ее взгляд не поймал. Не захотел. Меня там просто-напросто не было. Кроме того, я знал: если смотреть ей в глаза слишком прямо и слишком долго, она, возможно, обнаружит рану.

— Ценю, что вы так откровенны со мной, Мартинсен.

— Вера.

— Но неужели вы вообще ничуть не сомневаетесь, если известно, что с одного и того же обрыва съехало три машины, а сейчас вы беседуете с братом человека, имевшего близкие отношения со всеми погибшими?

Вера Мартинсен кивнула:

— Рой, я этого ни на секунду не забывала. А Ольсен снова и снова рассказывал мне про количество случаев, когда машину выносило с дороги. И у него есть теория, что первый несчастный случай, возможно, тоже убийство и что надо проверить, не испортили ли тормозные шланги на «кадиллаке» специально.

— Моего отца, — сказал я, надеясь, что морда у меня по-прежнему кирпичом, — вы проверили?

Мартинсен рассмеялась:

— Во-первых, сверху обломки придавлены еще двумя машинами. Да даже *если* бы мы что-то нашли, делу восемнадцать лет — срок давности истек. Кроме того, я подчиняюсь тому, что зовется разумом и логикой. Знаете, сколько машин в год выносит с дороги? Около трех тысяч. А сколько мест происшествия? Меньше двух тысяч. Значит, почти в половине случаев это происходит на том же месте, где в этом году подобное уже было. Три машины больше чем за восемнадцать лет в том месте, где определенно нужны более серьезные меры безопасности, — это кажется неудивительным, и даже странно, что несчастных случаев так мало.

Я кивнул:

— Может, вы будете так любезны и передадите слова о мерах безопасности местному муниципалитету?

Улыбнувшись, она отставила чашку.

Я проводил Мартинсен в прихожую.

— Как ваш брат? — спросила она, застегивая куртку.

— Ну как... Тяжко ему пришлось. Он повез гроб на Барбадос. С ее родственниками встретится. Говорит, потом с головой уйдет в работу над отелем.

— А вы сами?

— Мне лучше, — соврал я. — Разумеется, был в шоке, но жизнь продолжается. Шеннон прожила здесь полтора года, а меня тут по большей части не было, поэтому мы не успели познакомиться поближе, чтобы... Ну, вы понимаете. Это не то же самое, как потерять собственную семью.

— Понимаю.

— Что ж, — сказал я, открывая перед ней входную дверь, раз сама она ее открывать не стала.

Но Мартинсен не пошевелилась.

— Слышите? — прошептала она. — Вроде бы ржанка?

Я кивнул. Медленно.

— Птицами интересуетесь?

— Очень. Это я в отца. А вы?

— Весьма.

— Насколько я знаю, у вас тут в округе много интересного...

— Верно.

— Можно к вам как-нибудь приехать — вы бы мне все показали?

— Было бы здорово, — ответил я. — Но я здесь не живу.

А потом я встретился с ней взглядом, позволив ей увидеть, как сильно я пострадал.

— Ясно, — сказала она. — Тогда дайте знать, если переедете. Мой номер телефона есть на визитке — я ее под кофейной чашкой оставила.

Когда она ушла, я поднялся в спальню, лег на двуспальную кровать, прижал подушку к лицу и вдохнул то, что осталось от Шеннон. Слабый пряный запах — через несколько дней он исчезнет. Я открыл шкаф с ее стороны кровати. Пусто. Большую часть ее вещей Карл увез на Барбадос, а остальное выкинул. Но что-то в темной глубине шкафа я все же заметил. Наверное, Шеннон их где-то в доме нашла и тут положила. Пара вязаных детских башмачков, до смешного маленьких, — не улыбнуться было невозможно. Их бабушка связала: мама говорила, сначала их носил я, а потом Карл.

Я спустился на кухню.

В окно я увидел широко распахнутую дверь амбара. Внутри тлела сигарета. Оказалось, это Курт Ольсен — сидя на корточках, он рассматривал что-то на полу.

Я достал бинокль.

Он провел по чему-то пальцами. И я понял, что это. Домкрат оставил отметины на мягких досках. Курт подошел к мешку с песком, уставился на нарисованную на нем рожу. Сделал как бы пробный удар. Вера Мартинсен ведь сообщила ему, что Криминальная полиция собирает вещи и уезжает. Но сдаваться Ольсен не хотел.

Я где-то читал, что все свои клетки, в том числе клетки мозга, тело обновляет за семь лет. Что через семь лет мы в принципе становимся другими людьми. Но ДНК остается нашей, программа, согласно которой производятся новые клетки, не меняется. И если постричь волосы, ногти или порезать палец, вырастет то же самое — повторение.

А новые клетки мозга от старых отличаться не будут — они заберут значительную часть воспоминаний и опыта. Мы не меняемся: принимаем все те же решения и совершаем те же самые ошибки. Как отец, так и сын. Охотник, такой как Курт Ольсен, и дальше будет охотиться, убийца, оказавшись в таких же обстоятельствах, снова решит убить. Вечный круговорот, предсказуемое движение планет, регулярная смена времен года.

Уже выходя из амбара, Курт Ольсен еще возле чего-то остановился. Взял в руки и поднял к свету. Цинковое ведро. Я навел бинокль. Он рассматривал дырку от пули. Сначала с одного бока, потом с другого. Через какое-то время ведро он поставил, сел в машину и уехал.

Дом опустел. Я остался один. Так же одиноко и папе было, хоть его и окружали мы все?

С запада раздался низкий угрожающий грохот, и я перевел бинокль туда.

С северного склона Оттертинда сошла снежная лавина. Тяжелый мокрый снег съехал вниз, а теперь с грохотом пробил лед — на другом берегу Будалсваннета забил фонтан.

Да, весна неумолимо приближалась.

Литературно-художественное издание

# Ю Несбё
# Королевство

*Выпускающий редактор* Е.Черезова
*Редактор* Я.Жухлина
*Корректор* С.Луконина
*Технический редактор* Л.Синицына
*Верстка* Т.Коровенковой

В оформлении обложки использована иллюстрация
© kosonglimatujuh/shutterstock.com

ООО "Издательская Группа "Азбука-Аттикус" —
обладатель товарного знака "Издательство Иностранка"
115093, Москва, ул. Павловская, д. 7, эт. 2, пом. III, ком. № 1
Тел. (495) 933-76-01, факс (495) 933-76-19
E-mail: sales@atticus-group.ru

Филиал ООО "Издательская Группа "Азбука-Аттикус"
в г. Санкт-Петербурге
191123, Санкт-Петербург, Воскресенская набережная, д. 12, лит. А
Тел. (812) 327-04-55
E-mail: trade@azbooka.spb.ru

ЧП "Издательство "Махаон-Украина"
Тел./факс (044) 490-99-01
e-mail: sale@machaon.kiev.ua

www.azbooka.ru; www.atticus-group.ru

Подписано в печать 20.09.2021. Формат 75×100/32.
Бумага газетная. Гарнитура "Журнальная".
Печать офсетная. Усл. печ. л. 25,53.
Тираж 15 000 экз. B-NUP-28301-01-R. Заказ № 5911/21.

Отпечатано в соответствии с предоставленными материалами
в ООО "ИПК Парето-Принт". 170546, Тверская область,
Промышленная зона Боровлево-1, комплекс № 3А
www.pareto-print.ru